하늘을
나는
타이어

이케이도 준
권일영 옮김

소미미디어
Somy Media

목차

등장인물 관계도

아카마쓰 일가

아내 아카마쓰 후미에
큰아들 다쿠로
딸 모에
둘째 아들 데쓰로

아카마쓰운송

전무 미야시로 나오키치
정비과장 다니야마 지로
정비과 가도타 슌이치
총무과장 다카시마 야스노리
영업 도리이
총무 오타 아키에
운전기사 야스토모 겐스케

아버지

경영

대결

취재

오야마니시초등학교

교장 구라타 노조미
다쿠로의 담임 교사 사카모토 미쓰코
학부모회 교외위원 가타야마 요시코
다쿠로와 같은 반 가타야마 미카
다쿠로와 같은 반 마시타 도루

학부모회

협력

아카마쓰 도쿠로

아카마쓰운송 사장
오야마니시초등학교 학부모회 회장
2남1녀의 아버지

조사

[가나가와현 경찰]

고호쿠경찰서 형사 다카하타 신지
고호쿠경찰서 형사 요시다

고다마통운

사장
고다마 마사하루

유기 일가

유기 마사후미
아들 다카시

하늘을
나는
타이어

Original Japanese title: SORATOBU TAIYA

Copyright © 2006 Jun Ikeido
Original Japanese edition first published by Jitsugyo no Nihon Sha, Ltd.
Korean translation rights arranged with Office IKEIDO Inc.
through The English Agency (Japan) Ltd. Through Danny Hong Agency

호프 그룹

호프자동차

상무이사 가노 다케시

판매부
부장 하나하타 기요히코
부장대리 노사카 아키요시
과장 사와다 유타 (아내 에리코)
계장 기타무라 노부히코

품질관리부
부장 가시와바라
부장대리 이치노세 기미야스
과장 무로이 히데오
계장 스기모토 하지메

차량제조부
고마키 시게미치

인사부
하마자키

재무부
미우라 시게오

도쿄호프은행

총재 도고 나오스케
전무 마키타 사부로

본점 영업본부
부장 하마나카 조지
차장 기모토 다카미치
조사역 이자키 가즈아키

융자부
이마나카 이쿠오

지유가오카 지점
지점장 다사카 시게루
과장대리 고모다 마모루

호프 그룹 계열사

호프중공업
호프부동산
호프상사
호프레이온 외

지원 요청

계열사

도쿄호프판매
마스다

의혹

 도쿄호프은행과 경쟁

조류샤
주간 조류 에노모토 다카시

하루나은행
가마타 지점장 나카무라 게이코
융자과장 신도 하루오

그대는 조용한 사람이었습니다.

떠들썩한 술자리에서도 나서서 말을 많이 하지는 않지만 늘 즐겁다는 듯 방긋방긋 웃으며 농담하는 친구를 바라보았죠. 행복해 보이는 그대를 바라보면 나도 마음이 뿌듯했습니다.

내가 고민에 빠졌을 때는 늘 함께 있어주었죠. 괴로울 때는 영화를 보러 가자고 했습니다. '기운 내'라고 말하는 게 아니라 우울해하는 내 손을 꼭 잡고 곁에 있어주었죠. 그런 따스한 사람이었습니다.

나는 지금도 그런 그대를 정말 좋아합니다.

언제였던가, 공원에서 종이비행기를 날렸던 걸 기억하나요?

갓 결혼했을 무렵이었죠. 그 무렵 우리가 살던 아파트 근처 높은 지대에 있던 공원. 거기서 신문 전단으로 만든 종이비행기를 날렸습니다.

그대나 나나 멀리 날리려고 애를 썼는데 잘 날지 않아 크게 웃었죠. 그런데 어쩌다 그대가 날린 비행기가 바람을 타고 아주 멀리까지 날아가 보이지 않게 되었습니다…….

"난다, 난다!"

그때 그대는 더할 나위 없이 기뻐 보였습니다. 그리고…….

그리고 그대는 이렇게 말했습니다.

"우리도 저렇게 멀리 날 수 있을까?"

그때 보여준 그대의 웃는 얼굴은 내 보물입니다.

영원한 보물입니다. 그런데…….

내가 달려왔을 때 그대는 병실에서 흰 시트에 덮인 채 누워 있었죠.

"엄마, 자는 거야?"

다카시가 물었습니다. 나는 그 작은 손을 시트 안에 있는 그대의 손에 포갰습니다.

"따스하지?"

다카시는 뭔가 느꼈는지 가만히 나를 쳐다보았습니다. 그리고 그대의 옆얼굴을 물끄러미 바라보았죠. 식어가는 그대의 체온이 싸늘해지기 전에 나도 그 손바닥에 손을 얹었습니다.

"이게 엄마 손이야. 앞으로 절대 잊으면 안 돼. 너와 아빠에게 소중한, 너무도 소중한…… 엄마야."

다카시는 그대의 뺨에 얼굴을 문지르며 울었습니다. 그렇지만 이제 그대의 그 손은 다카시를 쓰다듬어줄 수 없습니다. 다시는…….

'왜 울고 있니, 다카시짱?'

그대가 당장이라도 눈을 뜨고 이렇게 말하는 게 아닐까 생각했지만 그런 기적은 일어나지 않았죠.

살아 있는 듯한 그대의 옆얼굴을 내 눈에 또렷하게 새겨두고 싶은데 하염없이 흘러나오는 눈물 때문에 내 시야는 흐려지고 말았습니다.

이렇게 억울할 수가. 이렇게 슬플 수가.

다정했던 그대, 늘 미소 짓던 그대. 다카시와 나를 사랑해준 그대…….

그대를 결코 잊을 수 없어요. 우리는 언제나 함께입니다.

앞으로도 우리는 내내 함께할 거예요.

안녕이라고 말하지 않겠어요.

그대를, 사랑합니다.

제1장

인생 최악의 나날

1

뷰티풀 드리머 좋아하시네. 젠장, 그 트레일러가 무슨 멋진 몽상
가라는 거야?

아카마쓰 도쿠로는 욕설을 퍼부었다.

세상에 그런 잠꼬대 같은 소리가 어디 있어?

아카마쓰에게 인생은 끝없이 이어지는 괴롭고 긴 언덕길이었
다. 젊었을 때는 그래도 꿈이라고 부를 만한 게 있었다. 그렇지만
지금은 그런 꿈을 꾸었던 기억마저 흐릿해질 만큼 혹독하고 가차
없는 현실이 덮쳐오고 있다.

문상을 마치고 돌아오는 길. 아카마쓰는 기쿠나역에서 탄 도큐
도요코선 급행 전철에 앉아 흔들리고 있었다. 밤 10시가 지난 도
쿄행 열차에는 승객이 거의 없어 심기 불편한 표정을 지으며 팔짱

을 끼고 있는 땅딸막한 아카마쓰의 모습이 반대편 유리창에 그대로 비쳤다. 아직 젊은 줄 알았는데 어느새 마흔을 넘겨 머리숱도 적어지고 몹시 지쳐 기름이 번들거리는 이마가 반짝였다.

인정하고 싶지 않지만, 어느 모로 보나 아저씨다.

게다가 아카마쓰는 이제 아무리 좋게 말해도 상당히 볼품없는 아저씨다. 사장이라고 해봤자 고만고만한 중소기업이다. 유행하는 컴퓨터 관련 사업이나 벤처 사업 같은 화려함과는 거리가 먼 촌스러운 운송업. 회사 이름도 아카마쓰운송이다. 하다못해 아카마쓰로지스틱스 같은 이름으로 바꾸면 좀 그럴듯할지도 모르지만 이름을 바꾼다고 매출이 좋아질 리 없고 기껏해야 비용이나 깨질 뿐이다.

그건 그렇고 너무 고통스러운 문상이었다. 평생 이토록 괴로운 문상은 일찍이 없었다.

사죄하러 간 문상이었기 때문이다.

고인은 올해 서른세 살 된 젊은 주부였다.

그 주부를 아카마쓰운송 소속 트레일러가 치었다. 아니, 정확하게 이야기하자면 트레일러에서 빠진 타이어가 인도를 걷고 있던 주부를 정통으로 덮친 것이었다.

주부는 그 자리에서 목숨을 잃었다.

죄송하다는 말을 오늘 하루 몇 번이나 했는지 모른다.

너무나 안타까워 도저히 말로 표현할 수 없었다. 주부의 죽음도 안타까운 일이지만 아카마쓰도 안타깝기는 마찬가지였다.

영정 속 주부는 환하게 웃으며 먼 데를 바라보고 있었다. 아카마쓰의 눈에는 그것이 저 멀리 있는 꿈을 바라보는 표정으로 보였다.

주부의 이름은 유기 다에코였다.

틀림없이 이 사람은 아카마쓰에게는 없는 꿈을 지니고 있었으리라.

다에코가 사고를 당했을 때 손잡고 함께 걷던 자그마한 사내아이는 넘어질 때 생긴 찰과상 정도만 입었다고 한다. 그야말로 큰 불행 중 다행이었지만, 그 아이가 빈소에서 울고 있는 모습을 보고 아카마쓰는 가슴이 찢어지는 듯한 지독한 회한에 시달렸다.

아카마쓰운송이 일으킨 타이어 이탈사고는 행복했던 엄마와 아들의 꿈을 눈 깜빡할 사이에 박살 낸 셈이다.

그 트레일러의 이름이 뷰티풀 드리머였다.

아주 큰 자동차 제조회사인 호프자동차가 만드는 대형 트레일러다.

"뭐가 뷰티풀 드리머라는 거야."

딴에는 속으로 중얼거린 셈인데 주위에 있던 다른 승객이 멍하니 아카마쓰를 바라보았다.

아마 목소리가 입 밖으로 나간 모양이다.

뷰티풀 드리머가 가져다준 것은 꿈은 꿈이라도 인생 최악의 악몽이었다.

어두운 다마 강을 건너기 시작한 열차 아래에서 레일 때리는 소리가 규칙적으로 들려오기 시작했다. 이윽고 철교를 다 건너자 고급 주택가에 있는 역을 거쳐 지유가오카역 플랫폼으로 미끄러져 들어갔다.

아카마쓰는 뻐근한 몸을 일으켜 오이마치선 플랫폼에 내렸다. 전철로 갈아타 도도로키역에서 내렸다. 그리고 걸어서 10분쯤 가면 아카마쓰운송 본사 사무실이다.

현관 유리문을 열자마자 미야시로 나오키치가 허둥지둥 자리에서 일어나 다가왔다. 회사에 오래 근무한 미야시로는 운송업에 규정되어 있는 운행관리자 겸 전무였다.

"사장님, 고생하셨습니다. 어땠습니까?"

아카마쓰는 한숨을 푹 내쉬었다.

"말도 아니죠."

"그렇습니까……?"

이번에는 미야시로가 한숨을 내쉬었다.

"그러면 유족하고 이야기는?"

"못 했죠. 사죄는 드렸는데 이야기를 길게 할 상황이 아니었어요. 문상객들이 있어서."

미야시로는 난감하다는 표정을 지으며 입술을 깨물었다.

"가도타 녀석은 뭐 합니까?"

아카마쓰가 상의를 입은 채 의자에 털썩 주저앉아 물었다.

"회사에 남아 있습니다. 대기하라고 했거든요."

아카마쓰는 무릎에서부터 종아리까지 문질렀다. 장례식장에서 조문객이 끊어질 때까지 세 시간쯤 계속 긴장하고 서 있었기 때문에 다리가 퉁퉁 부었다. 염주를 책상 고무판 위에 내려놓고 이마에 손을 대니 식은땀의 감촉이 손끝에 전달되었다. 공복인데도 식욕이 전혀 없고, 지칠 대로 지쳤는데도 신경은 말짱해 졸음은커녕 하품도 나오지 않았다.

"경찰에서 연락은?"

"없습니다. 시간이 더 걸릴 겁니다. 확실해질 때까지는 뭐라고 말할 수 없지만, 상황이 뭔가 이상하군요."

사고가 난 것은 이틀 전이다. 그때 아카마쓰는 도쿄도에 있는 거래처 응접실에 있었다. 중요한 상담이 진행 중이었기 때문에 받지 못했는데, 상대방과 헤어지고 나오는 그 한 시간도 안 되는 사이에 회사나 미야시로의 휴대전화로부터 일곱 통이나 되는 문자 메시지가 들어와 있는 걸 보고 '무슨 일이 터졌다'라는 것만은 알 수 있었다.

거래처에서 나오자마자 회사로 전화를 걸었다. 전화를 받은 미야시로 전무의 당황한 목소리가 휴대전화에서 흘러나왔다.

"사장님, 죄송합니다. 사고가 났습니다. 안타깝게도 인신사고라서."

"뭐요?"라고만 하고 아카마쓰는 말을 잇지 못했다. 미야시로가 말을 이었다.

"야스토모가 운전하는 트레일러입니다. 조금 전 휴대전화로 연락이 왔는데 이 친구가 너무 놀라서 무슨 소리를 하는지 도무지 알아들을 수 없었습니다. 지금 다카시마를 보냈습니다. 피해자를 병원으로 옮긴 상황까지는 파악되었지만, 반송처는 아직……. 야스토모는 혼자 조사받고 있는 모양입니다."

야스토모 겐스케는 아카마쓰운송에 입사한 지 반년쯤 된 새내기 운전기사다. 이력서에 따르면 몇 년 사이에 운송회사를 이리저리 옮겨 다닌 30대 중반 독신남. 한편 다카시마 야스노리는 믿음직한 운전기사 겸 총무과장이다.

"사장님, 어쨌든 바로 사무실로 돌아오셔야겠습니다."

일정을 모두 취소하고 서둘러 사무실로 달려가던 도중에 슬픈 소식이 날아들었다. 사무실 근처 역에서 내려 종종걸음으로 사무실로 가던 중이었다. 아카마쓰의 발은 태엽이 끊긴 것처럼 그 자리에 멈추고 말았다.

"죽어? 돌아가신 거예요⋯⋯?"

마치 지구에서 산소가 사라진 듯 아카마쓰는 숨이 막혔다. 눈앞에 펼쳐진 풍경에서 빛깔들이 사라지고 숨을 쉴 수 없었다. 신음하며 주먹을 이마에 대고 '쯧' 하며 혀를 찼다. 고개를 푹 숙이며 도로 옆 가드레일을 두 팔로 짚었다. 그 자리에 주저앉고 말 것 같았지만 겨우 참았다. 트럭이 그런 아카마쓰를 스칠 듯 지나갔다.

먼지가 일어 목구멍이 따가웠다.

"이럴 수가⋯⋯."

회한인지 절망인지 알 수 없는, 영혼의 어두운 밑바닥이 아카마쓰 앞에 입을 쩍 벌렸다. 꿈도 아니고 거짓말도 아닌 현실. 잔혹하고 구제할 길 없는 현실에 아카마쓰는 숨을 쉴 수 없었다.

미야시로는 다카시마에게 받은 보고 사항을 사무실에 돌아온 아카마쓰에게 전달했다.

"사가미머시너리라는 회사에서 출발해 요코하마 시내에 있는 공장으로 가던 도중에 일어난 사고였답니다. 조금 전 다카시마가 전화로 알려온 소식에 따르면 브레이크를 밟는 바람에 앞쪽 좌측 타이어가 날아가 인도를 걷고 있던 사람의 등에 부딪혔습니다. 병원으로 옮겼는데 즉사였다고 합니다. 야스토모는 아직 경찰서에 있는데 상황이 상황이라 좀 어렵군요."

아카마쓰를 바라보는 미야시로의 눈빛은 심상치 않았다.

"타이어가? 날아갔다고⋯⋯?"

아카마쓰는 멍한 눈으로 미야시로를 바라보았다.

"그렇습니다, 사장님."

미야시로의 눈빛이 다시 평소대로 돌아왔다. 미야시로는 아카마쓰의 등 뒤를 흘끔 보았다. 그쪽에는 아카마쓰운송의 주차장과 정비공장이 나란히 있었다. 타이어가 멋대로 날아갈 리 없다. 빠진 것이다.

"과적재 문제는 아니겠죠?"

아카마쓰는 그럴 리 없다고 생각하면서도 확인했다. 과적재란 차량에 정해진 중량을 넘어선 짐을 싣는 것을 말한다. 과적재가 적발되면 그 트럭뿐만 아니라 운송업자 자체가 영업 정지 처분을 받게 된다. 게다가 사망 사고라면 그야말로 눈 뜨고 볼 수 없는 상황이 벌어진다.

"과적재 문제는 없습니다만 정비 불량일지도 모르죠."

그렇다면 회사에 돌아올 책임은 아주 무겁다.

"그럼 확인해보셨습니까?"

"아직 모르겠습니다."

미야시로는 확실한 대답을 피했다.

잠시 뒤 아카마쓰는 사고조사를 맡은 고호쿠경찰서에서 연락이 와 서둘러 달려갔다.

담당자는 제복 경찰관이 아니라 다카하타 신지라는 형사였다. 이번 일을 사고가 아니라 사건으로 다루고 있다는 사실을 깨달은 것은 바로 이때였다.

긴 시간에 걸친 조사에서 경찰은 아카마쓰운송이 차량 정비를 어떻게 하고 있는지 자세하게 물었다. 정비사 경력이나 근무 환경, 사고 이력에 대해서도 캐물었다.

경찰서에 잡혀 있던 운전기사 야스토모와도 이야기를 나누었다.

"쓰나시마에서 오쿠라야마로 빠지는 완만한 커브 길이었죠. 브레이크를 밟을 때 '덜컹' 하는 충격이 왔습니다. 순간 핸들을 놓쳐 도로 옆 인도에 운전석 부분이 세게 부딪혔죠. 뭐가 뭔지 도무지 알 수 없는 상황이라······."

그때는 타이어가 이미 빠진 뒤라 야스토모는 인도를 걷던 피해자와 부딪히는 순간을 보지 못했다고 한다. 현장은 고호쿠경찰서 바로 앞이었다. 기어드는 목소리로 사고 상황을 이야기하는 야스토모는 낯빛이 창백하고 입술에는 핏기가 없었다.

"속도는 몇 킬로미터였지?"

"40킬로미터쯤 되었을 거예요. 앞에 차도 있었죠."

법정속도를 아슬아슬하게 지켰고, 속도위반은 하지 않았다는 사실은 뒤에서 오던 차의 운전자가 증언했다고 한다.

"사고가 나기 전에 이상한 점은 없었나? 타이어가 헐거워진 것 같다거나."

"아뇨. 전혀. 갑자기 그렇게 된 겁니다."

조사를 담당한 형사는 고개를 제대로 들지 못하는 야스토모의 핏기 없는 얼굴을 의심스럽다는 눈빛으로 바라보고 있었다.

"사고 나기 바로 전에 어디 부딪히거나 하지는 않았고?"

아카마쓰가 물어도 야스토모는 고개를 저을 뿐이었다.

도무지 믿어지지 않는 이야기다.

타이어가 아무 이유도 없이 빠질 리 없기 때문이다. 이때 아카마쓰는 일단 업무상 과실치사로 체포될 거라고 각오했다. 야스토모도 틀림없이 그렇게 생각했을 것이다.

하지만 예상과 달리 야스토모와 아카마쓰는 체포되지 않았다.

이유는 상황을 정확하게 파악할 수 없기 때문이었다. 트레일러가 직접 사람을 친 거라면 틀림없이 체포되겠지만, 타이어가 빠져 일어난 사고라면 누구 책임인지 쉽게 판단할 수 없다. 그래서 체포하지 않았다는 게 다카하타 형사의 설명이었다.

"죄송합니다, 사장님."

아카마쓰는 경찰서에서 나와 고개를 깊숙이 숙인 야스토모에게 화를 낼 수 없었다.

"어쩔 수 없지. 사고니까."

아카마쓰가 말했다.

"뭐가 잘못된 건지 곧 알 수 있겠지."

그렇지만 그 결론은 계속 늦어져 사고가 난 지 이틀 지난 지금도 나오지 않고 있다.

한편, 피해자는 부검이 이루어졌고 오늘은 문상객을 받았다. 그리고 내일은 장례식. 사람이 세상을 떠났을 때 거치는 가슴 아픈 일정이 담담하게 치러지고 있었다.

사고는 언론의 주목을 받게 되어 뉴스 방송을 통해 반복 보도되었고 이튿날 아침 신문에도 기사가 났다. 사고 상황을 확정적으로 보도하지는 않았다. 그렇지만 사고 차량을 운행하던 아카마쓰운송은 누가 보더라도 '가해자'였다.

이 세상에 사람 생명보다 더 중요한 것은 없다. 이미 알고 있던 사실을 오늘 밤 문상하러 가서 새삼 깊이 가슴에 새겼다.

운전기사에게 과실이 없다면 생각할 수 있는 원인은 하나. 정비 불량이다.

"가도타를 불러오겠습니다."

미야시로의 뒷모습을 지켜보면서 아카마쓰는 고개를 푹 숙이고 두 손에 얼굴을 묻었다.

2

아카마쓰가 다니던 대형 운송회사를 그만두고 아카마쓰운송으로 이직한 것은 서른두 살 때. 아버지 병환 때문이었다.

특별히 가업을 이어야겠다는 생각이 있었던 것은 아니다. 그렇지만 대학 4학년 때 '너무 바쁜 직업은 내키지 않는다'라고 생각하면서도 이렇다 할 장래 계획도 없던 상태에서 취직할 만한 곳으로 나온 데는 어렸을 때부터 친숙한 운송업뿐이었다.

대학 때 유도부에서 함께 활동했던 선배의 권유도 있었다. "올래?", "잘 부탁드립니다" 하는 딱 한 번의 면접을 거쳐 아주 간단하게 직장이 결정되었다. 아카마쓰는 이렇게 해서 대학 졸업 후 10년동안 대기업 회사원으로 지냈다. 스스로 이런 말을 하기는 쑥스럽지만 일을 잘했다. 서른 살이 되기 전에 과장대리가 되었고 큰 프로젝트도 맡았다. 업무에 대한 의욕도 컸다. 아버지가 쓰러진 것은 직장인으로서 한창 꽃을 피울 나이인 서른두 살이 되던 해의 여름이었다. 쇼와 30년대*에 손수 창업해 40년 가까이 아카마쓰운송을 이끌어온 아버지는 쓰러진 지 한 달 만에 세상을 떠났다.

직원도 있고 언젠가 물려받을 작정이기는 했다. 그렇지만 그토

---

* 1955년-1964년.

록 갑작스럽게 떠맡게 될 줄은 생각도 못 했기 때문에 솔직히 당황했다.

어깨너머로 배우고 뭐고 할 틈도 없었다. 사장이 어떤 일을 하는 자리인지 전혀 알지 못한 채 직원 90명인 회사를 이끌어야 할 처지가 된 아카마쓰는 회사란 무엇일까, 하는 의문에서부터 시작했다. 허둥지둥 세운 대책에 따라 얼떨결에 사장이 되었다.

중소기업 경영이 얼마나 어려운지는 직접 겪어본 사람이 아니면 모른다.

거래처나 오래 근무한 직원의 이탈, 매출 감소, 비용 증가 등, 갖가지 어려움이 있었다. 아카마쓰는 그때마다 그야말로 피나는 노력을 해서 여기까지 왔다.

사장이 되어 제일 먼저 배운 점은 '사장 자리 같은 건 맡지 말아야 했다'라는 깨달음이었다. 이건 지옥이다. 아무리 애를 써도 결산 서류를 보면 늘 이익이 거의 없다. 적자가 나지 않으면 그야말로 '감지덕지'할 세상이다.

하지만 '이거 운송업으로 먹고산다는 게 보통 일이 아니구나' 하는 생각이 든 순간, 정신이 확 들었다.

아버지가 그런 푸념을 늘어놓는 걸 본 적이 없기 때문이다. 묵묵히 일하며 이를 악물고 노력해 나를 학교에 보내고 직원들에게 월급을 줬다. 죽도록 일만 하다 보니 건강검진도 제대로 받지 못했다. 그러다 암을 너무 늦게 발견해 세상을 뜨고 말았다. 가족과 직원에게 최선을 다하는 사이, 아버지의 몸은 트럭처럼 감가상각이 되고 말았다는 생각이 들었다.

"고마워요, 아버지."

직원들이 모두 퇴근해 고요한 사무실에서 이렇게 중얼거렸을 때 눈물이 났다. 사장에 취임해 첫 번째 결산서를 받아본, 6월 말에 가까운 어느 날의 깊은 밤이었다. 밖에서는 지루한 장맛비가 주룩주룩 내리고 있었다.

트럭 80대. 연 매출 7억 엔, 직원 90명. 세타가야구 도도로키에 있는 중소 운송회사.

사장이 된 지 10년, 늘 고생스러웠지만 그래도 큰 말썽이나 사고를 겪은 적은 없었다. 지금까지 겪은 일들보다 더 힘든 일에 휘말릴 일은 없을 거라 생각했다. 그런데 이번만은 그렇지 않았다.

경찰이 계속 '정비 불량'에 대해 캐물었는데 아카마쓰는 부정하면서도 확신은 없었다. 진심으로 '절대 그런 일은 없다'라고 말할 수는 없었다.

솔직하게 이야기하면 정비 담당 직원의 업무 태도에 자신이 없었기 때문이다. 경찰 조사를 받으면서도 내내 차량 정비를 담당하는 남자 직원의 얼굴이 머릿속에서 어른거린 것도 그 때문이었다.

심각한 표정을 한 미야시로가 돌아왔다.

미야시로 뒤에는 금발 머리 남자가 눈을 깜빡거리며 쭈뼛쭈뼛 따라오고 있었다.

바로 정비사 가도타 슌이치였다.

아카마쓰는 미결재 서류함에서 미야시로가 넣어두었다고 한 서류를 꺼내 들었다.

3년 전, 스무 살이었던 가도타가 입사 면접을 보러 왔을 때 제출한 이력서와 신상명세서다.

가도타는 전문학교에서 정비사 자격을 땄다고 했지만 채용할지 말지 솔직히 고민스러웠다. 인상이 차분하지 못하고 면접하는 아카마쓰를 똑바로 바라보지 않은 태도가 마음에 들지 않았기 때문이다.

"사장님, 데리고 왔습니다. 어이."

미야시로가 부르자 가도타는 쭈뼛쭈뼛 앞으로 나오더니 어딘가 삐뚤어진 눈으로 아카마쓰를 바라보았다. 머리카락을 금빛으로 물들이고 귀에는 피어스를 한 가도타는 아카마쓰에게는 의사소통도 힘든 다른 차원의 인간이었다.

"금발은 안 된다고 했잖아. 못 들었어?"

아카마쓰는 입을 열자마자 잔소리를 했다. 가도타는 대꾸하지 않았다.

한 달쯤 전에 갑자기 머리를 물들인 가도타를 보고 주의하라고 경고한 기억이 되살아났다. 그때 가도타가 보여준 삐딱한 표정과 함께.

대답은 해야지, 하고 심기가 불편해진 미야시로가 야단치자 가도타는 마지못해 "예이"라고 대답했다.

'예이가 뭐야, 예라고 해야지'라는 말까지는 하지 않았어도 아카마쓰 역시 화가 나 호통을 쳤다.

"회사에선 피어스 빼!"

역시 이 녀석이 한 정비에 문제가 있었던 게 아닐까?

자꾸 의심이 들었다. 그때 기름에 젖은 모자를 손에 쥔 다니야마 지로가 면목 없다는 듯 사무실로 들어오는 모습이 보였다. 다니야마는 정비과 과장이자 정비관리자로 등록된 남자 직원이었다.

직함이 과장이기는 하지만 오랫동안 부하 직원 없이 혼자였다. 그러다 그의 정년퇴직이 얼마 남지 않아 가도타라는 부하 직원을 고용해서 보고 배우도록 한 다음, 그 뒤를 잇게 해야겠다고 아카마쓰는 생각했었다.

다니야마는 가도타와 달리 지나칠 만큼 책임을 느끼는 듯했다. 당장이라도 주저앉는 게 아닐까 싶을 만큼 잔뜩 주눅이 든 표정을 짓고 있었다. 요 이틀 사이에 너무 초췌해져 사람이 달라 보일 지경이었다. 이번 일의 결론이 정비 문제라고 난다면 제일 먼저 체포될 사람이 정비관리자 다니야마다. 물론 다니야마로부터 정비 상황에 대해 보고를 받는 아카마쓰도 체포될 가능성이 크다. 문제는 경찰만이 아니었다. 내일이라도 육운국*의 감사가 들어올 텐데 그 결과에 따라 영업 정지라는 최악의 상황을 맞이할 수도 있다.

"죄송합니다."

가도타 대신 다니야마가 사과했다.

"이번엔 앞으로 정신 차리라는 말 정도로 넘어가지 못할 거야, 몽타."

몽타. 원숭이처럼 생긴 가도타에게 붙은 별명이다.

아카마쓰가 말을 마치자 가도타의 눈빛이 번쩍했다. 젊은이 특유의 반발이 느껴져 아카마쓰는 속에서 열불이 났지만, 그보다는 제대로 반박도 못 하고 사과도 하지 않는 이 직원이 왠지 불안하게 느껴졌다.

---

* 陸運局. 일본의 육상운송 행정 전반을 담당하던 지역별 관청. 2002년 이후 정부 조직 변화에 따라 국토교통성 산하 각 지역 운수지국이 육상운송과 해상운송을 통합 관리하고 있지만, 아직도 '육운국'으로 불리기도 한다.

정비 업무는 화물 운송 사업을 지탱해주는 밑바탕이다. 이처럼 중요한 업무를 가도타 같은 직원에게 의존해왔다는 사실에 돌이킬 수 없는 후회를 느끼며 아카마쓰는 가도타를 노려보았다.

"난 여태 자네가 언젠가 근무 태도를 고칠 거로 생각했어. 솔직히 실망이야. 머리는 물을 들이고 피어스까지 하고. 자네 같은 젊은이들은 개성인데 뭐가 잘못이냐고 생각할지 모르겠지만 회사에는 젊은이만 있는 게 아니야. 자네가 일을 제대로 하지 않기 때문에 이런 문제가 터진 거야. 알겠나?"

대꾸가 없었다. 눈빛만 더 날카로워진 가도타는 아카마쓰를 쏘아보았다.

"조금 전 문상을 하고 돌아왔어. 돌아가신 피해자 영정을 보았지. 자넨 남의 목숨을 빼앗은 일에 대한 반성조차 하지 않는 건가? 어머니를 잃은 아이의 심정을 모르겠어? 만약 안다면 근무 태도 좀 뜯어고쳐!"

쾅, 하는 요란한 소리가 났다. 가도타가 아카마쓰의 책상을 걷어찬 것이다.

"너 이 자식, 태도가 그게 뭐야!"

침을 튀기며 꾸짖는 다니야마에게 "시끄러워!"라며 가도타가 드디어 입을 열었다.

"이게 무슨 짓인가!"

미야시로가 호통을 치며 가도타의 멱살을 잡자 가도타도 미야시로의 멱살을 잡았다. 그러자 다니야마가 가도타에게 힘껏 주먹을 날렸다.

가도타의 마른 몸이 사무실 의자 사이로 날아가 요란한 소리를 내며 떨어졌다.

"너 이 자식, 당장 나가! 해고야!"

쓰러진 의자 사이에서 입술에 난 피를 손등으로 닦으며 일어선 가도타에게 아카마쓰가 내뱉었다. 일촉즉발의 눈싸움도 가도타가 불쑥 시선을 피하며 끝났다. "흥. 그만둬주지"라는 말과 함께 아카마쓰운송의 문제아는 사무실을 뛰쳐나갔다.

"죄송합니다, 사장님. 이런 꼴을 보여드려서."

눈을 꾹 감고 손이 아플 만큼 모자를 꼭 움켜쥔 다니야마에게 아카마쓰는 체념한 듯 말했다.

"다니야마 씨 잘못은 아니죠."

"제가 제대로 지켜보았다면."

"그건 무리예요."

정비과는 요즘 너무 바빴다. 운송업자는 의무적으로 3개월마다 한 번씩 정비하게 되어 있고, 새 차를 제외하면 12개월에 한 번씩 차량 검사를 한다. 지난달에는 때마침 점검 시기가 겹치기도 해 다니야마나 가도타나 정신없이 바빴다. 아카마쓰운송과 같은 규모인 회사 중 정비사를 두고 자체적으로 정비하는 회사는 오히려 적다. 운송회사는 대부분 정비공장과 계약해 3개월에 한 번씩 하는 점검도 공장에 맡기는 회사가 많다. 아카마쓰운송이 자체 정비사를 고용한 까닭은 외부 공장에 맡길 때는 얻을 수 없는 유연성과 비용 절감을 위해서였다. 다니야마나 가도타나 운전면허도 가지고 있으므로 여차하면 핸들을 잡을 수도 있다. 가도타도 근무 경력 3년이면 어엿한 베테랑이다. 아무리 실력 있는 정비사인 다니야마라고 해도 부하 직원이 하는 일을 하나하나 점검하다가는 일을 제대로 할 수 없다.

"관리 책임을 져야 한다면 내가 져야죠. 다니야마 씨 책임이 아니에요."

다니야마의 얼굴이 일그러지는 걸 본 아카마쓰는 어색한 분위기를 떨쳐내려는 듯 말했다.

"어쩔 수 없죠. 두 분 모두 수고했습니다. 오늘은 이만 퇴근하시죠. 나도 나가봐야겠어요. 너무 피곤해서."

수고하셨다고 미야시로가 쉰 목소리로 말하자 고개를 끄덕인 아카마쓰는 신발에 납이라도 들은 듯 무거운 발걸음으로 구름이 없는 밤하늘 아래로 나왔다.

3

"사장님, 잠깐 괜찮으시겠습니까?"

그로부터 며칠 지난 어느 아침이었다. 일찌감치 거래처부터 돌고 11시 조금 지나 회사에 도착하니 미야시로 전무가 바로 자리로 다가와 다른 직원들에게 들릴까 조심하듯 목소리를 낮추고 말했다.

"가도타 문제입니다만."

아카마쓰는 말없이 고개를 끄덕이며 응접실 겸 사장실로 쓰는 방을 가리켰다.

어제까지 육운국에서 매일 감사가 들어와 거기에 대응하느라 아카마쓰는 지칠 대로 지친 상태였다. 운행관리와 정비관리에 관한 철저한 점검이 진행되었는데, 그 결과는 '감점 없음'이었다. 중대한 사고가 일어난 만큼 '뭐든 심각한 감점 항목을 찾아내겠다'라는 듯 의욕에 넘쳐 몰려왔을 육운국 감사관들도 "생각보다 잘하고 있군" 하고 중얼거리며 좋은 점수를 매겼다.

아카마쓰는 사무실 안에 놓아둔 책상에서 일어나 먼저 소파에 걸터앉아 담배에 불을 붙이려다가 그만두었다. 담배를 끊은 게 벌써 몇 년 전이다. 그런데도 예전 습관이 불쑥 나왔다는 사실에 충격을 받았다. 스스로 생각하기에도 요즘 피로가 너무 많이 쌓였다. 당황한 아카마쓰의 얼굴을 보며 잠깐 이상하다는 표정을 지은 미야시로가 말을 이었다.

"사실 이런 게 있어서요. 어제 감사 도중에 발견했습니다."

그가 내민 것은 바인더 한 권이었다. 기름 자국이 잔뜩 묻은 녹색 표지에는 펠트펜으로 쓴 서툰 글씨로 '정비 수첩'이라고 적혀 있었다. 정비과 가도타 슌이치라는 이름도 함께 보였다.

"여기를 보시죠."

그러면서 미야시로가 펼친 페이지에는 일주일쯤 전의 기록이 있었다. 차량번호는 15호 차.

"그건가?"

고개를 들어 묻는 아카마쓰에게 미야시로는 고개를 끄덕였다. 15호 차는 사고를 낸 대형 트레일러였다.

"다니야마가 정비공장 안에 있는 가도타의 책상 서랍을 열어보고 발견한 겁니다만, 어떻게 생각하세요?"

바인더에는 가도타가 스스로 만든 것으로 보이는 '점검 시트'란 것이 철하여 있었다. 점검 항목은 법에서 규정하고 있는데, 그것 말고도 50개나 더 있는 점검 시트였다. 거기에는 가도타의 필적으로 보이는 체크 표시가 되어 있었다.

"규정된 점검보다 훨씬 꼼꼼한 내용입니다."

받아 들고 대충 살펴본 노트 맨 앞 페이지에는 1개월쯤 전의 날짜가 적혀 있었다.

"그 녀석, 사장님에게 꾸중을 듣고 나서 할 일을 제대로 했던 거죠."

"그렇군."

아카마쓰는 얼굴을 찡그렸다.

해고하겠다고 했으니 당연한 일이지만, 그날 밤 이후 가도타는 한 번도 회사에 나타나지 않았다.

"혹시나 해 가도타가 정비한 다른 트럭들도 살펴보았는데 잘하고 있었습니다. 이만큼 노력했는데 정비 불량이라는 소리를 들으면 날 보고 어쩌라는 거냐 하는 생각이 들겠죠."

아카마쓰는 그만 벌떡 일어서고 말았다.

"잠깐 다녀와야겠군요."

"어디를?"

"가도타네 집. 주소 좀 알려줘요."

미야시로가 바로 인사 파일을 복사해 왔다. 아카마쓰는 가미이케다이 쪽 주소가 적혀 있는 복사지를 주머니에 구겨 넣고 사무실 옆에 세워둔 업무용 밴에 올라타 시동을 걸었다.

"괜찮겠습니까, 이 차로?"

"돌아오는 길에 뭐 싣고 올 거 있나요?"

"없습니다, 그런 건."

그러더니 미야시로는 씩 웃으며 "가도타 녀석이나 싣고 와주시죠"라고 했다.

어리석었다는 생각이 들었다. 내가 어리석었다.

예전에 대기업에 다닐 때 제일 화가 나는 일 가운데 하나가 인사 조처였는데.

쓸모없는 놈들이 출세하고 진짜 실력 있는 사람들은 무시당하는 세상. 도대체 상사나 인사부 녀석들은 무얼 보는 걸까. 마음속에 품었던 분노는 늘 이글이글 타올랐다.

그런데 이 꼴이 뭔가. 이제 나도 멍청한 인사부와 다를 바 없다.

아니, 아니. 과연 그런 일이 있는 걸까? 핸들을 쥐면서 아카마쓰는 생각했다. 도도로키 주택가에서 간조8호선*으로 빠져 하네다 방면으로 나가는 트럭들 사이로 차를 몰았다.

업무 내용으로 승패를 겨루라. 아카마쓰가 종종 직원들에게 하는 말이었다. 그때 가도타가 주의를 받은 '모양새'를 고치려고 하지 않은 것은 아카마쓰가 말한 대로 업무 내용으로 승부를 겨루려고 했기 때문이 아닐까? 일을 제대로 해냈을 때 아카마쓰가 진짜로 그걸 인정해줄지 어떨지, 그걸 알고 싶었던 게 아닐까?

말만 앞서는 관리직인지 아닌지, 가도타는 그걸 확인하고 싶었던 게 아닐까?

그렇다면 나는 낙제다.

입맛이 쓸쓸해 아카마쓰는 몇 번이나 자신을 탓하며 혀를 찼다.

나카하라가도를 넘으면 도로 앞이 툭 트여 달리기 편해진다. 정체가 예상되는 도로를 피해 기타미네마치 근처에서 좌회전한 아

---

* 環状8号線. 도쿄 하네다공항에서 세타가야구, 스기나미구, 렌마구, 이타바시구를 거쳐 기타구에 이르는 반원형 모양의 도쿄 주요지방도. '간파치'로 줄여 부르는 일이 많다.

카마쓰는 주택가 사이로 난 길을 따라 그 주소를 향해 밴을 몰았다.

"이 부근인가?"

차를 천천히 몰며 전봇대에 적힌 주소 표시를 읽던 아카마쓰는 앞쪽에 보이는 연립주택을 바라보았다.

가도타가 제출한 서류의 현주소에는 몇 호에 사는지도 적혀 있었다.

연립주택을 둘러싼 블록 담에 붙여 차를 세운 아카마쓰는 다 합쳐 여덟 세대인 연립주택 건물을 올려다보며 오른쪽에 있는 콘크리트 계단을 올라갔다.

가도타를 보면 뭐라고 해야 할까, 그 생각만 하며 문 앞에 섰다.

초인종을 누르고 옷매무시를 가다듬었다.

하지만 가도타의 퉁명스러운 목소리를 예상했던 아카마쓰의 귀에 들려온 것은 뜻밖에도 젊은 여성의 음성이었다.

"아, 저어, 아카마쓰운송에 근무하는 아카마쓰라고 합니다만."

"아아, 예. 잠깐만 기다리세요."

조금 당황한 말투의 대답과 함께 인터폰이 끊어졌다. 이윽고 고개를 내민 사람은 스무 살쯤 되어 보이는 자그마한 여성이었다. 가도타와 마찬가지로 금발에 얼굴은 천진난만해 보였다. 가도타는 미혼이니 대충 동거라도 하는 상대일 거로 추측했지만 아카마쓰는 그런 내색은 하지 않고 물었다.

"가도타 씨 집에 있습니까?"

"일하러 갔는데요."

"일?"

아직 해고된 지 일주일도 지나지 않았다. 바로 아카마쓰운송은 가망 없다고 보고 다른 직장을 얻은 걸까? 놀랍기도 하고 낙담하기도 한 아카마쓰에게 그녀는 "휴대전화에 연락해볼까요?" 하며 신경을 써주었다.

"아뇨, 일하는 중이면 미안하니까. ……새 직장을 찾은 건가요?"

"예, 뭐."

그녀는 말을 흐렸다.

"아마 지금쯤 식사를 할 시간일 텐데. 전화해볼까요?"

어쩌지? 전화를 걸어 지난번 일은 미안하다고 사과하는 것도 이상하다. 그리 가볍게 할 이야기도 아니고 새 직장이 생겼다면 아카마쓰는 이미 과거의 사람이다. 인제 와서 다시 들춰내 어쩌겠다는 건가.

아카마쓰가 망설이는 모습을 본 그녀가 말했다.

"그럼 직접 가서 만나보시죠. 틀림없이 좋아할 거예요."

"그래요……? 재취업한 데가 어느 회사인가요?"

아카마쓰가 조심스럽게 물었다. 그러자 그녀는 안으로 들어가 신문 전단 뒤에 간단한 약도를 그려서 나왔다.

"회사가 아니라 일용직으로 일하니까요. 아마 이 부근에 있을 거예요."

지도 아랫부분에 시나가와구 쪽 주소가 얼굴에 어울리지 않는 능숙한 글씨로 적혀 있었다. 아카마쓰에게 "잘 부탁드립니다" 하며 고개를 숙이고 뜻밖에 미소를 지었다.

"왜요?"

"죄송합니다. 가도타가 이야기한 것과 너무 똑같은 분이라서."

멍하니 서 있는 아카마쓰에게 그녀가 말을 이었다.

"걔가 아카마쓰 사장님 이야기를 자주 했거든요. 사장님을 무척 좋아하는 것 같더라고요. 여러모로 부족한 자기를 직원으로 써주신다면서요. 전문학교를 나온 뒤에 찾아간 회사들은 모두 써주지 않았는데 아카마쓰 사장님은 자길 채용해주셨다고."

"그런 건 아닌데……."

말문이 막혔다. 고개를 숙인 아카마쓰는 그때 그녀의 배가 불룩하다는 사실을 깨닫고 고개를 들었다. 동그랗고 귀여운 눈이 아카마쓰를 바라보고 있었다.

"아, 저어, 그 친구가 무슨 이야기를 하던가요? 이번 일로."

"자기가 잘못한 게 아니라면서 화를 냈지만, 무척 우울해했어요. 정말 해고인가요? 아니죠? 아카마쓰운송을 진짜, 진짜 좋아하는데. 그렇게 보이지 않았을지도 모르지만요. 그래도 저는 알아요."

그녀가 갑자기 우는 건지 웃는 건지 모를 표정을 짓더니 애원하는 듯한 눈으로 아카마쓰를 보았다. 그때 아카마쓰는 깨달았다. 이 사람은 틀림없이 가도타의 가족, 내가 지켜주어야 할 직원의 가족이라는 사실을.

"물론이죠. 해고할 리 있겠어요?"

입술을 꾹 깨문 아카마쓰는 더는 말을 이을 수 없었다. "실례했습니다" 하며 고개를 숙이고 얼른 연립주택 계단을 내려왔다.

하늘에는 구름이 무겁게 내려앉았다. 다시 차를 몰기 시작한 순간 툭툭 빗방울이 떨어졌다. 10월에 내리는 차가운 가을비였다.

다시 가미이케다이의 주택가를 지나 밴은 메오토 언덕길로 나와 붐비는 간조8호선을 지나 시나가와로 향했다. 빗발이 조금 굵어졌다 가늘어졌다 할 때마다 와이퍼를 껐다 켰다 하면서 아카마쓰는 오로지 앞쪽만 바라보았다.

주변 풍경이 주택가에서 공장이 늘어선 황량한 외곽 지역으로 바뀌었다. 국도를 지나 바다에 가까워지자 그 풍경은 더욱 공장지대 분위기가 짙어지면서 하늘과 마찬가지 잿빛으로 차창을 메웠다.

받아온 주소는 오이의 공장이 늘어선 한 블록을 지난 곳이었다.

"이 부근인가⋯⋯?"

그때 도로공사 중이라는 간판 앞에서 비옷을 입은 경비원 한 명이 한쪽으로 지나가라며 유도등을 흔드는 모습이 보였다.

바로 앞 인도에 밴을 세웠다. 경고등과 노란색 케이지로 둘러싸인 공사 현장에 작업하는 사람들 모습은 보이지 않았다.

멈춰 선 아카마쓰는 잠깐 망설였지만 30미터쯤 앞에 있는 공원을 발견하고 천천히 걷기 시작했다.

빗방울이 다시 뺨을 때렸지만, 우산은 없었다. 어차피 이내 그칠 거로 생각했는데 기껏해야 10미터도 가지 않았을 때 빗발이 거세졌다. 앞날을 암시하는 듯한 날씨였다.

작은 그네와 미끄럼틀, 모래밭에 화장실이 있을 뿐인 작은 공원에 아이들 모습은 없었다. 원래 주택가가 아닌 이런 곳에 공원이 있다는 게 생뚱맞다는 생각을 한 순간, 한쪽 구석 벤치에 웅크리고 앉은 한 사람이 보였다.

지급품으로 보이는 짙은 남색 비옷의 등판에는 V자 모양의 위험 방지용 반사판이 붙어 있었다. 남자는 잠깐 원망스럽다는 듯 하늘을 우러르더니 옆에 놓아둔 장갑이 젖지 않도록 얼른 비옷 안에 집어넣었다. 그리고 무릎 위에 펼친 도시락에 빗방울이 떨어지지 않도록 가리면서 젓가락질을 시작했다. 다가간 아카마쓰의 눈에 소스를 뿌린 굴튀김이 보였고, 과묵해 보이는 옆얼굴에 피어스가 반짝거리는 게 보였다.

"이봐, 가도타."

아카마쓰가 말을 건넨 순간, 가도타는 굴튀김을 반쯤 입에 넣은 채로 동작을 멈췄다. 그리고 놀란 얼굴로 아카마쓰를 돌아보았다. 두 사람은 마주 보면서 아무 말도 하지 못했다. 가도타를 만나면 뭐라고 말을 걸까, 여기까지 오면서 그 생각만 했는데 그럴듯한 대사는 한 마디도 떠오르지 않았다. 가도타를 보면 그 자리에서 뭔가 할 말이 떠오를 거라고 대수롭지 않게 여겼는데 막상 만나니 마땅히 할 말이 떠오르지 않았다. 이윽고 입 밖으로 나온 말은 자기가 생각하기에도 한심한 소리였다.

"도시락, 맛있나?"

"사장님……."

그렇게 중얼거린 가도타는 먹던 도시락을 벤치 위에 내려놓고 당황한 표정을 지었다.

"미안해."

다음에 목구멍으로 넘어온 말은 사과였다.

"내가 오해했던 모양이야. 돌아와주지 않겠나? 내가 이렇게 부탁하네."

그러면서 아카마쓰는 고개를 숙였다.

어쩌면 직원에게 고개를 숙이기는 이번이 처음인지도 모른다.

하지만 그런 위화감은 아무래도 상관없다. 근거도 없이 오해해 열심히 일하는 직원을 쫓아낸 잘못을 견디기 힘들었다.

"누가 책임을 져야 하지 않나요?"

그때 생각도 못 했던 가도타의 말을 듣고 아카마쓰는 고개를 들었다.

"사람이 한 명 죽었어요, 사장님. 돈으로 해결할 수 있는 문제가 아니겠죠. 그렇다면 제가 책임을 지는 게 낫지 않겠습니까? 아카마쓰운송이 무사하다면 그걸로 된 거죠. 전 다른 일을 찾을 수 있을 테고."

"멍청이. 그런 문제는 네가 걱정할 일이 아니야."

이 녀석 얼굴에 어울리지도 않는 걱정을 하고 있었던 건가? 갑자기 가슴이 찡해지는 것을 느끼며 아카마쓰가 말했다.

"우선 아직 정비 불량 때문이라는 판단이 나온 게 아니야. 경찰이 결론을 내리지 못하고 있기 때문이지. 자네가 쉬는 동안에 육운국이 감사를 시행했어도 별문제 없이 넘어갔어. 자네도 일을 대충하지는 않았잖아?"

"그야 그렇지만……."

"잘 들어. 투덜거리지 말고 돌아와. 아니, 돌아와줘. 우리 회사는 자네 같은 친구가 필요해."

가도타는 대답을 못 하고 어금니를 꾹 깨물었다. 필사적으로 설득을 시도한 아카마쓰는 그 표정을 뚫어지게 바라보았다. 가도타가 불쑥 훗, 하고 웃었다.

"우리 회사……?"

그 의미를 바로 눈치챈 아카마쓰는 쓴웃음을 지으며 말했다.

"물론 회사 규모가 대단하지는 않지만 말이야."

"아뇨, 그런 뜻이 아닙니다만."

"괜찮아. 솔직하게 이야기해도. 그러면 함께 크게 키우자고. 우리들의 회사를 더 크게 만들어 자랑스럽게 '우리 회사'라고 할 수 있을 정도로 만들면 되잖아. 안 그런가?"

앞을 바라보던 가도타의 어깨를 툭 치며 "기다리겠네" 하고 돌아섰다. 공원 입구를 나서며 돌아보니 여전히 굳어버린 듯 꼼짝도 하지 않는 가도타가 보였다.

4

이튿날, 여느 때처럼 출근한 가도타를 미야시로나 다니야마나 아무 일도 없었던 듯이 맞이했다.

사무실 앞을 지나갈 때 가볍게 고개를 숙인 가도타에게 슬쩍 손을 들어 인사한 아카마쓰는 "잘 수습되었군요" 하는 미야시로에게 "그런 것 같네요"라고 작은 목소리로 대꾸하고 차를 마셨다.

하지만 따스한 기분은 아주 잠깐이었다. 조금 뒤에 걸려온 전화를 받은 미야시로 전무가 "형사가 온답니다"라고 말한 걸 듣고 아카마쓰는 현실로 돌아왔다.

사고조사도 어떤 식으로든 결론이 나올 때가 되었다.

"뭐라고 하던가요?"

미야시로는 고개를 저었다.

"아무 설명도 없었습니다. 하지만 아무래도……."

말을 끝맺지 않아도 무슨 뜻인지 안다. 좋지 않은 예감이 든다는 소리일 것이다. 아카마쓰도 마찬가지로 불길한 예감이 들었다. 아무리 긍정적으로 생각해도 상황이 좋다고는 할 수 없다. 나쁜 예감을 떨칠 수 없어 불안했다.

고호쿠경찰서 소속 다카하타 형사가 온 것은 오전 10시가 조금 지났을 때였다.

사정 청취 때 한 번 만났기 때문에 어떤 성격인지는 안다. 쉰 살쯤 되어 보이는 노련한 형사인 다카하타는 그늘지고 이야기를 나눌 때도 웃지 않는 무뚝뚝한 사람이다. 하기야 다카하타 입장에서는 혐의를 굳히기 전에 범인과 이야기하는 기분일지도 모른다.

"사고 원인 조사를 호프자동차에 의뢰했습니다."

다카하타 형사는 응접세트의 소파에 앉자마자 이렇게 말했다. 혼자 오는 줄 알았는데 수사할 때는 늘 그러는지 젊은 형사 한 명을 데리고 왔다. 요시다라는 성의 형사다.

의도를 파악하지 못해 입을 다물고 있던 아카마쓰에게 다카하타 형사는 사고 때의 상황을 먼저 설명했다. 하나하나 설명하지 않더라도 이미 알고 있는 내용이었지만 아카마쓰는 잠자코 설명을 들었다.

현장은 요코하마 시내 국도다. 아카마쓰운송 소속 운전기사 야스모 겐스케가 운전하는 트레일러는 뒤에 13톤짜리 세미트레일러를 연결해 법정속도인 40킬로미터로 주행 중, 앞쪽 좌측 타이어가 빠졌다. 타이어 지름은 1미터. 무게는 약 140킬로그램이다. 그 타이어가 도로 옆 갓돌을 넘어 인도로 뛰어들었다. 그런데 그곳이 비탈길이라 가속도가 붙어 50미터쯤 굴러가 우연히 그곳을 걷던 주부 유기 다에코 씨의 등을 강타. 유기 씨는 병원에 실려 갔지만 이내 사망. 그때 유기 씨 손을 잡고 있던 6세 장남은 넘어져 찰과상만 입었다.

한편 아카마쓰운송 사고 차량은 현장 검증 뒤 딜러인 호프자동차판매회사가 회수했는데 수리를 위해 호프자동차로 운반되었다.

다카하타는 그 수리 부품에 대해 호프자동차에 감정을 의뢰했다는 사실을 알려주러 온 것이었다.

"조사 결과가 나오지 않고서야 뭐라고 말할 수 없지만, 우리로서는 정비에 문제가 있었을 가능성이 크다고 생각하니까요, 사장님. 혹시 하고 싶은 말씀이 있다면 지금 하시는 게 좋겠군요."

다카하타가 눈을 날카롭게 뜨며 한 말에는 결과에 따라 무사히 넘어가지 못할 수도 있다는 뜻이 담겨 있었다. 오늘 방문도 특별히 볼일이 있어서가 아니고 수사 경과를 알려준다는 핑계로 아카마쓰를 견제하려는 목적인 듯했다.

"드릴 말씀은 없습니다. 정비는 제대로 했습니다. 정비 노트를 보시겠습니까?"

아카마쓰는 정비과에 연락해 가도타에게 '점검정비 기록부'를 가지고 오라고 했다. 얌전한 표정으로 사장실에 들어온 가도타는 사고 차량의 점검 기록을 펼쳐 형사에게 주더니 고개를 숙여 인사하고 돌아갔다. 그 모습을 지켜본 다카하타가 이렇게 말했다.

"분명히 점검 항목이 많고 체크가 되어 있기는 한데, 정비는 방금 저 젊은 친구가 맡았죠? 부품 교환 시기를 간과했을 가능성도 충분히 생각할 수 있지 않을까요?"

"외람된 말씀이지만, 육운국 감사는 통과했습니다. 교환 시기를 간과했다는 증거라도 있습니까?"

아카마쓰는 조금 감정적으로 대꾸했다.

"그렇지 않다면 왜 타이어가 날아갔을까요, 아카마쓰 씨? 모르죠?"

다카하타는 빈정거리는 투로 말했다.

"부품이라고 하셨습니다만 구체적으로 어떤 부품을 말씀하시는 겁니까? 저는 사고 차량을 꼼꼼하게 점검할 틈도 여유도 없었습니다. 가르쳐주실 수 없겠습니까?"

아카마쓰가 대들자 다카하타도 그만 대답을 못 했다.

"허브요."

대신 요시다 형사가 대답했다.

"허브라고요?"

허브는 차축과 타이어, 구체적으로 이야기하면 차축과 브레이크 드럼을 이어주는 부품이다.

"잠깐만요."

아카마쓰는 반론을 펼쳤다.

"허브는 석 달에 한 번 하는 점검 대상이 아니지 않습니까? 그런데도 우리 과실이라는 겁니까?"

아카마쓰운송에서 3개월에 한 번 하는 점검은 다니야마가 맡는다. 점검 내용은 법률로 정해져 있는데 허브는 거기에 포함되지 않는다. 차량 점검 때는 점검 항목에 포함되지만, 아카마쓰운송은 차량 점검을 정비회사에 맡기고 있다. 만약 허브 교체 시기가 늦어진 상태였다면 책임을 질 곳은 아카마쓰운송이 아니라 정비회사가 되어야 하지 않는가. 그런데 다카하타가 한 말을 듣고 아카마쓰는 깜짝 놀랐다.

"히가시야마자동차는 이미 조사했습니다."

히가시야마자동차는 아카마쓰가 차량 검사를 의뢰하는 자동차 정비회사다. 정비회사라고는 해도 간토 지역을 중심으로 여러 군데에 수리공장을 지닌 중견 기업이다.

"사고 차량의 점검 기록도 보았는데 빠뜨리지 않고 점검했더군요. 그 회사의 정비 상황을 고려하면 빼먹었을 가능성은 작다고 판단할 수밖에 없죠."

"그렇다고 해도 허브가 원인이라면 우리 과실은 아니지 않습니까?"

"사고요."

다카하타가 날카롭게 대꾸했다.

"사고 차량인 그 트레일러, 석 달 전에 운전자 실수로 배수로에 타이어가 빠졌더군요. 경찰에 기록이 남아 있습니다, 사장님."

허를 찔렸다. 다카하타가 말하듯 3개월쯤 전에 도로 옆 배수로에 앞쪽 좌측 타이어가 빠져 주변 민가 담을 부순 사고가 있었다. 까먹었던 것은 아니다. 다만 이번 사건과 연결해 생각하지 않았을 뿐이다.

"그때 허브에 충격이 간 게 아닐까요? 사장님은 지금 허브는 법에서 규정하지 않았기 때문에 점검하지 않아도 괜찮다고 하셨지만, 평상시에나 그렇죠. 사고가 났으면 당연히 점검 내용도 달라져야 할 겁니다. 그런데 점검하지 않았다니, 이게 정비 불량이지 뭡니까?"

"그건……."

완전히 할 말을 잃었다. 동요한 모습을 비웃듯 바라보며 요시다가 말했다.

"그 문제도 포함해서 밝혀지겠죠. 이번 사건을 주목하는 사람들이 많습니다. 책임을 전가할 수 있으면 떠넘기자는 태도는 사회가 받아들이지 않죠."

"책임을 떠넘길 생각은 없어요."

크게 흥분한 아카마쓰에게 요시다가 싸늘하게 말했다.

"뭔가 켕기는 구석이 있어서 화를 내는 것 아닙니까? 좀 냉정해지는 게 어떻겠어요?"

"사람들이 관심이 많다는 것은 알고 있습니다. 하지만 방금 그 말씀은 고스란히 당신들에게 돌려드리겠습니다."

아카마쓰는 말을 이었다.

"우리 회사를 의심부터 하고 들어가는 건 자유지만, 그렇게 단정하고 수사를 했는데 우리가 결백하다면 부끄러워해야 할 건 당신들 경찰 아닙니까? 그걸 잊지 않는 게 좋을 겁니다."

요시다는 아카마쓰의 말은 귀에 들어오지 않는다는 듯 태연한 표정을 지었고, 다카하타는 어처구니없다는 듯 한숨을 내쉬었다.

"댁도 그런 태도로 나온다면 거래처를 잃을 거요."

"거래처로부터는 신뢰를 받는데요."

아카마쓰는 가슴을 쭉 폈다. 사고가 난 뒤로 아카마쓰운송과의 거래를 다시 생각하겠다는 이야기는 없었다.

"어쨌든 사고에 대해서는 조사 중이라는 이야기입니다, 사장님. 여러 소리 하지 말고 피차 그걸 기다립시다. 이야기는 그다음부터니까."

"이만 가겠소"라는 한마디를 남기고 두 형사는 바로 사무실을 나갔다.

5

아카마쓰에게 전화 한 통이 걸려온 것은 그날 저녁이었다.

전화를 건 사람은 사가미머시너리의 배송담당자인 히라모토 스에쓰구란 남자였다. 히라모토는 의논할 일이 있다면서 회사에 들러달라고 했다. 일방적으로 이튿날 오전으로 시간까지 지정하고 전화를 끊었다.

다른 일정이 잡혀 있었지만 취소했다. 사가미머시너리는 큰 거래처라 심기를 불편하게 만들 수는 없다.

"사장님에게 직접 연락을 했다고요? 기쁜 소식이면 좋겠는데……."

평소 사가미를 담당하는 미야시로가 말했다. 하지만 말과 달리 표정은 밝지 않았다.

"뭐 그건 가봐야 알겠지."

아카마쓰가 떨떠름한 표정을 지은 까닭은 좋지 않은 일들은 항상 줄줄이 일어난다는 걸 감지했기 때문인지도 모른다. 설상가상이란 말도 있다.

"사가미 쪽에 보상을 해주는 일은 문제없죠, 전무님?"

걱정스러워 아카마쓰가 물었다.

"문제없습니다, 사장님. 보험회사에서 연락이 왔으니까요."

"그래요……?"

조금 마음이 놓였다. 사고를 일으킨 트레일러에 싣고 있던 물건이 바로 사가미머시너리가 의뢰한 공작기계였다. 걸려 있던 보험

금액은 한 대당 약 3천만 엔.

사고가 났을 때 트레일러는 그 기계를 세 대 운반 중이었는데 짐이 무너졌다.

겉보기에 파손되지는 않은 것 같았지만 최첨단 공작기계라 매우 섬세하다. 그대로 운송할 수는 없어 기계는 일단 사가미머시너리 제조공장에 도로 반납했다. 아니나 다를까 사가미머시너리에서는 기계 작동을 보증할 수 없다는 이유로 세 대 모두 완전 해체 처분하기로 했고, 여러 비용을 포함해 9천만 엔에 이르는 보상을 해주게 되었다.

보험에 가입되어 있어서 다행이었다. 그러지 않았다면 지금쯤 그 보상만으로도 도산 위기에 몰렸을 것이다.

안내 창구 안쪽에 있는 대기 공간에서 기다리다가 히라모토가 나와 함께 응접 부스로 자리를 옮겼다.

"굳이 여기까지 오라고 해서 미안하군."

웃음기 없이 이 한마디만 하고 히라모토는 바로 본론에 들어갔다.

"사실 지난번 사고 때문인데, 발주처에서 클레임이 들어왔어."

기쁜 소식은 아닐 거라고 반쯤 예상은 했지만, 아카마쓰는 몸을 움츠렸다.

"뭐 기계 세 대에 대해서는 보상을 받았지만 사실 그걸 대체할 기계를 제때 만들지 못해서. 어쨌든 최신 기계잖아? 수주 생산하고 있거든. 부서졌다고 바로 다른 기계로 바꿔 가져올 수 있는 게 아니야. 알지?"

아카마쓰운송 입장에서는 일을 주는 중요한 인물인 히라모토는 알아듣기 쉽게 차근차근 설명했다.

"일단 두 주쯤 지나면 새 기계를 반입할 수 있을 거로 보이는데 그러면 애초 계획보다 보름이나 늦어지는 셈이라 저쪽 생산 계획이 틀어진다고 하는데."

"죄송합니다."

히라모토는 고개를 깊숙이 숙인 아카마쓰를 감정이 드러나지 않는 변화 없는 눈으로 바라보았다.

"그래서 오늘 이야기할 용건은 두 가지야. 하나는 저쪽에서 클레임과 함께 생산이 늦어진 거에 대한 조정금을 요구해왔다는 거야."

"조정금이라면?"

"뭐 쉽게 이야기하면 손실 금액을 메워달라는 거지. 그 고객도 또 고객이 있으니까 그쪽에서 요구했을지도 몰라."

"얼마나 되나요?"

아카마쓰가 조심스럽게 물었다. 보험으로 처리할 수 있을지 걱정되었다.

"정식 청구서가 온 건 아니지만 6백만 엔쯤 될 거라더군. 그걸 해결해주었으면 해."

"그렇습니까……?"

저도 모르게 얼굴이 일그러졌다. 그만한 액수의 순이익을 내려면 매출액은 억 단위가 필요하지만 어쩔 수 없다. 어떻게든 조정금은 낼 수 있을 것이다.

"저희가 낸 사고이니 책임지고 보상해드리겠습니다. 폐를 끼쳐서 죄송합니다. 앞으로는 이런 일이 발생하지 않도록 사내 관리를 더욱 철저하게…….”

“저어, 아카마쓰 사장.”

히라모토가 아카마쓰의 말을 끊었다.

“사실 두 번째 용건은 바로 그 앞으로의 문제인데, 사실 우리 중
역 지시라서. 한동안 아카마쓰운송에 배송 의뢰를 보류하게 되었
어.”

온몸에서 피가 빠져나가는 느낌이었다.

“과장님, 그게 무슨 말씀인가요?”

“아, 그냥 지금 한 말 그대로야. 한동안 우리 쪽에서는 일을 맡기
지 못할 거로 생각해줘. 그런 표정 짓지 말고. 나도 좋아서 이런 이
야기를 하는 게 아니잖아. 뭐, 워낙 사회적으로 문제가 되고 있기
도 하고 말이야. 그거 신문에 잔뜩 났잖아? 그렇게 되면 우리도 입
장이 곤란해.”

“잠깐만요, 과장님.”

아카마쓰는 얼른 반론을 펼쳤다.

“그 사고에 대해서는 아직 원인을 조사 중입니다. 우리 잘못이
라고 판정 난 게 아니에요.”

“정비 불량 아닌가, 아카마쓰 사장?”

귀찮은 이야기를 할 때 늘 나오는 버릇처럼 히라모토는 눈을 깜
빡거리며 화난 표정을 지었다.

“나도 이런 소리는 하고 싶지 않아.”

“우리 회사는 정비 불량이 아니라고 생각합니다. 윗분께 그렇게
전해주시겠습니까? 오해라고요. 지금 사가미 쪽에서 일을 끊으면
저희는 정말 힘들어집니다. 제발 부탁드립니다.”

애원했다.

사가미머시너리와 거래가 끊어진다면 큰일이다.

매출이 줄어드는 정도로 끝날 문제가 아니다. 사가미에서 주는 일을 처리하기 위해 산 차량은 아직도 빚이 남아 있고 확보한 인력도 남아돌게 된다. 설사 손해를 각오하고 트럭을 매각하고 인력을 줄여도 그 비용을 생각하면 회사 경영에 큰 구멍이 난다.

히라모토는 쌀쌀맞게 시선을 피하며 담배에 불을 붙이고 딱딱하게 말했다.

"그런다고 해결될 일이 아니야."

"10년 동안 열심히 일했습니다."

아카마쓰는 필사적으로 애원했다.

"귀사에서 가격을 내리라고 하면 그것도 받아들였습니다. 지금까지 귀사의 기대에 어긋난 일이 있었나요? 게다가 생각해보십시오. 귀사의 제품에 대해서 가장 잘 아는 곳은 우리입니다. 정밀한 공작기계는 단순히 무거운 짐을 운반하는 게 아닙니다. 나름대로 노하우가 필요하죠. 다른 운송회사가 쉽게 처리할 수 없을 겁니다. 부디 다시 생각해주십시오."

"무슨 말인지는 알겠어."

히라모토는 담배 연기를 내뿜으며 말했다.

"그렇지만 중역 지시라서 이제 어쩔 도리가 없어."

"아직 흑백이 제대로 가려지지도 않았는데 자르다니 너무하지 않습니까? 과장님이 좀 설명을 해주실 수 없겠습니까?"

붙들고 매달리자 히라모토는 노골적으로 짜증스러운 표정을 지으며 담배를 껐다.

"저어, 아카마쓰 씨. 타이어가 빠지는 사고는 말이야, 정비 불량일 수밖에 없잖아? 설마 자동차 자체에 문제가 있지는 않을 테니까. 그런 건 조사를 기다릴 필요도 없어. 우리 중역도 그걸 알기 때문에 그런 지시를 내린 거지. 솔직히 당신도 알잖아?"

이보다 더 심한 모욕이 있을까? 너무 기가 막혀서 대꾸를 못 하는 아카마쓰를 그대로 두고 히라모토는 얼른 자리에서 일어났다.

"좀 전에 이야기한 조정금에 대해서는 따로 청구서를 보낼게."

"과장님!"

아카마쓰가 쫓아가려고 일어서자 히라모토는 태도를 싹 바꾸고 심각한 표정으로 말했다.

"이야기는 끝!"

면담은 일방적으로 끝이 났다.

옆에 있는 소파에 털썩 주저앉아 두 팔로 머리를 감싸 안았다.

이거 큰일 났다는 위기감이 발밑에서 스멀스멀 기어 올라왔다. 심장을 움켜쥐는 듯한 고통을 느꼈다. 이마에 식은땀이 확 났다.

현재 회사 매출은 그리 좋지 않다. 이 거래가 끊기면 피해액 규모에 따라 점점 더 나빠질 수 있다. 사가미머시너리를 대신할 큰 고객을 잡는 게 그리 쉬운 일은 아니다.

자금 조달은 괜찮을까?

제일 먼저 머릿속에 떠오른 생각은 자금 걱정이었다. '도산'이란 두 글자가 눈앞에 어른거리기 시작했다.

아버지 뒤를 이어 10년. 힘든 시기도 있었지만 이번에 비하면 귀여운 수준이다. 지금 아카마쓰가 맞닥뜨린 것은 진짜 심각한 위기다. 이걸 극복하지 못하면 앞날은 없다. 극복했다고 해도 거기에 기다리는 것은 엄혹한 현실뿐…….

"사장님, 무슨 이야기였습니까?"

언짢은 표정으로 돌아온 아카마쓰를 보고 미야시로가 물었다. 사정 이야기를 하자 너무 뜻밖의 상황이라 미야시로도 할 말을 잃고 하늘만 쳐다보았다.

"이거 너무하잖아요? 수사 결과를 확인하지도 않고."

"중역 지시라고 하네요."

큰 기업들의 상투적인 변명이다. 위에서 안 된다고 한다. 본사가 승인하지 않는다. 그러면서 담당자는 울상을 지어 보인다. 큰 기업이 거절할 때는 늘 이런 식이다.

"정말로 임원 뜻인지 의문이네요."

아카마쓰와 같은 생각을 한 미야시로는 그렇게 중얼거리며 혹시 그 히라모토가 점수를 따려고 알아서 기고 있는 게 아니냐고 했다. 그럴지도 모른다. 하지만 이미 지나간 일이다.

"이런 시기에 면목이 없습니다만 사장님, 내일 은행에 다녀오실 수 있겠습니까?"

"자금이 부족한가요?"

미야시로가 씁쓸한 표정으로 고개를 끄덕였다.

"이달 말까지는 어떻게든 버틸 수 있을 텐데 다음 달은 좀……."

"얼마나?"

"대략 3천만 엔만 있으면 올해는 괜찮을 텐데."

3천만 엔? 현재 아카마쓰운송 처지로는 간단한 금액이 아니다. 은행도 쉽게 빌려주지 않을 것이다. 미야시로의 기운 없는 표정도 그걸 뒷받침했다.

"진짜 고비로군요, 전무님."

아카마쓰가 중얼거리자 미야시로도 고개를 끄덕였다.

6

"괜찮아? 많이 피곤해 보이네."

늦게 귀가한 아카마쓰는 양복 상의를 내던지고 쓰러지듯 소파에 주저앉았다.

아내인 후미에의 말에 아카마쓰는 손짓으로 대충 대답했다. 왜 피곤한지, 어째서 바빴는지 묻고 싶은 게 많은데도 후미에는 미간을 찌푸리기만 했을 뿐 더는 묻지 않았다.

"저녁은? 어디서 먹고 들어온 거야?"

"아니, 아직."

아카마쓰는 대답한 뒤 무거운 몸을 일으켜 주방 쪽에 놓인 의자로 옮겨 앉았다.

배가 고픈지 어떤지 자기도 잘 분간이 가지 않았다.

"요즘 일이 너무 많네."

후미에가 말했다.

"맞아."

하지만 틀림없이 일은 하고 있는데 만족감과는 거리가 멀었다.

일하면 할수록 소모되는 그런 노동이다.

그리고 그 사고는 아카마쓰의 집안에도 어두운 그림자를 드리웠다. 후미에는 사고 처리 문제에 대해 한 마디도 먼저 묻지 않았다. 밖에서 흠씬 두들겨 맞아 지칠 대로 지쳐 돌아온 남편을 더 우울하게 만들고 싶지 않았기 때문이다.

사고가 난 뒤로 정신적, 육체적으로 편한 날은 하루도 없었다. 잔뜩 묻은 진흙처럼 무거운 피로에 젖어 아카마쓰가 느끼고 있던 것은 오로지 초조함이었다. 아카마쓰운송이나 아카마쓰 스스로나 이제 걷잡을 수 없이 밀려드는 흙탕물 속에서 그저 팔다리를 허우적거리며 몸부림치고 있다. 나라는 인간의 질량에 비해 현실은 너무도 컸다.

신문 기사에 실린 아카마쓰운송이라는 이름. 눈에 보이지 않는 손가락질과 근거 없는 욕. 아카마쓰뿐만 아니라 가족이나 직원에게까지 쏟아지는 무언의 멸시. 돌아가신 분의 영정, 남겨진 아들의 우는 얼굴. 형사의 집요한 눈초리.

인제 와서 운이 없었다고 한탄해봐야 아무 소용없다. 한 사람이 목숨을 잃은 사고다. 시간이 해결해줄 거라는 안이한 생각은 안 된다. 이 현실을 받아들일 수밖에 없다.

그건 충분히 알고 있었다.

"아빠."

그때 등 뒤에서 부르는 소리가 났다. 주방으로 통하는 거실문이 열리더니 작은 얼굴이 나타났다. 장남인 다쿠로였다.

"아직 안 잤니, 다쿠로?"

아카마쓰는 피로에 지친 눈으로 흘끔 벽시계를 보며 말했다.

"일찍 자야지" 하는 후미에의 말에도 아랑곳하지 않고 다쿠로는 곧바로 아카마쓰 쪽으로 다가오더니 물었다.

"저어, 아빠. 아빠는 살인자 아니지?"

깜짝 놀라 후미에와 시선을 마주친 아카마쓰는 애써 밝은 목소리를 짜냈다.

"무슨 소리니? 당연히 아니지."

"그런데 마시타가 그랬어. 다른 애들도 그러고."

마시타 도루. 다쿠로와 같은 반 아이다.

"그래?"

이것은 다쿠로가 아니라 반쯤은 후미에를 향해 던진 말이었다.

"어떤 애 엄마가 죽었잖아. 나도 엄마가 죽으면 싫어. 아빠 트럭이 일부러 그런 거 아니지?"

"그건 사고였단다, 다쿠로."

다쿠로의 양쪽 어깨를 잡고 알아듣기 쉽게 설명했다.

"어쩔 수 없는 일이었어. 트럭 타이어가 빠졌는데 그게 정말 안타깝게도 지나가던 사람에게 부딪혔어. 물론 절대 일부러 그런 건 아니지. 그러니 사람을 죽인 게 아니야."

다쿠로는 대꾸하지 않았다.

"그만 가서 자. 괜찮으니까 걱정하지 말고."

그러면서 다쿠로를 껴안고 그 작은 등을 두 번 톡톡 다독였다.

"나 안 졸려."

다쿠로가 고집을 부렸다.

"아빠하고 잘까? 그럼 잠이 올 거야."

쳐다보는 다쿠로의 표정에서 망설임이 느껴졌지만, 아카마쓰가 일어서자 말없이 따라왔다.

무슨 말을 하려던 후미에를 살짝 손짓으로 제지하고 아카마쓰는 2층 다쿠로의 방 침대에 아들을 눕혔다. 형광등을 끄고 작은 전

구만 컸다. 다쿠로는 이내 코를 골기 시작했다. 할 수만 있다면 아
카마쓰도 이대로 잠이 들고 싶었다. 하지만 짙은 갈색 어둠 속에서
도 정신이 말똥말똥해 누워 있어도 도무지 잠들지 못할 것 같았다.
아카마쓰는 어둠이 무서웠다. 잠든 아들의 얼굴을 보고 있는데도
눈앞에 다시 그 사고와 관계된 온갖 장면들이 스쳐 지나갔다.

"잠들었어. 귀여운 녀석."
주방으로 돌아온 아카마쓰는 젓가락을 들고 식탁에 차려진 식
사를 시작했다. 후미에가 식탁 맞은편에 앉아 찻잔을 두 손으로 감
싸듯 하고 있었다. 그 모습을 보고 후미에가 뭔가 하고 싶은 말이
있다는 걸 바로 알아차렸다.
"저어, 학부모회 말이야."
아카마쓰는 젓가락질을 멈추고 후미에의 얼굴을 보았다. 후미
에가 말을 이었다.
"이번 일 때문에 회장직을 그만두는 게 낫지 않겠냐는 사람이
있는 모양이야."
다쿠로가 다니는 초등학교 학부모회 회장을 맡은 것은 올봄부
터다. 달리 맡을 사람이 없다고 해서 반강제로 떠맡았다. 다쿠로는
초등학교 5학년, 큰딸 모에는 4학년, 둘째 아들 데쓰로가 2학년이
다. '자식이 셋이나 한 학교에 다니니 맡는 게 당연하지'라는 게 아
카마쓰가 평소 스스로를 이해시키기 위해 하는 생각이었다.
학부모회 회장직은 의외로 바쁘다. 받아들이기 전에는 입학식
과 운동회, 그리고 졸업식 때에 인사나 하면 되는 한가한 자리인
줄 알았는데 큰 착각이었다. 한 달에 한 번은 구에서 개최하는 관

계 회의에 출석하고 여러 가지 학부모회 활동에도 자주 불려 나가 게 되었다. 학교와 학부모 사이에 문제가 생기면 중재 역할을 하느 라 달려나갔다. 그러고도 '학부모회 회장이 변변찮아서'라는 험담 을 듣는다.

좋아서 하는 일은 아닌데 일단 학부모회 회장이라는 직함이 붙 자 다른 학부모는 그걸 핑계로 이런저런 부담을 떠넘긴다. 그걸 받 아들이려면 상당한 인내심이 요구된다.

"자기들 멋대로군."

아카마쓰는 이렇게 말하고 아내를 바라보았다. 후미에는 얼른 시선을 손에 든 잔으로 떨어뜨렸다. 후미에도 화가 났다는 걸 알 수 있었다.

"그만두라면 언제든 그만두지 뭐."

"안 돼."

후미에가 딱딱한 말투로 말을 이었다.

"어떤 사람이 그런 소리를 하고 돌아다닌대. 도쿠야마 씨가 전 화를 했어. 나쁜 생각을 품고 있으니 조심하라고."

"그게 누군데?"

후미에는 의미심장한 눈빛으로 아카마쓰를 바라보았다.

"가타야마 씨."

아카마쓰는 한숨을 내쉬었다. 가타야마 요시코는 괴팍하기로 소문난 5학년 학생 교외위원이다. 성격이 까다로워 자기 마음에 들 지 않는 학부모의 험담을 하고 다니기도 해 주의할 인물로 꼽힌다.

올해 첫 교외위원 모임에서 할 일을 배정받은 학부모 한 명이 개인 사정을 이야기하자 "그게 뭐예요? 일단 위원이 되었으면 당연히 교외위원 일을 가장 먼저 해야죠"라고 쏘아붙였다. 그런데 막상 활동을 시작하고 보니 행사가 있을 때마다 지각하고, 특별한 이유도 없이 말도 하지 않고 결석하는 사람은 가타야마였다. 그러면서도 미안하다는 말 한마디 없다. 가끔 얼굴을 내밀면 잘난 척이나 하면서 다른 사람에게 일을 시키기 때문에 '여왕벌'이란 별명이 붙었다.

그런 인물이라 학교와도 말썽이 끊이지 않았다. 호되게 당한 교장 선생님이 "아카마쓰 씨, 제발 어떻게 좀" 하며 중재를 부탁한 일이 한두 번이 아니었다.

"누군가를 표적으로 삼지 않으면 성에 차지 않는 모양이야, 그 사람은."

후미에는 흘끔 문 쪽을 보고 거기에 다쿠로가 없다는 걸 확인하고 마음이 놓이는 표정을 지었다.

"살인자라고 한 것도 그래서인가?"

"애들한테 이야기한 모양이야."

"아마 딸이었지?"

가타야마가 딸 미카와 함께 있는 모습을 학교에서 한 번 본 적이 있다. 자그마하고 얌전한 아이였다.

"엄마를 쏙 빼닮았대."

후미에가 말했다.

"얼굴은 예쁘장한데 꽤 음흉하게 다른 애들을 괴롭히는 모양이야. 그러면서도 약삭빨라서 선생님도 잘 꾸짖지 못한대. 증거 없이 꾸짖으면 여왕벌이 달려올 테니까."

"그만하지."

아내를 타이르면서 작은 그릇에 담긴 톳무침을 입으로 가져갔다.

"걱정하게 해서 미안."

불편한 식사를 끝내며 아카마쓰가 말했다.

"난 그나마 괜찮아. 문제는 애들이지. 다들 학교에서 힘겹게 싸우고 있을 거야. 그러니 당신도……."

입술을 꼭 깨문 후미에의 표정을 보니 아카마쓰는 심장이 손가락으로 쿡 찔린 느낌이 들었다. '네가 제대로 하지 못하기 때문이야'라는 무언의 압력을 느꼈다.

"알아. 애들이 부끄럽지 않도록 나도 노력할 거야."

겨우 이렇게 말했다.

하지만 아카마쓰는 알고 있었다. 노력하는 것과 문제가 잘 풀리는 것은 다르다. 지금 요구되는 것은 과정이 아니라 결과다. 하지만 완벽한 결과를 얻을 방법은 이미 없다.

7

이튿날 집을 나선 아카마쓰는 회사에 들르지 않고 바로 지유가오카로 갔다.

역 앞 제일 좋은 위치에 아카마쓰의 목적지가 있다. 도쿄호프은행 지유가오카 지점이다. 재벌인 호프 그룹 계열로 시작해 다른 도시은행과 합병해 오늘에 이른 이 은행은 거대 은행 가운데 하나로 꼽힌다. 회사 경영을 맡기 전에는 은행이란 그저 월급을 찾기 위해 찾아가는 곳일 뿐이었다.

은행 홍보 캐릭터가 붙어 있는 깨끗한 유리창과 차분하기는 하지만 왠지 현실감이 없다고나 할까, 이 세상이라는 느낌이 들지 않는 은행 점포 내부 풍경에는 위화감이 느껴졌다. 하지만 그런 건 자기와 전혀 상관없다고 생각했었다.

그렇지만 아카마쓰운송의 사장이 된 순간, 그런 생각은 할 수 없게 되었다. 그뿐 아니라 그 위화감을 뿜어내는 상대와 맞서야만 하는 상황이 되었다.

아카마쓰의 친구 가운데도 은행에 취직한 녀석이 몇 있지만, 술자리에서 만나 이야기하다 보면 은행 응접실에서 이야기하는 것과는 전혀 다른 인상을 받는다.

한마디로 이야기하면 아카마쓰에게 은행은 도무지 이해할 수 없는 존재였다. 유쾌하지 않은 존재라고 할 수 있을지도 모른다.

"어서 오십시오."

아카마쓰를 보자 담당인 고모다 마모루가 허둥지둥 나타나 안쪽에 있는 응접실로 안내했다.

"어떠세요, 사장님. 그 뒤로?"

그 뒤라는 건 말하자면 사고가 난 뒤를 말하는 것이다. 고모다는 서른쯤 되는 과장대리인데 이 구역에 있는 수십 개의 회사를 맡고 있다고 했다. 키가 크고 마른 몸에 부잣집 아들 같은 얼굴이지만 보기와는 달리 만만찮은 상대다.

아카마쓰가 사건에 관해 이야기하자 고모다의 얼굴에서 웃음이 사라졌다. 심각한 표정으로 리포트용지에 볼펜으로 메모를 했다. 실내에는 아카마쓰의 목소리와 글씨 쓰는 소리만 들렸다.

고모다는 질문이 없었다. 맞장구치면서 아카마쓰의 긴 이야기를 잠자코 들었다. 이따금 놀란 듯한 눈길을 보내기도 했다.

물론 은행에도 사고 소식은 이미 전했다. 신문 기사가 쏟아질 텐데 은행에는 미리 알려주는 게 낫겠다고 미야시로가 판단했기 때문이다. 자세한 이야기까지 해주며 이해를 구했는데 막상 이튿날 조간신문에 기사가 나자 다시 상황을 묻는 전화가 걸려왔다. 그때 고모다는 '위에서 시켜서'라고 했다. 은행이 상황을 심각하게 여기고 있다는 증거이기도 했다.

"사건 진상은 계속해서 경찰이 밝혀내겠죠."

이야기를 요약하면서 이렇게 마무리 지은 아카마쓰는 본론을 꺼냈다.

"오늘 찾아온 건 융자를 부탁할 수 없을까 해서인데."

고모다는 떨떠름한 표정을 지었다. 볼펜 뚜껑 부분을 입술에 댄 채 대답이 없었다.

"무슨 자금인데요?"

이윽고 고모다가 자금 용도를 물었다.

은행에 돈을 빌리러 가면 가장 먼저 하는 질문이다. 그리고 다음에는 대개 '그게 왜 필요하신 거죠?'라는 질문이 나온다.

아카마쓰는 어젯밤 늦게까지 야근을 해서 작성한 자료를 가방에서 꺼내 고모다 앞으로 밀었다.

"운전자금입니다. 3천만 엔쯤 부탁드릴 수 있을까요?"

"3천만 엔이요?"

혼잣말처럼 중얼거린 고모다는 이미 받은 융자는 변제가 진행되고 있으니 상환용 대출을 해주면 좋겠다는 아카마쓰의 설명을 들으며 자료를 뒤적이기 시작했다.

숨길 수는 없는 문제라 사가미머시너리와 거래가 끊겼다는 이야기도 했다.

"예에?" 하고 화들짝 놀란 표정을 짓는 고모다는 할 말을 찾으며 아카마쓰의 얼굴을 물끄러미 바라보았다.

"사가미머시너리와 거래가 끊어진다고요?"

"그렇습니다. 그만큼 다른 회사 물량으로 메울 계획입니다."

궁색한 설명이다.

그렇게 쉽게 다른 회사와 거래를 터 메울 수 있다면 이미 매출액을 늘렸을 것이다. 고모다도 빤히 아는 문제라 아카마쓰의 변명 같은 설명은 대충 흘려듣고 "곤란하군요"라는 현실적인 판단을 했다.

"3천만 엔을 받더라도 융자 잔액은 예전 최고조였을 때보다 많지는 않아요. 그리고 사가미머시너리의 구멍을 메우는 일이 좀 늦어지더라도 원금과 이자를 갚아나갈 수 있을 겁니다."

"사장님, 그건 저희 은행이 종전과 마찬가지로 상환용 대출에 응했을 때의 이야기죠."

"뭐 그렇기는 하지만."

싸늘한 반응에 아카마쓰는 움츠러들고 말았다.

"고모다 씨, 계속 지원해주시지 않으면 저희가 곤란해집니다. 우리는 지속적인 지원을 기대하고 있어요. 거래도 오래 해온 관계이고."

"물론 오래 거래하셨죠."

고모다도 그 사실은 인정했지만, 그것은 부정을 향한 첫걸음일 뿐이었다.

"실적만 문제가 되는 게 아니에요, 사장님. 진짜 문제는 컴플라이언스예요. 지점장님이 무척 신경 쓰고 계시죠."

"예?"

아카마쓰는 고모다의 얼굴을 바라보며 물었다.

"왜 컴플라이언스가 문제가 되죠?"

컴플라이언스란 '준법 감시'를 말한다. 말하자면 법을 지키자는 취지인데 도덕성 저하를 꺼리는 기업이 존중하는 행동 규범 같은 것이다. 많은 대기업이 '컴플라이언스실' 같은 부서를 설치해 직원들의 일탈 행위가 없는지 눈을 번뜩이고 있다. 은행도 예외일 수는 없는 모양이다.

고모다는 앉아 있던 팔걸이 의자에서 상체를 앞으로 내밀고 설명하기 시작했다.

"간단하게 말씀드리면 은행이란 곳은 사회적 존재이기 때문에 자금 사용처에 대해 상당히 까다롭습니다."

"운전자금이 무슨 문제가 있다는 거죠?"

"그게 말입니다."

고모다는 중지로 은테 안경을 밀어 올리더니 어떻게 말을 해야 좋을까 하는 표정을 지었다.

"범죄와 관련 있는 회사에 융자를 해주는 상태라면 도쿄호프은행의 여신 태도에 문제가 있다고 지적받을지도 모르는 일이고."

"범죄?"

고모다의 의도가 바로 파악되었다. 그게 아카마쓰의 분노에 불을 붙였다.

"뭐가 범죄라는 거요?"

"아뇨, 예를 들었을 뿐입니다."

고모다는 바로 꼬리를 뺐다.

"그렇지만 사장님 회사도 경찰 수사 대상이라 저희도 어떻게 대응해야 할지 매우 심각하게 고려하지 않을 수 없습니다."

"정비는 문제없다고 했잖소."

아카마쓰의 목소리가 떨렸다.

"우리도 이번 사고로 힘들어요. 분명히 피해자가 생명을 잃었다는 사실은 무겁게 받아들이고 있죠. 하지만 그걸 범죄라고 해선 안 되잖아요?"

목소리가 거칠어진 아카마쓰를 달래듯 고모다가 두 손바닥을 들어 보이며 말했다.

"압니다. 그렇지만 업무상 과실치사가 되면 저희 은행으로서도 컴플라이언스 규정상 지원은 어렵죠. 또 직원만이라면 몰라도 사장님까지 그 혐의를 받는다면 이건 문제라서…….."

"너무하는군."

아카마쓰는 치밀어 오르는 분노를 참지 못했다.

"준법 감시는 이 은행뿐 아니라 어느 회사나 당연히 하는 거 아닌가? 우리가 마치 불법적인 기업인 것처럼 이야기하는데, 좀 전에도 말했다시피 정비에 문제가 없었어. 현재 그 사고에서 우리 과실은 밝혀지지 않았다고."

"사장님, 아무 문제도 없는데 타이어가 빠집니까?"

고모다가 다카하타 형사와 똑같은 소리를 했다.

"그러니까 이상하다는 거 아닌가?"

"아, 사장님 의견은 의견으로서 참고하겠습니다. 다만 저희 은행은 사회적 관심이 집중된 사건이기도 해서 현재 상황에서는 귀사에 추가 융자를 해드리기가 매우 어렵다는 말씀밖엔 드릴 수 없습니다."

그러더니 "아무튼 이건 컴플라이언스 문제라서요"라고 엄숙하게 덧붙였다.

"잠깐만."

아카마쓰는 당황했다.

"이번 융자를 해주지 않으면 우리는 힘들어요. 컴플라이언스 문제가 어찌 되었든 그런 문제를 다 정리하고 난 뒤에 융자 부탁을 드리면 그때는 너무 늦습니다. 그런 사정을 참작해서 융자 가능 여부를 검토해줄 수 없나요?"

팔짱을 낀 고모다는 잠시 생각에 잠겼다.

"경찰 수사가 언제쯤 끝날지 예상할 수 없습니까?"

"그런 건 우리도 알 수 없죠. 알면 이 고생을 하겠어요? 조금 전에 설명해드렸지만 지금 문제의 부품을 메이커에 보내 조사 중이라고 합니다. 적어도 그 결과가 나온 뒤에나 수사가 마무리되겠죠."

물론 그 결과에 따라 아카마쓰운송도 업무상 과실치사 혐의로 경찰의 본격적인 수사를 받게 될지도 모른다. 아카마쓰 자신도 뭔가 혐의를 받을 가능성이 크다. 문득 아들 다쿠로의 불안한 표정이 떠올랐지만 애써 떨쳐내고 "어쨌든 윗분과 잘 상의해서 검토해달라"고 말해두고 은행을 나왔다.

"고모다 씨는 뭐라고 합니까?"

사무실로 돌아온 아카마쓰를 보더니 미야시로가 바로 다가와 물었다.

"컴플라이언스가 문제라고 하네요."

그 의미를 모르는지 미야시로는 멍한 표정을 지었다.

"범죄기업에는 융자해줄 수 없다는 거죠. 그러지 말고 잘 좀 검토해달라고 말은 해두고 왔는데 솔직히 힘들지도 모르겠군요."

"이거 큰일이네."

다른 직원에게는 들리지 않을 작은 목소리로 미야시로가 말했다.

"다른 은행을 알아봐주시겠어요, 전무님?"

아카마쓰는 미야시로를 달래듯 이렇게 덧붙였다.

"어느 은행에서 융자해줄지도 모릅니다. 버리는 신이 있으면 줍는 신도 있다는 속담도 있잖아요?"

"새 은행을 찾아 거래를 튼다면 도쿄호프은행이 뭐라고 하지 않겠습니까?"

"그건 그때 가서 고민할 문제고요."

아카마쓰가 단호하게 말했다.

"게다가 이제 주거래 은행이란 옛날 관습은 없어졌어요. 지금 그런 걸 신경 쓸 때도 아니고. 전에 명함을 두고 간 은행 있었죠?"

"알겠습니다. 알아보죠."

"부탁해요"라고 말하고 아카마쓰는 호프자동차의 판매회사인 도쿄호프판매에 전화를 걸었다.

아카마쓰운송에는 이번에 사고가 난 호프자동차를 비롯해 여러 회사의 딜러가 출입한다. 운송회사를 운영하는 만큼 트럭은 중요한 사업 도구다. 몇 년에 한 번씩 꼭 교체 수요가 있어 어느 딜러와도 나름 친밀한 관계를 유지하고 있다.

"어이구, 사장님. 늘 신세를 지고 있습니다."

전화를 받으며 굽실거리는 모습이 보일 듯한 마스다의 목소리가 수화기에서 흘러나왔다.

"그 뒤로 좀 어떠십니까? 이제 좀 안정이 되었나요?"

마스다는 사고 직후에도 한 차례 아카마쓰운송을 방문했었다. 반쯤은 위문이었고 반쯤은 상황을 알아보러 온 것 같았는데 그때는 변변히 이야기 나눌 시간도 없었기 때문에 나중에 좀 진정이 되면 이야기하기로 했다.

"안정은 무슨. 사실은 좀 부탁이 있어서. 수리 중인 우리 사고 차량 말인데, 경찰이 호프자동차에 사고 원인 감정을 의뢰했다고 하던데. 이야기 들었나?"

"예, 맞습니다. 그런 이야기가 있는 것 같던데. 큰일이네요."

영업직원인 마스다의 직위는 과장이지만 태도는 무척 경솔했다. 마치 남의 일처럼 이야기하는 바람에 아카마쓰는 화가 났다.

"그쪽에서 무슨 이야기 듣지 못했나?"

"이쪽이요? 아뇨, 아무것도."

마스다는 자못 놀란 듯한 목소리로 대답했다. 이 남자는 늘 이런 식으로 과장되게 행동한다.

"그 조사가 어떻게 되었는지 그쪽에서 슬쩍 알아봐주면 좋겠는데, 그럴 수 있을까?"

"뭐 해보기는 하겠습니다만……. 시간이 좀 걸려도 괜찮습니까? 우리가 판매를 맡고는 있지만, 호프자동차와는 다른 회사라서 가능할지 모르겠군요. 양해 부탁드립니다."

"알겠네."

마스다의 여우 같은 얼굴을 떠올리며 아카마쓰는 말을 이었다.

"다만 우리도 앞으로의 대책을 세워야 하니 빨리 움직여주면 좋겠군."

"그렇습니까? 제가 도움이 될지 어떨지 모르겠지만 해보겠습니다."

수화기를 내려놓자 한숨이 절로 났다.

은행도 기다려라. 딜러도 기다려라. 이제 좋은 징조인지 나쁜 징조인지 몰라도 상황이 좋지 않다는 것만은 확실했다.

하지만 이틀이 지나도 은행이나 마스다나 아무런 연락이 없었다.

은행에 먼저 전화를 걸기는 꺼려져서 하지 않았지만, 마스다에게는 걸어보았다. 그때마다 "지금 알아봐달라고 부탁을 해두었습니다"라는 애매한 대답만 돌아왔다.

일이 손에 잡히지 않았다. 여러 번 사고현장을 찾아가 꽃을 바쳤다. 두 차례 운전기사인 야스토모를 데리고 피해자의 집을 찾아갔지만 문전박대를 당해 가지고 갔던 선물을 그대로 들고 돌아올 수밖에 없었다. 사가미머시너리의 빈자리를 메우려면 아카마쓰가 앞장서서 새 거래처를 개척하러 뛰어다녀야 할 판인데 그마저도 할 수 없었다.

사흘째 되는 날 아침이었다. 일찌감치 출근한 아카마쓰가 마스다에게 다시 전화를 걸어볼까 생각할 무렵 느닷없이 사무실로 찾아온 손님이 있었다.

고호쿠경찰서의 다카하타와 요시다 형사였다.

다카하타가 아카마쓰를 똑바로 바라보며 손을 슬쩍 들었다. 아카마쓰는 무심코 자리에서 일어났다.

그냥 찾아온 게 아니다. 어느새 사무실 밖에 나타난 낯선 남자들의 모습이 눈에 들어온 순간, 아카마쓰도 퍼뜩 깨달았다.

직원들도 일손을 멈추고 지켜보는 가운데 다카하타가 곧장 걸어와 서류를 내밀었다.

수색영장이었다.

빠른 말투로 수색영장 발부 이유를 읽는 다카하타의 옆에서 요시다 형사가 "모두 움직이지 마세요"라고 소리쳤다. 직원들의 겁먹은 시선이 아카마쓰에게 쏟아졌다. 아카마쓰는 목소리를 짜내 "이게 뭡니까?" 하고 간신히 물었다.

"호프자동차의 분석 결과가 나왔습니다, 사장님. 사고 원인은 운송회사, 즉 이 회사의 정비 불량이라는 결론입니다."

"그럴 리가……!"

아카마쓰는 깜짝 놀랐다. 그때 책상 위에서 휴대전화가 울렸다. 그걸 흘끔 본 다카하타가 전화를 집어 아카마쓰에게 건넸다.

"죄송합니다, 사장님. 지난번에 말씀하신 건인데요."

가벼움을 넘어 경솔하게까지 들리는 마스다의 목소리였다.

"여러모로 손을 다 써보았는데 조사 중이라고만 하지 잘 모르겠답니다."

"됐네, 이제. 결과를 알았으니까."

"예? 아니, 사장님. 그게 무슨……."

통화 버튼을 눌러 전화를 그냥 끊은 아카마쓰는 다카하타를 노려보았다.

"수색은 마음대로 하시오. 다만 여러 차례 이야기했듯이 우린 잘못이 없다는 점은 미리 말해두겠소."

흥, 하고 콧방귀를 뀐 다카하타는 뒤에 대기하고 있던 20명쯤 되는 수사관들에게 슬쩍 신호를 보냈다.

형사들이 흩어졌다. 아카마쓰운송은 이렇게 창업 이후 최대 위기에 맞닥뜨렸다.

제2장

호프와 드림

1

    그 서류는 사와다 유타가 외출에서 돌아오기 전 몇 시간 사이에 누가 미결재 서류함에 던져 넣은 모양이다. 올해로 서른일곱 살이 되는 사와다는 입사 15년 차 판매부 고객전략과 과장이다. 전공은 마케팅. 최근 계약한 컨설팅회사가 큰 폭의 조직 개편을 제안해 그때까지 판매 전략을 담당하던 사와다가 승진하는 대신 일이 힘든 고객 대책을 맡은 지 반년이 된다.

    마음에 내키지 않는 일이었다. 밸런스 스코어카드니 하버드 교수니 하는 건 모르지만 컨설팅회사라는 놈들이 쓸데없는 제안을 한 것이다.

    사와다의 책상은 오테마치에 있는 호프자동차 본사 건물 7층 한쪽 구석에 있다. 썰렁한 저녁 풍경의 바닥으로 가라앉는 사무실 거리를 내려다본 사와다는 서류함에서 집어 든 서류 표지를 보았다.

어차피 또 클레임일 테지.

고객전략이라는 그럴듯한 이름이 붙었지만 양두구육羊頭狗肉이란 말 그대로 업무는 그 명칭을 따라가지 못하는 엉터리 부서다. 컨설턴트는 "앞으로는 제품 개발 못지않게 고객 만족이 중요하다"라면서 큰소리쳤지만 웃기는 소리 작작 해라. 그 증거로 들어오는 업무는 모두 전에 고객 상담실에서 전화 상담원이 받았을 만한 클레임 보고뿐이다. 이런 업무가 중요할 리 없다.

이 건은 도쿄호프판매에서 또다시 들어와 클레임 창구에서 대응했지만, 오늘 고객인 회사 사장으로부터 강력한 재조사 의뢰가 들어왔다. 당사로서는 고호쿠경찰서에 정식으로 회답하고 있으며 처리가 끝난 안건이라는 입장이라 요구에 응할 필요는 없다고 본다.

문장은 그 뒤로도 이어지는데 경찰서라는 단어가 사와다의 시선을 사로잡았다.

"이거 뭐지?"

그러면서 표지를 넘긴 사와다는 "아아, 그 사고"라고 중얼거렸다.

얼마 전 일어난 요코하마 모자 사상 사고다.

인명 사고를 일으킨 차량이 대형 트레일러인 뷰티풀 드리머라는 이야기는 사와다의 귀에도 바로 들어왔다. 요즘 운송회사들은 실적이 좋지 않다. 수익이 줄어 체력이 약해져 헐떡거리는 회사는 우선 비용 삭감에 나선다. 운전기사를 자르고, 수선 비용을 줄인다. 재생 타이어를 쓰고 지나친 경비 삭감으로 싸구려 기름을 써

부품이 마모된다. 볼트 하나 녹슨 게 대수냐고 방심했을 것이다. 수만 대나 도로를 달리고 있으니 그 가운데 한 대쯤은 타이어가 빠질 수도 있지.

이 건에 관한 호프자동차의 결론은 이미 나왔다. '정비 불량'이다.

사와다는 한심한 운송회사라고 생각했지만 '무책임한 대응'이라는 표현을 보고 화가 치밀었다. 사장이 보냈다는 편지에 그런 말이 있었다.

차량 정비 상황에 문제가 없다는 점은 명백하다. 타이어가 빠진 원인은 정비 불량이라고 볼 수 없는데 단편적인 조사만으로 단정하는 것은 메이커로서 무책임한 대응이라고 할 수밖에 없다.

"웃기고 있네."

무심코 거친 소리를 내뱉었다.

"터무니없는 고객이야."

서류 발신자를 확인했다.

"아카마쓰운송?"

그 아래 회사 대표 아카마쓰 도쿠로라는 이름을 발견하고 사와다는 '주의할 인물'이라고 생각했다. 이 녀석은 악성 고객에 가깝다. 애당초 자기 회사의 정비 불량 때문에 일어난 사고인데 메이커쪽에 책임을 떠넘기려 하다니, 책임 전가도 너무 심하다.

호프자동차 측에서 정비 불량이란 조사 결과를 회답한 뒤 아카마쓰라는 사람의 회사가 가택수색을 받았다는 이야기를 들었다. 아직 체포되지는 않았지만 지금도 수사 중이라고 하니 이 회사가 지금 어떤 상황에 놓여 있을지 대략 짐작이 갔다.

이건 그야말로 궁지에 몰려 발버둥을 치는 꼴이다.

서류를 승인한 사와다는 '당사자에게는 판매회사를 통해 철저하게 설명할 것'이라는 코멘트를 달아 기결 서류함에 던져 넣었다.

분명히 불행한 사고이기는 하지만 우리 호프자동차와는 아무 관계도 없는 일이다.

2

"사장님, 그러니 이젠 그만 좀 하시죠."

마스다는 이렇게 말하며 짙고 굵은 눈썹꼬리를 잔뜩 늘어뜨리며 미안하다는 표정을 지었다.

"이거 농담 아니야."

회사 응접실에서 팔짱을 낀 아카마쓰는 잠이 부족해 핏발이 선 눈으로 마스다를 노려보았다.

"그럼 호프자동차가 경찰에 제출한 조사 결과를 보여줘. 그 내용을 보고 받아들일 수 있으면 받아들일게."

"사장님."

마스다는 너무 곤혹스러워 얼굴을 찌푸렸다.

"방금 말씀드린 대로 그건 힘듭니다. 아니, 경찰에 제출했다면 그건 수사 자료잖아요? 그런 걸 드릴 수는 없잖아요."

"우리 차량에 관한 보고서야."

"그렇지만 경찰이 의뢰한 조사 보고서죠."

아카마쓰는 화가 치밀었다.

"이봐, 마스다 씨, 경찰이 의뢰한 조사 결과라 보여줄 수 없다면 우리 조사 의뢰에도 응하면 그만이잖아."

"그건 제조사가 판단할 문제라 저희는 좀."

마스다는 발뺌했다.

대기업에 다니는 사람의 교활함이 느껴져 아카마쓰는 화가 치밀었다.

"웃기지 마. 우리는 사운이 걸려 있어."

"그건 저도 압니다만."

"조사 결과를 보여줄 수 없다면 당장 우리가 의뢰하는 조사에 응해야 하지 않나?"

"무리예요, 사장님."

마스다의 얼굴이 우거지상이 되었다.

"그렇다면 서류를 내놔."

아카마쓰가 압박했다.

"그것도 안 됩니다."

마스다를 노려보던 아카마쓰는 화를 이기지 못해 자기 주먹이 덜덜 떨리는 것을 느꼈다.

"그럼 마스다 씨는 빠져. 내가 직접 호프자동차와 교섭하겠어. 무슨 부서의 누구에게 이야기하면 되는지만 가르쳐줘."

"곤란합니다, 사장님. 그래봤자 결과는……."

"닥쳐! 얼른 이름을 대! 누구야, 상대가?"

아카마쓰가 버럭 소리를 지르자 마스다는 어떻게 할까 고민하듯 입을 다물고 있다가 결국 판매부 담당자 이름을 댔다.

"알았네. 자넨 이제 됐어."

호프자동차 대표번호로 전화를 건 아카마쓰는 전화를 받은 안내원에게 '사와다'라는 이름을 댔다.

전화는 본인에게 바로 연결되지 않고 먼저 판매부에 있는 다른 직원과 연결되었다.

"예, 판매부입니다."

남자 목소리였다. 명색이 판매부인데 직접 고객 전화를 받는 일이 없는 부서인지 고객을 대할 때의 정중한 태도가 아니었다. 꽤 건방지게 들렸다.

"아, 사와다요? 회사 이름 다시 부탁합니다."

아무래도 아카마쓰운송이라는 회사 이름은 까먹고 전달하지 않은 모양이다. 안내원에 이어 두 번째로 회사 이름을 대자 "잠깐 기다리세요"라는 말과 함께 〈아름답고 푸른 도나우〉가 흘러나왔다.

한참을 기다렸다.

마음이 급해서 그렇게 느껴졌을까? 사와다라는 담당자가 있는지 없는지 정도는 바로 알 수 없는 걸까, 하며 고개를 갸웃거리고 있는데 전화가 다시 연결되며 방금 통화했던 남자가 나왔다.

"죄송합니다. 사와다 씨는 지금 자리에 없습니다."

그걸 확인하는 데 이렇게 오래 기다리게 했나? 아카마쓰는 따지고 싶은 걸 꾹 참고 "전화 부탁드릴 수 있을까요? 사고조사 의뢰 건입니다. 그렇게만 이야기하면 알 겁니다"라고 한 뒤 수화기를 내려놓았다.

고개를 드니 마스다가 아직 돌아가지 않고 옆에 서 있었다. 호프자동차 담당자와 전화 연결이 되지 않아 다행이라는 듯한 표정으로 겨울이 다 되었는데도 손수건으로 이마에 난 땀을 닦았다.

자동차회사와 판매회사의 상하 관계가 어떤지 아카마쓰는 모른다. 아마 차를 팔아주니 판매회사가 자동차회사에는 고객에 가까울 텐데. 특히 호프자동차의 경우 이 판매회사 직원이 자동차회사를 배려하는 모습은 좀 비정상이다. 고객이 오히려 쩔쩔매는 꼴이다. 차를 팔아주는 게 아니라 차를 팔 수 있도록 허락을 받는 처지 같았다.

"저쪽에 전화해달라고 했어."

아카마쓰가 말하자 마스다는 "죄송합니다" 하며 고개를 숙이고 슬금슬금 사무실에서 나갔다.

하지만 아무리 기다려도 호프자동차에서 전화는 오지 않았다. 점심때가 지나고 오후 3시가 지나도록 연락이 없었다. 그리고 외출했다가 5시가 다 되어 돌아온 아카마쓰는 제일 먼저 "호프자동차에서 연락 있었나요?"라고 물었다. 하지만 '총무 아주머니' 오타아키에 씨로부터 돌아온 대답은 "아뇨, 없었습니다" 하는, 기대에 벗어난 것뿐이었다.

아카마쓰가 다시 호프자동차 대표번호로 전화를 건 때는 오후 5시쯤이었다.

판매부로 돌려준 전화에서 다시 남자 목소리가 들려왔다. 그가 아카마쓰에게 전달한 내용은 "사와다 씨는 오늘 사무실에 돌아오지 않습니다"라는 한마디였다.

"전화 주시기로 되어 있었는데요."

불끈 화가 난 아카마쓰에게 상대방은 "아, 그런가요?" 하며 무뚝뚝하게 대답했다. 그래서 어쩌라는 거냐, 라는 말투였다. 아침에 통화한 남자와 비슷한 목소리였지만 같은 인물인지는 알 수 없었다.

"내일은 사와다 씨가 사무실에 계실까요?"

상대방이 "있을 겁니다"라고 대답하자 아카마쓰는 그만 화가 치밀었다.

"있을 겁니다? 사와다 씨가 사무실에 있을지 없을지 정도는 알 수 있잖아요?"

"예, 그게. 잠깐 기다리세요."

그제야 아카마쓰가 화가 났다는 걸 눈치챘는지 남자가 당황한 기색이 전화를 통해서도 느껴졌다. 다시 통화 대기 멜로디가 흘러나왔다. 조금 있다가 남자 목소리가 다시 들렸다.

"내일 아침이면 사무실에 있을 겁니다."

"그렇다면 아침 일찍 전화 달라고 전해주세요."

언짢아져 회사 전화번호를 알려준 아카마쓰는 상대방 대답을 기다리지도 않고 수화기를 거칠게 내려놓았다.

"끊어졌네."

이상한 물건이라도 보는 듯한 눈으로 수화기를 뚫어지게 바라보면서 기타무라 노부히코는 그렇게 중얼거린 뒤 어처구니없다는 시선으로 사와다를 보았다.

"괜찮겠습니까? 받지 않아도?"

"상관없어. 우리 결론은 이미 나왔고 내가 전화를 받아봐야 그 결론은 바뀌지 않을 테니까."

"그렇습니까?"

기타무라는 뭔가 물으려다가 질문을 도로 삼켰다. 더는 이 문제에 신경 쓰지 않기로 한 듯한 부하 직원의 옆얼굴을 보면서 사와다는 한숨을 내쉬었다. 그리고 바로 도쿄호프판매 세타가야 영업소로 전화를 걸었다.

"어떻게 된 겁니까? 아카마쓰운송에서 전화가 왔습니다."

사와다는 마치 선생님이 학생을 나무라는 듯한 말투로 따졌다. 상대편은 죄송해서 어쩔 줄 모르겠다는 듯 "아, 예" 하고 모호하게 대답했다.

"죄송합니다."

"그런 게 아니라요."

사와다는 상대에게 들으라는 듯 한숨을 내쉬고 말을 이었다.

"일단 이런 일은 우리가 직접 이야기할 일은 아니죠. 판매에서 제대로 대응해주지 않으면 곤란합니다. 어떻게 대응하신 거죠? 그쪽하고 이야기는 한 거죠?"

"죄송합니다. 일단 오늘 아침에 가서 이야기는 하고 왔는데 통 받아들이지를 않아서요."

"조만간 체포될 사람입니다."

사와다는 고압적인 말투로 나무랐다.

"호프자동차를 사는 사람이 모두 우리 고객은 아니라고 생각합니다만."

"오랫동안 거래해왔습니다, 아카마쓰 사장과는. 저희 영업소로서도……."

다 죽어가는 목소리로 대꾸하던 마스다의 말을 사와다가 조금 톤을 높여 "어쨌든" 하며 끊었다.

"앞으로 이런 일이 없도록 제대로 대응해주세요. 아시겠죠?"

미적지근한 대답이 돌아오기 전에 사와다는 난폭하게 수화기를 내려놓았다.

3

"사장님, 무슨 일입니까?"

방금 끊은 전화에서 시선을 떼지 못한 채 씩씩거리며 팔짱을 끼고 있는 아카마쓰의 자리로 미야시로가 다가왔다.

"전무님, 지금까지 여러 해 호프자동차가 만든 트럭을 사용해왔는데 가만히 생각해보면 이 호프자동차가 어떤 회사인지 한 번도 생각해본 적이 없었네요."

아카마쓰는 자기를 내려다보고 있는 미야시로 전무의 어두운 얼굴로 시선을 옮겼다.

"재벌이라고 하면 묘하게 대단하다거나 지위가 높은 느낌이 들어요. 귀족 같다고나 할까? 반면 우리는 하찮은 장사치고. 장사치들이 귀족에게 따진다는 것도 좀 우스운 이야기지만, 그런 선입견에 사로잡혀서 상대가 대체 어떤 존재인지, 그 실상에 대해서는 생각해보지 못한 기분이 드네요."

"재조사 의뢰 때문인가요?"

"예. 거절당해서 직접 교섭하려는데 잘 풀리지 않네요."

미야시로의 표정이 어두워질 줄 알았는데 그러지 않았다. 그는 옆에 있던 의자를 끌어당겨 책상 맞은편에 걸터앉았다. 마침 아키에 씨가 자리를 비워 다른 직원은 없었다. 아무래도 미야시로는 그걸 노리고 온 모양이었다.

"사실은 좀 들은 이야기가 있어서요. 우리에게 일어난 것과 똑

같은 사고가 얼마 전 군마현에서도 일어났다고 합니다."

"정말인가요, 전무님?"

관심이 가는 이야기라 아카마쓰는 무심코 몸을 앞으로 디밀었다.

"오늘 들른 다이헤이요산업 후지타 사장이 그런 이야기를 했습니다. 그래서 회사에 돌아오는 길에 도서관에 들러 조사해보았죠."

그렇게 말하며 미야시로가 책상 위로 내민 것은 신문 기사를 복사한 종이였다.

반년쯤 전 날짜 기사였다. 골든위크가 끝난 5월 7일 기사다.

6일 오후 3시 20분경 군마현 다카사키시 노상에서 대형 트럭이 도로 옆 콘크리트 벽에 충돌해 트럭을 운전하던 다카키 도시유키 씨가 두 다리를 절단하는 중상을 입었다. 경찰은 다카키 씨의 과속이 사고 원인이라고 보고 조사 중이다.

겨우 열 줄 정도 되는 짧은 기사였다.

이 기사만 봐서는 아카마쓰운송의 사고와 이 트럭의 사고를 직접 연결 지을 만한 사실을 발견할 수 없었다. 아카마쓰는 눈짓으로 미야시로에게 물었다.

"사실은 이 트럭을 운행하던 업자가 다이헤이요산업과 거래가 있어서 드나들었답니다. 그래서 회사 안에는 크게 다친 이 운전기사를 아는 직원도 있다고 하더군요."

그러더니 안 그래도 큰 눈을 더 크게 뜨며 미야시로가 말을 이었다.

"그런데 말입니다, 다친 운전기사가 이 기사에는 나오지 않은 사실을 이야기하고 있답니다."

"기사에 나오지 않은 사실?"

아카마쓰가 묻자 미야시로는 의미심장한 시선을 보냈다.

"분명히 규정 속도를 초과하기는 했어도 그리 심하게 빨리 몰지는 않았답니다. 그런데 커브를 돌다가 타이어가 빠졌다는 거죠."

아카마쓰는 잠시 할 말을 잃었다. 미야시로는 그런 아카마쓰를 보며 반응을 기다렸다.

"그래서, 경찰은 어떻게?"

"조사했다고 합니다. 사고 차량 타이어는 분명히 빠진 상태였는데 그게 사고가 일어나기 전에 빠진 건지 사고 뒤에 빠진 건지가 문제여서. 사고 전에 빠졌다면 왜 그렇게 되었는지, 뭔가 원인이 있겠죠."

그 원인을 찾는 작업이 바로 지금 아카마쓰가 하는 일이다.

"그래서? 결론이 나왔나요?"

"예."

전무의 표정이 흐려졌다.

"정비 불량으로 나왔답니다."

정비 불량……. 그 말은 무거운 돌을 매달아 바다에 던져버린 간판처럼 이리저리 흔들리며 아카마쓰의 마음속으로 가라앉았다.

아카마쓰가 실망해 얼굴을 찌푸리는데 미야시로가 한마디 덧붙였다.

"게다가 그건 호프자동차가 조사한 결과라고 합니다, 사장님."

"호프자동차? 그럼 그 사고 차량이 호프자동차 트럭이었어요?"

미야시로는 가만히 아카마쓰를 바라보며 고개를 끄덕였다.

"사장님, 그 운송회사에 연락해 상황을 알아보는 게 어떨까요?"

4

호프자동차의 사와다는 연락이 없었다.

그 이유는 화가 난 아카마쓰가 다시 전화를 걸려고 할 때 마침 마스다가 전화해 알게 되었다.

"사장님, 사실은 제조원인 호프자동차에서 연락이 왔는데, 전화를 받지 못해 미안하다고 합니다. 다만 재조사는 몇 번을 해도 같은 결과밖에 나오지 않으니 아무쪼록 이해해주셨으면 좋겠다고 합니다."

마스다는 어제 한 이야기를 다시 했다.

"마스다 씨가 아니라 나한테 전화하라고 했을 텐데. 사와다란 사람한테서 전화가 왔었나?"

"예, 그게."

마스다는 말을 흐렸다.

"그럼 그 사와다란 사람에게 전해. 그쪽 조사 결과는 우리가 받아들이지 못하겠다. 대기업이라고 해서 고객을 우습게 여기는 짓도 정도껏 하라고 하더라고."

마스다가 뭐라고 하려고 했는데 아카마쓰는 전화를 끊었다. 그리고 상의를 집어 들고 사무실을 나갔다.

목적지는 다카사키시였다.

어제 미야시로 전무가 한 이야기를 들은 아카마쓰는 바로 그쪽 사장에게 연락을 취했다. 연락처는 미야시로가 알아봐주었다.

다카사키 시내에 있는 고다마통운이 그 업체 이름이다. 사장은 고다마 마사하루. 아카마쓰의 이야기를 들은 고다마는 아카마쓰운송이 일으킨 사고를 이미 안다면서 "그렇다면 한번 만납시다" 하며 방문을 흔쾌히 받아들였다.

도쿄역까지 사철과 야마노테선을 갈아타고, 조에쓰신칸센 다카사키역에서 내렸다. 고다마통운은 거기서 택시로 20분쯤 걸리는 곳에 있었다. 전화 통화를 할 때까지만 해도 몰랐는데 교외에 있는 아주 넓은 부지에 대형 트럭이 쭉 늘어선 모습을 보면 틀림없이 아카마쓰운송보다 규모가 훨씬 큰 회사다.

"바쁘실 텐데 죄송합니다."

고개를 숙인 아카마쓰를 웃는 얼굴로 맞이한 고다마 사장은 나이 예순 가까운 사람 좋은 인상의 남자였다.

"피차 힘들 때니까요."

안내받아 들어간 응접실에서 아카마쓰가 사고 경위를 이야기하자 고다마가 일어서며 말했다.

"어때요? 현장을 한번 보시겠습니까?"

"가깝습니까?"

"예, 바로 근처예요. 가봅시다. 사고 당시에는 커브에서 속도를 너무 낸 것이 원인이라고 했지만 진짜 그런지 현장을 보시면 알 겁니다."

사장이 모는 셀시오*를 타고 다카사키 시내 도로를 10분쯤 달리자 국도가 나왔다.

* Celsior. 도요타에서 1989년부터 2006년 사이에 판매한 고급 세단.

편도 2차선 직선도로가 한동안 이어지더니 그 길이 완만한 커브를 그리기 시작하는 지점에서 고다마는 차를 세웠다.

"여긴가요?"

어리둥절한 아카마쓰에게 고다마는 "저걸 보시죠" 하며 도로 앞쪽을 가리켰다.

5미터쯤 되는 높이의 콘크리트 벽이 도로를 따라 이어지고 있었다. 가드레일이 바로 앞에 있고 벽과 가드레일 사이로 인도가 나 있다. 바닥에 깔린 블록 틈새로 잡초가 고개를 내밀었다. 윗부분이 앞쪽으로 불룩하게 굽은 방음벽에는 폭주족이 장난친 듯한 요란한 낙서가 보였다.

"아, 가드레일이 새것이잖아요. 여깁니다, 현장은."

그러고 보니 확실히 가드레일이 몇 미터쯤 새것이었다.

"여기서……?"

커브라고 하지만 아주 완만한 곡선이다. 속도를 많이 올린 상태였어도 핸들은 충분히 꺾을 수 있을 것이다.

"속도는 시속 몇 킬로미터 정도였나요?"

"운전기사 말로는 60킬로미터쯤? 저 부근에서 브레이크를 밟았는데 갑자기 균형이 무너지면서 옆으로 미끄러졌답니다. 아마 그때 타이어가 빠졌겠죠."

브레이크를 밟는다고 해도 이 정도 커브라면 그리 급하게 제동을 걸 필요는 없다. 그렇다면 타이어에 그리 큰 부하가 걸리지는 않았을 것이다.

"결국, 호프자동차가 내린 결론은 정비 불량이 원인이라는 이야기인데 솔직히 석연치 않습니다."

다시 사무실로 돌아오는 차 안에서 고다마가 말했다.

"다만 우리가 정비를 완벽하게 했느냐 물으면 자신 있게 그렇다고 단언할 수는 없죠. 애당초 완벽하냐 아니냐를 따진다면 누구도 자신 있게 대답할 수 없을 겁니다. 타이어도 마모된 상태였어요. 회사 비용도 얽힌 문제기 때문에 아카마쓰 씨 회사는 어떨지 몰라도 우리 같은 중견 규모 회사라면 드문 일이 아닐 겁니다. 그래서 정비 불량이라는 조사 결과가 나오면 제대로 반박할 수가 없죠."

운송회사의 사정은 어디나 비슷하다. 아카마쓰는 정비 불량이 아니라는 자신이 있지만, 차량에 따라 사정이 달라진다는 것 또한 분명하다. 아카마쓰의 사고 차량은 구매한 지 3년 된 것이다. 며칠 전 수리를 마치고 운송을 재개했지만 원래 낡은 차량이 아니다. 그래서 자신 있게 주장할 수 있는 것이다.

"구체적으로 어떤 항목에서 정비에 문제가 있었는지, 지적은 있었나요?"

"있었습니다. 재판에서 원고 측이 증거로 제출했기 때문에 내용을 알게 되었죠."

"재판?"

아카마쓰는 깜짝 놀랐다. 고다마는 핸들을 잡은 채 고개를 끄덕였다.

"운전기사에게 고소당해서요. 정비 불량이 사고 원인이라고 위자료를 청구했습니다."

고다마는 심각한 표정으로 한숨을 내쉬었다.

"결국은 제가 패소했죠. 상소할 생각은 하지 않았습니다. 직원이었는데 다투는 모습을 보이면 다른 직원들 사기에도 영향을 미칠 테죠. 조사 결과에는 허브가 마모된 걸 알아차리지 못해 교환하지 않은 것이 원인이라고 적혀 있었습니다."

아카마쓰는 고개를 들었다. 또 허브인가? 고다마통운은 500대가 넘는 차량을 보유한 중견 업체라 일반적인 점검은 물론이고 차량 점검까지 자체적으로 하는 시스템을 갖추고 있다고 한다. 그러므로 아카마쓰운송처럼 특별한 사정이 아니더라도 정비 불량이라는 결론이 나올 것이다.

"이해할 수 없다는 말씀이죠?"

"솔직히 그렇죠. 다만 호프자동차의 조사라고 하니 신뢰해야 한다고 애써 생각하기는 했습니다. 사장님이 전화하시기 전까지는."

고다마가 의미심장하게 덧붙였다.

"진짜 사고 원인은 뭐라고 생각하십니까, 고다마 사장님?"

정비 불량이라는 조사 결과는 이해할 수 없다. 그렇다면 다른 이유가 있어야 하는데 사실 아카마쓰는 마땅히 떠오르는 문제점을 찾지 못하고 있었다. 그래서 자기와 마찬가지로 조사 결과를 이해하지 못하는 고다마는 어떤 생각인지 알고 싶었다.

"생각할 수 있는 가능성은 그리 많지 않죠. 도로 위에 운전기사가 깜빡 보지 못한 장애물이 있었다거나 하면 이해가 가지만 그런 건 없었습니다. 그렇다면……."

잠깐 말을 끊은 고다마는 앞 유리창의 한 점을 뚫어지게 바라보며 말을 이었다.

"역시 차량의 구조적인 결함일까요?"

아카마쓰는 고다마의 옆얼굴을 뚫어져라 바라보았다.

"호프자동차도 모든 게 완벽하지는 않겠죠. 어떤 자동차 제조사나 리콜하는 일이 있지 않습니까? 정비 불량이라 망가졌는지 구조적 결함이라 망가졌는지. 어느 쪽이냐에 따라 책임 소재는 전혀 달라지죠. 혹시 후자가 아닐까 하는 생각이 들기는 했지만 솔직히 반신반의하는 상태였습니다. 아카마쓰 사장님을 직접 만난 일은 사실 제게도 의미가 있는 일이죠."

아카마쓰는 나직하게 신음했다.

타이어가 빠졌다. 정비에는 문제가 없었다. 그렇다면 뭐가 문제였나. 단순한 우연인가? 어쩌다 보니 그냥 그런 일이 일어나고 만 건가? 아카마쓰는 내내 속으로 이 질문에 대한 답을 찾았다.

그런데 지금, 가설이기는 해도 문득 한 가지 가능성이 떠오른 것이다.

"그 타이어 때문에 저는 체포될지도 모를 상황입니다."

자조하듯 중얼거린 아카마쓰에게 고다마는 "그렇게 간단하게 체포할 수 있을까요?" 하고 뜻밖의 반응을 보였다.

"그게 무슨 말씀입니까?"

"경찰이 수색한 지 며칠 지났죠?"

고다마가 물었다.

"지난주였으니까 대략 일주일 되었네요."

"그렇지만 사장님은 여기 이렇게 있지 않습니까? 왜라고 생각하죠?"

그건 아카마쓰가 생각하기에도 의문이었다. 솔직히 모르겠다고 대답하자 고다마는 어디까지나 추측이라고 전제하고 이렇게 말했다.

"제 생각에는 입증할 수 없기 때문이 아닐까 합니다. 수색을 해도 아카마쓰 사장님이 유죄라는 증거는 찾지 못했다는 이야기 아니겠습니까? 어쨌든 압수한 증거품은 모두 분석이 끝났을 테니까 요."

그런가? 그렇지만 이유는 알 수 없다.

"아카마쓰 사장님은 아직 희망이 있습니다. 승부는 이제부터예 요."

뜻밖에 고다마가 격려해주는 바람에 아카마쓰는 마음 든든한 아군을 얻은 기분이었다.

5

"구조적 결함이라면 호프자동차에 책임이 있다는 이야기야?"

후미에가 고개를 갸웃거렸다.

"그럴 수도 있나? 그 호프자동차 트럭에 결함이 있다니. 애당초 탱크나 비행기를 만드는 중공업 회사에서 갈라져 나온 회사인데. 그런 회사 차에서 타이어가 빠져? 그건 탱크 캐터필러나 비행기 날개가 빠지는 것 같은 이야기잖아."

"뭐, 그렇지. 그럼 달리 어떤 이유를 생각할 수 있겠어?"

아카마쓰는 차즈케에 있던 채소 절임을 입에 넣으며 고개를 끄덕였다. 고다마를 만나고 온 날 밤이었다.

후미에가 의문을 드러내는 것도 당연하다. 당사자인 아카마쓰 도 믿을 수 없을 지경이니.

"그건 나도 모르지."

후미에가 중얼거렸다.

생각해보면 정비 불량이라는 결과 자체가 다른 이유를 찾지 못했기 때문에 선택한, 소거법에 따른 답이 아니었을까 하는 생각도 들었다. 어쩌면 구조적인 결함이라는 또 다른 선택 항목이 있었을지도 모른다. 호프자동차 연구자가 결코 선택할 수 없는 항목이.

"경찰에는 이야기했어?"

"아직 하지 않았어."

"조금이라도 유리해질 수 있다면 이야기해야 하지 않아?"

아카마쓰는 고개를 저었다. 이런 근거 없는 가설을 다카하타가 믿을 리 없다. 그러자 후미에가 이렇게 말했다.

"좀 이상하다는 생각이 들기도 해."

"예를 들면 어떤 게?"

아카마쓰가 물었다. 오후 10시가 지난 시각, 아이들이 잠들어 조용한 집은 아카마쓰가 유일하게 안식을 취할 수 있는 곳이다.

"호프자동차가 회사에 왔었나?"

"우리 회사에?"

후미에가 던진 뜻밖의 질문에 아카마쓰는 고개를 저었다.

"아니, 오지 않았어."

"그렇다면 실제로 정비를 어떻게 하는지 보지도 않고 불량이라고 본 거 아니야? 귀중한 생명을 잃은 사건인데. 게다가 적어도 호프자동차 입장에서 아카마쓰운송은 고객이잖아. 제대로 조사하지도 않고 고객의 정비 불량이라고 단정하다니, 이상하다는 생각이 드는데."

듣고 보니 분명 그렇다.

"오늘 그 판매부 사람한테서 연락 왔어?"

"아니" 하며 아카마쓰는 다시 고개를 저었다.

적어도 전화를 달라고 한 아침 이른 시간에는 연락이 없었다. 온종일 회사를 비운 동안에도 호프자동차에서는 아무런 연락도 없었다고 한다. 고다마통운에서 돌아와 다시 아카마쓰가 전화를 걸었는데 이때도 자리에 없다고 했다. 들어오면 바로 전화를 달라고 부탁했지만 결국 연락이 없었다.

"그거 무시하는 거야, 당신을."

후미에가 단정적으로 말했다.

"도쿄호프판매 마스다 씨에게는 연락했다고 하잖아. 당신하고는 직접 이야기할 필요가 없다고 판단하는 거 아닐까?"

"자기가 뭐 대단한 줄 알아."

화내는 아카마쓰에게 후미에는 애처롭다는 듯한 시선을 보냈다.

"문턱이 높은 회사지. 재벌 계열사니까."

"재벌 좋아하네. 우릴 무시하다니."

언성을 버럭 높이며 아카마쓰가 식탁을 쳤다. 그러자 찻잔에서 미지근해진 차가 튀었다. 그때까지 어렴풋했던 호프자동차에 대한 불신감이 또렷한 모습을 갖추었다.

6

도쿄호프판매의 마스다에게 연락해 호프자동차 판매부 사와다와 약속을 잡아달라고 한 것은 이튿날이었다. 전화로 이야기할 수 없다면 직접 만날 수밖에 없겠다는 것이 어젯밤 잠들기 전까지 고민한 아카마쓰가 내린 결론이었다.

아카마쓰는 미적거리는 마스다를 설득해 사와다에게 연락하게 했다. 혹시 몰라 편한 시간대도 몇 가지 알려주고 다시 연락을 기다렸다.

"만나겠답니다."

그 연락은 저녁때가 다 되어서야 왔다.

"그쪽으로 가주실 수 있겠습니까, 사장님? 저도 함께 가겠습니다."

"당신은 됐어."

거절하려고 했는데 마스다가 자기도 꼭 함께 가게 해달라고 해 귀찮아 그만 "멋대로 해"라고 승낙했다.

약속 시각은 이튿날 오후 2시였다.

고다마는 쉽게 체포되지는 않을 거라고 했지만 세상에는 '별건 체포'라는 것도 있다. 언제 체포당할지 모르는 아카마쓰 입장에서는 하루하루가 소중했다.

약속한 날, 오테마치역에서 마스다와 만나 함께 호프자동차로 갔다. 안내 창구에 방문 용건을 전달하자 응접실을 안내해주었다.

"사장님, 정말 미안합니다."

기다리는 동안 사무실 거리가 내려다보이는 응접실에서 마스다가 말했다. 그는 이날 만난 뒤로 계속 사과했다.

"사과할 만큼 켕기는 구석이 있나?"

그렇게 지적하자 마스다는 "아뇨, 그럴 리가요"라고 대꾸했다. 의미도 없이 꾸벅거리는 게 내키지 않아 외면했을 때 문에서 노크 소리가 나더니 키가 작고 오동통한 남자가 들어왔다.

"저는 계장인 기타무라라고 합니다."

"과장인 사와다 씨와 약속했는데요."

기타무라는 태연하게 대꾸했다.

"과장님은 마침 급한 일이 생겨서요. 저보고 대신 만나라고 하셨습니다. 자, 앉으시죠."

어쩔 수 없이 그가 권하는 자리에 앉았다.

"그래, 어떤 일로 오셨습니까?"

목에 사원증을 건 오동통한 남자는 차분한 표정을 지으며 물었다.

"이런 요청서를 귀사에 제출했는데 아십니까?"

아카마쓰는 재조사를 의뢰하는 편지 복사본을 꺼내 테이블 위에 내려놓고 기타무라 쪽으로 밀었다. 그는 말없이 집어 들더니 쭉 훑어보았다.

"이게 왜요?"

기타무라는 안다, 모른다, 대답이 없었다. 표정 하나 변하지 않는 그 태도는 얼음으로 지은 요새처럼 차가웠다. 이런 하잘것없는 일로 찾아왔느냐는 듯한 태도에 아카마쓰는 속에서 열불이 일었다.

"재조사를 해주시기 바랍니다."

"그 문제에 대해서는 이미 답변을 드렸다고 생각합니다만. 재조사는 불가능합니다."

"분명히 답변은 받았죠. 그 답변을 이해할 수 없어서 이렇게 찾아온 겁니다."

아카마쓰가 말했다.

"죄송한 말씀이지만 이해하시고 안 하시고는 귀사의 문제입니다. 저희로서는 제대로 조사했고 같은 조사를 또 반복할 이유는 없습니다."

"그럼 그 조사 결과를 보여주시죠."

아카마쓰가 말했다.

"뭐라고요?"

동상처럼 표정 변화가 없던 기타무라의 눈썹이 꿈틀 움직였다.

"보지 못했습니다, 그 조사 결과를."

물끄러미 아카마쓰를 바라보는 눈 속에서 째깍째깍 정밀기계가 움직이는 소리가 들릴 것 같았다. 그 눈은 설명을 요구하듯 아카마쓰 옆에서 숨을 죽이고 있던 마스다를 향했다.

"그 조사 결과는 경찰에 제출되었다고 해서, 그게."

마스다가 허둥댔다.

"우리 쪽에는 결과밖에 오지 않았어요. 게다가 정비 불량이라는 결과는 도저히 이해할 수 없고. 덕분에 우리는 경찰에 용의자 취급을 받아 수색까지 당했습니다. 이쪽 조사 결과가 어떤 내용인지 모르면 반론할 수도 없는 상황이죠. 이건 너무 불공평하다고 생각하지 않습니까?"

"불공평하다니요. 우리 회사는 관계없지 않습니까?"

기타무라가 보일 듯 말 듯 웃음을 지었다.

"관계없다고?"

아카마쓰가 이의를 제기했다.

"관계없을 리가 없죠. 여기서 조사한 결과입니다. 대체 어떻게 하면 정비 불량이라는 터무니없는 결론이 나오는 거죠?"

"과학적인 검증 결과를 적었을 뿐이라고 생각합니다."

"과학적?"

아카마쓰는 어처구니없었다.

"아니, 우리 정비 상황을 보지도 않고 과학적이라니. 그런 터무니없는 소리가 어디 있습니까?"

아카마쓰는 이 한마디가 오늘의 결정타가 될 거로 생각했다. 하지만 기타무라는 태연한 표정으로 이렇게 대꾸했다.

"아마추어가 보기에는 그럴지 몰라도 정비 불량을 확인하러 귀사까지 갈 필요는 없죠. 사고 차량의 파손 부분을 보면 정비가 되었는지 아닌지는 한눈에 알 수 있으니까요."

"자꾸 정비를 들먹이는데 그럼 구체적으로 어떤 정비를 하라는 거요?"

"그건 제가 여기서 설명해드릴 사안이 아니라고 생각합니다. 다만 이 말씀만은 드리겠습니다. 저희가 이런 조사를 할 때는 매우 신중하고 정확하게 합니다. 그렇게 시행한 조사를 다시 해야 한다는, 받아들일 만한 이유가 없는 한 요청에 응할 일은 없을 겁니다."

기타무라가 단호하게 말했다. 이야기는 이걸로 끝, 이라는 듯. 포기할 수 없는 아카마쓰는 어금니를 꽉 물고 상대를 노려보았다.

"우리 회사는 옛날부터 여기 트럭을 사서 썼습니다. 적어도 호프자동차에 호의적이었던 셈이죠. 많이 깎아달라고 하지도 않았고 늘 가장 먼저 구매 결정을 해왔습니다. 그런 회사가 처음으로 부탁을 했는데 이게 답변인가요? 이 회사는 오랜 고객을 이렇게 대합니까?"

후우, 하고 기타무라가 노골적으로 귀찮다는 듯 한숨을 내쉬었다.

"실례지만 아카마쓰 사장님은 지금 처한 처지 때문에 그렇게 말씀하신다고밖에 생각할 수 없군요. 귀사의 정비 불량이 아니라고 주장하기 위해 우리 회사의 조사 결과가 잘못되었다고 주장하는 심정은 이해가 갑니다. 하지만 이런 태도는 잘못되었다고 생각하지 않으시나요?"

"당신 지금 무슨 소리를 하고 있는지 알아요? 조사 결과를 좀 보여달라는데 그걸 거부하고 있는 겁니다. 호프자동차라는 데가 이토록 융통성이 없는 회사요?"

"어떻게 생각하시건 그건 그쪽 자유입니다, 아카마쓰 사장님."

대화가 이어지다 보니 기타무라 역시 화가 나 심한 표현을 썼다.

"고객을 대하는 자세가 너무하지 않나? 이 회사에는 CS*라는 개념도 없어요?"

기타무라가 뜻밖이라는 표정을 지었다.

"물론 있죠. 진짜 고객에겐 만족을 드리기 위해 노력합니다. 하지만 저희도 고객을 선택할 권리는 있습니다. 그렇지 않습니까?"

"뭐라고!"

저도 모르게 몸을 앞으로 들이미는 아카마쓰의 팔을 "사장님!" 하며 마스다가 잡았다.

"시끄러워. 당신은 빠져!"

"사장님, 죄송합니다. 일단 좀 진정하십시오. 이렇게, 이렇게 부탁드리겠습니다."

그러면서 마스다는 머리를 테이블에 대고 문지르듯 하며 하소연했다. 그런 모습을 여전히 태연하게 내려다보는 기타무라의 표정은 마스다의 행동이 아주 당연하다는 듯했다.

이 자동차회사는 어떻게 되어먹은 거지?

타이어가 빠지기 이전에 이놈들은 머릿속에 있어야 할 더 중요

---

* Customer Satisfaction, 고객 만족. 고객은 만족을 느낄 때 상품을 구매한다는 사고 방식. 기업에서 그 심리적, 감각적 만족도를 정기적으로 평가해 다음 상품개발에 활용하기도 한다.

한 부품이 빠진 게 아닐까?

7

"어땠어? 받아들여?"

사와다는 아카마쓰와 면담하고 돌아온 기타무라에게 물었다. 그는 대답하기 전에 흥, 하며 비웃음 섞인 콧방귀부터 뀌고 이렇게 내뱉었다.

"그냥 멍청이예요."

화가 나서 안색이 파리해진 얼굴을 보니 속이 부글부글 끓고 있다는 걸 알 수 있었다.

"아무리 설명해도 이해하지 못하니 만나봐야 시간 낭비죠."

기타무라로부터 간단한 보고를 받은 사와다는 지금까지 아카마쓰운송이라는 회사에 품었던 좋지 않은 인상이 더 나빠졌다.

"한 번 만나서 설명했으면 됐어. 이제 이러니저러니 할 일 없겠지. 앞으로는 재조사 의뢰가 들어와도 무시해."

"저도 그렇게 생각합니다. 애초에 이렇게 '고객은 무조건 왕'이라고 착각하는 사람들을 상대하는 건 우리 일이 아니죠. 이런 건 마케팅이 아니니까요."

기타무라는 늘 그러듯 자신 있게 잘라 말했다.

"과장님. 전부터 생각했는데요, 우리 고객전략과의 존재 방식을 재검토해야 하지 않을까요? 지금 이런 상태라면 그냥 클레임 처리 담당이나 마찬가지예요."

기타무라의 발언이 체제 비판으로 흐르고 있다는 사실을 눈치채고 사와다는 말을 끊었다.

"자네 심정은 알아. 나도 전적으로 같은 의견이야. 하지만 조직 변경을 한 지 얼마 되지 않았어. 의견을 내놓기에는 아직 일러."

여하튼 '근본'이 철저하게 보수적인 조직이다. 긍지가 높은 조직이기도 하다. 그래서 오래전부터 존재해온 틀은 받아들여도 그 틀을 바꾸려는 시도에는 먼저 거부 반응부터 보인다. 컨설턴트의 의견을 받아들여 과감하게 정리한 이 변화에 얼마나 순응할 수 있을까. 회사 안에서 불협화음이 튀어나올 때를 기다렸다가 하는 편이 훨씬 낫다.

"불평하려면 먼저 실적을 올려야 해."

사와다가 이렇게 말하자 기타무라는 얼굴을 찡그렸다.

고객전략과에 대한 실적 고과는 고객 설문 조사를 통한 CS, 즉 고객 만족도로 측정한다. 설문 조사는 한 해에 네 차례. 사분기마다 실시한다. 처음부터 이런 평가 방법에 대해 '정확하게 측정할 수 있는가' 하는 의문이 많았다. 그렇지만 지난번 두 차례의 평가는 기대치를 밑돌아 '고객전략과는 대체 무엇을 하는 거냐' 하는 질책이 쏟아졌다.

기대만큼 성적을 거두지 못한 주제에 실적 고과를 문제 삼으면 당연히 바로 '무능'이란 낙인이 찍힌다.

"실적이라고 해도 그게, 어휴."

한숨을 내쉬며 자기 자리로 돌아가는 기타무라에게 사와다는 "지금은 참아"라고 했다. 반쯤은 자신을 타이르는 말이었다. 이때는 이미 세타가야에 있는 작은 운송회사 문제 따위는 머릿속에서 사라져 있었다. 아카마쓰운송이라는 회사가 살건 죽건, 그건 어차피 사와다나 호프자동자와 아무런 상관이 없는 일이다.

그렇지만 그날 저녁, 사와다의 그런 판단에 뜻하지 않은 풍파가 일어났다.

야근 때문에 밤 9시가 넘도록 회사에 남아 일하던 사와다는 판매부에 불쑥 나타난 남자를 보고 컴퓨터 자판을 두드리던 손길을 멈췄다.

눈에 익은 오동통한 남자는 평소와 마찬가지로 음침한 인상이었다. 주위를 두리번거리며 오른손 검지로 안경을 신경질적으로 밀어 올렸다. 그리고 사와다를 발견하더니 바로 잰걸음으로 다가왔다.

"세타가야구에 있는 아카마쓰운송이란 회사에서 클레임 들어오지 않았나?"

품질보증부 무로이 히데오는 과장급 업무 회의 때 늘 얼굴을 보는 사이다. 사와다보다 다섯 살쯤 위라 특별히 친하지 않지만 지금 무로이는 분명히 여느 때와 달리 침착해 보이지 않았다.

"아카마쓰운송?"

사와다는 무심코 무로이의 얼굴을 보았다.

"아, 왔었죠. 어떻게 알죠?"

"아, 그게, 사실은 조금 전 판매부에 있는 친구에게 들어서."

"아, 그래서요?"

사와다가 물었다. 무로이가 무슨 의도로 그러는지 짐작이 되지 않았기 때문이다.

"아니, 그냥 무슨 일로 왔는지 궁금해서."

"별거 있나요? 재조사 의뢰지. 뭐 신경 쓰이는 일이라도 있어요?"

사고조사는 품질보증부에서 했을 것이다. 사와다가 묻자 무로이는 "아니, 그런 건 아니고" 하면서 말꼬리를 흐렸다.

그렇지만 일단 조사 보고가 끝난 안건에 대해 품질보증부가 신경 쓴다는 일 자체에 위화감이 들었다. 품질보증부가 하는 일은 제조 부문의 감시자 역할이다. 굳이 이야기하자면 '참견꾼'이 많다. 그래서 회사 안에서는 거북하게 여겨지는 존재다. 날카로운 지적으로 상대가 움츠러드는 모습을 즐기는 고약한 면도 있다. 무로이도 그런 인물들 가운데 한 명이 틀림없지만, 지금은 늘 달고 다니던 위엄을 감추고 덥지도 않은데 손수건으로 이마에 난 땀을 닦고 있다.

"그래서? 받아들였나, 그쪽에서?"

사와다는 가슴속에서 끓어오르는 시기심을 숨기고 무로이를 바라보았다.

"받아들였는지 어쨌는지는 모르죠. 그렇지만 재조사는 거절했고. 받아들일 이유가 없으니까. 혹시 품질보증부 조사에 무슨 문제라도 있었나?"

마지막 한마디를 도발로 받아들인 모양이다. 이때만은 무로이도 평소처럼 품질보증부를 대표하듯 발끈해서 노려보았지만 거기까지였다. 반론은 없었다.

"에이, 무슨 소리야. 일하는 데 방해해서 미안해."

무로이는 그렇게만 말하고 오른손을 슬쩍 들어 보이고 돌아섰다. 그 모습이 보이지 않을 때까지 지켜본 사와다는 마음에 걸리는 게 있어 수화기를 들었다.

차량제조부에 있는 친구 고마키 시게미치에게 전화를 걸었다.

이미 퇴근한 게 아닐까 생각했던 고마키는 첫 번째 신호음이 울리자 바로 전화를 받았다.

"지금 무로이 과장이 다녀갔는데, 아무래도 신경이 쓰여서 말이야."

"무로이가? 그 '품증' 쪽에 있는?"

품질보증을 줄여서 '품증'이라고 한다.

"너도 알겠지만, 뷰티풀 드리머의 타이어가 빠진 사고가 있었잖아. 그래, 그 건. 그 문제로 무슨 이야기 들은 거 없어?"

"그 사고? 아니……."

고마키는 짧게 대답했다. 그리고 불쑥 관심이 생겼는지 "왜?" 하고 물었다.

아카마쓰운송에서 제기한 클레임에 관해 설명한 사와다는 머릿속에 맴돌던 생각을 입에 올렸다.

"품증 녀석들, 뭔가 있는 게 아닐까?"

"뭔가라니, 뭔데?"

"그건 모르겠고, 예를 들면…… 조사에 실수가 있었다거나."

"야, 야."

전화 저편에서 고마키가 놀란 목소리로 "그거 꽤 재미있는 이야기네"라고 하자 사와다는 씩 웃었다.

"너 품증에 근무하는 무라노 알지? 한번 찔러볼래? 어쩌면 그 녀석들을 혼내줄 수 있을지도 몰라. 조금 전 무로이의 모습을 보면 아무 문제도 없지는 않을 거야."

"아아" 하고 감탄이라고는 할 수 없는 목소리가 수화기에서 흘러나왔다. 고마키도 관심이 끌리는 모양이었다.

사와다가 관심이 가는 부분은 당연히 사고의 진상이 아니다. 사내 세력 판도 문제다. 만에 하나 '품증'이 실수했다면 그걸 찔러 녀석들 콧대를 꺾을 수 있다. 평소 쌓인 설움을 풀 수도 있다.

호프자동차는 회사 분위기가 때론 공무원 이상으로 관료적이라는 평을 듣는다. 그런 분위기 속에서 직원들의 관심사는 밖이 아니라 안으로 향한다.

그런 의미에서 고충 처리 담당으로 변한 고객전략과가 '진짜 마케팅이 아니다'라는 소리를 할 수 있는 자격은 당사자인 사와다에게도 없지만, 자기 발등에 불이 떨어지면 체면은 생각하지 않는 것도 호프자동차의 사풍이라면 사풍이다.

"한번 알아볼까? 조금 기다려."

그러더니 고마키는 소리 죽여 웃고 전화를 끊었다.

왠지 가슴이 확 뚫리는 후련한 기분이 든 사와다는 하던 일로 돌아가 다시 컴퓨터 키보드를 두드리기 시작했다.

8

바로 그 무렵, 아카마쓰운송에서는 딱딱하게 생긴 남자들이 회의실 테이블에 둘러앉아 있었다.

"지금 상태로는 재조사에 응해줄 가능성은 거의 제로에 가깝겠군."

아카마쓰가 보고를 마치자 다니야마 정비과장이 어깨를 축 늘어뜨렸다.

급히 소집한 사내 회의였다.

회의실 테이블을 둘러싸고 있는 사람은 전무 미야시로, 정비과장 다니야마를 비롯해 일곱 명. 모두 과장급 이상인 직원들이다.

"만약 우리 정비 불량이라는 결과가 확실하다면 어떻게 됩니까?"

그렇게 물은 사람은 총무과장 다카시마였다.

딱딱하고 험상궂게 생긴 남자들이 즐비한 아카마쓰운송에서 혼자만 콩나물처럼 호리호리한 체격을 지닌 다카시마는 일은 잘해도 너무 융통성이 없는 것이 옥에 티. 아직 젊은데 성격이 너무 여유가 없어 빡빡한 핸들 같다. 지금도 아카마쓰가 한 발언에 바로 반응하며 아주 심각한 눈빛으로 바라보았다.

"문제는 두 가지야."

아카마쓰는 신경이 지나치게 예민한 다카시마를 진정시키려는 듯이 느린 말투로 입을 열었다.

"하나는 피해자 배상 문제. 일단 보험금이 나올 텐데, 원인이 정비 불량으로 밝혀지면 제대로 나올지 어떨지 확실하지 않아. 또 하나는 다들 걱정하듯 경찰 움직임이지. 지금도 수사 중이고, 때에 따라서는 최악의 사태가 닥칠 수도 있어."

최악의 사태라는 표현이 나온 순간 다들 숨을 죽였다.

"나도 한마디 할까?"

아카마쓰 옆에 앉은 전무가 끼어들었다.

"좋지 않은 이야기만 하는 것 같은데, 그것 말고도 영향이 있어. 은행이지."

미야시로는 그렇게 말하고 표정을 잃은 직원들을 쭉 둘러보았다.

"사실은 오늘 도쿄슈토은행에 다녀왔지. 전에 신규 예금 담당자가 우리 회사로 찾아와서 명함을 두고 간 적이 있어서. 그런데 안타깝게도 융자는 어렵다는 이야기였어."

그 결과는 이미 들었다. 사고야 어찌 되었든, 사가미머시너리가 거래를 취소해 실적이 불투명하다는 점이 문제가 되었다고 했다.

"도쿄호프은행에 신청한 융자는 어떻게 되었나요, 사장님?"

불안한 듯이 다카시마가 또 물었다.

"아직 답변이 없네."

아카마쓰가 쉰 목소리로 말했다.

"그렇다면 아직 희망이 있다는 이야기인가요?"

계속되는 질문에 직원들의 시선이 집중되었지만, 말문이 막혔다.

"음, 솔직히…… 어려울지도 모르겠네. 아직 결론은 나오지 않았지만."

도쿄호프은행 고모다에게 어떻게 진행되고 있는지 물어보았는데 "심사 중인데 어려울 것 같습니다"라는 말뿐, 반가운 소식은 없다. 다른 곳을 알아보는 게 좋지 않겠느냐는 말도 들었는데 그 이야기는 하지 않았다. 솔직히 융자 가능성은 거의 제로에 가깝다.

"자금 조달은 괜찮을까요, 사장님?"

아카마쓰는 다시 말을 골라야 했다. '괜찮다'라고 하면 거짓말이 된다. 그리고 잠깐 위안이 되고 마는 소리는 해봐야 의미가 없다. 그렇게 생각하면서도 직원에게 쓸데없는 걱정을 끼치고 싶지 않은 마음으로 아카마쓰는 대답했다.

"자금 조달은 걱정하지 말고. 전무님하고 내가 어떻게든 해볼 테니까."

아무도 대꾸가 없었다. 사정을 잘 아는 미야시로 전무는 입술을 깨문 채 테이블만 노려보며 말이 없었고, 다른 간부들도 다들 굳은 표정으로 고개를 숙이고 있었다. 현실이 그리 만만찮다는 사실쯤은 다들 알고 있기 때문이다.

"역시 호프자동차가 내놓은 조사 결과가 골치로군요."

이윽고 주술에서 풀려난 듯 미야시로가 중얼거리자 회의실 안에는 한숨 소리가 흘러나왔다.

"무슨 타개책이 없을까?"

그런 게 쉽게 나올 리 없다. 테이블에 둘러앉은 직원들이 그런 표정을 지을 때 조심스럽게 손을 드는 사람이 있었다.

정비과장인 다니야마였다.

"우리가 조사하면 어떨까요?"

다들 의아한 표정을 짓는 가운데 다니야마가 말을 이었다.

"물론 호프자동차에는 틀림없이 뛰어난 연구자들이 많을지도 모릅니다. 하지만 호프자동차가 아니라도 사고 원인은 조사해보면 알 수 있을 겁니다. 우리가 조사하는 데에 문제가 있다면 다른 회사나 연구소 같은 곳에 부탁해 감정을 받는 방법도 있지 않을까요?"

아카마쓰는 살짝 놀라 고개를 들었다.

그도 그렇다는 생각이 들었기 때문이다.

호프자동차가 만든 트레일러라고 해서 조사를 호프자동차에서만 해야 한다는 착각에 빠져 있었다. 하지만 다니야마가 말한 대로 사고조사 감정만 받는 일이라면 다른 곳에서 맡아줄 수도 있을 것이다. 비용이 좀 들어도 상관없다.

"그것도 괜찮겠군요."

잠시 뜸을 들인 아카마쓰가 말했다.

"단, 한 가지 문제가 있습니다."

다니야마의 말에 뭐냐고 묻는 시선이 그에게 쏠렸다.

"조사하기 위해서는 가장 중요한 차축 부분에 쓰이는 부품이 필요합니다. 그런데 그게…… 없습니다."

"없다고요?"

영업 담당인 도리이가 깜짝 놀란 목소리로 말했다. 늘 밝은 직원이지만, 이날만은 낯빛이 좋지 않았다.

"없다니, 그게 무슨 말씀이세요, 다니 씨?"

"사고 원인 조사 뒤 수리를 부탁했을 때 호프자동차가 빼갔는데 그대로 반납하지 않고 있습니다."

"그러면, 그 문제가 되는 부품이 호프자동차에 있다는 이야기인가요?"

고개를 끄덕인 다니야마가 아카마쓰에게 말했다.

"사장님, 죄송하지만 호프자동차에서 부품을 돌려받을 수 없을까요?"

"그래요. 알겠습니다. 바로 호프자동차에 신청해보죠. 그런데 고다마 사장과 이야기하다가 한 가지 이해되지 않는 게 있었는데."

아카마쓰는 머릿속에서 떠나지 않던 의문을 이야기했다.

"허브 파손이 원인이라면 정비 불량으로 체포되더라도 이상할 게 없다고 생각하는데, 왜 경찰은 그렇게 하지 않는 걸까요?"

"그건 간단합니다."

다니야마가 대답했다.

"배수로에 타이어가 빠진 사고 뒤로 이번 타이어 이탈사고 전까지 그 트레일러는 3개월마다 정확하게 점검했습니다. 이걸 보시죠."

그러면서 다니야마는 사고 차량의 정비 기록을 보여주었다.

가도타가 독자적으로 작성한 기록부를 복사한 것이었다. 원본은 경찰이 압수해 가지고 있지 않다.

다니야마가 가리킨 부분을 보고 아카마쓰는 엇, 하고 소리를 지르고 말았다.

점검 항목 맨 마지막 부분에 '기타'라는 항목을 가도타가 만들어놓았다. 거기에는 조금 읽기 힘든 글씨로 '사고 후 허브 마모 및 균열'이라는 항목이 추가되어 있었다. 그 오른쪽 체크란에 있는 체크 표시가 아카마쓰의 눈에 확 들어왔다.

"나를……."

아카마쓰는 목소리를 짜내다시피 해 겨우 말했다.

"가도타가 우리를 살린 건가?"

"그렇습니다."

다니야마는 그렇게 말하고 깊은 주름이 새겨진 얼굴로 씩 웃었다.

9

오래간만에 한잔하자, 하며 고마키로부터 연락이 온 것은 사와다가 전화한 이튿날이었다.

만나기로 한 마루노우치 오아조에 있는 이자카야 입구에서 기다리니 고마키가 한 남자와 함께 나타났다. 사와다보다 젊은, 30대 초반 남자였다. 사와다를 보더니 고개를 꾸벅 숙였다. 그 양복에서 반짝 빛나는 호프자동차 배지를 보고 같은 회사 직원이라는 사실을 알았다.

"품증 무라노 녀석에게 물어봤는데 자기 담당이 아니라고 하더라. 그래서 이 친구를 데리고 왔지. 가토라고, 연구소에 근무하는 후배야. 신입일 때 내 밑에서 판매 담당 업무를 배운 적이 있어서. 그때부터 알고 지냈지. 이쪽은 판매부 사와다 과장. 이름은 너도 알지?"

점원 안내를 따라 칸막이가 쳐진 부스로 들어갔다.

"야, 전망 좋군. 이렇게 보니 우리 회사도 꽤 근사해."

오테마치 외곽이 내려다보이는 창가 자리였다. 호프자동차 사옥이 바로 정면에 보여 고마키는 그런 소리를 하며 웃었다.

"겉모양뿐이지만요."

가토가 덧붙였다. 고마키 밑에서 일을 배웠다더니 듣기 거북한 소리도 툭툭 내뱉는 모습이 똑 닮았다.

분명히 호프자동차는 오랜 기간 실적이 저조했다. 특히 최근 10년 동안은 히트작이 나오지 않았다. 아직 젊은 가토는 예전의 잘나가던 시절을 모를 테지만 사와다 세대에게는 '이상하다', '이럴 리가' 하며 고개를 갸웃거리는 사이에 어물어물 이런 상태까지 미끄러진 느낌이 든다.

생맥주와 간단한 안주를 주문하고 건배한 뒤, 고마키가 계속 늘어놓는 잡담에 맞장구치다 보니 눈 깜짝할 사이에 한 시간 가까이 지났다.

술을 못 마시는 사와다와 달리 고마키는 밑 빠진 독 같은 술꾼이다. 가토도 꽤 하는지, 맥주에서 정종으로 주종을 바꾸자마자 순식간에 빈 술병이 쌓여갔다.

"아, 이 녀석 꽤 마시지?"

가토의 어깨를 툭 치며 고마키가 웃었다.

"그래서 오늘 데리고 나올 녀석이 이 녀석뿐이었어."

"그게 무슨 말씀이세요, 고마키 선배님?"

가토 또한 사와다와 마찬가지로 고마키의 의도를 헤아리지 못해 취한 눈으로 물었다.

"아, 이런 이야기는 맨정신으로 할 수 없을 테니까."

고마키는 짐짓 웃으며 화제를 돌렸다.

"사실은 소문을 좀 들었는데, 품질보증부 부장, 과장, 임원, 그리고 연구소 소장님이라던가, 그런 사람들이 모이는 비밀회의가 있다는 거야."

고마키가 의미심장하게 말하자 가토의 얼굴에서 웃음이 사라지고 대신 깜짝 놀란 표정이 떠올랐다.

"누구한테 들은 거예요, 그 이야기?"

"그건 비밀. 있다, 없다. 어느 쪽이야?"

입을 굳게 다문 가토를 고마키가 다그쳤다.

"너 말이야, 이만큼 아는 상대에게 숨겨서 어쩌려고 그래? 자, 이야기해. 내가 누군지 몰라? 키워준 은혜를 잊었어?"

그래도 입을 다물고 있던 가토가 이윽고 "여기서만 하는 이야기예요" 하며 떨떠름한 표정으로 말했다.

"아무에게도 이야기하지 않을 테니까 안심해. 우린 입이 무거워."

고마키가 히죽 웃으며 말했다. 동시에 사와다에게 의미심장한 눈짓을 던졌다. 우리끼리만 알고 넘어갈 이야기로 그칠 마음이 전혀 없다는 걸 알 수 있었다.

"분명히 고마키 선배님이 말씀하신 회의가 있기는 합니다."

"목적이 뭐야? 왜 몰래 모이는 거지?"

"특별히 몰래 모이는 건 아니고요. 다만……."

"다만, 뭐?"

"다만, 내용이 좀 민감해서."

"그 내용이 뭐냐고."

고마키는 가토의 말투가 마음에 안 드는지 자꾸 걸고넘어졌다.

"뭐가 민감하냐고. 너 한동안 보지 못한 사이에 엉뚱해졌구나."

"이해해주세요, 선배님. T회의는 기본적으로 제조와 품질보증 부서만 참가하는 내부 회의니까요."

"T회의?"

사와다가 물었다.

"타이어의 T죠."

가토가 대답하자, 바로 품질보증부 무로이의 얼굴이 떠올랐다.

"타이어라고?"

고마키가 물었다.

"왜 하필 타이어지? 무슨 일 있나, 타이어에?"

대답을 못 하던 가토가 입을 다시 열 때까지는 시간이 걸렸다.

"이제 됐잖아요. 연구소라고 해봐야 저는 담당이 다르고 확실한 내용은 몰라요."

"꽁무니를 뺄 작정이야? 까불지 마."

고마키가 밀어붙이자 가토는 난처하기 짝이 없다는 표정을 지었다.

품질보증부와 관련된 실수를 찔러보자는 애초 목적은 어디로

가고, 가토의 이야기는 사와다에게도 흥미로웠다. 만약 타이어와 관련해서 무슨 문제가 있다면 그걸 마케팅 섹션의 과장인 사와다가 모른다는 것도 문제다.

사와다가 물었다.

"그게 기술 파트만의 문제인가? 아니면 회사 전체와 관계있는 이야기인가?"

어금니를 꾹 깨문 가토가 이윽고 입을 열었다.

"회사 전체와 관계있는 이야기예요."

"그렇다면 이야기해. 우리는 알 권리가 있어."

고마키는 그렇게 말하더니 "어서" 하며 채근했다. 가토는 선배가 노려보자 체념한 듯 얼굴을 찌푸렸다.

"제가 알게 된 건 반년 전인데요, 계기는 군마에 있는 운송회사에서 일어난 인신사고였죠. 그 사고에 우리 회사 트럭 상태가 좋지 않았다는 문제가 얽혀 있었어요."

처음 듣는 이야기다. 물론 판매부인 사와다의 귀에 호프자동차 관련 사고가 모두 들어오지는 않는다. 사정은 고마키도 마찬가지다. 고마키가 물었다.

"상태가 좋지 않았다니, 어떤 등급인데?"

"S3입니다."

"별일 아닌데 그래."

고마키가 중얼거렸다.

호프자동차는 차량에 관한 문제는 모두 품질보증부에서 모아, 위험성 등을 검토한 다음 S1부터 S3까지 등급을 나누어 평가하게 되어 있다.

가장 서둘러 해결해야 할 등급은 S1이다. S1으로 분류된 문제들은 바로 리콜 회의에 올려 검토한다. 엔진, 브레이크, 구동 시스템 등에 문제가 발생해 사고가 일어날 가능성이 있다면 모두 S1으로 평가된다. S2는 부품에 문제가 있는 경우, S3는 위험성이 더 낮다고 판단되는 가벼운 문제인데, 이런 경우는 리콜 회의에 올리는 일이 없다.

　"전에도 같은 사고가 있었다는데, 사내 관계자가 소집되어 사고 대책에 대해 의견을 나누게 되었죠. 그게 어중간하게 정례화된 게 고마키 선배님이 말씀하신 그 회의입니다."

　"아니, 그건 좀 이상하지 않은가?"

　고마키는 바로 체크하기 시작했다.

　"S3라면서? 물론 문제이기는 하지만 가벼운 사안이고, 특별히 위험도가 높지 않다고 평가했는데. 그런 문제 때문에 그렇게까지 비밀로 할 이유가 있나?"

　"평가는 어디까지나 평가일 뿐이니까요."

　가토가 미묘한 표현을 했다.

　"그게 무슨 소리야?"

　고마키의 눈빛이 날카로워지고 가토는 점점 궁지에 몰렸다.

　"그러니까 S평가는 어디까지나 품질보증부가 한다는 거죠. 게다가 평가 기준이라는 것도 주관적이니까요."

　그 말의 의미가 차츰 이해되었다.

　"그러니까 사실은 S1으로 분류될 위험한 문제여도 품질보증부가 조절하기에 따라 S2나 S3가 되기도 한다는 건가?"

　사와다가 묻자 "그렇습니다"라고 말하며 가토는 침울한 표정을 지었다.

무심코 고마키와 얼굴을 마주 보았다.

"어떤 사고였지? 그 군마에서 일어난 사고는?"

국도에서 트럭이 콘크리트 벽에 충돌한 사고에 대해 대략 설명한 뒤, 가토는 "제가 본 내용으로는 타이어가 빠진 것이 사고 원인이 아니었나 하는데……"라고 했다. 그 한마디에 사와다는 그만 얼어붙었다.

"국토교통성에 보고는 어떻게 했지? 하지 않았나?"

표정이 굳은 고마키가 지적했다.

"S3로 평가되었으니까요. 할 필요도 없었죠. 게다가 군마에서 일어난 사고 때는 경찰이 운전자 과속이라는 판단을 내렸기 때문에 차량 결함 문제까지 클로즈업된 일은 없었죠."

"아니, 이봐."

사와다는 당황했다. 가토가 한 이야기에 따르면 이건 예상을 훨씬 넘어선, 터무니없는 상황이라는 생각이 들었기 때문이다. '품증을 혼내주겠다'라는 수준에서 그칠 레벨이 아니다.

만약 원래 S1으로 분류해야 할 문제를 S3로 분류한다면 자동차 제조자로서 지녀야 할 도덕이 무너진 셈이나 마찬가지다. 게다가 관련 부서끼리 몰래 대책을 세웠다는 사실은 비정상이라고 해야 할 사태다.

"T회의라고 했지? 표면적인 평가와 달리 우리 문제가 상당히 위험한 것이었다는 소리인가? 실제로는 어떤 상태야?"

"골치 아프죠. 상당히."

가토가 말했다.

"제대로 처리한다면 리콜 대상입니다."

"뭐?"라고 했을 뿐, 고마키는 입을 떡 벌린 채 말을 잇지 못했다. 사와다도 마찬가지였다.

"가토. 너 인마, 네가 무슨 소리를 하는 건지 알아? 원래는 리콜해야 하는데 회사 내부에서 평가를 조작해 대응한다는 건 말하자면……."

"리콜 은폐."

사와다가 툭 내뱉은 단어가 세 사람이 어질러놓은 테이블 위에 아무렇게나 내던져졌다.

그때 사와다의 가슴에 운송회사 이름이 떠올랐다.

아카마쓰운송이다.

"야, 고마키. 무로이 휴대전화 번호 아나?"

"아니."

그 대답을 듣고 사와다는 자리에서 일어났다.

"미안. 난 회사에 돌아가야겠어. 끝내지 못한 일이 생각나서."

고마키와 가토는 영문을 모르겠다는 표정으로 사와다를 쳐다보았다. 사와다는 지갑에서 5천 엔짜리 지폐 한 장을 꺼내 테이블 위에 올려놓고, 가게를 나와 엘리베이터 타는 곳으로 걸음을 서둘렀다.

잰걸음으로 회사에 돌아온 사와다는 수화기를 들어 바로 품질보증부에 전화를 걸었다.

"예, 품질보증부입니다."

신호가 다섯 번째 울렸을 때 무뚝뚝한 느낌이 드는 남자가 전화를 받았다.

"고객전략과 사와다라고 합니다. 그쪽에 제품 문제 평가 조사를 의뢰하고 싶은 게 있습니다. 담당하신 분 부탁합니다."

"담당이요? 미안합니다. 이미 퇴근했습니다만."

"그럼 무로이 과장 부탁합니다."

전화가 연결되는 동안 사와다는 술기운이 도는 머리로 깨달았다. 무로이란 녀석은 다 알고 있었다는 걸.

타이어 이탈사고는 아카마쓰운송에서 일어난 것만이 아니다.

그렇지만 전에 일어난 사고는 품질보증부의 조절인지 뭔지 때문에 어둠에 묻혔다. 그리고 이번에도 또 품질보증부는 같은 조처를 하려고 했을 것이다.

하지만.

여기부터는 오래 이 업계에 근무한 사와다의 감이지만, 지난번과 이번 사안은 결정적으로 다른 점이 하나 있다.

화제성이다.

아카마쓰운송이 요코하마에서 일으킨 사고에서는 빠진 타이어가 길 가던 어머니와 아들을 덮쳤다. 이 사고는 어머니가 사망하는 비극을 불러왔다. 이런 점에 언론이 주목하기 시작해, 타이어가 왜 빠졌느냐 하는 문제에까지 이르렀다.

언론과 대중만 이런 관심을 보인 것이 아니다. 자동차 제조업자가 가장 신중하게 대해야 할 상대인 국토교통성도 같은 반응을 보였을 것이다.

'그 사고와 관련해서 국토교통성으로부터 보고를 요구받은 게 아닐까?'

사와다는 이렇게 추론했다.

그리고 보고하라는 요구를 받은 이상 도로운송차량법에 따라 호프자동차는 답신을 보내야 한다. 그건 품질보증부가 작성해 틀림없이 임원의 승인까지 받은 회답이었을 것이다.

잠깐 기다리라고 하더니 상대방은 한동안 전화를 받지 않았다.

기다리다 못한 사와다는 수화기를 내던지고 판매부를 나섰다.

그냥 호프자동차 본사 복도를 달려 엘리베이터를 타고 품질보증부로 갔다. 여기 오는 일은 거의 없는데 문을 연 사와다는 무로이를 발견하고 바로 돌진했다.

부하 직원과 함께 테이블에 앉아 있던 무로이 옆에 서서 사와다가 말했다.

"할 이야기가 좀 있는데요, 시간 낼 수 있어요?"

음침한 표정에 불쾌한 기색까지 얹어 사와다를 쳐다보았다.

"보다시피 지금 상의 중이야. 나중에 해도 되겠나?"

"아뇨. 지금이어야 해요."

사와다가 날카로운 말투로 대꾸하자 함께 있던 부원이 눈썹을 찌푸렸다.

"급한 이야기라서."

사와다가 째려보자 무로이는 부원에게 "잠깐 실례" 하며 자리에서 일어섰다.

"뭐야, 너 지금 술 마시고 온 거야?"

"시끄러워요. 그런 건 상관없어요."

사와다는 마치 고마키의 독설이 옮은 듯 쏘아붙이더니 옆에 있는 미팅 부스로 들어가 문을 잠갔다.

"급한 이야기라는 게 뭐야?"

발끈해서 물어보는 무로이를 "아카마쓰운송 건이야"라는 말로

입 다물게 한 사와다는 경계하는 눈치를 보이는 그의 눈을 들여다
보았다.

"국토교통성에서 보고 요청이 있었나요?"

대답이 없다. 대신 탐색하는 눈빛으로 사와다를 바라보았다.

"있었냐고 묻잖아요!"

쾅, 하고 주먹으로 테이블을 내려쳤다. 공기가 팽팽하게 긴장되
자 무로이에게 취하는 적대적인 자세는 더욱 선명해졌다. 싸늘한
눈싸움이 벌어졌다.

"우선 그걸 알고 싶은 이유를 말해주겠나? 판매부 업무와 무슨
관계라도?"

이 자식, 날 우습게 보네. 아무리 생각해도 품질보증부가 판매부
보다 위에 있다는 발상에서 나온 듯한 말을 듣고 사와다도 이때만
은 화가 부글부글 끓었다.

"이유라고? 아까 낯빛이 변해서 내 자리로 찾아왔었잖아요. 그
러면 그건 뭐였지? 내게 묻기 전에 먼저 이유를 설명해야 하는 거
아니었나?"

"그러니까, 그건 품질보증부가 조사하고 정비 불량이라고……."

"S3인가?"

말허리를 자른 사와다를 무로이는 움찔하는 표정을 짓고 가만
히 바라보았다. 적중한 모양이다.

"사실은 S1 레벨 아니고?"

"뭐라고?"

"품질보증부에서 멋대로 등급을 내린 거 아니냐고 묻는 거죠."

"무, 무슨 소리야."

사와다는 아랑곳하지 않고 물었다.

"아카마쓰운송 건. 국토교통성에 뭐라고 보고했죠? 상대방 정비 불량이 원인이라고 보고했나요?"

음침하게 생긴 무로이가 날카롭게 타오르는 듯한 눈빛으로 사와다를 쏘아보았다.

"T회의에 직접 출석했어요?"

대답이 없다.

"오늘 허둥지둥 부산 떨며 나를 찾아온 건 조사에 곤란한 문제가 있기 때문이겠지. 아카마쓰운송이 시끄럽게 나오고, 만약 비슷한 사고 피해자도 같은 주장을 하고 나온다. 그 사실을 언론이 눈치채고 호프자동차에는 같은 사고가 있었는데 과연 그게 정비 불량인가, 하는 의문을 던진다면. 그렇게 되면 곤란하기 때문이 아닌가? 성가신 문제는 싹이 자라기 전에 뽑아내야 하는 겁니다, 무로이 과장님."

"술주정이냐?"

"얼버무리지 말아요."

사와다는 무로이가 입에 문 담배를 빼앗아 꺾어버렸다. 무로이가 부글부글 끓어오르는 듯한 시선으로 노려보았다. 평소에도 음침한 표정인 무로이인 만큼 분노 표현 또한 음습하기 짝이 없다.

이윽고 분노에 부풀은 무로이의 얼굴 가운데로 기분 나쁜 미소가 번지기 시작했다.

"품질보증부 내부 일에 끼어들지 않는 편이 신상에 좋을 거야, 사와다."

'씨'를 붙이지 않은 것은 자기가 다섯 살쯤 위라는 사실을 일깨

우려는 속셈인지도 모른다.

"착각하지 마셔, 멍청하긴."

사와다는 태연하게 내뱉었다. 이쯤 되면 선배고 후배고 없다.

"이 문제가 품증만으로 끝날 이야기라면 내가 뭐 좋다고 참견하겠어? 품증에서 S1 등급 불량을 억지로 S3라고 평가한 건 리콜 은폐 이외에 아무것도 아니잖아."

무로이가 살기 띤 눈으로 노려보았다.

사실 호프자동차는 리콜에 특별한 의미가 있다.

3년 전.

제품에 문제가 있는데도 감독관청에 보고를 제대로 하지 않고, 그뿐만 아니라 판매점을 통해 몰래 보수 작업을 계속했다. 이런 부정을 저질렀다는 사실이 내부고발을 통해 폭로되어, 백일하에 드러난 쓰라린 경험이 있기 때문이다.

그 사건은 재벌 계열 명문 자동차회사의 브랜드가 땅에 떨어지는 순간이었다.

신용은 쌓는 데는 시간이 걸리지만, 잃는 것은 눈 깜빡할 사이다. 이 리콜 은폐로 호프자동차에는 엄청난 비난이 쏟아져 고객들이 떠났고, 판매 부진을 더욱 부채질했다. 그게 오늘까지도 실적 저조로 이어지고 있는 게 틀림없다.

바닥을 기는 실적은 더 무리한 판매를 불러왔다. 예를 들면 북미 시장에서는 '심사 제로, 금리 제로, 계약금 제로'라는 조건으로 호프자동차를 살 수 있는 '쓰리 제로 캠페인'을 전개해, 첫해에는 그야말로 비약적인 매출을 기록했다. 호프자동차가 북미 시장에서 부활하는 것인가, 하며 화제가 된 것도 잠깐. 2년째에는 날림 심사가 빌미가 되어 대금 연체와 수금이 불가능한 상태*가 한꺼번에 밀어닥쳐 바로 적자로 곤두박질쳤고, 동업 타사들은 '그것 봐라' 하며 실소했다.

"알지도 못하면서 떠들지 마."

무로이가 굵고 낮은 목소리로 으름장을 놓았다.

"네가 리콜이 뭔지 알기나 해? 어이구, 판매부는 좋으시겠어. 마케팅이니 뭐니 지껄이면서 고객지상주의라는 대의명분을 내세우지. 그렇지만 그런 건 그냥 속임수야. 고객을 위한다는 캠페인은 외부를 향한 선전에 지나지 않지. 문제가 있으면 당연히 리콜해야 한다는 식의 단순한 발상으로 자동차회사를 경영할 수 있다고 생각하나? 그렇다면 판매부는 정말 어수룩한 집단이지. 너도 포함해서 말이야."

리콜을 시행하면 당연히 돈이 든다. 무로이가 하고 싶은 말은 그것이다.

"발상이 거꾸로군."

사와다가 대꾸했다.

"리콜 은폐가 들통나서 우리가 입은 피해를 잊었나? 그것에 비하면 리콜을 신청해 무상 수리에 응하는 편이 훨씬 싸게 들 거야. 같은 실패를 두 번 저지르는 놈은 바보지. 댁도 포함해서 말이야."

"넌 아무것도 모르잖아, 사와다."

"그건 댁들이 숨기기 때문이지. 만약 중대한 정보가 있다면 바로 회사 안에 공개하고 대책을 세우는 게 이치야. 그걸 몰래 숨기

---

* 외상 매출금, 대출금 따위를 돌려받지 못하여 손해를 보는 일.

는 건 절대 잘못이야. 품질보증부는 모든 악의 근원이지."

사와다가 단정적으로 말하자 무로이는 흥, 하고 콧방귀를 세게 뀌었다.

"멋대로 지껄여. 아무리 지껄여봐야 네게 할 이야기 없어. 이야기할 일도 아니고, 네가 알아서 좋은 일도 아니야. 너희는 닥치고 차를 팔면 되는 거야. 손님에게 아양 떠는 짓밖에 할 줄 모르는 놈은 차원 높은 경영 판단이 따르는 일에는 참견하지 마!"

"뭐라고? 잠깐 기다려, 무로이 과장!"

하지만 싸늘한 눈빛과 함께 일어선 무로이는 바로 문 쪽으로 향했다. 뒤따라 일어서려던 사와다는 정강이를 테이블에 세게 부딪혔다.

"아얏!"

무릎을 움켜쥐는 사와다의 코앞에서 힘껏 닫힌 문 너머로 무로이는 사라졌다.

10

"어머, 왜 그래? 그렇게 무서운 얼굴을 하고?"

12시가 지나 집으로 돌아온 아내 에리코는 사와다의 얼굴을 보고 눈이 휘둥그레졌다. 하얀색 짧은 재킷에 통이 좁은 청바지를 입은 에리코는 30대 후반이지만 아직 20대라고 해도 통할 만큼 탄탄한 몸매다.

"어서 와, 어땠어? 오늘은?"

사와다는 거실 소파에 몸을 깊숙이 묻은 채 스카치위스키 잔을 들고 있었다. 실내는 테이블 램프 하나만 켜두어 어두컴컴했다. 에리코가 천장 조명을 켜자 사와다는 눈이 부신 듯 실눈을 떴다. 사와다가 잘 마시지 못하는 술을 마시고 있을 때는 기분이 나쁠 때라고 에리코는 알고 있다.

"뭐 그냥 늘 똑같아. 당신은 그렇지 않은 모양이지만."

"어머."

사와다는 세타가야구에 있는 아파트에서 아내와 단둘이 살고 있다.

대학 시절 음악 동아리에서 알게 된 아내는 지금 조후에 있는 FM 방송국에서 프로그램 진행자로 근무하고 있다.

에리코는 원래 대단한 논객이라 미팅이나 회식에서 토론이 벌어지면 반드시 그 자리를 주도하는 사람이었다. 사와다는 따지자면 다른 사람 의견을 듣기만 할 때가 많지만 에리코는 적극적으로 의견을 이야기하고, 저마다 멋대로 이야기하는 구성원의 의견을 잘 정리했다. 정리 정돈이 특기이고 밴드에서는 보컬. 콘서트 때 노래보다도 에리코의 토크가 칭찬받았던 적도 있다.

친구 사이였다가 연애로 발전해 각자 개성을 지닌 남자와 여자가 동거하듯 일단 부부가 되었다. 여장부 스타일에 깔끔한 성격은 지금도 여전하다. 결혼을 계기로 '하고 싶은 것을 하기 위해' 그때까지 근무하던 큰 FM 방송국을 그만두었다. 반년 동안 마음껏 여행하며 지낸 뒤, 지금은 작은 FM 방송국에 재취업했다. 이번에는 뒤에서 프로그램을 만드는 게 아니라 앞에 나서는 진행자라는 일을 선택했다.

솔직히 언제까지 계속될지, 흥미 반으로 사와다는 보고 있었지만, 인기는 계속 올라 이럭저럭 7년이나 지역 FM 간판 진행자로 활약하고 있다.

"식사는?"

사와다가 물었다.

"먹고 왔어. 당신은?"

"먹었다고는 할 수 없지. 배가 고픈 것 같기도 하고 아닌 것 같기도 하고."

"그럴 때 먹으면 살쪄."

풋, 하고 웃은 사와다 앞에서 에리코는 겉옷을 벗고 화려한 노란색 셔츠 차림으로 냉장고에서 버드와이저를 꺼내 와 탭을 땄다. 오디오를 켜고 좋아하는 CD를 걸더니 사와다 옆으로 와서 "예, 고민 상담실입니다"라고 했다.

사와다는 웃음을 터뜨렸다. 이런 면이 에리코의 장점이다.

"음, 회사에서 해고되었나?"

"아직 잘리지는 않았어."

웃으며 대꾸했지만 이내 심각한 표정으로 돌아갔다. 가슴을 답답하게 만들던 문제가 다시 떠올랐기 때문이다.

만약.

만약 리콜 은폐가 사실이라면…….

그 뒤로 벌어질 일을 생각하는 게 두렵다.

동시에 사와다는 걷잡을 수 없는 분노를 느꼈다.

한번 호되게 당하고 같은 잘못을 다시 저지르다니. 그야말로 어리석음의 극치 아닌가?

가토의 말에 따르면 T회의는 품질보증부와 연구소를 중심으로 한 비밀회의라고 한다. 이건 그야말로 회사 이익에 반하는 폭주다.

"혹시 고객전략과 성적이 곤두박질쳤어?"

에리코는 태평했다. 사실은 화가 날 만도 한 질문인데 에리코가 하면 화가 나지 않으니 이상하다. 그래서 결혼한 모양이기는 하지만.

"간신히 저공비행 중이야."

"비즈니스에 대해 모르는 내겐 어려운 이야기인가?"

"뭐, 회사 논리 같은 것과 싸우고 있다고 생각해줘."

"미안하지만, 회사 논리라는 게 '회사의 상식, 세상의 비상식'과 동의어 아니야?"

"그럴지도 모르지."

사와다는 인정했다. 아니 이번 건은 그야말로 회사에서는 상식이지만 세상 사람들에게는 비상식이다.

"대체로 당신 회사는 너무 어려움 없이 자라서 세상 상식에서 벗어나는 면이 있어."

사와다는 웃을 수 없었다. 그것도 맞는 말이다.

"저어, 일반 소비자로서 대답해줘. 당신은 호프자동차를 어떻게 생각해? 신뢰할 만한 브랜드라고 생각해?"

사와다는 다시 아내 쪽으로 고쳐 앉아 정면으로 보며 물었다.

"좀 아슬아슬한데, 간신히 신뢰할 만한 상태라고 해야 하려나?"

에리코가 잠깐 생각한 뒤에 대답했다.

"아슬아슬하다는 건 뭐야?"

"그야 몰래 수리하며 리콜 은폐로 소동이 일어났으니 소비자들은 돌아서지."

"그런가?"

사와다는 다음 질문을 해야 할지 말아야 할지 망설였지만, 도저히 하지 않을 수 없었다.

"만약 또 리콜 은폐 같은 문제가 나오면 어떤 생각이 들 것 같아?"

그러자 역시나 에리코의 얼굴에서 웃음이 사라지고 목소리도 낮아졌다.

"그런 문제가 있어?"

"글쎄. 있을지도 모르고 없을지도 몰라. 그렇지만 가능성은 있고."

"아니, 뭐?"

과장해서 몸을 뒤로 젖힌 에리코의 표정은 매우 진지했다.

"그건 곤란하지, 사와다 과장. 어떻게 방법이 없겠어? 만약 그렇게 된다면 이번에야말로 호프자동차는 끝장이야."

사와다는 한숨을 푹 내쉬었다.

"알아. 하지만 말이야, 조직이라는 게 나 혼자 아등바등해봐야 어쩔 수 없는 때도 있거든."

"그건 거짓말이야."

에리코가 일축했다.

"어떤 조직도 누가 이야기하지 않으면 움직이지 않아. 모든 사람이 '나 혼자 애써봐야 무슨 소용이 있겠나'라고 체념하기 때문에 움직이지 않을 뿐이지. 만약 그런 일이 있다면 자기가 나서야 하지 않겠어?"

"그럴지도 몰라. 그렇지만 말이야."

"그렇지만?"

에리코는 사와다의 말을 기다렸다.

"이미 늦었을지도 모르겠네."

아침 미팅을 마치고 돌아오자마자 책상 위의 전화가 울려댔다.

"사와다, 잠깐 이리 와줘."

전화 저편에서 노사카 아키요시 부장대리의 심기가 불편한 듯한 목소리가 들려왔다. 돌아보니 멀리 떨어진 자리에서 수화기를 쥔 채로 이쪽을 보고 있는 노사카가 보였다.

"바로 가겠습니다."

스케줄을 적은 시스템 노트를 책상 위에 두고 바로 노사카 부장대리의 자리로 가니 "대체 어쩔 작정이야?" 하는 질책이 날아왔다.

"예?"

"지난 주말에 술에 취해 품증 일을 방해했다면서."

무로이 녀석이 윗사람에게 징징거리며 일러바쳤나? 사와다에게는 차라리 잘된 일이기도 했다.

"별로 방해한 것 없습니다. 중요한 이야기를 했죠."

"술에 취해서 중대한 이야기를 하나, 자네는?"

"그건 제가 잘못했습니다."

사와다는 일단 사죄했다.

"직전에 있던 술자리에서 너무 중대한 정보를 얻었습니다. 그래서 회사에 돌아와 무로이 씨에게 물어보았을 뿐입니다."

"중대한 정보?"

아니나 다를까, 눈썹을 꿈틀 움직인 노사카에게 두 가지 사건과 T회의에 대해 이야기하자 얼굴이 차츰 험악해졌다.

"자네 그 이야기를 다른 사람에게 했나?"

이야기하던 중에 장소를 바꾸어 빈 회의실로 들어갔다.

"아뇨. 하지만 만약 리콜해야 할 문제를 은폐하고 있다면 이건 큰 문제입니다. S1 등급인 위험한 문제를 고의로 S3로 낮게 평가하는 품질보증부의 대응도 이상하고요. 밀실에서 의논할 만한 일은 아니라고 생각합니다만."

노사카는 팔짱을 낀 채 생각에 잠겼다.

"드러난 문제의 구체적인 내용을 모르기 때문에 진짜 리콜 은폐인지 아닌지는 모르겠습니다. 그렇지만 그럴 가능성이 있죠."

노사카는 화를 가라앉히고 낮은 목소리로 말했다.

"무슨 이야기인지 알겠어. 품질보증부에서 들어온 항의는 내가 잘 처리하지. 하지만 조직이 어떻게 움직이는지 좀 더 배워. 자네는 과장이잖아."

"죄송합니다."

일단 고개를 숙이는 수밖에 없다. 이 또한 조직의 작동 방식이라는 거다.

노사카가 사와다를 다시 부른 것은 그날 늦은 오후였다. 대뜸 사와다를 회의실로 데리고 들어간 노사카는 "오늘 아침에 했던 이야기 말이야"라며 입을 열었다. 아침보다 훨씬 심각한 표정으로 사와다와 마주 앉았다.

"사와다 과장, 그 일 잊어."

"예?"

"한 번만 더 말하지. 잊으라고. 알겠나?"

"왜 그러십니까, 부장대리?"

노사카는 입술을 깨문 채 말이 없었다. 사와다는 노사카를 전부터 잘 안다. 일은 잘한다. 후배도 잘 챙기는 사람이다. 곧은 성격이고 이지적인 면도 제대로 갖춘 실력파다. 그런 노사카가 자기가 한 말이 얼마나 부조리한지 모를 리 없다. 즉, 이건 노사카 자신이 아니라 부장대리라는 처지에서 한 발언이라는 것이다.

"더는 묻지 마, 사와다. 내게도 그럴 상황이 있어."

"부장님 지시입니까, 이건?"

노사카는 시선을 피했다.

"그런 셈이지."

"괜찮은 건가요, 우리 회사?"

어색한 침묵을 깨고 사와다가 물었다. 노사카는 팔짱을 끼고 천장을 올려다보더니 눈을 꾹 감았다.

"괜찮겠지. 윗선을 믿어."

윗선이라고……?

사와다는 속으로 중얼거렸다.

'에리코, 이 조직은 당신 생각만큼 간단한 조직이 아닌 것 같아'라고. 부끄럽게도 에리코가 지적하기 전까지 사와다는 자기가 문제를 회피하고 있다는 사실을 깨닫지 못했었다.

누가 이야기하지 않으면 바뀌지 않는다. 하지만 이야기해서 바뀌는 조직은 올바른 조직뿐이다.

이 호프자동차는 이제 어찌해볼 방법이 없을 만큼 뿌리째 썩어 들어가고 있다.

정비 불량이라고?

품질보증부 녀석들, 웃기고 있군. 정비가 제대로 안 된 건 바로 호프자동차라는 조직이다.

게다가 사와다는 이 썩은 조직을 구성하고 있는 일원이며 중간 관리자라는 자리에 있다.

썩었어도 내 회사다. 내버려 두려고 해도 이제 달리 갈 곳이 없다. 생각해보면 호프자동차라는 이름은 아이러니하다. 하지만 설사 꿈이나 희망이 없더라도 달라붙어 있을 수밖에 없다, 이 조직에. 주어진 대로, 지시받은 대로 움직일 수밖에 없다. 그게 회사원이다.

"공동운명체라는 건가요?"

사와다가 이렇게 중얼거렸지만, 노사카는 아무런 대꾸도 하지 않았다.

제3장

온실에서
재배되는 사람들

1

아카마쓰운송 소속 트레일러가 요코하마에서 일으킨 사고 이야기를 도쿄호프은행 본점 영업본부에 근무하는 이자키 가즈아키가 알게 된 때는 사고 다음 날이었다.

요요기우에하라에서 출발하는 오전 7시 정각 전철. 아직 꽤 한산한 차량 좌석에 걸터앉아 출발을 기다리면서 이자키는 신문 사회면을 펼쳤다. '트레일러 타이어가 아들과 함께 길을 가던 어머니를 덮쳐'라는 제목이 가장 먼저 눈에 들어왔다.

'아! 이런 딱한 일이 있나.'

그런 생각이 들었지만, 제목만 읽고 대충 훑어보던 이자키의 시선은 기사에 비해 큼직하게 실린 사진에 머물렀다.

"호프자동차잖아……?"

갓돌을 올라타 기울어진 펜더. 아무도 없는 운전석, 현장 검증에 나선 감식 담당자의 등. 거기에 타원을 세 개 겹쳐놓은 호프자동차의 엠블럼이 덜렁 찍혀 있었다.

이자키는 문득 자기 양복 옷깃을 보았다. 거기에도 같은 디자인인 호프 그룹의 배지가 아침 햇살을 받아 빛나고 있었다. '세 개의 달걀 모양 타원형'은 자긍심 드높은 재벌기업의 상징이기도 하다.

이자키는 정신없이 기사를 읽기 시작했다.

요코하마시 고호쿠구 국도를 달리던 아카마쓰운송(도쿄도 세타가야구) 운전기사 야스토모 겐스케 씨가 운전하는 트레일러의 타이어(무게 약 140킬로그램)가 빠져 길을 걷던 주부 유기 다에코 씨(33세)의 등에 정통으로 부딪혀 유기 씨는 가까운 병원으로 옮겨졌지만, 온몸에 큰 충격을 받아 곧 숨을 거두고 말았다. 함께 있던 장남 다카시 군(6세)도 경상을 입었다. 고호쿠경찰서는 트레일러 정비 불량이 원인이라고 보고 이 회사 관계자를 불러 조사하고 있다.

호프자동차는 이자키가 담당한 회사다. 하지만 그 회사 트레일러가 사고를 냈다는 걱정보다 세상을 떠난 주부에 대한 동정이 먼저 가슴속에 차올랐다. 서른세 살이라는 나이는 아내 가오리와 동갑이고 다쳤다는 장남도 이자키의 외아들 가즈히로와 같은 나이였다.

만약 아내가 이런 사고로 세상을 떠난다면 가즈히로나 이자키는 슬픔에서 헤어나지 못하리라. 어쩌면 그 슬픔을 딛고 일어설 수 없을지도 모른다. 회사 일은 머릿속에 있지도 않을 것이다.

그런 가슴이 찢어질 듯한 비극이 실제로 일어난 셈이다. 나와는 관계없는, 본 적도 없고 알지도 못하는 가정에서.

인생이란 언제 무슨 일이 일어날지 모른다.

갑작스러운 죽음이나 뜻하지 않은 사고 소식을 들을 때마다 이자키는 한 텔레비전 CF를 머릿속에 떠올린다.

거대한 당구대 위를 양복 입은 회사원 같은 한 남자가 걷고 있다. 산책이라도 하듯 남자는 태연하게 걷지만, 당구공이 여러 개 그 옆을 아슬아슬하게 지나간다.

틀림없이 무슨 생명보험회사 광고였던 걸로 기억하는데, 얼핏 평온해 보이는 생활에 깃든 위험을 아주 잘 표현해냈다. 그래서 머릿속에 여태 남아 있다.

"나도 조심해야지."

출발한 전철 안에서 이자키는 자신에게 말했다. 물론 조심한다고 되는 일은 아닐지 모르지만.

한동안 측은한 주부와 유족을 생각한 이자키가 그다음에 떠올린 생각은 '그런데 호프자동차도 참 운이 따르지 않네' 하는, 직업과 얽힌 감상이었다.

이자키가 속한 영업본부는 대기업을 상대하는 부서다. 그 가운데서도 이자키가 근무하는 그룹은 같은 그룹 계열사를 담당하기 때문에, 은행 안에서는 엘리트가 모이는 곳으로 알려졌다.

1년 전까지만 해도 이자키 역시 그 가운데 한 명이라는 자긍심을 매일같이 느꼈다. 그렇지만 호프자동차 담당이 된 뒤로는 자랑할 일이 아니라는 게 솔직한 심정이다.

대규모 프로젝트를 맡아 밤낮없이 일하는 동료들과 달리, 호프

자동차가 이자키에게 들고 오는 일은 늘 '시대를 거스르는' 것들뿐
이었다.

실적 부진은 물론 신차 판매 부진, 고객 이탈까지. 거기에는 늘
자금 부족 때문에 은행의 추가 지원이 필요하다는 요청이 따라붙
었다.

같은 그룹에 속한 상장기업이라고 해도 무조건 융자를 해줄 수
있는 시대도 아니고, 실적이 모자라는 기업에 대한 융자는 정당화
하기 힘들다. 그래서 평계를 대 높은 분들의 승인을 받아내는 일이
이자키가 하는 일이라면 하는 일인데, 요즘 같은 세상에는 그게 쉬
운 일이 아니다.

호프자동차가 안고 있는 문제는 워낙 뿌리가 깊다.

호프중공업이라는, 일본을 대표하는 거대 기업의 차량 부문에
서 독립한 지 이럭저럭 30년이나 되지만 호프자동차는 아직도 모
기업의 한 부분이었다는 프라이드와 자만심을 떨쳐내지 못하고
있다.

은행을 대하는 태도도 오만하다. 자기들이 불러들인 경영 부진
을 반성하는 눈치는 전혀 보이지 않는다. 늘 '이만큼 필요하니까
빌려다오' 하는, 그룹 기업이니 당연히 지원해야 한다는 오만불손
한 태도로 나온다.

'같은 그룹사가 아니라면 지원하지 않을 텐데.'

지금까지 이런 생각을 몇 번이나 했는지 모른다.

그렇지만 결국 지시에 따라 융자 기본 방침까지 무시하고 지원
하려고 이리저리 뛰어다니는 역할은 이자키에게 돌아왔다.

'은행은 호프자동차의 지갑이 아니야.'

이게 이자키의 솔직한 생각이다. 현장에서 일하는 은행원이 보기에 호프자동차는 골칫덩어리 이외에 아무것도 아니다. 애당초 3년 전에 큰 불상사가 일어났을 때 쓸데없이 인정에 끌려 지원하지 말았어야 했는지도 모른다.

그래서 호프자동차 수뇌부는 '위험해지면 은행이 돈을 내줄 것이다'라고 터무니없는 착각을 하고 있다.

원래는 배수의 진을 치고 경영 개선을 위해 노력해야 하는데, 이를 제대로 하지 않는 까닭은 호프자동차 내부에 그런 자만심이 만연해 있기 때문이 아닐까?

호프 그룹 계열사들은 대기업과 거래하면 장점을 발휘하지만, 개인을 상대하면 약점이 드러났다. 처음에는 소비자 중심으로 움직이던 호프자동차의 경영 방침도 어느새 무너져 다른 계열사와 마찬가지로 소비자를 상대해 돈을 벌겠다는 궁리나 노력 없이 마치 부잣집 도련님이 심심풀이 삼아 하는 사업처럼 되고 말았다.

그런 실정인데 잘 팔리는 자동차를 만들 수 있을까?

기업을 상대한다면 '우리는 호프 그룹입니다'라고 가슴을 쫙 펴도 될지 모른다. 하지만 개인을 상대하면서 재벌이라는 후광을 내세워서 어쩌자는 건가.

이자키의 생각은 거기서 멈추지 않았다.

아니, 아니다. 이건 호프 그룹 전체가 마찬가지다. 애당초 메이지 시대 이후 중공업을 비롯해 일본 산업의 발전과 함께 기초를 쌓은 재벌이다. 중공업, 무역, 은행이라는 '세 개의 기둥'이 이끄는 기업군은 대기업 거래에서는 압도적인 힘을 발휘한다. 하지만 일반 소비자가 대상이 되는 사업 분야에서는 매우 약하다.

재벌의 상식, 세상의 비상식.

재벌의 논리, 세상의 고집.

이 엄청난 차이를 어떻게 메울 것인지, 이자키 자신도 상상이 가지 않았다.

실제로 일반 소비자를 상대하는 호프전기 같은 회사는 다른 대형 메이커들의 뒤를 따라가는 모양새를 감수하며 선두로 치고 나가려는 노력도 보이지 않는다. 호프자동차 또한 마찬가지라고 할 수 있다.

탱크에서 자동차로. 하지만 만들어내는 제품의 겉모양은 자동차여도 그것을 만드는 사람들의 의식은 탱크를 만들던 때와 마찬가지다.

아야세로 가는 전철은 역을 출발하자마자 바로 지하로 들어가 메이지진구마에와 오모테산도에서 갈아타는 손님을 태워 점점 혼잡해지기 시작했다. 오테마치역까지 걸리는 시간은 약 18분. 거기서 도쿄호프은행 본점까지는 걸어서 5분 걸린다.

출근한 이자키는 바로 호프자동차로 전화했다.

상대는 미우라 시게오. 본사 재무부 계장인 은행 담당자다.

"신문에서 사고 기사를 읽었는데, 판매에 미치는 영향은 괜찮겠습니까?"

은행 담당인 만큼 미우라는 일찍 출근한다. 호프자동차 계장이면 이자키의 직함인 조사역과 거의 대등하지만 나이는 미우라가 열 살쯤 많다.

"아, 그 사고 말이군요? 괜찮을 겁니다. 정비 불량이 원인이라 영향은 없어요."

미우라는 마치 남의 일처럼 태평한 말투로 대답했다.

"그래요? 그렇다면 다행이지만……. 그런데 그 신문, 아무리 현장 사진이라고 해도 사고 차량 엠블럼이 나오는 건 좋지 않아 보이던데."

"예, 신문사가 배려심이 부족했던 것 같습니다. 다만 그 기사에서 그 건과 연관 지어 생각할 독자는 없을 거예요."

그 건, 즉 3년 전 리콜 은폐를 말한다. 호프자동차 창립 이래, 아니 호프 그룹이 생겨난 뒤로 가장 큰 불상사였다.

이자키는 살짝 얼굴을 찌푸렸다.

미우라는 이미 옛날 일이라고 하고 싶으리라. 누구나 좋지 않은 기억은 잊고 싶다. 하지만 리콜 은폐가 '과거'냐 아니냐를 결정하는 사람은 일반 소비자다. 한 차례 상처를 입은 브랜드 이미지는 그리 쉽게 회복되지 않는다. 미우라는 그걸 가볍게 생각한다. 아니, 미우라만이 아니라 호프자동차에 근무하는 직원들 대부분이 가볍게 여기는 게 아닌지, 이자키는 염려스러웠다.

"그렇다면 다행이겠습니다만."

"이자키 씨는 걱정이 너무 많군요."

이자키의 대답이 내키지 않았는지 미우라는 빈정거리듯 말하고 "어쨌든 그 사고가 판매에 영향을 끼치지는 않을 테니까요"라고 못을 박았다.

그 뒤 이야기는 향후 자금 수요로 옮아갔고, 다른 은행 동향 같은 정보 교환도 했다.

다른 은행이라고 해봤자 실적이 저조한 호프자동차에 적극적으로 융자해주는 은행이 있을 리 없고, 구조조정 시기에는 필요한 자금을 주거래 은행에서 떠맡는 금융업계 관행도 있으므로 도쿄호프은행을 제외한 다른 은행들은 다들 상황을 살피고만 있다.

"아, 그리고 조만간 우리 쪽 가노 상무가 그쪽 마키타 전무님을 방문할 텐데 잘 부탁합니다."

이야기 끝에 미우라가 문득 생각났다는 듯이 말했다.

"중기 계획의 중간 경과에 대한 말씀인가요?"

"역시 이자키 씨로군요. 눈치가 빨라서."

미우라는 그렇게 말하며 농담처럼 "부드럽게 다뤄주세요"라고 했다.

"저희가 부탁드려야 할 말씀을."

이자키는 거의 진심을 담아 대꾸했다.

호프자동차 상무이사인 가노 다케시는 미래의 사장 후보로 꼽히는 유망주다. 한편 도쿄호프은행 마키타 사부로 전무는 국내 여신 총책임자로, 작년에 치열한 논란 끝에 책정된 호프자동차 재생 계획을 최종 승인한 인물이다. 이때 마키타 전무는 은행 내부 의견을 전체적으로 조정했을 뿐만 아니라 다른 여러 거래 은행에도 손을 쓰는 다방면에 걸친 활약으로 협조 노선을 굳게 지킨 주역이었다.

그게 잘한 일인지 아닌지 아직은 분명치 않지만 그렇게까지 해서 통과시킨 재생 계획이 제대로 진척되지 않으면 마키타의, 아니 도쿄호프은행의 체면은 구겨지고 만다.

"어떤 내용이 될 것 같습니까?"

걱정스러운 이자키가 물었지만 "그건 가노 상무가 직접 설명해드릴 예정이라서"하며 미우라는 말을 흐렸다.

실적 상황이 좋을 리 없다. 틀림없이 나쁠 것이다.

가노 상무는 능력이 뛰어나다는 평가를 받는다. 이미 올해 결산을 예상하고 나쁘면 나쁜 대로 금융기관의 협력을 얻어낸 다음 예상 실적을 하향 조정이라도 할 속셈일까? 주식의 시가 총액이 더는 떨어지면 안 되는 상황에 놓인 경영진의 의도가 빤히 들여다보였다.

"그래요? 그럼 가노 상무님의 보고를 기다리겠습니다."

수화기를 내려놓으며 이자키는 치밀어 오르는 불길한 예감에 얼굴을 찌푸렸다.

2

가노 다케시 상무의 비서가 마키타 전무와 만날 약속을 잡아달라고 연락한 때는 이자키가 미우라와 전화 통화를 한 날 오후였다. 면담에는 이자키도 참석하라는 차장의 지시도 함께 내려왔다.

"새로운 지원 요청이 있을지도 모릅니다. 계속 보고받는 실적으로 미루어 도저히 순조로운 상태라고는 할 수 없으니까요."

그렇게 말하자 차장인 기모토 다카미치는 난감하다는 표정으로 긴 한숨을 내쉬었다. 호프자동차의 실적 상황은 기모토도 수시로 보고받으니 대략 그럴 거라는 예상을 했으리라.

"저쪽 이야기를 듣고 나서 판단해야겠지만 심각하군. 두 번째인가? 이런 식이면 늑대가 나타났다고 외치는 양치기 소년 꼴이야."

"저도 그렇게 생각합니다."

두 번째라는 말은 호프자동차의 예상 실적 하향 조정을 말한다. 반기가 지난 시점에 한 차례 했으니 이번에는 두 번째가 된다.

이런 일이 너무 자주 일어나면 호프자동차가 발표하는 실적 예상은 엉성하다는 평가가 자리 잡을 테고, 무슨 말을 해도 믿음이 가지 않게 된다. 그래서 기모토 차장은 양치기 소년이라는 표현을 썼다.

비즈니스 세계에서 실적 예상이나 계획 달성은 어음 결제와 같다. 확실하게 이루어내는 게 중요하다. 게다가 일반 투자자까지 있어 이해관계자가 많은 상장기업이면 다들 당연히 약속 이행을 요구한다.

면담 약속은 이튿날 오후 3시. 가노 상무는 약속보다 5분 늦게 도착해 유유히 전무실로 들어왔다.

"아이고, 전무님. 바쁘실 텐데 시간 내주셔서 정말 감사합니다."

훤칠하게 생겨 지적으로 보이는 가노 상무지만 말투는 지방 정치인 같다는 생각을 이자키는 늘 한다. 바쁜 줄 알면 늦게 오지나 말지. 어쨌든 말과 행동이 다르면서도 자기 행실에는 관심을 두지 않는다. 가노는 남들이 다 자기에게 맞춰주리라 여기는 면이 있었다.

호프자동차 내부에서는 그걸 잘사는 집안 출신이라는 사실과 잇대어 생각하는 모양인데, 이자키 눈에는 온실에서 자란 세상 물정 모르는 인물로만 보였다.

가정환경 하나는 확실히 좋다.

큰아버지는 이미 은퇴했어도 도쿄호프은행 은행장을 역임한 가노 히로시게, 장인은 호프중공업 전무였다. 그야말로 호프 그룹 가문이다. 이런 집안 출신이라 호프 그룹의 프린스로 불리는 것이다.

이쪽에서 권하는 소파에 앉자마자 양해도 얻지 않고 담배에 불을 붙이더니 두서없는 잡담을 한참 늘어놓은 뒤에야 가노는 본론을 꺼냈다.

"그래서 오늘은 실적 중간보고를 드리러 찾아뵈었습니다."

테이블을 사이에 두고 앉은 마키타와 차장 기모토. 이자키는 입구에서 가장 가까운 말석에 앉아 '이제 무슨 이야기가 튀어나올까' 하고 펜을 쥔 손가락에 힘을 주었다.

가노 옆에는 호프자동차 재무부의 미우라가 앉아 있었다. 그때까지 장식물처럼 꼼짝 않던 그가 움직이기 시작해, 보고 자료를 탁자 위로 건넸다.

제3분기, 4분기까지의 실적 예상이 애초 계획과 대비해 적혀 있는 요약본이다.

자료를 본 순간, 이자키 옆에서 기모토가 신음했다. 심정이 이해된다. 이자키도 깜짝 놀라 소리를 지르고 싶은 지경이었다.

"계획과 차이가 크군요."

차분한 말투와는 달리 미간을 찡그린 전무가 입을 열었다.

"예상이 어긋난 까닭은 제트 때문이죠. 아무래도 참신한 콘셉트를 소비자가 이해하지 못한 모양입니다."

제트는 올해 호프자동차가 시장에 내놓은 전략 소형차다. 참신한 디자인, 연비 효율 등을 추구한 미래형 자동차라고 선전했지만, 판매 대수는 예상을 크게 밑돌았다.

연비 효율을 따지자면 요즘은 하이브리드가 대세다. 단순히 가솔린 연비를 향상해봐야 에너지 절약형 자동차로는 크게 평가받지 못한다. 라이벌 메이커보다 호프자동차의 에너지 절약 분야 연구는 뒤처진 상황이다. 그렇다면 다른 콘셉트로 팔아야 했다. 이미 늦었지만.

"노력은 하는데 이익 예상을 25퍼센트 낮춰야만 하는 상황이 되었습니다. 이해해주십시오."

"실적 개선 방안은 있습니까?"

호프자동차에 관한 한 늘 긍정적인 마키타 전무다운 발언이 나왔지만, 가노는 "신차 개발이 늦어지고 있어서요" 하며 태평스럽게 대꾸했다.

"올해 실적에 도움이 되기는 힘들겠지만, 내년 초부터는 투입할 수 있을 겁니다. 그러니 내년 하반기에는 효과가 나타나겠죠. 바로크도 마이너 체인지가 있을 테고."

바로크는 호프자동차의 대명사로 불리는 사륜구동차다. 호프자동차라면 유선형 디자인을 많이 사용했던 바로크를 떠올리는 소비자도 적지 않다. 이자키도 그 가운데 한 명이었다. 그런데 지난번 마이너 체인지 때 바로크는 소비자 기호를 제대로 읽지 못해 이것이 점유율을 떨어뜨리는 요인이 되었다.

마치 1970년대의 미국 트럭을 떠올리게 하는 딱딱한 펜더나 덩치가 커진 듯한 차체는 좋았던 시절에 대한 오마주일 테지만 소비자가 보기에는 형편없는 모습이었다.

바로크의 마이너 체인지를 기획한 디자인 담당자는 아마 궁지에 빠졌던 크라이슬러를 구해낸 닷지 램을 떠올렸는지도 모른다.

하지만 꼴사나울 만큼 복고풍으로 넘치는 닷지 램은 대성공을 거두었지만, 바로크가 호프자동차에 가져다준 것은 주문만 하면 바로 받을 수 있는 차라는 소문이 날 만큼 저조한 판매 실적뿐이었다.

"벌써 2년이 되나요? 마이너 체인지로 인기를 되찾을 수 있으면 좋을 텐데."

마키타가 말하자 가노는 웃음기를 거두고 "바로크의 인기는 여전합니다, 전무님" 하며 못을 박았다.

"아무리 좋은 차을 내놓아도 경기 침체에는 버틸 재간이 없으니까요."

진심으로 그렇게 생각하는 건가, 싶어 이자키는 무심코 가노의 얼굴을 빤히 바라보고 말았다. 분명히 경기는 나쁘다. 하지만 그런 가운데에서도 경쟁 회사는 히트작을 내놓고 있다.

바로크가 먹히지 않았다기보다 덩치가 큰 사륜구동차 자체가 이제 시대에 뒤떨어졌다는 이야기다. 패밀리카라는 개념은 예전 세단에서 왜건이나 원 박스 스타일로 옮겨가고 있다. 마이너 체인지로는 원 박스로 마음이 떠난 소비자를 되찾을 만한 임팩트를 주기는 어려울 것이다.

"경쟁도 포함해 경영 환경은 여전히 엄혹합니다."

가노가 말했다. "그렇죠" 하며 마키타는 잠시 침묵했다가 천천히 입을 열었다.

"아, 그런데 요코하마에서 난 사고는 괜찮습니까?"

고개를 들어 전무를 흘끔 본 이자키는 테이블 반대편에 있는 가노와 미우라의 표정을 살폈다.

의젓하게 앉아 있던 가노가 얼굴에서 웃음을 지우더니 "뭐 그럭저럭" 하며 내키지 않는 표정을 지었다.

"사고라뇨, 어떤……?"

혼자만 상황을 모르는 기모토가 끼어들었다.

"요코하마에서 일어난 사고를 모르나? 타이어가 길 가던 어머니와 아들을 덮쳐서 어머니가 사망한……."

"아아, 그거 말입니까" 하는 기모토에게 "정비 불량이 원인이라. 성가신 문제지"라며 가노가 설명을 덧붙였다. 기모토의 말이 끝나자마자였다.

"그럼 그렇게 결론이 난 거로군요?"

마키타가 확인하듯 물었다.

"그렇습니다. 우리 회사는 관계없습니다."

속에서 치밀어 오르는 위화감을 느꼈다. 이자키가 그 이유를 찾지 못한 상태에서 가노는 꽁무니를 빼듯 화제를 돌렸다.

"그리고 향후 지원에 관한 이야기입니다만."

3

그날 밤, 11시가 넘도록 이자키는 업무에 쫓겼다. 그렇지만 일이 많기로 유명한 본점 영업부에는 아직 많은 은행원이 남아 있었다.

낮에 가노와 미우라가 방문한 뒤, 이자키는 또 찜찜한 업무를 떠맡았다. 호프자동차는 200억 엔 크레디트 라인을 신청했다. 크레디트 라인이란 언제든 자유롭게 빌릴 수 있는 한도다.

"크레디트 라인을 주실 수 없겠습니까?"

가노가 이렇게 말했을 때 이자키는 마키타가 거절하기를 바랐다. '그건 좀 곤란하겠습니다'라는 한마디만 해주면 되는데.

실적이 순조로운 회사라면 아무 문제도 되지 않는다. 하지만 실적이 침체 상태인 호프자동차에게 상한선이 있다고는 해도 언제든 마음대로 쓸 수 있는 한도를 줘도 된다는 생각은 들지 않았다.

저 온실 속에서 자란 인간들이 보기에 '이제 한숨 돌리겠구나' 하는 생각이 들 만큼 마음이 놓일 한도다.

"크레디트 라인이 아니면 안 되겠습니까?"

가노 일행이 돌아간 뒤, 마키타 전무도 있는 자리에서 이자키가 말했다.

"무슨 이야기인가, 자네?"

가노를 대할 때와는 전혀 다른 위압적인 태도로 마키타는 날카로운 눈빛을 이자키에게 던졌다.

"실적이 침체한 회사에 크레디트 라인을 준다는 건 받아들일 수 없습니다."

"침체 상태니까 주는 거야."

마키타의 논리는 역설에 가깝다.

"우리 은행이 그렇게까지 지원하면 다른 곳에 어필할 수 있어서 의미가 있는 거지."

'그건 그렇게 해서 다시 일어섰을 때의 이야기죠.'

이자키는 이렇게 말하고 싶은 것을 꾹 참고 더는 반론하지 않았다.

역시 말이 통하지 않는다.

여기에도 온실에서 자란 인간이 한 명 있다. 그걸 발견한 놀라움 때문에 기모토와 부서로 돌아오는 동안에 이자키는 한마디도 할 수 없었다.

"자네 생각은 이해해. 하지만 전무님이 저러는 이상 기안을 올려야지. 까다로운 거래처라서 자네를 뽑아 담당을 맡긴 거니까, 알 았지?"

기모토는 어깨를 툭 치며 격려했지만, 이자키는 마음이 개운치 않은 채로 기안서를 작성하기 위한 자료를 들여다보고 있었다.

융자를 결정할 때 망설이기 시작하면 결국은 늘 회사란 대체 무 엇인가 하는 의문에 이르곤 한다.

그 양자택일은 햄릿의 유명한 질문과도 비슷해 이자키를 고민 에 빠지게 했다.

만약 호프자동차가 막다른 골목에 다다르면 어떻게 될까?

수만 명 단위의 실업자가 나오고, 주주를 비롯해 많은 이해관계 자가 엄청난 손해를 입는다. 하지만 만약 호프자동차가 살아남는 다고 하더라도 과연 그 존재 의의는 무엇일까?

소비자 심리와는 동떨어진 기업 체질을 지닌 이 회사는 과연 계 속 살아남을 만한 가치가 있는 걸까?

기업이 존재하는 의미가 세상에 가치를 창조하기 때문이라면 호프자동차가 제공하는 가치는 과연 존속할 만한 것일까?

이날 가노는 면담에서 몇 번이나 주식 시가 총액을 입에 올렸다. '그게 전부는 아닐 텐데요' 하며 몇 번이나 반론하고 싶어도 꾹 참았다.

호프자동차의 브랜드 가치는 땅에 떨어졌다.

주가가 중요하다면 그것을 유지하는 데 필요한 것은 은행의 지 원이 아니라 브랜드가 지닌 힘이 아닐까?

요즘 세상에는 상품을 팔려면 싸게 팔거나 차별화하거나 둘 중 어느 하나는 선택해야 한다.

인제 와서 값싼 차를 투입할 수야 없을 테니 호프자동차의 길은 차별화밖에 없다. 즉, 다른 회사와 다른 것을 만들 수밖에 없다. '호프자동차는 다르다. 역시 믿을 만하다'라는 소비자 평가를 얻어내야만 한다.

그 차별화를 위해 가장 중요한 포인트가 바로 브랜드다.

그 중요한 것을 우습게 여기면서 무슨 주가 걱정이냐. 그런 것도 모르는 회사가 시가 총액이니 뭐니 따지니 한심하기 짝이 없다. 이자키가 맡은 이 일이 호프자동차의 뒤치다꺼리라는 생각이 드는 까닭도 바로 거기에 있다.

가노의 말이 호프자동차 전체의 뜻인지 아닌지는 별도로 하고, 해야 할 일도 하지 않으며 결과만 추구하는 경영진의 천박함. 좋은 집안 출신 프린스인지 뭔지 모르겠지만 몇만 명이나 되는 직원이 있는 회사에 이런 수준의 임원밖에 없나 하는 생각을 하면 한심하다는 생각만 든다.

"아예 내가 대신 경영할까?"

분명히 그게 더 낫다.

이 안건은 당연히 임원에게 결재를 올릴 테지만 승인이 나느냐 나지 않느냐 하는 포인트는 호프자동차의 예상 실적에 달려 있다.

그렇지만 적어도 미우라가 들고 온 이 자료에서는 확실한 장래성을 읽어낼 수 없었다.

"틀림없이 자료에 적혀 있는 숫자는 흑자이긴 한데."

이자키는 머리를 긁적이며 중얼거렸다. 왜 흑자가 되는지도 쓰여 있다. 자동차가 팔리기 때문이란다. 판매 목표까지 적혀 있다.

그렇지만 중요한 내용이 없다.

차가 왜 팔리느냐 하는 점이다.

과연 이 계획대로 될까, 되지 않을까.

"계획대로 되지 않을 거야."

이자키는 마음속에 떠오른 말을 입 밖에 냈다.

"이 계획은…… 그림의 떡이야……."

물론 이자키가 받은 그런 인상에 근거는 없었다. 더구나 숫자로는 설명할 수 없다. 굳이 따지자면 은행원이 지닌 후각이다.

아무리 생각해도 호프자동차에 대한 지원을 이해할 수 있는 해석은 얻을 수 없었다.

그런 이자키의 휴대전화로 대학 시절 친구인 에노모토 다카시가 전화를 걸어온 때는 밤 10시가 지났을 무렵이었다.

사무실에서 사적인 통화를 할 수는 없어서 밖으로 나와 전화를 걸었다. 그러자 "예, 〈주간 조류〉입니다" 하는 무뚝뚝한 남자 목소리가 받더니 바로 에노모토를 바꿔주었다.

"아, 미안, 미안해. 늦은 시간에 전화해서 진짜 미안해."

미안하다고는 하면서도 말투는 가벼웠다.

"오늘 시간 되나?"

"오늘?"

이자키는 손목시계를 들여다보고 얼굴을 찌푸렸다.

"아직 퇴근할 수 없을 것 같은데."

"그럼 내일 이후라도 잠깐 시간 내주지 않겠어? 언제든 괜찮아. 사실은 좀 물어보고 싶은 게 있어서."

"은행 내부 일이라면 곤란해. 요즘 잔소리가 심해서. 홍보실을 통하지 않으면 나중에 문제가 되거든."

"아, 그런 건 아니니까 괜찮아. 은행 내부 일이라면 다른 연줄을
동원할 테니까. 뭐랄까, 개인적으로 네 의견을 들어보고 싶은 게
있어서 그래."

"내 의견? 무슨 일인데?"

"뭐 이런저런 일들. 전화로 이야기하기는 좀 길어서 시간을 내
주면 고맙겠는데."

"급해?"

"가능하다면 빠른 게 낫지."

거절할 만한 이유도 없었다.

"내일 오후라면 시간을 낼 수 있을지도 모르겠네. 3시부터 5시
사이가 좋으려나? 기껏해야 한 시간쯤밖에 틈을 낼 수 없을 텐데.
그래도 괜찮다면."

"충분해, 충분해."

시간이 나면 휴대전화로 연락하라고 하고 에노모토는 전화를
끊었다.

4

에노모토는 약속 장소에 먼저 나와 기다리고 있었다.

도쿄도에 있는 거래처인 상사 회사에서 나온 때가 3시 조금 지
난 시각. 연락을 받은 에노모토가 지정한 가게였다.

"미안해. 바쁠 텐데 억지로 시간을 내달라고 해서."

자리에서 일어난 에노모토는 낯선 사람을 대하는 듯한 말투로
이자키를 맞이했다. 친구라기보다 취재 대상을 대하는 기자 같은

느낌이었다.

"아니야, 괜찮아. 잘 지냈어?"

지난번에 에노모토를 만나고 1년 넘게 시간이 흘렀다.

"덕분에. 여전히 일에 쫓기며 지내지. 넌 어때? 본점 영업부로 이동했다는 이야기는 다누마에게 듣기는 했는데."

다누마는 에노모토와 함께 어울리는 친구다.

새 명함을 한 장 건네자 에노모토는 그걸 찬찬히 들여다보며 "여기는 어떤 회사들과 거래하는 거지?" 하고 물었다.

"같은 그룹 계열사와 관계사라고 생각하면 될까?"

"흐음."

의미심장하게 고개를 끄덕인 에노모토는 그 명함을 소중하게 명함 지갑에 넣고 물었다.

"도시은행* 수가 줄어서 업무에 영향이 있겠네?"

바로 본론에 들어가는 건가, 하는 생각이 들었지만 그게 아니라는 사실은 아직 펼치지 않은 취재 노트가 증명해주었다.

별다른 지장이 없을 범위에서 대답한 이자키에게 에노모토는 최근 금융 사정 몇 가지를 언급하며 어떻게 생각하는지 물었다.

그런 경제 강의를 20분쯤 계속하다 보니 이자키는 속이 탔다.

"일반적인 의견을 듣고 싶다면 내가 아니라 더 적합한 취재 대상이 있을 텐데."

"아냐, 아냐. 이자키 선생의 설명이 아주 좋아. 크게 참고가 돼."

---

* 도쿄, 오사카 같은 대도시 지역에 본점을 두고 전국적인 업무를 하는 은행을 말한다. 예전에는 13개의 도시은행이 있었지만 1996년 11월부터 2001년에 걸쳐 진행된 금융 빅뱅 이후 재편, 통폐합을 거쳐 지금은 대형 은행이 남았다.

거기서 말을 끊더니 에노모토는 몇 초 동안 침묵했다.

"사실 오늘 시간을 내달라고 한 까닭은 어떤 개별 안건에 대해 긴히 네 의견을 듣고 싶어서야."

"개별 안건?"

묘한 표현이라는 생각을 하는 이자키를 앞에 두고 에노모토는 드디어 취재 노트를 펼쳤다.

"그래, 개별적인."

"우리 은행과 관계있는 일인가?"

"아마도."

에노모토는 몸을 앞으로 쓱 디밀었다.

"그리고 이건 너만 알고 있으면 좋겠어."

"뭔데, 갑자기?"

당황해서 어중간하게 웃던 이자키의 표정은 이어진 에노모토의 말을 듣고 미묘하게 일그러졌다.

"호프자동차에서 내부고발이 있었어."

어떻게 반응해야 좋을지 몰라 이자키는 그저 에노모토를 빤히 바라보았다.

"리콜해야 하는 게 있는데 숨기고 있다는 거야. 조금 전 네가 같은 그룹 계열사를 담당하는 부서라고 했잖아? 그런 이야기 들은 적 없어?"

"설마. 못 들었어."

에노모토는 더할 나위 없이 진지한 눈빛으로 이자키의 눈을 바라보았다. 참인지 거짓인지 꿰뚫어 보려는 눈이었다.

"호프자동차는 3년 전에도 리콜 은폐 때문에 호된 맛을 보았잖

아. 그래서 매출이 뚝 떨어졌지. 경영 위기가 닥쳐 호프은행의 도움을 받고 겨우 급한 불은 껐지만, 그 여파로 실적은 여전히 침체 상태야."

에노모토가 물었다.

"정말 그 뒤로 호프자동차 사내 시스템은 새롭게 바뀌었을까? 그걸 알고 싶어. 아니, 이자키. 네 의견을 듣고 싶어."

이자키는 자기를 바라보는 에노모토의 두 눈을 보며 '이 녀석, 알고 있구나' 하고 직감했다. 어디서 어떻게 알아보았는지는 몰라도 이자키가 호프자동차 담당 조사역이라는 사실을 알고 있다.

"내부고발이라는 게 어떤 내용이지?"

이자키는 답변을 피했다.

"그건 아직 이야기할 수 없어. 다만, 이게 발표되면 호프자동차는 전에 없던 궁지에 빠질 거야. 어쨌든 사람이 죽었으니까."

"뭐야?"

에노모토가 마지막에 덧붙인 한마디에 반응하며 이자키가 "정말이야?" 하고 물었다. 머릿속에 불쑥 떠오른 것은 역시 요코하마에서 어머니와 아들이 함께 길을 가다가 어머니가 목숨을 잃은 그 사고였다.

"역시 너도 모르는군."

이자키의 마음을 읽었는지 에노모토가 말했다.

"너희 잡지에 폭로한 건가? 호프자동차 직원이?"

"직원이 투서를 보냈어. 거기에는 호프자동차의 부패한 모습이 길게 적혀 있었지. 뭐 우리 편집부에는 그런 고발이 들어오는 일이 잦고 대개 얼토당토않은 내용이 많지만, 이번 건은 엉터리가 아니

야. 충격적이라고 해도 좋을 만큼 뉴스 가치가 있지. 고발자 본인
도 만나서 확인했고."

"기사를 쓸 작정인가?"

"뒷받침할 팩트가 확보되면."

"잠깐, 에노모토. 기다려줄 수 없겠나? 내 쪽에서도 알아보고 싶
어. 그러니 공개하는 건 좀 기다려줘."

이자키의 마음속을 들여다보듯 뜸을 들인 뒤, 에노모토가 입을
열었다.

"어쨌든 시간은 좀 더 걸리겠지. 우리 잡지는 뒷받침할 만한 팩
트가 확보되면 바로 쓸 거야. 우리 잡지에만 폭로한 것 같은데 반
응이 없다 싶으면 다른 잡지에도 보낼 가능성이 있지. 특종을 눈
빤히 뜨고 빼앗기고 싶지는 않아."

"시간이 얼마나 있을까?"

이자키가 물었다.

"우리 취재는 철저해. 그게 끝날 때까지는 시간이 있지. 쉽게 말
하면 내가 이해할 수 있는 기사를 쓸 수 있게 될 때까지야. 내 말
잘 들어, 너니까 하는 이야기야. 네가 이 정보를 호프자동차에 흘
리지는 않을 거라 믿어. 하지만 만약 어떤 계기가 있어서 호프자동
차가 내부고발을 눈치채면 그때는 우리도 기다리지 않고 기사를
쓸 거야."

에노모토는 그러더니 오른손을 슬쩍 들어 계산서를 집어 들며
일어섰다. 마음속에 이는 잔물결을 가라앉히지 못한 채 뒤따라 일
어선 이자키에게 에노모토가 말했다.

"심한 소리는 하지 않겠어. 될 수 있으면 호프자동차에서 손을

떼, 이자키."

"만약 제출된 서류 건에 질문이 있으시면 답변을 드리려고요."

호프자동차 재무부의 미우라가 찾아온 때는 에노모토와 만난 이튿날이었다. 어제 내내 에노모토가 한 이야기로 이리저리 고민했지만, 해결 방안은 떠올리지 못한 채 시간만 흘렀다. 그런 이자키를 찾아온 미우라는 아무것도 모른 채 응접실에서 태평한 표정을 짓고 있었다.

내부고발 이야기는 아직 아무에게도 하지 않았다. 아니, 애당초 윗선에 보고한다고 쳐도 어떻게 이야기해야 좋을지 판단이 서지 않았다.

"질문이라고요?"

이자키는 한숨을 내쉬며 대답했다.

"묻고 싶은 건 진짜 이 계획대로 진행될 것이냐 하는 겁니다."

반은 빈정거린 셈이다. 미우라의 눈에 심술궂은 빛이 스치더니 "그 이야기를 하자면 끝이 없죠"라고 대꾸했다. 아무래도 기분이 상한 눈치다.

"계획은 어디까지나 계획 아니에요, 이자키 씨?"

자기 귀를 의심한다는 건 이런 경우를 말한다. 당연하다는 듯이 태연한 표정을 짓고 있는 미우라를 이자키는 무심코 노려보았다.

"미우라 씨, 호프자동차는 힘들어지면 우리가 도와줄 거로 생각하는 거 아니에요? 그게 앞으로도 계속 통할 거로 생각하면 큰 오산입니다."

호프자동차 재무부 계장은 코웃음을 쳤다.

"호오, 이자키 씨는 윗분들이 안 계시면 멋대로 발언하는군요."

"발언을 요구하면 어디서나 같은 말을 하는 편인데요. 잘 들으세요, 지난번 지원을 얻어내기 위해 얼마나 고생했는지 아세요? 그런데 반드시 달성할 것이라던 중기 계획을 이렇게 쉽게 하향 조정하다니, 이건 말이 되지 않죠."

"그게 이자키 씨 의견입니까? 아니면 도쿄호프은행의 의견인가요?"

태연한 표정으로 미우라가 물었다. 거절할 테면 거절해봐라, 라는 배짱이 빤히 들여다보였다. 마키타 전무가 호프자동차에 기울어진 태도를 보인다는 사실을 아는 만큼 결론은 빤하지 않냐고 이야기하고 싶으리라.

"지난번 면담에서 요코하마 인명 사고가 화제에 올랐죠?"

이자키는 불쑥 화제를 돌렸다.

"정비 불량이라고 했는데, 그게 사실인가요?"

미우라는 대체 무슨 이야기를 하는 거냐는 표정을 지었다.

"그건 문제없다고 말씀드렸을 텐데요"라고 딱 잘라 말했다.

"지난번 같은 일은 다시 일어나지 않겠죠?"

거듭 묻자 미우라는 마침내 의심하는 표정을 지었다.

"무슨 말이죠?"

"이제 리콜 은폐는 없겠죠, 라고 묻는 겁니다."

"이자키 씨, 호프자동차를 우롱할 작정인가요?"

대들듯이 대꾸한 미우라에게 이자키는 의미심장한 표정으로 말했다.

"은행이란 곳에는 온갖 정보가 모여들죠. 그 가운데는 그냥 넘어갈 수 없는 내용도 있어요. 기업의 흥망을 좌우할 것 같은 정보도 포함해서."

미우라의 눈동자가 쉴 새 없이 흔들렸다.

"무슨 말씀을 하시는 건지 잘 모르겠습니다만. 구체적으로 어떤 내용인지 설명해주시겠습니까?"

하지만 이자키는 거기서 이야기를 끊었다.

"리콜 은폐는 없다고 하셨으니 그 문제는 괜찮겠죠. 그렇지만 크레디트 라인 건은 조금 더 시간을 주시죠. 충분히 검토한 다음에 결과를 알려드리겠습니다."

미우라가 불만이라는 사실은 그 표정으로 알 수 있다. '결과를 알려주겠다고? 웃기고 있네' 하는 말이 당장이라도 튀어나올 듯한 표정이었다.

"한 가지만 확인할 수 있을까요?"

미우라가 말했다.

"이자키 씨는 우리 회사의 재건을 진심으로 지원하고 싶은 겁니까?"

"물론 재건될 수 있다면 지원해드리고 싶습니다. 하지만 심사를 해야 하는 만큼 결론을 미리 전제하고 기안서를 쓸 수는 없죠. 검토하고 틀림없다는 확신이 들면 당연히 지원해드리는 방향으로 기안서를 정리할 겁니다."

잠깐 생각하듯 뜸을 들인 미우라는 냉랭해졌다.

"아직 젊군, 이자키 씨. 이상과 현실은 달라요. 언젠가는 깨닫게 될 테지만. 이건 내가 할 말이 아닌데, 마키타 전무의 의향에 따르는 형식으로 정리하는 편이 이자키 씨에게도 도움이 될 겁니다."

그야말로 재벌의 폐해를 직접 목격한 기분이 들어 표정을 구긴 채로 미우라를 엘리베이터 앞까지 배웅했다.

정말 마음에 안 드는 놈이다.

"아니, 미우라 계장과 무슨 일 있었나? 방금 엘리베이터에서 마주쳤는데 분위기가 이상하던데."

이자키가 자기 자리로 돌아오자 바로 뒤따라 외출에서 돌아온 모양인 기모토가 출입구 쪽으로 시선을 던진 채 말했다.

"그 건인가?"

"시간이 걸리는 게 내키지 않는 모양이에요."

"이봐, 이 친구야."

기모토는 허리에 손을 얹고 이자키를 내려다보았다.

"신중한 건 좋아. 그렇지만 얼른 정리해서 넘기는 것도 방법이야. 어쨌든 자네 손을 거치지 않으면 일이 진행될 수 없으니까."

"여러모로 문제가 있어서요."

이자키는 마음을 굳혔다.

"제가 자료를 검토한 결과 의견을 '크레디트 라인 승인 보류'로 내도 괜찮겠습니까?"

"뭐야?"

깜짝 놀란 기모토는 이자키의 얼굴을 빤히 들여다보았다.

"자네 제정신인가, 이자키?"

같은 층 회의실로 자리를 옮겨 이자키는 자기 의견을 설명했다.

"우선 올해 들어 목표를 두 차례나 하향 조정한 계획서라 이미 신용할 수 없습니다. 우리 은행으로서는 이미 충분히 지원했고, 이런 상태에서 더 지원한다면 금융감독원이 걱정됩니다."

"그야 그렇지만."

기모토도 마지못해 인정했다.

"다만 전무님이 지원을 약속해버려서."

"전무님은 시대에 뒤처졌습니다."

이자키가 잘라 말했다.

"이제 같은 그룹이니 지원해야 한다는 시대가 아니잖아요, 차장님. 안 그래요? 도쿄호프은행은 마키타 전무님 개인 소유가 아닐 텐데요."

"말이 지나쳐, 이자키."

언짢은 표정으로 단호하게 말한 기모토는 다시 팔짱을 낀 채 생각에 잠겼다.

기모토와는 오래 함께했다. 이 우수한 선배가 무슨 생각을 하는지 이자키는 알고 있었다. 정치적인 후각이 예민해서 마키타가 지지하는 크레디트 라인에 대해 적극적인 태도를 보이고는 있지만 그건 겉모습에 지나지 않는다.

"차장님, 진지하게 묻겠습니다. 현재 시점에서 호프자동차에 200억 엔이나 되는 크레디트 라인을 승인하는 것은 지나치다고 생각하지 않으세요?"

바로 대답하지는 않았다. 어떻게 대답해야 할지 망설이는 눈치가 표정에 드러났다. 이윽고 포기한 듯 한숨을 토하며 "어쨌든 너나 나나 전통적인 은행원이니까"라고 말했다.

"그렇죠."

씩 웃은 이자키는 마음을 굳히고 "그리고 한 가지 더" 하며 말을 이었다.

〈주간 조류〉에 근무하는 에노모토의 이야기를 해주었다. 크레디트 라인에 대해 '보류' 의견을 내려면 차장과 정보 공유는 최소한의 조건이다. 그게 없이는 이해시킬 수 없다.

낯빛이 변한 기모토는 더할 나위 없이 심각한 표정을 지었다.

"그래, 미우라 씨는 뭐라고 하던가?"

"리콜 은폐는 없다고 했습니다. 내부고발 건에 관해서는 이야기하지 않았지만요."

"만약 그 내부고발이 겉으로 드러나게 되면 어떻게 될까?"

기모토는 이자키에게 묻는 게 아니라 자신에게 묻듯 말했다.

"사망 사고를 일으켰다는 이야기가 사실이라면 호프자동차의 사회적 신용이 이번에야말로 땅에 떨어지겠죠. 매출 몇십 퍼센트는 확실하게 날아갈 겁니다. 이번 실적 하향 조정 정도가 아니죠. 그야말로 호프자동차의 존속이 걸린 문제가 될 겁니다."

넋이 나간 표정으로 기모토가 이윽고 고개를 끄덕였다. 오동통한 체격에 땀을 많이 흘리는 기모토는 에어컨이 돌아가는 실내에서 바지 뒷주머니에 든 손수건을 꺼내 이마를 톡톡 두드리기 시작했다.

"사망 사고라는 게 그 요코하마 사건일지도 모릅니다."

이마 쪽에서 움직이던 기모토의 손이 딱 멈추더니 굳은 표정으로 이자키를 바라보았다.

"뭐라고?"

"리콜하지 않고 숨기다 그 사건이 일어난 거라면 호프자동차의 신용은 그야말로 산산조각이 나죠. 그런 상태라면 200억 엔을 지원해봤자 흔적도 없이 증발하고 말 겁니다. 그뿐 아니죠. 우리 은행이 호프자동차에 지원한 총액은 출자까지 포함하면 약 3천억 엔. 만약 이게 불량 채권이 된다면."

기모토의 표정은 당장이라도 금이 갈 것처럼 얼어붙었다.

"이자키, 한 차례 더 그 주간지 기자를 통해 내부고발 내용을 확인해주겠나?"

"그 친구가 이야기해줄 거라는 보장은 전혀 없습니다."

"어떻게든 알아내."

기모토가 침을 튀기며 말했다.

"그리고 우리 손으로 사태의 진위를 확인하는 거지. 크레디트 라인에 관한 기안은 그 뒤에 해도 돼. 다만 시간이 없어. 서둘러."

그렇지만…….

"아무리 네 부탁이지만 이건 무리야."

에노모토에게는 파고들 여지가 없었다.

연락을 취한 것은 그날 밤 오후 10시가 지난 시각. 어쩌면 에노모토는 이자키의 전화를 반쯤 예상했던 게 아닐까? 전화기 저편에서 잔뜩 여유를 부리며 이야기를 듣던 에노모토는 바로 대답했다. 이자키는 계속 달라붙었다.

"그럼 이건 어때? 내부고발이 사실인지 아닌지 내가 조사할게. 그게 더 빠를 거야. 결과는 네게 틀림없이 보고할 테고. 그걸로 기사를 쓰면 되잖아."

"안 돼. 너희 쪽에서 전해 듣는 내용으로는 기사를 쓸 수 없지. 너, 주간지를 우습게 보는구나. 그렇게 대충 지면을 메우는 게 아니야. 기사 하나를 싣기 위해서는 나름의 사실 확인 취재도 해. 만약 그렇게 하다가 호프자동차에서 소송이라도 걸어봐. 너한테 이야기를 듣고 기사를 썼다고 법정에서 증언해서 이길 수 있겠냐?"

에노모토가 한 말이 맞다. 그가 말을 이었다.

"확실히 호프자동차는 상당히 위험한 짓을 하고 있어. 내가 왜 이 문제로 너에게 연락했는지 알아? 그건 말이야, 주거래 은행에 근무하는 담당자가 그 부정을 알고 있는지 확인하기 위해서였어. 하지만 넌 그걸 모르고 있었지. 얼굴을 보면 알아. 그렇다면 호프자동차는 주거래 은행까지 속이면서 3년 전과 똑같은 잘못을 저지르고 있다는 이야기지."

에노모토는 잠깐 말을 끊더니 이자키에게 경고했다.

"너는 모르면 모른 상태로 있어. 그게 네게 더 나을 거야."

"그럴 수는 없어."

이자키가 배 속에서 끌어 올린 목소리를 짜냈다.

"뭐?"

"너야말로 은행 담당자를 우습게 여기는 거 아니야? 잘 들어. 무슨 이유건 거래처에 중요한 문제에 대한 의혹이 있다는 사실을 알게 된 이상 모른 척하며 넘어갈 수 없어. 은행원이란 말이야, 모를 때는 행복하지. 그렇지만 일단 알게 되면 그때부터 책임이 발생하는 운명인 비즈니스지. 이게 다 너 때문이야, 에노모토."

이야기를 하다 보니 화가 치밀어 말투가 거칠어졌다.

"그건 미안해. 그렇지만 그런 직업을 고른 건 너잖아. 그리고 내부고발이 나오도록 거래처 기업의 잘못을 알아차리지 못하고 융자해주고 있는 것도 문제라고 생각해. 아, 미안. 지금 좀 바빠서 이만 끊을게."

그러더니 일방적으로 끊었다.

제길.

난폭하게 수화기를 내려놓고 화난 얼굴로 팔짱을 꼈다.

분하지만 에노모토가 하는 이야기가 옳다. 분명히 그토록 중요한 거래처라면 내부 상황에 더 신경을 써야 한다. 그러지 못한 이유는 애당초 은행이라는 곳에서 하는 업무는 경리와 재무 중심이지, 상대 기업의 본업에까지 끼어들 일은 적기 때문이다.

"잠깐 서고에 다녀올게."

동료에게 이야기하고 지하 서고로 간 이자키는 호프자동차에 관한 3년 전 자료를 찾았다.

자료의 수는 엄청났지만 정리되어 있어서 찾아내기는 쉬웠다.

그걸 안고 자기 자리로 돌아와 3년 전 자료를 꼼꼼하게 읽었다.

호프자동차에서 만든 트럭에 결함이 있다는 사실이 밝혀진 때는 3년 전 8월. 원래 리콜에 들어가야 하는데 이를 숨기고 몰래 수리를 계속하다가 발각된 사건에 관한 자료다.

그때 명문 자동차회사의 탈선으로 크게 보도되어 호프자동차에 대한 시장의 신뢰가 크게 흔들렸다. 이 여파로 판매 대수가 크게 줄었고, 그즈음 사장이었던 다지마 이와오가 물러나고 지금 사장인 오카모토 헤이시로가 취임했다.

오카모토는 기술 분야에서 오래 일한 뒤 임원이 되었다. 불상사를 계기로 사장에 지명되기까지 그리 두드러지지 않은, 그늘에서 지내온 사람이었다. 조정형 리더이지 강력한 지도력으로 이끄는 타입은 아니다. 불상사가 아니었다면 사장 자리에 앉을 일도 없이 관계사로 흘러 나갔을 인물이다.

그즈음의 신문 기사 몇 건이 파일에 끼워져 있었는데, 거기에는 오카모토가 말한 '신용 회복을 위해 노력하겠다', '사내 점검 시스템을 다시 검토하겠다', '과거와 결별하겠다' 같은, 불상사 뒤에 나오는 빤한 소리가 적혀 있었다.

그 가운데 이자키의 눈길을 끄는 한 문장은 다음과 같은 내용이었다.

'이 회사에서는 외부 변호사에 의한 사고 조사 위원회를 설치하고, 회사 안에서도 가노 다케시 품질보증부 부장을 리더로 하는 윤리 위원회를 두어 사내 감시 시스템을 개선하기로 했다.'

"그 가노 상무가?"

위기감과는 거의 거리가 먼 남자의 모습이 머릿속에 떠올라 갑자기 치민 혐오감 때문에 이자키는 얼굴을 찌푸렸다.

가노야말로 호프자동차의 현실 안주형 체질을 상징하는 인물 아닌가? 윤리 위원회가 그 뒤로 어떻게 되었는지는 몰라도 호프자동차는 구태의연하다. 과장과 계장을 함께 접대하면 따로 하지 않았다며 과장이 기분 나빠한다는 종류의 이야기는 아직도 들린다.

호프 그룹의 모기업인 호프중공업 소속 자동차 부문에서 갈라져 나왔다는 '전통'은 잔뜩 왜곡되어 '우리는 대단하다'라고 하는 근거 없는 엘리트 의식으로 이어지고 있다.

애당초 호프중공업 자체가 착각의 총본산 같은 곳이다. 프로젝트 때문에 그룹 전체가 모이면 대개 회의 진행은 호프중공업이 맡는다. 도쿄호프은행을 '은행', 호프상사를 '상사', 호프레이온을 '레이온'이라고 부르며 자기들만 '중공업'이라고 하지 않고 자랑스럽다는 듯이 '호프'라고 부른다. 호프 안에서도 호프라는 이야기다. 거기에 큰 의미가 있다고 생각하는 것이 이 그룹이 지닌 병의 뿌리다.

이렇게 오랜 세월을 거치며 키워와 전통으로 자리 잡은, 역겨운 부분만 호프자동차에 남아 자본주의 안에 자리 잡은 공산주의라고나 할까, 무슨 짓을 해도 먹고사는 데 지장은 없다는 무사안일주의, 자본의 온실이 만들어지고 있는 것이다.

이자키가 하려는 일은 그 온실의 천장을 날려버려 세상에 휘몰아치는 차가운 바람을 끌어들이려는 것과 마찬가지일지도 모른다. 그때 가노나 미우라처럼 온실에서 재배된 인간들은 과연 어떤 반응을 보일까.

상상하고도 남을 볼썽사나운 모습을 떠올리며 이자키는 다시 얼굴을 찌푸렸다.

제4장

허브를 돌려줘

1

아카마쓰 도쿠로가 도쿄호프판매의 마스다에게 전화를 건 날 아침, 어제만 해도 차갑게 내리던 비가 그치고 오래간만에 구름 한 점 없이 맑은 하늘이 펼쳐졌다.

사무실 창문으로 들어오는 찬란한 빛의 미립자에 눈을 가늘게 뜨며 '내 마음속도 이렇게 밝게 개면 좋을 텐데' 하며 아카마쓰는 한숨을 내쉬었다.

지금 아카마쓰의 심정을 날씨에 비유하자면 대지진 뒤에 찾아온 기나긴 비. 그야말로 햇빛 한 줄기 들어올 여지가 없다.

"아이고, 사장님. 지난번에는 고생 많으셨습니다. 정말 면목이 없군요."

마스다는 대뜸 사과부터 했다. 호프자동차가 아카마쓰에게 보인 태도에 대한 사과라는 점은 알지만, 말투가 여전히 경박스러웠다. 비굴하리만큼 굽히고 들어오는 사람은 신뢰가 가지 않아 헛기침을 한 아카마쓰는 수화기를 쥔 채 싫은 표정을 지었다. 다만, 지난번 호프자동차에서 본 관료적인 직원과 대화할 때 마스다가 허둥대던 모습을 떠올리니 비굴을 넘어 딱하다는 생각마저 들었다.

"뭐 됐어. 당신 잘못이 아니니까. 그건 그렇고, 오늘은 부탁이 한 가지 있는데."

"부탁이라고 하옵시면?"

마스다가 이상한 높임말을 쓰며 대꾸했다.

"우리 사고 차량 문제인데, 망가진 부품이 제일 중요하잖아? 그걸 돌려받을 수 없을까?"

"예?"

마스다가 이상한 목소리를 내며 놀랐다.

"그게 무슨 말씀이죠?"

"그러니까, 부품을 돌려달라는 거야."

못 알아듣나, 이 멍청이. 그런 생각을 하며 아카마쓰가 다시 말했다.

"부품을요?"

"그래."

아카마쓰는 짜증 난다는 듯이 대꾸했다. 상대를 충분히 움츠러들게 할 만한 '살기'가 감돌았다. 그걸 민감하게 알아챈 마스다는 역시 위축되었다.

"아, 알겠습니다. 호프자동차에 확인해보겠습니다. 시간을 조금 주실 수 있겠습니까?"

"시간이라니, 얼마나? 우리 물건을 돌려받는 거니까 그런 일에 이틀, 사흘 걸리면 안 되지."

"잘 알겠습니다."

"그럼 잘 부탁해."

수화기를 내려놓은 아카마쓰는 후, 하고 숨을 내쉬었다.

호프자동차에서 부품을 회수해 그걸 다른 연구기관에서 다시 검증하려고 한다. 지난번 회의 때 호프자동차에서 만들었다고 해서 호프자동차에 감정을 의뢰할 필요는 없다는 다니야마의 의견에는 솔직히 뒤통수를 세게 맞은 기분이었다.

분명히 맞는 말이다.

호프자동차 자체의 성능에 의문을 제기하려고 하면서 호프자동차에 사고 원인을 밝혀달라고 의뢰해서 어쩌겠다는 건가. 경찰도 참 생각이 없다.

모든 가능성을 검토하려고 하지 않고, 일방적으로 정비 불량으로 단정하고 일을 진행해서 이렇게 되었다. 검사 작업을 호프자동차에 넘긴 고호쿠경찰서의 다카하타와 요시다라는 두 형사를 생각하면 속에서 화가 치민다.

하지만 그것도 이제 조금만 참으면 된다.

부품만 회수하면 호프자동차의 검사 결과를 뒤집을 데이터를 손에 넣을 수 있게 되리라.

"사장님, 도쿄호프은행에 11시에 방문하실 거라고 약속 잡아두었습니다."

미야시로 전무의 목소리에 정신이 든 아카마쓰는 "예" 하고 낮은 목소리로 대꾸했다. 빈둥거리며 제대로 움직이지 않는 게 마음에 들지 않기는 은행도 마찬가지다. 어떻게 되어가고 있는지 몰라도, 지금은 아카마쓰가 직접 가서 강력하게 요청하고 올 수밖에 없다.

매우 중요한 약속이다. 절대 쉽게 물러설 수 없는 순간이다. 아내와 세 아이, 그리고 직원과 그 가족들을 지키기 위해서도.

약속한 시각에 도쿄호프은행 지유가오카 지점으로 갔다. 담당자 고모다는 통화 중이라며 5분을 기다리게 한 뒤에 나타났다.

"융자 건입니까?"

대뜸 떨떠름한 표정으로 물었다.

"좀 어렵습니다. 이런저런 사정이 있어서요."

"어려운 이유가 그 사고 때문인가요?"

아카마쓰가 물었다.

"예, 뭐. 굳이 따지자면 그렇습니다."

묘하게 복잡한 표정을 짓는 고모다를 보니 평소 품고 있던, 은행원은 도무지 이해할 수 없다는 감정이 속에서 치밀어 올랐다. 실적이 좋을 때는 대충 수박 겉핥기 식으로 넘어가면서 이럴 때는 갖가지 예측을 늘어놓으며 들여다보기 시작한다. 그럴 때 은행원은 대체 무슨 생각을 하고 어떤 행동을 하는지 아카마쓰는 통 이해할 수 없다.

"왜 그 사고가 융자를 해줄 수 없는 이유가 되죠? 의심만으로는 처벌하지 않는다는 게 이 세상 상식일 텐데요. 수색은 받았지만, 그건 경찰이 잘못 생각한 거죠."

"말씀은 그렇게 하셔도 아직 확정된 건 아니지 않습니까? 지난번에도 말씀드린 대로 컴플라이언스라는 게 있고."

아카마쓰는 피가 머리끝까지 솟구쳤다.

"언제부터 은행이 재판정이 된 거죠? 난 지금 고모다 씨 앞에 있잖아요. 만약 우리 회사에 잘못이 있다면 벌써 체포되었을 거 아닙니까?"

"그렇지만 잘못이 없는데 경찰이 수색하지는 않죠, 보통은."

고모다가 하는 말은 하나하나가 부아를 돋웠다.

"저어, 고모다 씨. 이번 건은 우리도 피해자예요. 거래처보다 그런 엉터리 수사를 믿는 겁니까?"

언성을 높인 아카마쓰를 고모다는 어처구니없다는 눈길로 바라보았다.

"그게 아니죠, 사장님. 경찰 수사가 아무렇게나 이루어진다고는 생각하지 않습니다."

은행원은 기분 나쁘게 옅은 웃음을 지었다.

"일반론으로 이야기하면, 가택수색을 받는 상황인데 문제가 없다는 이야기를 어떻게 믿겠습니까?"

"그런 일반론은 처음 듣는군. 법치국가의 은행이 할 말은 아니라고 생각되는데."

아카마쓰는 아주 거칠게 대꾸했다.

"의심스럽다고 처벌하지 않는다고 하잖아."

"은행은 다릅니다. 의심스러우면 융자해주지 않습니다."

어이가 없어 아카마쓰는 대꾸도 못 했다. 그저 무서운 표정으로 상대를 노려볼 수밖에 없었다.

"고모다 씨, 당신 지금 무슨 소리를 하고 있는지 알아?"

아카마쓰는 간신히 입을 열었다.

"이 3천만 엔이 없으면 우리는 막다른 골목이야. 그걸 알고 하는 소린가?"

"막다른 골목?"

그게 무슨 소리냐는 듯이 고모다가 얼굴을 들었다.

"사장님, 뭔가 착각하고 계시는 것 같군요. 막다른 골목이건 뭐건 사장님 회사 문제잖아요? 은행은 빌려주느냐 마느냐를 결정할 뿐입니다."

"당신들은 그저 돈놀이나 할 뿐이라는 건가?"

아카마쓰가 버럭 화를 내려고 했을 때, 문에서 노크 소리가 나는 바람에 주춤했다.

"오셨군요, 사장님."

지점장인 다사카 시게루였다.

"아이고, 이번에는 기대에 부응해드리지 못해 죄송합니다."

"잠깐만요."

이미 결론이 났다는 말투에 아카마쓰는 뺨이 파르르 떨렸다.

"그 말씀은 이미 결정이 났다는 건가요? 심사는 어떻게 되었습니까? 중간 경과를 전혀 듣지 못했는데요."

"아아, 그러셨나요?"

흘끔 부하 직원인 고모다를 보았지만 비난하는 눈빛은 아니었다.

"뭐 지금 상황으로는 좀 힘든 면이 있어서."

"이유가 뭐죠? 우리는 적자도 아니고 실적도 그럭저럭 괜찮다고 생각하는데요."

"그건 방금 말씀드린 것처럼……."

고모다가 끼어들려고 했다.

"당신에게 물은 게 아니야."

아카마쓰가 단호하게 자르며 다사카의 가늘고 길쭉한 얼굴을 바라보았다. 이미 쉰 살 가까운 베테랑 지점장인 다사카는 수없이 많은 위기를 헤쳐온 경험 덕분인지 어딘가 의연한 구석이 있었다.

"아, 저희도 은행 내부에서 여러모로 논의를 해보았지만 역시 지금처럼 경찰 수사가 진행 중인 상황에서는, 솔직하게 말씀드리자면 앞으로 어떻게 될지 모를 상태라고 판단할 수밖에 없다는 거죠. 그래서 융자는 불가능하다는 겁니다."

"잠깐만요, 지점장님."

아카마쓰는 몸을 앞으로 디밀었다.

"우리 회사와는 오래 거래하지 않았습니까? 제가 언제 거짓말을 한 적이 있나요? 한 번이라도 변제가 밀린 적이 있습니까? 이자도 기일을 지켜 정확하게 송금했죠. 또 도쿄호프은행 이 지점이 부탁하면 예금도 협력했습니다. 일렉트로닉 뱅킹인지 웹 뱅킹인지도 계약했고요. 주식도 샀죠. 투자신탁 상품을 사들이라고 해서 손익 따지지 않고 협력하지 않았습니까? 그때 은행에서는 뭐라고 했죠? '좀 힘듭니다. 어떻게든 도와주실 수 없겠습니까?' 이러셨죠. 그래서 도와드리려고 협조한 거 아닙니까? 그런 거래가 쌓이고 쌓여 오늘이 있다고 생각하지 않습니까?"

그러자 다사카는 낯빛도 바꾸지 않고 말했다.

"혹시 필요하시면 투자신탁을 해약하셔도 괜찮습니다."

"작작 좀 하세요!"

아카마쓰는 너무 화가 났다.

"어떻게 그런 소리를 할 수 있습니까, 지점장! 자기들이 힘들 때는 도와달라 매달리고 우리가 힘들 때는 그냥 망하라니. 은행이란 곳이 원래 그런 곳입니까?"

"아카마쓰 사장님, 뭔가 착각하시지 않았습니까?"

다사카는 발끈하며 말했다.

"그것과 이건 전혀 다른 차원의 이야기죠. 융자라는 것은 그런 게 아닙니다."

"경찰이 헛다리를 짚은 수사는 믿고, 오랜 세월 신뢰 관계를 쌓아온 우리를 믿지 않는다는 게 더 이상하다고 말씀드리는 겁니다."

"우리에겐 컴플라이언스……"

"컴플라이언스 따위 엿이나 먹으라고 하쇼!"

아카마쓰가 버럭 화를 냈다.

"우리가 왜 범죄기업인지 좀 가르쳐줄 수 있습니까? 기껏해야 경찰이 수색했다고 융자가 안 된다는 건 과민 반응 이외에 아무것도 아니에요! 만약 체포당하는 일이 일어나면 그때는 이 은행에서 빌린 돈은 집을 팔아서라도 갚을 겁니다."

"참 난감하군요, 사장님. 그런 문제가 아니라니까요."

다사카는 성가시다는 표정을 숨기지도 않고 말했다.

"뭐 우리 은행이 판단하기에도 지금은 좀 곤란하다는 이야기입니다."

"뭐가 어떻게 곤란하다는 겁니까?"

"종합적으로 판단해서 그렇다는 거죠. 이건 이해해주셔야 합니다, 사장님."

다사카는 그렇게 말하더니 시계를 보며 자리에서 일어났다.

"죄송합니다, 아카마쓰 사장님. 제가 일이 있어서 먼저 실례해야 겠습니다."

"잠깐만요!"

아카마쓰가 붙잡고 늘어졌다.

"한 번만 더 검토해주시겠습니까? 우리는 거래 은행이 여기뿐입 니다."

"사정을 모르는 바는 아니지만, 저희가 원해서 저희하고만 거래 한 게 아니잖아요."

어처구니없는 말투라 어안이 벙벙했다. 그런 아카마쓰를 남겨 두고 다사카는 허둥지둥 모습을 감추었다.

"뭐 상황이 이렇습니다."

지점장도 지점장이지만 그 아래 직원 또한 크게 다를 바 없다. 일어서려는 고모다에게 아카마쓰가 "잠깐" 하고 말을 걸었다.

"지금 당신들은 한 회사를 잘라냈어. 회사라는 건 말이야, 사람 으로 이루어지지. 직원에게는 가족이 있고, 자식도 있어. 당신들 체면 때문에, 제멋대로인 논리 때문에 그런 사람들이 희생당하는 거야. 알겠나?"

고모다는 감정이 담기지 않은 눈으로 아카마쓰를 바라보더니 "죄송합니다"라는 입에 발린 소리를 내뱉고 그만 돌아가라는 듯이 응접실 문을 열었다.

2

"사와다 과장님, 그 아카마쓰인가 하는 운송회사에서 또 연락이 왔습니다."

부하 직원인 기타무라 노부히코가 얼굴을 찌푸리며 보고한 때는 노사카 부장대리에게 꾸중을 들은 이튿날이었다.

점검하던 서류에서 고개를 든 사와다는 책상 앞에 서 있는 체지방률 30퍼센트인 남자 직원을 바라보았다.

"뭐래?"

"망가진 부품을 돌려달라고."

"부품을 돌려달라고?"

사와다는 노트북을 덮어 슬립 모드로 넘긴 뒤, "직접 너를 찾아왔었나?" 하고 물었다.

"아뇨, 마스다라는 판매회사 담당자를 거쳐서요. 저쪽 의도는 모르겠지만 그런 망가진 부품을 돌려달라는 것 자체가 우리를 귀찮게 만들려는 걸로밖에 생각할 수 없죠."

아주 귀찮다는 듯이 투덜거리는 기타무라의 말을 듣고 사와다는 팔짱을 끼며 생각했다.

아니다. 아카마쓰운송은 타이어 사고에 대해 재조사를 요구했었다. 그런 아카마쓰운송이 부품 반환을 요청했다면 나름대로 이유가 있기 때문이다. 그 이유가 무엇인지는 고민할 것도 없다. 재조사 때문에 필요한 것이다.

"그 부품이 우리 쪽에 있나?"

"글쎄요. 그건 품질보증부에 물어봐야 알 수 있겠죠."

"확인해줘."

사와다의 리액션이 뜻밖이었던지 기타무라가 말했다.

"이런 요구는 거절해야 하지 않습니까?"

기타무라가 이렇게 나오는 것도 무리는 아니다. 지금까지 아카마쓰운송에서 보낸 재조사 의뢰는 당연하다는 듯 거절해왔다. 상대할 회사가 아니라고 완전히 무시했다. 그런데 기껏해야 부품 하나 때문에 다른 부서에 문의하면 균형이 깨진다. 그건 충분히 알고 있다.

하지만 상황이 변했다.

품질보증부가 감추려고만 드는 타이어 사고의 진상. 노사카 부장대리가 "잊어라" 하고 타이르면 "알았습니다"라는 대답밖에 할 수 없지만 그런다고 잊힐 리도 없다.

노사카 부장대리에게 주의를 받고 품질보증부를 추궁할 방법을 잃은 사와다에게 아카마쓰운송에서 들어온 새로운 의뢰는 품질보증부를 추궁할 수 있는 뜻밖의 계기를 마련해준 셈이나 마찬가지다.

이건 찬스다. 처음에는 품질보증부를 혼내주고 싶은 심술 때문이었지만 지금은 거기에 위기감까지 더해져 일그러진 정신 구조가 사와다의 머릿속에 자리를 잡고 있었다.

"좀 마음에 걸리는 점이 있어서."

사와다는 이렇게 말하고 기타무라에게 지시를 내렸다.

"어쨌든 부품이 우리 쪽에 있는지 품질보증부에 문의해줘. 어떻게 할지는 그다음에 결정하지."

"예, 알겠습니다."

아무래도 내키지 않는다는 표정으로 고개를 숙이고 돌아서는 기타무라를 지켜본 사와다는 수화기를 들어 고마키에게 전화를 걸었다.

"그 건 말인데."

"너 잊은 거 아니었어?"

고마키가 전화 저편에서 웃었다. 하지만 사와다는 웃지 않았다.

"모자 사상 사고를 낸 운송회사에서 부품을 반환하라는 의뢰가 들어왔어."

"부품을?"

고마키가 목소리를 낮췄다.

"지금 품증부에 알아보라고 했는데, 이건 그냥 넘어갈 수 없을 거야. 상대방도 끈덕져."

"돌려줄 작정인가, 그 부품?"

고마키의 낮은 목소리에는 호기심과 두려움이 뒤엉켜 있었다.

"아니. 자기 목을 스스로 조르면 어떻게 해?"

사와다가 대답했다.

"그렇겠지."

고마키는 마음이 놓인다는 듯이 대꾸하고 "무로이라도 혼내줄 건가?" 하며 말을 이었다.

"아무래도 우리 회사 권력 구조는 균형이 좀 안 맞는다고 생각하지 않아?"

그러자 사와다는 이렇게 대답했다.

"애당초 이렇게 골치 아프게 된 것도 그 때문이지. 내가 생각하기에 이건 어쩌면 부패의 구조를 때려 부수는 도구가 될지도 몰라."

"재미있군."

전화 저편에서 고마키는 혀로 입술을 핥는 듯했다.

"잘못을 바로잡으면서 마음에 들지 않는 놈을 몰아낸다. 좋군,

184

그 아이디어. 너 사장도 될 수 있겠다. 그렇지만 잘 해내야 해."

'잘 해내'란, 말하자면 정치적으로 잘 처리하라는 의미다. 호프자동차라는 관료적인 조직에서는 어쨌든 사내를 전체적으로 움직일 수 있는 균형 감각이 매우 중요하다. 지난번에는 다짜고짜 품질보증부에 쳐들어가는 절차상의 실수를 저질렀지만 사내 룰이 얼마나 중요한지 일깨우는 좋은 교훈이 되었다.

"내게 맡겨."

수화기를 내려놓은 사와다는 기타무라가 보고하러 오기를 기다리는 동안 머릿속으로 작전을 짜기 시작했다.

전화를 걸고 있던 기타무라가 통화를 마칠 때까지 기다렸다가 "뭐래?"라고 물은 사와다에게 "답변을 기다리고 있습니다"라고 대답했다.

답변이 그리 간단하게 돌아오지는 않으리라. 이 문의는 사건의 급소를 찔렀다.

만약 품증부에 구린 구석이 있다면 부품은 그 열쇠를 쥔 물증이 되기 때문이다. 그런 것을 간단히 밖으로 내보내지는 않을 것이다.

과연 무로이는 어떻게 나올까?

앞으로 어떤 전개가 기다릴지 무척 기대된다.

3

사무실로 돌아온 아카마쓰는 자기 의자에 털썩 주저앉아 눈을 감고 있었다.

은행의 태도에 화가 났다. 하지만 화를 내봤자 돌아올 것은 아무엇도 없다.

캄캄한 바닷속에 내던져진 듯한 무력감. 넋이 빠져나가 속이 텅 빈 채로 은행에서 돌아오는 동안 아카마쓰는 정신적으로 완전히 지쳤다. 만약 중압감이라는 게 눈에 보이는 녀석이라면 틀림없이 그것은 무시무시한 도깨비 모습이리라.

3천만 엔이라. 어떻게 마련할 수 있을까? 3천만 엔.

아까부터 이 생각뿐이었다. 그러다 보니 돈이 없어 도산하는 건지, 아니면 돈이 있는데도 그렇게 되는 건지 알 수 없어졌다. 이윽고 지금 무엇을 해야 하는지조차 몽롱해져 고민할 기운마저 잃어버렸다.

"사장님. 사장님……."

눈을 살짝 뜨니 미야시로 전무가 걱정스러운 표정으로 책상 앞에 서 있었다.

"말씀 좀 나누실까요?"

말없이 고개를 끄덕이고 뒤에 있는 방으로 들어가 문을 잠갔다.

"한 대 피우겠습니다" 하며 양해를 구한 미야시로가 담배에 불을 붙였다. 아카마쓰는 담배 연기가 천천히 소용돌이를 일으키며 에어컨 공기에 날리는 모습을 바라보았다.

"도쿄호프은행에 다녀오신 결과가 좋지 않은가요?"

아카마쓰는 무겁게 한숨을 내쉬며 대꾸했다.

"그 이유가 사고랍니다."

자세한 이야기를 듣고 미야시로는 "어처구니없군요"라고 중얼거렸다. 아카마쓰는 미야시로를 바라보며 마음 약한 소리를 했다.

"솔직히 3천만 엔을 빌린다고 해서 정말로 이 위기를 벗어날 수 있을까 하는 생각도 들더군요. 끊어진 사가미머시너리의 물량도 아직 메우지 못하고 있고."

"도리이 부장이 애쓰고 있지 않습니까, 사장님?"

"실적도 없는데요?"

도리이 영업부장의 실적을 떠올리면서 아카마쓰가 말했다. 직함은 영업부장이지만 간판만 그럴듯하다. 실제로 아카마쓰운송의 영업을 이끌어가는 사람은 다름 아닌 아카마쓰였다. 그런데 이 사고로 발이 묶여 더 힘들어지니 악순환이다.

그러나 그것도 이미 한계에 가깝다.

"어떻게 하면 좋을까요, 전무님?"

글쎄요, 라고 한 미야시로는 심각한 표정으로 입을 다물었다.

미야시로가 무슨 말을 하고 싶은지는 안다. "이럴 때 선대 사장님이라면……"이다.

아카마쓰도 가끔 그런 생각을 한다. 아버지라면 이럴 때 어떻게 할까.

아버지는 마음 약한 소리 한 번 하지 않고 가족과 직원을 지켜냈다. 그런 아버지와 내내 함께한 미야시로에게 아카마쓰는 역시 선대 사장의 고생도 모르고 사업을 기울어지게 만드는 후계자이며 믿음직하지 못한 존재로 비치는 게 아닐까 하는 생각이 든다.

"50년 가까이 해왔으니 대략 반세기로군요."

미야시로가 문득 이렇게 중얼거리더니 아카마쓰를 바라보며 말을 이었다.

"그간 아무 일도 없었을 리가 없죠, 사장님. 선대 사장님 때도 여러 위기가 있었어요. 도산 직전까지 간 적도 몇 차례 있고요."

"정말인가요, 전무님?"

미야시로는 아득히 먼 데를 바라보는 눈을 하고 말을 이었다.

"그게 언제였더라? 지금 마감일 직전에 은행이 빌려주지 못하겠다고 한 적이 있어요. 아, 맞다. 딱 3천만 엔쯤 되는 금액이었죠. 사장님이 아직 중학교에 다니던 무렵이었던가?"

"그래서 그때 어떻게 했나요?"

미야시로는 옛일이 떠올랐는지 피식 웃었다.

"먼저 은행 거래를 끊으러 가셨죠. 웃기지 말라면서."

"돈 마련은?"

"그런 건 나중에 고민하기로 하시고요. 선대 사장님은 어쨌든 이치에 어긋나는 놈은 용서하지 않는 주의이셨기 때문에. 그게 먼저였죠. 완고하셨어요."

"맞아, 그러셨죠."

미야시로는 그때가 그리운 듯 미소를 지었다.

아카마쓰의 아버지 도시로는 기개 있는 인물이었다. 원래 우쓰노미야에서 농사를 짓는 집 둘째 아들로 태어났다. 농사는 형이 물려받을 예정이라서 학업을 이어가 대학까지 갔다. 일단 회사에 취직했는데 체질에 맞지 않아 뛰쳐나와 운송업을 시작했다. 어떤 의미에서는 괴짜였다.

대학 시절의 행동거지를 고스란히 간직한 듯한 호탕한 성격에 정이 많고 눈물도 흔했다. 아카마쓰는 그렇게 인간미 넘치는 아버지를 보며 자랐다.

어려움을 겪는 사람을 보면 손을 내밀지 않고는 배기지 못하는, 그런 아버지 덕분에 아카마쓰 집안의 교육 방침은 공부는 둘째. 중요한 것은 다른 사람들에게 폐를 끼치지 말아야 한다는 점이며 친구를 소중하게 여기라고 배웠다. "아버지가 영원히 사는 게 아니다. 어려움에 부닥쳤을 때 기댈 수 있는 사람은 친구다. 그러니 친구를 많이 사귀도록 해라. 그리고 소중하게 여겨라"가 아버지가 버릇처럼 하던 말씀이었다. 그렇게 쌓아온 네트워크로 아카마쓰운송이라는 회사를 운영했다.

상대를 믿고 최선을 다한다. 대신 믿음을 배신한 상대는 용서하지 않는다.

"그때는 사채를 썼죠."

"믿어지지 않네요."

'사채에 손을 대지 말라'는 것은 사장 자리를 물려받을 때 아버지가 내려준 가르침이다. 사실 사채에 손을 댈 만한 상황을 만들지 말라고 말씀하고 싶었는지도 모른다.

"어쨌든 살얼음을 딛는 듯한 상황은 한두 번이 아니었죠. 그렇지만 어떻게든 이겨냈습니다."

"그렇게 힘든 일이 있었는지는 몰랐네요."

집에서 보는 아버지는 늘 위엄 있고 자식들에게 다정했다. 틀림없이 회사가 어려울 때도 있었을 텐데 전혀 내색하지 않았다.

"우리 직원들에게도 마찬가지였죠"라고 미야시로가 말했다.

"어쨌든 불안을 혼자 막아내는 게 사장이 할 일이라고 생각하셨던 모양입니다, 선대 사장님께선."

아카마쓰는 뒤통수를 세게 얻어맞은 느낌이 들었다. 이게 누구에게 하는 말인가? 하지만 오랜 세월 회사와 함께한 전무는 지금 태연한 표정으로 담배를 피우고 있을 뿐이다.

"사장님이 애쓰면 직원들은 따라갑니다."

미야시로가 이렇게 달래며 말을 이었다.

"잘 풀릴 거라고 믿읍시다, 사장님. 돈이 없으면 조금 기다려달라고 제가 거래처에 부탁해볼 테니."

"그러면 신용에 문제가 생기지 않을까요?"

"오래된 거래처만 해보겠다는 겁니다. 어떤 회사든 어려울 때가 있기 마련이죠. 그럴 때 서로 돕지 못할 상대라면 거래할 수 없죠. 거꾸로 우리가 그쪽 사정을 봐준 적도 있으니까요."

"뭐, 그야 그렇지만."

미야시로가 씩 웃으며 말을 이었다.

"50년에 이르는 역사란 대단한 겁니다, 사장님. 요즘은 새로 생긴 회사 가운데 70퍼센트가 1년 안에 망하는 세상이죠. 신규 사업 가운데 80퍼센트가 실패합니다. 그런 세상에 우리 아카마쓰운송은 50년이나 사업을 이어왔죠. 물론 이번 장애물이 높기는 하지만 여기서 멈출 일은 없을 겁니다. 넘어설 수 있어요, 사장님. 아무리 힘들어도 어딘가에 반드시 해결의 실마리가 있을 겁니다. 그렇지 않겠어요?"

미야시로의 말은 오랜 경험에서 우러난 설득력이 있어 가슴에 와닿았다.

"고마워요, 전무님."

아카마쓰는 큰 한숨을 내쉬고 무릎을 두 손으로 탁 쳤다.

"내가 한심하게 이게 무슨 꼴이야. 이런 일로 찔끔거리다니. 인제부터 징징거리는 소리는 집어치워야지."

아카마쓰는 그렇게 다짐했다.

"언젠가 바람의 방향이 바뀔 때가 올 겁니다. 그때까지 이를 악물고 할 수 있는 일은 모두 해볼 수밖에. 안 그래요, 사장님?"

맞는 말이다. 미야시로의 차분한 목소리가 아카마쓰의 가슴에 스며들었다.

4

품질보증부에서 온 연락은 뜻밖에 항의 형식이었다. 과연 어떤 형태로 답변을 할지 잔뜩 마음의 준비를 하고 있던 사와다도 상상하지 못했던 반응이었다. 의표를 찔렀다.

"우리가 조사한 부품을 반환하라고 요구하고 있다는 이야기 들었나?"

"기타무라가 의뢰한 이야기 말인가요?"

별 관심 없다는 듯이 대꾸한 사와다에게 "네가 지시한 거지?" 하며 무로이가 물고 늘어졌다.

"어쨌든 그걸 반환할 수는 없어. 그런 건 너희 판매부도 알 텐데. 고객이 이야기한다고 꼬치꼬치 우리에게 이야기를 떠넘기지 마. 쓸데없는 일을 자꾸 늘리지 말아줘."

"쓸데없는 일?"

사와다는 속으로 빙긋 웃었다.

"반환할 수 없다니, 그게 무슨 소리죠?"

"분석을 마쳤기 때문에 이미 부품은 다 분해되었어. 분해하면 더는 쓸 수 없어. 그런 걸 반환해봤자 아무 의미도 없잖아."

"문제 인식이 좀 어설픈 거 아닌가요?"

사와다가 맞받아치고 말을 이었다.

"부품이라고는 하지만 고객 소유물이잖아. 망가졌든 어떻든 돌려달라고 하면 돌려줘야지. 그게 마땅하다고 생각하는데. 쓸 수 없는 물건이 되었으니 돌려주지 않겠다는 핑계가 반환을 요구하는 상대에게 통할 리 없잖아요."

"대체 왜 부품을 돌려달라는 거지, 그 회사는?"

"그야 재조사라도 할 작정이겠지."

수화기 너머에서 무로이가 생각에 잠긴 듯했다. 사와다는 속이 좀 후련해졌다.

"그 회사가 그렇게 말했나?"

"아뇨. 하지만 지금까지 흐름을 보면 아카마쓰운송이 그 부품 반환에 매달릴 이유는 그것밖에 없지. 혹시 재조사하면 곤란한 일이라도 있나?"

이 물음에는 대꾸하지 않고, 무로이가 물었다.

"노사카 부장대리는 알고 있나?"

"물론. 품질보증부의 지시대로 움직이라고 하셨지."

씩 웃으면서 대답한 사와다에게 전화 저편에서 혀를 차는 소리가 들렸다.

이미 부장대리에게는 손을 써두었다.

아카마쓰운송에서 부품 반환 요청이 들어왔다고 보고했을 때 노사카 부장대리는 난처한 표정을 지으며 "그래?"라는 반응만 보였을 뿐이다. 다른 문제였다면 "중단해" 하며 바로 차단했을 것이다. 그러지 않는 것이 노사카 부장대리의 지략이다.

일단 품질보증부에 던져놓고 그 지시를 끌어내면 판매부는 안전을 도모할 수 있다. 지시에 따라 움직이는 종적 조직인 호프자동차에서 중요하게 여기는 점은 '누가 판단했는가'이다. 이번처럼 미묘한 문제일 경우에는 특히 그렇다.

노사카가 선택한 수법은 사와다도 마음에 꼭 들었다. 그리고 경영 핵심부와 수면 아래서 밀착 관계에 있는 품질보증부를 탐탁지 않게 여긴다는 점에서도 노사카와 사와다는 이해가 완전히 일치했다.

"그래 반환할 것인지, 하지 않을 것인지. 어느 쪽이죠?"

"반환하지 않아."

무로이가 단호하게 말했다.

"이유는?"

"그건 너희 쪽에서 적당히 꾸며서 이야기해."

"아니, 고객에게 거짓말을 하라는 건가요? 그건 말도 안 되지. 이유를 제대로 설명해주지 않으면 곤란하죠. 품질보증부에서 설명하는 이유를 그대로 전달할 테니까."

또 혀를 차는 소리가 들렸다.

"융통성이 없군, 판매부는. 고객 이익보다 회사 이익을 생각하고 움직이는 게 어때?"

"고객 제일이라는 사장님 훈시를 잊으셨나?"

자기도 아카마쓰를 무시했던 주제에 사와다는 무로이를 비웃었다. 물론 사와다도 고객 제일이라고는 생각하지 않는다. 굳이 따지자면 머릿속으로는 회사의 이익이 아닌 판매부의 이익, 즉 자기 이익만을 생각한다. 말하자면 한 회사라는 이름 아래 모인 여러 부서가 저마다 이익을 확보하기 위해 바둥거리며 권모술수가 난무하는 것이 이 호프자동차 체질이다.

사와다가 말을 이었다.

"서류로 주시죠. 나중에 이러니저러니 문제가 되면 곤란하니까. 내친김에 아카마쓰 쪽에서 들어온 요청은 보고서로 위에 올렸어요. 품질보증부에서는 왜 부품을 반환할 수 없는지 이유를 정확하게 적어서 우리 쪽으로 보내세요. 아시겠죠?"

"왜 그렇게 고집을 부리지?"

무로이의 목소리에는 경계심이 배어 있었다.

"그렇게 간단한 문제가 아니라고 생각하기 때문이죠. 어쨌든 타이어가 얽힌 문제니까요. 오히려 품질보증부가 자꾸 고집을 부리는 이유를 알고 싶은 건 우리 쪽인데."

나중에 다시 연락하겠다며 무로이는 전화를 끊었다.

하지만 그 뒤로 무로이는 연락하지 않았다. 오후가 되어 외출했다 돌아왔을 때도 연락이 있었다는 메모 한 장 없었다. 대신 판매 회사 직원으로부터 아카마쓰운송 건이 어떻게 되었는지 묻는 전화가 왔다고 기타무라가 남긴 메모만 한 장 있었다.

설마 이대로 얼렁뚱땅 넘어갈 작정은 아닐 텐데. 사와다가 걱정하고 있을 때 "잠깐 시간 좀" 하는 목소리가 뒤에서 들려왔다.

떨떠름한 표정을 한 노사카가 팔짱을 낀 채 몸짓으로 미팅 부스를 가리켰다.

"지난번 그 건인데, 반환할 수 없는 것으로 해서 판매부가 대응하게 되었어."

"우리가요?"

"자네가 외출한 사이에 품질보증부 가시와바라 부장이 불러서

한바탕 잔소리를 했어."

사와다를 상대하면 불리하다고 생각한 무로이가 역시 상사에게 징징거린 모양이다.

"잠깐만요. 반환 이유는 어떻게 하고요?"

"상대방을 아는 건 우리니까 이해하도록 설득해달라는 거야."

"그렇지만 솔직하게 말씀드려서 아카마쓰운송을 어떻게 설득해야 할지 모르겠습니다."

노사카에 대한 실망감도 있어, 사와다는 일부러 살짝 반박하듯 대꾸했다. '상대가 품질보증부 부장이라고 해서 이런 말도 되지 않는 요구를 받고도 순순히 물러섰다는 말이냐' 하며 따지고 싶었다. 노사카는 시선을 창문 쪽으로 돌려 맑게 갠 하늘 아래 저 멀리 보이는 도쿄타워를 바라보았다. 아마 사와다는 알 수 없는 노사카 나름의 파워 밸런스가 작동하고 있을 테지만 속이 바짝바짝 탔다.

아카마쓰운송 건에 관해서 품질보증부가 둘러친 벽은 노사카 부장대리마저도 넘을 수 없는 것인가? 노사카는 품질보증부 가시와바라 부장의 이름을 꺼냈는데, 그뿐만이 아니리라. T회의에는 임원급도 참석한다는 가토의 증언도 머릿속에서 되살아나 사와다의 의심을 더욱 부채질했다. 그렇다면 이 지시를 내린 곳은 더 윗선일까? 사와다는 계속 머리를 굴렸지만, 결론은 나지 않았다.

"그러지 말고 부탁해, 사와다. 너라면 이런 일쯤은 문제없이 처리할 수 있을 거야. 마무리되면 보고해줘."

몇 초 동안 고민에 빠진 듯 보였던 노사카가 불쑥 이렇게 말하더니 어깨를 한 번 툭 치고 짧은 면담을 끝냈다.

"기타무라."

혼자 남으니 갑자기 언짢은 기분이 들었다. 사와다는 부하 직원을 불러 아카마쓰운송의 부품 반환에 관한 지시를 내렸다.

"부품은 반환할 수 없다. 판매회사 담당자에게 그렇게 전해주겠나?"

"아, 역시. 그래야겠죠."

상황을 모르는 기타무라는 당연하다는 듯이 받아들였다. 애당초 그런 요청은 무시하면 되는 거라는 듯이 이유는 묻지도 않고. 바로 자기 자리로 돌아간 기타무라가 전화로 용건을 전하는 모습을 자리에 앉아 지켜보며 사와다는 불쾌감이 치밀어 오르는 것을 느꼈다.

"무로이에게 한 방 먹었군."

인정하고 싶지 않지만 틀림없는 사실이었다.

5

"아, 아카마쓰 회장님이십니까? 실은 좀 난처한 일이 있어서요."

전화 저편에서 구라타 노조미가 몹시 난처하다는 목소리로 말했다. 아이들이 다니는, 아카마쓰가 학부모회의 회장을 맡은 오야마니시초등학교 교장이다. 학부모회 문제까지 신경 쓰고 있을 상황은 아니지만 바쁘다고 통화마저 거절할 수는 없었다.

"무슨 일이십니까?"

"그게 말이죠, 학교 안에서 도난 사건이 발생했습니다."

"이번엔 도난입니까?"

기가 막혀 아카마쓰가 이렇게 대꾸했다.

"전화로는 말씀드리기 곤란하니 괜찮으시다면 한번 들러주시겠습니까?"

집단 따돌림 문제, 아이들 싸움에서 부모 싸움으로 번진 다툼 중재, 급식 맛에 대한 불만. 지금까지 몇 차례나 불려 나갔던가. 수화기를 쥔 채 아카마쓰는 한숨을 내쉬었다.

"급하십니까?"

"가능하시다면 오늘이라도."

시계를 보니 오후 3시가 조금 지난 시각이었다. 이제 수업도 끝났을 시간이다.

"지금 찾아뵐까요?"

"바쁘실 텐데 죄송합니다. 괜찮으시다면 지금 들러주세요."

구라타는 묘하게 다급한 목소리로 부탁하며 전화를 끊었다.

오야마니시초등학교는 간조8호선을 끼고 오야마다이역 쪽 주택가에 있는 학생 수 약 600명인 학교다. 1학년 3학급. 부근에 고급 주택가가 있는 만큼 비교적 유복한 가정이 많다. 회사원이라면 대개 증시 1부에 상장된 기업 직원이고 학력도 높다. 지역 공립 중학이 아니라 진학 실적이 있는 중고등학교 동일계 진학이 가능한 사립중학교로 진학하는 아이들도 적지 않다.

아카마쓰가 학부모회 회장에 선출된 것은 굳이 이야기하자면 당연한 결과였다. 고소득, 고학력, 뜨거운 교육열이라는 삼박자를 갖춘 부모는 얼마든지 있다. 사실 그런 부모가 회장에 더 걸맞은 게 아닐까 하는 생각이 들지만, 거기에는 학부모회의 독자적인 '회장님은 지역 사람이어야 하며 비교적 시간 여유가 있는 사람'이어야 한다는, 회사원이 도저히 넘어설 수 없는 장애물이 있다.

그렇게 되니 회장 후보군은 아주 좁아져 아카마쓰는 눈 깜빡할 사이에 이름이 올랐다. 아버지 대부터 이 지역에 살았고, 사장이라는 직함이 붙었으니 일을 맡아달라고 하기에 딱 좋은 한가한 사람으로 비쳤으리라.

아카마쓰는 회사에서 걸어 딱 10분 걸리는 거리를 코트 자락을 펄럭이며 걸었다.

교무실로 들어가자 낯익은 교사가 나와 "아, 회장님. 교장실로 가시죠" 하며 안내했다.

코트를 벗어 팔에 걸치고 교사의 뒤를 따라 "실례합니다" 하며 들어가니 거기에는 이미 다른 손님이 있었다.

아카마쓰의 귀에 "교장 선생님, 그렇게 말씀하셔도……" 하는 신경질적인 목소리가 들렸다. 그 목소리의 주인을 깨달은 순간 아카마쓰는 뒤로 돌아 그냥 나가고 싶어졌다.

아무리 봐도 괴로운 듯한 표정을 한 얼굴이 아카마쓰를 보았다. 드디어 구세주가 왔다는 듯 "어머, 회장님. 기다렸어요. 어서 이리, 이리 앉으세요" 하며 일어선 구라타 교장은 아카마쓰에게 옆에 있는 의자를 권했다.

"이 문제는 회장님도 제대로 들으셔야 해요."

나이에 어울리지 않게 핑크빛 샤넬을 차려입은 여성이 허리를 꼿꼿하게 세우고 말했다. 가타야마 요시코, 여왕벌의 등장이다.

"그러려고 왔습니다만, 무슨 일입니까?"

목소리에 짜증이 묻어나지 않도록 신경 쓰면서 아카마쓰가 물었다.

"이 마시타 씨 아들 돈을 누가 훔쳤어요."

가타야마는 새침하게 말했다. 그 옆에서 마시타는 화가 나 볼이 잔뜩 부푼 얼굴로 앉아 있었다. 이쪽은 여왕을 모시는 시녀라는 건가?

사건의 줄거리는 이러했다.

어제 점심시간이 지난 뒤, 5학년 3반에 있는 마시타의 아들 책가방에 있던 지갑을 도둑맞았다. 나중에 지갑은 화장실에서 발견되었는데 안에 들었던 내용물은 사라진 상태였다. 아들이 바로 선생님에게 말씀드렸는데, 담임 교사가 대응을 잘못해 학생들을 그냥 하교시켰다는 이야기다. 물론 돈은 아직 찾지 못했다.

"금액은 얼마죠?"

"5천 엔이요"라는 대답에 아카마쓰는 눈이 휘둥그레졌다.

"저어, 어머님. 그 문제는……."

구라타 교장이 끼어들려고 했지만, 가타야마가 가로막았다.

"그런 큰돈을 도둑맞았는데 제대로 조치하지 않았다니. 너무하지 않아요, 회장님?"

마치 학교 대표는 교장이 아니라 아카마쓰라고 착각한 듯 노골적으로 적의가 드러나는 눈빛을 보냈다.

"그런데 왜 5천 엔이나?"

사립초등학교라면 몰라도 다들 부근에서 등하교하는 공립초등학교다. 대개 현금은 가지고 다니지 않는다.

"어쩔 수 없잖아요? 아침에 공책을 사야 한다고 하니. 잔돈이 마침 없어서 5천 엔짜리 지폐를 줬어요. 그런데 아침에 시간이 없어 공책을 사지 못한 채 하교할 때 사려다가 도둑맞았다는 걸 깨달았다는 거예요."

"왜 어제 학생들에게 물어보지 않았습니까?"

아카마쓰는 옆에서 잔뜩 웅크리고 앉은 사카모토 선생에게 부드러운 말투로 물었다. 사카모토 미쓰코 선생은 큰아들인 다쿠로의 담임 선생님이다. 그러니까 가타야마 미카와 마시타, 다쿠로는 같은 반이다.

"죄송합니다. 그렇지만 아무것도 하지 않은 건 아니에요. 일단 종례 시간에 학생들에게 물었지만 아무도 모르는 것 같아서……."

"모를 리 없잖아요!"

잔뜩 움츠러들어 떨고 있는 사카모토의 말을 가타야마가 가시 돋친 목소리로 가로막았다. 가타야마의 태도에 아카마쓰는 불쾌감을 느꼈다. 아직 젊은 사카모토 선생은 고개를 숙이고 있었다. 옆에서 보니 눈물을 흘리고 있었다. 교장인 구라타 선생은 창백한 얼굴로 겁먹은 표정을 지었다. 마시타만 가타야마의 말에 연방 고개를 크게 끄덕이고 있었다.

"모를 리 없다니, 그걸 어떻게 아시죠?"

지긋지긋하다는 생각을 하면서도 아카마쓰가 물었다. 대답하려는 마시타를 대신해 가타야마가 말을 이었다. 주제넘게 나대는 여왕벌이다.

"그야 당연하죠. 마시타 군이 마지막으로 지갑을 본 때는 점심 급식 뒤, 책가방에 있던 물통을 꺼냈을 때예요. 마침 비가 오는 날이라 점심시간이어도 교실에 누가 있었을 거예요. 그 뒤 5교시는 사회, 6교시는 국어. 즉, 교실을 비울 일이 없었던 거죠. 그건 대낮에 버젓이, 남들이 보는 가운데 이루어진 짓이라는 이야기 아닙니까? 같은 반 누군가가 범인이라고 생각할 수밖에 없죠."

이야기하다가 점점 흥분하는 타입인 가타야마는 거기서 그치지 않고 말을 이었다.

"아니, 초등학생이 5천 엔이나 훔치다니. 어휴, 소름 끼쳐. 사카모토 선생님이 그날 바로 전체 학생 소지품 검사라도 하셨다면 그런 위험 분자는 배제할 수 있었을 텐데."

"위험 분자라니요. 무슨 그런 심한 말씀을."

타이르듯 말한 구라타 교장이었지만 가타야마가 무섭게 쩨려보자 입을 다물었다. 심약한 책상물림 스타일인 구라타 교장은 여왕벌을 상대하기 버겁다. 아예 얽히고 싶지 않은 것은 구라타 교장이나 아카마쓰나 마찬가지지만.

"어쨌든."

가타야마의 목소리가 더 높아졌다.

"확실하게 범인을 찾아내 매듭을 지어주세요, 매듭을."

어쩌죠, 하는 눈으로 구라타 교장을 바라보니 "사실 오늘도 학급 전원의 이야기를 들어보았는데……, 사카모토 선생님" 하며 담임에게 얼른 바통을 넘겼다.

허둥대면서도 사카모토 선생은 그 말을 이어받아 말했다.

"학생들 대부분 마시타 군이 돈을 가지고 왔다는 걸 알고 있었습니다."

"그건 왜죠?"

아카마쓰가 물었다.

"아침에 마시타 군이 돈을 학생들에게 보여주었답니다."

마시타를 흘끔 보니 살짝 겸연쩍은 표정을 지었다. 옆에 앉은 여왕벌은 그게 뭐 어때서, 라며 물어뜯을 듯한 표정으로 젊은 여성 교사를 노려보았다.

"왜 보여준 거죠?"

"마시타 군 말로는 자랑하고 싶어서 견딜 수 없었던 모양입니다."

아이답다고 생각해야 할까. 하지만 아무래도 돈을 자랑한다는 행동에는 위화감이 느껴진다. 아카마쓰는 마시타라는 소년을 모른다. 사내아이 같으니 아카마쓰의 집에 놀러 온 적이 있을지도 모르지만 기억은 나지 않는다. 하기야 요즘 아이들은 놀러 와도 웅크리고 앉아 게임을 하느라 정신이 팔려 있어 다들 인상이 흐릿하다.

"지갑이 책가방에 들어 있다는 사실도 아이들 대부분이 알고 있었죠. 다만 누가 그걸 여는 모습을 보았느냐고 물었더니 아무도 보지 못했다고 했죠."

"그럴 리 없다고 말씀드렸잖아요!"

가타야마가 또 신경질적으로 끼어들었다.

"아무도 못 보았다니. 그럴 리 없잖아요. 선생님이 학생들에게 묻는 방법이 어설펐던 것 아닌가요? 그러니까 애들이 선생님을 얕보죠. 이런 것 하나 제대로 만들지 못하고."

이렇게 말하며 가타야마가 매니큐어를 칠한 손톱으로 톡톡 두드린 것은 교실 배치도 같았다.

정성스럽게 그린 배치도 아래 시간 표시가 10분 단위로 되어 있고, 시계열로 마시타 군이 어디 있었는지 화살표로 알아보기 쉽게 표시되어 있는 그림이었다.

책상들끼리 몇몇 화살표 그룹으로 나뉘어 몰려 있는 까닭은 급식 시간이기 때문이리라. 그 가운데 책상 딱 하나만 빨갛게 칠해져 있어, 그게 마시타 군의 자리라고 알 수 있었다. 각각의 자리에 학생들 이름이 적혀 있는데 이건 두 학부모가 조사해 적어 넣은 모양이다.

그리고 교실 뒤쪽 사물함 한가운데에 있는 노란색 표시는 마시타의 책가방이 있는 장소. 비교적 가까운 위치에 군데군데 빨간색으로 테를 두른 것이 '용의자' 그룹이다.

"사실 이런 이야기까지 하고 싶지는 않아요, 선생님. 하지만 이것만은 확실히 말씀드리고 넘어가야겠군요. 마시타 군 말에 따르면 그날 내내 이 아이들이 자기 책가방 앞에 있었다고 합니다. 그런 사실은 알고 계셨나요?"

입술을 삐죽거리며 따지는 듯한 말투였다.

"아뇨, 거기까지는" 하며 사카모토 선생이 우물거렸다.

"그러니까 알아낼 수 있는 것도 알아내지 못하는 거죠. 아니면 누구를 걱정해주느라 그랬는지도 모르고. 이런 제 추측이 지나친 건가요?"

가타야마는 의기양양한 표정으로 아카마쓰를 바라보았다.

아카마쓰의 시선은 용의자로 취급되어 빨간 동그라미가 쳐진 그룹에 꽂혀 있었다.

사물함에서 제일 가까운 책상에 '아카마쓰 다쿠로'라는 이름이 적혀 있었기 때문이다.

다쿠로의 자리가 바로 거기였다.

다쿠로가 그런 짓을 할 리 없다.

아카마쓰는 그걸 믿는다. 하지만 그 이야기를 가타야마에게 해봤자 이해시킬 수 없을 것이다.

아카마쓰는 당장이라도 버럭 화를 내고 싶은 충동을 겨우 참았다. 옆에서 교장이 "학교에서도 더 적극적으로 이 문제를 다루고 그 결과를 보고하겠다"라고 했다. 그걸 나름의 성과로 받아들였는지 두 학부모는 흥, 하고 콧바람을 날리며 돌아가고 교장실에는 좋지 않은 뒷맛만 남았다.

"죄송합니다. 회장님께 불쾌한 일을 당하게 해드려서."

고개를 숙인 구라타 교장에게 "뭐, 어쩔 수 없는 일인데요"라고 한 아카마쓰는 "그보다 담임이신 사카모토 선생님도 어처구니없는 변을 당하셨네요"라고 하고 더는 할 말을 찾지 못하고 지칠 대로 지친 몸을 이끌며 교문을 나섰다.

걸으며 매너 모드로 해두었던 휴대전화를 들여다보았다. 도쿄 호프판매의 마스다가 전화했었다는 기록을 본 아카마쓰는 전화를 걸었다.

"아, 사장님. 죄송합니다. 기다리고 있었습니다."

오랜 세월 찾아 헤매던 상대를 겨우 만난 듯한 말투로 마스다가 전화를 받았다.

"전화했던 모양이던데, 그 건인가?"

"그렇습니다. 아, 사실 말씀드리기 정말 죄송한데, 그 건이 좀 힘들어서."

전화를 꽉 움켜쥔 채 아카마쓰는 할 말을 잃었다.

"왜지?"

간신히 짜낸 목소리는 분노를 억누르느라 기묘하게 떨렸다. 설마 싶었지만, 막상 '돌려줄 수 없다'는 결론을 듣고 뭐라 해야 좋을지 할 말이 떠오르지 않았다.

"아이고, 그게 말입니다, 검사하느라 부품을 절단하기도 해서. 이제 돌려드릴 만한 상황이 아닌 것 같습니다."

"그러니까, 조각이 났건 가루가 되었건 상관없어. 돌려달라고."

아카마쓰가 말했다.

"아니, 그렇지만 사장님……."

전화기에서 마스다의 당황한 목소리가 튀어나왔다.

"어떤 상태건 상관없으니까 돌려달라는 거야. 들었나?"

"그렇지만 돌려줄 만한 상황이……."

"이봐, 마스다 씨."

아카마쓰는 전화기를 쥔 손가락에 힘을 주었다. 분노가 담긴 말투에 지나가던 행인이 무슨 일인가 싶어 아카마쓰의 얼굴을 훔쳐보며 지나갔다.

"부품이 어떤 상태건, 그런 건 전혀 상관없어. 어쨌든 돌려달라는 거야. 담당이 누구지? 그 기타무라라는 벽창호인가?"

"예, 그 벽창호입니다."

"그렇다면 이 말 전해. 부품이 어떤 상태건 쓸데없는 신경 쓸 필요 없다고. 우리는 급해. 내일이라도 받으러 갈 거야. 그 조각난 부품을 준비하라고 해."

전화를 끊은 아카마쓰는 화가 풀리지 않아 하늘을 우러렀다. 얼굴을 늦가을 바람이 스치고 지나갔다. 주택가는 이미 날이 완전히 저물어 서쪽 낮은 하늘에 여자 눈썹 같은 초승달이 걸려 있었다.

기타무라는 벌레라도 씹은 표정으로 팔짱을 끼고 있었다.

반환할 수 없다고 전달했는데 아카마쓰운송으로부터 뜻하지 않은 반론이 들어왔다. 그 이야기를 듣고 놀라 화를 내는 기타무라에게 사와다 역시 음침한 눈빛으로 반응을 보였다.

"어떻게 생각해?"

"상습적으로 클레임을 제기하네요."

기타무라의 의견은 어디까지나 아카마쓰가 악당이라는 소리다. 하지만 그렇게 단순한 문제가 아니다.

"어떻게 할까요, 과장님. 내일이라도 달려올 것처럼 이야기했다는데."

"내가 만날게."

"예? 과장님이요?"

기타무라가 놀란 표정으로 사와다를 보았다.

"그래, 그게 낫지 않겠어? 너도 이 일이 마음에 내키지 않잖아?"

"그런 건 아니지만……."

기타무라는 말꼬리를 흐렸다. 이제 신경 쓰지 말라며 슬쩍 손을 들고 사와다가 말했다.

"아카마쓰운송 사장과 약속을 잡아줘. 내가 그쪽으로 찾아가도 좋고."

"괜찮으시겠어요, 과장님? 그렇게까지 하실 필요가 있을까요?"

"할 수 없잖아. 노사카 부장대리 지시도 있어."

"우리 부장대리가요? 그래요?"

기타무라는 안 그래도 둥근 얼굴의 뺨을 잔뜩 부풀리더니 자기 자리로 돌아가 아카마쓰가 편한 시간 몇 개를 받아 왔다.

스케줄 표를 펼쳐보니 사와다의 빈 시간과 일치한 때는 목요일 오전이었다. 장소는 호프자동차. 저쪽에서 이리 찾아오겠다는 이야기는 무슨 일이 있어도 부품을 회수하겠다는 굳은 의지의 표시일까?

내막을 알기 때문에 아카마쓰의 행동에 이러니저러니 잘잘못을 따질 수도 없다. 품질보증부를 공격할 수 있는 소재이지만, 외부에는 계속 숨길 수밖에 없다. 말하자면 사와다의 머릿속에는 이중 잣대가 존재했다.

6

"호프자동차 놈들이 거절했어."

회사로 돌아온 아카마쓰가 내뱉은 첫마디에 미야시로 전무는 "뭐라고요?" 하며 깜짝 놀랐다.

"해도 너무하는군요. 대체 어쩔 작정인가?"

"가져간 부품은 조사하려고 분해했다네요. 그걸 가져가봤자 아무 소용도 없지 않으냐는 이야기예요."

"그래서, 그냥 물러난 건가요?"

미야시로가 물었다. 주름진 목울대가 위아래로 움직였다.

"그럴 리가요."

아카마쓰가 대꾸하자 미야시로가 이를 드러내며 씩 웃었다.

"역시."

"분해해서 조각이 났어도 돌려달라고 해두었죠. 목요일에 호프자동차에 다녀올 거예요."

"일부러 호프자동차로 가시는 거죠?"

"호프자동차에게 오라고 하면 가지고 올까요? 선물을?"

"아마 가지고 오지 않겠죠."

"그렇죠? 그래서 제가 직접 다시 가기로 했어요."

아카마쓰는 바로 창고로 가서 구석에 있는 정비과를 찾았다. 트럭 두 대가 정비 피트에 들어와 있고, 바로 앞 차량 운전석 아랫부분에서 작업복을 입은 다리가 튀어나와 있었다.

"다니야마 과장님."

아카마쓰는 튀어나온 다리를 밟지 않도록 발을 벌리고 서서 다른 트럭 엔진 부분에 몸을 구부리고 있던 나이 든 정비사에게 말을 걸었다.

"말씀하신 그 부품 건은 목요일에 받으러 다녀올 거예요."

"호프자동차가 돌려주겠다고 했군요."

"아뇨. 빡빡하게 구네요. 그래서 교섭하러 가는 거죠."

"하기야 반환하기 싫을 테니까."

전에 큰 자동차 판매회사에서 정비를 한 경험이 있는 다니야마가 말했다. 그건 어디서나 마찬가지라고 아카마쓰도 생각했다. 한번 자기가 평가한 것을 다른 사람에게 다시 평가하게 하면 이런저런 부족한 부분을 지적당하게 될지도 모른다. 어쨌든 트집 같은 걸 잡으려고 하면 어떤 식으로든 잡는다.

다니야마는 목장갑을 낀 손으로 모자를 벗으며 "야, 몽타!" 하고 아래를 향해 소리쳤다.

아카마쓰가 왔을 때부터 전혀 움직이지 않던 두 다리가 그 한마디에 꿈틀꿈틀 능숙하게 움직이더니 기름때가 묻은 얼굴이 나와 펜더 아래서 아카마쓰를 보았다. 가도타가 차 아래서 나왔다.

"빡빡하게 군다니, 어떻게 빡빡하게 나오는데요?"

다 엿듣고 있었는지 지저분한 등을 털지도 않고 가도타가 물었다. 마스다에게 들은 이야기를 다시 해주자 "제기랄!" 하며 눈을 사납게 뜨고 털럭거리는 구둣발로 보이지 않는 상대를 걷어찼다. 성질 급한 모습은 전과 다를 바 없었다.

"만약 그놈들이 돌려주지 않으면 어쩌죠, 사장님?"

가도타는 눈에 분노를 담은 채 물었다.

"돌려주지 않으면? 그런 생각은 하지 않아. 우리가 살아남기 위해서는 무슨 일이 있어도 부품을 돌려받아야지. 그 길밖에 없어."

가도타는 입술을 한일자로 꼭 다문 채, 어금니만 움직여 말하듯 물었다.

"사장님, 제가 도와드릴 일이 있습니까?"

"고마워."

가도타는 아카마쓰운송의 평사원이다. 이 일에 도움이 될 만한 일은 없을 것이다. 하지만 그 말이 아카마쓰의 가슴을 뜨겁게 만들었다.

"그 마음만으로도 충분해. 자넨 자기 일을 열심히 해줘."

"그런가요……."

좀 불만스러운 듯 말꼬리를 흐렸다. 그때 "잘 부탁드립니다" 하며 다니야마가 허리를 깊숙이 숙이자 가도타도 얼른 "사장님, 부탁드려요" 하며 고개를 숙였다.

"너무 그러지 말라니까 그러시네."

다소 멋쩍어진 아카마쓰였지만 고개를 든 두 사람의 진지한 눈빛을 보고 "확실하게 매듭을 짓고 올 테니 걱정하지 말고" 하며 마음을 다잡았다.

목요일 아침, 회사에서 경트럭을 몰고 출발한 아카마쓰는 간조 8호선에서 국도를 타고 도쿄역 지하에 있는 주차장으로 들어갔다. 전철이 아니라 경트럭을 몰고 온 까닭은 돌아가는 길에 실을 짐을 생각했기 때문이다. 역시 대형 트레일러의 타이어에 들어가는 부품을 들고 전철을 탈 수는 없을 테니.

호프자동차 앞에서 마스다와 만나 안내 창구를 거친 두 사람은 지난번과 같은 층 응접실로 안내되었다. 약속한 시각이 되기를 기다리는데, 시곗바늘이 정각 10시를 가리키자 기다렸다는 듯 가벼운 노크와 함께 두 남자가 들어왔다. 한 명은 낯이 익었다. 지난번에 만난 기타무라였다. 다른 한 명은 키가 큰 남자였는데, 아카마쓰 앞으로 오더니 자기소개를 했다.

"과장인 사와다입니다."

"아카마쓰입니다."

미안하다거나 고맙다는 말도 없다. 옆에는 긴장했다기보다 화가 난 듯한 태도로 기타무라가 우뚝 서 있었다. 다음에는 마스다가 "통화는 여러 차례 했습니다만" 하면서 어색한 모습으로 사와다와 명함을 나누었다.

"굳이 오시게 해서 죄송합니다."

사와다는 한마디 사과를 하더니 "이번 일은 참으로 안타깝게 되었습니다"라고 했다. 단어를 신중히 골라, 누구 잘못이라고 분명하게 이야기하지 않는 모호한 표현으로 들렸다. 듣기에 따라서는 남의 일 이야기 같은 말투였다. 그렇게 해서 자기 회사는 관계없는 일이라고 암암리에 주장하는 건지도 모른다. 한편 여러 차례 전화해도 연락 한번 주지 않던 과장이 이렇게 면담하는 자리에 나왔으니 그래도 진전이 있다고 기뻐해야 하는 걸까 싶어 아카마쓰는 마음이 착잡했다.

"바로 본론으로 들어가자면, 우리가 마스다 씨를 통해 전달한 말씀을 무슨 뜻인지 이해하지 못하신 건가요, 사장님?"

사와다가 단도직입으로 말문을 열었다.

"한 번 더 설명드리자면……."

"아뇨."

아카마쓰는 짧게 상대의 말을 끊었다.

"몇 번을 다시 들어도 같은 이야기겠죠. 내가 이번에 호프자동차를 방문한 목적은 우리 부품을 돌려받아 가지고 가는 겁니다."

"그 부품은 이미 돌려드릴 만한 상태가 아닙니다."

"그럼 일단 그 상태를 봅시다."

아카마쓰가 대꾸했다. 비즈니스를 하다 보면 이따금 조금도 마음을 놓을 수 없는 교섭 상황이 있다. 아무리 사소한 문제도 놓치지 않고, 눈에 불을 켜고 허점은 없는지, 상대의 발언에 숨은 뜻은 없는지, 내 주장에 오류는 없는지 살피느라 긴장해야만 한다. 아카마쓰는 지금이 바로 그런 상황이라고 생각했다.

"그건 바로 답변드리기 힘듭니다. 관련 부서에 확인해봐야 하니까요."

"그러면 여기서 확인해주실 수 없나요? 기다리겠습니다."

그러면서 아카마쓰는 앞에 놓인 차를 한 모금 마셨다.

방금 보여준, 고분고분함이라고는 눈곱만큼도 찾아볼 수 없는 사와다의 태도에서는 아카마쓰를 어떻게 구워삶을 것인지만 궁리하는 속셈이 빤히 들여다보였다.

"확인하고 오겠습니다."

"잠시 기다려주십시오"라고 하며 방을 나가려는 사와다를 아카마쓰가 불러 세웠다.

"잠깐만요, 사와다 씨. 여기 있는 전화로 확인하시면 되지 않을까요?"

뒤에서 이리저리 얼버무리면 안 된다고 생각했다.

"아뇨, 내부 이야기라" 하며 사와다가 바로 핑계를 댔다.

"제가 들으면 안 될 이야기라도 있습니까?"

며칠 전 전화 건, 지난번에 여기 왔을 때 기타무라가 보인 불손한 태도가 불쑥 머릿속에 떠오른 아카마쓰는 애써 태연한 척하며 말했다.

"저는 그냥 우리 부품을 보여달라는 겁니다. 어려운 일이 아닐 텐데요?"

"그렇게 간단한 문제가 아닙니다, 사장님."

사와다는 부드럽게 반박했다.

"경찰 의뢰로 검사했고 애당초 그건 수사 자료이기도 하잖아요?"

"경찰이 그걸 호프자동차에서 보관해달라고 한 건 아니겠죠."

참지 못하고 발끈한 아카마쓰가 말했다.

"경찰은 조사 결과만 있으면 그만일 텐데."

"죄송합니다만 경찰 문제는 저희 부서에선 파악할 수 없습니다."

사와다는 아카마쓰를 더욱 기분 나쁘게 만들었다.

고위 공무원처럼 구는군, 이놈들. 높은 자리에 앉아서 내 요구를 어떻게든 거둬들이게 하려는 속셈이 분명하다. 말이 막히면 종적 조직의 폐해를 핑계로 내세워 빠져나갈 작정이리라.

아니나 다를까, 잠시 자리를 떴다가 돌아온 사와다의 입에서는 그럴듯한 변명이 계속 튀어나왔다.

대기업 연구소라는 것이 어떤 곳인지 전혀 모르는 아카마쓰에게 사내 규정이니 비밀 유지니 하는 표현을 늘어놓았다. 일단 연구소에 보관되면 연구소 밖으로 내보내기 위해서는 윗선의 허가가 필요해지며, 경찰에도 확인을 얻어야 할 필요가 있다고도 했다.

"번거롭게 여기실지 모르지만 그건 아카마쓰 사장님을 지키기 위한 일이기도 합니다. 그만큼 엄격하게 관리하고 있다고 이해해 주실 수는 없겠습니까?"

사와다는 결국 그럴싸한 소리만 늘어놓으며 그 절차에 여러 날 필요하다고 덧붙였다.

아카마쓰는 수첩에 있는 달력을 펼쳤다.

"다음 주 월요일. 그때까지는 어떻게 되겠죠?"

"최대한 노력해보겠습니다."

면담은 거기서 끝나고 아카마쓰는 빈 경트럭을 몰고 물러나야만 했다.

7

"일단 진전이 있었다고 봐도 되겠습니까, 사장님?"

저녁, 외출했던 미야시로 전무가 돌아오기를 기다려 열린 긴급 회의였다.

호프자동차에서 나눈 이야기를 설명한 아카마쓰에게 회의에 참석한 다카시마 야스노리 총무과장이 이해되지 않는다는 표정으로 물었다.

"다음 주 월요일에 우리가 받으러 가는 건가요?"

다카시마의 질문은 여전히 꼼꼼하다.

"물건을 받을 수 있게 되면 저쪽에서 연락을 주기로 되어 있지. 그러니 재조사는 월요일 이후에 가능해. 조사를 의뢰할 상대는 결정되었나요, 다니야마 과장님?"

"일단 국토교통성에 들고 가는 게 어떨까요?"

기름때 묻은 작업복을 걸친 다니야마는 테이블 맨 끝에 모자를 벗어놓고 이야기를 듣고 있었다.

"지난번에 사장님 말씀을 듣고 이런저런 생각을 해보았지만, 민간업자의 연구 결과로는 약할 것 같다는 생각이 듭니다. 상대는 경찰이니 그들을 이해시키고 나아가 재판이라도 하게 되었을 때를 생각하면 더 공신력 있는 기관에 의뢰해야 한다고 생각합니다. 전에 무슨 책에서 국토교통성에 사고 부품을 가지고 가서 평가받았다는 이야기를 읽은 적이 있어서요."

다니야마가 하는 말이 옳다고 생각한 아카마쓰는 자세한 내용을 알아봐달라고 하고 회의를 마쳤다.

부장과 과장들이 회의실을 나가기를 기다린 아카마쓰는 미야시로 전무를 바라보았다.

"어떻게 되었죠, 전무님?"

이날, 아카마쓰가 호프자동차를 방문하는 동안 미야시로 전무는 주요 하청업체 3개사를 돌며 비용 지급이 늦어지더라도 양해를 부탁한다고 요청하기로 되어 있었다.

"하나와운수는 역시 내키지 않는 듯했습니다만, 쇼와운송과 가이힌트래픽은 일단 양해해주었습니다. 그래서 우선 연말 자금 조달은 어떻게 되겠지만 기다려준다고 해봤자 겨우 한 달쯤입니다. 그동안 무슨 수를 내지 않으면 난처하죠."

"중요한 고비로군요."

아카마쓰의 표정이 굳어졌다.

"기죽지 마세요, 사장님. 분명히 다 잘될 거라고 믿어야죠. 그 수밖에 없으니까."

당연한 말도 이렇게 미야시로 전무의 입을 통해 들으면 새삼 마음이 든든해지니 참 이상한 일이다.

그날은 오래간만에 일찍 퇴근해 쌀쌀한 주택가를 걸어 귀가했다. 거기까지는 좋았다. 하지만 현관문을 열자마자 울음소리가 들려왔다. "똑바로 이야기해!" 하는 아내의 목소리도 함께 들렸다. 다쿠로가 우는 걸까? 지칠 대로 지쳐 돌아온 집에서 자식을 야단치는 소리를 듣기는 정말 견딜 수 없었다.

"나 왔어."

현관에서 낮은 목소리로 이렇게 말한 아카마쓰는 울음소리가 나는 거실 쪽으로 갔다.

"어머, 당신. 일찍 들어왔네."

싸늘한 후미에의 목소리가 아카마쓰를 맞이했다.

다쿠로가 식탁에 앉아 눈이 새빨갛게 붓도록 울고 있었다. 그 앞에 있는 식탁 매트 위에는 거의 손도 대지 않은 저녁밥이 놓여 있었다.

식탁 옆에서 허리에 손을 얹고 서 있는 후미에는 귀가한 아카마쓰를 흘끔 보았을 뿐, 잔뜩 화가 난 표정으로 다쿠로를 노려보고 있었다. 다른 두 아이는 숨죽인 채로 어머니와 다쿠로를 지켜보고 있었다. 막내 데쓰로가 겁먹은 표정으로 의자에서 내려왔다. 그리고 아카마쓰에게 안기듯 뒤로 숨었다.

"왜 그래?"

후미에에게 물었다.

"속상해 죽겠네. 도쿠야마 씨가 전화했어. 다쿠로가 5천 엔을 훔치는 걸 본 아이가 있대. 5학년 학생들 사이에서 소문이 났고. 그렇지, 다쿠로?"

"나 아니야!"

다쿠로가 작은 주먹으로 식탁을 치며 발끈했다. 굵은 눈물이 뺨을 흘러내렸다. 얼굴은 이미 눈물범벅이었다.

"다쿠로가 아니라고 하잖아."

다쿠로가 그런 짓을 할 리 없다고 굳게 믿는 아카마쓰는 피곤하기도 해 자기 목소리가 사납게 나오는 것을 자제할 수 없었다.

"그럼 이건 뭐야!"

허리를 짚고 있던 후미에의 손에는 틀림없는 5천 엔짜리 지폐가 쥐어져 있었다. 아카마쓰는 깜짝 놀라 얼른 다쿠로 쪽을 돌아보았다.

"네 방 책상 서랍에 있었잖아. 어떻게 된 거야, 이거."

"아니야!"

다쿠로는 소리를 지르더니 번뜩이는 분노가 담긴 눈으로 후미에를 노려보았다.

"그럼 설명해. 왜 네가 이런 돈을 가지고 있어?"

"몰라!"

"다쿠로."

아카마쓰는 아들의 이름을 부르며 자기도 빈 의자에 앉았다.

"모른다고 하면 어떻게 된 건지 우리도 알 수 없잖아. 차근차근 설명해봐. 네가 돈을 훔친 건 아니잖아?"

마지막 말은 아내에게 던진 셈이었다. 어렸을 때부터 속 썩이는 일이 없던 아이다. 그런 다쿠로가 이렇게까지 엉엉 우는 모습에 아카마쓰는 놀라기도 했다. 보통 문제가 아니다.

"책가방에 들어 있었어."

잠시 뒤, 다쿠로가 훌쩍이며 말했다.

"왜 들어 있었니?"

"몰라. 그냥 보니까 들어 있었어."

"언제 알았어? 말해보란 말이야!"

아내가 다그쳤다. 말투가 사나워 다쿠로는 흘끔 후미에를 노려보았다. 손을 들어 아내를 말린 아카마쓰는 "아빠하고 이야기할까? 2층으로 가자" 하며 의자에서 일어났다.

뭐라고 하려는 후미에를 또 노려보면서 다쿠로는 아카마쓰 쪽으로 걸어왔다. 다쿠로의 방으로 들어가 둘은 침대에 나란히 걸터앉았다.

"괜찮아. 알았지, 다쿠로? 아빠 믿잖아."

작은 어깨를 껴안으며 묻자 다쿠로는 고개를 끄덕였다.

"아빠도 널 믿어. 언제 어디서든 네 편이고 도와주려고 생각해. 지금도 그렇고 앞으로도 쭉. 그러니까 숨길 일 없어. 사실대로 이야기해봐. 만약 잘못한 게 있으면 솔직하게 사과하면 되고."

꾸벅 고개를 끄덕인 다쿠로의 몸을 살짝 흔들어주며 아카마쓰가 물었다.

"책가방에 5천 엔이 들어 있었다면서? 그걸 언제 알게 된 거야?"

다쿠로의 눈이 달력으로 향했다.

"이번 주 화요일……은 아니고, 학원 갔던 날이니까 월요일."

오늘은 목요일. 사흘 전이다.

"월요일 언제쯤?"

"집에 와서. 교과서를 정리하려다가 알게 되었는데……."

"토요일, 일요일에도 들어 있었니?"

"몰라. 교과서를 넣지 않는 칸에 들어 있어서 몰랐거든. 연락장 아래 깔려 있었어."

"왜 그때 선생님에게 말씀드리지 않았지?"

다쿠로는 고개를 숙이고 기어드는 목소리로 말했다.

"그러면 내가 의심받을 텐데."

"그래서 책상 서랍에 숨겨둔 거니? 엄마한테 이야기했으면 좋을 텐데."

"엄마한테 말하는 건 더 싫어."

"왜?"

"무조건 화를 내니까."

"그래?"

점점 부모를 성가시게 여길 나이다.

"그럼 어떻게 할 생각이었어?"

잠시 뜸을 들인 다쿠로는 "다른 애들보다 일찍 학교에 가서 다들 볼 수 있는 곳에 놔두려고 했어"라고 대답했다.

"그랬구나. 그렇지만 다들 이 돈을 찾고 있어. 이걸 숨긴 건 좋지 않지. 네가 의심받더라도 정직하게 이야기했어야 한다고 생각해."

"미안해요."

다쿠로가 고개를 숙였다. 그렇지만 좀 이상하다.

"대체 누가 넣었을까? 언제 넣었는지도 문제네."

"금요일은 아닐 거야. 그날 학교에서 소지품 검사를 했으니까."

다쿠로가 말했다. 그렇다면 월요일인가?

아카마쓰는 바지 주머니에 넣어두었던 휴대전화를 꺼내 학교로 전화했다. 오후 7시가 지난 시각이었지만 다행히 사카모토 선생이 남아 있었다.

"잠깐 드리고 싶은 말씀이 있어서 찾아뵙고 싶은데 괜찮겠습니까?"

"아, 예. 그럼 기다리겠습니다."

사카모토는 조금 놀란 눈치였지만 흔쾌히 승낙했다.

20분 뒤, 아카마쓰는 교장실에서 사카모토와 마주 앉아 있었다. 다쿠로도 함께였다.

가운데 테이블에는 꾸깃꾸깃한 5천 엔짜리 지폐가 동그마니 놓여 있었다.

"다쿠로가 한 짓이 아니라고 합니다."

아카마쓰가 말했다. "그렇지?" 하고 옆에 앉은 다쿠로에게 확인하자 다쿠로가 "내가 그러지 않았어요"라고 했다. 사카모토 선생이 고개를 끄덕여주어 마음이 놓였다.

"너를 잘 알기 때문에 말하기 힘들었던 거는 이해가 돼. 그렇지만 좀 더 일찍 이야기했어야지."

사카모토는 부드럽게 나무랐다. 여왕벌의 공격을 받고 그만 눈물을 흘리던 때와 이렇게 마주 앉아 보는 사카모토는 인상이 무척 다르다.

"누가 책가방 안에 넣은 모양인데, 인제 와서 범인을 찾는 건 상황을 더 복잡하게 만들 테고……. 게다가 다쿠로가 훔치는 걸 보았다는 소문도 나돌고 있다고 하는데, 선생님은 혹시 알고 계셨습니까?"

"예, 그건 알고 있습니다."

사카모토는 차분한 표정으로 대답했다.

"누가 그런 소리를 하던가요?"

아카마쓰가 묻자 사카모토는 "그건……" 하며 말을 흐렸다.

"소문이 어디서 시작되었는지 아시나요?"

"확실한 내용을 모르기 때문에……."

사카모토는 다시 말꼬리를 흐렸다. 하지만…….

"미카가 그랬어."

다쿠로가 단정적으로 말하는 바람에 아카마쓰는 깜짝 놀랐다. 사카모토가 눈이 휘둥그레져 다쿠로를 보았다.

"왜 그렇게 생각하니, 다쿠로?"

"오늘 도쿠야마가 말했어. 미카가 그랬다면서, 네가 훔친 거 아니냐고. 너무해 다들."

그러더니 다쿠로는 닭똥 같은 눈물을 뚝뚝 흘렸다.

"내가 그랬다고 하면서 아무도 나하고 놀아주지 않고. 다들 너무해."

"선생님……."

아카마쓰는 뭐라고 해야 좋을지 몰라 사카모토를 바라보았다. 마음이 혼란스러워 무슨 대답이 필요한지, 무슨 말을 듣고 싶은지, 도무지 알 수 없었다. 자기 아들이 왕따를 당하고 있다는 사실에 충격을 받았다. 여태 말없이 참고 견딘 다쿠로를 생각하면 가슴이 찢어질 것 같다. 그리고 동시에 가타야마의 딸 미카에 대한 걷잡을 수 없는 분노가 치밀어 올랐다.

"죄송합니다. 소문이 도는 것은 사실이지만 누가 그런 소리를 하는지까지는 알아낼 수 없어서."

"알아낼 수 없었다고요? 그건 확실한 증거가 없다는 말씀인가요?"

'얼굴은 예쁘장한데 꽤 음흉하게 다른 애들을 괴롭히는 모양이야. 그러면서도 약삭빨라서 선생님도 잘 꾸짖지 못한대. 증거 없이 꾸짖으면…….'

아카마쓰는 얼마 전 후미에가 했던 말을 떠올렸다.

"역시, 여왕벌이 출동하나?"

사카모토가 멍한 표정으로 아카마쓰를 바라보았다.

"그건 이상하죠, 선생님."

아카마쓰가 말을 이었다.

"그런 문제야말로 확실하게 처리해야 하지 않습니까? 선생님은 어렴풋이 알고 계셨죠?"

"미카에게 슬쩍 물어보았지만, 아무것도 보지 못했다고, 소문에 대해서도 모른다고 했습니다."

"거짓말이죠, 그건."

사카모토는 입술을 깨문 채 고개를 숙였다.

아카마쓰는 깊은 한숨을 내쉬었다.

왜 다쿠로일까. 왜 다쿠로가 집단 따돌림을 당해야 하는가.

대체 다쿠로의 반에 지금 무슨 일이 일어나고 있는 걸까?

그때 다쿠로가 말했다.

"틀림없이 미카는 마시타의 돈을 훔친 게 누군지 알 거야. 그런데도 내가 범인이라고 퍼뜨리고 다니는 거고."

사카모토는 아주 난처한 표정을 지으며 "증거가 없어서"라고 하며 이렇게 말을 이었다.

"아드님 문제는 제게 맡겨주시겠습니까? 다쿠로가 훔쳤다고는 생각하지 않아요. 그렇다면 누군가 다쿠로의 책가방에 돈을 집어넣었다는 이야기가 되죠. 제가 미카를 불러 다시 물어보겠습니다. 그리고 이 돈은 내일 적당한 곳에 두어 마시타에게 돌아갈 수 있도록 할 테니 마음 놓으세요."

달리 방법이 없었다. 부탁드립니다, 하며 고개를 숙이고 나왔지만, 마음은 개운하지 않았다.

"용서할 수 없어, 정말."

아카마쓰의 말을 듣고 후미에는 입술을 깨물며 천장을 쳐다보았다. 그 눈에 고인 눈물을 보니 아카마쓰도 심장이 오그라드는 기분이 들어 곁에 있던 다쿠로의 어깨를 꼭 감싸 안았다.

화가 치밀어 얼굴까지 창백해진 후미에는 분을 참지 못하겠다는 듯 계속 천장을 쳐다보며 말했다.

"그렇지만 너도 잘못한 거야, 다쿠로. 네가 말을 하지 않았기 때문에……."

"인제 그만."

아카마쓰는 또 짜증이 나서 아내의 말을 가로막았다.

"어쨌든 가타야마 미카라는 아이에게 다시 물어보겠다고 했으니 기다리는 수밖에 없겠지."

교장실 의자가 뒤로 젖혀질 만큼 잔뜩 버티고 앉아 있던 오만한 여자의 모습을 떠올리면서 아카마쓰가 말했다.

"왜 미카가 그런 소리를 하고 다니니?"

후미에가 다쿠로에게 물었다.

"다쿠로, 미카하고 다퉜니?"

"그러지 않았어. 그런데도 자꾸 이상한 말만 하고 다녀. 미카는 여자아이들을 모아놓고 내 흉을 봤어."

다쿠로가 말했다.

"이상한 말이라니? 뭔데?"

"그게……."

다쿠로가 말꼬리를 흐렸다.

"뭔데? 말해봐. 말을 하지 않으면 모르잖아."

후미에가 목소리를 높이자 다쿠로는 고개를 숙였다.

"다쿠로."

아카마쓰는 아들의 어깨를 손바닥으로 툭 치며 말했다.

"괜찮으니까 말해봐."

다쿠로는 골똘히 생각에 잠긴 표정으로 발아래 바닥을 바라보았다.

"아빠가 이제 곧 잡혀갈 거라고."

아카마쓰는 얼굴이 굳어졌다. 후미에도 낯빛이 변했다.

"회사도 망할 거라고 하고, 이제 곧 우리 집은 돈이 없어질 테니 학교에도 올 수 없게 될 거라고 했어."

"미카가 그러는 걸 들었니?"

"아니."

다쿠로는 고개를 저었다.

"시모카와한테 들었어. 미카가 그렇게 이야기하고 다닌다고."

"지금 그 집에 전화해도 될까?"

발끈해서 일어선 후미에를 아카마쓰가 말렸다.

"그런다고 인정할 상대가 아니잖아."

단언해도 좋다. 자기가 불리한 이야기를 가타야마가 인정할 리 없다. 그러기는커녕 외려 '억울한 사람은 나인데 나를 원망하며 시비를 걸었다'라는 소리를 할지도 모른다. 실제로 가타야마는 지금까지 학부모회에서 가타야마가 일으킨 문제로 어설프게 반격하려던 학부모에게 치밀하고 음침한 수법으로 복수를 해왔다. 그건 이미 심술궂다고 표현할 만한 수준이 아니라 병이 아닐까 하는 생각이 들 지경이다.

"그럼! 그런 말도 안 되는 소리를 듣고 잠자코 있으라는 거야? 명예훼손으로 고소해버릴까?"

후미에가 화를 이기지 못해 뺨을 파르르 떨었다.

"당신은 화도 안 나?"

"화나지."

아카마쓰가 말했다.

"지금도 속이 부글부글 끓어. 그렇지만 이 상황에서 준비 없이 문제를 키우면 저쪽에서 예상한 그대로 되는 거야."

"그럼, 이대로 내버려 두라는 거야? 그러면 우리 애들이 너무 불쌍하잖아."

"아니야."

아카마쓰는 의연하게 고개를 저었다. 입술을 꾹 다물고, 자칫하면 터져 나올지도 모를 분노를 꾹 눌러 참느라 힘이 들었다.

"이대로 끝낼 수는 없어. 반드시 확실하게 처리할 거야."

8

"정말로 부품을 반환할 겁니까, 과장님?"

아카마쓰와 그와 같이 온 판매회사의 마스다를 배웅한 뒤, 기타무라가 물었다.

"부장대리님이 거절하라고 지시하셨으니 더 세게 거절하는 게 낫지 않았을까요?"

약간 불만이라는 표정으로 기타무라가 말했다.

"그렇게 간단한 상대가 아니야."

"그렇지만 우리를 우습게 보고 있어요. 인제 와서 부품을 돌려달라니."

아카마쓰운송의 움직임을 호프자동차에 대한 '반박'으로 보는 기타무라는 철저하게 부정적인 태도를 보였다. 기타무라는 자존심이 아주 센 친구다. 재벌 그룹에서 비즈니스를 한다는 긍지가 있다. 하지만 그건 설사 고객이라 해도 칼을 이쪽으로 겨누는 놈은 모두 적으로 간주하는 속 좁고 일그러진 자긍심이었다.

"어떻게 하죠? 부장대리님은 설득해서 포기하게 만들라고 지시하셨는데."

"뭐, 그렇군……."

한숨을 쉬는 사와다의 태도에서 뭔가 감지했는지 기타무라가 눈썹을 꿈틀 움직였다.

"지시를 내리는 쪽은 자기 손을 더럽힐 일이 없으니까. 뱃속 편하겠지."

"설마 과장님. 정말로 아카마쓰가 이야기하는 대로 부품을 반환하실 생각은……?"

사와다가 짓는 떨떠름한 표정에 기타무라는 말을 삼켰다.

"반환하는 게 100배 편해. 그렇지만 말이야, 돌려줄 수 없는 사정이라는 게 있어."

"사정이라뇨?"

대답하기 전에 사와다는 한숨을 내쉬며 고개를 저었다.

"아주 깊은 사정이 있어. 솔직하게 이야기하면 나도 잘은 몰라. 알아도 될 일인지 어떤지도 모르겠고. 어쩌면……."

모르는 게 약일지도 모른다.

하지만 사와다는 그 말을 삼키고 "가자" 하며 기타무라를 재촉했다.

"이제부터 내가 생각해서 움직일 거야. 어느 쪽이건 우리에게는 만족스러울 수 없겠지만 말이야."

기타무라는 고개를 설레설레 저으며 빈정거렸다.

"이게 우리 고객전략과의 전략이라는 건가요? 수준 높은 전략이
군요."

"이제야 알았나?"

사와다는 얼른 엘리베이터를 타고 판매부가 있는 층으로 돌아
와 바로 노사카 부장대리 자리로 갔다. 사와다의 보고를 내키지 않
는 표정으로 들은 부장대리는 아카마쓰운송의 요청을 완전히 잘
라내지 못했다는 이야기를 듣고 언짢은 표정을 지었다.

"사와다, 뭐 하는 건가? 이러면 우리 입지도 없어져."

기대에 어긋났다는 듯한 그 말투가 사와다의 가슴을 싸늘하게
찔렀다. 하지만 지금 손깍지를 끼고 시선을 허공에 던진 노사카 또
한 이 교섭 결과를 누군가에게 보고해야 한다고 고백하는 듯한 태
도였다. 보고 대상은 역시 품질보증부 가시와바라 부장 쪽일까?

호프자동차에는 이런 경우 기껏해야 고객 한 명의 클레임이라
며 잘라낼 수 없는 약점이 있다.

"어쨌든 고집이 센 상대라서. 솔직히 예상하지 못했습니다."

사와다는 일단 변명부터 하고 말을 이었다.

"다만 이렇게 생각하면 어떨까요? 우리로서도 부품을 반환하는
편이 나을 것 같다는 생각이 드는데요."

노사카는 불쾌하다는 듯이 "그게 불가능해" 하며 사와다를 외면
했다.

"왜죠?"

사와다가 끈덕지게 물었다. 대꾸가 없다. 노사카는 자리에서 일
어나 등을 돌렸다. 그 등을 향해 사와다가 말했다.

"분명히 아카마쓰운송의 클레임을 접수할 창구는 우리입니다. 하지만 아무래도 진짜 이유를 모르면서 아무 이유나 대고 대충 물리칠 수는 없습니다. 교섭이란 어떤 의미에서는 거래이기 때문이죠. 우리가 얼마나 양보해야 할지, 그걸 모르면서 까다로운 교섭을 성공적으로 마무리할 수는 없어요."

노사카는 등을 돌린 채 꼼짝도 하지 않았다. 얼마나 그러고 있었을까. 이윽고 돌아선 노사카는 무척 지친 표정으로 의자에 털썩 주저앉았다.

"네가 무슨 말을 하고 싶은지는 나도 알아."

노사카가 묵직하게 입을 열었다.

"그렇지만 네 의문에 답변해줄 수는 없어."

"일급비밀이기 때문인가요?"

"아니, 나도 모르기 때문이야."

"모르세요?"

사와다는 노사카의 지적인 얼굴을 바라보았다. 그리고 깨달았다. '모른다'라는 말은 원래 의미로 사용된 게 아니다. 노사카가 지닌 네트워크라면 품질보증부의 비밀을 알아내지 못할 리 없기 때문이다. 모르는 게 아니라 아무도 알려주지 않았다. 즉, 비밀을 공유하는 그룹에서 제외되었다는 뜻이다.

"그래, 몰라. 아니, 그보다……."

노사카는 의미심장한 눈빛으로 사와다를 보았다.

"알고 싶지도 않아."

사와다는 노사카가 자기와 같은 생각을 하고 있다는 사실을 발견하고 묘한 연대의식을 느꼈다. 하지만 그건 그거다. 사와다에게도 나름 상황이라는 게 있다. 그것은 허락되는 범위 안에서 상사나 조직에 거스를 수 있는 근거 같은 것이다.

"저도 가능하기만 하다면 그러고 싶은 마음은 굴뚝같습니다."

사와다는 부드럽게 반박했다.

"하지만 모른다고 하면 그만일까요? 우리 고객은 모른다고 하고 넘어갈 수 있을 만큼 만만한 상대가 아니에요. 품질보증부 녀석들이 상대를 너무 가볍게 여기는 것 아닙니까?"

사와다는 창끝을 슬쩍 돌렸다. 이런 것이 호프자동차의 중간관리자에게 요구되는 균형 감각이라고나 해야 할까?

자기를 비판하는 줄 알고 움츠러들었던 노사카의 굳은 표정이 풀어졌지만, 사와다의 질문에 다시 굳어졌다.

"부장님에게는 이 사실을 보고하셨나요?"

"아직이야."

역시, 그런가? 사와다는 상황이 이해되었다. 품질보증부 가시와바라와 노사카는 개인적으로 친한 사이다. 은밀하게 그냥 넘어가 줄 수 없겠느냐는 부탁이 들어왔을지도 모른다.

"부장님에게 보고하는 편이 나을 것 같습니다. 물론 아카마쓰운송은 온 힘을 다해 설득하겠습니다. 하지만 상대에 따라서는 한계가 있습니다. 만약 훗날 이게 문제가 되면 우리가 비판받을지도 몰라요."

이 지적에 노사카는 "부장에게 보고해도 네가 해야 하는 일에는 변함이 없을 텐데"라고 했다.

사와다가 왜냐고 묻기도 전에 노사카가 말을 이었다.

"부장은 품질보증부 사정을 알 테겠지. 그러니 누구 잘못인가

하는 문제는 일단 옆으로 밀어놓고, 고객 클레임을 초기에 해결할 사람은 우리, 즉 자네밖에 없다는 이야기야."

사와다는 속으로 한숨을 내쉬었다.

안과 밖. 속마음과 겉마음이 다른 회사 내부 정치가 보여주는 비정상적인 상황에는 진짜 넌덜머리가 났다. 권력 관계를 파악해 문제를 헤쳐나가는 요령이 뛰어나다고 자타가 공인하는 사와다지만 날마다 이런 이야기를 듣다 보면 도저히 견딜 수 없다는 생각이 들었다.

"그럼 품질보증부에 고객전략과 이름으로 부품 반환을 요청해도 괜찮을까요?"

마음을 굳힌 사와다의 발언에 노사카는 의자를 뒤로 한껏 젖히며 깜짝 놀란 눈으로 바라보았다.

그 눈 속에서 톱니바퀴가 돌아가는 것처럼 보였다. 이해득실을 계산하고 조직 내부 균형의 무게를 잴 수 있는 저울이 달린 톱니바퀴는 판매부와 품질보증부의 권력 관계, 그리고 가시와바라 부장과의 인간관계라는 서로 섞일 수 없는 양극 사이를 오락가락했다.

"서류는 고객전략과가 작성해서 제출하는 것으로 하겠습니다. 작성자는 제 개인 명의로 하죠. 그러면 부장대리님도 가시와바라 부장에게 체면이 서겠죠."

"거기에 품증부가 응할 거로 생각하나?"

"글쎄요."

사와다는 천천히 고개를 저었다.

"그건 어떻게 될지 잘 모르겠군요. 그냥 이번 클레임에 대응할 책임을 우리가 지고 싶지 않다고 이야기하는 것뿐이에요. 제 개인 의견으로는 부품을 돌려주는 게 당연하다고 생각합니다. 그걸 돌려주지 않을 이유를 우리가 고민하면 대응에 문제가 있다고 하겠죠. 하지만 품증부가 그걸 거절했다고 하면 이야기가 달라집니다."

노사카가 앓는 소리를 냈다.

팔짱을 낀 부장대리와 자신의 구도는 시대극에 나오는 못된 고을 수령과 장사치 같다.

"흐음. 뭐 가시와바라 부장에겐 미안해도 우리 부서로서는 앞뒤를 맞춰두는 게 좋겠군."

"나중 일을 생각하면 그게 상책일지도 모르죠."

"알았어."

노사카가 딱 잘라 말했다.

"바로 서류 작성해서 올려. 부장에게는 내가 미리 이야기할 테니까."

"감사합니다."

자기 자리로 돌아가려는데 노사카가 낮은 목소리로 말했다.

"사와다, 너도 못됐어."

'아뇨, 무슨 말씀을. 나쁜 고을 수령만큼이야 못됐겠습니까?'라고 대구해줄까?

등을 돌린 사와다는 노사카가 눈치채지 못할 정도만 얼굴을 찡그렸다.

고객전략과 과장 명의로 작성한 '사고조사 부품 반환 의뢰에 대한 대응 요청'이라고 제목을 적은 전자문서를 사와다가 송신한 때는 오후 2시. 그게 부장대리인 노사카를 거쳐 판매부장 하나하타

기요히코의 결재함으로 넘어간 때는 30분 뒤였다.

그리고 송신한 지 한 시간도 지나지 않아 하나하타 부장의 재가가 났다.

질문 하나쯤은 할 거라고 각오했는데, 맥이 빠질 만큼 간단한 과정이었다. 그 배후에는 노사카의 사전 작업이 있었을 게 틀림없지만, 품질보증부와의 대치 구도로 보면 사와다의 서류가 판매부의 이익에 이바지하리라는 사실은 의심할 여지가 없었다.

조용한, 그리고 의외로 순조로운 출발인 것처럼 보였다. 그날 오후까지는.

"사와다, 5시부터 시간 나나? 품증이 협의하고 싶다는데. 그 건으로."

드디어.

시간이 되어 품질보증부에서 지정한 회의실로 가니 먼저 와 있는 사람들이 있었다. 품질보증부의 무로이, 그 옆 상석에서 팔짱을 끼고 있는 사람은 품질보증부 부장대리인 이치노세 기미야스였다. 드디어 품질보증부를 이 건으로 정식 교섭 테이블에 끌어낸 셈이다.

"대체 이걸 어쩔 셈인가? 이 건에 대해서는 가시와바라 부장이 부탁한 거로 아는데."

사와다가 자리에 앉기를 기다려 기분이 언짢은 표정으로 이치노세가 입을 열었다.

"대충 평계를 만들어 거절하라고 무로이 과장이 이야기했지만 그리 쉽게 물러갈 상대가 아니라서요."

"대응에 문제가 있었던 게 아닌가?"

이치노세가 물었다.

"클레임이 들어왔을 때는 상대방을 자극하지 않는 게 대전제 아닌가?"

"덕분에 우리 부서가 클레임 대응은 잘한다는 소문이 났죠. 그런 문제가 아닙니다."

사와다가 불쾌감을 섞어 대꾸했다.

"그럼 어떤 문제야?"

성을 내는 이치노세에게 "권리관계입니다"라고 사와다도 분노를 담아 대답했다.

"권리관계라고?"

"그렇습니다. 아카마쓰운송이 요청한 재조사는 거절해도 되죠. 그걸 하느냐 마느냐는 우리 회사가 결정할 일이지 고객의 명령에 따를 일이 아닙니다. 그래서 그 요청은 거절했죠. 당연히 아카마쓰운송도 이해했고요. 하지만 부품 반환을 거절하라는데, 그건 애당초 무리가 있습니다. 부품은 트럭 일부이고, 그 소유권은 아카마쓰운송에 있기 때문이죠."

그러자 무로이가 초조한 듯 말했다.

"그건 다 아는 이야기이고. 그걸 어떻게든 해결하라는 거지."

"무리입니다."

사와다는 차갑게 잘라냈다.

"고객 대응에 대해 전혀 모르는 건 무로이 과장이죠. 궁금하면 다음 교섭하는 자리에 함께 나가볼까요? 아카마쓰운송을 그런 태도로 대해보시죠. 엄청난 일이 벌어질 테니."

분을 삭이지 못하는 무로이를 바라보며 사와다는 말을 이었다.

"저쪽에서 요구하는 것은 사고조사에 사용한 부품 반납뿐입니다. 그건 제가 올린 서류에 적은 그대로죠. 제 개인적인 견해입니다만, 부품을 반납하면 그만 아닌가 합니다. 애당초 반납해야 마땅하고요. 그렇지 않습니까, 이치노세 부장대리님?"

이치노세는 고개를 숙이고 팔짱을 꼈다. 테이블 위에 출력한 사와다의 서류가 놓여 있었다. 이치노세의 시선은 그 위에 꽂힌 채 꼼짝도 하지 않았다.

사와다 옆에서 노사카가 살짝 헛기침했다.

"피차 비난을 주고받기 위해 시간을 낸 게 아니니 좀 더 건설적인 이야기를 나누는 게 낫지 않겠습니까?"

그 한마디에 뜨거워졌던 열기가 내려갔다. 그 말을 받아 이치노세가 입을 열었다.

"사실 이 건은 우리도 좀 곤혹스러워서. 우리가 조사한 부품을 인제 와서 돌려달라고 하면 솔직히 곤란하지."

"이유가 뭡니까?"

사와다가 물었다. 이치노세는 흘끔 무로이와 시선을 나누었다. 이제 어떻게 얼버무리려고 나올까. 사와다는 마음속으로 대비했다. 자그마한 이치노세는 숱이 옅어진 머리를 흥분으로 붉게 물들이고 있었다.

"다른 회사에서 재조사하면 좀 곤란해."

사와다는 무로이를 노려보았다. 며칠 전, 조사에는 문제가 없었다고 우기던 기세는 어디로 가고 눈치를 살피는 눈빛이었다.

"어떻게든 반환하지 않고 넘어가고 싶어."

이치노세는 상체를 앞으로 쑥 내밀며 말했다.

"우리 부서 문제라기보다 호프자동차 전체 문제라고 생각해줘."

"가장 중요한 부분이 생략되지 않았습니까, 이치노세 부장대리님. 좀 곤란하다니요? 어떻게 곤란하다는 겁니까? 왜 그게 우리 회사 전체의 문제가 되는 건지 이해할 수 있도록 설명해주세요."

자, 이제 어떻게 나올까? 일부러 외면한 채 퉁명스러운 말투로 묻는 사와다의 시야 끄트머리에 이치노세와 무로이의 긴박한 표정이 들어왔다. 그 두 사람의 마음속에 있는 관심사는 오직 하나. 리콜 은폐. 하지만 만약 그 한마디를 입 밖에 냈다가는 간단하게 넘어갈 수 없다.

이치노세가 궁색하게 변명하는 목소리가 들려왔다.

"사고조사에서 어려운 부분은 '해석'이야, 사와다 과장. 만약 그걸 밖에 내보내 호프자동차에 악의를 품은 연구자 손에 넘어가면 자칫 우리 신용에 흠집이 날 수 있어. 그런 상황이 되면 판매부가 가장 큰 타격을 받게 되지 않을까?"

그럴듯한 거짓말이다. 사와다는 번득이는 눈빛으로 이치노세를 바라보았다.

"정말로 해석 문제뿐입니까?"

"그게 무슨 뜻인가?"

이치노세는 뜻밖이라는 듯한 말투로 물었다.

"말 그대로입니다. ……그런데 두 분에게 중요한 질문을 하고 싶군요. 이 질문에 대한 답만 들으면 나머지는 아무 문제없습니다."

무로이는 당장이라도 덤벼들 듯한 자세를 취했다.

"우리 쪽 과실은 없는 거겠죠?"

사와다는 그렇게 말하고 두 사람의 표정을 아주 사소한 변화라도 놓치지 않겠다는 듯이 노려보았다. 하지만 사와다가 예상한 머뭇거림 같은 것은 발견할 수 없었다.

"어지간히 하지, 사와다."

분노가 담긴 무로이의 목소리가 모든 것을 부정했다.

"그런 일이 있을 리 없잖아. 사와다, 너 우리 품질보증부를 우롱하는 거야?"

"설마요. 다만 지금 들은 이야기는 서류 형태로 정식 답변을 받고 싶습니다. 나중에 사실 확인을 할 수 있도록."

사와다는 화를 내는 무로이와 달리 태연하게 말했다.

"뭐야?" 하고 눈을 부라리는 무로이에게 차분한 목소리로 "아, 진정해"라고 하며 옆에 앉은 노사카가 끼어들었다. 마치 배우 같았다.

"그쪽에서는 어떻게 생각하는지 모르지만, 판매부는 이 건을 중요하게 보고 있어. 사와다 과장이 굳이 서류를 만들어 돌린 것도 그 때문이지. 기록을 남겼으면 해. 수고스럽겠지만 하나하타 부장님의 의향도 있으니 꼭 그렇게 해주면 좋겠군."

"이봐, 노사카. 가시와바라 부장이 네게 직접 부탁했잖아?"

이치노세가 약점을 찌르고 들어왔어도 노사카는 재빠른 처신 전환을 보여주었다.

"상황이 바뀌었지. 아까 가시와바라 선배에게 전화로 이야기했어. 어쨌든 아카마쓰운송 쪽에 부품을 반환할 수 없다면 그 이유를 정확하게 명시하고 어떻게 대응하는 게 바람직한지 적어줘. 그다음에 우리가 대응할 테니까."

품질보증부 2인조는 당장이라도 덤벼들 듯한 표정으로 노사카를 노려보았다. 이윽고 더 붙들고 늘어져봤자 상황이 호전되지 않을 거라고 깨달았는지 한숨과 함께 이치노세 부장대리는 의자 등받이에 털썩 기댔다.

"사와다 과장이 발신한 거로 되어 있지만, 하나하타 부장님 의향이라면 어쩔 수 없지. 무로이 과장이 서면으로 답변하기로 하지. 그러면 되겠나?"

무로이는 불만스러운 표정을 지었지만, 사와다는 당연히 토를 달지 않았다. 유력 임원을 많이 배출해 호프자동차의 '성역'으로 불리는 품질보증부에 한 방 먹였다. 쌤통이다. 사와다는 속으로 싱글벙글했지만 그렇다고 아카마쓰운송과의 교섭이 면제되지 않는다는 사실도 잘 알고 있었다.

무로이는 부품 반환 거절이라는 결론을 써줄 것이다. 지금까지는 노사카의 지시를 받아 움직였다고 해도 앞으로는 판매부로서, 나아가 호프자동차의 뜻을 대표해 아카마쓰에게 그걸 이해시켜야 한다.

그런데…….

회의실을 나온 사와다는 생각에 잠겼다. 기껏해야 부품 하나를 두고 벌어진 이 어처구니없는 소동은 대체 무엇일까.

품증부에 한 방 먹이고 싶은 판매부와 부정하지만 뭔가 숨기는 게 분명한 품증부의 꿍꿍이가 얽혀 부서 대 부서의 갈등으로 발전하는 이 우스꽝스러운 관료적 체질은 리콜 은폐가 들통난 지 3년이 지나도록 전혀 바뀌지 않은 게 아닌가? 근거 없는 엘리트 의식, 문제가 생기면 개선하기보다 은폐한다. '호프에 없으면 다른 데도 없다'라고 거리낌 없이 이야기하는 오만불손한 재벌 그룹 안에 있어서 불상사를 일으킨 뒤에도 체질을 바꾸기는 분명히 쉬운 일은 아니지만.

한편 썩어서 과감하게 버려야 할 체질 때문에 한숨을 내쉬면서도 어느 틈엔지 다른 부서와의 권력 투쟁에 그런 체질을 이용하는 자기 모습을 떠올리면 사와다도 쓴웃음을 지을 수밖에 없다.

나도 포함해 이놈이고 저놈이고 정말 어처구니없는 멍청이들이다. 사와다는 자신을 비웃었다.

사와다가 예상대로인 무로이의 회답서를 받아들고 '아카마쓰운송에는 우리 부에서 교섭해 상대를 설득해달라'고 하나하타로부터 직접 명령을 받은 것은 주초였다.

9

호프자동차의 사와다는 아카마쓰의 휴대전화로 직접 전화를 걸었다. 새로운 주가 시작된 월요일 오전이었다.

"연락이 늦어져 죄송합니다. 지난번에 말씀하신 건으로 전화했습니다."

그렇게 말문을 연 사와다와 이튿날인 화요일 오후에 만나기로 약속했다. 아카마쓰운송을 둘러싼 환경은 긴박해 느긋하게 기다리고 있을 여유가 없었다.

그날 약속한 오후 2시에 사와다는 밴을 몰고 나타났다. 오테마치까지 마중하러 나가겠다는 아카마쓰에게 사와다는 굳이 직접 아카마쓰운송으로 가겠다며 물러서지 않았다. 긴장한 얼굴로 운전대를 잡은 사람은 판매회사의 마스다였다. 아마 길 안내를 맡아 중간에 만난 모양이다. 밴은 아카마쓰운송 안으로 들어오더니 부지를 천천히 가로질러 사무실 앞 주차장에 바로 멈췄다.

지독하게 추운 날이었다. 운전석에서 내린 마스다는 목을 잔뜩 움츠리고 아카마쓰와 눈이 마주치자 로봇처럼 뻣뻣한 동작으로 인사했다. 사무실 안에서 지켜보니 마스다는 차 뒷부분 해치를 올리더니 거기서 꺼낸 밀차 위에 큰 상자를 실었다. 사와다는 그 작업을 거들었다. 이윽고 해치를 닫은 뒤 그 밀차를 끌고 사무실로 들어왔다.

"지난번에는 실례가 많았습니다."

응접실로 들어온 사와다는 정중하게 고개를 숙이고 동석한 미야시로 전무와 명함을 교환하더니 권하는 소파에 앉았다.

"부품이 저희 부서에 넘어오기까지 시간이 오래 걸렸습니다."

잡담은 전혀 없었다.

"어쨌든 우리 부품을 돌려받으면 그걸로 됐습니다."

아카마쓰가 말하며 사무실 한쪽에 쌓인 골판지 상자를 슬쩍 보았다. 이제야 돌아오다니. 마음이 놓이기는 했지만 이렇게까지 하지 않으면 부품 하나 반환받을 수 없는 건가, 하는 불만은 남았다.

"사실은 그 문제로 잠깐 의논드리고 싶은 이야기가 있습니다."

"의논?"

재조사에 관한 무슨 주문 사항이라도 있는 걸까? 이상하다는 생각을 하는데 마스다는 여우처럼 생긴 얼굴을 찡그리며 살짝 헛기침했다. 사와다가 말을 이었다.

"품질보증부에 문의했더니 말씀드리기 참으로 힘들지만, 부품 제출은 어렵다는 이야기라서."

"무슨 소리지, 그게?"

거친 목소리로 물으며 고급스러운 양복을 입은 사와다를 노려보았다. 사와다는 면목 없다는 표정을 지으며 괴로운 듯이 말을 이었다.

"저어, 실례지만 사장님은 반환된 부품으로 재조사하려는 것 아닙니까?"

"어떻게 쓰던 내 마음일 텐데."

화가 난 아카마쓰에게 사와다는 "그게 매우 곤란해서요."라고 말했다.

"곤란해? 뭐가 곤란하지?"

아카마쓰는 화가 치밀었다.

"사고 원인에 대해서는 저희가 이미 한 차례 조사했습니다. 즉, 조사 과정에서 부품에 손을 댔기 때문에 처음 저희가 받은 상태가 아니죠. 그런 상태의 부품을 다른 연구기관에 가지고 가시면 그릇된 결과가 나올 가능성도 있습니다. 그렇게 되면 저희 조사의 신빙성도 의심받게 될지도 모릅니다."

"무슨 그런 말도 안 되는……!"

아카마쓰가 아니라 동석한 미야시로 전무의 입에서 튀어나온 말이었다. 입을 멍하니 벌린 채 사와다를 바라보았다. 아카마쓰도 같은 심정이었다. 벌어진 입이 다물어지지 않았다.

몸을 앞으로 구부린 아카마쓰가 말했다.

"사와다 씨, 조금 전에도 말했는데 부품을 어떻게 쓰던 우리 맘이야. 그런 건 당신들이 걱정할 거 없어. 내친김에 이야기하자면 돌려줄 것인가 말 것인가는 당신들이 결정할 일이 아니라고."

"그건 좀 아니라고 생각합니다, 사장님."

사와다가 반론을 펼쳤다.

"저희는 국토교통성에 보고할 의무가 있어서 조사 결과는 그만큼 신뢰성을 보장합니다. 그런 조사 결과에 의문이 제기될 수 있는 일에 협조했다는 사실이 밝혀지면 저희 태도가 문제가 되기 때문에."

"그게 말이 되나? 어이가 없네."

아카마쓰는 단호하게 잘라 말했다.

"당신이 하는 말은 그럴지도 모르겠다거나 하는 그런 수준의 이야기뿐이잖아? 어떻게 될지도 모르는 이야기를 핑계로 내세우는 까닭은 달리 반환할 수 없는 이유가 있기 때문 아닌가? 진짜 이유 말이야."

진짜 이유가 무엇을 말하는 거냐고 물을 줄 알았는데 사와다는 입을 다물었다. 이 녀석은 묘하게 대화의 초점을 흐리며 조절하고 있다. 그걸 깨달은 아카마쓰는 그 간교함에 화가 나 두들겨 패고 싶은 충동을 느꼈다.

"아카마쓰 씨, 제 말 좀 들어보세요."

지금 하는 말이 진짜 중요하다는 듯이 사와다가 몸을 앞으로 디밀며 아카마쓰의 눈을 들여다보았다.

"심정은 이해가 됩니다. 화나는 게 당연하시죠. 저도 마음이 괴롭습니다. 그렇지만 제게도 입장이라는 게 있어 이런 말씀을 드리기는 하는데, 사실 부품을 돌려드리고 싶은 마음이 굴뚝같습니다."

사와다는 교묘한 말주변으로 회유하기 시작했다.

"다만 부품을 반환한다, 하지 않는다, 하는 이야기를 되풀이해봤자 아무 도움도 되지 않습니다. 사고 책임을 명확하게 하고 싶다는 아카마쓰 사장님의 심정은 이해가 되지만, 돌아가신 분이 돌아오는 것은 아니고, 사고로 타격을 받고 있기는 저희도 마찬가지입니다. 그래서 제안드리는데, 이제 슬슬 다음 일을 생각하시는 게 어떨까요?"

"다음 일이라고?"

팔짱을 긴 아카마쓰에게 사와다는 눈썹을 팔자로 모으고 하소연하듯 말을 이었다.

"새 부품을 가지고 왔습니다. 지난번 사고 난 트레일러와 같은 모델의 부품을 귀사에서 사용하고 있다는 이야기를 마스다 씨에게 들었죠. 만약 괜찮으시다면 다른 트레일러들 부품도 교환해주십사 해서. 이게 간단한 이야기는 아니라고 생각하고, 이 건에 대해서는 그간 여러모로 실례가 될 말씀을 드리고 말았습니다. 그 점에 대해서는 이 자리를 빌려 깊이 사과드립니다. 하지만 사장님, 이제 앞날을 생각하셔야죠. 계속 사고에 얽매여봤자 좋은 결과로 이어지지는 못하지 않을까요?"

상대를 구워삶으려고 기를 쓰는 사와다의 이야기를 아카마쓰는 말없이 흘려들었다.

사와다가 입을 다물자 갑자기 침묵이 찾아왔다. 그가 대답을 원하는 눈빛을 보냈다. 아카마쓰가 입을 열었다.

"그 사고가 모든 걸 바꾸어놓았지. 인제 와서 시간을 되돌릴 수도 없고. 하지만 인간에겐 넘어서지 않으면 도저히 앞으로 나아갈 수 없는 장애물이 있어. 회사도 마찬가지지. 우리 회사로서는 그 사고의 진상 규명이 바로 그 장애물인 셈이지"

"우리 회사의 조사 결과를 믿지 못하시겠습니까, 사장님?"

"믿을 수 없어."

아카마쓰가 딱 잘라 거절했다.

"그렇게 하면 우리 직원들이나 가족들에게 얼굴을 들 수 없지. 내겐 믿는 게 있어. 당신이 당신 회사를 믿듯이. 우리 중소기업들은 말이지, 끝났으니 잊자는 식으로 간단하게 움직여서는 살아남을 수 없어. 과거는 바꿀 수 없어도 재평가는 가능해. 지금 우리에게 필요한 건 바로 그거야. 그 사고는 사람 목숨을 앗아갔어. 그 사람은 이제 돌아올 수 없지. 그리고 사람들은 그 책임이 우리에게 있다고 생각하지. 당신은 사고에 얽매여봤자 좋은 결과로 이어지지 않는다고 했지만, 그렇지 않아. 사고라는 과거를 제대로 마주하지 않으면 이제 우리는 살아남을 수 없어. 중소기업은 늘 벼랑 끝을 걷고 있다고."

옆에 있는 미야시로 전무는 눈을 꾹 감고 팔짱을 낀 채로 움직이지 않았다. 그 뺨이 살짝 떨리는 까닭은 이를 악물고 있기 때문이다.

"성의를 받아주시지 않겠습니까, 사장님? 이렇게 부탁드리겠습니다."

사와다는 테이블에 이마가 닿을 지경으로 고개를 숙였다. 그 모습을 본 마스다도 "저도 부탁드리겠습니다" 하며 따랐다. 정에 흔들리고 말 것 같은 안쓰러운 태도. 그럴싸한 화술. 하지만 아카마쓰가 원하는 것은 거기 없었다.

"그만 고개를 드시지, 사와다 씨. 그렇게 나오면 곤란한데. 사과는 됐고, 부품을 돌려줘."

아카마쓰가 냉담하게 말했다.

"그러니까 그게……."

"그게 누구 부품이야!"

아카마쓰가 버럭 소리를 지르자 사와다는 숨을 죽였다. 마스다는 펄쩍 뛸 듯 놀라 눈이 휘둥그레졌다.

"지금 확실하게 해두자고. 그 부품은 우리 트럭에 달려 있던 물건이지. 트럭은 아카마쓰운송 소유물이야. 그쪽 회사에 부탁한 건 수리야. 교환 부품을 달라고 한 게 아니란 말이야."

"그건 지당한 말씀이지만, 부디 대체품으로 양해를 해주실 수 없겠습니까?"

다람쥐 쳇바퀴 돌기다.

"그럴 수는 없어."

단호하게 쳐낸 아카마쓰는 이렇게 말을 이었다.

"돌려주고 돌려주지 않고는 호프자동차가 판단할 문제가 아니야. 부서졌건 어떻건 그 부품은 우리 거야. 그걸 돌려주지 않는 건 법률 위반이지 않나?"

사와다가 입술을 꾹 깨물었다.

"정 원한다면 누구 말이 옳은지 공개적으로 가려볼까?"

아카마쓰가 거칠게 묻자 잠자코 있던 사와다가 중얼거렸다.

"저희 성의를 받아주시지 않는다니, 안타깝군요."

"오늘내일로 부품을 반환해, 알겠나?"

"그건…… 어렵겠습니다."

사와다는 단호하게 말했다.

"소유권이 우리에게 있다고 했잖아."

아카마쓰가 대들듯 말했다.

"그건 압니다. 하지만……."

"그럼 법적인 조처를 하겠어. 그래도 되겠지?"

입을 꾹 다문 사와다가 체념한 듯이 한숨을 내쉬었다.

"어쩔 수 없군요. 하지만 그렇게 해서 상처를 입는 쪽은 아카마쓰운송이 아닐까요? 재판으로 넘어가면 시간도 들고 돈도 듭니다. 귀사가 그러고 있을 여유가 있겠습니까?"

"뭐라고!"

사와다를 노려보며 몸을 들이미는 아카마쓰를 그때 눈을 번쩍 뜬 미야시로 전무가 가로막았다. 아카마쓰는 불끈 성을 내며 의자에 몸을 던졌다. 그리고 분노에 떨리는 목소리로 말했다.

"부품을 돌려주지 않는 다른 이유가 있겠지. 내가 분명히 이야기하지만, 그쪽에서 정비 불량이라는 결론을 낸 트럭은 정비를 제대로 받았어. 이건 자신 있게 이야기할 수 있지. 그걸 정비 불량으로 처리하고 넘어가려는 데에는 틀림없이 다른 이유가 있기 때문이야. 아닌가?"

기를 쓰고 설득하려 들 때와는 완전히 다른 태도로 변한 사와다는 등을 쭉 펴고 아카마쓰와 대치했다.

"무슨 근거로 그런 말씀을 하시는지 모르겠군요."

"근거는 부품을 반납하지 않는다는 사실이지. 자, 사실대로 이야기해주지 않겠나, 사와다 씨? 사실은 호프자동차의 구조에 결함이 있는 거 아니야?"

"설마. 그런 일 절대 없습니다!"

사와다는 부정했다.

하지만 이어진 아카마쓰의 반론에 그 의연했던 표정이 미묘하게 흔들렸다.

"정말 그렇다면 괜찮겠지만. 그런데 우리뿐만이 아니야, 호프자동차 사고는. 예를 들면 반년 전에도 다카사키에서 비슷한 사고가 있었지. 그 사고로 트럭을 운전하던 기사는 두 다리를 절단하는 중상을 입었어. 커브를 돌다가 타이어가 빠졌다더군. 타이어가 그렇게 툭하면 빠지는 물건인가, 사와다 씨? 당신 회사 타이어는 하늘을 날아다니나?"

아카마쓰를 뚫어지게 바라보는 사와다의 표정에서 조금씩 핏기가 사라져갔다.

"그 부품은 가지고 돌아가. 그리고 다시 한번 윗사람과 의논해. 반환을 거부하고 그냥 넘어가려고 생각하면 큰 오산이야. 상대가 중소기업이라고 얕보지 마."

아카마쓰는 자리를 박차고 나갔다.

아카마쓰운송을 나온 사와다는 밴 조수석에 올라타자마자 기분 나쁜 표정으로 입을 다물고 있었다.

교섭은 실패로 끝났지만 지금 사와다가 마음에 걸리는 것은 아카마쓰가 군마에서 일어난 사고를 입에 올렸다는 사실이었다.

그 사고를 아카마쓰가 파악하고 있으며, 게다가 이번 모자 사상 사고와 그 사고를 연결 짓고 있다는 상황에 충격을 받았다.

아카마쓰운송에 부품을 반환할 수 없다는 사실을 받아들이게 하면 넘어갈 수 있을 거라는 품질보증부, 아니 호프자동차의 의도는 완전히 어긋나고 말았다.

원래 별개로 처리되었기 때문에 관련성을 의심해서는 안 될 사고였다. 그런데 그게 다른 사람도 아닌 아카마쓰 사장 입에서 튀어나왔다. 내심 품증부에 대한 불신이 있었던 만큼 사와다가 느낀 위기감은 보통이 아니었다.

짐칸에 쌓은 부품의 무게에 푹 주저앉은 밴이 느릿느릿 세타가야 주택가 안을 나아갔다. 차창 밖으로 지나가는 고급 주택가의 풍경은 전혀 눈에 들어오지 않았다. 사와다는 지금 호프자동차가 놓인 상황에 대한 계산으로 머릿속이 가득했다.

얼핏 보기에 평온한 바다를 항해하는 듯이 보이지만 지금 그 수면 아래에서는 기분 나쁜 소용돌이가 점차 거세지면서 호프자동차를 휘감기 시작한 느낌이 들었다. 문득 아카마쓰의 말이 머릿속에 떠올랐다.

'중소기업은 늘 벼랑 끝을 걷고 있다고.'

하지만 3년 전 악몽을 잊지 못하는 사와다가 보기에 그게 꼭 중소기업에만 한정된 이야기 같지는 않았다.

벼랑 끝을 걷기는 대기업도 마찬가지다. 만약 지금 그때와 마찬가지로 리콜 은폐가 들통난다면 안 그래도 실적 부진 때문에 허덕이는 호프자동차는 잠시도 버티지 못한다. 고객을 직접 만나는 부서에 있는 사와다이기 때문에 더욱 절실하게 느낀다.

지금, 모든 회사의 행태가 분명히 바뀌고 있다.

자기 회사의 문제를 숨겨서는 안 된다. 오히려 분명하게 밝히는 길 이외에 고객의 신뢰를 붙들어놓을 방법은 없다. 그건 자동차산업만이 아니라 모든 산업에 공통된 인식이 되어 있다. 부정이나 실수, 결함을 지적받으면 손해다. 그렇게 되기 전에 스스로 발표하고 사죄하지 않으면 엄청난 대가를 치르게 된다.

회사로 돌아온 사와다는 "잠깐 품증부에 다녀올게" 하는 말을 기타무라에게 남기고 판매부를 바삐 나섰다. 다른 층에 있는 품증부 문을 거칠게 연 사와다는 안쪽에 있는 무로이의 책상으로 돌진했다.

서류를 읽던 무로이는 사와다를 보더니 혐오감을 드러냈다.

"그건 어떻게 되었나? 저쪽에서 요구를 받아들였어?"

사와다는 무로이를 노려보았다.

"아카마쓰가 군마에서 일어난 사고를 조사했던데? 자기네 사고와 뭔가 관계가 있지 않은가 해서."

무로이의 얼굴에서 표정이 사라졌다. 불안한 듯 안경을 중지로 밀어 올렸다.

"아무런 관계도 없어."

사와다는 결국 이 말을 하고 말았다.

"표면적으로야 그렇겠지. 그렇지만 한 가지 이야기해두지. 나는 관계가 있다고 생각해."

사와다가 싸늘하게 말했다. 그리고 돌아서서 부근에 있던 직원에게 사고 조정 보고서가 있는 곳을 물어 그 캐비닛 앞으로 갔다.

"어쩔 작정이야?"

무로이가 경계하며 물었다.

"지금까지 어떤 사고가 있었는지 확인하겠어. 내 눈으로 직접 확인하지 않으면 이해하지 못하는 성격이라서 말이야."

"멋대로 해."

무로이가 내뱉은 말은 귀에 들어오지도 않았다. 기타무라에게 연락해 바로 골판지 상자와 밀차를 가지고 오라고 하고, 서류를 잔뜩 싣고 품증부를 나왔다.

그날 밤, 오후 11시가 지난 시각. 직원들이 대부분 퇴근해 텅 빈 사무실에서 사와다는 혼자 멍하니 허공을 바라보고 있었다.

책상 양옆에는 품증부에서 가져온 서류가 산더미처럼 쌓여 있어 책상 위는 기록용 노트북 한 대 놓을 공간을 제외하면 서류가 잔뜩 어질러져 있었다.

지난 3년간 타이어가 빠지는 사고로 품증부가 조사한 것은 모두 24건이었다.

그 가운데 뭔가 문제가 있었던 것으로 평가된 것은 겨우 7건. 그것도 모두 품증부 평가는 'S2'나 'S3'라는 가벼운 상태에 머물러 리콜할 필요가 없다고 결론을 내렸다. 다카사키에서 일어난 사고를 포함한 다른 17건은 사용자 측의 정비 불량이라는 결론을 냈다. 아카마쓰운송도 그 가운데 하나로, 내용은 국토교통성에도 보고되었다.

다른 사고 회사가 아카마쓰운송처럼 트러블을 일으키지 않은 까닭은 호프자동차의 조사 결과에 대한 사회적 신뢰가 있기 때문이며, 다른 이유로는 정비 불량으로 평가된 사용자는 그 결과를 뒤엎기가 쉽지 않다는 현실적인 사정도 있기 때문이 아닐까 하는 생각이 들었다.

정비 불량에 따른 허브 파손.

보고서에 등장하는 눈에 익은 문구다.

보고서 더미에 둘러싸여 사와다는 확신했다.

여기 숨겨진 진실이 밝혀진다면 틀림없이 호프자동차는 숨통이 끊어지고 만다.

10

'톱니바퀴'라는 말에는 좋은 느낌이 들지 않는다.

조직의 톱니바퀴. 인생의 톱니바퀴가 고장 났다. 이런 식으로 사용되는 톱니바퀴란 단어는 자기 의사도 없고 자유도 없는 느낌이다. 그렇지만 없어서는 안 될 필수품이다. 그저 마모되어갈 뿐인, 하잘것없는 부품이다. 쓰고 난 뒤에 내다 버리는 소모품이다.

하지만 결국 사람은 모두 톱니바퀴다.

회사나 가정에서나 반드시 있어야 할 톱니바퀴다. 쉴 새 없이 일해야 하는 톱니바퀴다. 톱니바퀴라고 하면 작고 힘없는 느낌이 들지만, 그게 맡는 역할은 매우 중요하다. 고장이 나도 안 되고, 항상 정밀한 리듬에 따라 움직여야 한다.

그 사고 때문에 아카마쓰를 둘러싼, 그리고 아카마쓰 자신이 맡고 있던 톱니바퀴의 리듬이 이상해졌다.

이상하다.

한번 고장이 난 톱니바퀴는 손을 쓸 수도 없이 폭주하고, 잘 움직이던 전체를 망가뜨려 엉망으로 만들고 만다. 회사에만 그치지 않고 사생활까지도.

직원들이 모두 퇴근한 사무실에서 아카마쓰는 혼자 생각에 잠겨 있었다. 이따금 밖에서 휘몰아치는 겨울철 찬바람 소리를 들으며 미야시로가 올린 자금 조달표와 외상판매 장부를 펼쳐놓고 있었다.

사와다를 만난 자리에서 할 이야기는 최소한 했다. 하지만 그렇다고 상황이 나아진 것도 없다. 아카마쓰운송을 둘러싼 환경은 오히려 더 나빠졌다.

호프자동차의 수법은 비열했지만 그렇다고 재판을 걸어 법적수단에 호소하기에는 시간이 너무 오래 걸린다. 그러면 자금 조달에 문제가 생긴다.

설사 새 거래처를 뚫는다고 해도 대금 회수까지는 최소 2·3개월은 걸린다.

그렇게 생각하면 아카마쓰운송은 이미 이러지도 저러지도 못할 곤경에 처해 있는 셈이다.

이 위기를 어떻게든 벗어나려면 돈을 빌릴 수밖에 없다. 돈이 있으면 일단 회사 경영은 돌아간다.

하지만 지금 아카마쓰운송에 돈을 빌려줄 은행은 어디에도 없다.

아까부터 아카마쓰는 머릿속에 떠오르는 생각을 지워내느라 기를 썼다.

사채였다.

'사채를 쓸까? ……안 돼. 사채에는 손을 대면 안 돼.'

그런 갈등 때문에 아카마쓰는 마음이 크게 흔들리고 있었다.

아카마쓰운송의 이익률은 매출 대비 몇 퍼센트밖에 되지 않는다. 즉, 100만 엔어치 매출을 올려도 벌어들이는 돈은 몇만 엔뿐이다.

하지만 사채 금리는 아무리 낮아도 10몇 퍼센트. 일반적인 비즈니스 감각으로 이야기하자면 터무니없이 높다. 이런 자금을 빌리면 영업 이익을 대부분 잠식할 뿐 아니라 원래 자기 급여로 돌려야 할 돈까지 뜯긴다.

'하지만 직원 급여만이라도 줄 수 있지 않을까?'

아카마쓰는 스스로 답했다.

이때 머릿속에 떠오른 것은 무뚝뚝하지만 일에 몰두하는 가도타의 모습과 배가 불룩한 가도타 애인의 모습이었다. 그 아가씨의 이름은 지카, 지짱이다. 출산한 뒤에 결혼식을 올릴 거라고 했다.

내가 지켜주지 않으면 누가 지켜준단 말인가. 아카마쓰는 그렇게 생각했다. 하지만 당장 급하다고 사채를 얻는 게 직원을 지키는 길인가? 가도타를 비롯한 직원들이 땀 흘려 번 돈을 이자로 날려버려도 괜찮은 걸까? 그런 경영밖에 할 수 없는 건가, 나는?

아카마쓰의 고민이 점점 심해졌다.

그때 울린 전화벨 소리가 아카마쓰를 도로 현실로 끌어냈다.

"지난번에는 결례가 많았습니다. 다카사키의 고다마입니다."

고다마? 아카마쓰는 잠깐 상대가 누군지 기억해내지 못했지만 '다카사키'라는 한 마디에 떠올렸다. 다카사키 시내에 있는 고다마통운의 사장이다. 그 트럭 사고가 났던…….

"아, 저야말로 실례가 많았죠. 그때는 정말 감사했습니다."

아카마쓰는 수화기를 쥔 채 등을 쭉 폈다.

"사실은 낮에 그쪽에서 전화를 주셨다고 해서. 제가 자리를 비웠거든요."

"전화요?"

아카마쓰는 아니다. 누구지?

"도리이 씨라는 분이었습니다. 우리 영업 담당자가 연락을 받은 모양인데, 제게 연락 부탁한다고 했대서."

도리이가……? 무슨 일로 고다마통운에 전화했는지 도무지 알 수 없는 아카마쓰는 모호하게 대답할 수밖에 없었다.

"그러셨어요? 아, 죄송합니다. 실은 도리이가 무슨 용건으로 연락을 드렸는지 제가 잘……."

그러자 고다마가 뜻밖의 말을 했다.

"하도급을 받을 수 없겠느냐는 용건이었다고 하네요. 아마 우리 같은 규모의 운송회사에 일일이 전화를 거는 중이었던 모양입니다. 마침 영업 담당자가 아카마쓰 사장님이 전에 방문하셨던 사실을 알고 있어서 어떻게 할지 제게 묻더군요."

"아, 그랬습니까……?"

아카마쓰는 말꼬리를 흐렸다. 고다마통운이란 이름은 지난번 회의 때 잠깐 입에 올렸을 뿐이다. 그런 회사에까지 일을 달라고 전화하다니. 지푸라기라도 잡으려는 심정이었을까?

"바쁘실 텐데, 고다마 사장님을 번거롭게 해드려 죄송합니다."

아카마쓰는 수화기를 고쳐 잡고 머리를 깊숙이 숙였다.

"부끄러운 이야기입니다만 사고 영향으로 업무량이 줄어들었습니다. 영업 담당을 독려했는데 설마 고다마 사장님에게까지 연락이 갔을 줄은 몰랐네요. 뭐라고 말씀을 드려야 할지 정말로……."

"저야말로 면목이 없습니다."

고다마가 말했다.

"저번에 아카마쓰 사장님이 오셨을 때 제 입장만 생각해 진상을 밝혀달라는 말씀을 드렸는데 생각해보니 그런 사고가 있었던 뒤 아니겠습니까? 힘든 상황이겠구나 하는 생각이 들어서, 만약 괜찮으시다면 그 영업 담당자를 저희 쪽에 보내주실 수 있겠습니까?

가능한 범위 안에서 협력해드리고 싶습니다."

뜻하지 않은 제안에 아카마쓰는 정말 고마워서 "감사합니다"라는 말이 절로 나왔다.

"그 대신이라고 말씀드릴 수는 없겠지만, 사장님은 호프자동차 건을 어떻게든 끝장을 보십시오. 사실은 제가 직접 해야 할 일을 사장님에게 부탁드리는 셈이니 저도 능력이 닿는 만큼 지원해드리겠습니다. 저희는 어중간하게 끝내고 말았는데 사장님이라면 제대로 진상을 규명하실 수 있을 거로 믿습니다. 어쨌든 전화로는 곤란하니 한번 그 영업 담당자를 만나서 가능한 일이 무엇인지 의견을 들어보기로 하죠."

"감사합니다. 저도 함께 찾아뵐 테니 잘 부탁드리겠습니다. 정말 감사합니다, 고다마 사장님."

아카마쓰는 떨리는 목소리로 말했다.

고다마가 아카마쓰를 위해 준비해준 일은 마에바시와 가와사키 사이의 대형화물 수송이었다. 고다마통운의 주요 거래처가 발주한 운송 업무인데 배차 문제 때문에 바로 처리할 수 없어 하청업체를 찾아야 할 필요가 있었다고 한다. 이튿날 도리이와 함께 찾아간 자리에서 그 일을 맡기로 한 것은 말할 필요도 없다. 하지만 그뿐만이 아니었다.

"아, 맞다. 아카마쓰 사장님. 사실은 거래 은행에서 신규 거래 회사를 소개해줄 수 없느냐는 요청이 있었는데 혹시 관심 없으세요?"

아카마쓰는 머릿속이 멍했다. 관심이고 뭐고 은행 문제 때문에 곤란을 겪고 있던 참이다.

그렇지만 아무리 우량기업인 고다마통운의 거래처라고는 해도 우리를 상대해줄까? 주거래 은행에서도 외면당하는 회사인데.

　반신반의하던 아카마쓰에게 고다마통운이 소개해 연락한다면서 하루나은행 가마타 지점에서 전화가 걸려온 것은 그 이튿날이었다.

제5장

재벌 그룹 계열 명문기업이라고?
죄벌 그룹 계열 맹물기업이다

1

누가 이름을 불렀다.

고개를 들었다. 재미있다는 듯이 내 얼굴을 들여다보는 에리코와 눈이 마주쳤다.

"다른 세상에 다녀오셨나?"

"아, 그런 모양이야."

잠깐 멍하니 있던 사와다는 손에 들고 있던 와인 잔을 살살 흔들고 한 모금 마신 뒤 테이블에 내려놓았다.

자정이 다 되어서야 귀가했다. 잔뜩 예민해진 상태라 잠이 올 것 같지도 않아 아내를 꼬드겨 와인을 한 병 따서 마시기 시작한 것까지는 좋았는데 도무지 대화에 집중하지 못한 채, 문득 정신을 차리니 계속 같은 생각만 하고 있었다.

사고조사 보고서 생각이다.

최근 3년 사이에 일어난 24건의 사고조사 보고서를 훑어본 사와다는 거기에 숨겨진 진상을 예감하고, 심상치 않은 불안에 휩싸였다. 동시에 복잡한 파벌 의식 또한 의식을 어지럽게 만들어 호프 자동차라는 회사의 일원으로서, 또 품증부와 상대하는 판매부의 일원으로서 어떻게 행동해야 좋을지, 마음을 굳히지 못하는 자기 모습을 발견했다.

호프라는 이름이 붙은 기업들이 이 나라 경제계를 어느 정도 이끌어왔다는 점은 사와다도 부정하지 않는다. 그렇지만 한편으로는 온실 속에서 자란 인간들이 속수무책으로 위기감도 없이 이리저리 날뛰고 있는 것 또한 사실이다.

"이건 가정이지만 말이야."

사와다는 아내를 바라보며 말을 이었다.

"어떤 녀석들이 말도 안 되는 비밀을 숨기고 있는데, 그런 일 없다고 잡아떼. 하지만 그 녀석들이 숨기는 사실이 밝혀지면 그 조직 자체가 붕괴할 가능성이 있지. 그럴 때 넌 어떻게 할 것 같아?"

"그거 지난번에 이야기한 그 문제야?"

에리코의 얼굴에서 웃음기가 사라졌다.

"정말로 그런 일이 있어?"

눈치 빠른 에리코가 물었다.

"아직 모르겠어"라는 사와다의 대답을 듣고 에리코는 시선을 내리깔았다.

"글쎄……."

에리코는 그러면서 잠시 생각에 잠겼다.

"까다로운 문제네. 난 사람이나 회사나 반드시 옳아야만 한다고 생각하지는 않아. 사람도 실수하잖아? 나나 자기나 실수할 때가 있을 거야. 그게 남에게 털어놓을 수 없는 일일지도 모르지. 그런 일은 누구나 숨기려고 할 거야. 그건 그런대로 괜찮지. 오히려 그런 실수를 굳이 폭로하려는 게 잘못이라고 생각해."

"변덕이나 우발적인 충동 같은 수준이 아니야."

에리코는 사와다를 가만히 바라보았다.

"그렇다면 그건 비밀을 폭로해야지. 그 결과 회사가 어떻게 되건 자기가 고민할 일이 아니지."

"그런가?"

사와다는 다시 와인을 입으로 가져갔다.

"자기는 경영자가 아니야. 직원의 의무를 다하면 되지 않을까? 그러고 보니 지난번 내 프로그램에 어떤 회사 사장이 초대 손님으로 출연했어. 그 사장이 이런 말을 했지. '직원에겐 경영자처럼 생각하고 일하라고 합니다'라고. 그래서 내가 말했지. '그럼 사장님 회사 사람들은 모두 사장님과 같은 월급을 받겠군요'라고. 사장님 입이 딱 벌어졌지만."

사와다는 저도 모르게 웃고 말았다. 에리코가 말을 이었다.

"회사는 어디까지나 회사지. 회사가 있을 수 있는 건 고객이 있기 때문이야. 자기가 폭로하려는 비밀이 어떤 것인지 모르지만 그래도 그게 고객에게 가치가 있는 일이라면 그건 밝혀야 한다고 생각해. 만약 그 때문에 회사가 망하는 일이 있더라도 그렇게 해야지. 그게 안 되는 회사는 당장 살아남는다고 해도 나중에 반드시 끝장이 날 거야. 가장 소중한 사람에게 거짓말을 해서는 안 되지.

회사에게 가장 소중한 사람은 고객이잖아."

사와다는 물끄러미 에리코를 바라보았다. 아내가 해준 한마디가 잊고 있던 무엇인가를 떠올리게 해주었다.

"뭔지 모르지만 네게 구원받은 느낌이 들어. 방송진행자 따위는 그만두고 카운슬러가 되는 게 낫겠다."

"방송진행자 따위라니, 무슨 소리야. 카운슬러는 한 번에 한 명밖에 고치지 못해. 그렇지만 난 한 번에 몇만 명, 어쩌면 몇십만 명이나 되는 사람의 마음을 치료할 수 있어. 자기 같으면 어느 쪽을 선택할 것 같아?"

에리코에게 또 완패하고 말았다.

2

자정이 지난 사무실은 물을 끼얹은 듯 조용했다.

호프자동차 10층 엘리베이터 홀에 내리자 좌우로 가로지르는 통로에 놓인 소파에 걸터앉은 사람이 보였다. 이미 인적이 끊긴 10층에는 방범등만 켜져 있었다.

소파에 앉아 있던 사람이 일어나 다가오더니 슬쩍 오른손을 들어 신호를 보냈다.

"갈까?"

사와다가 말하자 고마키가 진담 반 농담 반으로 "회사에서 잘리면 너 때문이야"라고 했다.

"T회의를 그냥 두면 어차피 길바닥에 나앉게 될 거야."

이죽거리는 말에는 대꾸하지 않고 앞서 가던 고마키는 복도 중앙 부근에 있는 품질보증부 입구 앞에서 멈췄다.

통유리 문 안쪽은 캄캄했다. 고마키가 문손잡이를 당겨 잠금장치를 확인했다.

"자, 바로 시작하실까요?"

농담하는 듯한 말투였지만 고마키가 바지 주머니에서 꺼낸 것은 흰색 태그가 붙어 있는 열쇠 하나였다. 고마키가 총무부에서 슬쩍해 온 여벌 열쇠였다. 자물쇠를 열고 조용히 안으로 들어갔다. 방범등 불빛에 기대어 사무실을 가로질러 목표로 삼은 책상 앞에 섰다. 사와다가 책상 위에 있는 노트북을 열고 전원 버튼을 눌렀다.

조용한 사무실에서 컴퓨터 모터 소리가 들려오기 시작했다. 무로이의 컴퓨터가 켜지고 패스워드를 요구하는 화면이 나타났다.

고마키가 바지 주머니에서 꺼낸 쪽지에 적힌 여섯 개의 글자를 입력하자 로그인되었다.

품질보증부의 패스워드가 일률적으로 관리된다는 사실을 고마키가 알려준 때는 그날 저녁이었다. 그다음은 고마키의 독무대였다. 접근이 허락된 컴퓨터를 조사해 그 가운데 연구소 소속 가토의 컴퓨터가 포함되어 있다는 사실을 밝혀낸 고마키는 가토를 억지로 설득해 관리자 컴퓨터에 침입해 무로이의 패스워드를 훔쳐냈다. 워낙 컴퓨터 오타쿠라고 자부하는 고마키라 가능한 일이었다.

무로이가 쓰는 컴퓨터에서 나오는 빛이 고마키의 와이셔츠에 얼룩덜룩한 무늬를 만들었다.

"T회의에 관한 회의록이라도 있으면 완벽할 텐데, 그건 없는 것 같군."

어둑어둑한 가운데 눈을 크게 뜨고 화면을 들여다보는 고마키는 이윽고 실마리 하나를 발견했다.

T회의 관련자 이메일 주소록.

"어디, 어떤 분들이 멤버인지 열어볼까?"

폴더를 열기 전에 두 손을 비비면서 뜸을 들인 고마키는 재빨리 마우스를 더블클릭했다. 화면에 회의 참가 멤버의 이메일 주소 목록이 표시되었다.

사와다는 고마키와 나란히 화면을 들여다보았다.

"이럴 수가."

고마키가 중얼거렸다.

멤버 목록 제일 위에 있는 이메일 주소. 거기 적힌 이름은…….

"가노 상무……."

어서, 하며 고마키의 옆구리를 찌르자 그제야 생각났다는 듯이 주머니에서 USB 메모리를 꺼냈다. 이메일 데이터를 재빨리 복사한 고마키는 얼른 컴퓨터 전원을 껐다.

품질보증부 사무실을 빠져나온 사와다와 고마키는 아무 일도 없었다는 표정으로 엘리베이터에 올라타 각자 자기 부서가 있는 층에서 내렸다.

판매부로 돌아온 사와다는 컴퓨터를 켜고 그 화면을 들여다보았다. 직원이 모두 퇴근해 아무도 없었다. 이윽고 수신을 알리는 신호음과 함께 첨부 파일을 붙인 고마키의 메일이 도착했다. 급한 마음에 얼른 클릭해 그 파일을 열었다.

스프레드시트 파일 형식으로 변환해 보낸 표에는 모두 23명의 이름이 올라 있었다. 하지만 사와다는 품질보증부와 연구소 부장 이하 주요 멤버를 중심으로 한 참석자에는 아무 관심이 없었다. 목록 윗부분에는 T회의 멤버로 보이는 임원의 이름이 있었다. 경영의 핵심, 이사급 직함을 지닌 사람들이다. 품질보증과 연구기관의 총괄 책임자들이라면 그나마 이해가 된다. 하지만 차기 사장으로 꼽히는 가노 상무의 이름이 거기 있다는 사실에 사와다의 위기감이 더 커졌다. 이 회의는 품질보증부와 경영 수뇌부를 바로 연결하는 비밀 핫라인으로 이루어져 있다.

"파일 열었나?"

전화를 걸어 묻는 고마키에게 "열었어"라고 대답한 사와다는 머릿속이 정리되지 않은 채로 긴 한숨을 토하고 고마키에게 물었다.

"이걸 어떻게 하지……? 무슨 생각 있나?"

"생각? 어쨌든 가노 상무 이름을 보고 깜짝 놀랐어. 말하자면 이 T회의라는 게 경영 핵심까지 직결되어 있다는 이야기니까. 이거 상황에 따라서는 어마어마한 일이 벌어질 수도 있겠네."

"그보다 먼저 회의 내용을 확인해야 해. 의심스럽다는 이유만으로 떠들어댈 수는 없으니까. 무슨 방법이 없을까?"

"여기 이름이 오른 사람들을 샅샅이 조사해본다거나."

"처음부터 그렇게 하는 건 좋지 않아."

사와다가 말을 이었다.

"쉽게 입을 열 만한 사람들도 아닐 테고. 샅샅이 조사하는 중에 우리 움직임이 윗사람들 귀에 들어가면 곤란하지. 다른 접근법은 없을까?"

"다른?"

"무로이의 패스워드를 훔쳤잖아. 이 목록에 있는 멤버 가운데 누군가의 컴퓨터에서 회의록을 찾는 건 간단하지 않아?"

"야, 이 친구야. 너무 쉽게 말하네. 그게 어떤 일인지나 알고 하는 소리야?"

전화 저편에서 고마키가 몸을 뒤로 젖히며 놀라는 모습이 눈에 선했다.

"물론 알지. 하지만 지금 떠오르는 생각 가운데는 그게 제일 빠른 방법 같아."

대꾸가 없었다. 조금 뒤에 "알아내서 어떻게 하려고?" 하며 고마키가 묻는 목소리가 수화기를 통해 들려왔다.

"물론 품질보증부를 박살 내는 거지. 그다음에는 우리 세상이야."

물론 농담이었다. 상대가 고마키라서 여느 때처럼 건넨 농담이지만, 사와다 스스로 생각하기에도 그게 진심인지 어떤지 구별이 되지 않았다. 회사의 부정을 폭로하기 위해, 이렇게 표현하는 게 맞을까? 하지만 자기 가슴에 손을 얹고 생각해봐도 사와다는 그런 순수한 정의감으로만 움직이는 게 아니었다. 역시 회사 내부 권력 구도를 재편하고 싶은 욕심은 버릴 수 없다.

어쨌든 지금 무슨 일이 일어나고 있는지, 그걸 알아내는 게 가장 먼저 해결해야 할 과제다. 어떻게 할 것인지는 나중에 고민하면 된다.

"가노 상무를 몰아낼 작정이야?"

기가 막힌다는 표정으로 고마키가 물었다.

"그 사람이 있는 한 품질보증부 세상은 바뀌지 않아. 가노 상무가 편을 드니까."

그게 호프자동차의 체질이라고 한다면 맞는 말일지도 모른다.

외부보다 내부를 먼저 챙기고 회사보다 파벌의 번영을 으뜸으로 여기는 게 가노 상무의 방식이다. 원래 기술 분야 엔지니어로 성장한 가노는 품질보증부 부장 출신이기도 하다. 전문 분야에서 쌓은 공적보다 회사 내부 조직을 이끄는 정치 수완으로 올라온 책사의 모습이 더 강하다.

품질보증부에서 경영 상충부까지 그물망처럼 펼쳐진 가노 상무의 인맥은 신상필벌이 철저한 강철 같은 연대가 특징이다. 녀석들이 쉽게 입을 열지 않을 거라고 사와다가 생각하는 이유가 바로 거기에 있다. 이 녀석들 눈에 보이는 것은 회사의 번영이 아니라 늘 부서의 번영뿐이다. 거기에는 판매부가 어떻게 되건, 제조부가 어떻게 되건, 심지어 고객이 어떻게 되건 자기들만 좋으면 그만이라는 염치없는 정책이 뿌리박혀 있다. 그건 회사가 영원히 존재한다고 믿어 의심치 않는 느슨한 정신 구조, 고객은 안중에 없는 범호프주의라고나 할까?

"안 그러면 자멸의 길이 기다리고 있을 뿐이야."

"자멸하지 않아도 우리는 늘 찬밥 신세지."

고마키는 늘 마음에 담아두고 있는 불만을 털어놓더니 잠깐 뜸을 들이다가 말을 이었다.

"컴퓨터 문제는 내가 알아볼게. 물고기를 낚아 올리는 건 나야. 요리는 네가 맡고. 그러면 됐어?"

"물론."

사와다가 대꾸하고 물었다.

"언제 할 거야?"

"빠른 편이 낫겠지. 내일 중으로 어떻게든 해볼게. 결과는 기대하지 말고."

사와다는 밀담을 마쳤다.

3

도큐선으로 갈아타고 가마타역에서 내린 아카마쓰의 목적지는 역 앞 상점가 끄트머리에 있는 하루나은행 가마타 지점이었다.

아카마쓰는 신호를 기다리면서 교차로 건너편에 있는 지점의 모습을 아주 희한한 것이라도 보는 기분으로 바라보았다. 솔직히 하루나은행은 한때 국유화되었던 힘없는 도시은행이라는 이미지 밖에 없다. 요즘 대형 은행이라면 거대 은행에 통폐합되었을 텐데, 이 은행은 굳이 표현하자면 금융 자유화의 불길 속에서 몸집을 불리지 못한 은행이라는 위치에 있다.

그런 은행이 정말 융자를 해줄 수 있을까?

지금 아카마쓰가 보고 있는 것은 호프은행에 비하면 왠지 낡은 느낌이 드는 2층짜리 건물이었다. 이 가마타라는 지역 특성 때문에 그렇게 보이는지, 한때 은행원의 보너스를 전액 삭감했을 정도의 은행이기 때문에 정말로 낡은 것인지, 그런 사정은 알 수 없다. 혹시 일찍이 없던 어려운 상황에 몰린 아카마쓰의 정신 상태가 그렇게 보이게 만든 걸까? 어쨌든 지금의 아카마쓰에게는 건물에 대해 이러니저러니 할 만한 시간적인 여유나 경제적인 여유도 없다. 어쨌든 부딪혀보자.

약속은 10시 반이었기 때문에 조금 이르지만, 너무 일찍 왔으면 기다리면 그만이다. 서무 담당 은행원의 인사를 받으며 아카마쓰는 굳은 표정으로 계단을 올라갔다.

안내된 곳은 은행 창구 안쪽에 있는 지점장실이었다.

하루나은행 또한 다른 은행과 합병한 은행이라서 이 지점이 전에 무슨 은행이었는지는 모른다. 어울리지 않을 만큼 호화로운 응접세트가 놓인 방은 거품경제 시절의 흔적일까. 얼마 기다리지 않아 드디어 "실례합니다" 하는 목소리와 함께 들어온 사람은 뜻밖에 여성이었다. 짙은 회색 정장을 입은 여성이다. 얼핏 나이 든 기획실 직원이 차를 내오는 느낌이었다.

하지만 그 여성의 한마디가 아카마쓰가 착각하고 있다는 걸 깨닫게 했다.

"지점장 나카무라라고 합니다."

"아, 처음 뵙겠습니다."

얼른 일어난 아카마쓰에게 나카무라 게이코가 웃는 얼굴로 말했다.

"앉으시죠. 잘 부탁드리겠습니다. 말씀은 다카사키 지점장에게 들었습니다."

인사하고 자리에 앉은 아카마쓰는 "융자라면 남성 사회라는 이미지가 있어서 놀랐습니다" 하고 솔직하게 털어놓았다. 나카무라는 웃으며 "분명히 남성 사회라고 할 수 있죠. 그렇지만 여성 금지구역은 아닌 것 같습니다" 하며 가볍게 대꾸했다.

처음 보는 상대에게 느닷없이 본론을 꺼내기도 어색해, 요즘 경기 이야기를 꺼내 천천히 서로가 처한 위치, 사고방식, 거리감을 확인해간다. 두서없는 대화였지만 나카무라가 빼어난 은행원이라는 걸 알아차리기에는 충분했다.

중소기업과 자잘한 상점이 밀집한 가마타. 처음에는 그런 지역 특성에 이만큼 어울리지 않는 지점장은 없지 않을까 하고 생각했다. 하지만 이야기해보니 나카무라는 품위 있고 지적이면서도 흔들리지 않는 시점을 지니고 있다는 걸 알게 되었다. 하루나은행은 이제 1.5류가 되어버렸는지도 모르지만, 이 지점장은 틀림없이 일류다.

이윽고 노크 소리가 들리더니 다른 은행원이 들어왔다. 이를 계기로 융자 이야기를 꺼낸 쪽은 나카무라였다.

"이쪽은 신도 융자과장입니다. 아카마쓰운송을 담당하게 되었으니 잘 부탁드립니다."

신도 하루오는 아무리 봐도 나카무라보다 나이가 위인 쉰 가까운 남자였다. 아카마쓰도 남 이야기를 할 처지는 아니지만, 오키나와의 시사*를 떠올리게 하는 코에 짙고 굵은 눈썹이 인상적인, 얼핏 보기에 깔끔하지 않은 아저씨 행원이었다. 하지만······.

"신도입니다. 말씀은 들었습니다. 많이 힘드셨겠습니다. 열심히 하겠으니 잘 부탁드립니다."

그의 태도에는 뜻밖일 만큼 성의가 넘쳐흘렀다.

"저야말로 잘 부탁드리겠습니다."

그렇게 고개를 숙인 아카마쓰는 가방에 넣어 온 자료를 테이블에 꺼내 놓았다.

하지만 이날은 지금까지 해온 은행 거래처럼 용건만 이야기하면 되는 그런 융자 신청과는 좀 달랐다. 하루나은행에는 먼저 아카

---

* 오키나와에서 액막이로 지붕 사방에 붙여놓는 사자 모습을 한 상.

마쓰운송에 관해 설명해야만 했기 때문이다.

아카마쓰는 우선 개요부터 설명하기 시작했다. '인신사고를 일으켰다는 신문 기사가 쏟아진 회사'라는 마이너스 이미지를 뒤엎기는 여간 힘든 일이 아니다. 제로부터가 아니라 마이너스에서 출발하는 꼴이다. 그건 아카마쓰가 누구보다 잘 안다. 아무도 입 밖에 내지 않지만, 틀림없이 그 자리의 전제 조건처럼 떡하니 내걸어 놓은 사항이었다.

"사고 영향은 어떻습니까?"

최근 영업 실적을 설명하고 있는데 신도가 물었다.

"주거래처인 사가미머시너리로부터 거래를 끊겠다는 통고를 받았습니다. 그래서 이달은 적자가 날 겁니다. 솔직히 고다마통운에서 큰 건을 수주하지 못했다면 위험할 뻔했죠. 고다마 사장님 덕분에 살았습니다."

"그 수주 감소로 인한 운전자금이 필요하다는 말씀이군요."

나카무라 지점장은 두뇌 회전이 빠르다. 이야기 중에 문제의 본질만 골라내는 필터가 장착된 듯한 반응이었다.

"그렇습니다. 그게 이번에 도움을 받고 싶은 3천만 엔이라고 보고 있습니다만."

"3천만 엔이요?"

신도가 되뇌며 머리카락처럼 가장자리가 희게 물든 눈썹을 움직였다.

"처음 거래이니 단기 자금이라도 괜찮습니까? 6개월 정도 쓰시는?"

"상관없습니다. 검토해주실 수 있겠습니까?"

아카마쓰는 저도 모르게 앞으로 다가앉으며 나카무라와 신도에게 기대에 찬 눈빛을 보냈다.

"검토하겠습니다."

나카무라가 말했다.

"다만 지금 단계에서는 뭐라고 말씀드릴 수 없습니다. 그건 은행 시스템 때문이라고 이해해주시기 바랍니다. 소정의 심사 절차가 필요해서요."

"그래도……."

옆에서 신도가 말을 이었다.

"아카마쓰운송은 경영이 잘되고 있군요. 요즘 운송업은 다들 힘들어서 저희 거래처는 모두 고전하고 있으니까요."

그러더니 흘끔 지점장을 보고 이렇게 마무리했다.

"고다마통운의 소개도 있고 하니 최우선으로 검토하도록 하겠습니다. 결론이 나올 때까지 잠시 기다려주십시오."

신청 단계에서 결과를 알 수 있는 일은 아니다. 그건 오랜 경험을 통해 잘 알고 있지만, 아카마쓰는 속이 탔다. 속마음은 결과를 들을 때까지 여기서 기다리고 싶은 심정이지만 그럴 수도 없어 한 시간쯤 걸린 면담을 끝냈다.

"수고했네. 어떻게 됐어, 은행 일은? 융자해줄 것 같아?"

아카마쓰가 귀가하기를 기다렸다는 듯이 후미에가 물었다.

"그건 아직 몰라. 그래도 고다마 사장님 소개라서 문전박대는 당하지 않았어. 검토해주겠대."

"빨리 결정해주면 좋을 텐데."

후미에의 표정이 가라앉았다. 그리 쉽지 않다는 건 오래 경영자의 아내 노릇을 하다 보면 알 수 있다. 그래도 지금의 어려움을 어떻게든 벗어나려고 기적을 기대하는 심정 역시 잘 안다. 아카마쓰도 마찬가지였다. 하지만 세상은 그리 만만하지 않다. 아니, 만만하기는커녕…….

"오늘 학교에서 당신한테 연락하지 않았어?"

아카마쓰는 상의를 벗던 손길을 멈췄다.

"아니, 왜?"

"가타야마 씨가 학부모회 모임을 열어달라고 교장 선생님께 말씀드렸대."

"학부모회 모임?"

"몇몇 어머니들에게 사전 공작을 편 모양이야."

"도난 사건 문제인가?"

그 문제에 관해서도 학급 담임인 사카모토 선생님으로부터는 아무런 연락도 없었다. 재촉해도 좋지 않을 테고, 조금 더 상황을 지켜보는 편이 좋겠다고 생각해 어떻게 되어가는지 문의하지도 않았다.

"선생님이 학생들에게 다시 물어본 모양이야. 그때 무슨 일이 있었는지 몰라도 여왕벌이 버럭버럭 화를 내며 쳐들어간 모양이야. 안 그래도 사카모토 선생님을 헐뜯던 사람이니 이번 기회에 못살게 굴지 않으면 성이 풀리지 않는 거 아닐까?"

"담임뿐이겠어? 학부모회 회장도 이번 기회에 매달아버리려고 생각하지 않을까?"

아카마쓰는 남의 일처럼 말했다.

"여전히 다쿠로를 범인 취급하는데, 학교에 맡겨두면 해결하지 못하는 거 아닐까?"

아카마쓰는 벗은 상의를 옷걸이에 걸면서 후미에를 달랬다.

"그건 아니지. 학교는 교육 현장이야. 경찰처럼 거친 방법을 기대하면 안 되지."

"그건 알지. 하지만 상대는 경찰은커녕 조폭 못지않게 시비를 걸어오는 여자야."

그것도 안다고 생각했지만, 후미에의 분노에 기름을 끼얹을까 봐 아카마쓰는 입을 다물었다.

"그런데 선생님이 무얼 잘못 물어보았다는 거야?"

"나도 도쿠야마 씨한테 전해 들어서 잘은 모르겠는데, 어쨌든 어제 서슬이 시퍼레져서 다른 어머니들에게 마구 전화를 해댔대. 틀림없이 교장 선생님이나 누가 연락을 하시지 않을까?"

후미에가 예고한 그 연락은 며칠 뒤에 왔다. 얌전한 말투로 전화를 건 구라타 교장은 "사실은 그 도난 사건 때문에 곤란하게 되어서요. 무슨 이야기 들으셨습니까?" 하고 조심스럽게 물었다.

"학교 측 대응에 클레임이 들어왔다는 이야기는 들었습니다. 구체적인 내용은 몰라서 그냥 듣고 넘어갔는데, 그 일 때문인가요?"

"예. 일부 학부모님께서 심각한 말씀을 하셔서."

"심각하다니, 어떤?"

"그건 전화로 말씀드리기가 좀."

교장은 말꼬리를 흐렸다.

"뵙고 의논드릴 수 있는 시간을 내주실 수 있을까요?"

"뭐, 우리 애도 관계된 일이니까요."

수업이 끝난 뒤인 오후 3시에 방문하기로 약속하고 전화를 끊었다.

눈코 뜰 새 없는 하루였다. 할 일은 잔뜩 쌓였고 달리 신경 쓰이는 일도 있다. 고다마통운에서 수주한 대량 수송 준비를 진행하는 것은 당연하지만 사고 진상을 규명한다는, 고다마와 나눈 또 하나의 약속에 대해서도 잊을 수는 없었다.

사와다는 지난주 초에 찾아왔지만, 그 뒤로 가장 중요한 부품 반환 문제는 암초에 걸린 상태 그대로였다.

약속한 시간에 학교로 가니 애타게 기다린 듯한 교장이 맞이해 주었다.

"가타야마 씨와 마시타 씨로부터 또 심각한 클레임이 들어와서요."

구라타 교장은 안경다리를 두 손으로 잡고 살짝 들며 '두 손 들었다'는 듯이 눈을 깜빡거렸다. 가냘프고 처진 목덜미에 지나치게 큰 셔츠를 걸치고 있어 더 허약하고 미덥지 않게 보였다.

구라타 교장이 말을 이었다.

"다쿠로 가방에서 돈이 나온 문제는 사카모토 선생님에게 들었습니다. 누가 다쿠로가 훔쳤다는 소문을 내고 있는지 사카모토 선생님이 몇몇 학생에게 물었는데, 그때 그만 가타야마 미카라는 학생 이름이 나왔다고 합니다."

아카마쓰는 교장실 천장을 쳐다보았다.

"그러니까 그 이야기가 학생 어머니 귀에 들어갔다는 건가요?"

구라타 교장은 넓은 이마를 손으로 쓰다듬고 면목이 없다는 표정을 지었다.

"그렇게 되었습니다."

"죄송합니다. 제가 부주의해서."

옆에서 힘없이 앉아 있던 사카모토 선생도 이렇게 말하며 사과했다.

아카마쓰는 한숨을 푹 내쉬었다.

"그래서, 선생님이 알아보신 결과는 어땠습니까?"

가타야마 문제는 일단 미뤄두고 아카마쓰가 물었다.

"몇몇 학생 이야기로 미루어 볼 때 역시 미카짱이 소문의 출처라고 생각합니다."

사카모토가 말을 이었다.

"하지만 본인은 아니라고 우기고 있습니다. 그래서 미카짱에게 들었다는 학생들을 모아 함께 이야기를 들으려고 생각했는데 그만 일이 이렇게 되어서."

"그 이야기를 가타야마 씨에게는 이야기하셨습니까?"

구라타는 당치도 않다는 듯 앙상한 손을 저었다.

"진상이 확실하지 않은 이상 그런 이야기를 할 수야 없죠."

"몇몇 학생들 입에서 실제로 가타야마 미카라는 이름이 나왔으니……. 그 아이를 잘 달래 물어보는 정도로 괜찮지 않았을까요?"

낮은 목소리로 안타까워하며 고개를 숙인 구라타 교장 대신에 옆에 있는 사카모토 선생이 "그땐 냉정하게 이야기할 수 있는 상황이 아니었습니다"라고 말했다.

"그런데 가타야마 씨가 이런 일이 있어서는 곤란하니 임시 학부모회 모임을 열지 않겠느냐고 하시더군요."

"학부모회 모임을 여는 거야 상관없죠. 하지만 교장 선생님."

아카마쓰는 지긋지긋하다는 투로 말했다.

"아무리 가타야마 씨라고 해도 증언이 그만큼 있지 않습니까? 딱 부러지게 설명하면 해결될 문제라고 생각합니다. 오히려 왜 그런 소문을 퍼뜨렸는지 물어보고 싶군요."

피해자 의식도 있어 아카마쓰는 말투가 점점 단호해졌다. 하지만 "아이고, 죄송합니다"라며 그저 사과만 하는 교장의 태도에 말해봐야 소용없겠다는 생각이 들어 학부모회 모임 건을 승낙하고 회사로 돌아왔다.

호프자동차의 사와다에게 전화를 걸어보았다. 또 부재중. 애타고 안절부절못하는 시간만 흘렀다.

아카마쓰는 포기하고 고호쿠경찰서에 전화를 걸어보았다.

"수고하십니다. 여긴 아카마쓰운송인데 다카하타 형사 부탁합니다."

외근 중이라는 답변이 돌아왔다. 요코하마 모자 사상 사고 관련 운송회사라고 설명하고 들어오면 연락을 받을 수 있게 해달라고 부탁한 뒤 끊었다.

"전화가 왔었다고 하던데."

얼마 지나지 않아 유치장 벽처럼 무뚝뚝하고 딱딱한 목소리로 다카하타로부터 전화가 왔다.

"그 사고 건, 그 뒤로 수사는 어떻게 되고 있는지 궁금해서요."

"그 건은 수사 중이라서."

"얼마나 걸립니까?"

아카마쓰는 대들듯이 말을 이었다.

"형사님, 수색까지 하고 그 뒤로 아무 소식도 없다니, 대체 이게 뭡니까?"

답변은 없다. 아무리 형사라고 해도 사과 한마디쯤은 해도 괜찮을 텐데. 경찰은 특기인 비밀주의로 넘어가면 그만이다. 하지만 아카마쓰운송은 심각한 상황에 몰려 있다. 혐의 하나로 사회적 신용이 흔들린다. 이 형사는 그런 상황에 직면한 회사 실태를 모르고 있는 게 아닐까?

"그런데 다카사키에서 일어났던 사고는 알고 있습니까, 다카하타 형사님?"

대답이 돌아오기까지는 시간이 약간 걸렸다.

"다카사키?"

"고다마통운이란 회사가 다카사키 시내에 있죠. 대략 반년쯤 전에 그 회사 트럭이 커브 길에서 갑자기 타이어가 빠져 벽에 세게 부딪혔죠. 운전기사가 두 다리를 절단하는 큰 사고였는데, 알고 계십니까?"

다시 생각하는 듯 뜸을 들이다가 "아뇨"라고 답변했을 때는 아카마쓰도 피가 거꾸로 솟았다.

"그 사고에서도 호프자동차는 정비 불량으로 처리했습니다. 조사해줘요. 당신은 호프자동차의 조사 결과가 옳다고 철석같이 믿는 모양인데, 잘못 아는 거 아닌가요? 호프는 우리 사고 차량 부품 반환을 거부하고 있어요. 재조사를 받으면 곤란해질 테니까."

흥분한 아카마쓰는 어깨를 들썩였다.

"선입견을 품고 하는 수사는 민폐요. 우리는 생활이 걸려 있다고!"

전화기 저편에서 다카하타가 뭐라고 했는데 제대로 알아듣지 못했다. 아마 동료 형사인 요시다에게라도 말을 거는 모양이다.

"아, 그 정보에 대해서는 조사해보겠는데, 현재 그쪽에 보고할 만한 건 없군요."

"아, 그러셔?"

아카마쓰는 수화기를 내동댕이쳤다.

어깨를 들썩이며 숨을 몰아쉬었다. 톱니바퀴는 여전히 고장이 난 상태다. 변변치 못하다. 대체 내가 어떻게 된 걸까.

사장실 책상 위에서 머리를 감싸 쥐었다.

그때 노크 소리가 들렸다.

고개를 숙인 채 눈길을 드니 미야시로가 얼굴을 디밀고 있었다.

"하루나은행에서 전화가 왔습니다, 사장님. 심사 결과가 나왔다고……."

아카마쓰는 바로 긴장한 표정으로 고개를 들었다.

"벌써? 벌써…… 결과가 나왔나? 그래, 뭐래요, 전무님?"

그러자 미야시로의 표정이 말로 표현할 수 없을 만큼 부드러워졌다.

"승인 났답니다, 사장님."

"살았다."

아카마쓰의 온몸에서 힘이 쭉 빠졌다.

4

아침 일찍 홍보실에서 문의가 들어온 잡지 취재 한 건을 거절했다. 그 뒤 부서 내부 회의에서 돌아오니 책상 위에 열 장 가까운 '부재중 전화 메모'가 놓여 있었다. '아카마쓰운송에서 문의 전화'라는 메모를 한가운데서 발견했지만 잠깐 보았을 뿐, 바로 쓰레기통에 버렸다.

지금 아카마쓰와 할 이야기는 없다. 이쪽에서 전화를 걸 상대도 아니다. 바로 그렇게 판단했기 때문이다. 그보다 중요한 일은 제일 위에 올라와 있던 고마키가 연락했다는 메모였다. '연락 바람'이라고 적혀 있었다.

신호음이 한 차례 끝나기도 전에 고마키가 바로 받았다.

"몰래 접속한 게 들통났는지도 모르겠어."

"뭐라고?"

사와다는 숨을 죽였다.

"무슨 일 있었어?"

"품증부 네트워크 관리자가 제조부 안에서 부정 접속이 있었는지 조사해달라고 의뢰했어. 그쪽도 아마 마찬가지로 지시가 내려갔을 텐데, 못 들었어?"

"아니."

사와다가 짧게 대꾸하며 "왜 들통났지?" 하고 물었다.

"몰라."

전화 저편에서 고마키는 목소리를 죽였다.

"뭐 나온 거 있어?"

"헛수고였어. 일단 몇몇 사람 컴퓨터에 들어가봤는데 아무것도 없었어. 품증부 패스워드로 접속했으니까 잘될 줄 알았는데."

"더 조사할 수 있을까?"

"아무래도 계속할 수는 없겠지. 품증부에서 감시가 강화되고 있고, 지금은 움직이지 않는 편이 낫지."

사와다는 혀를 차며 알았다고 하고 수화기를 내려놓았다.

바로 사와다에게도 회의 소집 연락이 왔다.

"사실은 어제부터 오늘 사이에 품증부 내부 네트워크에 부정 접속한 흔적이 발견되었습니다."

판매부 중간관리직이 모인 긴급회의에는 품증부 네트워크 관리자도 참석해 눈을 빛내고 있었다. 스기모토 하지메라는, 초등학생이 그대로 덩치만 커진 듯, 어려 보이는 얼굴을 한 남자였다.

"얼마 전에 품증부 내부 컴퓨터에 부정 접속한 흔적이 발견되었습니다. 그래서 이를 품증부 보안에 관한 중대한 위반 행위로 받아들여 범인을 철저하게 찾아낼 생각입니다. 그러니 판매부도 부디 협력해주시기 바랍니다. 또 짚이는 점이 있는 분은 저, 스기모토에게 말씀해주십시오. 잘 부탁드리겠습니다."

"아, 잠깐 질문해도 괜찮습니까?"

사와다가 질문했다.

"부정 접속이 있었다는 걸 어떻게 아신 겁니까?"

스기모토는 질문의 의도를 파악하려는 듯한 눈빛으로 사와다를 바라보았다.

"이중 로그인. 즉, 같은 패스워드가 동시에 서버에 로그인되었습니다. 하나는 부서 밖에서 들어온 것으로 밝혀졌습니다."

사와다는 얼굴을 찌푸렸다. 이중 로그인을 피하고자 고마키는 오후 9시가 지나서 접속했을 텐데, 운이 나빴다.

"뭔가 짚이는 구석이 있습니까, 사와다 과장님?"

스기모토가 묻자 사와다는 "아뇨"라고 짧게 대답했다. 의심의 눈초리를 거두지 않는 스기모토도 더는 질문하지 않고 짧은 회의를 끝냈다.

"큰일 났어, 고마키. 저런 식이라면 꼬리가 잡히는 거 아니야?"

회의를 마친 뒤, 사와다는 제조부로 달려갔다. 고마키는 미간을 잔뜩 찌푸리고 "알아" 하며 짜증 섞인 말투로 대꾸했다.

"어떤 놈이야, 그 스기모토라는 녀석은?"

고마키는 이미 조사를 해두었다. 간사이 지방에 있는 대학에서 대학원을 나왔고, 금속 관련 연구가 전공. 네트워크 관리는 컴퓨터를 잘 다룬다는 장점을 높게 평가받아 틈이 날 때 맡아 하는 업무에 지나지 않는다고 한다.

"흔적은 최대한 지웠어. 로그가 남아도 그것만으로는 어느 컴퓨터로 접속했는지 밝혀내기 어려울 거야."

"그럼 다행이지만, 방심하진 마."

"알았다니까. 정말 골치가 아파졌네."

고마키는 뺨을 잔뜩 부풀리며 한숨을 내쉬고 회의하러 갔다.

"아주 골치 아프게 됐어."

밤 8시가 조금 지난 시각에 고마키가 내선전화를 걸었다. 목소리가 가라앉고 평소와 다르게 침울한 분위기였다.

"부정 접속 문제야?"

"스기모토가 부정 접속 건으로 이야기하고 싶대. 시치미를 떼고 싶었지만 그러지 못했어. 그놈은 알고 있어."

사와다는 수화기를 쥔 채 숨을 죽였다.

"언제야?"

"오늘 당장 면담하고 싶대. 난 이미 틀린 것 같아."

"미안해. 괜한 일에 끌어들여서."

사와다는 조용히 사과했다. 네트워크 부정 접속이 들통나면 회사 내부 처벌은 피할 수 없다. 고마키의 장래가 걸린, 죽느냐 사느냐 하는 문제다.

"어쩔 수 없지. 나도 관심이 있었으니까. 될 수 있으면 시치미 떼려고 했는데 저쪽은 아마 뭔가 데이터를 가지고 있을 테니까. 오늘 스케줄 어떻게 돼?"

"특별한 일 없어. 면담 끝나면 연락해."

수화기를 내려놓은 사와다는 자기가 극도로 긴장해 있다는 사실을 깨달았다. 마음이 가라앉지 않아 펼쳐놓은 일이 손에 잡히지 않았다. 몇 번이나 벽시계를 쳐다보면서 한숨을 내쉬었다. 납덩이처럼 무거운 시간이 흘렀다. 그리고 고마키가 다시 전화한 때는 오후 9시 조금 전이었다.

"어떻게 됐어?"

"이거 참. 난 뭐가 뭔지 도무지 모르겠어."

고마키가 대답하더니, 자주 가는 회사 근처 이자카야 이름을 댔다.

"거기서 천천히 이야기하자. 난 지금 나갈 수 있는데, 넌 어때?"

영문을 몰라 멍하니 있던 사와다도 그제야 책상이 잔뜩 어질러져 있다는 사실을 깨달았다.

"정리하고 바로 갈게. 가게에서 보자."

5

기다리던 손님은 고마키뿐만이 아니었다.

벽으로 나뉜 4인용 개인실에는 고마키 말고도 남자 한 명이 더 있었다.

그 얼굴을 본 순간, 사와다는 고마키에게 건네려던 말을 삼키고, 대신 당황한 표정을 지었다.

"미안해, 사와다. 속임수를 쓴 꼴이 되어서."

경계심을 감추지 못한 사와다는 어색하게 자리에 앉았다. 점원이 와서 생맥주를 주문받아 가는 동안에 사와다는 그 남자한테서 시선을 거둘 수 없었다.

"어떻게 된 거야?"

사와다는 고마키에게 물었다. 하지만 대꾸한 건 스기모토였다.

"제가 설명하죠. 부정 접속 목적이 T회의라는 걸 듣고, 그래서 불러냈습니다."

영문을 몰라 사와다는 상대를 빤히 바라볼 수밖에 없었다. 직원이 가져온 맥주잔을 건배도 하지 않고 앞으로 당기며 물었다.

"난 영문을 모르겠는데, 좀 알기 쉽게 설명해줄 수 있겠나?"

"그게 말이야, 스기모토 이 친구도 품종의 T회의에 문제의식을 느끼고 있다는 이야기지."

사와다는 반신반의하며 숱 적은 머리카락을 가지 꼭지처럼 머리에 얹고 있는 스기모토를 바라보았다. 낮에 보여주었던 뻔뻔스러움은 어디로 가고, 왠지 외골수처럼 보이는 표정이 사와다를 바라보고 있었다.

"문제의식?"

"품증부 소속인 제가 이런 이야기를 하는 건 이상할지 모르지만, 그 회의 존재 자체가 잘못이라고 생각합니다."

전혀 뻣뻣한 느낌 없이 어깨의 힘을 뺀 말투로 스기모토는 툭 터놓고 말하며 사와다를 똑바로 바라보았다. 사와다는 이런 상황 전개를 아직 믿을 수 없어 잠시 주눅이 들어 "믿어도 괜찮지 않겠어?" 하는 고마키의 말에 겨우 고개를 살짝 끄덕였다. 그때까지 팽팽했던 긴장의 끈이 느슨해져서 그런지, 입에 머금은 맥주가 유난히 착착 달라붙었다.

"한 가지 묻고 싶은데요, 사와다 선배님이 T회의에 관심을 두게 된 동기가 뭡니까?"

"무로이 과장과 트러블이 있어서. 무슨 이야기 듣지 못했나?"

스기모토가 고개를 끄덕였다.

"수리 때문에 교환한 허브를 돌려주지 않아서 티격태격하고 있어."

허브라는 말에 스기모토의 동안이 반응했다.

"그 요코하마 사건 말이군요."

"왜 품증부는 반환을 꺼리는 거지? 아무리 물어봐도 무로이 과장은 이해할 수 있을 만한 대답을 해주지 않았어. 왜야?"

"제 개인적인 의견이라고 생각해주시겠어요?"

스기모토는 손에 든 맥주잔을 뚫어지게 바라보며 말했다.

"우선 타이어의 구조적인 문제를 이야기하겠습니다. 왜 타이어가 빠지느냐 하는 거죠. 보통 타이어가 빠진다면 타이어가 빠지지 않게 막고 있는 너트가 파손된 경우가 많아요. 그러면 타이어만 빠지고 브레이크 드럼은 남죠. 그런데 그 요코하마 사고에서는 브레이크 드럼까지 통째로 빠졌죠."

"브레이크 드럼째로?"

고마키가 눈썹을 올렸다.

차의 타이어는 싸구려 플라스틱 모델처럼 차축에 직접 꽂는 게 아니라 허브를 사이에 끼운다. 허브는 파나마모자를 세워놓은 모양을 한 부품인데, 그 챙 부분이 차축과 접착된다.

"아니, 빠졌다고 하면 좀 어폐가 있겠네요. 챙이 시작되는 밑동 부분이 부러졌어요."

"밑동이 부러졌어?"

고마키가 깜짝 놀란 표정으로 물었다.

"왜 부러졌지?"

"금속피로겠죠, 아마도."

"그렇다면 정비 불량이라고 해도 잘못은 아니지 않나?"

고마키가 의문을 드러냈다.

"아뇨. 그건 아니에요."

스기모토가 반박했다.

"강도의 문제가 있죠. 금속피로라고 해도 정도 문제죠. 애당초 강도가 낮으면 부러져서는 안 될 부분이라도 부러지죠. 이른바 '와기리 사고*'의 원인이 되는 경우가 때때로 있습니다."

"와기리라고?"

귀에 익지 않은 단어였다.

---

* '와기리(輪切り)'는 원통 모양의 물건을 가로로 둥글게 써는 것을 말한다. '와기리 사고'는 이 작품의 바탕이 된 '미쓰비시자동차공업 리콜 은폐 사건'(2000년)에서도 나타났다.

"은어라고 할까요? 품증부 안에서 쓰는 그런 말이에요. '와기리'라고. 그리고 '사바오레'* 같은 말도 있고요."

"그건 뭐야?"

"클러치 결함이죠. 뒷바퀴에 동력을 전달하는 프로펠러 샤프트 있잖아요? 그게 강도 부족으로 가끔 빠지거든요. 빠지면서 브레이크 호스를 끊어버리는 일이 있어요. 그렇게 되면 차는 브레이크가 듣지 않아서 쿵."

고마키의 낯빛이 변했다.

"그런 사고가 있나. 정말로?"

"있어요."

스기모토가 단언했다.

"그렇지만 리콜은 없고. 제가 T회의를 문제라고 생각하는 건 바로 그런 이유 때문이에요."

"그렇지만 중대 사고가 일어나면 국토교통성도 파악할 텐데. 우리 판단만으로 리콜하지 않고 넘어갈 수 있나?"

"리콜하느냐 마느냐는 국토교통성과 교섭 여하에 따라 달라질 수 있죠."

스기모토가 말했다.

"그런데 우리 판단은 회사의 판단이라기보다, 따지자면 개인적인 판단일지도 모르죠."

"개인적인 판단?"

---

* '사바오레(サバ折れ)'의 '사바'는 고등어를 뜻하는 단어로, 살이 무른 고등어의 머리가 꺾인 모습을 빗댄 표현이다.

"가노 상무입니다."

사와다는 고마키와 얼굴을 마주 보았다.

"직접 명령으로 리콜은 돈이 드니까 사고 평가에서 과실은 최대한 줄이라고 합니다. 그다음은 국토교통성과 담판을 지어 잘 구워삶고 끝. 그런 일이 T회의에서 은밀하게 논의되고 있는 거죠."

실제로 호프자동차의 리콜 건수는 다른 회사에 비해 적은 수준에 머무르고 있었다. 표면적으로는 3년 전 리콜 은폐가 들통나 체제를 다시 점검한 결과로 되어 있지만.

고마키는 맥주잔을 입으로 가져가던 손을 멈춘 채 깜짝 놀란 표정으로 스기모토를 바라보았다.

"그 요코하마 모자 사상 사고, 솔직하게 어떻게 된 거지?"

사와다가 물었다. 스기모토는 조금 생각하더니 이렇게 대답했다.

"직접 담당한 건 아니라서 단정할 수 없지만, 그건 와기리 사고라고 불리는 패턴과 똑같아요."

"우리 쪽에 결함이 있다고?"

"아뇨. 그건 모르겠어요. 문제는 허브 마모량이죠."

스기모토가 설명을 덧붙였다.

"금속피로 때문에 깨질 우려가 있어서 당연히 허브도 그렇게 되기 전에 교환해야 하는 부품이라고 할 수 있죠. 다만 얼마나 마모되면 교환해야 하느냐 하는 판단이 어려워요. 그런데 우리 기준은 T회의에서 정하기를, 마모량이 0.8밀리미터 이상일 때 교환하면 괜찮다고 되어 있죠. 국토교통성에도 그렇게 보고되어 있을 겁니다."

"아카마쓰운송의 트레일러는 어땠지?"

사와다는 저도 모르게 몸을 앞으로 디밀며 물었지만, 스기모토는 "그건 담당자가 아니면 몰라요"라고 대답했다.

"그렇지만 사실 0.8밀리미터라는 마모량에는 근거가 없어요. 대충 이 정도쯤, 하는 눈짐작 같은 기준일 뿐이죠. 이건 여기서 하는 이야기이니 듣고 잊으세요. 사실은 0.1밀리미터의 마모량으로 사고가 일어나는 케이스도 있을 거예요."

"허브 교환 시기는? 3년째 정도에 교환해야 하는 건가?"

아카마쓰운송의 사고 차량이 딱 3년째였을 텐데, 스기모토는 고개를 저었다.

"설마요. 허브라는 게 그렇게 쉽게 마모되는 부품이 아니에요. 만약 그걸 정비 불량이라고 한다면 이 세상 트럭은 모두 정비 불량이죠."

"결국 부품을 반환하지 않는 까닭은 우리 회사의 과실을 숨기기 위해서라고 생각해도 되는 거로군."

"적어도 저는 그것 말고 다른 이유를 찾을 수 없어요."

스기모토가 태연하게 말했다.

"문제는 이런 사태를 보며 무엇을 해야 하는가가 아니겠어요? 사와다 선배님은 T회의에 대해 조사해서 어쩔 작정이었습니까?"

"그건 내용에 따라 달라지지. 어떻게 할지는 아직 결정하지 않았어. 자넨 어쩔 작정이지?"

"쓸데없는 저항일지도 모르지만, 뭐 여러모로 움직여보고 있습니다."

스기모토는 모호하게 대답을 흐렸다.

"이게 다 호프자동차를 사랑하기 때문이에요. 이번 부정 접속 건은 제가 무마할게요. 두 분은 앞으로 조심해서 이런 일이 일어나지 않도록 부탁드릴게요."

사와다는 씁쓸한 표정을 지으며 "알았어"라고 작은 목소리로 대꾸했다.

오테마치에서 신주쿠로 나와 오다큐선으로 갈아탔다.

그렇게 많이 마실 생각은 아니었는데 긴장했다가 놀라서 그런지 술기운이 아주 일찍 올라왔다.

"사와다 씨?"

누가 불러 세운 것은 아파트 현관에 거의 도착했을 때였다. 사와다는 걸음을 멈추고 뒤를 돌아보았다. 트렌치코트를 입은 또래 남자가 거기 서 있었다. 머리카락을 양쪽으로 늘어뜨리고 셀룰로이드 안경을 썼다.

"실례지만, 호프자동차에 근무하는 사와다 씨인가요?"

남자가 물었다.

"예, 그렇습니다만."

당황한 사와다가 상대의 얼굴을 보았다. 만난 적 없는 사람이다.

"저는 〈주간 조류〉에 근무하는 에노모토라고 합니다. 잠깐 이야기를 나눌 수 있을까요? 한참 기다렸습니다."

차가운 밤공기가 거리를 덮고 있었다. 동정심을 자극하려는 듯 눈썹을 팔자로 늘어뜨린 남자의 표정은 지금 사와다에게 거절당하면 모든 노력이 물거품이 되니 헤아려달라고 이야기하는 듯했다. 한편 사와다는 술기운이 오른 머리로도, 그러고 보니 아침에 홍보실에서 취재 요청이 들어왔다고 했었지, 하는 생각을 했다.

취재를 거절하면 상대방 사정은 생각도 않고 숨어 기다린다. 그런 방식에 사와다는 화가 났다.

"룰을 지켜주시지 않겠습니까? 홍보실이 이렇게 기다리고 있으라고 했나요?"

"미안합니다. 실례한 점은 용서해주십시오."

에노모토는 철저하게 저자세였다.

"취재는 홍보실을 통해 말씀해주세요. 이쪽 판단으로 응할지 말지 검토할 테니까요."

그렇게 말하고 걸음을 옮기려던 사와다였지만 "타이어가 빠진 사고 건으로 말씀을 나눌 수 없을까요"라는 말에 무심코 걸음을 멈췄다.

"타이어가 빠진 사고?"

애써 거절했던 사와다지만, 바로 깨달았다. 이 기자가 왜 이렇게 사와다를 찾아왔는지.

하지만 사와다는 표정에 드러내지 않았다. 대신 표현한 것은 분노였다. 기자와 눈이 마주쳤다. 사와다의 표정에 변화가 일어나기를 기대한 시선이었다.

"요코하마 모자 사상 사고 말입니다. 운송회사의 정비 불량이라는 결론이었지만 그 운송회사는 그걸 인정하지 않는다고 들었습니다. 알아보니 그 회사 말고 다른 회사에서도 같은 사고가 있었고, 대부분 호프자동차 트럭이나 트레일러가 일으킨 사고더군요."

에노모토는 단숨에 쏟아냈다.

"모릅니다. 그런 건."

다시 걸음을 뗀 사와다는 아파트 입구 잠금장치를 해제하기 위해 열쇠를 꽂았다. 에노모토는 아랑곳하지 않고 사와다의 등에 대고 말을 걸었다.

"클레임 처리를 맡은 사와다 씨죠? 아카마쓰운송에 어떻게 대응하셨는지 말씀을 들을 수 없을까요?"

"이건 실례야! 계속 이러면 경찰을 부르겠어."

사와다는 단호한 말투로 내뱉고 엘리베이터 홀로 갔다.

이럴 때면 꼭 엘리베이터는 늦게 온다. 유리로 된 자동문 너머에서 에노모토가 또 말을 걸었다.

이윽고 엘리베이터가 와서 문이 열렸다. 문이 닫히는 순간, 기자의 큰 목소리가 듣고 싶지 않아도 사와다의 귀에 들어왔다.

"와기리 사고라는 말, 아십니까? 사실은 리콜 은폐를 하고 있지 않습니까? 호프자동차는……."

사와다를 태운 엘리베이터가 위로 올라갔다. 하지만 반대로 온몸의 피는 갑자기 발아래로 급강하했다.

와기리 사고……. 사와다마저 조금 전에 알게 된 은어를 기자는 이미 알고 있었다. 비슷한 타이어 이탈사고도, 그리고 리콜 은폐 의혹도.

어떻게 정보가 새어 나갔을까. 그뿐만 아니다. 사와다가 사는 집은 어떻게 알아냈을까. 이해가 되지 않았다. 홍보 담당자들이 이야기했을 리는 없고, 애당초 사와다가 고객 대응 책임자라는 사실은 일반적으로 알려지지 않았다.

회사 내부에서 정보가 샜다고밖에 생각할 수 없었다.

집이 있는 5층에 내린 사와다는 스멀스멀 밀려드는 위기감에 푸르르 몸을 떨고, 신주쿠역에서 산 페트병에 든 물을 마셨다. 휴대전화를 꺼내 방금 기자와 나눈 대화 내용을 고마키에게 전했다.

아직 전철 안이라는 고마키는 이야기를 듣더니 "움직이기 시작했군"이라고 했다.

"우리 뜻과 관계없이 세상은 진상을 깨닫기 시작하고 있어. 어리숙하게 굴다가는 잠든 사이에 목이 날아갈지도 몰라."

악의와 정의는 종이 한 장 차이다. 불만을 늘어놓을 수 있는 것도 회사가 존재하기 때문이다.

하지만 이미…… 늦었는지도 모른다.

사와다에게 아이디어가 하나 떠오른 것은 바로 이때였다.

6

그날, 8시 조금 전에 집을 나선 아카마쓰가 전철을 갈아타고 요코하마 시내에 있는 그 절에 도착한 때는 법요가 시작되기 10분 전이었다. 전무인 미야시로와 가장 가까운 역에서 만나 택시로 절 앞까지 간 아카마쓰는 거기서 본당까지 돌길을 거의 아무 말 없이 걸었다.

사고로 세상을 떠난 주부 유기 다에코의 남편에게는 미리 방문하겠다는 뜻을 전달했지만 돌아온 대답은 '오시면 곤란하다'라는 거절이었다.

흔히 사십구재라고 하면 친척끼리만 하는 일이 많지만 사고 피해자이기 때문에 이미 본당 앞에는 많은 사람이 모여 신발을 벗고 안으로 들어가는 모습이 보였다.

그 사람들에게 일일이 인사하는 유기 마사후미는 아카마쓰와 미야시로를 보자 미간을 찌푸리며 불쾌한 표정을 숨기려 하지 않았다.

"죄송합니다. 제발 분향만이라도 하고 싶어서."

어금니를 꾹 깨문 유기는 본당 쪽으로 흘끔 시선을 돌려 상황을 듣고 나타난 나이 든 여성에게 "잠깐 부탁드리겠습니다"라고 하며 그 자리를 떠났다. 나이 든 여성 뒤에 있던 초등학생으로 보이는 사내아이가 그런 유기의 뒷모습을 불안한 눈으로 바라보았다.

절에 있는 정원 구석까지 가니 등나무 시렁이 있었다. 겨울철 쓸쓸한 풍경 속에 싸늘한 덩굴이 시렁 기둥을 휘감고 있었다. 유기는 그 아래까지 가더니 멈춰 서서 "솔직히 당신들 얼굴을 보면 내가 무슨 짓을 저지르고 말 것 같아 괴롭습니다"라고 했다.

"정말 면목 없습니다."

아카마쓰는 미야시로와 함께 머리를 깊숙이 숙였다.

대답은 없다. 얼굴을 들었을 때 유기는 분노로 창백해진 표정으로 팔짱을 끼고 있었다.

세상을 떠난 주부도 젊었는데 유기도 아직 서른 정도로 보이는 나이였다. 듣기로 요코하마 시내에 있는 전자부품 메이커에 근무하는 영업직 직원이라고 했다.

"왜 사과하죠? 혐의를 부인하시지 않습니까?"

뜻밖의 비난에 아카마쓰는 "아뇨, 그건" 하며 변명하려고 했다.

"면목이 없다고 입으로만 그러는 거 아닙니까? 대체 당신은 어떻게 된 사람이죠?"

유기는 버럭 화를 냈다. 양복보다 캐주얼 셔츠가 더 어울릴 점잖은 얼굴이지만 지금은 아카마쓰에게 불같이 화를 내고 있다. 너무 화가 난 나머지 말까지 더듬으며 퍼붓는 유기에게 아카마쓰는 어떻게든 설명을 하려는데, "아빠" 하고 작은 목소리가 들려왔다.

조금 전 그 남자아이가 어느새 따라와 아카마쓰와 미야시로를 바라보고 있었다.

"잘 있었니, 다카시?"

아카마쓰는 아이 이름을 알고 있었다.

"이제 이마에 난 상처는 나았어? 아프지 않니?"

"그만두세요!"

유기가 가로막았다.

"이제 곧 시작되니 실례합니다. 분향도 하지 말아주세요. 당신들이 오면 다에코도 마음이 편치 않을 겁니다. ……가자, 다카시."

그러더니 아이 손을 잡고 유기는 걸음을 옮겼다.

후우, 하고 미야시로가 깊은 한숨을 내쉬었다.

"어쩔 수 없군."

아카마쓰가 중얼거리자 미야시로도 "그렇군요"라고 대꾸했다.

유기 부자가 들어간 본당 밖에서 두 사람은 법요가 끝날 때까지 염주를 들고 기다렸다. 독경과 분향이 끝나고 분향객이 물러가는 모습을 옆으로 비켜서서 지켜보다가, 다시 유기 가족이 나왔을 때 아카마쓰는 "유기 씨" 하고 말을 걸었다.

유기는 그냥 지나쳐버릴까 망설이는 듯했는데 그때 그의 어머니로 보이는 사람이 이쪽으로 오려는 걸 보고 "내가 갈게요"라며 가로막았다.

다시 마주 선 유기는 눈에 눈물이 살짝 비쳐, 아카마쓰는 심장이 짓눌리는 듯했다.

"죄송하다는 말씀밖에 드릴 수 없군요."

아카마쓰가 입을 열었다.

"운송회사를 하고 있어 트럭 몇십 대를 운행하는 일을 생업으로 삼고 있습니다. 그 결과 우리 트럭이 소중한 인명을 빼앗았다는 사실 앞에서는 뭐라 드릴 말씀이 떠오르지 않습니다."

유기의 뺨이 붉어지더니 슬퍼서라기보다 분해서 이를 갈듯 아카마쓰를 노려보았다. 대꾸는 없었다.

"이런 말씀을 드려도 믿어주실지 모르지만, 저희는 차량 정비를 착실하게 해왔습니다. 호프자동차에서는 정비 불량이 원인이라고 하는데 솔직히 말씀드려서 그런 일은 없습니다."

"그럼 왜 그런 일이 일어났죠! 이런 터무니없는 변명이나 하다니, 정말 믿기지 않는군. 이봐! 사람이 죽었다고!"

"부인께서 돌아가신 일은 무겁게 받아들이고 있습니다. 될 수 있으면 성의껏 대응할 생각입니다. 하지만 사고 원인에 대해서는, 세상 사람들이 이야기하듯 정비를 대충 하지는 않습니다. 그건 맹세코, 틀림없습니다."

"그게 당신 성의입니까?"

유기가 내뱉었다.

"사고 결과에는 책임을 지지만 원인에 대해서는 모르겠다며 자기 잘못을 인정하지 않는다니. 그런 태도로 잘도 성의를 보이겠다는 소리를 하는군요! 도대체 머릿속이 어떻게 되어 있는 겁니까?"

"만약 저희 과실이 있다면 도망치지도 않고 숨지도 않겠습니다. 인정하겠습니다. 하지만 타이어 이탈사고 원인에 저희 과실이 있다고는 도저히 생각할 수 없습니다."

"그런 말도 안 되는 소리를."

유기가 내뱉으며 발을 굴렀다.

"사실은 호프자동차에 사고 부품 반환을 요구하고 있습니다."

유기가 분노로 끓어오르는 얼굴을 들었다. 아카마쓰는 말을 이었다.

"다카사키에서도 호프자동차의 트럭이 다에코 님의 목숨을 잃은 경우와 같은 사고를 낸 적이 있다는 사실도 확인했습니다. 정말로 정비 불량인지 어떤지, 저희로서는 믿을 만한 조사기관에 보내 판단을 받을 작정입니다만 호프자동차는 그 부품 반환에도 응하지 않는 태도를 보입니다."

"그래서 어쨌다는 겁니까? 호프자동차잖아요, 상대는. 그 조사 결과에 별 볼 일 없는 동네 운송회사 주제에 이의를 제기하다니, 누가 봐도 이상하지 않나? 정비를 제대로 하고 있었다고 해도 그걸 믿을 수 있겠습니까?"

"저희가 혐의를 인정하지 않는다는 사실에 유기 씨가 화를 내시는 건 당연한 일이라고 생각합니다. 그렇지만 유기 씨도 진상은 밝혀져야 한다고 생각하실 겁니다. 사고의 진짜 원인이 무엇인지, 거기에 조금이라도 의문이 있다면 확실하게 밝혀야 합니다. 이건 저희 책임이고 돌아가신 부인을 위해서도 절대로 밝혀낼 작정입니다. 지금 저희는……."

아카마쓰는 어금니를 꾹 깨물어 치밀어 오르는 것을 눌러 넣었다.

"이런 식으로밖에 고인을 조문할 수가 없군요. 다시는 이런 사고가 일어나지 않도록 하는 일 이외에 돌아가신 분에게 속죄할 길은 없다고 생각합니다. 과실이 있는데 억지를 부리는 거로 보일지도 모르지만, 만약 저희에게 과실이 있다면 절대로 이렇게 하지 못할 겁니다."

"그건 저도 말씀드리려고 했던 이야기입니다."

그때까지 잠자코 있던 미야시로가 덧붙였다.

"저는 전무인 미야시로라고 합니다. 저희는 성심성의껏, 고객님께 정성을 다하고 있습니다. 자랑할 거라고는 정직 하나뿐인 회사입니다. 혐의를 부인해서 저희에 대한 인상이 나빠지셨을지도 모르겠습니다만, 저지르지도 않은 혐의를 인정하면 그것이야말로 무책임하기 짝이 없는 태도라고 생각합니다. 저희 사장은 잔꾀를 부려 얼렁뚱땅 넘어가는 그런 사람이 아닙니다. 이것만은 제발 알아주셨으면 합니다."

유기는 대답이 없었다.

팔짱을 낀 채 뺨을 잔뜩 부풀리고 발아래를 가만히 바라보았다. 이윽고 얼굴을 들었지만, 시선은 아카마쓰나 미야시로가 아니라 지금 독경을 하는 본당 주변을 방황하며 천 갈래 만 갈래 흐트러진 마음을 추스르는 듯했다.

"왜 우리지?"

이윽고 유기의 입에서 그런 말이 흘러나와, 아카마쓰는 표정이 굳어졌다.

"왜 하필 우리일까. 이렇게 많은 사람이 있고 대충 살아가는 놈들도 잔뜩 있는데. 죽고 싶어 하는 사람들도 잔뜩 있을 텐데. 왜 우리지?"

아직 청년이라고 해도 좋을 만한 옆얼굴에서 뺨이 푸르르 떨렸다. 눈에는 눈물이 가득 넘쳐 그게 뺨을 타고 흐르기 직전에 팔로 닦아낸 유기는 이렇게 내뱉고 등을 돌려 잰걸음으로 멀어져갔다.

"당신들 가족이 이렇게 되어봐! 그러면 상대방 심정을 알 수 있을 테니까."

절 앞에 주차장이 있고, 거기 원 박스 카 한 대가 서 있었다. 유기가 운전석에 올라타더니 뒷좌석 창이 열리고 남자아이가 얼굴을 내밀었다. 그 너머에 할머니로 보이는 아까 그 여성의 모습이 보여 아카마쓰는 머리를 깊숙이 숙였다.

하지만 그 원 박스 카는 조금 움직이다가 불쑥 멈췄다.

이상하다 싶어 보고 있는데 문이 열리고 아까 그 남자아이가 달려 내려왔다. 똑바로 아카마쓰에게 오더니 "이거 받으세요"라며 손에 들고 있던 것을 내밀었다.

"고마워. 미안하구나, 다카시야."

다카시는 수줍은 듯한 표정을 지을 뿐 더는 대꾸하지 않고 다시 할머니와 아빠가 기다리는 차로 달려갔다.

얼핏 법요에 참석한 답례품 같은 것으로 생각했다. 하지만 지금 손에 든 그것은 무게가 있다.

원 박스 카가 사라져 보이지 않게 될 때까지 배웅한 아카마쓰는 봉투에 든 그것을 꺼내보았다.

"추도문집……?"

'종이비행기'.

제목을 보고 책장을 뒤적뒤적 넘기던 아카마쓰는 워드프로세서 원고가 많은 가운데 딱 하나만 손글씨로 된 페이지를 발견하고 손길을 멈췄다.

만약에 하느님에게 딱 한 가지 소원을 빈다고 하면

유기 다카시

손글씨로 적은 제목 다음에는 이렇게 적혀 있었다.

"한 번 더 엄마와 이야기할 수 있게 해주세요."

엄마로 보이는 여성과 손을 잡은 남자아이가 그려진 서툰 그림을 본 순간, 아카마쓰는 참을 수 없었다. 눈물이 점점 그 그림을 적셨다. 아카마쓰는 이를 악물고 하늘을 노려보며 속으로 외쳤다.

하필 왜 이 사람들이냐, 라고.

제6장

레지스탕스

1

"조사역님, 호프자동차 미우라 씨 전화입니다."

전화가 왔다고 알려주는 그 목소리를 듣고 한숨을 내쉬며 이자 키는 깜박거리는 비즈니스 폰* 버튼을 손가락으로 눌렀다.

호프자동차에서 200억 엔에 이르는 거액의 융자 신청이 들어온 뒤부터 미우라는 거의 매일 진행 상황을 물어왔다.

귀찮지만 그렇다고 저쪽이 바라는 대답을 해주며 얼버무릴 수 도 없다. 실적 하향 수정이라는 내용도 큰 문제이고 장래성 확인도 어려운데, 그뿐만 아니라 〈주간 조류〉의 에노모토가 가지고 온 리

---

* 전화기 한 대로 여러 개의 외선, 내선 전화번호를 사용할 수 있으며 업무 처리에 도움이 될 여러 기능을 함께 갖춘 전화기.

콜 은폐 정보도 있다.

기모토 차장이 진상을 조사하라는 지시를 한 지 일주일이 지났다. 어제는 '진상은 아직 밝히지 못했음'이라는, '토끼 한 마리도 잡지 못했음'이나 마찬가지인 성과 없는 중간보고만 했다. 이런 융자 신청은 할 수만 있다면 바로 거절하고 싶다. 그렇지만 마키타 전무의 의향도 있어 그럴 수 없어, 말하자면 이러지도 못하고 저러지도 못하는 상황이었다.

"이자키 씨, 어떻게 됐습니까? 오늘쯤 심사 결과가 나오지 않을까 싶어서."

이 사람이, 무슨 소리를 하는 거지……?

이자키는 지긋지긋해 한숨을 내쉬었다.

심사 결과는커녕 호프자동차가 제출한 사업계획서의 실현 가능성 검토 작업도 아직 끝나지 않았다. 그런 상황을 어제 설명했으니 미우라도 빤히 알고 있을 텐데 하루 뒤에 마치 아무 일도 없었다는 듯이 진행 상황을 묻는다.

미우라 계장 딴에는 압박을 넣는 것일 테지만 이자키에게는 그냥 번거로울 뿐이다. 시치미 뚝 뗀 미우라의 얼굴을 떠올리기만 해도 두드러기가 날 것 같다.

"상황은 어제 말씀드렸습니다."

"대체 언제까지 검토하실 작정인가요, 이자키 씨. 나 참, 곤란한 양반이네."

미우라의 거드름 피우는 말투에 이자키는 짐짓 들으라는 듯 한숨을 내쉬었다.

"사실 어제 가노 상무가 '그 건은 어떻게 되었느냐?'고 물어서."

이번에는 위협인가? 미우라가 말을 이었다.

"미안하지만 진전이 별로 없다고 상황은 말씀드렸어요. 저로서도 이자키 씨를 더는 두둔해드릴 수 없어서."

'너 같은 놈에게 두둔 받고 싶은 마음 눈곱만큼도 없다.' 이렇게 말하고 싶었지만 "그래요?" 하며 무뚝뚝하게 대꾸하고 말았다. 호프자동차의 가노 상무가 뭐라건 내가 알 바 아니다.

은행이라는 조직에서는 융자 신청이 통과되려면 담당자가 자기 의견을 붙여 '지원하고 싶다'라고 써서 올려야 한다. 그렇지만 일단 그렇게 의견을 적으면 그 융자 건에 문제가 발생했을 때 이자키도 책임을 져야 한다. 설사 전무 의향 때문에 어쩔 수 없이 그렇게 적었다고 해도, 은행은 그런 변명이 통하는 조직이 아니다.

"이자키 씨. 어지간히 좀 하시죠. 가노 상무도 화가 잔뜩 났어요. 어쩌려고 그래요, 이자키 씨?"

어처구니없다는 투로 미우라가 말했다.

"어쩌다뇨?"

어이가 없어 이자키가 되물었다.

"그, 러, 니, 까, 어휴, 답답해."

서서히 빈정거리기 좋아하는 본성을 드러냈다고 생각하면서, 이자키는 의자 등받이에 기댔다. 말없이 상대방이 어떻게 나올지 기다리자 미우라가 협박이라도 하듯 이렇게 말했다.

"아마 우리 가노 상무가 그쪽으로 갈 겁니다."

미우라는 가노라는 이름을 꺼내면 이자키가 벌벌 떨 줄 아는 모양이다. 착각이 너무 심하다. 임원 이름만 들어도 넙죽 엎드릴 거라는 생각은 봉건시대 못지않은 계급 제도가 여전히 통하는 호프자동차답다고 할 수 있지만, 그런 생각으로는 은행원을 도저히 당해내지 못한다. 추운 지방의 자동차가 대용량 배터리를 장착하듯, 은행이라는 직장 환경에 적응한 이자키도 뻔뻔함과 두둑한 배짱을 갖추고 있다.

"언제 오실 겁니까?"

이자키가 말을 이었다.

"일단 스케줄을 비워둘 테니 들르시죠."

"뭐요?"

미우라는 버럭 소리를 지르고 어처구니없다는 듯 말을 이었다.

"이자키 씨, 지금 무슨 생각을 하는 거예요? 난 클레임을 걸고 있다고요."

"까다로운 기안이라서 그만큼 시간이 걸리는 건 어쩔 수 없을 텐데요. 간단하게 결론이 나올 이야기도 아니고요."

"마키타 전무 의향을 잊었습니까?"

"그럴 리가요. 다만 마키타 전무 의향은 어디까지나 그분 의견일 뿐이죠."

미우라의 반박을 바로 받아낸 이자키는 "은행이 융자를 해주지 않는다고 클레임을 건다니. 착각도 어지간하군요, 미우라 재무계장님" 하고 못을 박았다. 여느 때는 이렇게까지 하지 않지만, 며칠 동안 계속 괴롭히듯 걸어오는 전화를 받다 보니 역시 더는 견딜 수 없었다.

"애당초 귀사의 사업계획이 대폭 하향 수정된다는 점이 상황을 어렵게 만드는 근본 원인이라서."

"어쩔 수 없죠, 경기가 지금 이 모양이라."

또 경기 타령인가? 이자키는 넌덜머리가 났다. 너무 깊이가 없다! 호프자동차는 경영자도 경영자지만 담당자도 문제다. 재무 담당자라는 사람이 이렇게 아무 생각이 없다니!

"그래서요? 대체 언제까지 기다리게 하시려고요? 언제 결과를 내주실지, 대략 언제쯤이 될지 알려줄 수 없습니까?"

어떻게든 기안서 결재일을 약속받으려는 미우라를 "좀 더 기다리세요"라는 말로 적당히 피하고 이자키는 수화기를 내려놓았다.

호프자동차 기안은 아직 올리지 않았다. 아니 그럴 수 있는 상태가 아니다.

사업계획서의 행방에 확신이 생길 때까지. 그리고, 이건 미우라에겐 이야기하지 않았지만, 리콜 은폐 의혹이 사라질 때까지.

은행을 우습게 보지 마.

이자키는 속으로 전화 저편에 대고 말하고, 다시 융자 자료 검토를 시작했다.

미우라가 예고한 대로 가노는 그날 오후에 방문했다.

"저번에 부탁한 지원 건 말인데, 그 뒤로 어떻게 되었는지 궁금해서."

가노 상무는 이자키가 응접실로 들어오기를 기다렸다가 마키타 전무에게 용건을 꺼냈다.

"벌써 일주일 넘게 지났고 나름대로 가능성은 알려줘도 괜찮을 거로 생각하는데요."

"어떻게 되고 있나, 기모토 차장?"

전무가 노려보자 기모토는 괴로운 듯 헛기침을 했다.

"사업계획서 내용을 꼼꼼하게 검토하고 있습니다."

"그건 나도 알고. 그런데 왜 기안서가 올라오지 않지, 기모토 차장?"

마키타가 노골적으로 비난하는 말투로 물었다. 그 옆에서 미우라가 의기양양하게 빙긋이 웃으며 후련하다는 표정을 지었다.

"시간이 좀 걸립니다."

기모토의 발언에 마키타는 "늦어!" 하며 불쾌한 표정을 지었다.

기모토가 흘끔 이자키를 보며 '네가 뭐라고 좀 해봐'라는 눈으로 지원을 요청했다.

"제가 진행하는 검토 작업에 시간이 걸리는 상태입니다."

이자키가 옆에서 말하자 가노가 "필요한 자료는 모두 제출했을 텐데" 하고 바로 이의를 제기했다.

"자료는 받았습니다. 지난번에도 검토 작업에는 마찬가지로 시간이 걸렸습니다."

그 한마디에 분위기가 화학반응이라도 일으킨 듯 험악해지기 시작했다. 호프자동차라는 같은 그룹 기업의 임원과 은행 담당자. 조사역이라는 이자키의 직함은 이른바 '책임 있는 직함' 가운데는 가장 낮은 랭킹이다. 과장과 계장을 함께 접대한 것만으로 '나를 우롱하는 건가?' 하고 과장이 기분 나쁘게 여길 만큼 계급 의식이 강한 호프자동차다. 그런 회사 임원이 보기에는 설마 그런 '말단'이 자기 의견을 내세우다니, 도저히 상상할 수 없는 일일 것이다.

"지난번에는 받은 자료를 그대로 믿고 기안을 올려 지원했습니다. 그렇지만 실적은 그 자료의 예상을 훨씬 밑도는 결과를 내고 있습니다. 그러니 이번에 받은 실적 예상을 그대로 받아들일 수는 없죠. 꼼꼼하게 검토해야 할 필요가 있습니다. 이해해주실 수 있을 거로 생각합니다만."

가노 상무의 벌겋게 물든 이마에 핏대가 섰다.

"이거 뜻밖의 말을 듣는군요!"

크롬테 안경 안에서 이지적이라기보다 교활함이 깃든 눈이 이자키를 노려보았다. 엘리트 의식이 강한 사람들이 가장 화를 내는 것은 모욕을 당했을 때다. 마키타에게 한 말 같지만, 그 시선은 이자키를 똑바로 보고 있었다.

"호프은행과는 신뢰 관계로 일을 해왔는데 말이죠. 배신당한 기분입니다."

그리고 마키타를 휙 돌아보며 말했다.

"전무님, 담당자가 이렇게 비우호적인 태도면 저희도 곤란합니다."

"지당하신 말씀입니다."

마키타는 철저하게 가노 편을 들었다.

"기모토 차장."

마키타가 근엄한 표정으로 등을 쭉 펴고 주눅이 든 기모토를 꾸짖었다.

"대체 뭐 하는 건가, 자네. 담당자 교육을 하나부터 다시 해! 상황에 따라 담당자를 교체를 해서라도 빨리 기안을 올리도록. 알겠나?"

기모토는 괴롭기 짝이 없다는 표정으로 입술을 깨물었다. 그런 모습을 내내 지켜보던 미우라는 자기 뜻을 이루었다는 듯 고개를 크게 끄덕이고 슬쩍 웃으며 가노와 함께 거드름을 피우며 돌아갔다.

2

영업부가 있는 층으로 돌아온 기모토는 "잠깐 시간 좀" 하며 이자키를 불렀다. 이자키는 기모토 차장에게 실컷 질책당할 거로 생각했다. 하지만 그 예상은 빗나갔다. 바로 기모토가 이자키를 데리고 간 곳은 네 명인 영업부장 가운데 직속 상사인 하마나카 조지 부장의 방이었다.

"사실은 전무님에게 꾸중을 들었습니다."

부장실 책상에서 서류를 보고 있던 하마나카는 그 자세 그대로 책상 앞에 선 두 사람을 눈동자만 움직여 쳐다보았다. 대답은 없다. 그리고 두 팔꿈치를 책상에 얹더니 얼굴 앞에서 기다란 손가락으로 깍지를 껴 '이야기해봐'라는 표정으로 다음 말을 기다렸다.

"호프자동차에서 신청한 200억 엔 지원 건인데 결정이 늦어진다는 질책입니다. 다만 호프자동차의 실적을 생각하면 그리 간단하게 기안을 올릴 사안이 아닙니다."

"실적이 하향 수정되었지?"

"그건 아직 발표되지 않았습니다. 아마 우리 은행의 지원이 결정되면 뭉뚱그려서 발표하려는 생각이 아닐까 추측됩니다만."

심사숙고하며 차분한 하마나카는 허공에 시선을 던진 채 머리를 굴렸다. 영업부장 의자는 장차 은행장도 될 수 있는 엘리트가 앉는 자리다. 호프은행의 모든 거래처 가운데서도 가장 중요한 중심 기업만 담당하는 이 부서의 책임자 가운데도 하마나카만 한 적임자는 없다. 무슨 일에나 냉정하고 신중한 지휘관은 그 깊은 통찰력과 균형 감각을 지닌 일류 은행원이며 동시에 관리자로서 후배들의 신임을 얻고 있다.

"지원하는 방향으로 마무리하고 싶은 마음은 굴뚝같지만……. 확실히, 어렵지. 숫자는 어떤가?"

하마나카가 물었다. 이자키에게 던진 질문이다.

"지난번 계획과 비교하면 최종 실적 예상 금액까지 내려갔습니다. 일과성 부진이라면 몰라도, 말하자면 지난번 계획이 너무 어설펐다는 걸 인정한 셈입니다. 하지만 그 계획을 근거로 지원할 수 있는 융자 금액은 이미 지원한 상태입니다."

"마키타 전무님은 그래도 지원하는 방향으로 하라고 하시고."

기모토의 말에 하마나카의 눈썹이 살짝 찡그려졌다. 작년 말에 있었던 소동이 떠올랐다.

호프자동차가 제출했던 리바이벌 플랜, 즉 사업 재생 계획을 믿느냐 마느냐. 임원 회의가 양쪽으로 갈라질 지경으로 논쟁이 심했던 그때, 이자키가 쓴 지원해주자는 방향의 기안에 대해 하마나카는 처음에는 승인을 꺼렸다.

"정말로 이렇게 될 거로 생각하나?"

몇 번이나 그렇게 묻고, 숫자가 지닌 자세한 배경까지 질문했던 것으로 기억한다.

하마나카 자신이 호프자동차에 대해서는 회의론자였다. 그런 의미에서 마키타처럼 무턱대고 지지하는 사람과는 차이가 난다. 그래서 마침내 이자키는 기모토가 자신을 이 방으로 데리고 온 의도를 이해하고 다시 하마나카의 얼굴을 보았다.

"다만 신경 쓰이는 점도 있습니다."

기모토가 말을 이었다.

"아무래도 리콜 은폐 소문이 도는 듯합니다."

하마나카가 얇은 입술을 움직여 "그게 무슨 소리지?"라고 조바심이 나는 듯, 그러면서도 왠지 긴박한 느낌이 드는 목소리로 물었다. 물론 그 조바심은 호프자동차를 향한 것이다.

기모토가 이자키에게 어서 말씀드리라고 했다. 〈주간 조류〉의 에노모토에게 들은 내용을 이야기하는 동안 하마나카는 말없이 듣고 혀를 차더니 몸을 의자 등받이에 기댔다.

"확인할 수 없나?"

"경리 담당인 미우라 씨를 슬쩍 찔러봤는데 아니라고 했습니다. 가노 상무에게 직접 묻고 싶었지만, 오늘은 상황이 그럴 수 없는 분위기였습니다."

"프라이드가 높지."

하마나카는 의미심장하게 말했다.

"프라이드만 높아. 그래서 너무 거추장스러워."

"그러니 이 건이 확실해질 때까지는 상황을 보는 편이 좋지 않겠나 생각했습니다만."

"마키타 전무 귀에는 들어갔나?"

"아뇨."

기모토는 고개를 저었다.

"주간지 기자의 미확인 정보라서요."

"오히려 가십이라고 화를 낼지도 모르지. 어쩌면 그러니까 더 확실하게 지원하라고 하거나."

하마나카는 마키타의 성격을 아주 잘 알기 때문에 당연한 소리를 했다.

"다만 정보가 너무나 단편적이군. 저쪽은 영업 타입이야."

그 말은 마치 '생각하는 타입이 아니다'라고 하고 싶은 듯한 말투이기도 했다. 그것도 무리가 아닌 것이, 하마나카는 은행 안에서 최고의 이론가이며 동시에 국제통으로 불리는 초일류 은행원이다. 한때 IMF에도 파견을 나가 실적을 올리고, 하버드대학에서 교수로 초빙되어도 좋을 정도로 평가받은 경력도 빛난다. 한편 마키타는 국내 영업에서 꾸준히 성적을 내온 고객 밀착형 방문영업의 총본산 같은 사람이었다.

로맨스그레이에 키 크고 맵시 좋은 하마나카는 호프 그룹을 대표할 만한 신사의 모습을 그대로 보여주고 있다. 그에 비해 마키타는 키가 작고, 뚱보에 대머리라는 삼박자에 두툼한 안경까지 쓴, 돋보이지 않는 외모다.

마키타는 은행 안팎에 쌓은 인맥을 밑천으로 특히 숫자를 만드는 일, 즉 실적을 올리는 일만을 최고로 삼아 이 자리까지 올라왔다. 그가 아는 은행은 대출해주는 게 거의 전부인 세계다. 하지만 하마나카가 추구하는 은행 업무는 더 세련되고 우아하며, 마음에 들지 않으면 외면하고 뒤돌아보지 않는다.

하지만 은행이란 조직은 재미있다. 그 마키타도 예전에는 영업부장으로서 지금 하마나카가 앉아 있는 자리에 있었다. 호프자동차 가노 상무와의 관계는 그때부터 생긴 것이다. 흙냄새 나는 감정적이고 의리와 인정에 끌리는 은행원과 세련되고 관계에 건조한 은행원. 얼핏 보기에도 성장 환경까지 다를 두 은행원이 실적 부진인 호프자동차라는 기막힌 리트머스 시험지를 앞에 두고 같은 반응을 보일 리 없다.

"알았어. 마키타 전무에겐 내가 한마디 하지. 그리고 기안 말인데."

하마나카의 다음 한마디에 이자키는 신경을 집중시켰다.

"자네가 이해될 때까지 검토해. 이해가 안 되는데 내게 가져오지 말아줘. 호프자동차에서 낸 사업계획서 이야기야, 이자키."

불쑥 이름을 부르는 바람에 이자키는 뺨에 힘을 주었다.

"목표를 달성할 수 있겠다는 근거가 없다면 딱 잘라 거절해. 신빙성 있는 계획이 나올 때까지 기안서는 올리지 마. 대충 짜 맞춘 글짓기에 난 관심 없으니까."

냉철하다고도 할 수 있는 지시였다.

3

"말을 듣지 않는 은행원을 내 뜻대로 움직이기 위해서는 한번 호통을 치는 게 최고야. 안 그래, 미우라 계장?"

호프은행과 호프자동차 본사는 같은 오테마치에 있어 가깝다. 그 짧은 거리를 이동하면서 가노 상무는 옆에서 얌전히 따라오는 미우라에게 동의를 구했다.

"전적으로 동감합니다. 시키지 않으면 하지 않다니, 말도 안 되죠. 게다가 그 담당자는 우리 회사에 아주 회의적이라 리콜 은폐가 더는 없느냐고 아직도 끈질기게 묻는 상태입니다."

가노의 마음에 잔물결이 일어, 미우라가 한 말을 머릿속에서 되새김질했다. 미우라는 자기 말이 가노를 화나게 했다고 착각했는지, 어색한 헛기침과 함께 입을 다물었다. 3년 전 리콜 은폐가 들통났을 때 품질보증부 부부장이었던 가노는 이사 겸 부장으로 발탁되었고, 그 뒤 상무로 단숨에 뛰어올랐다.

신문이나 텔레비전에서 매일 호프 때리기라고 해도 좋을 만큼 요란스러운 소동이 벌어지는 중에 경질된 부장 대신 품질보증부 최고 책임자가 된 가노는 동시에 대책본부를 이끌며 회사 안의 부정을 쓸어내는 역할을 맡았다.

아직 리콜 은폐가 있는 게 아니냐는 의심은 가노의 공적을 부정하는 짓에 가깝다. 은행원의 무슨 말인지도 모를 넋두리라고는 해도 원래는 다시 돌아가 한바탕 호통을 치고 와야 할 만한 일이다. 그러나.

"무슨 근거로 그런 소리를 하는 거지, 그 친구는? 이자키라고 했던가?"

"글쎄요, 그건 모르겠습니다."

가노가 화가 난 게 아니라는 걸 알자 미우라가 안도한 표정으로 대답했다.

"다만 은행이라는 곳에는 여러 가지 정보가 들어온다는 투의 이야기를 하기는 했습니다. 그 가운데는 내버릴 수 없는 것도 있다고요. 무례한 이야기죠. 우리 회사를 우롱할 작정이냐고 야단을 쳤습니다."

짧은 웃음으로 대신한 가노에게 미우라는 의기양양한 표정을 지어 보였다. 하지만 그 표정과는 달리 가노의 마음속에서는 한 가닥 불안이 머리를 들어 바로 웃음을 지웠다.

내버릴 수 없는 정보라고?

그 이자키라는 은행원이 과연 어떤 정보를 쥐고 있는 걸까. 가노는 신경이 쓰였다.

　메구로구 가키노키자카에 있는 가노의 집에 보낸 사람이 누군
지 알 수 없는 편지 한 통이 날아든 것은 아직 여름 더위가 남아 있
던 9월이었던 것으로 기억한다.
　"여보, 보낸 사람이 적혀 있지 않은 편지가 왔는데, 어떡하죠?"
　수상하다는 표정으로 흔한 흰색 봉투를 들고 온 아내로부터 편
지를 받아 든 가노는 그걸 귀 옆에서 흔들어보았다.
　리콜 은폐가 들통난 지 3년. 이제 호프자동차에 쏟아지던 세간
의 이목이 줄어들었다고는 해도, 개중에는 고집스럽게 호프자동
차가 무너지기를 바라는 편집광도 있다. 실제로 그 소동이 한창일
때는 항의 편지가 매일 왔다. 그 가운데는 정치단체 이름을 내세
운 협박 비슷한 것이나, 면도칼이 든 편지 같은 것도 있었다. 3년
이란 세월이 흘렀다고 해도 아내가 경계하는 것은 당연하다.
　분명히 토요일 점심때가 가까운 시각이었다고 생각한다. 희한
하게 접대 골프 약속도 없어 혼자 서재에 있던 가노는 책상의 펜꽂
이에 있던 페이퍼 나이프로 봉투를 뜯어보았다.
　안에서 두 번 접은 편지지가 나왔다. 가노가 맥 빠진다는 듯 "그
냥 편지로군" 하고 한마디 하자, 그 말을 들은 아내는 방을 나갔다.
　하지만 그걸 펼쳐 읽은 가노는 한동안 당황스러워하다가 나중
에는 약간 화가 나 이게 어떻게 된 건가 싶어 조금 고민했다.
　거기에는 이런 내용이 적혀 있었다.

　가노 다케시 귀하

호프자동차를 사랑하는 사람으로서 한 말씀 드리겠습니다.

최근 품질보증부가 중심이 되어 개최하는 T회의라는 것이 존재하며 리콜 은폐가 이루어지고 있다는 이야기를 들어서 알게 된 사람입니다.

우리 회사는 3년 전의 불상사를 계기로 리콜 은폐, 몰래 수리 근절, 체질적인 부정을 몰아내고 새로 태어나겠다고 맹세했습니다. 그런데도 T회의 같은 비밀회의가 존재하고, 다시 예전과 같은 부정을 저지르기 위해 의논하고 있다는 사실에 큰 분노를 느낍니다.

하필이면 그런 회의를 3년 전에 대책 회의 리더까지 지낸 당신이 중심이 되어 운영하고 있다는 사실을 알고 그야말로 경악했습니다.

하루하루 호프자동차의 재건을 위해 노력하는 대부분의 직원을 대신해 여기에 바람을 말씀드립니다.

지금 당장 부정의 온상이라고나 해야 할 T회의를 멈추고 우리 회사 차량이 지닌 결함을 자세하게 밝히십시오. 리콜해야 하는 것은 리콜하겠다고 밝히고, 은폐가 아닌 공개로 사회의 신뢰를 얻어주십시오.

만약 당신이 아무 행동도 하지 않을 경우, 저는 지금 호프자동차에서 이루어지는 부정을 모두 공표하여 백일하에 드러낼 각오입니다.

이런 편지는 다시 보내지 않겠습니다. 즉, 이게 처음이자 마지막 충고입니다. 호프자동차를 더는 더럽히지 마십시오. 부탁입니다.

워드프로세서로 출력한 문서였다. 딱 한 장짜리 짧은 편지였으며, 보낸 사람 이름은 없었다.

그 편지지를 손에 든 가노의 머릿속에 떠오른 것은 품질보증부 직원들 얼굴이었다. 그 녀석들 가운데 한 명이 이 편지를 쓴 게 틀림없다고 생각했기 때문이다. 그건 직감 같은 것이다. 하지만 아무리 비밀회의라고는 해도 T회의가 존재한다는 사실이 외부로 흘러나갈 수는 있다. 누가 편지를 보냈는지, 가노가 밝혀내기는 불가능한 일이었다.

정말로 외부에 고발할 작정일까?

그리고 만약 고발당하면 어떻게 될까? 가노는 생각에 잠겼다.

하지만 가노는 설사 고발당해도 증명할 수는 없을 거라는 치밀한 결론을 내렸다. 그런 모호한 이야기에 덤벼들 언론은 없을 것이다. T회의의 내용도 숨기려고만 하면 얼마든지 숨길 수 있다. 게다가 정말로 숨겨야 할 정보는 T회의에 출석하는 20명밖에 모르는데, 가노는 당연히 이 참석자들을 신뢰했다. 이유는 간단하다. 그들은 호프자동차와 운명 공동체다. 그런 이익에 반하는 행위를 할만큼 멍청하지 않다.

그 회의에는 출석하지 않는, 품질보증부 소속 직원일까?

평소에는 고분고분한 직원인 척하면서 속으로 반발해 이런 괘씸한 편지를 써서 보내다니. 그런 파렴치하고 저속한 머리를 지닌 놈이 같은 회사에 있다. 가노는 그게 너무 화가 났다.

호프자동차를 사랑한다면서 이놈이 하는 짓은 기껏해야 싸구려 겉치레 정의를 진짜라고 착각하는 자기기만이다.

회사란 그런 게 아니다.

회사는 이익 추구를 가장 중요하게 여기는 집단이라 겉으로는 세간의 규칙을 지키는 모습을 보이지만 실제로는 그러고 있다가는 이익이 바로 손안에서 빠져나가고 마는 냉엄한 조직이다.

보기 좋은 행동만으로는 돈을 벌 수 없다. 호프자동차라는 명문 기업의 코어 컴피턴스, 즉 경쟁력의 원천은 바로 브랜드다. 정의라는 이름을 내세워 그 브랜드에 상처를 입히면 그건 회사에 대한 터무니없는 반역이며 기대수익의 상실을 초래하는 원흉이 된다.

누군지 모르지만 언젠가 반드시 이 편지를 보낸 놈을 찾아내 엄하게 벌하고 말 테다.

편지지를 다시 봉투에 넣으며 가노는 조용히 눈에 분노를 담아 그렇게 맹세했었다.

그로부터 3개월.

겨울철로 접어든 오테마치에 마지막 저녁 햇살 한 가닥이 비치고 있었다. 같은 호프 그룹 계열 건물이 쭉 늘어선 지역은 가노의 긍지를 일깨우고, 동시에 이자키라는 은행원의 태도에 대한 새로운 분노를 불러일으켰다.

"미우라."

가노는 자기 목소리가 뜻하지 않게 딱딱하다는 사실에 살짝 놀랐다.

"이자키라는 친구가 어떤 정보를 가지고 그런 터무니없는 소리를 하는지 제대로 확인해 보고하도록. 근거도 없이 그런 소리를 입에 올리는데 가만히 있을 수는 없지."

"예."

미우라는 짧게 대답했다.

"오늘 중으로 물어봐서 내일 아침에 보고해."

"알겠습니다."

미우라의 한마디에 크게 고개를 끄덕인 가노는 창백할 만큼 분노가 차오른 상태였는데, 바로 그때 차가 건물 뒤로 들어섰기 때문에 그 표정은 어둠에 가려져 보이지 않았다.

4

"아까는 실례했습니다, 이자키 씨."

하마나카 부장 방에서 나와 얼마 있다가 미우라가 건 전화를 받았다. 무슨 사무적인 용건이 있다면 가노를 먼저 보내고 남아서 이야기하면 됐을 텐데. 그렇게 생각한 이자키에게 미우라가 한 말은 뜻밖이었다.

"이자키 씨, 지난번에 리콜 은폐 어쩌고 하는 이야기를 했잖아요? 사실은 그 내용을 우리 가노 상무에게 말씀드렸더니 크게 화를 내시더라고요."

가노를 방패로 내세우며 이래도 버틸 수 있겠느냐는 듯, 미우라가 숨 돌릴 틈도 없이 바로 말을 이었다.

"이자키 씨가 도대체 무슨 근거로 그런 말을 하는지 이유를 물어보고 보고하라는 겁니다. 여보세요, 듣고 있습니까, 이자키 씨?"

"예. 그래서요?"

이자키는 짜증이 나서 대꾸했다.

"그래서가 아니죠. 우리 회사로서는 말이죠, 리콜 은폐가 있는 게 아니냐 하는 말은 용서할 수 없는 우롱입니다. 담당자로서 너무 세심하지 못한 언행이라고 저는 생각합니다!"

"예."

이야기하다 보니 흥분한 듯한 미우라의 목소리에 이자키는 넌

덜머리가 났다.

"말씀해주실 수 없어요? 대체 이자키 씨가 무슨 생각으로 그런 말을 했는지. 상황에 따라서는 그냥 넘어갈 수 없는 문제예요."

"잠깐 기다려주시겠습니까?"

이자키는 전화를 보류로 돌리고 통화 내용을 기모토에게 전했다.

"이야기해도 될까요?"

그렇게 묻는 이자키에게 기모토는 잠깐 생각하더니 "굳이 묻는다면 이상한 변명을 할 수는 없지. 제대로 이야기해줘"라고 했다.

전화의 보류 상태를 풀었다.

"실례했습니다. 물어보신 그 건 말입니다. 실은 우리 쪽에 어느 주간지가 접촉을 해왔습니다."

"주간지?"

어차피 아무런 근거도 없을 거라고 대수롭지 않게 여겼던 게 틀림없는 미우라가 깜짝 놀라며 물었다.

"그래요. 그 기자가 호프자동차가 리콜을 은폐하고 있다는데 아느냐고 문의한 거죠."

"그건 날조야."

전화 저편에서 미우라가 분노를 뿜어냈다. 이자키는 "정말 그래요?"라는 태연스러운 질문으로 기름을 끼얹었다. 아까 기분 나빴던 것에 대한 앙갚음이다.

"이자키 씨. 당신 말이야, 우리 회사보다 그런 주간지 기자 나부랭이를 믿는 거요?"

"내부고발이라던데요."

전화 저편이 조용해졌다.

"어떤 잡지죠?"

"그건 말씀드릴 수 없죠. 상대방은 제 개인적인 친구이고 이야기하면 불편해질 테니까. 다만 큰 출판사이고 물어보면 누구나 다 아는 잡지라는 점만 말씀드리겠습니다."

"정말로 그런 주간지에서 접촉이 있었습니까?"

미우라가 의심스럽다는 듯이 물었다.

"제가 거짓말을 하고 있다는 건가요?"

어처구니없어 이자키가 물었다.

"구체적인 주간지 이름을 대지 않으니 그렇게 생각할 수밖에 없지 않겠어요?"

그때 이자키는 자기가 에노모토에 대해 의리를 지키는 부분이 있음을 깨달았다. 그렇지만 빈틈없는 에노모토다. 이자키의 입을 통해 정보가 호프자동차에 흘러 나갈 거라는 것쯤은 미리 짐작하고, 그래도 괜찮다고 생각해 직접 취재하러 왔던 게 아닐까? 오히려 그런 상황이 벌어지기를 기대하고 호프자동차의 반응을 보려는 생각인지도 모른다.

말해줄까? 이자키는 다시 생각했다.

만약 호프자동차가, 그게 가능한 일인지는 모르겠지만, 〈주간 조류〉에 압력을 가해 기사를 막을 수 있다면 그게 계기가 되어 사태의 흑백이 가려질지도 모른다.

"그렇게까지 말씀하신다면 알려드리죠."

이자키는 〈주간 조류〉라는 이름을 댔다.

"편집자 이름은 친구이기도 하니 양해해주세요. 어떤 주간지인지 알았다면 그쪽도 충분할 테죠."

"그때 달리 무슨 이야기 없었나요? 어떤 방식의 내부고발이었다거나 하는."

"저도 물었습니다만 더 상세한 내용은 듣지 못했고, 다만……."

이때 잊으려고 해도 잊을 수 없는 에노모토의 말이 머릿속에 되살아났다.

"사람이 죽었다고 하던데."

전화 저편에서 미우라가 말을 잇지 못했다.

"그 잡지는 그런 말도 안 되는 기사를 싣는다는 건가요?"

미우라는 흥분해 목소리가 이상하게 나왔다.

"싣겠죠. 옳다면. 지금 취재하고 있을 겁니다. 미우라 씨가 모를 뿐이지 취재하려고 홍보실 같은 곳을 접촉하고 있지 않을까요? 알아보시는 게 어떻겠습니까?"

"그래요? 알았습니다. 이만 끊습니다!"

미우라는 일방적으로 내뱉고 전화를 끊었다.

착잡한 기분이 들었다.

개인적으로는 고소하다고 하고 싶지만, 리콜 은폐나 몰래 수리하는 게 사실이라면 호프은행도 손해를 피할 수 없다. 원래는 호프자동차와 협력해 넘어서야 할 난국인데 상대방의 고집스러운 태도, 거만한 자세가 훼방을 놓아 일이 뜻대로 풀리지 않는 것이다.

"일단 이야기했습니다."

차장 자리로 가서 보고하자 기모토는 "반응이 어땠어?" 하며 관심을 보였다.

"무척 허둥대던데요."

"조금은 태도를 바꾸면 좋을 텐데. 그렇지만 만약 내부고발이 사실이라면 난처하네."

기모토는 속마음을 드러냈다.

"사업계획서 숫자 어쩌고 하는 이야기나 할 때가 아니니까."

"만약에 3년 전의 그 불상사가 재발한다고 하면 호프자동차가 버틸 수 있을지 없을지."

"매출이 절반으로 줄어드는 일이 일어날지도 모르죠. 호프자동차 본체는 몰라도 판매회사는 버티지 못하겠죠. 그러면 손발 모두 잘리는 꼴일 겁니다."

이자키가 설명하자 기모토는 심각한 표정으로 어금니를 꾹 깨물었다.

차는 그것을 만드는 제조사인 자동차회사가 직접 고객과 거래하는 게 아니라, 판매회사를 통해 판다. 판매회사는 자동차회사의 간판을 내걸고 있지만, 경영적으로는 별개의 조직이어서 자체가 하나의 회사다. 즉, 수입원인 차를 팔 수 없으면 당연히 경영은 정체 상태에 빠지며 그러다 도산할 수도 있다.

매출 반감이 의미하는 것은 틀림없이 엄청난 적자다.

어떤 회사든 이익을 내느냐 못 내느냐 하는 경계선이 존재한다. 이걸 손익분기점이라고 하는데, 설사 지금 이익을 내는 회사라고 해도 '현재 매출에서 20퍼센트가 줄어들면 이익이 없거나 적자'인 곳이 적지 않다. 번듯하게 사업하는 회사 대부분이 이런 상태다. 매출이 절반으로 떨어졌는데도 이익이 난다는 회사는 있을 수 없다.

물론 판매회사에서 차가 팔리지 않으면 호프자동차의 실적도 마찬가지로 큰 적자를 면할 수 없을 것이다.

"호프자동차에 그걸 견뎌낼 만한 체력이 있는가인데……."

이자키가 대답했다.

"없을 거예요. 우리가 지원해주지 않으면 그 회사는 막다른 골목일 거예요, 틀림없이."

"〈주간 조류〉라고?"

가노의 집무실. 노크 소리가 나고 비서가 누가 왔는지 알리기도 전에 미우라가 숨을 헐떡거리며 들어왔다. 이자키와 이야기한 내용을 보고한 미우라는 "말도 안 되는 이야기입니다!" 하며 얼굴이 시뻘게져서 소리쳤다.

가노는 대꾸하지 않았다. 고발자는 확실히 존재하고, 틀림없이 그놈이 주간지에 정보를 누설했을 것이다. 주간지 놈들도 굳이 어설프게 기사화할 바보는 아니다.

"알았네. 이제 됐어."

가노가 말하자 미우라는 차렷 자세로 고개를 깊이 숙이고 문밖으로 사라졌다.

가노는 한동안 책상에 팔꿈치를 짚은 채로 움직이지 않았다.

상황은 좀 좋지 않은 쪽으로 움직이고 있다.

그것만은 확실했다.

문제는 그 흐름을 어떻게 막느냐다.

하지만 그 방법은 두 가지밖에 없다. 계속 은폐하느냐, 포기하고 발표하느냐.

지금까지 '결함 있음'이라는 결론을 감추고, T회의에서 가노가 지시한 내용은 은폐 공작이었다. 당연하다. 사실대로 발표하면 호프자동차라는 빛나는 브랜드에 먹칠하는 꼴이 된다. 그런 짓은 호프의 긍지가 허락하지 않았다. 3년 전의 오욕을 잊을 수 없는 가노는 리콜 은폐 실태가 들통났던 상황에 새삼 화를 가라앉힐 수 없었다. 그건 그때 사장이었던 다지마 이와오가 저지른 큰 실수다. 숨기자면 숨길 수 없는 일도 아니었는데.

그래서 가노는 후자의 가능성을 검토해본다. 허브 결함을 발표해 리콜을 신청했을 경우다. 공표하게 되면 그 결함이 오랜 기간 방치되고 은폐되었다는 사실이 밝혀질 게 틀림없다. 그건 호프자동차에게 너무도 불리하고 일반 사회로부터 엄청난 비난을 받게 된다. 그뿐만 아니다. 그동안의 책임 소재를 따질 때 그 창끝은 가노 자신을 겨눌 가능성이 있다.

말도 안 돼, 라고 가노는 생각했다. 내가 없어지면 곤란한 사람이 이 회사 안에 너무 많다. 그 사람들을 위해서도 내가 그런 일로 자리에서 물러날 수는 없다, 라고.

이 사태를 수습할 방법은 단 하나. 내부고발자를 찾아내 그 녀석이 누설한 정보를 부정하는 것이다.

5

극비 사항

대표이사 오카모토 헤이시로 귀하

판매부 고객전략과

과장 사와다 유타

품질보증부 'T회의'의 리콜 은폐에 대하여

상기 건에 대하여 급히 보고드립니다.

지난 10월, 요코하마 시내에서 일어난 우리 회사 트레일러 뷰티풀
드리머의 타이어 이탈에 따른 사망 사고 가해자인 아카마쓰운송 주
식회사로부터 해당 훼손 부품의 반환을 강력하게 요구받고 있지만,
품질보증부의 지시에 따라 현재 '반환 불가'로 처리하는 교섭을 진행
하고 있습니다.

담당인 판매부는 고객 대응을 전담하는 부서이며 품질 문제에 관해
서는 문외한임을 잘 알고 있지만, 품질보증부의 '반환 불가'라는 결
론에 대해서는 반환을 거부할 이유가 뚜렷하지 않을 뿐 아니라 나아
가 똑같은 타이어 이탈사고가 최근 3년 사이에 자주 일어나고 있다
는 문제가 있습니다.

우리 회사에서는 그런 사고 대부분을 사용자 측의 정비 불량을 사고
원인으로 해서 처리, 국토교통성에도 마찬가지로 보고하고 있는데
이 사실 승인에 있어 중대한 의문이 있음을 이번에 밝혀냈기에 보고
를 드리게 되었습니다.

우선 타이어 이탈사고에 관해 말씀드립니다. 가노 상무를 비롯한 품
질보증부 간부를 중심으로 'T회의'라는 비밀회의를 열어, 원래는 리
콜 대상이 되어야 할 결함을 은폐하자는 지시가 다른 사람도 아닌 가
노 상무로부터 나오고 있다는 사내 증언을 얻었습니다.

다시 말할 필요도 없이 우리 회사는 3년 전의 리콜 은폐 및 몰래 수
리 때문에 실적이 심각한 타격을 입었으며 사회적 신용의 실추라는
뼈아픈 상처를 입었습니다. 그런 일이 다시 일어나지 않도록 사내

시스템을 개선하고 마음을 새롭게 하여 철저한 반성 아래 새 출발을 했습니다.

T회의는 이런 우리 회사의 방향을 거슬러, 일반 직원과 관계없는 곳에서 우리 회사의 신용을 다시 뿌리째 뒤집어엎을 우려가 있습니다. 품질보증부 안에서는 비밀회의라는 형식 때문에 회의록, 회의에서 나온 지시 사항 등 정보 누설 방지를 철저하게 하는 모양이지만 사태는 현재 예측할 수 없는 상황까지 와 있습니다. 왜냐하면 T회의의 존재가 점점 품질보증부 외부 사람들에게 흘러 나가고 있을 뿐만 아니라 일부 언론까지 알게 되었기 때문입니다.

이대로 T회의를 방치해 리콜 은폐를 계속하도록 두면 돌이킬 수 없는 상황이 벌어질 것은 분명합니다. 이 건에 대해 사장님께서 현명한 판단을 내려주시기 바랍니다.

이상

첨부 자료 T회의 멤버 명단(추정)

6

고마키는 사와다가 쓴 문서를 끝까지 읽은 뒤 잠시 말이 없었다. 코를 찡그리며 두 차례 킁킁 공기를 들이마시고 입을 꾹 다물었다. 그리고 물었다.

"진짜 할 거야?"

"할 거야."

짧게 대답한 사와다는 바로 말을 이었다.

"행동하지 않으면 아무 소용없지. 하지만 오해하지 마. 이건 일반적인 고발이 아니야. 무엇보다 이 문서는 절대 외부에 나가서는 안 돼. 정식 서류로 당당하게 상사들에게 결재받을 작정이야. 그리고 오카모토 사장에게 올라가면 그다음은 뭔가 움직임이 있기를 기다릴 생각이야."

3년 전 불상사로 갑자기 사장이 된 오카모토는 회사 내부의 부정에 대해 엄격한 태도를 보여왔다. 가노를 비롯한 품질보증부의 독단과 폭주를 알게 되면 뭔가 대처 방안을 내놓을 거로 기대할 수 있지 않을까?

"임원 회의 참석자들 중에는 하시즈메 부사장을 비롯해 가노 상무와 뜻을 달리하는 그룹도 세력이 탄탄하니까."

"요즘은 별로 드러나지도 않던데."

고마키는 가노에 반대하는 그룹을 크게 평가하지 않는 듯 대꾸하더니 이렇게 말을 이었다.

"어떤 반응이 튀어나올지 기대되네. 그렇지만 그 문서가 올라가는 도중에 누가 뭉개버리면 너만 불이익을 받게 될 거야."

"그러면 네 이름도 함께 적을까?"

사와다가 말하자 고마키는 손을 내저었다.

"농담하지 마."

"그러지 않아도 나 혼자 할 거야. 미안해, 휘말리게 해서."

"괜찮겠냐? 상황에 따라 판매부에 있을 수 없게 될지도 몰라."

"별로 상관없어. 이제 허울만 그럴듯한 마케팅에도 신물이 나."

사와다가 허세를 부렸다.

"하기야 넌 월급쟁이보다 정치가라도 하는 게 더 맞을지도 모르겠네."

고마키는 진지한 표정으로 농담을 했다.

사와다가 별실에서 노사카 부장대리에게 그 고발 서류를 건넨 것은 그날 오후였다.

이때 노사카는 잠시 말을 잇지 못하다가 이윽고 입을 열어 이렇게 말했다.

"자네, 나보고 이 문서를 받아서 처리하라는 건가?"

"잘 부탁드립니다."

고개를 숙인 사와다에게 노사카는 누구한테서 얻은 정보냐고 물었다. 품증부 사람이라고만 하고 "부장대리께서도 이 회의에 대해서는 알고 계셨던 거 아닙니까" 하고 물었다.

"개인적으로는."

노사카는 바로 인정하고 사와다가 준 문서를 어떻게 처리할지 잠시 생각에 잠겼다. 그리고 "어디선가 끊어내야 하겠지" 하더니 서류를 들고 일어섰다. 그대로 먼저 방을 나가려다가 불쑥 돌아섰다. 그리고 다시 서류를 본 다음 사와다에게 강한 눈빛을 보냈다.

"간단히 이야기하면 자네 목적은 가노 상무를 몰아내는 거지?"

"그분은 모든 악의 근원입니다. 우리 회사에나 판매부에나."

노사카는 이해한다는 듯 여러 차례 고개를 끄덕이면서 등을 돌려 방을 나갔다. 하나하타 판매부장이 사와다를 호출한 것은 그로부터 얼마 지나지 않아서였다.

부장실 응접세트의 팔걸이가 있는 의자에 하나하타가 느긋한 자세로 앉아 있고, 옆에는 긴장한 얼굴을 한 노사카가 있었다.

갑작스러운 첫 번째 관문이다. 하나하타의 별명은 '박쥐'. 전방위 외교를 구사하며 조직에서 살아남은 남자다. 하나하타가 어떤 반응을 보일지, 사와다가 읽어낼 수 없는 부분이 있다.

"아, 거기 앉게."

온후한 성격 그대로 하나하타는 맞은편에 있는 소파를 권했다.

"자네에겐 아카마쓰운송을 설득하라는 부탁을 했을 텐데, 그게 좀 어렵다는 건가?"

사와다가 앉기를 기다려 하나하타가 물었다.

"그 이전의 문제입니다."

사와다가 대답했다.

"부품 반환을 계속 거절하면 품증부의 부정에 동참하는 셈이 됩니다. 리콜 은폐라는 중대한 의혹이 제기된 이상, 이유 없이 부품 반환을 꺼리면 나중에 스스로 목을 조르는 꼴이 될지도 모르죠. 판매부의 자세도 문제가 될 겁니다."

"그래서 이 문서를 작성한 건가?"

하나하타가 말하며 팔걸이 부분에 얹었던 그걸 찬찬히 바라보았다.

"왜 전자문서로 작성하지 않았지?"

하나하타가 물었다. 그게 호프자동차의 내부 문서 작성 규칙이다.

"제삼자가 들여다볼 가능성이 있어서요. 게다가 누가 지울 수도 있으니까요. 종이 문서로 남길 필요도 있습니다. 나중에 증거가 될 수도 있고."

"증거?"

하나하타가 고개를 갸웃했다.

"무슨 증거?"

"형사 사건이 되었을 때의 증거입니다."

노사카가 방어 태세를 취했다. 거기까지 생각했느냐는 투였다.

"아마 정보는 이미 외부에 흘러 나갔을 겁니다. 게다가 요즘 일어나고 있는 사고에서는 사상자가 나오고 있죠. 그렇다면 경찰 수사가 들어오는 상황도 충분히 예상할 수 있습니다."

심사숙고하는 하나하타에게 사와다가 물었다.

"이 문서가 사장님에게 갔을 때 우리 부서가 불이익을 받게 될 것 같으면 말씀해주세요. 그렇다면 철회하겠습니다. 하지만 지금 철회해봤자 이미 주간지가 움직이는 상태입니다. 조만간 진실은 드러나겠죠."

가만히 사와다를 바라보던 하나하타는 문서를 천천히 센터 테이블로 옮기고 오른손 엄지와 검지로 미간을 눌렀다. 하나하타의 머릿속에서는 이 문서가 자기 손을 떠났을 때 무슨 일이 일어날지, 다양한 시뮬레이션이 이루어지고 있을 것이다. 사와다도 이미 마찬가지 시뮬레이션을 해왔다. 나온 결과는 매우 비관적이지만 그걸 받아들이는 방법 말고 호프자동차가 되살아날 길은 없다.

"어쨌든 피할 길이 없다는 건가?"

이윽고 하나하타가 중얼거렸다. 사와다는 기다렸다는 듯이 준비했던 이야기를 했다.

"우리 회사의 결함을 공표할지 어떨지는 경영 측면에서 판단해야 할 일이라고 생각합니다. 공표하지 않겠다는 것이 경영 판단이라면 그건 상관없습니다. 저는 그저 품증부에서 부정이 행해지고 있다는 사실을 보고드리고 싶을 뿐입니다."

"사와다가 이야기하는 내용은 우리 판매부에 플러스가 될 겁니다. 확실한 정보를 쥐고 있으니 품증부를 규탄할 수 있는 계기가 되겠죠. 품증부는 이대로는 안 됩니다, 부장님. 가노 상무는 엉망진창입니다. 이런 식으로는 회사 전체가 망가지고 말 거예요."

노사카가 이렇게까지 확실하게 자기 의견을 내는 모습은 거의 본 적이 없었다. 노사카는 상황이나 사물을 보는 눈이 매우 날카롭다. 승부처로 보고 있다는 것은 매우 진지한 태도로 알 수 있었다.

"제가 만든 이 서류로 인해 품증부의 리콜 은폐가 드러나면 어떻게 될까는 지금 고민할 문제가 아닐 겁니다."

사와다가 말을 이었다.

"우선 옳지 못한 부분을 규탄하고 분명하게 밝히는 거죠. 그게 제일 중요한 일 아닐까요? 가노 상무와 T회의는 그야말로 악의 축입니다, 부장님."

한동안 아무도 입을 열지 않았다.

사내들의 뜨거운 숨소리만 이어졌다. 1분이나 2분쯤 지났을까? 사와다에게는 엄청나게 길게 느껴진 심사숙고 끝에 이윽고 "자네가 하고 싶은 말은 알겠네"라고 하나하타가 중얼거렸다.

"이 문서는 내가 직접 사장님에게 전달하겠네. 하지만 이건 내 직감인데……."

하나하타는 문득 쓸쓸한 눈빛으로 사와다를 바라보았다.

"과연 잘될까?"

고개를 갸웃한 채로 하나하타는 움직이지 않았다.

문을 노크하는 소리가 나더니 비서가 가시와바라가 왔다고 알렸다.

"미안합니다. 늦어서요."

"아니, 괜찮아."

일하던 중이었는지 가시와바라는 왠지 허둥대는 모습으로 들어와 가노 앞에 섰다.

"사실은 이런 게 나왔는데……."

미결재 서류함에 들어 있는 서류를 끄집어내더니 가시와바라에게 건넸다. 공손하게 받아 들고 읽은 가시와바라는 고개를 들며 놀란 표정으로 "설마"라고 했다.

"고발 문서야. 오늘 아침에 사장님이 비밀리에 내게 보내주었지. 서둘러 조치하라는 지시와 함께. 이걸 쓴 놈을 아나? 판매부 사와다라는 과장 녀석이야."

"예. 이름만 압니다."

직장인이라기보다 연구원처럼 행동하는 가시와바라는 7대 3 가르마로 탄 숱 적은 머리카락 아래 반달 모양을 한 특이한 눈썹을 찌푸렸다.

"사와다가 직접 사장님에게 전달한 건가요, 이걸?"

"아니. 하나하타가 전달했다는군."

"하나하타가요? 대체 어떻게 된 걸까요?"

"회사 안에서는 무기 없는 영세중립국 같은 존재지, 하나하타는."

가노는 판매부장으로서의 발언력이 없음을 야유했다.

"T회의 문제는 그 녀석도 알고 있을지 모르지만 못 본 척해왔어. 그건 너희들이 숨기려고 해봐야 다 알고 있다는 경고라고나 할까, 어쩌면 비판인 셈일 테지. 그렇지만 하나하타는 움직일 방법이 없어. 무시하면 돼. 문제는 이 사와다라는 과장이야. 그렇게 정보 관리는 철저히 하라고 했는데 왜 흘러 나간 거지?"

가시와바라는 난감한 표정으로 가느다란 한숨을 토해냈다.

"모르겠습니다. 다만 이 문서를 보면 구체적인 회의 내용은 모르는 모양인데요."

"자네, 관리가 어설픈 거 아닌가?"

가노의 지적에 가시와바라는 살짝 고개를 숙여 반성하는 태도를 보였다.

"누가 외부에 정보를 흘렸느냐가 문제야. 고발자로 짚이는 사람은 없나?"

가만히 생각에 잠겼던 가시와바라가 "없지는 않습니다"라고 대답했다.

"누구야?"

"스기모토 계장입니다."

"스기모토……."

비정기적으로 개최되는 비밀회의 석상에 참석하는 사람들 가운데 그런 이름은 없었다.

"무로이 밑으로 들어온 계장인데, 둥근 얼굴에 동안이고……."

그리고 보니 그렇게 생긴 남자 직원이 무로이 뒤편 벽 쪽에 있던 모습을 겨우 떠올리며 가노가 물었다.

"왜 그 친구라고 생각하지?"

"전화 발신 기록을 조사해보니 품증부 안에서 〈주간 조류〉로 전화를 건 기록이 세 건 발견되었습니다. 모두 평소 아무도 쓰지 않는 작은 방에서 걸었기 때문에 누가 전화를 걸었는지는 모르지만 자세히 조사해보니 그 가운데 한 통을 건 직후에 또 한 통 판매부로 건 사실이 밝혀졌습니다. 아마 동일 인물이 걸었겠죠. 그래서 상대 번호가 누군지 몰래 찾아내 누구한테서 온 전화였는지 수소문해 스기모토라는 걸 알아냈습니다. 보고를 드릴까 하다가 정확한 증거가 없어서……."

"자네 그러고도 부장인가!"

가노가 눈을 부라리며 버럭 소리를 질렀다.

"그런 게 나왔는데 왜 더 철저하게 조사하지 않아? 스기모토뿐만이 아닐지도 몰라. 이번 기회에 컴퓨터, 이메일을 모두 조사해 불만분자를 색출해."

가노는 책상에서 몸을 앞으로 푹 숙이며 목소리를 낮췄다.

"만약 그 스기모토란 친구가 내부고발한 장본인이라고 밝혀져도 그걸 본인에게 직접 확인하지는 마!"

"예?"

가시와바라는 가노의 의도를 이해하지 못해 검버섯이 핀 얼굴에 물음표를 붙이고 있었다.

"그건 대체 무슨 말씀이신가요?"

역시 이해하지 못했냐는 듯, 가노가 어처구니없다는 표정을 지었다.

"자네는 내부고발하는 놈들을 부서 안에 계속 두고 싶어?"

"아, 아뇨. 그래서 그걸 지금……."

"내부고발했으니 해고한다는 건 이미 옛날 방식이야. 해고하려면 다른 이유가 필요해. 스기모토는 분명히 지금 하는 업무가 불만스러울 테지. 그렇다면 불만이 없도록 전혀 다른 부서로 이동시켜."

가노는 악의가 담긴 미소를 지으며 말을 이었다.

"반드시 의욕을 잃고 퇴직을 결심할 만한 자리로 말이야. 그렇다고 주차장 정리 담당이나 안내 창구 같은 노골적인 자리는 안 돼. 직급을 낮추지도 마. 더 자연스럽게, 하지만 스기모토가 받아들이기 어려운 자리로 이동시켜. 알겠나? 퇴직 이유는 어디까지나 개인 사정이어야 해."

2004년 6월, 공익신고자 보호법이라는 새로운 법안이 통과되어 내부고발자가 보호받고, 나아가 고발 이후의 불리한 처우가 제한되었다. 가노가 보기에 내부고발자는 말도 안 되며 배라도 가르게 해야 한다. 하지만 화가 치민다고 애써 배신자를 찾아내도 그 고발자에게 보복하려면 여러 가지 계책을 쓸 수밖에 없다. 가노는 그 점을 지적한 것이다.

"알겠습니다. 그런데 사와다가 어디서 정보를 얻었는지, 본인에게 직접 캐물을 수는 없을까요?"

가시와바라가 말했다.

"캐낼 수 있다면 그러고 싶지만, 하나하타가 그걸 하겠나?"

겉으로는 회유당한 척하고 있어도 하나하타는 평범한 수단은 통하지 않는 인물이다.

"그리고 어설프게 움직여서 사와다를 자극하면 곤란해."

"그렇지만 상무님. 상대는 기껏해야 과장입니다."

가노는 속으로 가시와바라를 경멸했다.

"놈이 그럴 마음만 먹으면 회사 밖에 정보를 유출하기는 식은 죽 먹기야. 그렇게 행동하지 않은 까닭은 이 호프자동차에서 출세할 가능성이 있다고 생각하기 때문이지. 일단 사다리가 치워졌다는 걸 알아봐. 무슨 짓을 할지 몰라. 이런 놈은 나름대로 대처 방법이 있어."

"그건 대체 어떤 방법인가요?"

"그런 건 자네가 신경 쓸 일 아니야."

가노는 성질을 그대로 드러내며 말을 이었다.

"자넨 자기가 맡은 일을 잘 해낼 생각이나 해."

예, 하고 짧은 대답과 함께 가시와바라는 전전긍긍하며 얼른 방을 나갔다.

멍청한 녀석. 이놈이고 저놈이고 다들 책임 의식이 없는 놈들뿐이다.

가노는 속으로 욕을 퍼부었다. 아무리 그렇다고 해도 이건 너무 심하지 않은가, 하는 생각을 하며 가노는 판매부 과장이 쓴 고발 문서를 다시 읽었다. 이 문서를 건네주던, 미간에 주름이 깊게 팬 오카모토 사장의 심약한 얼굴이 떠올라 가노는 그만 혀를 끌끌 차고 싶어졌다.

차량의 구조적인 결함은 호프자동차 사장과 관계 부서 책임자가 대대로 전해온 '최고 기밀'이다. 3년 전 리콜 은폐, 몰래 수리 문제가 들통났을 때도 그런 부분까지는 굳이 메스를 대지 않았다.

아니, 솔직히 메스를 댈 수 없었다고 하는 편이 맞다.

기술적인 장벽이 있었기 때문이다. 몇 해 전까지만 해도 호프자동차에는 부품 내구성 시험에 관해 확립된 노하우조차 없었다. 그 시절에 만든 차량은 지금도 많이 운행 중이라 그 모든 차량의 부품을 교환하는 일은 물리적으로나 경제적으로나 불가능하다.

사장에 취임할 때 이 문제에 관한 이야기를 들은 오카모토는 마지못해 그걸 받아들이기로 하고 호프자동차의 '어두운 부분'을 허용했다. 그것은 튼튼한 반석 같은 세력을 지닌 가노를 비롯한 품질 보증 부문을 바탕으로 성립한 비밀이며 T회의는 그 의사 결정 기관이다.

사와다가 쓴 고발 문서는 신경이 곤두선 오카모토를 더욱 자극해 무기력하게 만들기에 충분했다.

"자네를 믿기는 하지만 정말로 괜찮겠나, 가노?"

그렇게 물었을 때, 오카모토는 분명히 잔뜩 주눅 든 상태였다. 이게 외부에 흘러 나갔을 때 무슨 일이 일어날지 불안해 견딜 수 없어서다. 임기가 끝날 때까지 앞으로 1년. 어서 고문으로 물러나고 싶은 것이다. 그러니 다음 사장으로서 이 조직을 이끌어갈 사람은 자기뿐이라고 가노는 생각했다.

"건방지게."

저절로 말이 흘러나왔다. 고발 문서가 자기를 몰아내기 위한 것임을 바로 간파한 가노는 회사 재생을 위해서라는 대의명분 뒤에 숨은 패권을 노리는 검은 속셈까지 동시에 알아차렸다.

나를 거스른 놈이 어떻게 되는지, 지금은 힘을 보여주어야 할 때다.

8

하루나은행 가마타 지점을 방문한 아카마쓰는 새로운 거래를 위해 필요한 서류에 조인하고, 마지막으로 건네받은 대출계약서에 도장을 찍었다.

"정말 감사합니다."

인사를 한 사람은 아카마쓰가 아니라 하루나은행 융자과장인 신도였다. 신도는 그 서류를 조심스럽게 자기 쪽으로 가져가더니 직업적인 정확함으로 인감이 잘못 찍히지 않았는지 점검했다. 점검이 완료되기를 기다려 이번에는 아카마쓰가 "궁지에서 구해주셨습니다. 감사합니다" 하며 무릎에 두 손을 얹고 깊숙이 머리를 숙였다.

"융자 가능한 조건을 다 갖추었기 때문에 해드릴 수 있었을 뿐입니다. 저희는 이게 비즈니스니까요. 감사하다는 말씀은 당치 않습니다. 융자해드릴 수 있는 회사를 꾸려온 건 아카마쓰 사장님이시니까요."

그러더니 수첩에 있는 달력을 가만히 들여다보며 "실제 융자 수요는 연말이군요. 저희로서는 가능한 한 빨리 실행하고 싶은데, 그렇다고 해도 귀사의 사정도 있겠죠. 어떻게 할까요?"라고 물었다.

"그러면 20일로 부탁드릴 수 있을까요?"

아카마쓰가 말했다. 20일은 월급날과 겹친다. 이날 융자를 받으면 제일 도움이 되고 쓸데없는 이자를 부담하지 않고 넘어갈 수도 있다고 생각했다.

"알았습니다. 그럼 그렇게 해두죠."

신도의 안내에 따라 서명하고 도장을 찍은 계약서에 12월 20일 이라는 날짜를 써넣은 아카마쓰는 이제 한고비 넘겼다는 안도감에 가슴을 쓸어내렸다.

회사를 경영하는 사람이 가장 신경 쓰는 일은 뭐니 뭐니 해도 자금 조달이다. 그건 아카마쓰도 예외일 수 없다. 줄어들기만 하는 예금통장의 잔액과 미룰 수 없는 지출 걱정 때문에 밤새 잠을 이루지 못할 만큼 압박을 느낀 1개월이었다. 이제 그런 상황이 겨우 풀리려 하고 있다.

"한 가지, 부탁드리겠습니다."

머리를 숙인 아카마쓰에게 덩달아 고개를 숙인 신도는 슬쩍 화제를 바꾸었다.

"사고 건 말입니다, 앞으로 상황 변화가 있으면 저희에게도 알려주실 수 없겠습니까? 이건 융자 조건이 현재 상황보다는 악화하지 않아야 한다고 본부에서 여러 차례 다짐해서요. 그럴 일은 없을 거라고 믿지만, 실적이 매우 나빠지거나 아카마쓰 사장님이 체포되는 일이 생기면 융자 자체를 다시 검토해야 할 필요가 생길지도 모릅니다."

"알겠습니다."

아카마쓰는 고개를 끄덕이고, 어제 피해자의 법요가 있어 다시 사죄하고 왔다는 이야기, 사건 담당인 고호쿠경찰서에서 수색 이후 아무 소식도 없다는 이야기를 하고 은행을 나왔다.

어쨌든 이걸로 올해를 넘길 수 있다.

활짝 갠 날이었는데 바람은 거의 없다. 그런 오후의 거리 모퉁이에서 결리는 어깨를 풀기 위해 고개를 돌리면서 아카마쓰는 안도의 한숨을 내쉬었다. 가방 안에는 방금 도장을 찍은 계약서 사본이 들어 있다. 어서 회사로 돌아가 미야시로에게 보여주고 싶었다. 어서 아내에게 알려 걱정하지 말라고 해주고 싶었다.

다들 너무 걱정했으니까.

꾹 참고 지내는 것은 아카마쓰뿐만이 아니다. 직원들도 마찬가지다. 후미에도, 세 아이도 모두 마찬가지다. 다들 힘든데도 가슴속에 담아두고 참고 있다. 그래서 조금이라도 편하게 해주고 싶다.

물론 융자 승인이 났다고 모두 다 해결되지는 않는다. 그렇지만 지금은 이런 긍정적인 요소를 계속 쌓아 올리는 게 중요하다. 이런 좋은 분위기를 타 사고의 진상이 드러나고 정비 불량이라는 오명을 뒤집어엎을 수 있다면 더할 나위 없는 일이다.

하지만…….

"사장님, 잠깐 시간 됩니까?"

은행에서 돌아오자 아카마쓰가 오기를 기다렸다는 듯 미야시로가 낮은 목소리로 말하며 자기 뒤편 사장실을 가리켰다. 문을 꼭 잠그고 아카마쓰 맞은편에 앉더니 심각한 표정을 지었다.

"사실은 이런 게 와서요."

미야시로가 내민 것은 편지봉투였다. 갈색 봉투 겉봉에 주소와 함께 아카마쓰운송이라는 회사 이름뿐만 아니라 정중하게 '대표이사 아카마쓰 도쿠로 귀하'라고 적혀 있었다.

"보낸 사람을 한번 보시죠."

미야시로의 말을 듣고 봉투를 뒤집은 아카마쓰는 거기 인쇄된 '요코하마지방법원'이라는 글자를 보고 눈이 휘둥그레졌다.

"법원?"

서둘러 이미 개봉된 상태인 봉투에서 서류를 꺼낸 아카마쓰는 한동안 할 말을 잃을 수밖에 없었다.

소장이었다.

원고는 유기 마사후미, 피고는 아카마쓰운송 주식회사.

서류를 보는 아카마쓰의 눈에 '위자료'라는 단어가 들어왔다. 자세히 보니 그건 단순한 위자료가 아니라 '징벌적'이라는 수식어가 붙어 있었다. 징벌적 위자료다. 하지만 아카마쓰를 깜짝 놀라게 만든 것은 그 뒤에 붙어 있는 1억 5천만 엔이라는 금액이었다.

말이 막힌 아카마쓰에게 미야시로가 설명했다.

"보험회사와 배상 교섭이 어려움을 겪고 있다는 이야기를 들었는데……. 징벌적 위자료라는 말은 저도 들어보지 못해서 아는 변호사에게 물어보았죠. 그리 일반적이지는 않아도 미국 같은 나라에서는 흔한 이야기 같습니다. 보험회사가 지급하려는 보험금 계산을 받아들일 수 없다는 사정도 있는 것 같고, 우리 회사의 대응에 대한 반감이 근본에 깔려 있을지도 모르겠습니다."

아카마쓰는 미야시로의 설명이 귀에 제대로 들어오지 않았다.

절망 비슷한 상실감이 조금씩 아카마쓰의 목을 조여 숨을 쉬기 힘들었다. 봉투에는 제1회 구두변론 기한 일주일 전까지 답변서 제출을 촉구하는 서류가 들어 있었다. 온기라고는 한 톨도 없는 차가운 문자의 나열은 아카마쓰의 머릿속에 아무런 의미도 전달하지 못했다.

"일단 변호사와 상담해서 대응할 수밖에 없겠네요, 사장님."

"유기 씨와 다투게 되는 건가?"

"안타깝게도 우리 의도를 이해해주지 못하는 것 같아서."

"그러고 싶지 않은데. 오해야, 오해……."

아카마쓰는 혼잣말을 하듯 중얼거렸다.

"이렇게 된 이상 유기 씨와 직접 이야기할 수는 없을 겁니다. 화해한다고 해도 법원을 통해서 하게 되겠죠."

"그런가?"

깊은 한숨과 함께 아카마쓰가 대꾸하자 무거운 공기가 방 안을 지배했다.

"하루나은행 융자에 영향을 끼치지 않으면 좋을 텐데요."

미야시로의 말이 옳다.

"은행에 보고하지 않아도 괜찮을까요, 사장님?"

"글쎄."

미묘한 문제다. 이야기하지 않으면 모를 일일지도 모른다. 하지만 언론이 냄새를 맡아 신문이나 잡지에 기사가 나올 가능성도 있다. 숨길 마음은 없었다고 해도 사후 설명으로는 신용에 문제가 생긴다.

"일단 보고할 수밖에 없으려나?"

"말 않고 넘어갈 수는 없겠죠."

풀이 죽어 어깨가 축 늘어진 아카마쓰는 한동안 꼼짝도 하지 못했다. 마치 롤러코스터를 탄 것 같다. 언덕을 다 올라왔다고 생각했는데 완전히 곤두박질친다. 그대로 탈선할 수도 있는 공포의 롤러코스터다.

"그런가요……?"

하루나은행 신도 과장에게 연락하자 이렇게 중얼거리더니 한동안 말이 없었다.

"그 내용은 제가 지점장님에게 보고드리겠습니다. 계약서에 도장은 찍었지만, 상황에 따라서는……."

"알고 있습니다."

아카마쓰가 꾹 참고 말했다. 수화기를 내려놓고 옆에 선 채로 듣고 있던 미야시로에게 통화 내용을 전달했다.

"사장님, 사실은 한 가지 더 의논드릴 일이 있습니다만."

미야시로가 말을 꺼내기 좀 어렵다는 표정을 지었다.

"상여금 문제입니다."

아카마쓰는 아, 하고 소리를 질렀다. 이럴 수가. 경황이 없다 보니 중요한 걸 잊고 있었다.

"벌써 상여금 나갈 때가 되었나?"

미야시로는 고개를 끄덕이고 "어떻게 하시겠습니까?" 하고 물었다.

아카마쓰는 다이어리를 펼쳐 12월 가운데 길일을 찾았다. 자신의 멍청함에 혀를 끌끌 찼다.

"다음 주 금요일로 할까요?"

미야시로의 자금 조달에는 상여금용 자금도 포함되어 있으므로 조달에는 문제가 없을 것이다. 그렇게 생각하는 아카마쓰에게 미야시로가 "정말 괜찮겠습니까?" 하고 뜻밖의 질문을 했다.

미야시로는 진지한 눈빛으로 아카마쓰를 바라보았다.

"사장님, 지금 어려운 상황인 건 직원 모두 알고 있습니다. 월급이 아닌 상여금이니까 꼭 지급해야 하는 건 아닙니다."

"잠깐만요, 전무님. 그럼 이번 상여금은 건너뛰자는 거예요?"

아카마쓰는 깜짝 놀라 물었다.

"그래도 괜찮겠어요? 기다리는 직원도 있을 텐데."

"틀림없이 좋아하지는 않겠죠. 하지만 상황이 이러니까요. 다들 참아줄 거로 생각합니다."

아카마쓰는 자기도 모르게 신음했다.

문득 정비공 가도타가 생각났다. 아기가 곧 태어날 텐데 상여금을 안 주다니.

"자금 조달 계획에는 상여금 지급이 포함되어 있었잖아요?"

"그건 뭐 그렇습니다만, 지금은 여유 자금을 조금이라도 수중에 쥐고 있는 편이 낫다고 생각합니다만."

미야시로의 말도 당연하다.

"분명히 자금 여유가 있으면 숨통이 트이기는 할 텐데."

아카마쓰는 쓸쓸하게 한숨을 내쉬었다.

"그럼 됐습니다, 사장님. 그렇게 하시죠. 부장, 과장에게는 제가 제대로 설명해둘 테니까요."

"미안해요."

고개를 숙인 아카마쓰는 아쉬운 마음에 입술을 깨물었다.

"소송……?"

후미에는 말을 잇지 못했다. 그날 밤의 일이었다.

귀가해 늦은 식사를 하려고 식탁에 앉은 아카마쓰를 후미에는 주방에 선 채로 말없이 바라보았다. 후미에가 손을 얹고 있는 수도 꼭지에서 물이 나와 물방울이 튀어 올랐다.

"어떻게 되는 거야?"

후미에가 물었다.

"재판이니까 해보기 전에는 모르지."

"혹시 지게 되면? 그 많은 배상금을 줄 수 있어?"

아카마쓰는 말없이 고개를 저었다.

후미에는 수돗물을 잠그고 아카마쓰를 가만히 바라보았다. 그 눈동자가 흔들리더니 눈물을 흘리며 "왜 이렇게 된 걸까?"라고 말했다.

그래 맞아, 라고 생각했다. 할 말은 없지만 아내와 같은 심정이었다.

운명이라고 체념해야 하나? 내가 이렇게 만든 것도 아니고 느닷없이 휘말려 정신을 차리니 막판까지 밀려나 있다. 잘못은 전혀 없는데 사람들이 터무니없이 일방적으로 뒤에서 손가락질한다.

아카마쓰뿐만이 아니다. 후미에나 아이들도 마찬가지다.

후미에가 식탁 의자를 끌어당겨 힘없이 털썩 주저앉았다. 그리고 두 손으로 얼굴을 가렸다. 아이들이 잠들어 조용한 집 안에 후미에가 흐느끼는 소리만 가느다랗게 들리기 시작했다. 초점도 맞지 않는 눈으로 멍하니 벽을 바라보는 아카마쓰의 마음은 점점 아내의 울음소리에 젖어 들었다.

변명도 할 수 없고, 긍정도 부정도 할 수 없어 아카마쓰도 울컥 치밀어 오르는 걸 거듭 참으며 그 자리를 넘길 수밖에 없는 괴로움.

잠시 울고 난 뒤, 후미에는 눈물을 닦으며 고개를 들었다.

"이제 한계야. 애들이나 나나."

아카마쓰가 보기에 초췌한 아내의 얼굴은 더 창백해 보였다. 그 얼굴에서 정신의 가느다란 실마저 팽팽하게 당겨진 위태로운 모습을 발견하고 숨을 죽였다.

조금만 더 참자느니, 이 상황만 극복하면 어떻게 될 거라느니, 그런 실속 없는 말들은 바로 거부당해, 인내할 수밖에 없는 비참한 현실만 눈앞에 가로놓여 있다.

괴롭더라도 그게 언젠가는 끝날 거라고 굳게 믿기 때문에 사람은 강해질 수 있다. 하지만 언제 끝날지 모르는 싸움은 절망과 무력감만 가져다준다.

그래도 나는 싸워야만 하는 건가……?

그런 생각이 들자 아카마쓰는 자기가 이미 어떤 감정도 느끼지 못할 만큼 지칠 대로 지쳤다는 사실을 깨달았다.

하지만 멈춰서는 안 된다. 전진해야만 한다.

가족과 회사, 그리고 직원이 있는 한.

언젠가 이 고통스러운 싸움은 반드시 끝난다. 끝내겠다. 그러니까…….

그러니 제발, 나를 따라와줘!

아카마쓰의 마음을 뒤흔드는 소리 없는 외침은 공허한 집 안에서 방향감마저 잃었다.

제7장

조직 단면도

1

"과장님, 아카마쓰운송에서 전화가 왔는데요."

기타무라가 통통한 손가락으로 안경을 밀어 올리며 긴장한 목소리로 말했다.

"외출 중."

사와다가 대답했다. 표정을 지운 채 그 대답을 들은 기타무라가 전화에 대고 말했다.

"지금 외출 중입니다. 예, 그렇습니다. 언제 들어오실지는……예, 그건 죄송합니다."

그런 전화를 5분쯤 계속한 끝에 '쯧' 하고 혀를 차며 수화기를 내려놓았다. 아마 상대가 일방적으로 전화를 끊은 모양이다.

기타무라는 아무 말 없었다. 그렇지만 사와다는 흘끔 자기를 보는 기타무라의 눈빛에 불만이 서려 있는 걸 당연하게 느끼며 그 모습을 바라보았다. '거절할 거라면 자기가 직접 하지 그래요?' 기타무라는 이렇게 말하고 싶을 테지만 상황이라는 게 있다. 사와다가 받을 수는 없었다.

하루 두 차례는 아카마쓰운송에서 전화가 왔다. 전과 마찬가지로, 아니 더 집요하게 전화를 걸지만, 사와다가 직접 받은 적은 한 번도 없다.

아카마쓰를 만난다고 해도 할 수 있는 이야기가 아무것도 없다. 양보할 것도 없다.

사와다는 지금 '회사 내부' 문제에 몰두해야 한다. T회의를 고발하는 문서를 작성해, 품증부와 가노를 몰아내기 위해 승부를 건 지금, 아카마쓰운송 같은 일개 고객이 어떻게 되건, 무슨 주장을 하건 사와다의 안중에 없었다.

"법적 수단을 준비하고 있다고 합니다, 과장님."

기타무라가 말했다.

"정말?"

그때만은 고개를 들어 기타무라의 퉁명스러운 얼굴을 바라본 사와다였지만 이내 "멋대로 하라지" 하며 무시했다.

아카마쓰에게는 법정투쟁을 이어갈 만한 여력이 없다.

"그건 그냥 겁주려는 거야."

아카마쓰가 어떻게 되든 상관없다. 경찰의 수사 실수로 체포당한다고 해도, 그래서 아카마쓰운송이 도산하고 아카마쓰 사장을 비롯한 직원들이 길거리에 나앉는다고 해도, 그건 자기와 상관없는 일이라고 생각했다. 오히려 그렇게 되면 아카마쓰도 허브에 신경 쓸 여유가 없어질 것이다. 좋든 싫든 채권자들에게 휩쓸려 세상의 파도 속으로 사라질 것이다.

지금 사와다는 승부를 걸고 있다.

그 결과 이 호프자동차는 흔들리고 있다. 조용히, 하지만 확실하게.

날카로워진 사와다의 후각은 진도 1의 미세한 움직임까지 민감하게 잡아냈다. 그래서 검붉은 마그마가 그 촉수를 천천히 뻗으며 이 조직 내부에서 움직이는 것을 감지하고 있었다.

과연 마그마가 어떤 틈새를 비집고 솟구칠지 알 수 없다. 이 조직이 어느 정도의 내진 구조를 지니고 있는지도 알지 못한다. 그렇지만 언젠가는 그 마그마가 조직을 뒤흔들며 솟구쳐 나와, 호프자동차라는 완결된 세계의 삼라만상을 순식간에 집어삼키기 시작하리라. 사와다는 그걸 기다리는 중이다. 담담하게, 그리고 빈틈없이. 그래서 지금은 이보다 더 중요한 일은 있을 수 없다. 그야말로 천상천하유아독존. 호프자동차에서 펼칠 야심이 넘치는 자기에게는 중요도가 한참 아래인 문제, 즉 아카마쓰 문제 따위는 신경 쓸 가치조차 없었다.

그날 밤, 조금 일찍 정리하고 한잔하지 않겠느냐고 고마키를 불러내 신바시에 있는 단골 꼬치구이집에서 만났다.

"마녀사냥이 시작되었군."

약속보다 10분쯤 늦게 온 고마키는 먼저 와서 마시고 있던 사와다와 같은 생맥주를 시키고 목소리를 죽였다.

"오늘 아침 제일 먼저 품증부 컴퓨터가 한꺼번에 검사를 받았대. 그 뒤에 한 명씩 불러내서 심문하듯 면담을 했던 모양이야. 네가 쓴 고발 문서가 방아쇠가 된 게 아닐까?"

"가능성은 있지. 아니면 그 주간지 기자가 흘린 정보 때문이거나."

호프자동차라는 진흙으로 만든 듯 위태로운 배에는 지금 크고 작은 구멍이 뚫리기 시작했다.

"마녀사냥 바람잡이는 가시와바라 부장의 지시를 받는 이치노세쯤이 되려나?"

사와다가 차분한 말투로 물었다.

"그렇지. 히틀러에게 절대 복종하는 게슈타포 같은 놈이지."

고마키다운 과장된 표현은 이치노세의 사람됨을 정확하게 드러냈다. 물론 가노를 히틀러로 세운다는 그럴듯한 전제가 있기에 가능한 비유다.

"그리고 당연한 노릇이지만 스기모토는 철저하게 마크당하고 있는 모양이야. 뭐, 성격이 그러니 어쩔 수 없을지도 모르지. 부서 이동이 있을지도 몰라."

나온 맥주를 한 모금 마시더니 고마키가 말했다.

"이동? 어디로?"

사와다는 술잔을 기울이던 손길을 멈췄다.

"예를 들면 도호쿠* 지사 같은 곳."

애당초 근거가 있는 이야기는 아니다. 고마키가 하고 싶은 말은 그런 좌천이 퇴직 권고 같은 괴롭힘이라는 이야기다. 이과 계통 전문직인 스기모토는 기능적으로 한정된 도호쿠 지사에 가봐야 갈

---

* 東北. 일본 혼슈의 아오모리현, 미야기현 등 여섯 개의 현으로 이루어진 북부 지역.

은 종류의 일을 할 수 있을 리 없다. 아마 전문 분야 이외의 직무에 종사해야 할 텐데, 그건 이과 계통 사람 입장에서는 경력을 부정당하는 일이며 나아가 미래로 가는 레일이 끊어지는 것이나 마찬가지다.

"만약 그런 일이 일어나면 그건 위법이야."

비웃은 사와다에게 "노동조합에라도 하소연할까?"라고 고마키가 내뱉었다.

"우리 어용 노동조합이 과연 뭐라고 할까? 그런데 사와다. 그 고발 문서는 사장님까지 올라갔나?"

메뉴를 보고 안주를 몇 가지 주문하면서 고마키가 물었다.

"하나하타 부장이 직접 전달했을 텐데, 내게 직접적으로 온 리액션은 전혀 없어."

사와다는 카운터의 한 지점을 몇 초 동안 물끄러미 바라보다가 말했다.

"솔직히 뭔가 반응이 있을 거로 기대했는데."

"어떡하지? 또 한 번 움직여야 할까?"

"아니……."

사와다는 착잡한 마음을 억누르며 아무렇지도 않다는 투로 말했다.

"조금 더 상황을 지켜볼 작정이야. 그다음은 순리에 따라 풀리겠지."

"사와다, 위험하지 않겠어?"

맥주잔을 내려놓은 고마키는 진심으로 걱정했다. 입사 동기인 고마키와는 같은 현장에서 일한 적도 있어 전우와 같은 유대감이 있다. 고맙다고 생각하면서도 사와다는 이렇게 대꾸했다.

"그 정도 각오가 되어 있지 않았으면 그런 문서는 올리지 않았지. 다만 내부고발을 했다고 해서 쉽게 나를 해고하거나 직급을 떨어뜨릴 수는 없을 거야. 이제 그런 단순한 시대가 아니니까."

고마키는 사와다로부터 시선을 거두고 후우, 하며 뺨을 부풀렸을 뿐 잠시 말이 없었다.

"프로 장기 기사들은 몇십 수 앞을 읽는다더라."

이윽고 고마키가 입을 열었다.

"특히 회사 내부 처신에 관해서는 너도 프로니까. 나 같은 게 걱정해봤자 소용없는 짓이지만."

"장기와 회사는 달라."

사와다가 대꾸했다.

"장기 말에는 움직이는 규칙이 있지. 그렇지만 회사에는 그런 게 없어, 고마키. 어쨌든 상대는 사람이야. 비차˚가 비스듬하게 나아갈 때도 있어. 수읽기도 중요하겠지만, 가장 중요한 건 순간적인 판단력 아닐까?"

"내가 보기에 비차를 비스듬하게 움직이는 건 다름 아닌 사와다, 너 아닌가 하는 생각이 드는데."

어이없다는 표정을 지으며 고마키가 물었다.

"어떡할 거야, 이제?"

"가노가 어떻게 나올지 기다릴 거야."

---

* 飛車. 일본 장기의 말. 가로세로로 몇 칸이든 움직일 수 있으며 승격해 '용왕(竜王)'이 되면 비스듬하게 앞뒤로 한 칸씩 움직이기도 한다.

사와다의 대답은 단순 명쾌했다.

"이건 시금석이 되기도 할 거야. 가노가 실력자라는 사실은 알아도 난 그놈 밑에서 일한 적이 없어. 그놈이 얼마나 머리가 좋은지, 혹은 얼마나 멍청한지, 그걸 보고 판단할 뿐이야."

고마키는 그렇게 말하는 사와다의 옆얼굴을 찬찬히 관찰하고 입을 열었다.

"너 사실은 아직 무슨 꿍꿍이가 있는 거지?"

"꿍꿍이? 그러다 제 꾀에 넘어가지. 너무 잔머리를 굴리는 건 좋지 않아. 나는 판단력의 근원은 사물과 현상의 본질을 간파하는 거로 생각해. 그러기 위해서는 잡념을 떨치고 마음의 눈으로 볼 수밖에 없지. 말하자면 깨달음 같은 거야."

고마키는 마치 현실을 떠난 신선이라도 바라보는 듯한 눈빛을 하며 물었다.

"미안하지만 그런 선문답 같은 이야기는 무슨 뜻인지 알 수 없어. 가르쳐줘, 사와다. 난 어떻게 하면 되지?"

왠지 맹한 구석이 있는 전우에게 사와다는 웃으며 말했다.

"관객은 관객답게, 마녀사냥의 행방을 지켜봐줘. 그리고 만약 내가 장렬히 전사했을 때 꽃 한 송이라도 바쳐주면 그걸로 좋지 않겠어?"

고마키는 웃어넘겼지만, 그 눈에 떠오른 우수를 보고 만 사와다는 멋쩍은 듯 시선을 술로 돌렸다.

"죽을 땐 죽어. 누구든."

다만 사와다의 눈에 보인 것은 자신의 초라한 묘비가 아니라 호프자동차의 거대한 묘비였다. 하지만 사와다는 그걸 입 밖에 내지 않았다. 고마키는 한숨을 내쉬었다.

2

이날 아침 제일 먼저 오타구 산노에 있는 변호사사무실을 찾은 아카마쓰는 답변서 내용에 관해 상의했다.

솔직히 고소를 당하기는 아카마쓰운송 창업 이후 이번이 처음이다. 당연히 아카마쓰도 처음 당하는 일이라 재판 절차 등도 어떻게 해야 하는지 도통 알 수 없었다. 결국은 변호사와 상의할 수밖에 없어서 아는 사람 소개로 고모로 나오후미라는 젊은 변호사에게 고문 변호사가 되어달라고 부탁한 것이 어제였다.

"답변서는 어쨌든 제출해야 하니까요."

왠지 소박한 느낌이 드는 말투로 이렇게 말한 고모로는 사정을 쭉 듣고는 상대방의 이해를 얻지 못한 것이 원인 아니냐는 식으로 물었다.

"그럴 겁니다."

인정하지 않을 수 없다.

"성의는 다한 셈인데 우리가 사고 원인을 인정하지 않는 걸 상대방은 도저히 용서할 수 없는 모양입니다."

지난번 법요에서 보았던 피해자의 남편, 유기의 완강한 태도를 떠올릴 때마다 가슴이 아프다.

"뭐, 저는 그쪽 전문가가 아니라서 사고 원인이 어느 쪽에 있느냐 하는 과학적인 내용은 모르겠지만, 그 문제는 아카마쓰 사장님 입장에서는 절대로 양보할 수 없는 부분이군요."

"물론이죠."

"간단하게 말해 이런 소송이 벌어졌다는 건 원고가 사장님 회사에 과실이 있다고 믿기 때문이겠죠. 그렇다면 답변서는 어차피 제출해야만 하니 어쩔 수 없다고 치고, 원고의 인식이 잘못되었다는 걸 증명하는 게 빠르겠어요."

머리가 좋은 사람답게 고모로는 사건의 포인트를 짚었다.

"그렇지만 호프자동차 쪽에서는 전혀 상대해주지 않아서요. 전화해도 계속 자리에 없다고 하고……."

"그런 식으로는 해결 자체가 더 멀어지고 말죠. 좀 더 법적인 수단에 호소해보는 건 어떻겠습니까?"

"법적인 수단이라면?"

"부품 반환 청구 소송을 하는 거죠."

고모로의 말에 아카마쓰의 표정이 흐려졌다. 그걸 생각해보지 않은 건 아니다. 실제로 호프자동차와 통화할 때 겁을 주려고 몇 차례 입에 올린 적도 있다. 하지만 판결에 시간이 걸리면 그동안 회사 자체가 어떻게 될지 알 수 없었다.

"판결 전에 소송을 낸 단계에서 태도를 바꾸는 상대도 적지 않습니다."

분명히 고모로가 하는 말도 일리가 있다.

"게다가 좀 어폐가 있지만, 이건 재미있는 재판이 되지 않겠어요?"

"재미라뇨?"

"호프자동차는 분명히 몇 전 년에도 리콜 은폐로 사회적 단죄를 받았잖아요. 이번 소송에서 조금이라도 여론이 귀를 기울이면 호프자동차는 태도를 바꿀 수밖에 없지 않겠어요? 재판의 승패를 기다릴 필요도 없겠죠. 실제로 이런 재판은 판결보다 화해로 마무리되는 일이 많거든요."

고모로는 이렇게 말하고 한 가지 방책을 아카마쓰에게 주었다.

"실제로 소송을 제기하게 되면 돈도 들고 번거롭기도 하며 뒤로 물러설 수 없게 되고 맙니다. 그러니 그 전에 우편으로 내용증명을 보내 부품 반환을 요청해보면 어떻겠습니까? 제 이름을 대리인으로 내세우고, 신속하게 반환하지 않으면 소송을 제기하거나 언론에 공표하는 조치를 하겠다거나 하면서요."

그런 식이라면 해볼 가치가 있을지도 모르겠다.

"내용증명 서류는 제가 준비하죠."

부탁드리겠습니다, 하고 고모로에게 고개를 숙인 아카마쓰는 한 시간쯤 걸린 면담을 끝냈다. 초겨울 찬 바람이 부는 거리로 나와 가까운 주차장에 세워두었던 차를 몰고 회사로 돌아왔다.

"미야시로 전무는?"

제일 먼저 회사를 비운 동안 하루나은행에서 전화가 없었는지 확인하고 싶었는데 미야시로가 보이지 않았다. 사무실에 앉아 있던 총무 담당 아키에 씨가 "다카시마 총무과장과 아까부터 응접실에 들어가 있습니다만" 하며 말꼬리를 흐렸다.

"무슨 일 있었나요?"

아키에의 시선이 아카마쓰와 응접실 사이를 재빨리 오갔다.

"다카시마 과장이 그만두겠다고 해서요."

아카마쓰는 할 말을 잃었다.

퇴사? 다카시마가? 어째서?

머릿속에서 의문이 소용돌이처럼 일어날 때, 응접실 문이 열렸다. 얼굴을 내민 사람은 미야시로였다.

"사장님, 잠깐 괜찮습니까?"

사장실도 겸한 응접실에서는 다카시마가 언짢은 표정으로 소파에 앉아 있었다. 평소 늘 아카마쓰운송의 유니폼을 입고 있던 다카시마가 오늘은 낯선 양복 차림이었다. 아카마쓰가 들어서자 표정을 지운 눈동자를 움직이며 입가를 씰룩거렸다.

"이 친구가 그만두겠다고 해서요."

"어째서?"

아카마쓰가 묻자 다카시마가 딱딱한 말투로 대답했다.

"이유는 방금 전무님께 말씀드렸는데요."

"우리 회사에서 더는 못 있겠답니다. 상여금 문제도 있는 것 같고요."

상여금이라는 말을 들은 순간 아카마쓰는 가슴이 뜨끔했다.

"상여금 문제는 미안한데 회사 사정도 이해할 거로 생각하네. 다시 생각해볼 수 없겠나, 다카시마? 지금 그만두면 곤란해."

올해 서른여섯 살이 되는 다카시마는 아버지 때부터 오래 근무한 직원이다. 부장, 과장들 가운데 나이는 제일 어려도 주위 사람들을 잘 보살펴 젊은 직원들이 좋아한다.

"죄송하지만 많이 생각하고 내린 결정이라서요."

다카시마는 콘크리트 벽을 떠올리게 만드는 표정으로 말했다.

"사고 문제 때문에 신경이 쓰이는 모양입니다."

옆에서 미야시로가 거들었다.

"그런가?"

아카마쓰가 물어도 다카시마는 입을 꾹 다문 채 대답이 없었다. 저도 모르게 한숨을 내쉰 아카마쓰는 힘없이 고개를 숙였다. 다시 얼굴을 들었어도 가슴속에서 치밀어 오른 것은 한심하다는 생각이었다. 사고 대응, 상여금. 다카시마가 회사를 그만두겠다는 것은 나에게 던져진 직원의 평가가 아닐까?

"조금만 더 기다려보지 않겠나, 다카시마 과장?"

아카마쓰는 만류했다.

"지금 상황이 최악이야. 좀 더 참아줄 수 없어?"

"이미 지나칠 만큼 참아왔어요."

다카시마는 이렇게 대답하면서 지긋지긋하다는 눈빛으로 아카마쓰를 바라보았다. 평소 얌전한 사람인데 이때만은 가슴에 맺힌 것을 토해내듯 말을 이었다.

"사장님은 정비 불량이 아니라고 하지만, 사실은 모르는 거 아닙니까? 제가 보기에는 호프자동차가 인정하지 않는 것 자체가 나름대로 뭔가 근거가 있기 때문인 것 같습니다. 아무래도 사장님 말씀은 무리가 있죠."

"그렇지 않아."

아카마쓰는 반박했다.

"정비는 착실하게 하고 있었어. 차도 많이 낡지 않았고 주행 거리도 여유가 있고. 그런데 타이어가 빠지다니, 상식적으로 있을 수 없는 일이지."

"그럼 그걸 언제 증명할 수 있는 거죠?"

다카시마는 신경질적으로 미간을 찌푸리며 물었다.

"언제쯤 아카마쓰운송에 씌워진 의심이 벗겨지죠? 아무런 보장도 없잖아요? 그러다가 망하고 말 겁니다."

"아니, 무슨 소리를 하는 거야, 다카시마."

옆에서 미야시로가 꾸짖자 다카시마는 경멸하는 눈빛을 보냈다.

"사실을 말할 뿐이에요. 회사 사정이 어려워서 상여금을 줄 수 없다는 건 잘 알겠어요. 하지만 저도 생활이 있고, 그걸 지키기 위해서는 이럴 수밖에 없는 겁니다."

"금전적으로 버틸 수 없다는 건가?"

미야시로가 물었다.

"자식 키우는 데도 돈이 들고 저도 가족에게 참으라고만 할 수는 없죠. 가끔 사치도 부리게 해주고 싶고, 먹고 싶은 것 먹이고, 입고 싶은 옷 입혀주고 싶어요."

"자네 월급은 그럭저럭 받잖아?"

미야시로가 말했다. 다카시마의 급여는 연봉 600만 엔. 분명히 대기업과 비교하면 낮은 수준일지 몰라도 중소기업치고는 나쁘지 않은 편이다.

"빠듯하죠."

다카시마가 날카롭게 말했다.

"저는 더 받아도 괜찮다고 생각합니다."

"회사 사정이라는 게 있잖아, 다카시마. 그건 자네도 잘 알잖아?"

다카시마는 다시 타이르는 미야시로를 불만스러운 표정으로 노려보았다.

"그러니까 제게도 사정이라는 게 있지 않습니까."

다카시마는 동갑인 아내와 초등학교에 다니는 두 아이를 합쳐 4인 가족이다. 오타구에 있는 자택에서 부모와 함께 생활하고 있는 것으로 안다. 집세가 나가지 않으니 평범하게 살면 생활이 그리 어렵지는 않을 터이다.

"회사가 더는 가망이 없다고 단념하는 건가?"

미야시로가 화난 말투로 물었다. 말하자면 그런 이야기로구나. 아카마쓰는 그제야 깨달았다. 급여니 상여금이니 하는 건 진짜 이유가 아니다. 다카시마는 이 아카마쓰운송을 단념한 것이다. 그게 진짜 퇴사 이유다.

"단념이고 뭐고 제겐 가라앉는 배로밖에 보이지 않아요."

소심한 편인 다카시마도 화가 나면 감정이 대책 없이 날카로워지는 면이 있다. 떨리는 목소리로 내뱉은 그 대답은 그야말로 싸우기라도 하겠다는 투였다.

"뭐야?"

벌떡 일어서려는 미야시로의 어깨에 손을 얹고 아카마쓰는 "전무님" 하며 말렸다. 다카시마가 말을 이었다.

"체면도 영 말이 아니고요. 아내도 불편해하고, 부모님도 굳이 계속 근무할 것까지는 없지 않냐고."

"자넨 과장 아닌가? 예전 사장님부터 그렇게 아꼈는데 막상 그만두겠다고 할 때는 아내니 부모님이니 하며 무슨 한심한 소리를 하는 건가? 자네 스스로는 어떻게 생각하는 건데?"

미야시로가 따져 묻자 다카시마는 외면했다. 그리고 차가운 표정으로 이렇게 말했다.

"더는 무리예요, 이 회사는. 살아남을 수 없을 겁니다."

아카마쓰는 기가 막혀서 할 말을 잃고 다카시마의 얼굴을 뚫어 져라 바라보았다. 마음 깊은 곳까지 후비고 들어오는 듯한 그 한마 디. 머릿속이 새하얘졌다.

어찌해볼 수도 없는 어색한 침묵이 찾아왔다.

아카마쓰는 아무 생각도 할 수 없어 마른침을 꿀꺽 삼키고, 깊 은 한숨과 함께 손가락으로 관자놀이를 눌렀다. 눈을 가늘게 뜨고 시선을 던진 사장실 창문으로 썰렁한 겨울 하늘이 보였다. 순간 그 메마른 공기가 가슴으로 밀려들어 목을 조이는 듯한 착각에 숨을 헐떡일 뻔했다.

"자네, 회사를 그만두고 갈 곳은 있나?"

미야시로가 물었다. 다카시마가 잠시 뜸을 들였다가, 이윽고 내 뱉은 "그것도 이미 결정되어 있으니까요"라는 한마디가 아카마쓰 에게 결정타를 먹였다.

어떻게든 마음을 돌리게 하려던 아카마쓰의 생각은 그 한마디 에 산산조각이 났다.

"그래……?"

아카마쓰는 자기 입술 사이로 흘러나오는 말을 들었다.

"그래……? 그렇군."

그리고 천천히 다카시마 쪽으로 시선을 돌리고 입을 열었다.

"알았네."

그건 틀림없이 자기가 한 말인데도 왠지 다른 사람이 말을 한 듯한 위화감이 들었다.

"사장님……!"

눈이 휘둥그레져 뭐라고 하려는 미야시로를 제지했다.

"됐어요. 다카시마가 그렇다면 어쩔 수 없죠."

다카시마는 말없이 아카마쓰의 얼굴을 보고 있다가 "죄송합니다" 하며 살짝 고개를 숙였다.

"우리 회사에 몇 년 근무했지?"

아카마쓰가 물었다. 스스로 생각하기에도 놀랄 만큼 부드러운 목소리였다.

"저번 사장님 때부터 근무했으니 벌써 15년이 되었네요."

"15년인가?"

아카마쓰는 그러더니 다카시마를 빤히 보며 말했다.

"고마워, 지금까지 애써줘서."

감정이 없는 얼굴을 하고 있던 다카시마가 그때는 놀란 듯 눈을 크게 뜨고 입술을 꾹 다물었다.

"아버지 몫까지 고맙다는 인사를 해야겠군. 수고 많았네."

분한 표정을 지은 미야시로가 아카마쓰를 뚫어지게 바라보고 있었다.

"옮길 회사는 어딘가?"

이렇게 묻자 다카시마는 잠깐 머뭇거리더니 아카마쓰도 들어본 적이 있는 중견 운송회사 이름을 댔다. 같은 운송업으로 직장을 옮긴다. 회사 규모는 분명히 비교도 할 수 없을 만큼 그쪽이 크지만 돌이킬 수 없는 마무리 같아 마음이 아팠다.

"꼭 성공해야 해."

그러며 아카마쓰는 오른손을 뻗어 머뭇머뭇 내민 다카시마의 손을 꼭 잡았다.

다카시마가 방을 나갔다. 미야시로의 깊은 한숨 소리가 들렸다.

"젊은 친구들에게 영향이 있을까 봐 걱정이군요. 어쩌면 젊은 직원들 가운데 몇 명이 함께 그만두겠다고 나올지도 모르겠어요."

"그때는 그때 가서 걱정하죠, 전무님."

말과는 달리 회사의 기둥이 기울어지고 있다는 느낌이 절실하게 들어 아카마쓰는 숨을 쉬기도 힘들었다. 회사가 사람으로 움직이는 거라면 회사가 진짜 마지막을 맞이하는 것은 돈이 없어졌을 때가 아니라 사람이 없어졌을 때다.

다카시마를 나무라고 싶은 마음은 없었다. 오히려 15년 동안이나 근무한 회사를 그만두게 만든 상황이 한스러웠다. 직원들도 언제까지 따라와줄지 알 수 없다. 아카마쓰는 애가 탔다.

3

"가도타, 그 이야기 들었냐?"

기름이 묻은 손을 전용 세제로 닦아내던 가도타 슌이치에게 운전기사인 후지키 노보루가 말을 걸었다.

돌아보니 삐쩍 마른 몸에 헐렁한 제복을 입은 후지키가 여우처럼 길쭉한 얼굴에 가느다란 눈을 더 가늘게 뜨고 가도타를 보고 있었다.

"무슨 이야기?"

일단 멈췄던 손을 다시 움직이며 가도타가 물었다. 기름 제거 전용 윤활유를 양손에 듬뿍 발라 때를 지우고, 그다음에 액체 비누로 박박 문지른다. 손가락과 손등에 묻은 기름은 이렇게 하면 대개 지워진다. 하지만 손톱 사이로 스며든 기름때는 쉽게 지워지지 않왔다.

"다카시마 씨 이야기."

"다카시마 과장?"

바쁜 날이라 종일 다람쥐처럼 부지런히 움직였다. 고다마통운에서 넘겨준 대형 수송 업무가 시작된 것도 바쁜 이유 가운데 하나였다. 점심도 정비과 구석에 있는 책상에서 지카가 싸준 도시락을 먹고 나서 생각해보니 다른 직원과 잡담 한번 나눌 틈도 없을 만큼 바빴다.

"과장님에게 무슨 일 있어?"

그러자 역시 모르는구나, 하는 표정으로 후지키가 팔짱을 꼈다.

"그만둔대."

기름 제거용 세제가 넘쳐흘러 바닥에 튀었다. 그만둬? 다카시마 과장이? 가도타의 머릿속에서 그 사실이 지닌 의미가 점점 더 커지기 시작했다. 너무 놀라 사고가 정지해 후지키가 무슨 말을 하는지도 알아들을 수 없었다.

"언제?"

겨우 정신을 차린 가도타가 물었다.

"다음 달 말쯤이래. 그렇지만 다음 달에는 거의 유급휴가를 쓴다니 실질적으로는 이달까지만 근무하는 모양이야."

"그, 그만두고 어떡한대?"

"모토하시운송이라고 알지? 거기로 간대."

그 회사 이름이라면 들은 적이 있다.

"같은 운송회사로 가면 우리 회사하고 달라질 게 없잖아?"

가도타가 물었다. 하지만 후지키는 어금니에 뭔가 낀 듯한 표정으로 고개를 숙이더니 "다를 거야, 틀림없이"라고 했다.

"다르라니, 뭐가?"

그렇게 묻자마자 후지키는 의미심장한 눈빛으로 가도타를 바라보았다.

"다카시마 씨는 총무부야. 실제로 우리 회사의 실태를 잘 알아. 위험한지 어떤지 바로 알 거야."

"잠깐만."

가도타는 물이 콸콸 나오도록 틀어놓았던 수도꼭지를 꼭 잠그고 후지키를 향해 돌아섰다.

"그럼 우리 회사가 뭔가 위태롭다는 건가?"

"쉿, 목소리가 커, 가도타."

차고 끄트머리에 있던 다니야마 과장이 이쪽을 보았다. 아무 일도 아니에요, 라고 하듯 웃더니 "어쨌든 잠깐 이야기 좀 해" 하며 가도타를 불러냈다.

후지키가 데려간 곳은 도큐오이마치선과 이케가미선이 교차하는 하타노다이역 앞 상점가에 있는 꼬치구이집이었다.

좁은 가게 안에 카운터가 일직선으로 있고, 작은 4인용 테이블이 세 개 있을 뿐인 오래되고 아담한 가게였다. 후지키가 포럼을 들추고 들어서자 "번번이 찾아주셔서 감사합니다!" 하는 소리가 들렸다. 후지키는 거침없이 카운터의 둥근 의자를 두 개 당기더니 하나를 가도타에게 권했다.

가게 안에 다른 손님은 없었다. '네기마* 1개 120엔'이라는 그을

---

* 닭고기와 대파를 번갈아 꿰어 양념을 발라 구워내는 꼬치구이.

린 메뉴가 벽 한 면을 온통 메운 모습을 둘러본 가도타는 후지키가 의자를 또 하나 확보하는 모습을 보고 누가 더 오느냐고 물었다.

그 '누구'는 기껏해야 10분도 지나지 않아 나타났다. 아마 가도타와 후지키가 탄 다음 전철을 타고 온 게 틀림없다.

"먼저 왔구나, 두 사람."

그렇게 말하면서 들어온 다카시마는 후지키 옆 카운터 안쪽 자리에 앉더니 "생맥주로 한 잔" 하고 주문하고는 "오늘은 내가 사겠다"고 했다.

"퇴직금 나오죠?"

약삭빨라 보이는 눈을 한 후지키가 간사하게 말했다.

"뭐 그렇지."

대수롭지 않다는 듯이 대꾸하며 다카시마는 그 금액을 이야기했다. 후지키가 "우와!" 하며 눈을 크게 뜨고 놀란 표정을 지었다. 둘이 주고받는 이야기를 가도타는 차가운 시선으로 바라보았다.

"몽타, 너 왜 시무룩한 표정을 하고 있어? 마셔."

다카시마가 말했다.

"여기요, 이 친구 한 잔 더."

회사에서는 사장과 전무 사이에 끼어 점잖게 행동하지만 자기보다 어린 직원들 앞에서는 나름 존재감을 드러낸다. 그 차이가 너무 커서 재미있다고 누가 했던 말을 가도타는 새삼 머릿속에 떠올렸다.

하지만 새로 나온 맥주에는 입도 대지 않고 가도타가 물었다.

"야스 선배, 왜 그만두는 거예요?"

회사 밖에서는 다카시마를 '야스 선배'라고 부른다. 이름이 야스

노리라서 그렇다.

"마침 사람을 구한다는 이야기를 듣고 지원해보았지. 그런데 붙었어."

"뭐 그쪽 회사가 더 크니까."

후지키는 태평하게 말했지만, 가도타는 이해할 수 없었다.

"야스 선배, 그렇지만 월급 꽤 받고 있었잖아요? 조건이 그렇게 많이 바뀌나요?"

전에 다카시마가 술에 취해 자기 연봉을 자랑하는 걸 들은 적이 있다. 그 액수를 들었을 때 솔직히 부러웠다. 하지만 15년 근무하면 나도 그만큼 받을 수 있는 회사로구나, 하고 생각했던 기억도 난다. 그리고 다른 회사로 옮겨도 그만큼 주는 곳이 많지는 않을 거라던 다카시마의 이야기도 또렷하게 기억하고 있다.

다카시마가 좀 멋쩍은 표정을 지었다.

"뭐, 받던 만큼 받는 게 아니야. 약간 적어지려나?"

후지키가 멍하니 다카시마를 바라보았다.

"그렇지만 그 회사는 상한선이 높아. 앞으로 연봉이 올라갈 수 있는 여지를 생각하면 옮기는 게 이득이지."

"그렇군요."

그러면서 감탄한 듯 고개를 끄덕이는 후지키 옆에서 가도타는 '정말 그런가?' 하고 생각했다. 아카마쓰운송도 실적이 좋아지면 연봉은 더 올라갈 게 틀림없다.

가도타가 이해하지 못하는 표정을 짓자 다카시마는 목소리를 낮추며 말했다.

"사실 진짜 이유는 다른 데에 있어."

"진짜 이유?"

가도타가 물었다.

"사실은 좀 위태로운 것 같아서."

"위태롭다니, 회사 말인가요?"

"그래."

다카시마는 맥주잔을 들어 목을 축이고 "너 진짜로 일이 사장 말처럼 풀릴 것 같다고 생각해?" 하고 물었다.

"호프자동차에 부품 반환을 요구해 우리가 결백하다는 사실을 증명하면 어떻게든 일이 풀릴 거로 사장은 생각할 거야. 그러니 힘내자고. 그렇지만 말이야, 부품 반환을 요구해서 그걸 어느 연구기관에 들고 가 결과가 나오기까지 얼마나 걸릴지도 모르잖아. 게다가 우리 쪽에 유리한 결과가 나올 때까지 얼마나 걸릴지도 알 수 없고. 설사 유리한 결론이 나왔다고 해도 그 호프자동차가 그걸 인정할 리 없지. 틀림없이 다른 연구기관에 다시 제출해 다른 결론을 끌어내거나 할 거야."

이렇게 이야기할 때는 말투가 조금 거칠어져도 다카시마는 원래 신경이 예민하고 섬세하다. 한편 가도타는 섬세한 부분에 신경 쓰지 않는 타입. 우등생과 열등생, 그런 분위기를 풍기는 두 사람이라 얼핏 보기에는 마음이 맞는 듯해도 생각은 180도 차이가 난다.

"그렇지만 그건 아카마쓰운송을 버린다는 말이잖아요?"

가도타가 물었다.

다카시마는 섬세해 보이는 창백한 얼굴을 찡그렸다.

"버리느냐 마느냐가 아니야. 그 전에 이러지도 저러지도 못하게 될 거라는 거지. 그래서 그렇게 되기 전에 난 그만두는 거야."

"역시, 과장님이셔. 나도 고민 좀 해볼까나?"

후지키가 치켜세웠지만, 가도타는 부루퉁한 얼굴로 맥주잔만 노려보았다.

"그만둔다고 했더니 사장님은 뭐라고 해요?"

"고맙다고. 그렇게 말했지."

가도타는 허를 찔린 심정이었다. 서운하기도 하고 이해되지 않기도 해 기분이 복잡해졌다.

회사를 버리고 나가는 직원에게 고맙다는 인사를 한단 말인가, 하는 생각도 들었다. 하지만 그만두기로 한 상대에게 화를 퍼붓기보다 어쨌든 지금까지 고생한 데에 대한 고마움을 표시한 것도 사장다웠다.

"너도 그때 그만두는 게 나았을 텐데."

그때 다카시마의 말이 귀에 꽂혔다.

그 사고가 일어난 직후의 일이다. 아카마쓰 사장은 일단 그만두겠다고 했던 가도타를 굳이 작업 현장까지 찾아와주었다. 공원에서 웅크리고 따끈따끈한 도시락을 먹던 때의 울적한 심정과 그런 가도타에게 말을 건네던 고마움은 지금도 가슴을 찡하게 한다.

"난 도저히 그만둘 수 없어요."

가도타가 말했다.

"사장님과 회사를 키워가자고 약속했거든요."

"무슨 소리야, 가도타?"

후지키가 어처구니없다는 투로 말했다.

"그 회사가 없어질 거라는 이야기잖아. 네 아내도 배가 이만하잖아? 아기는 태어날 테고, 직장은 도산할 거야. 견뎌낼 방법이 없지. 예정일이 언제냐?"

"내년 3월."

가도타는 대꾸하고 입을 꾹 다물었다.

나는 마지막까지 사장님을 따라갈 생각이다. 도산한다면 실제로 그렇게 된 뒤에나 다른 직장을 알아보겠다.

하지만 그런 이야기는 두 사람에게 할 수 없었다. 유치하고 좀 부끄럽기도 했다. 그것 이상으로 그런 말을 해봤자 눈앞에 닥친 위기에 허둥지둥 퇴사하려는 다카시마와 그를 따르려는 후지키에게 통할 리 없었기 때문이다.

"후지키, 넌 어떻게 할 거야?"

다카시마가 그렇게 묻는 소리가 들려왔다.

후지키는 꼬치구이를 입에 넣으며 "글쎄요, 나도 그만둘까? 월급도 짜고" 하며 경트럭 못지않은 경박한 태도로 말했다.

월급이 적다 많다, 먹고살 수 있느냐 없느냐, 그런 이야기가 아니다.

가도타는 맥주잔을 잔뜩 기울여 술을 입에 털어 넣으며 생각했다.

"좋아. 내가 저쪽 회사에 출근하면 이번엔 널 당겨줄게. 올 거지?"

"고맙죠. 갈 거예요, 갑니다. 난 무슨 일이든 할 테니까."

멍청인가?

속에서 소용돌이치기 시작한 분노를 확인하면서 가도타는 생각했다.

"그렇지만 사장도 참 끈질겨."

다카시마가 말했다.

"계속 부품, 부품 하니. 호프자동차가 한번 주지 않겠다고 한 물건을 내줄 리 없잖아? 헛수고지. 안 그래, 가도타? 너도 그렇게 생각하지 않아?"

"글쎄요. 전 모르겠네요."

가도타가 말했다.

"하기야, 넌 머리가 나쁘니까."

다카시마가 웃었다. 가도타는 입술을 꾹 다물었다. 언젠가 아카마쓰운송을 버리고 그만둔 녀석들이 후회하게 만들겠다.

4

"다카시마는 벌써 들어갔나요?"

오후 6시가 지나 사장실에서 나온 아카마쓰에게 "좀 전에"라며 미야시로 전무가 대답했다.

"밥이라도 사줄까 했는데."

"젊은 친구들과 한잔한다고 나갔죠."

"누구하고?"

문득 마음에 걸려 아카마쓰가 물었다.

"가도타와 후지키일 거예요. 그 둘을 무척 아꼈으니까요."

아카마쓰는 걱정스러워 거기 있지도 않은 모습을 찾듯이 창밖으로 시선을 던졌다.

"쓸데없는 소리는 하지 않으면 좋을 텐데."

아카마쓰의 속마음을 눈치챈 듯 미야시로가 말했다.

같은 심정이라고 생각했지만, 다카시마가 불안하게 여기는 것도 일정 부분 어쩔 수 없다고 생각하는 아카마쓰는 아무 말도 하지 않았다.

최연소 과장이라는 요직에 앉힌 것도 아카마쓰이고 심지어 경영 회의에도 참석할 수 있게 했다. 회사 속사정을 빤히 알면서 그만두겠다는 직원으로 키운 것도 아카마쓰다.

"사장님 탓이 아니에요."

또 속마음을 들여다보기라도 한 듯 미야시로가 말했다. 눈치가 너무 빨라 아카마쓰는 자기도 모르게 쓴웃음을 지었다.

"미야 아저씨는 그만두지 마세요."

그러자 미야시로는 호탕하게 웃었다.

"지금 그만두면 틀림없이 선대 사장님께서 벌을 내리실 거예요. 이놈, 이 중요한 때 회사를 버리다니, 하면서요. 사장님처럼 고마웠다는 말은 절대 하시지 않을 겁니다."

"내가 사람이 물러서요."

미야시로가 잠깐 생각하더니 "사장님은 착한 거예요"라고 했다.

"상당히 참을성이 없는 편이라고 생각하는데."

아카마쓰가 대꾸했다.

"그건 진짜 고생이란 걸 아느냐 모르느냐의 차이라고 생각해요."

미야시로가 말을 이었다.

"어쨌든 선대 사장님은 창업하고 얼마 지나지 않았을 때는 무일푼이었답니다. 휘발유는 외상으로 사고 지출은 모두 미뤘대요. 담뱃값도 없을 때가 있었다고 하시니까요. 아주 오래된 이야기지만 그런 이야기를 자주 하셨죠."

"그 이야기라면 나도 자주 들었는데. 가난에 단련되었다고."

"강인하달까, 끈질긴 분이었으니까요."

"맞아."

그러고 보니 그런 끈기를 아무 일도 아니라는 듯 발휘해온 아버지에 비해 자기는 아직 야무지지 못한 면이 있는 게 아닌가 하는 생각이 들었다. 예를 들어 호프자동차의 사와다 과장을 대하는 방식도 아버지라면 쳐들어가 덥석 잡을 만한 기개가 있었을지도 모른다.

"그렇지만 사장님. 생각해보면 이건 꽤 좋은 기회일지도 모르겠군요."

미야시로가 묘한 말을 했다.

"무슨 뜻이죠?"

천천히 사무실을 걷고 있던 아카마쓰는 미야시로 맞은편에 있는 의자를 당겨 걸터앉았다. 아키에를 비롯한 직원들은 다들 퇴근해 지금 사무실에 남은 것은 두 사람뿐이다.

"우리 회사에는 승진시험이라는 게 없잖아요? 지금까지는 그냥 경력 같은 걸 보고 직급을 주고 급여를 정했는데, 이런 상황이 어떤 의미에서는 시금석이 되어 평소 보이지 않던 부분을 드러내는 느낌이 듭니다."

그건 어떤 의미에서 미야시로의 말 그대로일지도 모른다.

솔직히 이 사건이 일어난 뒤 어수선할 때 뜻하지 않게 좋은 평가를 받은 가도타, 도리이 같은 직원이 있는 한편 '견실하다'라는 의미에서 지금까지 높은 평가를 받아왔지만 빠져나가는 다카시마 같은 직원이 나타난다.

힘들 때일수록 직원의 참된 가치가 드러난다. 바로 지금 같은 시기에.

"이 시기를 함께 극복해줄 직원들은 소중히 여겨야죠."

"그럼요. 돈 벌면 보너스 두둑하게 주세요."

그러면서 미야시로가 다시 호탕하게 웃었을 때 '실례합니다' 하는 목소리가 들려왔다.

소리가 난 쪽을 보니 30대 중반쯤으로 보이는 한 남자가 사무실 입구에서 고개를 디밀고 있었다.

"예, 어서 오십시오."

방문 판매원이 아니라는 것은 한눈에 알 수 있었다. 아마 이삿짐을 부탁할 손님인 모양이라고 생각한 게 틀림없는 미야시로가 나갔다. 하지만 천천히 사장실로 돌아가려고 걸음을 뗀 아카마쓰를 "사장님" 하는 소리가 불러 세웠다.

뒤를 돌아보니 뭐라 표현하기 힘든 표정을 한 미야시로가 이쪽을 보고 있었다.

"취재하고 싶다고 합니다."

"취재?"

의아하다는 표정을 짓는 아카마쓰에게 남자가 살짝 고개를 숙이고 말했다.

"느닷없이 죄송합니다. 〈주간 조류〉에서 나왔습니다. 저번에 요코하마에서 일어난 사고 건으로 말씀 좀 들을 수 있겠습니까?"

남자의 말투는 정중해도 눈빛은 강렬했다. 그 눈이 아카마쓰를 똑바로 바라보았다. 가만히, 아카마쓰의 표정이 아니라 내면을 들여다보려는 듯한 눈이었다.

"지금까지 실컷 두들겨 맞았는데요."

아카마쓰가 대꾸했다.

"될 수 있으면 이쯤에서 멈춰주시겠습니까?"

이때 아카마쓰는 '소송이 있지' 하는 생각이 떠올랐다. 어디서 들었는지 몰라도 그걸 눈치채고 취재하러 온 거라면.

하지만 아카마쓰의 예상은 빗나갔다. 남자는 생각도 못 한 말을 꺼냈다.

"사장님 회사가 아니라 호프자동차에 관해 여쭤보고 싶은 겁니다."

"호프자동차에 관해서? 호프자동차의 어떤 부분 말입니까?"

아카마쓰가 놀라며 물었다. 기자는 바로 대답하지 않았다.

서로를 재보는 듯한 분위기가 감도는 가운데 기자는 그 말을 했을 때의 반응을 상상하듯 아카마쓰와 미야시로를 번갈아 보았다.

"얼마 전 사고의 원인이 된 허브 때문입니다."

아카마쓰는 말없이 상대를 노려보았다.

"허, 허브가 왜요?"

미야시로가 화난 목소리로 끼어들었다. 거친 목소리였다. 느닷없이 긴장해 그런 듯했다.

"호프자동차가 말하듯 정말로 정비 불량인지 어떤지, 그걸 알아보고 있습니다."

숨을 삼긴 아카마쓰는 미야시로와 눈이 마주쳤다.

"아, 들어오시죠."

아카마쓰가 말했다.

"전무님, 죄송하지만 차 좀 부탁드릴 수 있을까요?"

취재는 꼼꼼했다.

약속도 잡지 않고 불쑥 찾아온 이유를 에노모토라는 그 기자는 "전화만으로는 오해하시고 거절할지 모른다고 생각해서"라고 설명했다. 하지만 아카마쓰는 사실 다른 이유가 있는 것 아닐까, 하는 생각이 들었다.

상대방에게 생각할 시간을 주면 수비 태세를 갖추기도 하고, 치장하는 등 미리 준비할 수 있다. 그런 준비가 되지 않은 상태로 진짜 모습을 보기 위해서 그랬던 게 아닐까?

에노모토라는 기자에게서는 뭐라 표현하기 힘든 불쾌감이 느껴졌다.

아카마쓰가 하는 말을 꼬박꼬박 메모하며, 때론 진위를 확인하려는 듯이 생각에 잠기는 모습이었다. 그리고 감정을 섞지 않고 냉정하게 판단하는 듯한 거리감을 두었다.

취재에 응하는 동안 아카마쓰는 '이게 정말인가요?'라는 무언의 질문을 계속 받는 듯한 느낌이 들었다.

좋은 느낌이 들지는 않았어도 한편으로는 어림짐작은 모두 배제하고 사실만 충실하게 캐내며 사고의 진상에 접근하려는 이 기자의 방법론에 대한 신뢰감은 커졌다.

그래도 20분가량은 서로 속셈을 떠보려고 했다.

아무리 그래도 주간지 기자다. 했는지 안 했는지도 모를 말을 멋대로 써대면 견뎌낼 재간이 없다. 그런 경계심도 작용했다. 상대방도 아카마쓰가 자기에게 유리한 이야기만 하는 게 아닐까, 하는 생각을 했으리라.

그렇지만 그런 의심도 시간이 지나면서 차츰 풀려, 즉석에서 취

재하는 쪽과 응하는 쪽의 신뢰 관계 같은 것이 형성되었다. 그다음
부터는 이야기가 부드럽게 풀려나갔다.

아카마쓰는 요코하마에서 사고가 난 뒤에 겪은 일들을 수첩을
꺼내 들고 최대한 충실하게 재현했다. 충실하고 자세한 것이 모든
현실성을 보증한다는 사실은 거의 본능적으로 알고 있었던 느낌
이 든다.

호프자동차가 정비 불량이 사고 원인이라고 판단한 뒤, 부품 반
환을 요구해 지금에 이르기까지의 경위를 자세하게 설명하고 나
니 시간이 눈 깜빡할 사이에 두 시간이나 지나 있었다.

그때 아카마쓰는 난방을 너무 세게 튼 거 아닌가 싶을 만큼 얼
굴이 상기되었다. 그리고 열기 넘치는 눈으로 에노모토를 바라보
았다.

에노모토는 테이블 위에 얹은 취재용 녹음기를 끄더니 "감사합
니다" 하며 고개를 깊숙이 숙였다.

"사장님, 귀사와 호프자동차의 교섭 진행 상황을 취재할 수 없
을까요? 현재 호프자동차와 그런 교섭을 벌이는 곳은 아카마쓰운
송뿐입니다. 부탁드리겠습니다."

부탁하지 않아도 이쪽에서 부탁해야 할 상황이다. 아카마쓰는
잠깐 어안이 벙벙했지만 "우리 회사라도 괜찮다면야" 하며 바로
흔쾌히 승낙했다. 당연한 일이었다.

"호프자동차 쪽도 취재하셨습니까?"

"아뇨. 한번 부딪혀보기는 했습니다만. 실은 그 사와다라는 과장
에게 시도해보았죠."

에노모토는 아카마쓰가 짐작한 것보다 훨씬 철저하게 취재하고

있었다.

"당연하다고 해야 할까요? 답변을 받지 못했습니다. 다만……."

에노모토는 불쑥 말을 끊었다가 다시 이었다.

"언제까지나 계속 그런 식으로 나오지는 못할 겁니다. 언젠가는 반드시, 우리, 아니 사회에 제대로 설명을 해야만 할 때가 오겠죠. 세상의 심판을 받게 될 때라고나 해야 할까요?"

빈정거리는 웃음을 지은 에노모토는 식은 차를 마시고 돌아갔다.

"움직이기 시작했어요, 전무님."

에노모토의 뒷모습을 바라보며 아카마쓰가 중얼거렸다.

"왠지 후련하네."

아카마쓰운송은 과실이 없다고 계속 주장해왔다.

그러나 진짜 그렇게 생각하느냐고 캐물으면 솔직히 좀 머뭇거려지기는 했다.

그런데 이제 그 의문은 마치 숲에 자욱했던 안개가 싹 걷히듯 사라졌다.

"좋지 않은 일만 있는 건 아니군요. 좋은 일도 있어요. 지나친 기대는 금물이겠지만, 호프자동차가 얕잡아 보지 못할 만한 일이 조금씩 형태를 갖춰가고 있네요."

"다시 한번 해볼게요, 전무님."

아카마쓰가 말했다.

"부품 반환, 의뢰해보겠어요. 돌격할 일만 남았어요."

"사장님도 점점 끈질겨지시네요."

미야시로가 이렇게 말하며 웃었다.

"이제 운만 따라준다면 우린 걱정할 일 없을 겁니다."

아카마쓰는 생각했다. 운이라. 분명히 그렇다. 하지만 운은 차츰 이쪽으로 향하기 시작했다. 아카마쓰운송이 천 길 낭떠러지에 있는 것은 틀림없을지도 모른다. 풍향은 분명히 바뀌었다. 바다 쪽에서 따스한 바람이 아카마쓰의 등을 떠밀기 시작했다. 앞으로는 이 바람을 타고 날아오르기만 하면 된다. 아카마쓰라는 프로펠러 비행기는 이 바람에 실려 날아오를 일만 남았다.

5

직통전화 호출음을 듣고 수화기를 들자 "판매부 사와다 과장님인가요?" 하는 귀에 익지 않은 목소리가 흘러나왔다.

"나는 인사부 하마자키라고 합니다."

그렇지만 용건이 짐작되지 않았다. 모호하게 대답한 사와다에게 상대가 말했다.

"조용한 곳에서 이야기하고 싶은 게 있는데, 시간을 내줄 수 있겠어요? 될 수 있으면 밤이면 좋겠는데."

"무슨 일입니까?"

사와다가 묻자 하마자키라고 이름을 밝힌 남자는 "사와다 과장의 진로 문제로 참고 의견을 듣고 싶어서"라고 했다.

사와다는 통화하면서 옆에 있던 내선전화 번호 안내를 펼쳤다. 인사부 소속 하마자키를 찾았다. 있었다. 직함은 인사부 인사과 부부장이었다. 판매 분야인 사와다는 이런 사무관리 분야 사람들과 마주칠 일이 별로 없지만, 하마자키는 말하자면 인사를 담당한 핵심 인물이 틀림없는 듯했다.

"저는 괜찮습니다만, 언제로 할까요?"

하마자키는 자기가 약속이 없는 날짜를 몇 가지 골랐다. 그 가운데 사와다가 이튿날 밤을 지정하자 시간과 장소는 나중에 알려주겠다고 하고 전화를 끊었다. 전화를 끊었을 때 사와다는 자기가 살짝 긴장했다는 사실을 깨달았다.

진로.

결국 하마자키는 앞으로 있을 인사에 관한 이야기를 하겠다는 것이다. 하지만 그런 룰은 회사에 없다. 즉, 거기에는 뭔가 의도가 숨어 있을 터였다. 그건 틀림없이 그 사내 고발 문서와 관계가 있을 것이다.

좌천시키겠다는 눈치라도 줄 작정인가?

사와다는 방어 태세를 갖추었다. 그렇게 나온다면 나도 다음 수를 쓸 수밖에.

잠시 뒤 사와다의 컴퓨터에 하마자키가 보낸 이메일이 왔다.

장소는 오테마치에 있는 장어집. 사와다도 몇 차례 간 적이 있는 유명한 가게다. 약속 시각은 오후 7시.

일단 노사카에게 이야기는 해둘까?

"정말이야?"

하마자키라는 이름을 들은 순간, 노사카는 안색이 변했다. 그리고 심각한 표정을 지으며 비스듬히 허공을 노려보았다.

"무슨 이야기인지 모르지만 조심해."

"조심하라뇨?"

"아마 그 고발 문서 관련일 텐데, 이상한 꼬투리 잡히지 않도록 하라고. 비판적인 이야기는 삼가고 신중하게 행동해. 그 사람은 무슨 생각을 하는지 알 수 없는 인물이니까 말이야."

이튿날, 약속한 시각에 가게로 가니 하마자키는 이미 자리를 잡고 앉아 사와다를 기다리고 있었다.

"바쁠 텐데 미안하군."

하마자키는 사와다의 눈을 똑바로 바라보았다. 음침한 인상을 풍기는 남자였다. 마치 은행원처럼 짙은 남색 양복에 흰 와이셔츠. 그리고 차분한 넥타이를 맨 하마자키는 바로 술을 준비하더니 어떻게 해야 할지 몰라 우물쭈물하는 사와다의 잔에 맥주를 채웠다.

"전화로는 진로니 어쩌니 딱딱한 소리를 했지만 뭐, 편하게 세상 돌아가는 이야기라고 생각하게."

코스 요리를 미리 주문해두었는지 시키지도 않았는데 음식이 나왔다. 코스가 반쯤 나왔을 때까지 특별할 것도 없는 딱딱한 대화로 시간을 메웠다. 언제까지 이런 이야기를 계속할 생각이지? 사와다가 도저히 견디기 힘들 때쯤 되어서야 "그런데, 들은 이야기인데, 자네가 요즘 재미있는 보고서를 썼다더군"이라고 하마자키가 말했다.

이제 본론이군. 이렇게 생각한 사와다는 시치미를 뗐다.

"무슨 말씀인지요?"

하마자키는 낯빛 하나 변하지 않고 여유로운 미소를 짓고 있었다. 그 뱃속에 무슨 꿍꿍이가 있는지는 모르지만, 쉽게 자기 속을 내보일 인물은 아닌 게 확실했다.

"아니, 아니. 재미있다는 표현은 어폐가 있으려나? 사실 나는 아직 읽어보지 못해서. 그렇지만 듣기로는 자네가 지적한 내용은 우리 회사 입장에서 매우 긴박하고 중요한 과제라고 해도 될 거야."

사와다는 경계하며 상대방의 표정을 읽으려고 했다. 하마자키는 대체 무슨 소리를 하려는 걸까? 좋지도 나쁘지도 않다. 이야기의 방향을 짐작할 수 없었다. 하마자키가 말을 이었다.

"그렇지만 그런 보고서를 쓸 정도이니 자네도 나름대로 결심이 있었겠지. 내가 듣고 싶은 건 그거야. 사실 오늘 굳이 시간을 내달라고 한 건 그 문제에 관한 자네 마음을 확인하고 싶어서야."

"제 마음?"

사와다가 무심코 되물었다. 하마자키가 이쪽을 흔들어보려는 듯한 눈동자로 바라보았다. 하마자키는 부부장이니 사와다보다 열 살 가까이 많을 것이다. 인사 실무에 정통하고, 그에 걸맞은 권한을 지닌 하마자키는 사와다를 날려버리려고 마음만 먹으면 얼마든지 날릴 수 있다. 마음을 확인하고 싶다는 이야기는 날아갈 각오가 되어 있느냐는 의사 확인인가? 하지만 사와다는 하마자키의 다음 말을 듣고 아무래도 그건 아닌 모양이라고 깨달았다.

"그래. 자넨 어디까지나 마케팅 전문 아닌가? 분명히 고객전략과라는 부서가 맡아야 할 일이기는 하지만, 굳이 따지자면 이번 건은 그 업무에서 돌출한 성가신 문제 아닌가? 어떻게 대응할 것인지 고민하다가 자네 입장 때문에 마음에도 없는 내용을 쓸 수밖에 없었던 게 아닐까 생각하는데. 어떤가? 내가 확인하고 싶은 점은 바로 이거야."

호의적인 해석……이라고 해도 괜찮으려나?

인사권을 내세워 보고서에 대한 비난을 늘어놓을 줄 알고 잔뜩 수비 태세를 취했던 사와다는 솔직히 이때 의표를 찔렸다.

아주 잠깐 놀란 표정을 지으며 "뭐, 그건 분명히……" 하고 말꼬리를 흐렸다.

"자넨 품질보증부를 지적하고 있는 듯하지만 비난하는 게 목적이 아니라 회사를 바로잡기 위해 그럴 수밖에 없었다는 귀납법적 선택이 아니었을까? 나도 이렇게 생각했지. 맞지?"

하마자키는 동의를 구했다. 툭 터놓고 이야기하는 태도도 그렇고, 정신을 바짝 차리지 않으면 "그렇습니다" 하는 안이한 대답을 하고 말 것 같다.

사와다가 말했다.

"모르는 척하고 넘어갈 수는 없는 일도 있습니다. 설령 그게 판매부가 하는 일의 범위를 넘어선다고 하더라도요."

보고서를 철회하라고 요구해도 소용없다는 뜻을 은근히 드러낼 작정이었다.

"그렇지."

하마자키는 아주 심각한 표정을 지으며 고개를 끄덕였다. 이야기를 무척 잘 들어주는 사람이기는 하지만 고개를 끄덕였다고 그게 꼭 진심으로 긍정하는 모습이라고는 할 수 없었다. 사와다가 한 발언 때문에 하마자키가 마음속에 준비했던 선택 항목 가운데 하나가 지워졌을지도 모른다. 설사 그렇다고 해도 동요를 얼굴에 드러내는 어설픈 실수를 할 사람이라는 생각도 들지 않았다.

'조심해.'

하마자키와 만나 이야기하기로 했다고 하자 노사카가 했던 말이 생각났다. '이상한 꼬투리 잡히지 않도록' 하라는 충고가 그 기억과 함께 떠올랐다.

'무슨 생각을 하는지 알 수 없는 인물이니까 말이야.'

노사카가 했던 말의 뜻이 드디어 제대로 이해되었다.

하마자키라는 사람은 정말 무슨 생각을 하고 있는지 알 수 없었다. 이렇게 해서 생긴 빈틈을 찌르는 작전일까? 아니면 뭔가 다른 목적을 숨기고 있는 걸까. 겉으로는 평온을 가장한 대화. 그 물밑에서는 미묘한 신경전이 펼쳐지고 있었다.

"자네도 마지못해 내린 결단이었겠지. 내가 감탄한 점은 자네가 그걸 익명이 아니라 명확하게 자신이 처한 상황에서의 의견으로 내놓았다는 사실이야. 왜 익명으로 하지 않았나?"

"익명으로 하면 아무 의미도 없으니까요."

사와다가 말을 이었다.

"누가 보낸 것인지 모를 서류는 무시당하겠죠. 그게 호프자동차의 사풍입니다. 발언하려면 이름을 밝힌다."

사와다가 애써 농담처럼 말하자 하마자키는 짧게 웃으며 고개를 끄덕였다. 그리고 마치 감탄했다는 듯한 눈빛을 보였다. 의심을 떨칠 수 없었다. 표정에 빙글빙글 소용돌이가 치는 것처럼, 보면 볼수록 알 수 없었다. 속셈이 어디 있는지 보이지 않았다.

하마자키가 말했다.

"한 가지 물어봐도 될까? 자네에게 있어 최고의 직장이란 어떤 건가?"

"제게 있어 최고요?"

사와다가 물었다.

"그래. 그러니까……."

하마자키는 표현을 고르듯 테이블 한쪽 끄트머리를 바라보며, 사와다가 알아들을 수 있도록 다시 설명을 이었다.

"일하는 의미랄까? 이번 같은 보고서를 쓰게 된 것이 자네가 진심으로 원한 게 아니라는 점은 알겠네. 질문을 바꾸지. 자네가 진짜 하고 싶은 일이 이 호프자동차에 있나?"

의도를 파악하지 못한 채로 사와다는 상대의 눈을 가만히 바라보았다.

"자기 능력을 최고로 발휘할 수 있는 업무가 최고겠죠. 제겐 그게 마케팅입니다."

"그렇군."

하마자키는 손가락을 하나 세우며 고개를 끄덕였다.

"자네에게 고객전략과라는 부서는 어떤가? 최고의 직장이라고 할 수 있는지 어떤지, 그걸 묻고 싶군."

최고의 직장이라고 하기는 어렵다.

답은 분명했다. 고객전략이란 이름뿐이고, 그냥 고객 불만 처리 담당일 뿐이다.

하지만 그런 이야기를 할 수는 없었다.

그게 바로 노사카가 주의하라고 한, 꼬투리 잡힐 일이 되기 때문이다.

"최고인지 어떤지, 대답해봐야 소용없을 텐데요."

사와다가 대답했다.

"회사의 전략에 따라 조직을 만들었을 테니 그에 따른 인사라면 따를 수밖에 없죠. 인사부에서도 직원 특성은 고려해서 부서 배치를 할 텐데요."

반쯤은 빈정거리는 투였다. 하지만 하마자키는 낯빛 하나 바뀌지 않고 귀 기울여 듣더니 고개를 끄덕였다. 연기력이 보통이 아닌 사람이다.

"마케팅적으로는 어떤가?"

하마자키가 파고들어 물었다.

"마케팅적인 전문성이라는 관점에서 볼 때 지금의 고객전략과란 부서는 어떤가? 거기에 만족하나?"

그런 대답까지 듣고 싶은 건가?

신중하게 응수하던 사와다는 이때 불쑥 장난기가 발동했다. 그렇게 듣고 싶다면 대답해줄까? 이런 생각이 들었다. 이 인사부 개자식.

"제 개인적인 의견은 별거 없습니다."

사와다는 일단 이렇게 선언했다.

"다만……."

몸을 앞으로 디밀며 하마자키가 고개를 끄덕였다. '다만, 뭔가?'라고 묻는 눈빛이었다.

"다만 일반적인 견해로서 고객전략과의 업무 내용은 마케팅과는 너무 거리가 멀죠."

계속 "그렇군, 그렇군" 하며 하마자키는 별 의미도 없이 감탄한 표정을 지었다.

"그럼 우리 일 가운데 마케팅의 진수를 맛볼 수 있는 부서는 어디일까?"

하마자키가 묻더니 이렇게 덧붙였다.

"물론 일반적인 의견으로서 말이야."

뜻밖의 질문에 사와다는 상대의 얼굴을 물끄러미 바라보았다. 다른 뜻은 없나? 꿍꿍이가 있지 않을까? 함정이 아닐까? 악의는 아닐까? 하마자키의 얼굴에 그려지는 소용돌이가 점점 더 빠르게 돌아가기 시작했다.

"아, 이건 어려운 질문이었나?"

사와다가 생각에 잠기자 하마자키는 그렇게 말하며 어색한 침묵을 메웠다.

"간단하게 마케팅이라고 하지만 그 범위는 넓습니다. 그만큼 넓은 흥미와 관심이 있다고 해도 되겠죠."

사와다는 상대방의 얼굴을 보면서 신중하게 표현을 골랐다.

"다만 자동차를 만드는 회사에 입사하는 마케터에게 희망 업무를 물어보면 가장 많이 나오는 건 상품개발일 겁니다. 대상 고객층을 설정하고, 거기에 맞춘 차량 디자인과 네이밍, 세일즈 프로모션. 이런 데서 참맛을 찾으려는 사람이 적지 않을 겁니다."

"그건 자네도 그렇다는 말이로군."

하마자키가 물었다. 물었다기보다 확인했다는 표현이 더 어울릴 말투였다.

"물론이죠."

그렇게 대답한 순간, 갑자기 분위기가 바뀌었다.

뭐지? 사와다는 다시 경계심을 되살리며 미소 대신 번득이는 눈빛을 보내오는 하마자키의 각진 얼굴을 바라보았다.

여태 마케팅 관련 이야기로 연기라도 하는 듯한 반응을 보이며 고개를 끄덕이고 맞장구치던 사람이 갑자기 실무에 철저한 인사 담당자의 표정을 하고 사와다를 바라보았다. 마치 유원지에 있다가 갑자기 거친 들판으로 쫓겨난 듯한 분위기였다.

"자네에게 한 가지 제안이 있어."

하마자키가 말했다.

"지금부터 내가 하는 말은 절대 누설하지 말기를 바라네. 가능하겠나?"

"그건 내용에 따라 달라지겠죠."

"자네에게 손해가 갈 일은 아니라고 확신하는데, 그럼 어떤가?"

사와다는 가만히 상대를 바라보며 대답했다.

"알겠습니다."

그러자 하마자키는 고개를 끄덕이고 사와다를 똑바로 바라보았다. 술을 꽤 마셨는데 가만히 보면 하마자키는 한 잔도 마시지 않은 게 아닐까 의심이 들 만큼 안색에 아무런 변화가 없었다. 바로 앞에 있던 잔을 옆으로 치우고, 테이블 위에 손을 모아 깍지를 끼자 장어집의 객실이 갑자기 호프자동차 인사부의 어느 방으로 변한 듯한 착각마저 들었다.

"만약 그럴 마음이 있다면 자네를 상품개발부로 부서 이동을 시켜도 괜찮을 것 같은데."

사와다는 귀를 의심하며 말도 없이 그저 상대방을 바라보기만 했다.

"판매부 후임은 서둘러 조정해서 적임자를 불러들이고. 어떤가, 자네 의견은?"

의견이고 뭐고 뜻밖의 제안에 사와다는 머릿속이 새하얘졌다.

"상품개발부는 자네에게 매력 있는 부서 아닌가?"

"예. 그건 물론입니다만……."

무서우리만치 심각한 눈빛을 하며 고개를 끄덕인 하마자키는 "만약 그런 인사 발령을 내면 받아들일 텐가?" 하고 물었다.

마비되어가던 머릿속에서 이때 작은 톱니바퀴가 다시 회전하기 시작한 느낌이 들었다.

"조건은 뭡니까?"

사와다의 입에서 간신히 이 말이 나왔다.

조건.

하마자키가 아무런 담보도 없이 그런 인사 발령을 낼 리 없다. 하마자키는 사람을 움직이는 것이 비즈니스다. 비즈니스에는 반드시 대가가 요구된다.

"조건은 자네가 지금 떠안고 있는 문제들을 모두 후임에게 맡길 것. 쓸데없는 일은 다 잊고 백지상태에서 하고 싶은 일에만 전념하기를 바라네. 이건 자네를 위해서라기보다 회사를 위해서야."

쓸데없는 일은 잊고.

이게 무슨 뜻인지는 물어볼 필요도 없었다. 사와다가 고발한 T 회의와 리콜 은폐 사실이다.

그런 건가.

천천히 하마자키의 의도를 파악한 사와다는 그가 말하는 인사 발령의 배경에 있는 조직 단면도가 빤히 보이는 듯했다. 하마자키 또한 가노의 계보에 속한 인물이다. 하마자키의 제안에 응한다는 것은 가노의 제안을 받아들이는 것이며 그의 손안에 들어가는 것을 의미한다.

이게 가노가 내놓은 아이디어라면 사와다의 의표를 찌른 용의주도한 작전이라고밖에 달리 표현할 방법이 없다.

사와다는 인사부 부부장인 하마자키가 만나자고 했을 때 좌천이나 해고처럼 인사권을 방패로 내세워 협박에 가까운 공갈을 놓을 거로 예상했다. 하지만 그래봤자 의미가 없다는 걸 가노는 이미 간파한 것이다. 사와다를 화나게 해 이 조직을 버릴 결심을 하게 만들면 고발은 내부 문서에 머물지 않는다. 눈 깜빡할 사이에 언론에 실상이 밝혀질 거로 예측한 가노는 채찍 대신 당근으로 사와다를 회유하려는 것이다.

"화해하자는 겁니까?"

사와다가 조용히 물었다.

하마자키의 눈이 처음으로 놀란 듯 살짝 커지더니 "재미있는 소리를 하는군"이라고 대꾸했다.

"자네에게 한마디 해두겠는데, 이건 상황을 대충 넘어가자는 제안이 절대 아니야. 인사는 어디까지나 적재적소에 인력을 배치하겠다는 거고, 자네가 고민하는 문제는 다른 적합한 사람이 맡도록 하겠다는 거지. 자네가 아니라 다른 누군가가."

그렇다. 그 누군가가 보고서를 바로 폐기할 테고, T회의의 존재는 다시 어둠 속에 묻힐 게 틀림없다. 그리고 사와다는 호프자동차가 사망할 시각을 가리키고 있는 시계는 잊고, 그저 고객이 좋아할 만한 차량 디자인을 궁리하고 있으면 된다는 이야기다. 조금 뒤면 빙산에 부딪힐지도 모르는 배 위에서 흥겹게 춤추는 승객이 되라는 거나 마찬가지다.

"저도 한 말씀 드리겠습니다. 제 보고서가 없어도 품질보증부에 관한 문제는 내부고발 때문에 주간지가 냄새를 맡느라 여기저기 돌아다니고 있습니다. 공개되는 건 시간 문제죠."

사와다가 중요한 사실을 지적하자 하마자키는 이상하리만치 단호하게 말했다.

"아, 그렇게 되지는 않을 거야."

사와다는 깜짝 놀랐다.

"어떻게 그렇게 단언할 수 있죠?"

저도 모르게 질문한 사와다에게 하마자키는 의미심장한 대답을 했다.

"어느 주간지인지는 모르지만, 그 사람들은 공무원이 아니야."

"그게 무슨 의미입니까?"

"기사는 막을 수 있어."

반신반의하는 표정을 짓는 사와다에게 하마자키가 자신 있는 표정으로 잘라 말했다.

"자네만 이해해주면 우리 회사 문제가 밖으로 흘러 나갈 일은 결코 없을 거야. 자네는 안심하고 상품개발부에서 마케팅에 몰두하면 돼. 그게 자네, 아니, 우리 회사로서는 최선이라고 나는 확신하네."

일주일 이내에 대답해줄 수 있겠나? 이렇게 말하고 하마자키는 돌아갔다.

"어떻게 되었어?"

월요일, 노사카에게 불려간 사와다는 "보고서에 관해 그냥 막연한 이야기를 들었을 뿐입니다"라고만 대답했다.

다른 사람에게 발설하지 말라고 하마자키가 굳게 못을 박았기 때문이기도 했다.

"이 이야기가 다른 데로 흘러 나가면 나 혼자 힘으로 어찌해볼 수 없게 될 가능성이 있으니까."

하마자키는 이렇게 이유를 설명했다.

그래서 사와다는 어려운 선택을 혼자서 고민해야만 했다. 아니, 정확하게 이야기하자면 딱 한 명, 하마자키의 제안을 이야기한 상대가 있었다. 에리코였다. 하마자키와 나눈 대화 내용을 들은 에리코는 난감하다는 표정을 지으며 와인 잔을 노려보았다. 그리고 얼마 있다가 고개를 들더니 이렇게 말했다.

"정말로 그게 자기가 하고 싶은 일이야?"

상품개발부에 갈 수 있다는 그 사실에 반쯤 마음이 기울었던 사와다의 가슴에 그 말이 묵직한 울림을 주었다.

품질보증부 안에서 벌어지는 범인 찾기는 가혹하기 이를 데 없었다. 아침 일찍 고마키가 전화로 알려준 정보에 따르면 스기모토를 인사이동시킨다는 내부 지시가 있었다고 한다. 의심스러우면 처단한다. 사실을 확인하지도 않는다. 품질보증부에 충성을 맹세한 사람만 남긴다. 철저하게 이런 의지가 느껴지는 인사였다.

아마 스기모토는 퇴사하겠지, 하고 고마키가 말했다.

이미 사와다의 보고서는 그 영향을 차츰 넓혀가고 있었다. 지금 사와다가 다른 부서로 가는 행위는 전쟁터에 제멋대로 폭탄을 던져놓고 도피하는 거나 마찬가지다.

그렇게 생각하면 하마자키의 제안에 굴복하는 행위는 무책임하다는 비난을 받아 마땅한 짓일지도 모른다.

하지만 상품개발부는 사와다에게 입사 이후 꿈꿔왔던 부서라고 해도 좋았다.

그 꿈이 지금 손안에 굴러들어 왔다. 손가락을 구부려 움켜쥐기만 하면 되는 곳에 있다.

잡아, 꿈을.

사와다의 마음속에서 그런 목소리가 점점 볼륨을 높여가고 있었다.

사와다가 내부고발을 한 까닭은 결국 정의를 관철하기 위해서가 아니다. 사와다에게 중요한 것은 고객이 아니라 회사이고, 소속 부서이며, 궁극적으로는 자기 자신이다. 당리당략, 판매부의 지위 향상을 노리고, 품질보증부의 지위를 떨어뜨려 가노를 몰아내는 것이 목적일 뿐이다. 하지만 그런 걸 하지 않아도 자기가 하고 싶은 일을 할 수 있다면 어느 쪽이 더 손쉬울까? 생각할 것도 없었다.

그 제안을 받아들이면 끝이다. 다시는 가노와 품증부의 부정에 관해 발언할 수 없게 된다. 그건 알고 있다.

자리와 맞바꾸어 사와다가 내놓아야 할 것은 영혼이다. 하지만 이익을 실현하기 위해서라면 영혼 따위 얼마든지 내줘도 아깝지 않다.

그때 부하 직원인 기타무라가 다가와 사와다에게 말을 건넸다.

"과장님, 아카마쓰운송에서 내용증명 우편이 왔는데요."

"아카마쓰?"

한도 끝도 없이 이어지던 상념에서 현실로 돌아온 사와다는 기타무라가 건네준 봉투를 뜯었다.

6

주식회사 호프자동차
대표이사 오카모토 헤이시로 귀하

전부터 귀사에 요구하는 폐사의 자동차 부품 반환에 관하여 귀사로부터 성의 있는 답변이 없는 점은 참으로 유감스럽습니다.

폐사는 10월에 일어난 요코하마 모자 사상 사고 때문에 용의자 취급을 받아 크나큰 신용 훼손과 경제적 손실을 보고 있어, 더는 사고 부품 반환을 늦추는 귀사의 대응을 용인할 수 없습니다.

또한 폐사의 전화 연락을 거듭 무시하는 등, 사회적 영향력이 큰 자동차 제조사로서의 상식 있는 대응에서 벗어났을 뿐만 아니라 당사자로서의 의식, 책임을 내던진 불성실한 대응에 대하여 강력히 항의하는 바입니다.

귀사가 부당하게 점유한 부품은 폐사 소유의 트레일러 부속이며 당연히 그 소유권은 당사에 귀속됩니다.

따라서 12월 20일까지 해당 부품의 반환을 요청합니다. 이 날짜까지 반환하지 않으면 부품의 부당 점유 해제를 요구하는 재판을 도쿄지방법원에 제기할 것임을 알립니다.

아카마쓰운송 주식회사

대표이사 아카마쓰 도쿠로

대리인

변호사 고모로 나오후미

오타구 산노 ×-×-×

"최근에 아카마쓰운송에서 전화 온 게 언제지?"

아직 책상 앞에 서 있는 기타무라에게 물었다.

"이삼일 전에 한 번 전화가 왔죠. 마침 과장님이 자리를 비웠을 때입니다. 늘 있던 일이라 따로 보고는 드리지 않았는데요. 다음에 전화가 오면 바꿔드릴까요?"

그렇게 묻는 기타무라에게 "아니, 내가 걸 테니 됐어"라고 한 사와다는 '시급히 대응책을 마련할 필요 있음'이라는 의견을 붙여 부장대리인 노사카에게 보냈다.

최대한 미뤄온 아카마쓰운송 건이 드디어 막다른 곳까지 왔다는 기분이 들었다. 소송이라도 걸리면 언론이 덤벼들 것이다. 호프자동차 리콜 은폐에 관한 의혹이 쏟아져 나올 가능성이 있다.

하마자키는 언론 대응에 대해서 태연자약한 모습을 보였지만 과연 그렇게 간단할까? 호프자동차에 적개심을 품은 아카마쓰가 입을 열고 호프자동차에 대한 비판을 떠벌리지 않을 거라고 어떻게 자신할 수 있지?

회사 이미지가 땅에 떨어진 뒤에는 이미 늦다. 만약 그렇게 되면 아카마쓰와의 교섭을 담당한 사와다에게도 책임 문제가 생길지 모른다.

설사 상품개발부로 간다고 해도 아카마쓰 문제는 해결해두어야 할 필요가 있다고 생각했다.

그것도 깔끔하게.

그럼 구체적으로 어떻게 해야 좋을까?

조직 내부의 정치적인 거래에 쏠려 있던 사와다의 뇌가 다시 외부를 향해 움직이기 시작했다.

후미에가 심부름을 부탁했다. 욕실 전구가 나갔으니 퇴근이 늦지 않으면 들어오는 길에 사다달라는 이야기였다.

오후 7시 반을 조금 지나 회사에서 나온 아카마쓰는 조금 돌아 국도 연변에 가게가 있는 야마모토전기점으로 향했다. 가전제품을 싸게 파는 체인점이다.

가게 앞에는 커다란 크리스마스트리가 있었고, 흥겨운 크리스마스 캐럴이 손님들을 맞이했다.

아카마쓰가 가게에 들어섰을 때는 문 닫을 시간이 다 되어 그런지 가게 안에는 손님이 거의 없었다. 곧바로 조명기구 판매장으로 간 아카마쓰는 거기 있는 전구 가운데 쪽지에 적힌 와트 수의 전구를 찾아 계산대로 가지고 갔다.

계산대에는 학생으로 보이는 아르바이트가 있었다. 아르바이트는 서투른 손놀림으로 아카마쓰의 전구를 스캔한 뒤 "650엔입니다"라고 가격을 말했다. 천 엔짜리 지폐를 내면서 문득 거기서 보이는 장난감 판매장 쪽을 본 것은 아이들이 부탁했던 크리스마스 선물 생각이 났기 때문이다.

이제 산타클로스에게 바라는 선물은 큰딸인 모에까지 셋 모두 게임이다. 아이들이 갖고 싶어 하는 종류를 팔고 있다면 여기서 사 갈까? 이렇게 생각하는데 게임 판매장 입구에 놓인 데모 게임기 앞에 여자아이가 한 명 달라붙어 있는 모습이 보였다. 한창 열이 올라 손에 든 컨트롤러를 정신없이 조작하는 중이었다.

"쟤는, 분명히 가타야마 씨네……."

잔돈과 봉투에 든 상품을 받아들면서 아카마쓰는 가게 안을 둘러보았지만 역시 가타야마는 보이지 않았다.

딸만 여기 두고 어디서 장을 보는 중인가?

그렇게 생각했을 때 흘러나오던 징글벨이 멈추고 〈올드 랭 사인〉이 들려오기 시작했다.

문을 닫을 시간이다. 하지만 미카—분명히 가타야마의 딸 이름이 미카일 것이다—는 아랑곳하지 않고 게임에 정신이 팔려 있었다. 텔레비전 화면이 아카마쓰가 있는 위치에서 보였다. 저건 본적이 있는 게임이라는 생각이 들었다. 주인공이 롤러스케이트를 타고 상상 속 도시를 도망 다니는 게임이다. 비탈길을 마구 달리는 모습이 옆에서 보면 어지러울 지경이다. 구불구불한 계단 난간 위를 타고 내려가며 미카는 점수를 얻을 수 있는 코인을 계속 먹었다. 가게가 문을 닫으려고 하는 분위기에는 전혀 신경도 쓰지 않았다. 어떻게 할까? 잠시 지켜보고 있는데 점원이 다가가 뭐라고 했다.

미카는 그 점원을 무시했다.

점원이 옆에 서 있는데도 1분 넘게 컨트롤러를 내려놓지 않았다. 점원이 다시 재촉하자 짜증이 난 듯이 그걸 내던지고 게임기를 등졌다. 쓴웃음이라기보다는 지긋지긋하다는 표정을 지은 점원이 지켜보는 가운데 잰걸음으로 아카마쓰 옆을 지나간 미카는 아마 혼자였던 모양이다.

아카마쓰는 미간을 찌푸렸다. 초등학교 5학년 여자아이가 이런 시간에 위험하게 혼자 게임 판매장을 어슬렁거리다니. 아카마쓰는 생각도 할 수 없는 일이다. 만약 다쿠로가 그런 짓을 했다면 혼냈을 것이다.

하지만 아카마쓰의 그런 걱정과는 달리 미카는 가게 바로 앞에 세워진 빨간 산악자전거에 올라타더니 아카마쓰의 시야에서 사라졌다.

"아까 가타야마 씨네 딸을 봤어. 혼자 야마모토전기점 게임 판매장에서 놀고 있던데 어떻게 된 걸까?"

그날 밤, 식사를 마치고 아이들을 자기 방으로 올려 보낸 뒤에 아카마쓰가 물었다. 후미에는 설거지하던 손길을 멈추고 "그런 이야기 들은 적 있어"라고 했다.

"그런 집이야, 거기는."

후미에의 이야기에 따르면 가타야마 요시코는 보험 설계사라고 한다. 남편의 직업은 모르지만, 부모가 모두 귀가가 늦기 때문에 딸이 혼자 있을 때가 많다고 한다.

"꽤 번다는 이야기는 들었는데, 귀가가 늦는 모양이야. 그래서 그 애는 매일 친구들 집에 놀러 다닌대. 그게 문제지."

"문제라고?"

"한번 놀러 오면 늦게까지 돌아가지 않는 거지. 오후 6시가 지나도 신경 쓰지 않고. 그래서 저녁을 얻어먹고 나서 혼자 돌아가는 일이 자주 있대. 그런데도 가타야마 씨는 고맙다는 말 한마디 없다는 거야. 게다가 그 사람은 아무렇지도 않게 자기 애를 억지로 떠맡기기까지 하고."

후미에는 예쁘장한 코를 찡그리며 말했다.

"마시타 씨처럼 졸졸 따라다니는 사람은 그렇다 쳐도 그냥 좀 친한 정도인 사람들에게도 전화를 걸어 귀가가 늦을 것 같으니 놀러 가게 해도 괜찮겠냐고 묻는대. 때론 무슨 공원에서 놀고 있으니

데려와줄 수 없겠느냐고도 하고. 대개 그럴 때는 저녁밥까지 다 얻어먹고 돌아간다는 소문이야."

"그건 너무하네. 다들 잠자코 애를 봐주는 거야?"

후미에가 어깨를 으쓱했다.

"여왕벌이시니까. 불편하다고 똑 부러지게 말하는 사람도 있어. 지금은 다른 반이 되었지만 니시자와 씨라거나 하루모토 씨는 그러지 말라고 확실하게 말했대. 그랬더니 여왕벌이 아니나 다를까 무슨 일이 있을 때마다 험담을 퍼뜨리고 다니는 거지."

아카마쓰는 후미에의 얼굴을 흘끔 보고 물었다.

"혹시 우리도 그래서?"

"반년쯤 전인가? 한때 그 미카라는 애가 우리 집에 툭하면 오던 때가 있었어."

"남학생 집에?"

"그래. 게임을 갖고 있거든, 그 애."

아까 게임 컨트롤러를 쥐고 있던 미카의 모습이 떠올랐다.

"새 게임이 나오면 제일 먼저 사. 그래서 남자아이들에게 인기가 있는 거지. 갖고 싶은 건 어떻게든 손에 넣어야 직성이 풀리는 애야. 도쿠야마 씨한테 들었어."

"혼자서 집을 보게 하니 게임 정도는 너그럽게 봐주는 건가?"

"그것도 정도가 있지. 그 집은 정상이 아니야."

후미에는 어지간히 화가 났는지, 그렇게 단정했다.

"여왕벌은 그 애에게 '월급'을 주고 있다니까."

"뭐라고?"

깜짝 놀란 아카마쓰에게 후미에는 "용돈 말이야"라고 화가 난 듯 말했다.

"가타야마 씨네는 용돈을 월급이라고 한다는 거야. 어쨌든 만 엔이나 주니까."

"만 엔? 초등학교 5학년에게?"

아카마쓰는 무심코 그렇게 말하며 후미에를 보았다.

"그렇다니까. 그걸 애가 마음대로 쓰게 하는 거야. 그래서 걘 혼자 맥도널드에도 가고, 만화도 사는 거지. 게다가 그 돈을 매달 싹 써버린다네. 이 이야기는 다른 데 가서 하면 안 돼. 요시하라라는 애 있잖아? 미카가 편의점에서 그 애한테 과자를 사달라고 한 적도 있다는 거야. 요시하라 엄마가 화가 나서 그런 이야기를 하더라고."

요시하라의 어머니는 5학년 학년 대표라서 아카마쓰도 얼굴을 안다.

"사실은 그 애 엄마도 가타야마 씨를 아주 싫어해. 그때 미카란 애가 요시하라한테 나중에 갚을 테니 돈을 꿔달라고 했다는 거지. 그 이야기를 요시하라에게 듣고 좋지 않은 일이라고 생각해서 전화했던 모양이야. 그랬더니 당신 자식이 멋대로 과자를 사주었는데 무슨 헛소리를 하느냐면서 엄청 무섭게 화를 냈대. 너무 심하잖아? 누구라도 화가 날 일이지."

후미에는 가타야마 이야기만 나오면 멈출 줄 모른다.

"그래서 미카라는 애는 어린애지만 금전 감각이 있는 모양이래. 예를 들면 초콜릿 같은 건 편의점에서 한 개 사는 것보다 슈퍼마켓에서 묶음으로 사는 게 더 이득이라거나. 여러 가게의 할인 쿠폰을 잔뜩 모으기도 한다는 거야. 이쯤이면 가정주부 못지않지."

"그렇네."

아카마쓰는 쓴웃음을 지으며 말을 이었다.

"덕분에 아이들 선물을 사지 못했어."

"어머, 그랬어?"

후미에가 눈을 동그랗게 뜨더니 살짝 쓸쓸한 표정을 지었다.

"자기, 혹시 힘들면 세 개 사지 말고 하나만 사도 돼."

"왜? 애가 셋인데. 하나만 사면 다투지."

"그래도 최근에 나온 거야, 이거."

냉장고 문에 자석으로 붙여놓았던 신상품 전단지를 후미에가 가지고 왔다. '포케로보'는 아이들 사이에서 엄청난 인기를 끄는 게임이다. 여러 버전이 발매되었는데, 게임기를 케이블로 연결하면 아이들끼리 대결을 벌일 수도 있고 통신까지 가능하다고 한다.

아카마쓰는 전단지 구석에 적힌 가격을 보았다. 6,980엔. 분명히 세 아이에게 하나씩 사준다면 부담이 되는 가격이다.

"그래도 애들에게 지금 형편이 어렵다는 느낌은 주고 싶지 않아."

"그건 그렇지만."

'11월 17일 발매! 예약 판매 접수 중'이라는 야마모토전기점의 선전 문구는 꽤 자극적이었다.

"11월 17일⋯⋯?"

그걸 보았을 때 아카마쓰의 머릿속에 뭔가 떠올랐다.

"잠깐만⋯⋯."

"왜 그래, 자기?"

전단지를 손에 들고 찬찬히 들여다보는 아카마쓰에게 후미에가 물었다.

"아니, 이 발매일 말이야."

후미에도 전단지를 들여다보았다.

"이거 5천 엔 도난 사건이 일어난 날이잖아."

후미에의 시선이 잠깐 허공을 향했다가 다시 아카마쓰를 바라보았다. 후미에는 좀 당황한 표정이었다.

8

"아카마쓰 사장님이십니까? 호프자동차 판매부 사와다라고 합니다."

전화기에서 들려온 목소리는 굳게 닫힌 조개를 떠올리게 했다.

짧게 신분을 밝힌 상대에게 아카마쓰는 아무런 대꾸도 하지 않았다.

이제야 전화를 하고 자빠졌군. 속으로는 이렇게 말하고 싶었어도 꾹 참았다. 그토록 무시하더니 내용증명 우편을 보내자마자 손바닥 뒤집듯 바뀌는 얄팍한 태도에 기가 막히고 화가 치밀었다.

"일전에 보내주신 내용증명은 잘 받았습니다. 바로 읽고 검토한 결과, 저희도 그에 따른 대응을 하게 되어서요."

"그에 따른 대응?"

듣기에는 그럴듯하지만, 실속 없는 표현이다. 얼핏 듣기에는 정중해도 포장 한 꺼풀만 벗기면 다른 사람에게 보내는 운송장이 붙은 연말 선물 같은 표현이다.

"그래서 말씀을 나누고 싶습니다만."

"할 이야기가 있으면 변호사를 거치세요."

잠깐만요, 하고 전화 저편에서 사와다가 당황한 목소리로 말했다.

"저희도 아카마쓰 사장님께서 받아들이실 수 있을 만한 내용을 준비했습니다. 그러니 한번 뵙고 대화를 나눌 수 없겠습니까?"

"받아들일 수 있는 내용?"

아카마쓰가 말을 이었다.

"그런 게 있다면 부품 반납 말고는 없어요."

"잘 알고 있습니다."

사와다는 인정하더니 계속 매달렸다.

"사장님의 기대에 어긋나지 않을 겁니다. 부디 한번 뵙고 말씀 드릴 수 있게 해주십시오."

사와다와 전화를 주고받은 결과, 변호사와 함께 호프자동차 본사를 방문하기로 했다. 이튿날 오후 2시 반으로 약속이 잡혔다. 따지자면 이쪽에서 찾아가야 할 도리는 없지만, 동석을 부탁할 고모로 변호사가 재판 때문에 바빠 도쿄지방법원에서 가까운 호프자동차 쪽이 더 나은 상황이었기 때문이었다.

"저희 쪽에서 찾아뵈어야 할 텐데 이렇게 오시게 해서 정말 죄송합니다."

안내되어 들어간 방은 임원이 손님을 맞을 때 사용하는 곳으로 보이는 으리으리한 응접실이었다.

그 소파에 고모로와 나란히 앉은 아카마쓰에게 사와다가 정중한 인사말을 건넸다. 그 인사가 신호라도 되는 양 문을 노크하는 소리가 나고 두 남자가 들어왔다. 한 명은 아카마쓰도 얼굴을 아는

똘마니 직원 기타무라. 다른 한 명은 사와다보다 나이가 더 많아 보이는 남자였다.

"처음 뵙겠습니다. 부장대리 노사카라고 합니다."

남자는 그렇게 말하더니 허리를 깊이 숙여 인사하며 명함을 내밀었다.

"바쁘실 텐데 일부러 여기까지 오시게 해드려 죄송합니다."

사와다가 얌전한 표정으로 말을 이었다.

"아카마쓰 사장님께서 보내신 내용증명 우편에 관해 회사 내부에서 검토했습니다. 저희 회사가 지금까지 불성실하게 대응한 점에 대해서는 드릴 말씀이 없습니다. 그리고 말씀하신 부품 반환에 대해서도 사내에서 조속히 조정해 반납할 수 있게끔 노력하고자 합니다."

"그러면 부품을 돌려받을 수 있다는 겁니까?"

아카마쓰의 옆에서 고모로가 바로 물었다.

"그렇게 될 거로 생각합니다. 다만……."

연극처럼 보일 만큼 딱딱한 태도로 사와다가 대답했다.

"다만, 뭡니까?"

"다만, 20일이라는 기한은 대단히 죄송하지만, 좀 빡빡합니다."

내용증명 우편으로 보낸 기한에 대한 사와다의 견해를 아카마쓰는 웃기지 말라고 일축하고 싶은 심정이었다. 하지만 그때 옆에서 고모로가 대신 물었다.

"빡빡하다고 하시는 이유가 뭡니까?"

"사내 조정 때문입니다."

"인제 와서 사내 조정이라니, 무슨 소리야."

아카마쓰가 버럭 소리를 질렀다.

"면목 없습니다."

사와다는 바로 사과했다.

"다만, 저희 조직은 일반인들이 좀 이해하기 힘든 부분이 있어서요. 솔직히 언제 조정이 될지 알 수 없는 면이 있습니다."

우습게 보는 건가? 아카마쓰는 눈을 부라리며 사와다를 노려보았다. 바로 그때 사와다의 입에서 뜻밖의 말이 튀어나왔다.

"그 대신이라고 하기는 좀 그렇지만, 한 가지 제안을 해도 괜찮겠습니까?"

아카마쓰는 고개를 갸웃거렸다. 인제 와서 무슨 제안을 한다는 말인가.

"부품 반환이 늦어질 거라고 말씀드려도 아카마쓰 사장님은 솔직히 반신반의하시지 않을까 추측됩니다. 그건 지금까지의 경위를 돌이켜 보면 당연한 일이라고 생각됩니다. 저희도 그 점은 많이 반성하고 있습니다. 다만 아무리 말로 반성하고 있다고 해봤자 이제 의미가 없죠. 그래서 부품을 반환할 때까지 귀사에 보상금 형식으로 일정 금액을 지급할 수 있도록 해주시겠습니까?"

보상금? 생각도 못 한 말에 솔직히 놀랐다.

"정말 이런 대안밖에 마련하지 못해 송구스럽습니다. 하지만 부디 저희 성의로 받아주시면 좋겠습니다. 아무쪼록 잘 좀 검토해주십시오."

"보상금 액수는 얼마죠? 금액을 말씀하지 않으면 검토고 뭐고 없죠."

고모로가 자기 의견을 말했다.

"1억 엔입니다."

대답은 노사카가 했다. 눈은 똑바로 아카마쓰를 바라보았다.

"보상금 1억 엔을 준비하겠습니다. 어떠십니까?"

1억 엔. 아카마쓰는 잠깐 머릿속이 혼란스러워 반응을 제대로 하지 못했다. 고모로도 상대방을 노려본 채 말을 잇지 않았다. 뭔가 말을 하려고 하는데 생각이 정리되지 않는 듯해 보였다. 고모로는 신경질적으로 보이는 창백한 손을 뻗어 테이블 위에 놓인 커피를 한 모금 마셨다.

"어떠십니까? 하지만 부탁이 한 가지 있습니다."

사와다가 말했다. 그의 표정은 이제껏 중 가장 심각해 보였다.

"만약 회사 내부에서 조정이 잘 안 되어 부품을 반납할 수 없게 되면 그 보상금으로 부품을 대체해주셨으면 합니다."

"그러니까 그때는 부품 반환 건을 포기하라, 이런 이야기입니까?"

"죄송한 말씀이라고 생각은 합니다만, 그렇습니다."

아카마쓰는 낮게 신음했다. 그런 이야기인가.

"그리고 또 한 가지. 보상금을 지급한 뒤에는 이 건에 대해 비밀 유지를 약속해주셨으면 합니다."

"비밀 유지라니, 무엇을 말입니까?"

고모로가 질문했다.

"일단은 이 보상금 계약에 대해서죠. 그리고 지금까지 아카마쓰 운송과 우리 회사 사이에 있었던 이야기, 타이어 사고에 관한 모든 사항에 대해서 비밀 유지를 부탁드립니다."

"그건 말하자면 언론에 정보가 흘러 나가는 게 걱정되신다는 이야기로군요?"

사와다가 명확한 답변을 피했다.

"꼭 그래서만은 아닙니다. 말하자면 이런 일은 정말 특별한 경우라서. 제삼자에게 알려지지 않았으면 하는 거죠. 전례를 남기고 싶지 않다, 이렇게 생각해주실 수 있을까요?"

"부품 반환에 대한 회답은 받을 수 있는 건가요?"

고모로가 물었다.

"물론입니다."

"언제?"

"가능한 한 가까운 시일 안에. 만약 보상금을 받으신다면 내용증명에 적힌 20일까지는 저희 회답을 드릴 수 있을 겁니다."

아카마쓰가 얼굴을 들었다.

그 회답은 들을 필요도 없이 빤하기 때문이다.

반환 불가.

사와다의 제안은 보상금이라고 내세우고 있지만 아카마쓰가 반환을 요구한 부품을 1억 엔에 사겠다는 이야기나 마찬가지다. 말하자면 그만한 대가를 치르더라도 결과적으로 그게 더 싸다고 생각하고 있다는 증거다.

"어떻게 하시겠습니까, 사장님?"

옆에서 고모로가 물었다. 그 얼굴에는 나쁘지 않지 않느냐, 하는 표정이 보였지만 아카마쓰는 대답할 수 없었다.

"검토해주시겠습니까?"

사와다가 다시 말했다.

"이렇게 부탁드리겠습니다, 사장님."

그 말에 맞추어 다른 두 사람도 일제히 "부탁드리겠습니다" 하며 고개를 숙였다.

1억 엔.

아카마쓰의 마음이 흔들렸다.

겨울이지만 따스한 햇볕이 내리쬐는 온화한 날씨였다. 만났던 장소에서 고모로와 헤어진 뒤, 아카마쓰는 바로 호프자동차 지하 주차장에 세워둔 차를 꺼내 회사로 돌아왔다.

회사 주차장에 차를 대고 사무실로 들어서니, 아카마쓰가 돌아왔다는 걸 알아차린 미야시로가 마중 나왔다. 아카마쓰는 말없이 사장실을 가리켰다. 그리고 미야시로 전무에게 호프자동차가 내놓은 제안을 들려주었다.

그리고 지금 미야시로는 말없이 창밖으로 보이는 겨울 하늘을 바라보고 있다.

1억 엔. 그 돈의 무게가 지금 아카마쓰운송에게 있어 얼마만 한지 뼈저리게 알고 있다.

하루나은행에 신청해 나올까 안 나올까 애태우며 기다리는 융자 금액이 3천만 엔이다.

1억이 있으면 아마 아카마쓰운송은 다시 일어설 수 있을 것이다. 그건 미야시로도 안다.

"솔직히 난 1억 엔이란 돈이 탐이 나요."

아카마쓰는 이렇게 고백했다. 미야시로는 말없이 듣고 있었다.

"그렇지만 그 자리에서 달라고는 할 수 없었죠."

미야시로가 눈을 가늘게 뜨며 입술을 꾹 다물었다. 고통스러운 선택이다.

"떳떳하지 못하다는 생각이 들었거든요. 우리 정비는 사고 원인이 아니라고 내내 주장했고, 고다마통운에게도 사고 원인을 밝혀달라고 격려를 받았죠. 그리고 직원들의 응원을 받으며 상대를 만나러 갔는데, 바로 제압당하고 말았어요. 그런데 난 그 제안을 듣고 화도 낼 수 없었다니까요, 한심하게도."

"제대로 된 경영자라면 누구나 그랬을 거예요, 사장님."

미야시로는 담배를 한 개비 물고 천천히 연기를 뿜으며 말했다.

"도의적으로 올바른 것과 경영적으로 올바른 것은 이따금 일치하지 않으니까요."

호프자동차에서 돌아오는 길에 아카마쓰도 그런 생각을 했다.

앞과 뒤가 다르지 않아야 하는 것도 사람의 도리다. 하지만 그것만으로는 회사 경영이 되지 않는다.

무엇보다 먼저 필요한 것은 돈이야. 그런데 그런 풋내 나는 소리나 해서 어쩌려는 거야. 아카마쓰는 스스로 몇 번이나 타일렀다. 하지만 결론을 내릴 수 없었다.

"만약 하루나은행이 융자를 해준다면 사장님은 그 제안을 걷어찼겠죠."

미야시로가 물었다. 그 말대로였다.

"쉽지 않은 문제로군요."

미야시로가 중얼거렸다.

"살아남기 위해 사회 정의를 접어두어야 하는가. 아니면 설사 죽는 한이 있더라도 사회 정의를 지켜야 하는가. 경제적인 문제로 가버리면 생존 문제가 남고. 하지만 살기 위해서는 돈이 필요하고."

맞는 말이다. 팔짱을 끼고 천장을 바라보던 아카마쓰에게 "어쩌죠, 사장님?" 하고 미야시로가 물었다.

"전무님 같으면 어떻게 할 것 같아요?"

잠시 동안 아무 말없이 담배 연기만이 아카마쓰의 시야를 가로질렀다.

"글쎄요, 어떻게 하나?"

"아버지라면 어떻게 하셨을까요?"

아카마쓰가 물었다.

"선대 사장님이라도 고민하셨겠죠. 지금 사장님과 마찬가지로."

답은 어디에도 없었다. 스스로 결정할 수밖에 없다.

"생각 좀 하게 해줘요."

아카마쓰는 그렇게 말하고 조용히 눈을 감았다. 이윽고 미야시로가 나가는 기척이 나더니 문이 조용히 닫혔다. 아카마쓰의 사고는 출구가 보이지 않는 미로 속으로 빠져들어갔다. 아카마쓰는 깊은 고뇌에 빠졌다.

〈주간 조류〉의 기자 에노모토로부터 전화가 온 것은 바로 그때였다.

"지난번엔 정말 감사했습니다, 사장님."

에노모토는 인사를 하더니 그 뒤로 뭔가 진전이 없었느냐고 물었다. 아주 잠깐 오늘 있었던 일을 이야기할까 생각했다. 하지만 사와다가 조건으로 내건 비밀 유지를 떠올리고 말을 삼켰다.

"아뇨, 특별한 일은 없습니다. 그쪽은 어떤가요?"

타산적인 자기 태도에 살짝 혐오감을 느꼈다.

"덕분에 취재가 많이 진행되었습니다. 지금 기사를 게재할 타이밍을 재는 중이죠."

"언제입니까?"

아카마쓰는 사장실 의자에서 일어났다.

"기사가 언제 실리죠?"

어쩌면 그 타이밍이 언제냐에 따라 이 미궁에서 벗어날 수 있을 지도 모른다.

"몇 가지 마무리에 가까운 취재가 남아 있는데, 아마 다음 주 월 요일에 나오는 주간지에 실리게 될 겁니다."

아카마쓰는 얼른 탁상 달력을 보았다. 19일, 아카마쓰가 내용증 명에 부품 반환 기한으로 정한 날 하루 전이다.

"특종이죠, 이건. 사회적으로 상당한 임팩트가 있을 겁니다."

"만약 그 기사가 나오면 우리 회사에 대한 의혹도 풀릴까요?"

이런 걸 주간지 기자에게 묻는 것도 이상하지만, 지금 아카마쓰 는 묻지 않을 수 없는 마음 상태였다.

"의혹이 풀릴 겁니다, 분명히."

에노모토가 말했다.

"거꾸로 호프자동차는 살아남을 수 없을지도 모르죠. 틀림없이 그만큼 엄청난 충격이 있을 거예요. 다만 이건 절대 비밀로 해주십 시오."

이 주간지 기자의 은밀한 흥분이 전화기를 통해 아카마쓰에게 까지 전해졌다.

"알겠습니다."

그렇게 대답한 아카마쓰는 문득 "그런데 유기 씨는 취재하셨습 니까?" 하고 물었다.

유기에게 고소당한 일은 작은 기사지만 이미 신문에도 실렸기 때문에 에노모토도 알고 있을 것이다.

만약 에노모토가 취재를 하면서 이야기했다면 아카마쓰운송에 대한 소송을 다시 생각할지도 모른다. 이런 희망적인 마음을 품었는데 에노모토의 대답은 아카마쓰의 기대와 전혀 달랐다.

"아뇨, 그분은 언론 취재를 일절 받아들이지 않겠다는 방침이라서 이야기는 나누지 못했습니다. 이 기사로 아카마쓰 사장님에 대한 오해가 풀렸으면 좋겠네요."

"그러게요."

이때 아카마쓰의 머릿속에 문득 장례식장과 사십구재 때 본 유기 다카시의 모습이 떠올랐다. 장례식장에서는 흐느끼고 있었다. 그런데 사십구재 때는 울 듯 말 듯 슬픔을 참고 아카마쓰에게 그 추도문집을 건네주었다.

에노모토와의 통화를 마치고 수화기를 내려놓은 아카마쓰는 문득 그 일이 떠올라 서랍을 열고 문집을 꺼냈다.

절에서 아카마쓰가 눈물을 흘린 다카시의 글을 다시 읽었다.

가슴이 먹먹해졌다.

"미안하구나, 다카시."

입 밖으로 나오는 것은 누가 잘못했느냐가 아니라, 역시 사죄의 말밖에 없다.

다음에 아카마쓰가 읽은 것은 유기 마사후미가 아내에게 쓴 추도문이었다.

'결코 지워지지 않을 그대의 기억'.

아카마쓰는 이런 제목이 붙은 글을 읽기 시작했다. 하지만 도중

416

에 눈물이 나서 읽을 수 없었다.

아카마쓰는 한동안 눈물을 흘렸다.

그리고 한바탕 쏟아진 눈물을 손수건으로 닦고 "나갔다 오겠다"라며 차를 몰고 회사를 나갔다.

도중에 꽃집에 들러 꽃다발을 만들어달라고 해 조수석에 놓고 간조8호선에서 나카하라가도로 우회전했다. 다마 강을 건너고 쓰나시마가도를 20분쯤 달려 사고현장으로 갔다.

겨울 햇살이 비치는 그 길 위에 유리로 된 작은 꽃병과 시들어가는 꽃이 있었다. 아카마쓰는 가지고 온 꽃으로 갈아 꽂고 두 손을 모았다.

여기 오는 게 몇 번째인가.

무책임하게 방치된 결함의 희생양이 되어 행복했던 삶과 꿈을 이곳에서 한순간에 빼앗겼다.

흐트러짐 없이 마음을 모아 합장하니 아카마쓰는 마음속 고민에 대한 답을 찾은 느낌이 들었다.

일어서서 사고현장에 깊이 허리 숙여 인사한 아카마쓰는 길가에 세워둔 차에 올라타 회사로 돌아갔다.

"전무님. 아까 그 보상금 이야기, 거절해도 괜찮을까요?"

그렇게 말하자 서류를 보고 있던 미야시로는 고개를 들어 웃었다. 아카마쓰가 그런 결론을 내릴 걸 예견하고 있었던 게 틀림없는 표정이었다.

"예, 괜찮고말고요."

"고마워요."

아카마쓰의 가슴은 겨울의 푸른 하늘 같은 기분으로 가득 차올랐다.

9

"바쁘실 텐데, 죄송합니다."

응접실로 들어가자 에노모토가 자리에서 일어나 모르는 사이처럼 고개를 숙여 인사했다.

"두 분은 서로 아는 사이라면서요?"

옆에 앉은 도쿄호프은행 기모토 차장이 대뜸 물었다.

"아아, 그런가?"

홍보부 차장 하세베 노리히코는 뜻밖이라는 표정을 지으며 이자키를 바라보았다.

"대학 동기입니다."

대뜸 그렇게 대꾸한 사람은 에노모토였다. 이자키는 쓴 것이라도 씹은 표정으로 테이블을 사이에 두고 소파에 앉은 동창생을 바라보았다.

〈주간 조류〉에서 호프자동차 건을 취재하고 싶다는 요청이 들어왔다는 사실을 홍보실을 통해 알게 된 때는 어제였다.

"아마 호프자동차 융자 건에 대한 우리 은행의 입장에 관한 이야기를 듣고 싶은 모양인데, 괜찮겠나?"

하세베가 물었다. 이자키는 "알겠습니다"라고 대답할 수밖에 없었다.

에노모토가 이렇게 공식적으로 취재 신청을 했다는 이야기는 취재가 막판에 이르렀다는 증명이라고 판단했다. 비공식으로 이자키와 접촉한 뒤에 어떤 취재를 계속했는지 몰라도 최종적으로 호프자동차와 그걸 지원하는 호프은행에 대해 확인 취재를 해 마무리하려는 의도가 틀림없다.

"뭐 개인적인 문제는 차치하고, 오늘은 호프자동차 담당자로서의 의견을 듣고 싶어 왔습니다."

이렇게 말을 꺼낸 에노모토는 대화를 녹음해도 괜찮겠냐고 물었다.

"괜찮겠죠. 우리로서도 하지 않은 이야기가 기사에 나오면 곤란하니까."

의도로 보아 적대적인 취재가 될 거라고 눈치챈 하세베에게 에노모토는 "감사합니다"라고 하며 이자키 바로 앞에 취재용 녹음기를 내려놓았다.

"그럼 먼저 질문을 드리겠습니다. 호프은행이 호프자동차를 지원하는 뜻에 대해 말씀해주실 수 있겠습니까?"

"지원하는 뜻?"

그 모호한 표현을 듣고 이자키는 이미 에노모토의 속셈을 알아차렸다.

"뜻을 물으셨는데 이걸 설명할 방법이 없군요."

에노모토가 머릿속을 들여다보기라도 하려는 듯 이자키를 바라보았다.

"그럼 구체적으로 말씀드리죠. 3년 전, 호프자동차는 리콜 은폐라는 불상사를 일으켜 경영 위기에 빠진 일이 있죠. 그때 호프은행은 주력 은행이라는 입장에서 호프자동차를 지원했습니다. 지원하게 된 결정적인 원인은 무엇이었나요?"

"그건 호프자동차의 경영 기반을 유지해야 한다는 목적의식 때문이겠죠."

이자키가 대답했다.

"그러니까, 망하게 놔둘 수는 없다는 이야기입니까?"

"망하고, 안 망하고는 은행이 결정하는 일이 아니죠."

그렇게 맞받아친 이자키에게 에노모토가 다시 물었다.

"그때 리콜 은폐 문제에 대한 논의는 있었나요?"

"개별 심사 내용에 관해서는 말할 수 없습니다."

하세베가 대신 대답했다. 에노모토는 예상했다는 듯이 흘려듣고, 바로 다른 질문으로 넘어갔다.

"그럼 질문을 바꾸죠. 경영 기반을 유지할 수 있었다는 이야기인데, 문제를 일으켜 기울어진 회사를 주력 은행이 지원해서 경영 기반을 유지했다는 건가요?"

"그건 일반론이기 때문에 굳이 제가 답변할 일은 아니겠죠. 그쪽에서 판단하시면 됩니다."

이자키의 반격에 에노모토의 눈빛이 빛났다. 술자리에서도 그렇지만 에노모토는 토론을 좋아하기로 유명했다. 얼핏 이자키가 우세해 보이지만 사실은 그렇지 않았다. 틀림없이 에노모토의 페이스에 말렸다는 생각이 들어 이자키는 슬며시 경계했다.

"그렇지만 경영 기반을 유지했다고 하신 호프자동차는 최근 몇 년 동안 판매 실적이 저조합니다. 그래서 작년에는 재건 계획을 발표했고요. 그때 호프은행은 전면적으로 그걸 지원하겠다는 입장을 표명하셨는데, 당시에는 호프자동차의 계획을 좋게 평가하신 거로군요."

"그렇습니다."

이자키는 인정하지 않을 수 없었다.

"그렇지만 애널리스트들 사이에서는 그 계획이 하향 수정될 거라는 의견이 있는 모양이더군요. 정말입니까?"

"그건 호프자동차에 물어보시죠."

하세베가 말했다.

"만약 하향 수정된다고 해도 지원 방침에는 변함이 없다는 건가요?"

"그건······."

이자키는 말하며 생각했다. 모르겠다고 하면 호프자동차에 대한 지원은 불투명하다고 쓸 가능성이 있다. 그런 기사가 나오면 호프자동차의 사회적 신용에 영향을 끼칠지도 모른다.

"호프자동차의 실적에 따라 검토하겠다는 게 우리 입장입니다."

"전에 리콜 은폐를 한 회사를 지원하는 문제에 대해 주주들 사이에 비판하는 목소리는 나오지 않습니까?"

"그 점에 대해서는 따로 확인한 적 없습니다."

이자키는 대답했지만 이게 잘한 대답인지 어떤지 알 수 없었다.

"이야기가 살짝 옆으로 빠지지만, 호프은행에도 컴플라이언스라는 이념은 있습니까?"

그건 이자키가 아니라 하세베에게 던진 질문이었다.

"당연하죠."

그게 에노모토가 놓은 덫인 줄도 모르고 홍보부 차장은 가슴을 쭉 폈다.

"우리는 컴플라이언스실을 설치해 기업 윤리를 철저하게 지키고 있습니다."

"사실은 호프자동차에도 3년 전부터 있다더군요. 그렇지만 리콜을 은폐했죠. 리콜 은폐는 컴플라이언스 위반인가요? 아닌가요? 호프은행의 견해는 어떻습니까?"

에노모토가 묻자 하세베가 떨떠름한 표정을 지으며 대꾸했다.

"그건 컴플라이언스 위반이겠죠. 그렇지만 그것과 호프자동차에 대한 지원은 관계없어요."

"컴플라이언스를 위반한 회사를 은행이 지원한다는 건 컴플라이언스 위반 아닙니까?"

"그럼 어떤 부분이 법률을 위반했는지 설명해주시겠습니까?"

하세베가 의기양양하게 물었다. 하지만 에노모토는 싸늘하게 대꾸했다.

"법률 위반은 없죠. 애초에 저는 그렇게 낮은 수준의 윤리를 문제 삼는 게 아니니까요."

"아니, 그게 무슨 소립니까?"

하세베가 발끈했다. 그러자 에노모토가 다시 물었다.

"차장님은 법률을 위반하지 않으면 무엇이든 해도 된다, 이렇게 말씀하고 싶은 겁니까? 법을 어긴 건 아니라고 당당하게 가슴을 쭉 펴는 건 괜찮습니다만, 그렇게 들릴 수도 있을 것 같네요."

"그건 곡해예요."

하세베는 항의했지만 에노모토는 무시하고 이자키에게 물었다.

"조금 전에 앞으로 호프자동차에 대한 지원은 실적을 보고 검토할 거라고 하셨습니다. 그런데 리콜 은폐가 발각되면 그 자동차회사의 판매 대수는 틀림없이 줄어들 거라고 할 수 있겠죠?"

"뭐 그렇겠죠."

이자키가 인정했다.

그러자 에노모토는 들고 온 가방을 끌어당겨 그 안에서 자료를 꺼냈다. 미리 준비했는지 여러 장 복사한 것을 세 사람에게 나누어 주고, 자기도 그 가운데 한 장을 들고 물었다.

"이게 뭔지 아시겠습니까?"

이자키의 피가 거꾸로 솟았다.

목록, 사고 목록이었다.

날짜와 장소, 그리고 피해 상황이 명세표로 되어 있었다. 제일 아래 칸에 10월 날짜와 요코하마 쪽 주소가 적혀 있다. 본 순간 그 사고라는 걸 알았다. 오른쪽에 적혀 있는 한 단어, '사망'.

"이게 뭐죠? 사람 속 타네."

하세베가 조바심을 내며 물었다.

"이자키 씨는 알 겁니다."

에노모토가 의미심장한 웃음을 지으며 이자키를 바라보았다. 덫이다.

"이게 뭔가, 이자키?"

하세베가 물었다.

"아뇨, 모릅니다."

이자키가 대답했다. 그럴 수밖에 없었다. 결코 안다고 할 수 없었기 때문이다.

"이건 3년 전부터 지난달까지 호프자동차에서 만든 차량이 일으킨 구조상의 문제가 원인이라고 추측되는 사고 목록입니다."

하세베는 완전히 허를 찔린 표정으로 에노모토를 물끄러미 바라보았다.

"이 목록의 사고 원인에 대해 호프자동차는 대부분 정비 불량이라고 발표했습니다. 그러니까 구조적인, 또는 제품의 문제는 없었다는 거죠. 그렇지만 그 발표는 호프자동차의 거짓말입니다."

에노모토가 단언하는 걸 보면 취재하면서 뒷받침할 만한 증거를 잡은 게 틀림없다.

"거짓말이라고?"

깜짝 놀라 이상한 목소리로 묻는 하세베에게 에노모토가 다시 말을 이었다.

"호프자동차는 리콜해야 한다는 걸 알고 있으면서도 하지 않고 있습니다. 그뿐만이 아니죠. 몰래 트럭을 수리한 거로 보이는 케이스도 여러 건 있습니다. 이건 명백한 법률 위반이죠. 그러니까 차장님이 이야기하는 컴플라이언스 위반이라는 겁니다."

에노모토가 얼어붙은 하세베로부터 이자키 쪽으로 시선을 옮겼다.

"아, 조금 전 질문으로 돌아가죠. 다시는 하지 않겠다고 맹세한 리콜 은폐를 지금도 계속하고 있는데 그래도 은행은 실적에 따라 호프자동차를 지원할 겁니까? 경제에 거품이 꺼지면서 엄청난 금액의 공적 자금을 받아 겨우 살아난 은행이 명백하게 사회 정의를 거스르는 회사에 돈을 쏟아붓는다고요? 범죄기업인 줄 알면서도 지원하는 건 범죄에 가담하는 거나 마찬가지 아닙니까? 컴플라이언스를 표방하는 은행이 과연 그럴 수 있는 건가요? 이자키 씨, 이제 그쪽 의견을 듣고 싶군요."

이자키는 대답할 수 없었다. 에노모토는 창끝을 하세베 쪽으로 겨눴다.

"그럼 하세베 차장님, 어떻게 생각하십니까? 은행의 컴플라이언스라는 게 어폐가 있다면 윤리관, 또는 도덕관이라고 표현해도 좋겠죠. 그걸 듣고 싶습니다."

그러자 평소 말이 많기로 유명한 차장은 대꾸하지 못했다.

"증거가 있는 건 아니죠."

간신히 입을 연 하세베는 의미심장한 에노모토의 표정을 보더니 더는 반론을 펼치지 못했다.

"분명히 호프자동차가 인정하지는 않았습니다. 하지만 의심할 만한 증거는 있습니다, 차장님. 다만 지금 그걸 보여드릴 수는 없지만요."

"그게 대체 무슨 증거죠?"

기모토가 꿋꿋하게 따졌지만 에노모토는 대꾸하지 않았다.

"그 부분에 관해서는 나중에 기사를 읽어보시라는 말씀밖에 드리지 못하겠군요."

"그 기사라는 건 대체 언제 읽을 수 있습니까?"

하세베가 빈정거리며 물었지만, 에노모토는 주눅 들지 않고 "며칠 안에 나올 겁니다"라고 대답했다.

역시 그랬나? 에노모토가 호프자동차의 주력 은행인 도쿄호프은행에 이렇게 쳐들어온 까닭은 이미 기사를 쓸 수 있을 만큼 정보를 얻었기 때문이다. 이건 에노모토에게 있어 '마무리 취재'다.

"마지막으로 한 가지만 질문을 드리겠습니다."

에노모토가 말을 이었다.

"지금까지 드린 말씀으로도 어느 정도 상상은 하시겠지만, 도쿄호프은행은 호프자동차의 리콜 은폐를 전혀 모르고 있다는 뜻인가요?"

"당연하죠."

하세베의 말투가 거칠어졌다.

"애당초 그건 당신이 멋대로 상상해서 그린 그림 아니오?"

엉뚱한 소리에 에노모토는 싸늘한 웃음을 지었다.

제8장

경제적이지 못한
선택

1

약속 시각 5분 전, 아카마쓰운송 사무실 앞에 택시 한 대가 들어
왔다.

지난번 사와다가 이곳에 왔을 때는 도쿄호프판매의 마스다가
따라왔었는데 이번에는 혼자였다. 보상금 지급이라는 전례 없는
대응에 '누설 금지'를 제의했던 만큼 사와다는 비밀스럽게 움직이
고 있었다.

거무스름한 모직 코트를 걸친 키 큰 사와다는 택시에서 내리자
마음을 굳힌 듯이 아카마쓰운송 사무실 쪽을 바라보았다. 그리고
찬바람을 아랑곳하지 않고 바로 입구를 향해 걸어왔다.

그 모습을 사무실 안에서 지켜보던 아카마쓰는 자리에서 일어
나 사와다를 맞이해 뒤에 있는 응접실로 안내했다.

"오늘 시간을 내주셔서 감사합니다."

마주 앉자마자 그렇게 말하며 사와다는 고개를 깊숙이 숙였다.

아카마쓰가 차를 권하자 사와다는 "그래, 검토는 해보셨습니까?"하며 기대에 찬 눈빛을 보냈다.

"아, 검토해보았습니다. 꼼꼼하게."

아카마쓰는 대꾸하며 눈에 힘을 잔뜩 주었다. 한 달 가까이 자기 영혼을 뒤흔들고, 분노와 슬픔을 맛보게 만든 것에 대한 모든 감정을 그 시선에 담으려고 했다.

사와다의 눈이 휘둥그레졌다. 그 단정한 얼굴이 보이지 않는 공기에 짓눌리듯 뒤로 조금 물러나더니 안색이 흐려졌다. 뭔가 깨달은 듯한, 그런 표정이었다.

"거절하기로 했어요."

그 말은 얼어붙은 듯한 두 사람 사이에 아무렇게나 툭 내던져졌다.

바로 그때 폭이 넓은 게이트를 통해 들어온 대형 트럭의 13리터 직렬 6기통 엔진음이 청각을 뒤덮었다. 거센 찬바람에 흔들리는 정원수 나뭇가지가 테이블 위에 마녀의 손가락처럼 길쭉한 그림자를 드리웠다. 어디선가 "좋았어! 후진, 그렇지" 하고 외치는 소리가 들려와 이 순간에도 세상은 틀림없이 움직이고 있다는 사실을 이야기하고 있었다. 그러나 아카마쓰와 사와다 사이에 있는 모든 것이 숨을 죽이고 움직임을 멈췄다. 시간이라는 개념마저도 영원히 얼어붙은 듯 움직이지 않았다.

뭐라고 말을 하려던 사와다는 살짝 "아……" 하고 소리를 내다가 그대로 입을 멈춘 채로 밀랍 인형처럼 굳어버렸다. 그 표정에서 마치 모래시계 속 모래가 아래로 떨어지듯이 웃음기가 지워지고 차츰 넋이 나간 표정이 되었다.

"잠깐만요, 사장님."

당황한 듯 불쑥 입을 연 사와다는 오른손을 허공에 들어 올리며 마치 이 자리에서 떠나려는 사람을 붙잡기라도 하려는 듯한 몸짓을 했다.

"어떻게 다시 생각해주실 수는 없을까요?"

아카마쓰의 답변을 듣고 얼굴이 새파랗게 질린 사와다는 틀림없이 동요하고 있었다. 그 태도로 보아 아카마쓰가 이 제안을 거절할 리 없다는 확신을 품고 온 게 분명했다. 하지만 그 확신은 지금 박살이 났다. 사와다는 어떻게 해야 좋을지 갈피를 잡지 못하는 듯했다. 그 순간만은 어려움을 겪고 있는 쪽은 사와다이고, 아카마쓰가 우위에 있는 듯하기도 했다. 하지만 그건 착각에 지나지 않는다는 사실을 아카마쓰는 알고 있었다. 자기가 던진 답변으로 사와다가 떠맡은 회사의 명령이 얼마나 중요한 것인지 엿본 것 같아 속으로 놀라기도 했다.

"그러면 제가 곤란합니다. 이건 보상금이라서요."

사와다가 말했다.

"단순한 보상금이 아니죠. 부품을 반환하지 않아도 괜찮다는 조건이 붙은 보상금이에요. 그런 제안은 받아들일 수 없어요."

뒤집어 이야기하면 그 조건이 붙어야만 존재할 수 있는 보상금이다. 호프자동차의 목적이 바로 부품을 돌려주지 않겠다는 것임은 굳이 말하지 않아도 빤히 알 수 있다.

"실례지만……."

사와다가 갑자기 자세를 가다듬더니 마치 아카마쓰에게 덤벼들기라도 할 듯이 날카로운 눈빛을 보였다.

"이런 말씀을 드리면 실례인 줄은 압니다. 그렇다면 얼마면 받아들이실 수 있을까요, 사장님?"

뜻밖의 질문에 아카마쓰는 상대방의 얼굴을 뚫어지게 바라보다가 이윽고 온몸에서 힘이 쭉 빠진 듯 한숨을 내쉬었다.

"이봐요, 이건 돈 문제가 아니에요."

힘을 뺀, 부드러운 목소리로 아카마쓰가 대답했다. 하지만…….

"그런 말씀 마시고요."

끈덕지게 매달리는 사와다는 "이렇게 부탁드립니다" 하며 테이블에 이마가 닿을 듯 고개를 숙였다. 그리고 토해낸 말은 테이블 사이에 끼어 웅얼거리는 것처럼 들렸다.

"사장님. 지금까지 있었던 일들은 참으로 죄송하게 되었습니다. 이렇게 사죄드리겠습니다. 그러니 아무쪼록 저희 성의를 받아들여주시지 않겠습니까? 부탁드립니다!"

아카마쓰는 고개를 푹 숙였다가 다시 천장을 쳐다보았다. 팔짱을 끼고 눈을 감았다. 온갖 기억의 조각들이 눈꺼풀에 떠올랐다가 사라진 그 몇 초. 마지막에 떠오른 장면은 추도문집을 내미는 천진난만한 아이의 모습이었다.

우리는 그 아이의 너무도 소중한 어머니를 빼앗았다. 그 아이는 이제 다시 사랑하는 어머니를 만날 수도 없고, 이야기를 나눌 수도 없다. 그렇게 자그마한 어린아이가 울지 않으려고 애써 참는 모습을 보고도 보상금을 받을 수 있다면 그건 이미 인간이 아니다.

아카마쓰가 말없이 소파에서 일어섰다. 그러자 사와다가 잔뜩 긴장한 얼굴을 들었다. 아카마쓰는 자기 책상에 있던 파란 표지의 추도문집을 들고 돌아와 그걸 사와다에게 건넸다.

눈으로 이게 뭐냐고 묻는 사와다에게 아카마쓰가 말했다.

"그 아이 어머니에게 바치는 추도문집이에요. 빌려줄 테니 잘 읽어봐요. 그러면 내 심정이 이해될 테니까. 어쨌든 이제 무슨 소리를 하건, 돈을 아무리 쌓아 올리건, 이 이야기는 끝입니다. 알겠어요? 돌아가서 노사카 씨라고 했던가, 당신 상사에게 이렇게 전해요. 이런 제안은 성의도 뭣도 아니라고. 그냥 속임수일 뿐이라고. 남의 약점을 잡아 돈다발로 뺨을 후려치는 짓이라고. 그 자리에서 바로 거절했어야 했는데, 고민한 내가 너무 한심해."

아카마쓰가 내민 추도문집을 사와다는 당황한 듯 머뭇거리며 받아들었다.

"애써 여기까지 왔지만 내 대답은 그거요. 부품은 20일까지 돌려줘요. 돌려주지 않으면 재판으로 가야지. 당신은 어떻게 생각할지 모르지만, 난 한다면 해요. 철저하게."

2

"어리석긴. 너무 어리석어."

아카마쓰운송에서 회사로 돌아오는 길이었다. 도큐오이마치선 전철 차창 밖으로 흘러가는 시나가와구 변두리의 오밀조밀한 주택가 풍경을 보면서 사와다는 몇 번이나 속으로 중얼거렸다.

아카마쓰의 답변을 들은 순간, 솔직히 누가 뒤에서 뒤통수를 후려친 듯한 충격을 맛보았다. 아카마쓰를 바라본 채로 머릿속이 리셋되어 준비했던 말들이 어디론가 사라져버렸다.

1억 엔을 보상금으로 내놓겠다는 제안은 한 방에 역전을 노린 사와다가 무리인 줄 알면서도 회사 내부에서 우겨 마련한 화해안이었다. 사와다는 이거야말로 확실하게 아카마쓰의 클레임을 봉쇄할 수 있는 최종 수단이라고 생각했다. 자기 아이디어에 자부심도 느꼈다.

이 제안으로 아카마쓰를 회유해 후환을 없애고 하마자키의 제안을 받아들여 유유히 상품개발부로 옮기자……. 이게 아카마쓰를 만나기 전까지 사와다가 머릿속에 그린 시나리오였다. 그런데 지금 그 시나리오는 흔적도 없이 무너져 내렸고, 바다 위에 배가 지나간 자국이 사라지듯 완전히 초기화되었다.

사와다는 경악했다. 그 감정은 바로 낭패감으로 바뀌었다. 그리고 천천히 화학반응을 일으켜, 아카마쓰운송 사무실을 나와 30분이 지난 지금은 분노로 자리를 잡아갔다. 사와다는 도무지 이해할 수 없었다. 아카마쓰가 왜 제안을 거부하는지. 왜 1억 엔이나 되는 돈을 받지 않겠다는 건지.

그 사고로 아카마쓰운송은 큰 거래처를 잃었다고 들었다. 경영 기반이 크게 흔들려 자금 조달이 어려울 것이다. 지금 아카마쓰운송에게 1억 엔이라는 돈의 가치는 평소 5억 엔, 아니 10억 엔에 맞먹는 금액일 것이다.

"그런데 거절해? 이런 기막힌 제안을?"

종점인 오이마치에서 JR로 갈아타면서 사와다는 작은 소리로 중얼거렸다. 도무지 이해할 수 없다. 무슨 생각인지 통 알 수 없다. 이해할 수 없으면 바로 분노로 바뀌는 사고 회로가 사와다의 머릿속에 완성되어 있었다.

하지만, 사와다는 다시 생각해보았다.

아카마쓰에게 휘둘리는 것도 이제 얼마 남지 않았다.

사와다는 내일이라도 하마자키의 제안을 받아들일 작정이었다. 그건 가노의 농간에 넘어가는 일일지도 모른다. 그렇지만 희망하는 부서로 이동할 수 있다면 그걸로 그만이다. 하루하루 쌓이는 작은 불만을 안고, 내키지 않는 고객 클레임 처리에 매몰되어 지내는 나날들. '이건 내가 해야 할 일이 아닌데'라고 속으로 생각하면서도 사내 평가에 신경 쓰며 정치적으로 행동해온 생활에 마침표를 찍는다. 불쾌한 일에서 깔끔하게 손을 떼고 이제 내가 하고 싶은 일을 열심히 할 수 있다. 직장인이라면 그 제안을 받아들이지 않을 이유가 전혀 없다.

그런데 이때 문득 사와다의 머리를 스치는 생각이 있었다.

"아카마쓰와 정반대로군."

사와다는 새 포지션, 아카마쓰는 1억 엔이라는 보상금을 제시받았다.

사와다에게 상품개발 업무는 아카마쓰의 1억 엔이나 마찬가지로 귀중하다. 처음에는 당황하고 망설였지만, 사내 정치를 주무르는 능력도 결국 자기 이익을 최대화하기 위함이라 결론을 내리고 나니 일찌감치 그걸 실현할 수 있는 제안을 받아들이지 않을 이유가 없었다.

하지만 아카마쓰는 돈을 거절했다. 뭔지 모를 이유로. 피해자를 배려해서인지, 앞뒤 이치를 따져서인지, 뭔지 모르겠다. 그렇지만 아카마쓰는 어쨌든 사와다와 정반대의 결론을 내렸다.

'이봐요, 이건 돈 문제가 아니에요.'

아카마쓰가 했던 말이 사와다의 가슴에 되살아났다. 선로가 여러 가닥 나란히 달리는 시나가와-다마치 구간의 풍경을 바라보던 사와다는 시선의 초점을 전철 유리창으로 옮겼다. 그리고 거기 비친 산뜻한 차림새와 묘하게 이기적인 느낌을 풍기는 얼굴을 뭔가 이상한 것이라도 발견한 느낌으로 바라보았다.

"살아가는 방식이 다른 거지."

사와다는 아카마쓰가 사는 방식이 어리석게만 보였다. 앞날을 내다보지 못하는 무능한 경영자의 전형이다. 실력도 없이 부모로부터 물려받은 회사를 경영하는 얼간이 사장이다.

"역시 멍청이야."

사와다의 입술이 살짝 움직이며 흘린 말은 선로를 달리는 전철 소리에 지워졌다. 아카마쓰는 천재일우의 기회를 놓쳤다.

"내가 알 게 뭐야? 이제 더 이상 상대하지 않겠어. 멋대로 떠들라고 해."

마음속으로 이렇게 내뱉은 사와다는 아카마쓰에 대한 생각을 떨쳐냈다.

3

아카마쓰운송 사무실을 떠나는 사와다를 배웅한 아카마쓰는 하루나은행 가마타 지점에서 융자 업무를 담당하는 신도 하루오 과장에게 전화를 걸었다.

운 좋게 바로 연결된 신도에게 찾아뵙겠다고 말한 뒤 코트를 움켜쥐고 사무실을 뛰쳐나갔다. 30분 뒤, 가마타 지점 융자 카운터에 앉은 아카마쓰가 제일 먼저 물어본 내용은 일단 승인이 난 융자 심사의 '그 뒤' 상황이었다.

'옥신각신하고 있다'라고 신도가 솔직하게 대답했다.

"그런데 재판 쪽은 어떻게 되었나요?"

신도가 물었다.

"답변서를 작성해 법원에 보낸 단계입니다."

"하지만 이건 민사소송이에요. 형사 사건과는 다릅니다. 그게 중요한 거죠."

신도가 말했다. 그 말투에는 아카마쓰를 지지하려고 하는 의도가 또렷하게 드러났다.

"호프자동차로부터 사고 부품을 반환받는 건은 어떻게 되었습니까?"

신도의 질문을 계기로 아카마쓰는 호프자동차가 제안한 보상금에 관해 이야기했다. 1억 엔이라는 금액을 이야기한 순간 신도는 눈이 휘둥그레져서 "이상하군요, 그건" 하는 감상을 무심코 흘렸다.

"아무리 호프자동차라도 1억 엔이라는 돈이 적은 액수일 리는 없을 거예요, 사장님. 그건 우리 은행도 마찬가지고요. 1억 엔을 벌어야 한다 하면 얼마나 힘들겠어요? 바꿔서 생각하면 그런 제안을 했다는 사실 자체가 뒤가 구리다는 증거죠. 그 문제를 우리 본부에 보고해도 괜찮겠습니까?"

"물론이죠."

비밀 유지 계약서에 사인했으면 이야기는 달라진다. 하지만 한번 입 밖에 냈으니 '누설 금지'는 아무 소용없다.

"달리 새로운 정보는 없습니까? 조금이라도 사태를 타개할 재료가 있다면 승인이 힘을 받게 될 텐데요. 뭐 없을까요?"

신도 과장이 몸을 앞으로 디밀며 물었다. 아카마쓰의 머릿속에 떠오르는 것은 딱 하나뿐이었다.

"이건 과장님만 알고 계십시오. 사실은 곧 〈주간 조류〉에 특종기사가 실릴 겁니다."

아카마쓰는 에노모토의 취재 내용을 이야기하고, 19일 발매되는 잡지에 호프자동차의 리콜 은폐에 관한 특종기사가 나올 거라고 알려주었다.

"그거예요, 사장님. 그걸 재료로 삼겠습니다."

"아무쪼록 잘 부탁드립니다. 이제 하루나은행 말고는 부탁드릴 곳이 없습니다."

신도는 등을 쭉 펴고 입을 한일자로 꾹 다물더니 "힘을 냅시다" 하며 힘차게 말했다.

그날 밤, 오후 7시가 지나서 회사를 나온 아카마쓰가 간 곳은 야마모토전기점이었다.

환하게 불을 밝힌 가게 앞까지 가니 보도의 가드레일에 세워놓은 빨간 산악자전거가 보였다. 기분 탓인지 지난번에 여기 왔을 때보다 울려 퍼지는 징글벨 배경음악이 더 크게 들리는 가게 안으로 들어선 아카마쓰는 곧장 장난감 판매장 쪽으로 갔다.

역시 오늘도 미카가 있었다.

주위에는 전혀 신경 쓰지 않고 게임을 즐기는 모습은 어제와 같았다.

아카마쓰는 그 옆을 지나 진열장에서 아이들을 위한 크리스마스 선물용 게임을 잘못 고르지 않도록 신경 쓰며 세 개를 집었다. 그리고 문득 멈춰 서서 똑같은 게임 소프트웨어를 하나 더 고르고, 게임기도 한 개 더 추가했다.

자연스럽게 다가가 컨트롤러를 움켜쥐고 있는 미카의 비스듬히 뒤쪽에 섰다.

그리고 지난번과 마찬가지로 눈이 핑핑 돌 것처럼 빠르게 변하는 화면을 바라보았다. 롤러스케이트를 탄 주인공을 조종하는 미카의 솜씨는 대단했다.

"잘하는구나."

옆에 서서 반쯤 진심으로 아카마쓰가 중얼거렸다. 대꾸는 없었다. 하지만 그 한마디에 기분이 좋아졌는지, 액션이 더욱 격렬해졌다.

"이 게임 갖고 있니?"

미카는 컨트롤러를 조작하면서 고개를 끄덕였다. 눈은 아카마쓰가 아니라 모니터를 본 채로.

"누구한테 받았구나. 좋겠네. 이거 비싸지?"

"용돈으로 샀어요."

미카가 처음으로 대답했다. 아카마쓰의 손에 있는 게임을 흘끔 보았다.

"그거하고 같은 거."

"그렇구나. 그렇지만 우리 애들은 너처럼 이렇게 잘하지 못할 거야."

아카마쓰는 감탄한 듯 말했다.

"요즘은 용돈을 1만 엔쯤 받는 애들도 있는 모양이네."

미카는 고개를 끄덕였다.

"월급 같은 거로구나."

아카마쓰가 그렇게 말하자 "맞아요"라고 미카가 대꾸했다.

"너도 그러니?"

미카는 고개를 끄덕였다.

"대단하구나. 월급날 같은 게 있어?"

"있어요. 매달 20일."

"그걸로 산 거로구나. 와, 요즘 아이들은 달라. 부자네."

"그럴지도 모르죠."

미카는 태연하게 말했다.

'포케로보'의 발매일은 11월 17일. 미카의 '월급날' 사흘 전이다. 아카마쓰가 착안한 것은 그 점이었다. 물론 증거는 없다.

미카는 아카마쓰가 옆에 있는데도 게임을 멈추려고 하지 않았다. 그러기는커녕, 동요하지 않고 당당한 그 태도는 왠지 뻔뻔하기까지 해, 오락에 익숙한 어른의 분위기와 비슷한 면이 있었다. 이런 시간에 혼자 장난감 판매장을 어슬렁거리면서 아무런 죄책감도 느끼지 않는 것은 분명했다. 이 소녀는 틀림없이 아카마쓰가 꾸리는 가정과는 전혀 다른 가정환경에서 완전히 다른 상식 아래 자란 것이다.

아카마쓰는 속에서 소용돌이치는 의문과 분노의 감정을 느끼면서도 살짝 한숨을 내쉬었다.

이날 아카마쓰가 전기점에 들른 까닭은 미카라는 소녀가 어떤 아이인지, 그저 그걸 확인하고 싶었기 때문이다. 다행인지 불행인지 '월급날'에 대한 이야기를 끌어내기는 했지만, 뭔가를 캐내기 위해서 말을 건 건 결코 아니었다.

그런데 막상 이 미카라는 아이와 실제로 이야기해보니 자기 가설을 직접 확인해보고 싶다는 충동이 일었다. 그 충동이 아카마쓰를 휘두르는 바람에 결국 참아내지 못했다.

　"학교 이야기인데, 큰돈을 학교에서 도둑맞은 아이가 있는 모양이야."

　대꾸가 없었다. 미카는 아무 말도 듣지 못한 것처럼 컨트롤러와 씨름하고 있었다. 아카마쓰는 아랑곳하지 않고 말을 이었다.

　"있어서는 안 될 이야기지. 그런데 사실은 그게 도둑맞은 게 아니라 어떤 애의 부탁을 받고 빌려준 거래. 빌린 애는 그걸로 게임을 샀고. 월급날 전이었으니까 게임을 갖고 싶은데 돈이 없었던 거지, 그 애는."

　아카마쓰가 보고 있던 미카의 옆얼굴에서 표정이 사라졌다. 모니터 안에서 그때까지는 멋진 움직임을 보이던 주인공이 별것도 아닌 장면인데 난간에서 미끄러져 움직이지 못하게 되었다.

　"게임이 그렇게까지 갖고 싶었을까?"

　그러면서 아카마쓰는 손에 든 상자를 감개무량한 듯 바라보고 시선을 들었다. 그때 아카마쓰를 흘끔 보는 미카의 눈과 마주쳤다. 작은 눈동자에는 틀림없이 두려움이 서려 있었다. 학부모회 회장이라 몇 차례 학생들 앞에 선 적이 있어서 미카는 아카마쓰를 알 것이다. 하지만 아카마쓰가 미카를 안다고 생각하지는 않으리라. 사실 가타야마의 딸이니까 알 뿐이지, 다쿠로네 반에서 얼굴과 이름을 함께 아는 학생은 몇 명 되지 않는다.

　미카가 컨트롤러를 체험 코너 진열장에 내던지고 훌쩍 그 자리를 떠났다. 고개를 떨군 채 잰걸음으로 가게 밖으로 나갔다.

계산대 쪽으로 가던 아카마쓰의 눈에 가게 앞에 떡하니 세워져 있던 빨간 산악자전거에 걸터앉아 페달을 밟으려는 미카가 들어왔다.

"저 애, 여기 자주 오죠?"

상품을 계산대에 놓으며 아카마쓰가 물었다. 오늘 계산대 담당자는 아카마쓰도 아는, 시간제로 일하는 주부였다. 둘째 아들인 데쓰로와 같은 반 학생의 어머니인 간다 교코는 학부모회 학년 부대표를 맡고 있다.

"예, 주민센터 사회교육관에 들렀다가 이리 오는 모양인데, 저래도 괜찮을까 싶죠."

그 한마디로 간다가 가타야마의 딸에게 아카마쓰와 같은 인상을 품고 있다는 걸 알 수 있었다.

"사실은 지금 문제가 있어요. 들으셨는지 모르겠지만 아주 골치 아프네요."

"또 여왕벌이 문제인가요?"

아카마쓰는 대답 대신 어처구니없다는 듯 웃어 보이며 크리스마스용 선물 포장을 부탁했다. 학년에 상관없이 학부모회 관계자라면 누구나 여왕벌의 존재를 알고 있다. 간다는 계산을 아르바이트 대학생에게 부탁하고 옆 데스크에서 녹색 포장지를 펼치며 아카마쓰에게 물었다.

"그 도난 사건 말인가요?"

"맞아요. 우리 애가 범인 취급을 받고 있어요."

"너무하네요. 아카마쓰 씨 아이들이 그런 짓을 할 리 없는데. 데쓰로는 정말 착해요. 우리 가즈키에게 항상 잘해주죠."

"아뇨, 뭘."

그렇게 대꾸하고 아카마쓰는 "아, 그렇지. 잠깐 말씀 좀 여쭤도 괜찮을까요?" 하고 간다에게 물었다.

"11월 17일에 이 게임 소프트가 발매되었는데, 그날 저 미카라는 아이가 이걸 사러 여기 오지 않았나요?"

간다는 포장하던 손길을 멈추고 이상하다는 듯 아카마쓰를 쳐다보았다. 그 시선에서 의문을 감지한 아카마쓰는 "아, 죄송합니다" 하며 얼른 사과했다.

"이런 걸 여쭤보면 곤란하시겠네요. 잘못했습니다. 그냥 잊어주세요."

하지만 간다는 "그것도 도난 사건과 관계된 건가요?" 하고 물었다.

"뭐 그런 셈이지만 제 추측이 너무 비약한 건지도 모르죠. 아, 됐습니다."

간다는 은테 안경 너머 진지한 눈빛으로 아카마쓰를 보며 "알 수 있을지도 몰라요"라고 했다.

"정말인가요?"

아카마쓰가 멍한 표정으로 말했을 때, 간다는 이미 계산대 옆 서랍을 열어 거기 있는 영수증 파일을 꺼내고 있었다.

"영수증?"

의아하게 생각한 아카마쓰가 묻자 간다는 뜻밖의 말을 했다.

"그 애가 영수증을 달라고 했거든요."

"뭐라고요?"

"가타야마 씨가 무슨 일을 하는지 모르지만, 고객을 직접 대하는 직업인지 영수증이 있으면 접대비로 청구할 수 있는 모양이에요. 그리고 다른 사람을 통해 들은 거라 사실인지 아닌지 모르겠지만, 가타야마 씨는 그런 영수증을 사들인다더군요. 얼마에 사들이는지 알 수 없지만."

"세상에, 그럴 수가."

탄식한 아카마쓰 앞에서 간다는 익숙한 손놀림으로 영수증 파일을 뒤지더니 바로 "아, 역시 여기 있었네" 하며 업소 보관용 영수증을 아카마쓰에게 보여주었다.

하지만 6천 엔가량의 금액이 손글씨로 적힌 보관용 영수증의 날짜는 빈칸이었다.

"날짜는 적지 말아달라고 하더군요."

어처구니없다는 말 이외에는 할 말을 잃은 아카마쓰 앞에서 간다는 그 옆에 붙어 있던 업소 보관용 영수증의 명세를 읽었다.

"11월 17일 발행 영수증이에요. 구입한 상품은 포케로보 최신 버전. 발행 시각은 오후 4시 30분. 틀림없습니다. 이게 뭔가 도움이 될까요?"

"도움이 될지 어떨지 모르지만, 지금까지는 추측뿐이었는데 빈틈을 메울 수 있겠네요."

"그러고 보니 학부모회 모임이 열리죠?"

간다가 말하며 아카마쓰를 격려했다.

"기운 내세요, 회장님!"

"나라면 가만히 있지 못했을 거야. 당신이었기에 다행이지."

후미에는 멍한 눈으로 주방 허공을 바라보았다. 그 시선 끝에 있는 것은 아카마쓰도 아니고 벽도 아니었다. 눈동자에는 아무것도 비치지 않았다.

이 주방 전구는 얼마 전에 갈았다. 그런데 지금 아카마쓰의 눈에 비치는 집 조명은 오래된 것처럼 어둡게 보였다. 집에서 웃음이 사라지고, 어두운 그림자가 차지하는 면적이 차츰 넓어져갔다.

"어떻게 될까, 학부모회 모임?"

후미에가 툭 내뱉었다.

"글쎄."

대꾸는 했지만 후미에가 희망을 품을 만한 생각은 떠오르지 않았다. 지금 아카마쓰는 가족 모두와 함께 복잡한 오염 해역에 둥둥 떠 있다. 도난 사건은 단순한 곁가지에 지나지 않고, 여러 가지 불순물을 제거한 뒤에 남는 것은 역시 그 사고다.

단 한 건의 사고가 인생의 흐름을 바꾸었다.

"어떻게 하면 증명할 수 있을까? 다쿠로가 결백하다는 걸."

"정황 증거밖에 없어서."

도난 사건이 있던 날, 가타야마 미카가 최신 발매 게임을 샀다. 그때는 '월급날' 직전이었으며 미카는 용돈이 남아 있지 않았을 텐데. 게다가 마침 마시타라는 학생이 5천 엔을 도둑맞았다고 하는데 그게 단순한 우연일까? 흩어진 사건의 조각에는 현재로서는 아무런 의미도 없다. 거기에 의미를 불어넣기 위해서는 다른 뭔가가 필요하다.

그게 대체 무엇일까?

"학교에 기대하기는 힘들어."

후미에가 체념하듯 말했다. 그건 아카마쓰도 같은 생각이었다. 학교에 맡기면 기껏해야 대충 이야기나 들어보려고 할 것이다. 그러다 여왕벌에게 호통을 들으며 뒤치다꺼리나 하기 십상이다.

"사카모토 선생이 물어본다고 미카가 사실대로 이야기할 리 없 겠지."

"그럼 마시타 씨 아들은?"

아카마쓰는 마시타 씨의 아들 도루의 얼굴을 모른다.

"그 애는 그리 나쁜 아이가 아닐 거야. 어머니들끼리 사이가 좋 고 부탁을 받으면 거절하지 못할 만큼 마음이 약한 면이 있기는 해. 전에 우리 집에 놀러 온 적이 있거든. 그때 새 카드를 가지고 왔었어. 그런데 함께 놀러 왔던 애들 가운데 카드를 달라는 애가 있었어. 그랬더니 거절하지 못하고 주더라고. 나중에 어머니들끼 리 이야기하고 카드를 돌려받기는 했는데, 그때 내게 집에 있으면 서 애를 제대로 봐주지 않으면 어떻게 하냐고 투덜거리더라고. 애 와 달리 어머니 쪽은 기가 세거든."

"여왕벌과 한패니까."

전에 교장실에서 가타야마 요시코와 시치미 뚝 떼고 나란히 앉 아 있던 마시타의 모습이 떠올랐다. 건방지고 염치없었다. 분노를 이기지 못해 상대를 우습게 보고 증거도 없이 어린이를 의심했다. 그런데 반론을 펼칠 증거도 없이 일방적으로 누명을 쓴 이 상황을 어떻게 풀어가야 할까.

"다쿠로?"

그때 후미에의 시선이 움직였다. 언제부터 거기 있었는지, 주방 과 이어진 거실문 뒤에 다쿠로가 서 있었다. 골똘히 생각에 잠긴 표정과 동굴처럼 어두운 눈. 이야기를 듣고 있었구나, 하는 생각이 들었지만 어쩔 도리가 없었다.

"가서 자야지."

후미에의 말에 어두운 복도로 쓱 사라지는 뒷모습은 연못 아래로 가라앉는 물고기 같았다.

"왕따를 당하고 있는 거야, 다쿠로가."

아카마쓰는 숨을 죽였다.

"알아."

"무슨 수를 내야 해."

아카마쓰의 가슴속에서 분노와 초조가 무시무시한 기세로 뒤섞였다. 그러자 씁쓸하고 토하고 싶을 만큼 역겨운 냄새가 올라와 가슴이 답답해졌다.

지금 아카마쓰에게는 아무런 방법도 없다. 아들이 궁지에 몰려 있다는 걸 알면서도 그저 지켜보기만 하는 나. 부모 노릇을 전혀 하지 못하며 그저 현실을 있는 그대로 받아들일 수밖에 없는 나.

아카마쓰는 속에서 마구 물결치는 자기혐오에 그저 휘둘리고 있을 수밖에 없었다.

4

"스기모토가 인사이동이야."

고마키는 심각한 눈빛으로 말했다.

"오늘 아침 연락을 받았어. 아침 일찍 발령이 났고, 오사카 지사로 옮긴대."

"오사카?"

미묘한 인사이동이다. 스기모토 입장에서는 출신 지역으로 돌아간다고 볼 수도 있지 않을까?

하지만 그런 사와다의 추측을 고마키는 단호하게 부정했다.

"이번 인사는 그렇게 단순하게 볼 문제가 아니야. 오사카 지사에도 품질보증 관련 부서가 있기는 해. 그렇지만 너도 알다시피 단순한 중간자 역할뿐이지 연구팀은 없어. 그래서 원래 연구직인 스기모토에겐 이 인사는 출신지인 오사카로 돌아갈 수 있다는 점 말고는 아무런 이점이 없지. 모양새만 그럴듯한 징계 인사야. 그만둘지도 모른다고 하더라."

"징계 인사라고? 스기모토가 내부고발한 증거라도 나왔나?"

사와다가 물었다.

"아니."

고마키는 맥주잔을 움켜쥔 채 눈을 부릅뜨고 결연한 눈빛을 보였다.

"그건 아니야. 그냥 수상하게 여기는 정도지. '의심스러우면 처벌'이라는 가노 스타일이지."

"뭐 그럴지도 모르지만 다른 이유가 있는 거 아닌가?"

사와다가 말했다.

"스기모토가 내부고발을 한 사실이 증명된 뒤 좌천시키면 법적으로 문제가 생기지. 그렇다면 증명되기 전에 날려버리는 편이 낫다. 그러면 문제가 되었을 때 내부고발 때문에 인사이동을 시킨 것은 아니라고 잡아뗄 수 있으니까."

"그렇군. 그럼 어떻게 해야 좋았던 걸까, 스기모토는?"

"익명으로 고발해서 그래."

사와다가 말을 이었다.

"정정당당하게 이름을 밝히는 게 좋았을 텐데. 뭐 그래도 우리 회사 사풍으로 보면 회사에 남아 있기 힘들어질 테지만."

"어느 쪽을 선택해도 지옥이었을 거라는 건가. 직장인의 비애란 끔찍하군. 괜히 정의감에 휘둘려 나서지 말라는 건가?"

"회사라는 조직에서 정치적으로 움직이는 요령을 모르는 놈은 모두 초식동물이야."

"그럼 나는 일단 잡식동물이로군."

고마키는 거칠게 내뱉더니 "그렇지, 육식동물?" 하고 빈정거리며 말했다.

그때 사와다의 마음속에서 일렁이고 있던 감정의 물결이 불쾌하게 흔들리는 느낌이 들었다.

이 호프자동차라는 조직에서 살아가기 위해서는 어설픈 정의감 따위는 거추장스러울 뿐이다. 자신의 이익을 실현하기 위한 튼튼한 전략만 있으면 된다. 정의와 이익은 아무런 관계도 없다. 물론 정의를 따르는 걸 부정하지는 않지만 고집하지도 않는다. 호프 그룹의 구성원으로서 직무에 종사하는 목적은 정의를 실현하기 위해서가 아니라 어디까지나 개인의 이익과 보람을 추구하기 위해서다. 화폐에 앞과 뒤가 있듯이 회사나 비즈니스에도 앞과 뒤가 있다. 그 앞에 해당하는 부분만 외곬으로 추구하는 어수룩한 사람에게는 원하는 것을 손에 넣을 기회가 오지 않는다.

그러니 이번에 내가 한 선택은 틀리지 않았다. 사와다는 이렇게 생각했다. 아니, 생각하려고 했다. 계기는 어떻든 나는 꿈을 움켜쥐려 하고 있다. 수단 따위는 어떻든 상관없다. 중요한 것은 목적을 달성하는 일이다.

"야, 야. 내 이야기 듣고 있는 거냐, 사와다?"

생각에 잠겨 있던 그때 고마키가 부르는 소리가 들려 사와다는 퍼뜩 정신이 들었다. 사와다는 신바시에 있는 단골 꼬치구이집 카운터에 앉아 있었고, 맥주잔을 손에 든 채 인상을 쓴 채로 메뉴를 노려보고 있었다.

"어, 아아, 미안. 뭐라고?"

"뭐라고라니!"

고마키가 어처구니없다는 표정을 지었다.

"네 그 고발 문서는 어떻게 되었냐고 물었어. 무슨 움직임이 있나? 가노가 어떤 수를 쓸지 걱정이 돼서. 남의 일이 아니지, 진짜."

"미안해."

사와다는 작은 가시에 가슴을 찔린 기분이 들었다.

"뭐 됐고, 그건. 그래, 상황이 어때?"

"뭐 그냥……."

고마키가 눈을 동그랗게 떴다. 사와다가 이렇게 흐릿하게 대답하는 일은 거의 없기 때문이었다.

"뭐, 아직 움직임은 없어."

사와다의 말투가 흐릿했다. 그럴 수밖에 없는 사정이 있기 때문이다.

"야, 괜찮아? 사와다, 너답지 않게 왜 그래? 설마 겁먹은 건 아닐 테고."

"그런 거 아니야. 이제부터 시작이지."

어색한 자기 말투가 지긋지긋했다.

"맞아. 게다가 〈주간 조류〉 쪽도 이제 때가 되지 않았나? 소문으로 들었는데 몇 차례 〈주간 조류〉 쪽에서 취재 요청이 들어온 걸 홍보부에서 모두 거절했대. 상황을 다 파악하고 마침내 적진을 노리고 들어온 거지. 특종이 실릴 날도 머지않았을 거야. 그렇게 되면 네 고발 문서에는 신경 쓸 틈도 없는 소동이 일어나겠지."

"그걸 저지할 거라는 이야기도 있어."

문득 중얼거린 말에 고마키는 눈이 휘둥그레졌다.

"정말이야? 어떻게?"

"그건 몰라. 어떤 관계자 쪽에서 나온 정보인데."

사와다를 바라보는 고마키의 눈이 가늘어졌다.

"확실한 소식통이야?"

사와다는 대답 대신 고개를 갸웃했다. 분명히 하마자키는 자신감이 넘쳤다. 하지만 그 자신감의 근거는 마지막까지 보여주지 않았다. 애당초 속마음을 그대로 드러내는 상대는 아니다. 정말로 저지할 수 있다면 다행이다. 하지만 그게 안 되면 호프자동차는 궁지에 몰린다. 사와다가 고발 문서를 쓴 것은 어디까지나 회사 내부 구조 개혁을 촉구하기 위해서다. 호프자동차가 사회적으로 궁지에 몰리는 상황은 생각도 하지 않았다.

"그 잡지는 월요일에 나오지? 19일 월요일쯤에 나올 텐데, 이건 조용히 지켜볼 수밖에 없지."

마지못해 고개를 끄덕인 사와다는 죄책감을 느꼈다. 진심으로 자기를 걱정해주는 고마키에게 하마자키가 부서 이동 제안을 했으며 거기에는 교환 조건이 붙는다는 이야기를 도저히 꺼낼 수 없었다. 사와다는 고마키를 배신하고 몰래 가노 상무 밑으로 들어가려는 것이다. 내걸었던 대의명분이나 파벌 논리를 자기 이익과 바꾼 것이다. 그런 이야기를 할 수는 없었다. 고마키뿐만이 아니다. 부장대리인 노사카나 후배 기타무라에게도 결코 털어놓을 수 없는 비밀을 품고 있다.

문득 사와다는 에리코와 저녁때 나눈 대화를 떠올렸다.

"나 상품개발부로 옮길 거야. 그 업무를 하고 싶어서."

이렇게 말하자 에리코는 놀란 듯 잠깐 숨을 멈추더니 "그래?" 하고 작은 목소리로 말했다. 에리코가 딴 와인을 함께 마시는 중이었다. 대화가 끊어지고 흐르는 어색한 침묵을 사와다는 "뭐 고객전략과에서 불만 처리나 하고 있어봤자 뾰족한 수가 없어서"라는 변명으로 메웠다.

"일이란 멋으로 하는 것도 아니고, 남들 눈 때문에 마지못해서 하는 것도 아니지."

에리코가 말했다.

"난 지금 하는 DJ 일이 좋아. 앞으로도 계속하고 싶지. 자기도 이렇게 말할 수 있는 일을 하면 좋겠지. 그런 직장 생활을 할 수 있기를 바라. 그러기 위해 자기는 여러 가지 희생을 하고, 어쩌면 누군가를 배신할지도 모르지. 하지만 꿈을 이루려는 사람은 아무도 비난할 수 없어. 그 노력은 진짜니까. 그래서 나도 그러면 됐다고 생각해. 자기가 그렇게 결정했다면. 그렇지만……."

에리코는 잠깐 말을 끊었다. 사와다를 바라보는 눈에는 놀랍게도 눈물이 가득 고여 있었다.

"그렇지만 솔직히 말하면, 난 자기가 더 싸울 사람이라고 생각했어."

새벽까지 잠을 이루지 못한 사와다는 침대에 누워 호프자동차에 입사해 지내온 15년이란 세월을 곰곰이 되새겼다.

정말로 자동차를 좋아하기 때문에 언젠가 내가 개발한 자동차가 세상을 달리게 만들고 싶다는 꿈을 품고 호프자동차에 들어왔다. 순수한 꿈과 희망뿐이었던 20대. 사와다는 사업부에 배치되어 국내외 판매회사를 담당했다. 차를 파는 최전선에 나가 지금 소비자는 어떤 차를 원하는지, 그리고 어떻게 대응하면 차를 더 많이 팔 수 있을지 순수하게 추구한 나날이었다. 지금 돌이켜 보면 자동차회사에 근무하고 있다는 소박한 감동이 사와다를 뿌듯하게 했던 귀중한 시기였다.

서른이 되었을 때 전환기를 맞이했다. 이때 사와다는 조달부에 배치되어 국내 자동차공장의 자재 조달을 맡았다. 처음으로 벽에 부딪혔다. 고객을 대하는 일뿐만 아니라 회사 내부 조정이라는 어려운 과제를 떠맡았기 때문이다. 자동차와 고객만 생각하면 되었던 20대. 거기에 회사 내부를 보는 시각이 더해졌을 뿐인데 왜 이리 복잡해지는지.

전쟁이 끝나기 전에는 전차, 끝난 뒤에는 중후하고 커다란 느낌을 그대로 살린 사륜구동차로 다른 자동차 제조사에는 없는 특징이라는 좋은 평가를 받아온 호프자동차에서 제조 부문은 요지부동의 핵심 부문이었다. '호프에 없으면 남에게도 없다'라고 거리낌 없이 장담할 수 있었던 모회사의 피를, 분사 후 격리되어 어떤 의미에서는 가장 짙게 이어받은 이 부문에 속하는 놈들의 엘리트의식과 관료주의. 걸핏하면 비용보다 자부심을 앞세우는 풍토 때문에 아주 작은 부품 하나까지도 사와다의 뜻대로 움직일 수 없었다.

여기서 계속 일을 하기 위해서는 제조 부문에 군림하는 담당자를 이해시키고, 나아가 그 윗선까지 설득해야 한다. 열면 크기가 다르지만 똑같이 생긴 인형이 계속해서 나오는 마트료시카 같은 조직이다. 길고 경사 급한 계단을 한 칸씩 올라가는 꾸준한 노력과 끈기가 요구되었다. 일에 염증을 느껴 조달부 업무에서 튕겨 나가는 동기들을 곁눈질하며 사와다는 스스로 이렇게 타일렀다. 내가 싸울 상대는 개인이 아니라 조직이다.

철저한 계급 의식과 선민사상. 직원이 3만 5천 명이나 되는 이 집단에 만연한 이런 감각은 땅속을 흐르는 수맥처럼 조직 근간을 흐르는 핏줄이 되었다. 그래서 부정하기보다 극복하고 익숙해져야 한다. 호프자동라는 조직 안에서 지내며 꿈을 이루기 위해서는 이런 환경을 참아내고 넘어서야만 한다.

그렇지만 이 경험은 사와다에게 호프라는 특수한 조직에서 살아가는 데 필요한 정치적 임기응변과 전략이 어떠한 것인지 귀중한 실전 형태로 가르쳐주었다. 그 뒤에 판매부로 이동하게 되었고, 조직 개혁을 거쳐 지금 하는 일에 이르렀다. 사와다는 조달부 시절에 익힌 임기응변과 사전 공작을 무기로 판매부 안에서 '일 잘하는 사람'이라는 확고한 평가를 받아왔다. 동시에 판매부에 온 뒤로는 과장으로 승진해 조달부 시절에는 보이지 않던 조직 내부 상관관계가 시야에 들어왔다.

회사 조직에서는 지위에 따라 사물을 보는 방식이 완전히 다르다. 같은 직장에 다니는 과장과 계장만 해도 다른 세계를 보고 있다. 회사에는 눈에 보이지 않는 지도가 있다. 승진이 가져다주는 것은 다름 아닌 새로운 지도다. 지도에 표시된 새 영역에는 거기서만 나는 특산품이 있다. 사와다는 그런 사실을 깨달았다. 그리고 그 지도에 따르면 사와다의 꿈에는 확실한 장벽이 있었다.

가노 다케시 상무다. 제조 부문과 직접 연결되는 상품개발 부문은 판매부와 전혀 다른 성역에 있었다. 그리고 그곳의 수호신이 다름 아닌 가노 상무였다.

품질보증부의 리콜 은폐를 문제 삼아 애써 가노 제거를 추진했던 사와다의 동기는 사실 이런 배경에 뿌리를 두고 있다. 사와다는 일련의 행동을 통해 그 앞에 자기의 꿈이 있는 것을 확실히 보았다. 그 눈은 순수하게 자동차를 좋아하던 소년 시절과 같았으리라. 조후 길가에서 세탁공장을 하던 아버지가 사준 미니카를 세탁기와 프레스기, 건조기가 빼곡하게 들어찬 공장 바닥에서 굴리던 그 시절. 닛산자동차의 스카이라인, 도요타의 셀리카와 도요타 2000GT. 너무 좋아해 칠이 벗겨질 만큼 가지고 논 미니카들은 지금도 사와다의 마음속에서는 새 차와 마찬가지로 빛나고 있다. 언젠가 내 아이디어로 차를 만들고 싶다. 어린이들이 꿈꾸는 미니카 모델이 될 만한 자동차를.

그 꿈이 지금 눈앞에, 손만 뻗으면 닿을 곳에 있다.

그걸 움켜쥐기만 하면 된다.

하지만…… 왜일까.

지금 마음속에 오가는 것은 떨 듯한 기쁨도 아니고 꿈을 실현할 수 있다는 가슴 설렘도 아니다. 사포처럼 꺼끌꺼끌한 감촉뿐이다. 순수하지도 않고 투명하지도 않은, 산뜻하지 못한 느낌.

에리코의 말은 그런 사와다의 마음을 더 어지럽게 만들어, 차분하지만 무질서한 혼란으로 이끌었다.

"야, 사와다. 사와다."

다시 고마키의 목소리가 사와다를 상념에서 끌어냈다.

"너 컨디션이 좋지 않은 거 아니야?"

"미안."

사와다가 사과했다.

"요즘 감기가 유행이니까. 너 일찍 들어가서 자는 게 낫겠다."

"그래. 이 잔만 마시고 나가자."

그러더니 사와다는 맥주잔을 여느 때와 다른 속도로 빠르게 마셨다. 알코올에 약한 체질이라 바로 의식이 몽롱해지고 눈꺼풀 안쪽이 뜨거워졌다. 그런 모습을 고마키는 뭔가 하고 싶은 말이 있는 듯한 표정으로 바라보더니 후우, 하고 한숨을 내쉬고 맥주잔을 들었다.

사와다가 인사부 하마자키를 찾아간 때는 이튿날 아침이었다.

인사부가 있는 층으로 온 사와다를 재빨리 발견한 하마자키는 애써 웃음을 지으며 쪼르르 다가왔다.

"여어, 기다렸어. 사와다! 저쪽에 가서 이야기하자."

그러면서 인사부 안에 있는 작은 회의실로 사와다를 데리고 들어갔다.

"당연히 바람직한 이야기겠지?"

테이블을 사이에 두고 앉은 하마자키는 기대에 찬 표정으로 사와다에게 말했다. 뭐가 그리 기쁜지, 뭐가 그리 재미있는지, 그 정신 구조는 보면서도 이해하기 힘들었다.

사와다가 말했다.

"여러모로 검토해보았습니다. 지난번에 말씀하신 제안을 받아들이기로 했습니다."

어떤 반응을 보일지 궁금했던 하마자키는 그 순간 오른손을 쑥 내밀며 악수를 청했다.

"축하해."

고개를 들려던 사와다의 망설임은 하마자키의 그 말에 싹 지워지고, 마치 국교를 맺는 국가 원수들처럼 과장된 악수로 얼버무려졌다.

'고마워'가 아니라 '축하해'인가?

정말로 축하하고 싶은 것인가?

"자네 뜻을 확인했으니 일은 빨리 처리하는 게 낫겠지. 서두르면 다음 인사이동 때 처리할 수 있을 거야."

사와다는 들고 있던 수첩의 달력을 보았다.

"후임은 그때 동시에 발령을 냅니까?"

"물론. 연말이라 바쁘지만 서두르는 편이 낫겠지. 그렇게 하면 새해부터 자네는 산뜻한 기분으로 새 부서의 일원이 되는 거야."

"직위는 어떻게 됩니까?"

이때만은 하마자키의 표정이 흐려졌다.

"미안하지만 자네 연차로 승진은 힘들어. 과장 직위로 수평 이동하게 돼. 다만 어느 과가 될지는 상품개발부장과 상담해야 하니 지금 확실하게 이야기할 수 없어. 가능하면 자네 뜻대로 이루어지도록 할 작정이야."

어느 과건 사와다는 신경 쓰지 않았다.

그제야 웃음을 지은 사와다의 표정을 만족스러운 듯 바라보던 하마자키는 "인사 발령이 날 때까지 비밀 유지 부탁하네" 하고 못을 박는 것도 잊지 않았다.

사와다가 고발 문서를 만들며 노린 시나리오도, 가노 축출 작전도 여기서 마무리다. 사와다는 새로운 인생을 걷기 위한 절차를 마쳤고, 꿈을 빨리 실현할 기회를 잡았다.

그리고 같은 날, 부품 반환과 손해배상을 요구한 아카마쓰운송의 소장이 도쿄지방법원에 제출되었다.

5

오후에 고소장이 잘 접수되었다는 고모로 변호사의 연락이 아카마쓰의 휴대전화로 들어왔다.

"감사합니다, 선생님. 앞으로도 잘 부탁드리겠습니다."

드디어 재판이 시작된다. 그 긴장감으로 마음의 고삐를 당긴 아카마쓰가 고모로와 사무적인 이야기를 나누고 통화를 마치자마자 바로 오야마니시초등학교의 사카모토 선생으로부터 전화가 왔다.

"사실은 다쿠로가 심하게 싸워서 알려드리려고."

야마모토전기점에서 가타야마 미카와 이야기를 나눈 이튿날 저녁이었다.

외출에서 돌아와 한숨 돌리던 아카마쓰는 깜짝 놀라 되물었다.

"우리 다쿠로가?"

평소 얌전한 다쿠로는 싸운 적이 없었다.

"지금 교무실에서 자세한 이야기를 듣고 있는데, 싸운 이유를 말하지 않네요."

"죄송합니다, 선생님. 다쿠로는 어떻습니까?"

"아무리 물어봐도 입을 다물고 있어요. 사실 싸움 상대가 마시타라는 학생인데, 뭔가 사정이 있는 것 같습니다."

마시타? 후미에와 나누던 이야기를 다쿠로가 들은 것이 기억났다. 설마.

"될 수 있으면 잠깐 와서 물어봐주시겠습니까? 다쿠로도 아버지 앞에서라면 이야기하겠다고 합니다."

"알았습니다. 바로 가겠습니다."

아카마쓰는 사무실을 나와 학교로 달려갔다. 뛰면서 후미에에게 전화해 사정을 이야기했다. 깜짝 놀라 화를 내는 후미에를 달래며 학교로 뛰어 들어갔다. 사카모토 선생과 함께 교장실로 가니 다쿠로와 싸움 상대인 마시타 씨 아들이 있었다.

선생님에게 호되게 야단맞고 울어 잔뜩 부은 눈으로 아카마쓰를 맞이할 다쿠로의 모습을 멋대로 상상했다. 그런데 지금 아카마쓰 앞에 있는 다쿠로는 화가 잔뜩 나 창백한 얼굴로 부들부들 떨고 있었다. 아카마쓰는 쳐다보지도 않고 무서운 표정으로 마시타만 노려보았다. 아카마쓰는 이렇게 화가 난 다쿠로를 본 적이 없었다. 짙은 남색 플리스가 지저분해진 걸 보니 어떤 싸움이었는지 알 수 있었다. 그리고 아카마쓰가 상상한 것과 달리 울어서 퉁퉁 부은 얼굴로 고개를 숙이고 있는 쪽은 소파 맞은편에 앉아 있는 마시타였다. 얼굴은 눈물과 흙먼지로 얼룩덜룩하고, 흰 스웨터는 제일 윗단추가 뜯어져 나갔다.

"아, 아카마쓰 씨."

두 아이에게 어떻게 된 일인지 묻고 있었던 모양인 구라타 교장이 일어서서 난처한 표정을 지으며 아이들을 바라보았다.

"사카모토 선생님이 연락드린 것 같은데, 이 두 학생이 싸워서요. 방과 후였는데 운동장에서 맞붙었습니다. 보고 있던 아이들 이야기로는 다쿠로가 갑자기 먼저 때렸다고 하네요."

"죄송합니다."

고개를 깊이 숙이면서도 아카마쓰는 도무지 믿을 수 없어 다쿠로를 내려다보았다. 그 옆에 앉으며 "왜 그랬니, 다쿠로?" 하고 물었다.

대답이 없었다. 하지만 마시타를 노려보는 표정은 이글이글 타올랐다.

그때 구라타가 끼어들었다.

"도루, 어쩌다 싸웠는지 너도 잠자코 있지 말고 말을 해."

내내 훌쩍거리고 있던 도루가 소리 내어 울기 시작했다.

"말해, 도루!"

다쿠로의 말에 아카마쓰는 눈이 휘둥그레졌다. 교장실 문이 벌컥 열리며 "도루!" 하고 신경질적인 목소리가 들려온 것도 바로 그때였다.

청바지에 다운재킷을 걸친 마시타 도루의 어머니가 아들에게 달려갔다.

"괜찮아? 다치지 않았어?"

그런 소리를 한바탕 늘어놓은 뒤, 이글이글 타오르는 눈으로 아카마쓰와 다쿠로를 노려보았다.

"이게 무슨 일이에요! 들었어요! 댁의 아들이 일방적으로 때렸다고."

아카마쓰는 대답할 말이 궁했다.

"정말로 이게 뭡니까? 돈을 훔쳐, 싸움을 해. 우리 애한테 무슨 원한이라도 있는 건가요!"

"훔치지 않았어요!"

도루 어머니의 목소리에 못지않을 만큼 큰 목소리로 다쿠로가 외쳤다. 도루를 노려보던 분노의 표정으로 그 여자를 바라보며 다시 도루를 잡으려고 했다.

"그만해, 이 녀석아."

얼른 제지한 아카마쓰는 영문을 알 수 없었다. 얌전하고 속 썩이는 일이 없는 아들이라고 생각했었다. 그런 아들이 전혀 생각지도 못한 모습을 보이며 상대방에게 덤벼들려 하고 있다.

아카마쓰는 아들의 어깨를 두 손으로 잡고 자기 쪽으로 돌려세웠다.

"다쿠로! 제대로 설명을 해. 그런 식으로는 해결되지 않아!"

"아빠도 해결하지 못하잖아!"

날카로운 한마디에 아카마쓰는 숨이 막혔다.

"내가 도둑놈 취급을 당해 다른 애들에게 왕따를 당하는데 아빠는 도와주지 못했잖아."

"무슨 소리야? 선생님도 널 믿고 범인을 찾으려고 하셨잖아?"

"찾지 않았어!"

다쿠로가 우겼다.

"미카네 어머니와 도루 어머니가 무서워서 찾는 척만 했을 뿐이잖아!"

"다쿠로!"

아카마쓰는 아들의 몸을 흔들었다.

"싸우는 게 네 해결책이야? 아니잖아, 그건."

"맞아도 싸, 이 자식은!"

눈 깜빡할 사이였다. 소파를 박차고 나간 다쿠로는 도루에게 돌진해 멱살을 잡고 소리쳤다.

"말해, 도루! 사실대로 말하라고!"

도루를 마구 흔들어대는 아들을 교장과 함께 달라붙어 떼어냈다. 도루가 엉엉 울기 시작했다.

"이게 무슨 짓이에요!"

신경질적으로 소리친 도루의 어머니를 다쿠로는 거들떠보지도 않았다.

"네가 말하지 않으면 내가 할 거야. 그래도 돼, 도루?"

다쿠로가 소리쳤다. 그 말에 도루 어머니가 어쩐 일인지 하며 눈으로 구라타 교장과 사카모토 선생 쪽을 살폈다.

"다쿠로가 무슨 말을 한다는 건가요?"

교장이 태평스럽게 묻자 아카마쓰가 대꾸했다.

"그야 뻔하지 않습니까? 도난 사건이죠! 그렇지, 다쿠로?"

화가 잔뜩 난 표정으로 대답을 대신한 다쿠로는 울기만 하는 같은 반 친구 때문에 더는 참을 수가 없었던 모양이다. 다쿠로가 다그쳤다.

"5천 엔을 어떻게 했어! 미카에게 빌려줬잖아! 그랬잖아, 도루!"

도루 어머니가 지른 짧은 비명에 그야말로 교장실에 놓인 꽃병에 금이 가는 줄 알았다.

"무슨 말도 안 되는 소리야, 너!"

그건 자기 자식이 아니라 다쿠로에게 던진 말이었다.

다쿠로는 꿈쩍도 하지 않았다. 대신 무서운 표정으로 노려보았다. 도루 어머니는 기가 죽은 듯했다.

"어머머, 무슨 이런 애가 다 있어! 정말이지 집에서 어떻게 가르치는 거야! 그 아버지에 그 아들이네."

"말해, 도루!"

도루 어머니는 아랑곳하지 않고 다쿠로가 캐물었다.

"……미안해."

더 큰 소리로 울던 마시타의 입에서 사과하는 말이 나온 것은 그때였다. 오만한 여자의 눈이 더는 커질 수 없을 만큼 휘둥그레지고 뻣뻣했던 몸이 산산조각 난 것처럼 보였다.

"미안……해."

훌쩍거리며 기어들던 도루의 목소리는 도중에 "으앙" 하는 울음소리에 지워지고 말았다.

"무슨 소리죠, 아카마쓰 씨? 설명해주실 수 없어요?"

아카마쓰는 뺨을 잔뜩 부풀리고, 벽화라도 된 듯이 꼼짝 않는 도루 어머니와 울고 있는 소년을 바라보았다.

"들은 그대로입니다. 도루는 돈을 빌려준 거예요."

"빌려줘요? 그런데 왜 도둑맞았다고 했지?"

구라타 교장은 아직도 상황 파악을 못 하고 있었다.

"그건 제가 설명할 일이 아닙니다. 교장 선생님이 도루에게 직접 물어보시면 되죠. 왜요, 학부모가 무섭습니까?"

모두의 시선이 모이자 도루가 또다시 울음을 터뜨렸다. 정말 마음 약한 아이다. 그래서 가타야마의 딸 미카에게 이용당하고 휘둘린다.

"도루. 정말이니, 지금 저 이야기?"

도루는 울면서 고개를 살짝 끄덕여 인정했다.

"왜 그랬어?"

"가타야마 미카가 도둑맞았다고 하자고…… 그렇게 하자고 해서…….'"

도루가 울면서 교무실에서 설명한 내용은 역시 아카마쓰의 가설과 거의 맞아떨어졌다. 게임을 갖고 싶었던 가타야마 미카는 마시타 도루에게 5천 엔을 꾸고, 남은 용돈과 합쳐 새로 나온 게임을 샀다. 빌린 돈을 돌려준, 정확하게 말하면 다쿠로의 책가방에 몰래 넣은 것은 '월급날' 이후다. 그 사이 돈은 도둑맞은 것으로 하면 두 사람은 야단맞을 일이 없다.

아카마쓰는 한 가지 이해되지 않는 점이 있었다.

"왜 다쿠로를 범인으로 만들려고 했니? 왜 그랬던 거야?"

"그건…….'"

도루는 입을 다물었다.

"똑바로 이야기해!"

화가 머리끝까지 치민 어머니의 호통에 도루는 다시 울음을 터뜨릴 것만 같은 표정을 지었다.

"미카야. 다쿠로를 해치우자고 했어."

해치워? 그 말은 잔혹한 울림과 함께 아카마쓰의 가슴을 찔렀다. 다쿠로는 가만히 도루를 노려보고 있었다.

"왜, 이유가 뭐지?"

아카마쓰가 물었다. 자연스럽게 물을 작정이었는데 목소리는 화가 나 조금 떨렸다.

"미카 어머니가 다쿠로 아버지를 해치우자고 말했대요."

아카마쓰는 옆에 있던 다쿠로를 팔로 감쌌다. 하지만 그 팔을 뿌리친 다쿠로는 불같은 목소리로 아픈 곳을 찔렀다.

"말하다니, 누구한테!"

"우리…… 엄마."

도루의 어머니는 그 자리에 얼어붙었다. 분노와 수치심으로 얼굴을 새빨갛게 붉히고 "무슨 소리야!"라고 말하며 아들의 뺨을 후려쳤다. 다시 울음을 터뜨린 도루 곁에서 어깨를 들썩거리며 숨을 몰아쉬는 도루의 어머니는 그 자리를 어떻게든 얼버무리고 넘어가려 했다.

"거, 거짓말이에요! 애, 도루. 너 무슨 소리를 하는 거야! 그런 소리 하지 마!"

애써 차분한 말투로 아카마쓰가 말을 이었다.

"마시타 씨. 제게 하고 싶은 말이 있으면 이번 학부모회 모임 때 다 이야기하세요. 다만 이번 도난 사건, 이젠 도난 사건이 아니라는 게 분명해졌지만, 이 문제에 대해 보고를 겸한 모임입니다. 마시타 씨와 가타야마 씨의 의견을 꼭 듣고 싶군요."

겁에 질린 눈을 한 마시타 씨는 완전히 할 말을 잃었다.

"미안, 아빠."

다쿠로와 함께 학교를 나왔다.

"미안해할 필요 없어. 아빠가 오히려 네게 고맙다고 하고 싶은 걸."

아카마쓰가 말했다. 다쿠로가 이상하다는 표정으로 아카마쓰를 쳐다보았다.

"용기를 얻었어. 아빠가 손도 못 쓰고 있을 때 넌 직접 부딪혀서 스스로 문제를 해결했잖아. 솔직히 아빠는 네게 그런 용기가 있을 줄은 몰랐어. 그때 깨달은 거지. 아빠는 오늘 네가 보여준 것 같은 용기를 잊었는지도 모른다고. 그걸 깨달았어."

"아빤 용기 있어."

다쿠로가 고마운 말을 해주었다.

"난 아빠 흉내를 냈을 뿐인걸."

"고맙구나."

큰아들의 머리를 쓰다듬었을 때는 저녁 풍경이 차오르는 눈물에 젖어 들었다.

6

하늘이 코발트블루색이었다. 지난밤 늦게 내린 비가 공기 중의 먼지를 씻어내 지금은 살을 에는 듯한 찬바람이 촉촉하게 젖은 거리를 조용히 쓸고 지나갔다.

어제 오후에 있었던 일은 그 뒤 순식간에 어머니들 사이에 퍼졌다. 물론 그 이야기를 제일 먼저 퍼뜨린 사람은 아내인 후미에였다. 한 명에게 이야기하자 그 사람이 다른 누군가에게 전하고, 그 사람이 또 누군가에게 전했다. 한 사람에게 전달될 때마다 "이야기 들었어"라는 전화가 걸려와 결국 후미에는 집안일도 미뤄두고 저녁 8시 조금 뒤부터 무려 12시 지나서까지 수화기를 들고 있는 신세가 되었다. 그렇지만…….

"정말 무례하네."

그 이튿날 아침, 그러니까 오늘 아침에 후미에는 무척 못마땅한 표정이었다.

"장본인인 여왕벌은 사과 한마디 없네. 학교에서 연락은 갔을 텐데. 그렇다면 제일 먼저 우리한테 전화를 걸어야 하는 거 아닌가?"

"전화했더라도 연결되지 않았을지 모르지. 어젯밤엔 내내 통화 중이었잖아."

"뭐 그렇기는 하지만."

후미에는 불만인 듯했지만, 학부모회 모임을 잘 치를 수 있을 것 같아 아카마쓰는 마음이 놓였다. 게다가 맞설 용기를 얻었다는 사실이 그 이상으로 기뻤다.

물론 그 어려움을 극복하기가 쉽지 않다는 건 안다.

현재 아카마쓰운송은 고다마통운의 하청을 받아 간신히 연명하고 있다. 한쪽 날개로만 나는 비행기 같은 꼴이다. 이런 상황이 더욱 악화하는 까닭은 도쿄호프은행이 컴플라이언스를 핑계로 지원을 거절했기 때문이다. 이때 하루나은행이라는 구세주가 나타났는데 그것도 잠깐. 소송 때문에 결재가 미뤄진 상태다. 사람으로 치면 집중치료실에서 간신히 연명 장치에 의지하는 상황이다.

뭔가 하나라도 빠지면 바로 심폐 정지 상태에 빠질 것이다. 그래도 아카마쓰는 호프자동차가 불손하게 제안한 보상금을 거절하고 법에 호소하는 것 말고는 선택할 길이 없었다. 사면초가, 사방팔방 숨통을 조여오는 어둠 속에서 한 줄기 빛이 있다면 그건 〈주간 조류〉에 실릴 기사뿐이었다.

아니, 이건 빛이 아니라 결정적인 카드다.

그 특종이 터지면 호프자동차의 사와다는 어떤 태도로 나올까. 아카마쓰와 아카마쓰운송을 범인 취급하던 형사들은 어떤 반응을 보일까. 그걸 보고 싶었다.

가족을 위해, 직원들을 위해, 아카마쓰가 잃은 신용을 그 기사가 되찾아줄 수 있지 않을까? 내게 씌워진 의혹만 걷히면 이 상황을 어떻게든 뚫고 나갈 수 있을 것이다.

"사장님, 조금 전 도쿄호프은행 고모다 씨가 10시에 찾아오겠다고 전화했습니다."

출근하자 미야시로 전무는 기름이 뜬 콧등을 검지로 문지르며 조금 불안한 표정으로 아카마쓰를 바라보았다.

아직 오전 9시 전이다. 이렇게 이른 시간에 은행에서 전화가 걸려오는 일은 드물다.

"8시 반쯤 걸려왔죠. 그것도 아주 급한 목소리였습니다."

"용건은?"

"지점장이 방문하고 싶다고 했습니다."

"이제 와서요?"

아카마쓰는 어이가 없었지만, 미야시로는 표정이 여전히 흐렸다.

"무슨 용건이냐고 물었는데, 이야기하지 않은 게 마음에 걸립니다. 지점장이 직접 이야기할 거라고 딱 자르더라고요."

불길한 조짐을 전하는 점술가 같은 말투로 이야기한 미야시로를 보며 아카마쓰는 쓴웃음을 지었다.

"인제 와서 도쿄호프은행에 지원해달라고 할 일은 없어요. 무슨 용건인지 모르지만 걱정할 일 없을 거예요."

"그렇다면 다행이겠지만. 아무래도 은행이란 데가."

선대 사장 시절부터 온갖 꼴을 다 보았던 일이 떠오르는지, 미야시로는 얼굴을 찌푸리고 자기 자리로 돌아갔다.

다사카 지점장이 탄 차가 아카마쓰운송 안으로 들어온 때는 약속대로 오전 10시였다. 은빛 세단은 사무실 입구에서 다사카와 고모다를 내려놓은 뒤 주차 공간으로 사라졌다.

"바쁘실 텐데 죄송합니다, 사장님."

응접실로 안내하자 다사카는 이렇게 말하며 고개를 숙였다. 고모다는 왠지 긴장한 얼굴로 옆에 붙어 있었다.

"아뇨, 아닙니다. 융자만 해주신다면 언제든 환영이죠."

아카마쓰가 농담 섞인 말을 던졌는데 다사카의 표정이 오히려 더 굳어졌다.

하루나은행에 새로 융자를 신청한 일은 고모다에게 이야기했다. 어쩌면 그 이야기를 듣고 다사카가 융자를 다시 생각하겠다는 이야기를 하러 온 게 아닐까? 아카마쓰는 그런 생각도 했지만, 그 기대는 완전히 빗나갔다.

"사장님, 사실 오늘은 그 반대 말씀을 드리러 왔습니다."

아카마쓰는 찻잔을 입으로 가져가던 손길을 멈추고 상대를 바라보았다.

"반대라니요?"

"우리 은행에 남은 융자 잔액을 갚으시기 바랍니다."

말이 나오지 않았다.

손에 든 찻잔을 천천히 테이블에 내려놓고 다사카를 가만히 바라보았다. 아카마쓰는 머리가 순간 작동을 멈추고 갑자기 새하얀 종이가 되어버린 듯 당황했다.

"아카마쓰운송이 처한 상황 및 실적을 고려하면 채권 보전이 필요한 마땅한 사유가 있다고 판단했습니다. 따라서 우리 은행은 아카마쓰운송에 공여한 기한의 이익을……."

"잠깐만요."

아카마쓰는 급히 말을 막았다.

"미안하지만 무슨 말을 하는 건지 전혀 이해할 수 없군요. 알아들을 수 있게 설명할 수 없습니까?"

"그러니까 말이죠."

다사카는 슬쩍 헛기침하더니 쌀쌀맞은 눈빛으로 바라보았다.

"우리 은행은 아카마쓰운송의 신용 상태를 크게 우려하고 있습니다. 구체적으로 말씀드리자면 곧 심각한 상태에 빠질 가능성이 크다고 봅니다. 은행 규정에 따라 그런 상황이 되면 채권 회수가 가능하죠. 그래서 현재 융자금 잔액을 모두 상환해달라고 말씀드리는 겁니다."

"농담하지 마세요. 무슨 근거로 그런 말씀을 하시는 겁니까?"

아카마쓰가 언성을 높였다.

"근거요?"

다사카가 조용히 말을 이었다.

"지금 근거라고 하셨습니까, 사장님? 그런 사고를 내고, 게다가 큰 거래처도 끊어졌을 텐데요. 그 구멍을 메우지도 못한 채 이번엔 소송입니다. 게다가 경찰 수사도 아직 계속되고 있고, 여전히 체포될 가능성도 남아 있죠. 이게 근거가 아니면 뭡니까? 너무 많을 정도입니다."

아카마쓰는 몸을 앞으로 디밀며 언성을 높였다.

"사고 원인은 정비 불량이 아니라고 했잖아요! 그건 곧 밝혀질 겁니다!"

"그런가요?"

다사카가 딴전을 부렸다.

"특종기사가 나올 겁니다."

다사카와 고모다는 얼굴을 마주 보았다.

"무슨 특종이요?"

"〈주간 조류〉요. 다음 호에 호프자동차 타이어 이탈사고에 관한 기사가 실릴 겁니다. 우리 사고만 나오는 게 아니에요. 호프자동차의 타이어 이탈사고는 다른 곳에서도 일어났는데 호프자동차는 그 사고 대부분을 정비 불량 때문으로 처리하고 있죠."

아카마쓰가 말했다.

"그래봤자 주간지 기사죠."

다사카는 싸늘하게 대꾸했다.

"그 기사의 신빙성 자체가 의심스럽군요. 게다가 호프자동차가 만든 차량의 사고가 더 있다고 해서 지금 아카마쓰운송이 놓인 상황이 개선될 이유가 되지는 않을 텐데요."

"그게 아니죠."

아카마쓰는 발끈해서 맞받아쳤다.

"기사가 나가면 사회적으로 관심이 높아질 겁니다. 그러면 지금까지 사고를 고객의 책임으로 미뤄온 호프자동차의 대응 방식은 틀림없이 문제가 되겠죠. 경찰 수사 방침에도 영향을 끼칠 테고요. 아마 소송도 상황이 좀 달라질 겁니다."

"이른바 희망적인 관측이란 겁니까?"

다사카는 피식 웃었다.

"정말로 그렇게 되면 다행이겠지만요, 사장님. 그렇지만 그럴 확률이 얼마나 될까요? 〈주간 조류〉의 구독자가 몇 명인지 몰라도 그 기사가 정말 사장님이 기대하는 만큼의 영향력이 있을까요? 저는 그렇게 생각하지 않습니다. 대개 그런 잡지는 명예훼손이다 뭐다 해서 툭하면 소송이 걸리지 않던가요? 그런 잡지에 기사가 나올 테니 괜찮을 거라고 하시면 난처하죠. 우리 은행은 은행의 논리에 따라 움직이니까요."

은행의 논리라고? 대단하군. 아카마쓰는 이글이글 타오르는 눈으로 다사카를 노려보며 속으로 중얼거렸다.

그 말은 결국 은행의 '상식'이라고 바꿔 말해도 괜찮을 텐데, 그것이야말로 '은행의 상식은 세계의 비상식'이라고 야유받고 비판받아온 것이 아닌가?

"이건 그야말로 일방적인 자금 회수 아닙니까, 지점장님?"

아카마쓰가 항의했다.

"융자금은 꼬박꼬박 갚아서 밀린 적이 한 번도 없습니다. 그럭저럭 오랜 세월 거래를 해오기도 했고요. 지금까지 무슨 일이 있을 때마다 은행에 협조했습니다. 그런데 곤경에 빠지자마자 채권을 회수하겠다니, 은혜를 원수로 갚는 거나 마찬가지 아닙니까?"

"그렇게 말씀하시지만 우리 은행이 은혜를 입은 일은 없다고 생각합니다."

다사카가 뻔뻔하게 내뱉었다.

"은혜고 뭐고 없다고?"

마침내 아카마쓰는 버럭 소리를 지르고 말았다.

"그게 불량 채권투성이가 되었을 때 공적 자금을 쏟아부어 겨우 살려놓은 은행이 고객에게 할 말인가요! 우리가 하는 말에는 귀도 기울이지 않고 막무가내로 융자금을 갚으라니, 중소기업이라고 그렇게 우습게 보지 말아요!"

"사장님, 저는 말이죠, 채권 보전을 전문으로 해온 은행원입니다."

다사카가 그렇게 말하고 이마에 주름을 만들며 몸을 앞으로 수그렸다.

"거품경제 시절에 불량 채권투성이가 된 지점만 맡아 불가능할 거라고 하던 융자금 회수 업무로 인정받았어요. 그 경험에서 얻은 교훈은 아주 간단합니다. 의심스러운 회사에는 빌려주지 말라. 위험해 보이면 당장 회수하라."

피가 거꾸로 솟아 아카마쓰의 사고 회로가 기능을 멈췄다.

"지점장님, 우리가 의심스럽다고요? 위험해요? 정말 멋대로 판단하시네요."

"멋대로 판단해서 하는 이야기가 아니죠, 사장님. 아카마쓰운송은 업무상 과실치사상 용의자이며 상황에 따라서는 자금이 꽉 막힐 가능성이 있어요. 그 이유만으로도 충분하죠. 이런 의심스러운 기업에 대출을 해주면 나중에 우리 처지는 정말 힘들어지죠. 그게 아니더라도 컴플라이언스 문제는 피할 길이 없어요. 이건 정식으로 내린 결론이에요."

은행이 한번 내놓은 결론은 절대적이라는 말투였다. 그 태도에도 화가 치밀었다.

"다사카 씨. 당신이 지금 하려는 게 인간으로서 도리에 어긋난다는 생각은 하지 않아요?"

"오해하시는 것 같아 말씀드리겠는데요."

다사카는 천연덕스럽게 늘어놓았다.

"애당초 원인을 만든 건 아카마쓰 씨, 바로 당신 아닌가요? 정비 불량으로 사고를 일으켜 경찰까지 나서게 만든 것도 당신이고, 신문에 나서 중요한 거래처를 잃은 것도 당신입니다. 거기에 어떤 이유를 붙이건 책임 회피로밖에 들리지 않죠. 아무 일 없었다면 우리도 지금까지 해온 그대로 해나가면 되니 편하죠. 지금 은행은 컴플라이언스에 대해 매우 엄격합니다. 게다가 실적이 나빠지기라도 하면 융자 중단, 채권 회수에 나서는 게 당연합니다. 책임은 모조리 이 회사에 있다고밖에 할 수 없어요."

정비 불량이 아니라고 아무리 주장해봐야 다사카는 귀를 기울일 마음이 없는 게 분명했다. 쓸데없는 입씨름만 이어질 뿐.

그걸 깨달은 아카마쓰는 팔짱을 끼고 팔걸이의자에 깊숙하게 기대어 두 은행원을 이글이글 타오르는 눈으로 바라보았다.

"안타깝게도 그쪽 융자를 변제할 만한 돈이 없어요."

"일단 청구서를 발송해드리겠습니다."

여태 아무 말도 없던 고모다가 입을 열었다.

"청구서라고?"

"예. 우리 융자금을 신속하게 변제하라는 취지의 내용이 담긴 편지를 우편으로 보내드릴 테니 잘 부탁드립니다."

"그럴 필요 없어요."

아카마쓰가 대꾸하자, 고모다는 실제보다 더 나이 들어 보이는, 금전등록기 같은 얼굴에 걸친 안경을 검지로 밀어 올렸다.

"사장님께는 필요 없어도 우리 은행은 필요해서요."

"그건 우리보고 망하라는 소립니까!"

"그런 말이 아닙니다. 그냥 융자해드린 돈을 갚아달라고 말씀드릴 뿐이죠."

"그게 그거 아닙니까? 뭐가 다르다는 거요!"

아카마쓰는 이를 갈았다.

"마음에 내키지 않는 상대에겐 억지를 부려 융자를 빼낸다니. 그게 은행이란 곳이 할 짓입니까?"

"거참. 사장님에겐 무슨 말을 해도 이해하지 못하시는 것 같군요."

다사카는 어처구니없다는 표정을 지으며 말했다.

"어쨌든, 우리가 말씀드리고 싶은 건 아카마쓰운송의 실적이 위험 수위에 이르렀으니 빚을 갚아달라는, 그 이야기일 뿐입니다."

"그럼 지금 확실하게 답변하죠. 그건 무리야!"

아카마쓰는 대들듯이 말했다. 하지만 이런 이야기에 익숙한지, 다사카는 태연한 표정이었다. 그리고 냉혹하게 말했다.

"무리건 뭐건 돌려받아야 할 건 돌려받겠습니다. 그러니 그리 알고 계세요. 용건은 여기까지입니다. 바쁘신데 시간을 빼앗아 미안합니다, 사장님."

일방적으로 말하고 다사카는 서둘러 돌아갔다.

"어떻게 되었습니까, 사장님."

문제가 생겼다는 것을 눈치챘는지 미야시로가 얼굴을 디밀었다.

아카마쓰는 팔걸이의자에 몸을 완전히 맡긴 채, 한동안 아무 말도 할 수 없었다. 테이블에는 직원이 내온 그대로인, 전혀 손을 대지 않은 찻잔이 세 개 놓여 있었다. 창밖으로는 맑게 갠 하늘이 보이고, 어울리지 않게 부드러운 햇살이 아카마쓰의 발아래 쏟아져 들어왔다.

"돈을 갚으래요."

"예?"

순간 멍한 표정을 지은 미야시로는 자기가 잘못 들었다고 생각한 모양이다.

"뭐라고 하셨죠?"

"융자받은 금액을 모두 갚으라고 하네요."

"그게 무슨 말입니까?"

사정을 설명한 아카마쓰의 가슴에 다가온 것은 땅바닥이 갈라질 듯한 분노와 아쉬움이었다.

"이제 더는 좋지 않은 일이 일어나지 않을 줄 알았는데. 착각했던 모양이에요."

얼굴이 창백해진 미야시로는 느닷없이 닥친 재앙에 어찌할 바를 몰랐다.

"어떡하죠, 사장님? 지금 은행이 그렇게 나온다면……."

"이건 싸움이에요."

아카마쓰는 자신에게 이야기하듯 내뱉었다.

"적은 대호프 그룹. 그래도 맞붙을 수밖에 없죠."

어처구니가 없어 말이 제대로 나오지 않았다.

"그렇지만 이 말만은 할 수 있어요. 정의는 우리 편이다. 그렇죠, 전무님? 으아, 화가 머리끝까지 치솟네."

일부러 장난스럽게 말했다. 그러자 더 공허한 느낌이 들어 아카마쓰는 우는 것도 아니고 웃는 것도 아닌 표정을 지었다. 애써 지은 웃음은 이내 사라졌다. 이윽고 조금 전까지 두 은행원이 있던 빈자리를 바라보며 아카마쓰는 말없이 그 자리에 우두커니 서 있었다.

7

"골치 아프군요, 그건."

하루나은행 가마타 지점의 신도 과장은 그렇게 말하며 심각한 표정을 지었다.

그날 오후의 일이다. 가마타에 있는 거래처에 들른 김에 하루나은행에도 얼굴을 내민 아카마쓰는 도쿄호프은행의 회수 방침을 신도에게 알렸다.

하루나은행에는 말하지 않으면 모르지 않겠습니까, 하고 미야시로 전무가 말했지만 속이는 것 같아 그러고 싶지 않았다.

아카마쓰에게는 불리할 수밖에 없는 이야기라는 것은 잘 알고 있었다.

"도쿄호프은행이 저희를 외면해버린 셈이니 심사에서 아카마쓰 운송의 인상이 더 나빠지겠군요."

그러면서 어깨를 축 늘어뜨린 아카마쓰에게 신도가 뜻밖의 말을 했다.

"아뇨. 외면한 것이 골치 아프다는 게 아니라 다른 문제입니다."

"다른 문제요?"

"도쿄호프은행은 청구서를 발행할 거라고 하셨죠?"

"예, 그런데요."

"당연한 일이지만, 아카마쓰 사장님은 청구서대로 융자금을 갚을 의사는 없고요."

"아뇨. 돈이 있으면 갚아버리고 싶을 지경이에요. 도쿄호프은행의 태도는 참을 수가 없어서요. 그렇지만 갚고 싶어도 그럴 수 없으니까요."

고개를 끄덕인 신도는 "그때 도쿄호프은행이 어떤 수단으로 나올지 아십니까?" 하고 물었다.

"수단?"

"그래요. 채권 회수 수단 말입니다. 제 생각에 청구서를 보내고 아카마쓰운송의 기한이익이 상실*되었을 때, 도쿄호프은행이 다음으로 취할 수단은 아카마쓰운송의 예금과 융자를 상쇄시키는 것일 겁니다."

아카마쓰는 깜짝 놀라 신도 과장을 바라보았다.

"상쇄? 자기들 멋대로요?"

"청구서를 보내 아카마쓰운송의 기한이익을 상실시킨 이상 회수하기 위해서는 제일 먼저 그렇게 나올 겁니다. 도쿄호프은행에

---

* '기한이익 상실'이란 금융회사가 채무자의 신용 위험(돈을 갚지 못하게 될 위험)이 커질 경우 대출금을 만기 전에 회수하는 것을 말한다. 기한이익 상실 후에는 미납한 원금의 일부나 이자에 대해서 연체이자율이 부과된다.

는 분명히 2천만 엔의 정기예금과 결제 자금이 있죠? 그리고 20일이 되면 거래처에서 들어오는 돈도 있지 않습니까?"

"그렇죠."

"그 돈이 모두 융자받은 금액과 상쇄되면 진짜 큰일입니다, 사장님."

아카마쓰는 할 말을 잃었다.

"과장님, 우린 어떻게 하면 좋죠? 좀 가르쳐주세요."

신도는 난처한 표정을 지었다.

"일단 도쿄호프은행에 입금되는 매출 대금을 다른 데로 옮기는 거죠. 우리 쪽으로 바꾸세요."

신도가 말했다.

"그다음에는 혹시라도 우리 은행 예금에 가압류 통지가 오는 일이 없기를 비는 수밖에 없습니다."

"만약에……, 만약에 그렇게 되었을 때 뭔가 극복할 방법이 없을까요? 지금 검토하고 계신 우리 융자 건이 어떻게든 통과되면 좋겠군요. 이 자금이 없으면 우리는……."

아카마쓰는 입술을 깨물었다.

신도는 진지한 눈빛으로 아카마쓰를 바라보며 이렇게 말했다.

"죄송하지만, 그때는 모든 게 끝이죠."

납덩어리처럼 무거운 침묵이 찾아왔다. 이윽고 그걸 깬 신도는 "지금은 참고 견뎌내야 할 시기입니다, 사장님" 하며 아카마쓰를 격려했다.

"〈주간 조류〉에 특종이 실리면 상황이 바뀌겠죠. 진짜 잘못이 어디에 있는지, 호프자동차의 대응에 문제가 있다는 사실이 밝혀지면 사장님의 혐의도 풀리지 않겠어요?"

"그렇죠."

기사가 얼마나 영향력이 있을지 알 수 없지만, 아카마쓰는 고개를 끄덕였다. 그야말로 지푸라기라도 잡는 심정이었다.

"기다려봅시다, 사장님."

신도가 간절한 목소리로 말했다.

"융자는 그 특종 뒤에 결정이 날까요?"

가슴속에서 치밀어 오르는 불안감 때문에 아카마쓰는 신음하듯 물었다. 특종기사가 나오는 날은 다음 주 월요일인 19일. 이튿날인 20일은 아카마쓰운송의 월급날이다. 월급을 주고 나면 그야말로 월말에 결제할 자금이 고갈된다.

만약 하루나은행에서 융자가 나오지 않으면 아카마쓰운송은 12월 30일 자로 첫 번째 부도를 내게 된다.

그렇게 되면 모든 게 끝장이다.

아카마쓰는 모든 재산을 잃어버리고, 직원도 거리를 헤매게 되리라. 아카마쓰의 위기감은 터지기 직전의 풍선처럼 잔뜩 부풀어 올랐다. 무슨 수를 내야 한다는 생각에 마음은 초조했지만, 융자도 그렇고 기사도 그렇고, 아카마쓰의 손이 닿지 않는 곳에서 아카마쓰의 운명이 결정되려고 한다.

"특종기사가 융자의 조건이라는 이야기는 아닙니다. 약속할 수 없어서 아쉽기는 하지만, 저희가 노력하고 있다는 점은 알아주십시오."

"물론이죠."

그렇게 말한 아카마쓰는 고개를 깊숙이 숙이고 하루나은행 가마타 지점을 나왔다.

8

"네가 상품개발부……?"

테이블 맞은편에서 고마키는 허를 찔린 사람처럼 동작을 멈췄다. 그리고 이해가 안 간다는 표정을 지었다.

말이 끊어지자 가게 안의 소음이 두 사람 사이에 끼어들었다. 테이블에 놓인 요리나 술도 모두 무의미한 오브제가 되어 고독한 회색으로 변했다.

너무 거북해서 가슴이 조여왔다. 사와다는 그 분위기에서 벗어나려고 맥주잔을 입으로 가져갔다. 어색함을 얼버무리려는 무의미한 동작이었다.

이날 밤, 술 한잔하자고 불러낸 쪽은 사와다였다. 리콜 은폐와 관련된 새로운 상황 전개를 기대한 게 틀림없는 고마키에게 상품개발부로 가게 되었다고 이야기하는 것은 괴롭기 짝이 없는 일이었다.

고마키의 반응을 살필 필요도 없이 이번 사와다의 이동은 호프자동차 안에서는 이례적이라고 할 만한 일이었다. 고객전략과의 책임자가 되어 아직 이렇다 할 성과를 올리지 못하고 있는데 부서를 옮긴다는 것 자체가 지금까지의 상식으로는 있을 수 없는 일이기 때문이다.

자네, 인사이동 이야기가 있어. 그렇게 말하며 노사카 부장대리가 보낸 의아해하는 눈초리는 지금도 가슴에 남아 있다. 그리고 유난히 심각한 표정으로 "자네가 거절할 수도 있지"라고 했다.

거절해줘. 그 말이 목구멍까지 올라온 듯한 표정이기도 했다.

그때 노사카에게 물었다.

"하나하타 부장님은 뭐라고 하시나요?"

"부장은 자네 장래가 걸린 일이니 자네 뜻에 따라 결정해야 한다는 의견이야. 지금 자네가 빠져나가면 전력 손실이라 힘들어지지만, 판매부로서는 굳이 만류하지는 않겠다는 거지."

뒷맛이 나빠 사와다는 얼굴을 찌푸렸다.

"받아들일 거야?"

방금 맥주에서 전통주로 바꾼 고마키는 손에 든 작은 잔을 테이블에 내려놓으며 물었다.

"받아들일 거야."

사와다가 대답하자 고마키의 눈동자에 이번 겨울에 한 번도 내린 적이 없는 가랑눈이 보인 듯했다. 싸늘하고 온기 없는 풍경이 거기 비치고 있었다.

"하던 일은 어떻게 하고!"

고마키가 꾸짖듯 말했다.

"내가 부서를 옮겨도 고발한 문서는 남아. 내가 판매부에 있건 상품개발부에 있건 변하는 건 없어. 그 고발 문서는 판매부 이름으로 낸 게 아니야. 내 이름으로 낸 거지."

그건 고마키에게 하는 이야기라기보다 자신에게 한 말이었다.

"그런 건 변명이고."

고마키의 지적은 사와다의 가슴을 날카롭게 찔렀다.

"넌 이제 싫증이 난 거야. 다야 부장은 가노와 친해. 거기는 가노의 측근 가운데 두 번째로 꼽히지. 너 그런 곳에 가서 가노 상무를 몰아낼 수 있겠어?"

상품개발부 부장인 다야는 3년 전 리콜 은폐 사건을 계기로 가노가 발탁해 부장 자리에 앉았다.

"난 회사 안에서 내분을 일으키려고 자동차 만드는 회사에 들어온 게 아니야."

사와다가 짐짓 나쁜 놈처럼 굴었다. 고마키에게만이 아니라 자기 자신에게도. 괴로웠다.

"혹시 이거 가노가 놓은 덫 아니야?"

고마키의 핵심을 찌르는 듯한 말에 사와다는 입을 다물었다.

"잘 들어, 사와다. 상품개발은 네 입을 막기 위한 미끼이고, 포섭하려는 속셈일지도 몰라. 그래도 괜찮아? 너 악마에게 영혼을 팔 작정이냐? 다른 사람이면 몰라도 네가 그쪽으로 넘어가면 어떡해? 가노가 남아 있는 한 우리 회사에는 미래가 없는 거 아니야?"

"그래서 내가 말했잖아. 난 나야. 상품개발부로 옮긴다고 해서 마음도 팔아넘기는 건 아니야."

"나는 그렇게 생각하지 않아."

고마키는 껄끄러운 현실을 사와다에게 들이댔다.

"그 유혹을 받아들이면 넌 지는 거야. 그래도 괜찮겠어? 넌 가노에게 쉽게 넘어갈 그런 물렁물렁한 녀석이 아닐 거야. 안 그래? 아니라고 말해줘, 사와다."

고마키의 애원하는 듯한 눈빛을 보니 술잔을 쥔 사와다의 손가락에 힘이 들어갔다. 사와다는 일단 그 안에 반쯤 남은 맥주를 바라보았다. 그리고 다시 고마키를 보았다.

"상품개발은…… 내 꿈이야."

순간 고마키의 표정이 완전히 얼어붙었다. 멍한 표정으로 한동안 사와다를 빤히 바라보았다.

"그래? 꿈이라고? 그거 대단하군!"

고마키는 그렇게 한마디 내뱉더니 횟술이라도 마시듯 잔에 담긴 술을 단숨에 들이켰다.

"고마키, 내 말 좀 들어봐."

사와다는 꾹 참고 말했다.

"나는 내 손으로 새로운 차를 만들어보고 싶어. 그게 어렸을 때부터 내 꿈이었어. 그 꿈을 이루는 거야. 드디어 하고 싶은 일을 할 수 있게 된 거지. 무슨 이유가 있건, 그 기회를 움켜쥐는 게 그렇게나 나쁜 짓인가?"

고마키가 도전적인 눈빛으로 사와다를 노려보았다.

"내가 한 가지 가르쳐줄게, 사와다."

고마키가 말했다.

"꿈이란 말이야, 그걸 손에 넣은 순간 현실이 되는 거야. 넌 버젓이 상품개발부로 가서 전문 분야 마케팅 솜씨를 발휘할 수 있을지도 몰라. 그렇지만 그렇게 한다고 해도 호프자동차가 놓인 상황은 변함이 없어. 벼랑 끝에 손가락 하나만 걸치고 매달린 위험한 상황이지. 그런 언제 떨어져 산산조각이 날지도 모를 조직에서 꿈이라니, 순서가 잘못된 거 아니야? 네가 움켜쥐려는 건 꿈이 아니야. 그냥 신기루일 뿐이지. 움켜쥐려는 순간 사라지고 말아. 정신을 차렸을 때는 이미 적의 손아귀에 있겠지. 이건 널 끌어들이려는 덫이야. 정신 차려, 사와다."

"그럼 네가 하면 되잖아."

잔뜩 화가 나서 사와다가 말했다.

"우리 회사가 그렇게 위험한 상태라면 네가 고발하면 되잖아? 거느린 식구가 있다고 참견은 하면서 리스크는 지지 않겠다니. 뻔뻔한 거 아니야?"

"맞아, 그렇고말고."

오는 말이 고와야 가는 말이 곱다고, 고마키도 맞받아쳤다.

"나는 그런 대단한 일은 못 해. 그래서 널 존경했던 거라고. 그런데 뭐야. 헛물켜게 하는 것도 정도가 있지 않아? 뭐가 상품개발이야? 이럴 때 혼자 좋은 자리로 가서 좋겠군. 야, 축하한다!"

고마키는 그렇게 말하고 새로 나온 술을 또 단숨에 들이켜고 사와다를 노려보며 젖은 입술을 팔로 닦았다.

9

엉성하군…….

테이블 건너편에 앉은 호프자동차 재무부 미우라 계장을 앞에 두고 이자키는 이 한마디를 꾹 참았다.

임원 회의의 결정까지 얻어 사업계획을 다시 검토해달라고 한 것이 일주일 전이다. 이자키는 미우라의 말을 빌리면 '관계 부서가 계속 밤샘'하며 속성으로 만든 보고서를 보고 있었다.

목구멍까지 올라왔던 첫 번째 인상 다음으로 튀어나올 뻔했던 소리는 '마치 덩치 큰 중소기업 같군요'라는 말이었다.

그만큼 허술한 계획서였다.

숫자 만드는 거야 뭐 쉽지.

미우라가 만족스러운 표정을 지으며 그렇게 생각할 건 뻔한 일이었다.

분명히 그럴지도 모른다.

이런 말이 있다.

재무상의 손익은 해석하기 나름이다.

살짝 보태거나 해석이 조금 바뀌면 그 손익은 커지기도 하고 작아지기도 한다. 흑자가 되기도 하고 적자가 되기도 한다는 뜻이다.

사업계획서에서는 더욱 그러하다. 작성하는 사람의 생각이나 의도에 따라 달라진다.

처음에는 '이래야 한다'라며 흑자 계획을 짠다. 하지만 과연 이렇게 될 수 있겠느냐고 물으면 바로 '약간 흑자'로 변경된 계획서가 나온다. 솔직하게 어떻게 될 것 같냐고 다시 물으면 '적자 폭 축소'가 목표인 계획서로 바뀐다.

지금 호프자동차가 다시 만들어 온 계획서는 그야말로 조령모개 그 자체였다. 모든 걸 결과에 짜 맞춘 것으로만 보였다.

애당초 흑자 전환 시기를 내년으로 잡았던 것을 내후년으로 연기하고, 실현 가능성이 있는지 알 수 없는 구조 개혁안이 '개선 효과'라는 이름을 단 비용 절감액과 함께 대충 적혀 있는 종이 쪼가리였다.

'이건 쓰레기다' 하며 당장 구겨버리고 싶지만 실제로 이자키의 입에서 나온 말은 "일단 검토하겠습니다"였다.

미우라는 안도한 표정을 지었다.

"잘 부탁드립니다, 이자키 씨. 안 그래도 이번 일로 가노 상무가 몹시 화가 나서서."

무슨 가노를 들먹이나. 코웃음을 치고 싶지만 애써 참은 이자키는 이죽거리듯 말했다.

"사업계획서의 결과 예측이 이토록 크게 바뀌다니, 놀랍군요."

"상정할 수 있는 범위 안에서 잡은 겁니다. 상정 범위 안이에요."

미우라가 말했다.

"상정할 수 있는 범위라고요? 이 사업계획서가요?"

"그럼요. 지난번에 제출한 계획서는 예측 범위의 상한선에 가까운 숫자로 작성했지만, 이건 하한선에 가깝죠. 그러니 상정할 수 있는 범위라고 하는 겁니다."

"상정 범위가 엄청 넓군요."

이자키는 콕콕 찔렀다.

"그렇지만 이런 예상 하한선에 가까운 실적으로 만족하시는 건 아니겠죠? 당연히 상한에 가깝거나 혹은 그 상한선을 넘어서려 하고 있다고 생각합니다만. 그렇지만 그러려면 지금까지와는 다른 전략이 필요하죠, 당연히."

"당연하지 않아요?"

미우라는 의심하듯 눈을 가늘게 뜨며 말했다.

"우리 경영 전략으로는 목표를 이루지 못할 거라는 말씀이라도 하려는 겁니까?"

맞다. 이렇게 대꾸하고 싶었지만 이자키는 또 참았다. 나도 참을성이 대단하구나, 하는 생각을 했다.

"그런 건 이 자리에서 판단할 일이 아니죠. 그보다 제가 문제라고 생각하는 부분은 실현 가능성이 어느 정도냐 하는 겁니다."

"신뢰가 없군요."

미우라는 과장되게 어처구니없다는 표정을 지었다. 이 멍청이. 어이가 없는 쪽은 이자키였다. 계획을 잔뜩 하향 조정해놓고 무슨 신뢰를 찾나.

그때 이자키는 갑자기 입을 다물었다.

계획서를 쭉 넘겨 보다가 이 계획서에는 경영을 좌우하는 중대한 요소가 한 가지 빠져 있다는 사실을 발견하고 물었다.

"그 문제에 대해서는 노코멘트입니까? 〈주간 조류〉 기사 말입니다. 회사 내부 조사는 어떻게 되었죠?"

미우라는 얼이 빠졌는지 멍한 표정을 지었다.

"조사는 했죠, 물론. 계획서에 적지 않은 까닭은 특별히 보고할 내용이 없어서죠."

"보고할 내용이 없다고요?"

이자키는 새삼 미우라의 밋밋한 얼굴을 보았다. 왠지 정서가 결여된, 사람의 마음이라는 게 느껴지지 않는 듯한 표정이었다. 지난번 도쿄호프은행에 혼자서 쳐들어왔던 〈주간 조류〉의 기자 에노모토가 보여준 자신감 넘치는 태도를 떠올린 이자키는 "어떤 조사를 하셨죠?" 하고 캐물었다.

"관계 부서에 문의해 사실무근임을 확인했어요!"

미우라가 쌀쌀맞게, 덤벼들 기세로 말했다.

너무 엉성한 대답에 이자키는 천장을 올려다보았다.

"그래서요? 지금까지 호프자동차가 파악한 사고는 몇 건 있었나요? 그 사고 원인은 뭐죠? 그 원인 파악은 누가 어떤 방법으로 했나요? 애당초 객관적이고 올바른 조사를 한 겁니까?"

에노모토는 자기가 조사한 사고 목록을 가지고 있었다. 자기 회사가 만든 트럭이 일으킨 사고에 관심이 없는 직원과 집착이라고 할 만큼 관심을 보이는 기자. 이길 가능성은 없다.

"그런 건 이자키 씨가 참견할 일이 아닐 텐데요."

자존심이 상한 표정으로 미우라가 반격했다.

"참견해야 할 일입니다. 아직도 이해가 안 되세요?"

이자키가 버럭 소리를 질렀다.

"그 〈주간 조류〉라는 잡지에 기사가 실리면 어떻게 반론을 펼칠 겁니까? 사전에 정보를 파악했으면서도 사내 관계 부서에 찔끔찔끔 의견을 들어보고 사실무근이라고요? 그렇게 대충 어설프게 처리해놓고 기사에 신빙성이 없다고 판단할 수 있겠어요? 그 기사를 읽고 호프자동차에 의심의 눈길을 보낼 사람들을 이해시킬 수 있다고 생각하세요?"

이자키가 느끼는 위기감과는 달리 미우라는 비웃는 듯한 웃음을 지었다. 밉살맞게 가늘게 뜬 눈에서는 이자키를 향한 분노의 불길이 뿜어져 나올 것만 같았다.

"그런 기사가 진짜 나올지 아닐지도 모르는데요."

너무 멍청한 반응이라 피가 거꾸로 솟았다. 이자키는 혀를 쯧쯧 찼다.

"미우라 씨! 좀 더 진지해지세요! 애당초 호프자동차 트럭이 일으킨 사고가 원인 아닙니까? 사람이 죽었잖아요!"

그 요코하마에서 일어난 사고 기사를 읽었을 때 받은 충격. 그리고 에노모토가 작성한 목록에 적혀 있던 '사망'이란 글자. 사람 목숨의 무게를 저 미우라라는 인간은 알지 못한다. 아니, 미우라뿐만 아니다. 호프자동차란 회사 자체가 그걸 모른다. 호프에 없으면 남에게도 없다. 남이 아닌 사람이 자기들이 저지른 잘못 때문에 목숨을 잃어도 그런 하찮은 일은 아랑곳하지 않는다며 딴전을 부릴 작정인가?

"사망 사고? 아아, 그 모자 사상 사고?"

미우라는 아무려면 어떠냐는 투로 내뱉었다.

"그건 정비 불량이 원인이에요. 그리고 이자키 씨는 아시나? 그 운송회사에 대해 피해자가 소송을 걸었어요. 책임이 있으니까 그런 상황이 벌어지는 거겠죠."

물론 그 이야기는 이자키도 들었다.

"그것도 당연해요. 정비 불량이 분명한데 우리 책임이라며 사고 부품을 돌려달라고 요구하는 조폭 같은 경영자니까요, 상대방은."

그 '조폭 같은 경영자'는 얼마 전에 호프자동차를 상대로 부품 반환 청구 소송을 걸었다. 신문에는 아주 작은 기사로 실렸지만, 언론은 틀림없이 이 사고를 주목하고 있다.

이자키는 걱정스러웠다.

"온 세상 관심을 끈 사건이에요. 〈주간 조류〉나 운송회사 재판이나, 호프자동차는 제대로 된 반론을 할 수 있나요? 만약 할 수 있다면 주간지는 몰라도 왜 그 운송회사는 받아들이지 않는 거죠?"

"조폭이니까 그렇죠!"

미우라가 단정적으로 말했다.

"힘들어지니까 우리에게 책임을 전가하려는 속셈이 빤히 보이잖아요."

"어떤 회사인지 신용조사는 해보았나요?"

"물론이죠. 세타가야구에 있는 작은 운송회사에요."

미우라는 하찮다는 듯이 말하고 "내친김에 이야기하면 이 은행이 주거래 은행이죠"라고 덧붙였다. 처음 듣는 이야기다.

"지유가오카 지점과 거래한답니다. 어떤 거래를 하는지 모르지만 지독한 회사죠."

미우라와 면담을 마친 이자키는 융자부로 갔다.

거기서 낯익은 이마나카 이쿠오를 발견한 이자키는 옆구리에 낀 호프자동차 대출 관련 정보 파일에 보관해놓은 신문 기사를 보여주었다.

"이 회사, 지유가오카 지점과 거래가 있다고 하던데 누가 담당하지?"

"지유가오카라면 제3그룹이네. 이봐, 다마키."

이마나카가 옆 구역에 앉은 남자 직원을 부르더니 말했다.

"지유가오카, 네 담당이지? 영업본부 이자키 조사역이 잠깐 물어볼 게 있대."

그러더니 다음 일은 네가 맡으라는 듯이 빙글 등을 돌렸다. 중소기업 상대 여신을 다루는 융자부는 은행에서는 공장 같은 부서다. 험악할 만큼 살벌한 융자부 분위기 속에서 이자키는 다마키라는 직원에게 아카마쓰운송 쪽에 뭔가 움직임이 없느냐고 물었다.

"아, 그 사고를 일으킨 곳 말이군요."

다마키는 바로 반응하며 "거기는 이미 글렀어요"라고 했다.

"그게 무슨 소리죠?"

깜짝 놀란 이자키에게 다마키는 지유가오카 지점에서 보낸 자료를 보여주었다. 지유가오카 지점장이 결재한 전자문서였다. 거기서 '회수 방침'이란 제목을 발견한 이자키는 그 문서에 적혀 있는 이틀쯤 전인 날짜를 보고 숨을 삼켰다.

"회수……? 실적이 그렇게 나빠졌나요?"

"적자는 불가피하다고 해야 할까요? 그보다 문제가 된 건 컴플라이언스입니다. 지유가오카 지점의 예측으로는 곧 업무상 과실치사상 혐의로 체포될 거라고 하더군요. 아마 그렇게 되면 도산할 겁니다."

"아직 체포되지 않았잖아요."

"다사카 지점장은 엄격하니까요. 회수는 다른 곳보다 먼저 움직인다는 주의죠. 들은 이야기지만 난바 지점장 시절에 거래처 사장이 체포된 사기 사건이 일어났는데 우리 은행에서 융자한 돈이 미끼로 쓰인 적이 있죠."

그 사건이라면 이자키도 들은 적이 있다. 나쁜 마음을 품은 부동산업자가 은행에서 융자받은 돈을 보여주고 상대방의 신용을 얻어 토지 권리증을 사기 쳐서 빼앗은 사건이다.

"융자 절차에 잘못은 없었기 때문에 그때 다사카 지점장이 징계를 받진 않았어요. 그런데 그 뒤로 신경이 날카로워져 이런 문제에 컴플라이언스를 엄격하게 적용하는 모습을 보여주려는 거 아니겠어요?"

"지점장이 점수를 따기 위해 돈을 갚으라고 압박하면 회사는 견딜 수 없는데."

이자키는 기가 막혔다.

"그 지점장은 그런 양반입니다. 거래처가 울건 말건 내가 알 바 아니라는 타입이죠."

"너무하네……."

다마키는 생각에 잠긴 듯 잠시 뜸을 들이다가 말했다.

"이 아카마쓰운송이 그쪽과 무슨 관계가 있습니까?"

"호프자동차와 트러블이 있어요."

다마키에게 부탁해 아카마쓰운송의 자세한 실적이 기록된 자료를 훑어보았다.

사고 첫 소식을 알리는 메모가 정리된 것은 발생 이튿날이었다. 컴플라이언스 문제를 지적하는 지점장의 의견은 이때부터 이미 따라다녔다. 몇 가지 추가 메모를 통해 이자키는 사고 발생 이후 아카마쓰운송이 놓인 어려운 상황을 알게 되었다.

사회가 퍼부은 비난, 대형 거래처의 거래 중단, 융자 요청, 컴플라이언스를 이유로 내세운 융자 거절.

앞날을 알 수 없는 게 중소기업이라고는 해도, 10월에 사고가 일어난 뒤로 이렇게까지 굴러떨어질 거라고 누가 예상했을까. 이 회사는 지금 사회에서 신용을 잃고 자금 조달에 어려움을 겪고 있다. 게다가 도쿄호프은행의 회수 방침 때문에 빠듯한 상황에 몰렸다. 그런데도 아카마쓰운송은 버텨내고 있었다.

"이 아카마쓰운송이란 회사, 연체가 있어요?"

이자키가 물었다.

"아뇨."

다마키가 말했다.

"다만 이달의 자금 조달은 상당히 어려울 거라는 이야기였습니다. 실은 지난달에도 꽤 위험했을 테지만, 거래처가 지급 유예를 받아들여 겨우 넘겼다고 합니다."

"조금 더 도와줘도 괜찮지 않을까 하는 생각도 드는데, 힘든가? 이 회사는 우리 은행하고만 거래하잖아요?"

다마키도 시무룩한 표정을 지었다.

"저도 그런 생각이 들죠. 하지만 현장 의견을 중시하지 않을 수도 없어요. 실제로 아카마쓰운송이 도산 위기를 맞이한 건 틀림없습니다. 회수 방침 철회를 지시할 만한 이유가 없는 이상 어쩔 수 없겠죠."

아카마쓰운송이 컴플라이언스 위반이라는 지유가오카 지점의 판단은 너무 성급하다. 잘못도 없이 뒤집어쓴 죄, 누명. 아카마쓰운송은 잘못을 저지르지 않았는데도 죄를 뒤집어썼고, 도쿄호프은행은 채권 회수에 나섰다. 그렇지만 지금 이자키에게 이 회사를 도울 방법은 없다. 그저 같은 은행 간판을 내걸고 있다는 점 말고는 아무런 접점도 없는 먼 곳에서 지켜볼 수밖에 없다.

모든 것이 확실해질 때까지 어떻게든 버텨주면 좋을 텐데, 그건 그렇다 하더라도……

뭔가 잘못 돌아가기 시작했다.

자기 자리로 돌아온 이자키는 탁상 달력을 보았다.

날짜를 확인하던 이자키의 눈이 다음 주 월요일, '19'에서 급브레이크를 밟은 듯 멈췄다.

아마 이날 〈주간 조류〉의 특종기사가 세상에 나온다.

과연 그때 어떤 상황이 벌어질까. 호프자동차에 대한 세상 사람들의 의혹이 솟구칠 때 어떻게 대응할 수 있을까.

에노모토가 쓰는 기사는 호프자동차의 사업계획서를 바로 휴지로 만들어버릴 만한 위력이 있을 것이다.

그 상황 전개를 지켜보기 전에는 기안서를 쓸 수 없다. 단 한 줄도.

이자키는 가슴이 답답해져 사업계획서를 끼워놓은 파일을 미결재 서류함에 던져 넣었다.

10

"여러분. 모처럼 쉬는 날인데 모여주셔서 감사합니다."

진눈깨비가 내리는 얄궂은 날씨였다. 조금 딱딱한 표정으로 시작된 담임 사카모토 선생의 말을 들으며, 아카마쓰는 5학년 교실 창문 너머로 어제의 맑은 날씨가 거짓말인 마냥 음울한 비구름에 덮여 있는 하늘을 멍하니 바라보았다.

교실에는 5학년 2반 학생 40명의 학부모가 거의 모두 모였다. 휴일이기 때문인지 아버지의 모습도 반쯤 섞여 있어, 여느 때의 학부모회 모임과는 다른 분위기를 자아냈다. 아카마쓰도 마찬가지지만 덩치 큰 아버지가 어린이용 의자에 앉아 있는 모습은 우스꽝스럽기도 했다. 하지만 도난 사건 경위에 대한 설명을 듣는 학부모들의 표정은 진지했다.

사카모토 선생의 설명에 귀를 기울이는 학부모들 가운데는 이번 문제를 일으킨 가타야마의 모습도 있었다. 안 나오는 게 아닐까 걱정한 아카마쓰의 예상을 뒤집고 출석한 가타야마는 언젠가 교장실에서 보았을 때와 같은 옷차림으로 교실 맨 뒤에 걸터앉아 있었다. 사카모토 선생의 설명을 들으며 이따금 옆에 앉은 마시타와 소곤소곤 이야기를 나누는 모습에서는 자기 딸이 일으킨 사건에 대해 반성하는 기색이 눈곱만큼도 느껴지지 않았다.

그 증거로 모임이 시작되기 전에 아카마쓰와 마주치고도 사과하는 말 한마디 없이 새침하게 고개를 돌렸다.

가타야마와 마시타를 배려할 필요는 없었는지도 모른다.

원래 이날 회의는 가타야마와 그 들러리들이 주장해 잡혔던 것이다. 도난 사건 진상 규명을 제대로 처리하지 못하는 학교의 대응을 비판하고, 나아가 범인으로 지목된 아카마쓰를 처단하려는 의도가 분명해, 회의 소집 요청은 악의 이외의 무엇도 아니었다.

다만 회의 시작 전에 아이들에게 미칠 영향을 생각해 도난 사건의 진상에 관해 너무 자세한 이야기는 하지 않도록 아카마쓰가 교장과 담임에게 각각 부탁해놓은 상태였다. 다쿠로의 말에 따르면 이 자리에서 발표할 필요도 없이 아이들도 가타야마와 마시타가 한 짓을 이미 다 알고 있고, 학부모들도 보고를 들을 필요 없이 사건의 진상을 알고 있다.

가타야마와 마시타, 이 두 학부모를 재판하기 위한 모임이 되어서는 의미가 없고, 사건이 무사히 해결되었다고 알리고 재발 방지를 위해 현금을 가지고 등교하지 않도록 하자고 다짐하는 정도면 괜찮지 않겠느냐는 것이 아카마쓰의 요청이었다.

학부모회 모임에서는 그간의 경과 설명과 앞으로의 대응책에 관해 사카모토가 이야기하고 교장이 의견을 이야기했다.

"아카마쓰 씨, 무슨 의견이 있으면 한 말씀 하시죠."

발언을 요구한 것은 한 시간 조금 지났을 무렵일까. 질문도 없이 생각보다 평온한 가운데 '폐막' 시간이 다가오던 때였다.

아카마쓰는 "그러면 간단하게" 하며 일어서서 모두에게 고개를 숙였다.

"방금 교장 선생님, 사카모토 선생님이 말씀하셨지만, 이번 도난 사건에 관해 개별적으로 누가 했느냐 하는 문제는 이제 말씀드리지 않겠습니다. 대신 학부모회 회장이라기보다 피해자 입장에서……."

그 순간 몇 사람이 고개를 끄덕이는 모습이 눈에 들어왔다.

"한 말씀 드리겠습니다. 이번 일련의 소동으로 여러분에게 폐를 끼치고 많이 걱정하게 해드렸습니다. 솔직히 저도 기분이 무척 좋지 않았습니다. 실수는 누구나 할 수 있고, 내 아이를 믿고 싶은 심정은 이해합니다. 하지만 내가 잘못했다는 사실을 깨달았을 때, 상대에게 폐를 끼쳤을 때는 부모로서가 아니라 사회인으로서 어떻게 행동해야 하느냐가 문제라고 생각합니다."

아카마쓰는 자기를 바라보는 학부모들 끄트머리를 흘끔 보았다. 가타야마와 마시타가 가까이 붙어 앉아 이쪽을 노려보고 있었다.

"상대방에게 제대로 사과하는 게 당연합니다. 여러분도 이 부분은 동의하실 겁니다. 하지만 이번 사건에서는 학교는 물론이고 제게도 한마디 사과가 없었습니다. 사라진 돈이 나오면 그만이라는 게 아니라, 사실은 애당초 돈이 없어진 게 아니고, 제대로 된 사과와 반성이 있어야 비로소 사건이 해결된 거라고 할 수 있지 않겠습니까? 굳이 이 자리에서 사과하라는 건 아닙니다. 하지만 그런 비상식적인 부모 때문에 일어난 사건이라는 인상을 지울 수 없습니다. 그건 여러분도 느끼고 계실 것으로 생각합니다. 앞으로 다시는 이런 일이 일어나지 않기를 바랍니다. 간단하지만 제가 드리고 싶은 말씀은 여기까지입니다."

아카마쓰는 길지 않은 발언 안에 평소와는 다르게 가타야마와 마시타에 대한 비판을 한껏 담았다. 학부모들의 얼굴을 보면 지금 아카마쓰의 말이 큰 공감을 얻었다는 걸 알 수 있었다. 얼굴을 맞대고 말하는 사람은 없지만, 여왕벌의 말과 행동에 눈살을 찌푸리는 사람들은 많다.

교실에는 뭐라 표현하기 힘든 분위기가 가득해, 여기저기서 속삭이는 소리가 났다. 그때 교장이 헛기침하며 자리에서 일어났다.

"아카마쓰 씨, 감사합니다. 그럼 임시 학부모회 모임은 이쯤에서……."

교장의 말이 도중에 끊어져 아카마쓰는 비에 젖은 유리창을 바라보던 시선을 거두었다. 교장은 지금 멍한 표정으로 교실 뒤편을 바라보고 있었다.

그때 손을 드는 사람이 있었다. 가타야마였다.

"아, 예. 가타야마 씨. 뭔가요?"

교장이 지명하자 다들 돌아보는 가운데 가타야마가 일어났다. 늦게나마 사과라도 할 작정인가? 아카마쓰도 계속 지켜보았다.

"아카마쓰 회장의 말이 너무 일방적이라 한마디 해야겠습니다."

가타야마는 그렇게 말하더니 분노로 이글거리는 눈으로 아카마쓰를 바라보았다.

"애당초 이번 사태의 계기가 된 것은 애들이 단순히 돈을 빌려주고 꾼 일에 지나지 않습니다. 그런데 이렇게 뜻하지 않게 도난 사건이 되어버릴 줄은, 애들도 상상을 못 했다더군요. 그럼 왜 이런 일이 벌어졌을까요? 좀 구체적으로 이야기하자면 왜 아카마쓰 씨 아들이 그런 피해자가 되고 말았는가, 회장은 그런 점을 반성하는 게 좋지 않은가 생각합니다."

반성? 가타야마의 입에서 튀어나온 뜻밖의 말에 아카마쓰의 속에서 분노의 불길이 확 일었다.

"애당초 아카마쓰 회장님 입에서 비상식이라는 말이 나올 줄은 몰랐네요. 여러분도 아시다시피 지난번 교통사고 때 아카마쓰 사장님의 실수로 사람이 죽었다고 합니다. 경찰도 수사 중이라고 하고요. 그리고 피해자는 소송을 걸었습니다. 아카마쓰 회장님, 이런 일들은 당신 자신이 비상식적인 행동을 했기 때문에 일어난 것 아닐까요?"

얄밉게 턱을 내밀고 가타야마가 말했다.

"그렇게 불성실한 대응을 우리 애들은 용서할 수 없다고 합니다. 그런 마음이 이번 사건의 방아쇠를 당기고 말았죠. 이렇게 된 거라고요, 아카마쓰 씨. 내가 댁에게 사과하라는 말을 들을 이유가 없어요. 오히려 제가 사과를 받고 싶을 지경이에요."

사람들의 눈이 이제 아카마쓰에게 쏠렸다. 동정하는 눈빛도 있다. 하지만 어처구니없게도 가타야마의 말에 고개를 끄덕이는 학부모도 보여 아카마쓰는 충격을 받았다.

"오늘은 임시 학부모회 모임이라서 다들 모이셨습니다. 사실 이번 모임은 제가 열자고 해서 열리게 되었습니다. 교장 선생님이나 담임 선생님은 물론이고 아카마쓰 씨도 전혀 움직이려고 하지 않아서 제안한 거죠. 오늘 제가 확실하게 말씀드리고 싶었던 점은 사실 이번 사건의 진상이 어떻다 하는 이야기만은 아닙니다. 방금 말씀드린 바와 같이 불성실한 대응으로 사회적 비판을 받고, 게다가 가택수색까지 받는 분이 정말 우리 학부모회 대표로 적합한지, 여러분의 생각을 듣고 싶었기 때문입니다. 어떻게 생각하십니까, 여러분? 아카마쓰 씨가 지금 이 학교 학부모회 대표로 적합하다고 생각하십니까?"

가타야마는 잠깐 말을 끊고 사람들을 둘러보았다.

"앞으로 3개월 있으면 졸업식 시즌입니다. 졸업생들이 새로운 출발을 맞이할 때 과연 아카마쓰 회장의 내빈 축사를 들어도 좋을 까요? 체포될지도 모를 위태로운 상황에 있는 분이 영광스러운 단상에서 아이들에게 인사말을 한다니, 적어도 제 상식으로는 생각할 수 없는 일입니다."

가타야마는 이렇게 말하더니 다시 아카마쓰를 노려보았다.

"아카마쓰 씨. 이 학부모회 모임에서 당신의 회장직을 문제 삼을 수는 없습니다. 하지만 당신에게 자기 입으로 이야기하는 상식이 있다면 지금 당장 회장직을 사임해야 한다고 생각해요. 아마 여기 계신 분들 가운데 많은 분이 그걸 바랄 거로 생각합니다. 형사 사건 용의자인 사람이 학부모회 회장이라니, 말도 안 되죠. 그야말로 우리 상식을 의심받게 될 겁니다. 제가 드리고 싶은 말씀은 여기까지입니다."

말을 마친 가타야마는 잔뜩 화가 난 표정으로 자리에 앉았다.

교실은 어색한 분위기로 가득 찼다.

아카마쓰는 너무 화가 나 주먹을 부르르 떨었다.

이렇게 터무니없을 수가 있다니. 그런 생각이 들었지만 아카마쓰를 흘끔흘끔 훔쳐보며 고개를 돌리는 부모들도 보여, 가타야마의 행동이 지나치다는 생각을 하면서도 일리가 있는 소리라고 인정하는 눈치였다.

"아카마쓰 씨, 한 말씀 하시겠습니까?"

교장이 조심스럽게 아카마쓰에게 물었다.

"아뇨……."

아카마쓰는 고개를 저었다.

화가 나서 멍하니 앉아 있는 아카마쓰에게 소곤소곤 폐회를 알리는 교장의 목소리가 들려왔다.

"왜 반박하지 않았어?"

후미에는 분해서 참지 못하고 미간을 찡그리며 아카마쓰에게 물었다. 집에 돌아온 아카마쓰에게 "어떻게 되었어?" 하고 기대에 찬 눈빛으로 물은 후미에는 학부모회 모임에서 가타야마와 마시타가 혼쭐이 났다는 이야기를 들을 수 있다고 믿어 의심치 않았던 게 틀림없다.

잔뜩 언짢은 표정을 지은 아카마쓰를 보고 뭔가 이상이 있다는 걸 눈치챈 후미에는 아카마쓰가 더듬더듬 학부모회 모임 이야기를 해주자 입술을 꼭 깨물었다.

아카마쓰가 말했다.

"나도 되받아치고 싶었지. 하지만 그런다고 뭐가 달라지나? 지금은 무슨 말을 해도 소용없어. 근거가 없는 일방적인 변명으로만 들릴 거야."

"그것과 이건 별개의 문제라고 확실하게 말했으면 좋았을 거 아니야!"

후미에가 말했다.

"자기가 불리한 것은 모른 척하고, 대체 뭐야! 다쿠로를 범인 취급하고서 오히려 사과를 받고 싶다고? 말도 안 돼. 앞뒤가 뒤집혔잖아!"

후미에 말이 맞다.

아카마쓰가 충격을 받은 까닭은 가타야마의 발언이 너무 터무니없다는 걸 알면서도 부분적으로 동의하는 학부모들이 적지 않았기 때문이었다.

"내가 학부모회 회장에 적합하지 않다고 생각하는 학부모는 그 두 사람 말고도 더 있어."

후미에는 말없이 테이블만 노려보았다. 오후 10시부터 시작된 학부모회 모임은 결국 11시가 조금 지나서 끝이 났는데, 아카마쓰는 긴 하루가 이미 끝난 것처럼 정신적으로 완전히 지친 상태였다.

"회장 자리에 연연할 생각은 전혀 없어."

아카마쓰가 말했다.

"맡아달라고 해서 어쩔 수 없이 하고 있을 뿐이니까. 다들 그만두기를 바란다면 언제든 그만둘 거야."

"그러면 안 돼."

후미에가 말했다.

"절대로 그만두면 안 돼. 여왕벌이 뭐라고 하건 스스로 결백하다고 생각한다면 그런 생각은 하지 마. 제발 애들 생각도 해줘. 애들은 아빠를 믿고 있어."

아카마쓰는 깊은 한숨을 내쉬었다.

"틀림없이 우리 회사 누명은 벗겨질 거야. 그 여왕벌과 거기 동의한 학부모들 보란 듯이. 모레면 〈주간 조류〉 기사가 나오겠지. 그걸 가타야마 씨에게 보내주자고. 속이 후련할 거야. 그 기사를 읽고 자기가 얼마나 멍청한 인간인지 되돌아보게 해줄 테야."

심하게 화를 내는 후미에를 보며 아카마쓰는 놀랍기도 했지만, 그 심정이 이해되기도 했다.

하루나은행의 융자, 도쿄호프은행의 채권 회수 통보, 그리고 계속되는 호프자동차와의 부품 반환을 둘러싼 실랑이, 소송. 얼핏 보면 다 별개의 일들이지만 이제 단 하나의 문제로 집약되고 있다는 사실에 아카마쓰는 두려움마저 느꼈다.

그렇다.

월요일이면 세상이 바뀐다.

톱니바퀴가 반대 방향으로 돌아 요란한 소리를 내며 철로의 궤도가 바뀔 것이다. 그 순간이 곧 다가온다.

지금은 오로지 그때를 기다릴 뿐.

분개하는 후미에가 쏟아내는 말들을 들으며 아카마쓰는 눈을 꾹 감았다.

11

차가운 비가 내린 이튿날, 더 추운 아침이 왔다.

토요일 아침부터 계속 내린 진눈깨비는 결국 일요일에도 그칠 기미를 보이지 않다가 한밤중에야 겨우 그친 모양이다.

오전 6시 반에 여느 때처럼 잠에서 깬 사와다는 아내가 아직 자고 있는 침대에서 내려와 평소처럼 프라이팬을 불 위에 올려놓고 달걀과 햄을 익히는 동안 빵을 오븐에 넣었다.

조금 큰 접시에 그걸 얹어 차가운 우유와 함께 먹었다.

기분이 찜찜하기는 했다. 하지만 인생에서 진정한 기회는 그리 많지 않다. 그리고 같은 기회는 다시 오지 않는다. 누가 뭐라건, 어떻게 생각하건 나를 위해 그걸 움켜쥐는 건 옳다. 그렇게 생각하며 감정을 추슬렀다.

커피메이커에 물을 넣고 집에서 늘 먹는 에티오피아 시다모를 딱 1인분만 넣은 사와다는 접시와 컵을 간단하게 설거지하고, 현관에서 신문을 들고 왔다. 뜨거운 커피를 마시면서 우선 제목을 훑어보다가 자기와 관계가 있을 만한 기사가 실리지 않았는지 살핀 다음에 관심 있는 기사로 돌아가 읽기 시작한 것도 여느 날과 다를 바 없었다.

그러나 이날 사와다가 제일 먼저 펼친 페이지는 사회면이었다.

그 페이지를 구석구석 살피고, 호프자동차 관련 기사가 없다는 사실을 확인했다. 혹시 몰라 다시 훑어보았다. 관련 기사가 없다. 그다음에는 대충 훑어보며 커피를 마시고 평소보다 5분 일찍 잰걸음으로 아파트를 나섰다.

제일 가까운 역까지 가서, 여느 때는 그냥 지나칠 매점 앞에 멈춰 섰다. 숨을 토해낼 때마다 흰 입김이 나왔고, 귀가 아플 만큼 공기가 차가웠다.

매점 진열대에서 사와다가 집어 든 것은 〈주간 조류〉였다. 동전 지갑에서 300엔을 꺼내 점원 손바닥에 얹어주고, 주간지를 옆구리에 끼운 채 개찰구로 갔다.

붐비는 플랫폼에 선 사와다는 만원 전철을 한 대 그냥 보내고 초조한 심정으로 방금 산 주간지 페이지를 넘기기 시작했다.

같은 무렵, 도쿄호프은행 이자키는 요요기우에하라역 플랫폼에서 이 역에서 출발하는 전철을 기다리고 있었다. 이윽고 플랫폼으로 들어온 은색에 녹색 줄이 쳐진 전철에 올라탄 이자키는 늘 읽는 니혼게이자이신문이 아니라, 조금 전 역 매점에서 산, 새로 나온 주간지 표지를 바라보았다.

표지에 적힌 글자를 몇 초 바라보고, 서둘러 페이지를 넘기기 시작했다. 몇 가지 신경 쓰이는 기사가 있었다. 사립초등학교 입시를 취재한 기사나 이자키가 마음속으로 좋아하는 여성 탤런트의 스캔들을 폭로한 기사. 하지만 이자키에게는 그런 기사를 읽을 여유가 없었다. 움직이기 시작한 전철 안에서 곁눈질도 하지 않고 페이지를 넘기며 읽으려는 기사를 찾기 시작했다.

그리고 몇 분 뒤, 차츰 붐비기 시작한 전철 안에서 이자키는 멍한 표정을 짓고 있었다.

어젯밤 잠자리에 든 뒤에도 툇마루 쪽에서 나는 빗방울 떨어지는 소리를 오래 들으며 잠을 이루지 못했다. 여러 생각이 머릿속에서 오갔다. 사고가 났다는 소식을 처음 받았던 순간과 피해자 유기 씨의 장례식, 영정, 호프자동차와 주고받은 이런저런 이야기들……. 많은 인물과 말의 조각들이 머릿속에 떠올랐다가 사라져 갔다.

잠이 올 리 없었다.

지금 아카마쓰는 인생에서 가장 중요한 갈림길에 서 있다.

아카마쓰만이 아니다. 후미에와 아이들, 아카마쓰운송 직원들, 모든 사람의 인생이 갈림길에 서 있는 것이다.

오늘 아침에 나올 〈주간 조류〉에 과연 어떤 기사가 실릴까? 아무리 머리를 짜내봐야 알 수 없는데도 이런저런 내용을 추측하기 시작했다.

이번 호에서 호프자동차의 리콜 은폐는 특종기사로 맨 앞에 실릴 거라고 했다. 호프자동차에 어떤 의혹을 제기하고 아카마쓰운송은 어떻게 묘사될까. 그 내용에 따라 상황은 크게 바뀔 것이다.

확실한 점은 그 기사가 아카마쓰운송에게 결코 마이너스는 되지 않을 거라는 사실이다. 절대 정비 불량이 아니라고 부정하면서, 이른바 고립무원인 상태에 놓인 아카마쓰운송에게는 강력한 지원군이 되어주리라.

기사가 나온다고 호프자동차가 바로 태도를 바꿀 거로는 생각하지 않는다. 또 컴플라이언스를 들먹여 융자를 거절하는 도쿄호프은행이 그 방침을 철회할 거라고도 생각하지 않는다. 피해자 유족인 유기 씨가 건 소송을 다시 생각할지 어떨지도 불투명하다.

하지만…… 고집스럽게 아카마쓰가 저지른 잘못이라고 믿고 주장하는 그들에게 뭔가 변화의 계기가 될 것은 틀림없다.

아카마쓰는 거의 잠을 이루지 못한 채 긴장된 아침을 맞이했다.

아직 어두운 오전 6시에 일어나 현관에서 신문을 가지고 들어와 펼쳤다. 피로는 전혀 풀리지 않아 납처럼 무거운 덩어리가 배 속 아래 가라앉아 있는 듯한 느낌이었다. 아직 어두컴컴한 바깥 풍경을 레이스 커튼 너머로 바라보면서 아카마쓰는 혼자 커피를 끓여 마셨다.

이렇게 해서 12월 29일 아침, 아카마쓰 일가는 얼핏 보기에는 여느 때와 다름없는 일상 풍경으로 막을 올렸다. 후미에가 애들을 깨워, 오전 7시부터 정신없이 바쁜 한 시간이 지나갔다.

하지만 여느 때와 다름없는 풍경과는 달리, 이날이 특별하다는 사실은 후미에가 이따금 짓는 어딘지 공허하고 불안한 표정과 아카마쓰의 언짢아 보이는 표정에 그대로 드러났다. 아이들은 그런 낌새를 민감하게 눈치채고, 평소보다 빨리 식사하고 준비를 마쳐 학교로 출발했다.

"드디어 오늘이네."

양복으로 갈아입고 넥타이를 매는데 후미에가 말했다.

"왠지 무서워."

후미에는 창백한 얼굴로 자기 양쪽 어깨를 감싸 안았다.

"내 인생이 누군지도 모를 사람 손에 맡겨져 있는 기분이 드네. 우리가 아니라 다른 누군가에게."

아카마쓰는 웃어 보였다.

"그냥 주간지 기사일 뿐이야."

하지만 사실 아카마쓰도 '그냥'이라고는 생각하지 않았다. 애써 가벼운 말투로 대꾸했을 뿐이다.

"그렇긴 하지."

후미에는 맞장구치고 테이블 위에 남은 식기를 치우기 시작했다. 갑자기 긴장감이 밀려와 속이 뒤틀리는 듯해 아카마쓰는 침을 삼켰다.

"궁금하면 당신도 함께 사러 갈래?"

잠깐 생각한 후미에는 "난 그냥 집에 있을게"라며 말을 이었다.

"난 그런 거 잘 못해. 당신도 알잖아? 합격자 발표를 보러 갈 때처럼 잔뜩 긴장하게 돼. 그런데 긴장하면 배가 아파져. 전화해줄래? 기쁜 소식이면 친구들에게 알려주고 싶어서."

"알았어."

집을 나선 아카마쓰는 출근할 때 늘 다니던 길과 반대쪽으로 걷기 시작했다. 어젯밤부터 밀려온 차가운 공기 아래 가라앉은 도쿄의 아침은 한밤중에 내린 눈이 얼어붙어 코팅된 듯이 반짝거렸다.

코트에 머플러를 두르고, 가방을 걸친 쪽 겨드랑이에 니혼게이자이신문을 둘둘 말아 끼운 아카마쓰는 간조8호선으로 가는 자동차들 때문에 벌써 붐비기 시작하는 도로를 곁눈질하며 걸었다. 목적지는 근처 편의점. 거기에 〈주간 조류〉가 있다.

아무렇지도 않은 척하지만, 아카마쓰는 내심 긴장해 다리가 꼬일 것 같았다. 목이 마르고 심장이 마구 뛰었다.

편의점 간판이 눈에 들어왔다.

호흡이 거칠어져 시야가 좁아지는 듯한 중압감이 느껴졌다.

자기 손이 로봇이라도 된 것처럼 어색하게 느껴졌다. 그 손으로 입구 문을 열었다.

잡지 진열대는 들어가 바로 오른쪽에 있었다. 아카마쓰는 마른 침을 꿀꺽 삼키고 그 앞에 섰다.

〈주간 조류〉는 진열대 오른쪽 끄트머리에 세 권 쌓여 있었다. 구겨진 자국이 전혀 없는 깨끗한 표지를 보면 방금 진열한 게 틀림없었다.

한 차례 크게 심호흡. 떨리는 손으로 바로 앞에 있는 한 권을 뺐다.

그 순간 긴장이 절정에 이르렀다. 흐릿한 시야에 특집 제목이 눈에 들어왔다. 하지만…….

아카마쓰가 기대한 '특종'이란 큼직한 글자는 없었다.

호프자동차란 이름도.

없다.

아무 생각도 할 수 없어, 아카마쓰는 그저 떨리는 손으로 페이지를 넘기기 시작했다.

제일 처음에 있는 기사는 국회의원의 독직 사건 폭로 기사였다. 다음은 실적 부진에 빠진 대형 전자기기 업체의 대규모 구조조정 기사.

페이지를 넘길 때마다 불안감은 점점 커져, 아카마쓰의 마음을 무참하게 뒤흔들기 시작했다. 이윽고 움직이던 손이 멈췄을 때, 아카마쓰는 가슴을 들썩이며 어깨로 숨을 쉬고 있었다.

찾던 기사는 어디에도 없었다.

뭔가 착오가 있는 모양이라는 생각이 들었다.

"어째서지?"

아카마쓰의 입술 사이로 마치 다른 사람이 중얼거리는 듯 이런 소리가 흘러나왔다.

셔츠 가슴 주머니에서 휴대전화가 울렸다. 미야시로였다.

"사장님, 지금 역 매점에 있는데, 〈주간 조류〉에 호프자동차 기사가 나오지 않았네요."

"아, 저도 지금 보고 있어요."

아카마쓰가 대답했다.

"어떻게 된 거죠? 오늘 발매되는 호에 실릴 거라고 들었는데."

일단 편의점 밖으로 나온 아카마쓰는 명함 지갑에 끼워두었던 〈주간 조류〉에노모토의 명함을 꺼냈다. 그리고 거기 적힌 휴대전화 번호로 걸었다.

에노모토는 전화를 받지 않았다.

일단 끊었는데, 건 김에 음성 메시지라도 남길 걸 그랬다는 생각이 들어 다시 걸었다. 신호음이 울리다 부재중 음성 메시지 녹음으로 넘어갔다.

"아카마쓰운송의 아카마쓰입니다. 호프자동차 특종기사 건으로 전화를 드렸습니다. 말씀으로는 분명히 오늘……."

그때 굵은 목소리가 끼어들었다.

"미안합니다, 전화를 늦게 받아서."

"아침 일찍 죄송합니다."

자다가 전화를 받았을지도 모를 상대방 목소리를 듣고 아카마쓰는 사과했다.

"사실은 방금 편의점에서 〈주간 조류〉를 보았습니다. 에노모토 씨의 특종기사가 실리지 않았는데 어떻게 된 일인가 싶어서. 분명히 이번 주에 실린다고 하셨잖아요?"

대답이 들리기까지 몇 초 틈이 벌어졌다.

"그 기사는……."

에노모토의 목소리는 방금 잠에서 깼기 때문인지 발음이 또렷하지 않았다.

"게재가 보류되었습니다."

"보류되었다고요?"

아카마쓰는 가슴이 철렁했다. 오늘이 아니면 큰일이다. 온갖 생각이 몰려들어 공황 상태에 빠질 것만 같았다.

"그러면 다음 주인가요?"

아카마쓰가 겨우 물었다. 하지만 에노모토는 완전히 예상하지 못한 대답을 했다.

"아뇨, 안타깝게도 호프자동차 기사는 저희 사정 때문에 게재할 수 없게 되었습니다. 미뤄진 게 아니고 채택되지 않은 겁니다."

"채택되지 않았다……?"

넋이 빠져나가는 느낌이 든 아카마쓰는 이렇게 중얼거리고 말을 이었다.

"왜죠? 그만큼 취재했는데! 왜…… 왜 채택되지 않은 겁니까!"

스스로 생각하기에도 이상할 만큼 이성을 잃은 채 휴대전화에 대고 마구 소리쳤다.

"미안합니다. 더 일찍 알려드려야 했는데. 모처럼 도와주셨는데, 죄송합니다."

"이유가 뭐죠? 어째서죠?"

아카마쓰는 자기가 절망의 늪에 가라앉는 병든 나뭇잎 같았다.

"위의 판단입니다."

에노모토의 말에 살짝 짜증이 섞였다.

"이 이상은 말씀드릴 수 없습니다."

"이럴 수가! 에노모토 씨가 쓴 기사가 나오기를 얼마나 기다렸는데! 그 기사에는 우리 운명이 걸렸어요!"

"저도 안타깝습니다."

북받치는 감정을 꾹 누른 듯한 에노모토는 낮은 목소리로 말했다.

"그렇지만 게재는 보류입니다. 애써 취재에 협조해주셨는데 면목이 없습니다. 지금 제가 드릴 수 있는 말씀은 여기까지입니다. 그럼 이만……."

전화가 끊어졌다.

12

집무실로 들어선 가노는 우선 미결재 서류함에 있던 〈주간 조류〉를 집어 들었다.

오늘 아침 출근하자마자 비서에게 구해오라고 시켰다.

의자에 느긋하게 앉은 가노는 천천히 그 잡지를 펼쳐 한동안 페이지를 뒤적였다.

이윽고 가노의 입에서 나지막한 웃음소리가 새어 나왔다. 바로 그때 울린 전화기에 손을 뻗었다. 비서가 건 내선 전화였다.

"품질보증부 이치노세 부장대리가 오셨습니다."

"들여보내."

가노가 수화기를 내려놓자마자 자그마하면서도 통통한 몸을 흔들며 이치노세가 집무실로 들어왔다. 뛰어왔는지 숨이 차서 헉헉거리며 "상무님……"이라고만 하는 통에 말을 잇기까지 조금 기다려야만 했다.

"그 〈주간 조류〉 때문인데요."

하지만 이치노세는 거기까지 말을 하고 난 뒤 가노의 책상 위에서 그 주간지를 발견한 모양이었다.

"아, 상무님도 보셨습니까? 이번 주에 게재될지도 모른다던 우리 회사 기사가 실리지 않아서요. 상무님이 걱정하고 계실지도 모른다는 생각에……."

"이미 봤네. 수고했어, 자네."

가노는 별일 아니라는 투로 대꾸하며 뭔가 이해되지 않는다는 표정을 짓고 있는 이치노세를 보았다.

"예, 보셨습니까? 이번 주 예정이라는 말을 들었는데 나오지 않았으니 다음 주에 실릴지도 모르겠군요."

"그럴 일 없어."

가노가 내뱉은 한마디에 이치노세는 눈을 살짝 크게 뜨며 놀란 표정을 지었다. 가노가 말을 이었다.

"틀림없이 우리 회사 기사가 이번 호에 실리기로 되어 있었지. 하지만 자네 말대로 실리지 않았어. 그건 다음으로 미뤄졌기 때문이 아니네. 게재되지 않는 이유는 단 하나. 기사 게재 자체가 채택되지 않았기 때문이야."

"채택되지 않았다고요……?"

순간 이치노세는 멍한 표정을 지었다. 얼굴에는 물음표가 붙어 있었다.

"그래. 맞아. 물론 그렇게 되도록 손을 쓴 사람은 나지만 말이야."

"아, 그런데, 상무님. 어떻게 하신 겁니까?"

이치노세가 흥미롭다는 듯이 물었다.

"뭐 있겠나?"

가노의 얼굴에 칙칙한 미소가 번졌다.

"시장 원리지."

"시장 원리요?"

"이 주간지는 어떻게 먹고살까? 세금으로 먹고사나? 설마 이슬을 먹고살 리는 없겠지? 잘난 척하지만, 그놈들도 돈이 없으면 살아남을 수 없어. 그 돈은 잡지 독자만 지급하는 게 아니지."

"그렇다면……?"

"광고지, 광고!"

이해력이 떨어지는 이치노세를 보며 가노는 짜증스럽게 말했다.

"자넨 우리 회사가 1년 동안 쏟아붓는 홍보비가 얼마나 되는지 아나? 그 가운데 〈주간 조류〉와 그 주간지를 내는 출판사인 조류샤가 발행하는 매체에 얼마나 돈을 주는지 알아? 우리만이 아니야. 도쿄호프은행이나 호프중공업까지 합치면 엄청난 금액이지. 지금까지 계속 들어오던 광고료가 들어오지 않게 되면 틀림없이 곤란할 거야. 자네라면 어떻게 하겠나? 같은 회사 다른 잡지에 민폐가 될 기사를 그래도 실을까?"

"그, 그러면?"

그제야 어떻게 된 일인지 이해가 된 듯 이치노세는 침을 꿀꺽 삼켰다.

"그런 압력을 넣으신 겁니까?"

가노는 대꾸하지 않았다. 하지만 대답할 필요도 없이 그 여유 넘치는 표정을 보면 그게 진실임은 의심할 필요가 없다.

"뭐 그렇게 된 거야."

가노는 그러더니 이렇게 이야기를 마무리 지었다.

"지금 자네가 할 일은 내부 단속 말고는 없어. 위험 분자는 뿌리째 뽑아야 해. 알겠나?"

예, 하며 황송한 표정으로 고개를 숙인 이치노세가 물러가자 가노는 책상 위에 놓인 〈주간 조류〉를 집어 들었다. 물끄러미 표지를 바라보다가 내용을 뒤적여보았다. 읽고 싶은 기사가 하나도 없다는 걸 깨닫자 거침없이 책상 한쪽 구석에 있는 서류함에 대충 던져 넣었다.

가죽을 덧댄 그 서류함에는 금박 글자로 이렇게 새겨져 있었다.
기결.

13

"이제 글렀는지도 모르겠어요, 전무님."

대꾸가 없었다.

사장실은 무거운 분위기였다. 선대 사장 때부터 회사를 지켜온 미야시로 전무는 열 살도 더 늙어 보였다.

미야시로의 어두운 표정 속에서 뻥 뚫린 듯한 눈이 멍하니 허공을 바라보고 있었다.

이윽고 미야시로의 목울대가 움직이며 막혔던 것을 털어내듯 "마지막 희망이었는데" 하며 아쉬워했다.

그렇다. 분명히 이게 마지막 희망의 끈이었다.

⟨주간 조류⟩에 실린다던 그 기사가.

그 기사만 나오면. 그것만 나와주면……. 아카마쓰는 입술을 꼭 깨물었다.

노크 소리가 나더니 쪽지를 든 아키에 씨가 얼굴을 디밀었다. 회의 중이이니 전화는 연결하지 말라고 했었다.

아카마쓰는 쪽지를 보았다. 심장이 오그라드는 것만 같았다.

하루나은행에서 온 전화였다.

'급히 전화 연락 바람'

가마타 지점의 신도 과장 이름이 적힌 쪽지를 본 아카마쓰는 이미 같은 내용의 쪽지가 두 장 들어 있는 주머니에 그걸 쑤셔 넣었다.

신도 과장도 오늘 발매된 〈주간 조류〉를 보았을 것이다. 아마 그 기사 관련 연락이리라. 이렇게 되면 하루나은행이 내릴 결론은 융자 보류가 되려나.

아카마쓰는 지푸라기라도 잡는 심정으로 미야시로에게 물었다.

"뭔가 다른 방법으로 연말을 넘길 수 없을까요? 만약 하루나은행에서 융자를 받을 수 없게 된다면 말이에요."

미야시로의 충혈된 눈에는 빛이 희미했다. 시간이 정지된 듯 몇 초 동안 서로 얼굴을 마주 본 뒤, 자금 조달에 정통한 전무는 고개를 조용히 저었다.

"이제 다 끝난 건가요?"

조용히 일어선 아카마쓰는 사장실 창문으로 겨울 햇살이 비치는 아카마쓰운송의 구내를 바라보았다.

사옥은 아버지 아카마쓰 도시로가 지었는데, 이미 30년 이상 세월이 흘러 여기저기 낡은 구석이 눈에 띈다.

사장실은 아버지가 쓰던 방을 그대로 물려받았기 때문에 지금 여기서 보이는 광경은 아버지가 사장으로 일에 몰두하던 동안 바라보던 것과 차이가 없었다.

눈에 익은 광경인데 지금 그로부터 느껴지는 것은 경험한 적이 없는 이질적인 인상이었다.

당연하던 것들이 이 손에서 빠져나가 사라지고 있다.

눈을 감으면 아버지가 아직 개인사업으로 운송업을 하던 시절이 떠올랐다.

삼륜 트럭의 담배 냄새 밴 운전석. 대시보드에 전표부터 모든 걸 차곡차곡 쌓으며 아침부터 저녁까지 일하던 아버지. 아직 초등학교에 들어가기 전이었던 아카마쓰는 툭하면 조수석에 태워달라고 해서 여러 거래처를 함께 돌아다녔다.

1965년 초, 세상은 아직 느긋하게 돌아갔다. 가는 곳마다 배송 담당자들이 아카마쓰 부자를 반갑게 맞아주었다.

"아카마쓰 씨, 오늘도 감시원을 달고 왔네."

그런 소리를 들으면 말없이 웃던 아버지의 얼굴.

아카마쓰운송이란 상호를 달고 작게 시작한 사업은 아버지가 애를 쓴 덕에 서서히 궤도에 올랐다. 이윽고 직원을 채용하고 트럭도 늘어 주식회사가 되었다. 지금 아카마쓰운송이 쓰는 위치에 땅을 사들여 건물을 지은 때는 베트남전쟁이 끝난 1975년이었다.

아카마쓰는 초등학교가 끝나면 회사에 자주 놀러 갔다. 막 지은 아카마쓰운송은 건물만 새것이었다. 바닥은 아직 콘크리트를 깔지 않은 상태여서 땅바닥 그대로였다. 비가 오면 질척거리고 맑은 날이 이어지면 먼지가 날렸다. 거기를 중고로 산 트럭이 들어와 짐을 싣고 다시 나갔다. 직원들은 다들 억셌다. 그리고 어린 아카마쓰를 귀여워했다. 눈을 감자 아직 젊던 미야시로 전무가 담배를 피우며 점심시간에 창고에서 아카마쓰와 캐치볼을 하며 놀아주던 모습이 또렷하게 떠오른다.

아버지는 완고하고 무서운 존재였지만 늘 당당했다. 그래서 전폭적으로 신뢰할 만한 분이었다.

그 시절에 경리 업무를 돕던 어머니는 매일 회사 허드렛일을 하고 3시가 되면 차를 끓여 "수고들 하셨어요. 잠깐 쉬세요" 하며 다과를 들고 돌아다녔다.

직원들이 '엄마'라고 부르던 어머니도 아버지가 돌아가신 이듬해에 따라가듯 세상을 떠났다.

"도쿠로야, 부탁한다."

그게 어머니가 남긴 마지막 말이었다.

아버지나 어머니나 자기들이 세상을 떠난 지 10년 만에 창업 이후 땀 흘려 일군 회사가 이런 궁지에 빠지리라고는 상상도 하지 못했으리라.

"사장님, 사장님."

옛 기억을 더듬는 아카마쓰의 머릿속에 미야시로가 부르는 소리가 들려왔다.

"전화 왔습니다. 또 하루나은행이네요."

사장실에 있는 전화를 들어 수화기를 손으로 가린 채 미야시로가 "어떡하죠?" 하고 묻는 얼굴로 아카마쓰를 바라보았다. 연결하지 말라고 했지만, 너무 많이 와서 아키에가 이번에는 연결하는 게 낫겠다고 판단한 모양이었다.

계속 피할 수만은 없었다.

아카마쓰는 창가에서 돌아와 미야시로가 들고 있던 수화기를 건네받았다. 그리고 심호흡을 한 차례 했다.

"여러 차례 전화하셨는데 미안합니다. 회의 중이었습니다. 지금 끝났습니다."

"그 〈주간 조류〉 기사는 어떻게 된 건가요, 사장님?"

아니나 다를까, 신도 과장의 말투는 단호하기 짝이 없었다. 이제는 피할 수도 숨길 수도 없다. 아카마쓰는 각오를 다졌다.

"그 문제 말인데요, 전화로는 곤란하니 지금 찾아뵈어도 괜찮을까요?"

"예, 뭐. 실은 저희도 전달할 내용이 있어서 전화를 드렸습니다. 사실 오늘 아침 본부 담당 부서 회의에서 융자에 관한 회의를 합니다. 아마 오전 중에는 결론이 날 거로 보여서, 일단 그 소식을 알려드리려고요."

드디어 마지막 결과가 나올 때가 되었다.

"그런가요? 바로 그쪽으로 출발하겠습니다."

수화기를 꼭 쥔 채 깊숙이 고개를 숙인 아카마쓰는 손에 들었던 수화기를 천천히 전화기 위에 내려놓았다.

"하루나은행에 다녀올게요."

미야시로는 긴장한 표정으로 아카마쓰를 바라보았다. 아카마쓰를 격려하고는 싶은데 마땅한 말이 떠오르지 않는다는 표정이었다.

오랜 세월 회사를 위해 일한 미야시로 전무에게 무슨 말을 하려는지 안다는 듯이 고개를 끄덕인 아카마쓰는 사무실을 나왔다.

도도로키역까지 걸어가 도큐선을 타고 가마타로 가는 동안 아카마쓰의 눈에는 주변 경치가 전혀 들어오지 않았다. 마음속에서 오락가락하던 것은 10월에 일어난 사고 이후 회사와 자기 주변에서 일어난 이런저런 일들이었다.

사고. 문상, 그리고 장례식.

세상 사람들 입에 오르내리고, 큰 거래처가 떠났다. 융자도 거절당했다.

경찰 수사. 용의자 취급. 부품 반환을 둘러싸고 호프자동차와 벌인 실랑이.

그런 가운데 일어난 초등학교 도난 소동.

고다마와의 만남. 궁지에서 벗어나게 해준 새로운 일, 잠깐의 희망. 하루나은행과의 만남.

추도문집.

그 사이, 희망과 절망 사이를 바삐 오가면서도 결과적으로 아카마쓰의 운명은 파멸을 향해 가고 있었다. 마치 깜빡 잊고 사이드브레이크를 당기지 않은 트럭처럼 비탈길을 미끄러져 내려간 것이다.

저항은 해보았다. 하지만 결국 내가 바꿀 수 있었던 것은 무엇일까? 아카마쓰는 생각에 잠겼다. 아무것도 바꿀 수 없었다. 변한 게 없다. 오히려 어쩔 수 없이 바뀐 것은 나 자신이다.

그리고 지금 굳이 표현하자면 이 싸움에서 패배했다고 보고하러 은행으로 가는 중이다. 아카마쓰는 가슴이 뻥 뚫린 듯했다.

연말에 파산 신청을 하겠습니다.

이런 말이 머릿속에 떠올랐다. 떨쳐내려고 했지만 그건 아무리 지우려고 해도 지워지지 않는 얼룩 같았다. 그런 생각은 아카마쓰를 태운 전철이 가마타역에 도착해서도 여전히 머릿속에서 떠날 기미를 보이지 않았다.

"굳이 오시게 해서 미안합니다. 자, 이쪽으로."

하루나은행 가마타 지점에 도착한 아카마쓰를 보더니 신도 과장이 자리에서 일어나 응접실로 안내하려고 했다.

"아뇨, 과장님. 여기서도 괜찮습니다."

아카마쓰는 죄송하다는 생각이 들어 사양하며 그냥 융자 상담 카운터에 앉았다. 그리고 지금까지 가슴속에서 치밀어 오르던 갖가지 생각을 억누르고 〈주간 조류〉 문제를 사과했다.

"기사 게재가 취소되었습니까?"

신도는 골치 아프게 되었다는 표정을 지었다.

"그럼 이제 기사가 실릴 가능성은 없다는 거로군요."

"예, 그런 것 같습니다."

이젠 아쉽다기보다 절망밖에 느끼지 못하게 된 아카마쓰가 말했다.

"그렇습니까……? 그 기사가 나오면 상황이 바뀔 거로 생각했는데요."

"모처럼 도와주셨는데 이런 결과밖에 내지 못해 면목이 없습니다."

고개를 깊이 숙인 아카마쓰에게 신도가 "그 융자 관련 이야기인데요"라며 화두를 꺼냈다.

아카마쓰는 고개를 들었다.

"방금 본부에서 연락이 왔습니다."

신도 과장이 진지한 표정으로 말을 이었다.

"융자…… 해드리겠습니다."

아카마쓰는 한동안 신도의 얼굴에서 눈을 뗄 수 없었다.

내가 잘못 들은 게 아닐까? 너무 힘들어서 내 머리가 이상해져 신도의 말을 반대로 받아들인 건 아닐까?

"지원해주신다는 겁니까?"

간신히 물은 아카마쓰에게 신도가 미소를 지어 보였다.

"예. 지점장님이 애를 많이 써주셔서요. 융자해드리는 데 문제가 없다는 결정이 났습니다. 지난번에 계약한 대로 내일 실행하겠습니다."

"아니, 그렇게 해도 괜찮을까요?"

아카마쓰는 아직도 믿어지지 않았다.

"물론이죠. 분명히 이번 사고 영향을 염려하는 목소리도 있어 어려움을 겪기는 했지만 특종기사가 실리지 않아도 지금까지 들은 호프자동차의 대응 같은 것을 생각하면 저희도 아카마쓰 사장님 말씀이 옳다고 생각합니다. 특종기사는 안타깝게 되었습니다. 하지만 기운 잃지 마시고 힘을 내세요. 적어도 우리 은행은 사장님을 믿고, 지원해드리겠다는 점은 변함없습니다."

"정말…… 정말 감사합니다."

다시 깊숙이 고개를 숙인 아카마쓰는 눈시울이 뜨거워졌다. 눈물이 나려는 걸 애써 참으며 신도가 내민 손을 잡았다. 동시에 그때까지 머릿속에서 맴돌던 '파산'이라는 말은 사라졌다.

막다른 골목에 몰린 심정이었던 아카마쓰에게 다시 한 줄기 희망의 빛이 비쳤다.

문득 다쿠로의 말이 머릿속에 떠올랐다.

'난 아빠 흉내를 냈을 뿐인걸.'

아카마쓰는 그제야 깨달았다. 자기가 특종기사에 너무 기대고 있었다는 사실을. 언제부턴가 스스로 해결하기를 포기하고 모든 문제를 그 기사가 해결해줄 거라 기대하고 있었다는 사실을.

그러나 기대를 걸었던 모든 것을 잃어버린 지금, 상황을 타개할 수 있는 사람은 자기 자신뿐이라는 사실을 아카마쓰는 새삼 깨달았다.

설사 호프자동차가 부품 반납에 응하지 않더라도, 오해한 피해자가 소송을 걸더라도, 내 힘으로 이 꽉 막힌 상황을 풀어나갈 수밖에 없다.

그렇다. 내 힘으로.

제9장

거룩한 밤의 노래

1

간다에 있는 출판사 조류샤로 에노모토를 찾아간 때는 12월 20일 이었다.

조금 전, 오전 10시가 다 되었을 무렵에 하루나은행에 개설한 보통예금 계좌로 융자 신청한 3천만 엔이 입금된 것을 확인했다.

간신히 숨은 쉴 수 있게 되었다.

하지만 도쿄호프은행이 어떻게 나올지 알 수 없어 불안감은 그 대로였다.

내 힘으로 해결하겠다고 해도 남은 시간이 그리 많지 않다는 사 실은 아카마쓰도 잘 안다.

어제 하루나은행에서 돌아온 뒤, 에노모토에게 오늘 만나자고 했다.

"꼭 좀 말씀을 듣고 싶습니다."

아카마쓰가 이렇게 말했지만 에노모토의 반응은 둔했다.

"이야기를 해봐야 이제 와서 무슨 소용일까요?"

에노모토는 특종기사가 채택되지 않아 자포자기 심정인 듯했다. 아카마쓰운송을 찾아왔을 때의 뜨거운 마음과는 정반대가 되어버린 듯한 소극적인 태도였다. 그 달라진 모습에 놀라면서도 아카마쓰는 다시 말했다.

"에노모토 씨는 기사가 채택되지 않은 시점에 다 끝났을지 몰라도 저는 아직 호프자동차나 세상 사람들의 풍문과 싸우고 있습니다."

아카마쓰가 거듭 신신당부한 뒤에야 에노모토는 마지못해 이날 면담을 수락했다.

"기사가 채택되지 않은 이유는 뭡니까?"

에노모토는 아카마쓰의 시선을 외면했다.

"뭐 이런저런 사정이 있어서요."

"이런저런 사정?"

"뭐, 우리도 비즈니스다 보니 까다로운 관계가 있습니다."

"그건 호프자동차에서 압력이 들어왔다는 말씀인가요?"

"상상에 맡기겠습니다."

에노모토는 확실하게 답변해주지 않았지만, 질문을 던진 순간 얼굴에 드러난 낭패한 표정을 놓치지 않은 아카마쓰는 짐작이 맞았다고 확신했다.

그래도 되는 거냐, 그러면서 언론 보도라고 할 수 있는 거냐. 솔직히 이런 비난을 하고 싶었지만 그러지는 못했다.

"에노모토 씨, 당신이 어떤 기사를 썼는지, 난 그걸 읽어보고 싶어요."

아카마쓰가 말했다.

"내게 그걸 보여줄 수 없습니까? 당신은 호프자동차를 규탄하려고 했죠? 나는 거기에 기대를 걸고 있었습니다. 당신이 기사를 실을 수 없게 된 이상 내가 개인적으로 뭔가 수를 낼 수밖에 없다는 건 압니다. 하지만 그 전에 당신이 쓴 기사를 확인할 수 없을까요? 대체 어떤 특종기사를 실을 예정이었는지."

"그건 불가능합니다."

에노모토가 단호하게 거절했다.

"게재가 보류된 기사를 외부에 공개할 수는 없죠. 저는 저널리스트지만 그 전에 〈주간 조류〉 소속 기자이고, 이 회사 직원이니까요. 게재되지 않은 원고를 제삼자에게 공개할 수는 없어요."

"지금 내겐 아무것도 없어요."

아카마쓰는 호소했다.

"당신 기사에서 어떤 진상이 폭로되었는지, 어떤 증거를 제시했는지, 가능하면 그걸 실마리로 삼고 싶죠. 그걸 계기로 내가 결백하다는 사실을 증명하고 싶은 거예요."

"당신은 결백합니다, 아카마쓰 사장님."

에노모토는 좀 지긋지긋하다는 투로 말했다.

"하지만 기사는 보여드릴 수 없어요."

"제발 부탁드립니다!"

좁은 카페 안에서 아카마쓰는 더 큰 목소리로 말했다. 테이블을 양손으로 짚고 고개를 숙였다.

"이러지 마세요, 사장님."

난처한 듯 주위를 둘러본 에노모토는 "심정은 이해가 갑니다만"이라고 덧붙였다.

"내 심정이 이해된다면 가르쳐주세요."

아카마쓰가 다시 매달렸다.

"내겐 아무것도 끝나지 않았어요. 사건은 아직 계속되는 중입니다. 결백하다는 사실이 증명되기 전에는 끝나지 않아요. 그때까진 세상 사람들이 용의자로 취급할 겁니다. 어쩌면 체포당할지도 모르죠. 이게 얼마나 어처구니없는 일인지 아세요?"

에노모토는 대꾸하지 않았다. 대신에 커피를 한 모금 마시고 가만히 테이블 위의 한군데를 바라보며 생각에 잠겼다.

무슨 생각을 하는지 알 수 없는 사람이었다.

아카마쓰의 주위에는 이른바 언론 관계자, 세련된 업계 인사는 한 명도 없다. 따라서 이 사람이 어떤 사고 회로로 생각하고 어떤 일에서 가치를 발견하는지 솔직히 통 알 수 없다. 아카마쓰가 호소하는 이유는 에노모토가 보기에 생각해볼 가치조차 없는 건지도 모른다. 정말 얼토당토않은 부탁을 하는 건지도 모른다.

"저는 방금 사장님이 말씀하신 것과 같은 위기적 상황이 일어나고 있다는 사실을 기사로 만들고 싶었던 겁니다."

그러면서 에노모토는 시선을 피했다. 에노모토는 틀림없이 망설이고 있었다.

부탁드립니다, 하고 다시 고개를 숙인 아카마쓰의 귀에 후우, 하며 한숨 소리가 들려왔다.

성가시다고 하고 싶은 걸까? 아니면 시간 낭비라고 생각하는 걸까?

그렇지만 이제 어떻게 받아들여도 상관없다고 아카마쓰는 생각했다.

지금 자신이 할 수 있는 일은 이렇게 에노모토에게 매달리는 일뿐이기 때문이다.

"기사는 보여드릴 수 없어요."

냉정하다기보다 무얼 생각하는지 알 수 없는 에노모토의 얼굴이 물끄러미 아카마쓰를 바라보았다.

온도 차가 느껴졌다. 그때 아카마쓰운송을 찾아왔던 열성적인 기자. 그리고 지금 무표정하게 상대를 바라보는 남자. 목적을 지닌 사람과 그렇지 않은 사람의 너무나도 큰 차이를 바로 앞에서 보고 있다.

"도저히 안 되겠습니까? 아무에게도 보여주지 않을 겁니다. 그리고 에노모토 씨에게 폐를 끼치는 일도 없을 겁니다. 그래도 안 될까요?"

"그런 문제가 아니에요, 아카마쓰 사장님. 이해를 못 하시나?"

에노모토는 약간 신경질적인 면이 있는 성격을 슬쩍 드러냈다. 아카마쓰가 반론을 폈다.

"당신이 조사한 내용을 가르쳐주면 많은 사람이 길거리를 헤매지 않고 넘어갈 수 있을지도 몰라요. 게다가 호프자동차가 저지른 나쁜 짓을 폭로할 수 있죠. 당신이 주간지 기사를 통해 하려고 했던 걸 내가 다른 방법으로 할 작정이에요."

"다른 방법이라니, 어떤?"

"그건……."

아카마쓰가 말꼬리를 흐리자 잠깐 흥미를 느낀 듯한 에노모토의 표정이 다시 식었다.

"예를 들어 경찰에 사정을 설명하면 이해해줄지도 모르죠."

아카마쓰 자신도 그렇게 쉽게 풀릴 일이 아니라는 건 알고 있다. 아니나 다를까, 에노모토는 전혀 신경 쓰지 않고 흘려버린 듯했다.

"간단하게 될 일이라고는 나도 생각하지 않아요. 다만 힘든 줄 알아도 지금 나는 그걸 뚫고 나아갈 수밖에 없습니다."

"그건 알고……."

"생계가 걸렸어요."

아카마쓰가 에노모토의 말을 가로막았다.

"당신은 저널리스트라고 했죠? 그리고 그 이전에 기자이며 직원이라고도 했고요. 하지만 그보다 먼저 한 명의 인간 아닌가요?"

에노모토의 시선이 다시 돌아와 뭔가 이상한 것이라도 보듯 아카마쓰를 바라보았다.

"한 명의 인간이지 않습니까, 에노모토 씨? 인간으로서 호프자동차가 한 짓을 용서할 수 있나요? 그러면 많은 사람이 결백한데도 죄를 뒤집어쓰고, 가정이 무너지고, 아이들이 꿈을 빼앗길 텐데. 그런 일이 일어나도 괜찮습니까?"

대답이 없었다.

어안이 벙벙한 듯한 시선이 아카마쓰를 바라보고 있다. 아카마쓰도 지지 않고 상대를 뚫어지게 바라보았다. 그때 기자의 눈에 반짝 빛이 돌아왔다.

에노모토는 가지고 온 가방을 열어, 그 안에서 서류 몇 장을 꺼냈다.

"드릴 생각은 없었는데."

"이건……?"

"사고 목록입니다. 제가 발로 뛰어 취재해 작성한 것이죠. 최근 3년 동안 호프자동차가 일으킨 이런저런 사고를 모았어요. 신문에 보도된 것이 중심이지만 관계자의 이름과 주소, 연락처도 있습니다. 이 목록에 있는 곳들을 조사하면 뭔가 나올 겁니다."

에노모토는 잠시 생각하더니 이렇게 말했다.

"아카마쓰 사장님, 제가 왜 당신에게 관심을 보였다고 생각하세요?"

"요코하마 사고를 일으킨 화제성 때문인가요?"

"뭐, 그 이유도 있죠. 하지만 그뿐만이 아니에요."

에노모토가 말을 이었다.

"이 리스트에 있는 사람들은 모두 정비 불량이라는 호프자동차의 설명을 어쩔 수 없이 받아들이거나, 혹은 울며 겨자 먹기 식으로 업무상 과실이라는 경찰 수사 결과를 받아들였습니다. 사장님뿐이에요, 거기에 의문을 제기하고 호프자동차와 싸우는 회사는."

"나뿐이라고요……?"

"그래요, 사장님뿐입니다."

에노모토는 그렇게 말하더니 계산서를 들고 일어섰다.

"제가 어떤 기사를 썼는지는 이제 관계없을 겁니다. 사고 상황을 사장님이 직접 조사해보면 저는 알 수 없던, 전문가여야 알 수 있는 사실이 드러날지도 모르죠. 그렇게 되기를 바랍니다. 그리고 이 목록의 출처는 비밀로 해주세요."

에노모토는 이렇게 말하더니 도로 무표정한 얼굴로 바뀌었다.

이로써 아카마쓰는 호프자동차에 반격할 수 있는 실마리를 잡았다.

2

목록에는 모두 31건이나 되는 사고가 적혀 있었다.

분포는 전국에 고르게 퍼져 있었다.

31건 가운데 인신사고는 8건, 그 가운데 아카마쓰운송과 고다마통운의 이름도 보였다.

그 무표정한 얼굴 뒤에 어떤 감정이 소용돌이치고 있는지 상상할 수 없지만 에노모토가 엄청난 열정과 끈기를 가지고 이 목록을 작성했다는 점만은 의심할 여지가 없었다.

돌이켜 보면 채택되지 않아 구경도 못 한 기사는 말하자면 에노모토의 눈으로 재구성된 것이고, 이 목록은 누군가의 눈으로 재단되기 전의, 순수한 팩트만 모아놓은 것이다. 말하자면 보석의 원석 같은 것이라는 생각이 들었다.

진실을 끌어낼 수 있을지 어떨지는 아카마쓰의 마음가짐과 역량에 달렸다. 어쩌면 운에 좌우될지도 모른다. 목록에 적힌 사고 상황을 아카마쓰가 스스로 조사해, 호프자동차가 펼친 은폐 공작을 밝힐 증거를 찾아내야 한다.

목록은 기후 시내에서 일어난 대형 트럭 사고부터 시작되었다.

가가미하라수송 주식회사라는 회사 이름, 주소, 그리고 전화번호, 에노모토가 통화한 상대로 보이는 '고토'라는 이름이 적혀 있었다.

책상 위에 놓인 전화를 든 아카마쓰는 바로 그 회사 번호를 눌렀다.

가가미하라수송입니다, 하는 카랑카랑한 여성 목소리가 들려왔다. 목소리 배경은 아주 조용했다.

"저는 도쿄에 있는 아카마쓰운송이란 회사의 사장 아카마쓰라고 하는데, 고토 씨라는 분과 통화를 할 수 있습니까?"

"고토요? 저어, 무슨 용건이신지요?"

여성이 조심스러운 말투로 물었다.

"지금으로부터 2년쯤 전에 일어난 가가미하라수송의 트럭 사고에 대해 말씀 좀 듣고 싶어서요."

"사고라고요?"

당황한 느낌의 목소리로 대꾸한 여성은 "잠깐 기다리세요" 하며 전화를 대기 상태로 돌렸다.

조금 있다가 "고토입니다" 하는 남자 목소리가 들려왔다. 목소리로만 판단하면 나이는 40대 전후일까?

"바쁘실 텐데 미안합니다. 저는…….'

"사고에 관해 무슨 이야기를 하려는 거죠?"

자기소개하려던 아카마쓰의 말을 가로막고 고토가 물었다. 말투에 가시가 돋쳤다. 누군지도 모를 상대에게 2년 전 인신사고에 관해 질문을 받는다면 당연히 수상하게 여길 것이다.

"그 사고 상황을 듣고 싶어서 전화드렸습니다. 사실 우리 회사 트레일러도 얼마 전에 같은 사고를 내서 지금 호프자동차와 사고 원인을 두고 다투는 상태입니다."

그러자 고토가 말했다.

"사양하면 안 될까요? 우리 사고 이야기는 이미 지나간 일이고, 인제 와서 이야기할 만한 일도 아니에요. 참고가 될 만한 일도 없을 테고요."

에노모토의 목록에는 가가미하라수송의 사고 개요가 짧게 적혀 있다. '운전기사 중상'이란 글자가 눈에 들어왔다. 아카마쓰는 운전기사가 두 다리를 절단하는 중상을 입었다는 고다마통운의 사고를 떠올렸다.

"사고 원인은 정비 불량으로 되어 있지만 그게 사실인지 알고 싶어서요."

"우리 이야기를 누구한테 들은 겁니까?"

아카마쓰의 질문에는 대답하지 않고 고토가 물었다.

"이런 사고를 조사하는 분에게 들었습니다."

아카마쓰가 대답했다.

"그게 누구죠?"

"미안합니다. 그분에게 폐가 되면 안 되기 때문에 이름을 밝힐 수 없습니다."

〈주간 조류〉라는 이름은 밝히지 않기로 약속했다.

"그러면 저도 곤란한데요."

고토는 노골적으로 믿지 못하겠다는 투로 말했다.

"만약 괜찮으시다면 찾아뵙고 여쭤볼 수 없을까요?"

고토가 대꾸했다.

"곤란하다고 하지 않습니까? 이미 끝난 일이라고요. 인제 와서 다시 들춰내지 마세요."

"그래도 이건 가가미하라수송이 유리해질 수 있는 일이라고 생각합니다만."

"유리하건 불리하건 우린 이제 관계없어요. 이미 처리가 끝났으니까."

잡고 늘어질 틈이 보이지 않았다.

"저는 그 사고 원인을 호프자동차의 결함이라고 생각합니다."

아카마쓰가 다시 매달려보았지만, 고토는 "이미 끝난 일이라서, 이만 실례하겠습니다" 하며 전화를 일방적으로 끊었다.

잠시 멍했다.

뜻하지 않은 깨달음을 얻었다.

같은 처지에 있다면, 고다마통운처럼 바로 협조해줄 거로 생각했지만 그게 아니었다.

사고의 진상보다 과거를 들추고 싶지 않은 마음이 더 크다. 이런 예도 있다는 사실을 처음 깨달았다. 그리고 에노모토가 호프자동차와 싸울 의사를 보인 사람은 아카마쓰뿐이라고 한 말이 무슨 뜻이었는지 이때 비로소 알게 되었다.

사고가 일어나 자기 회사의 정비 불량이 원인이라는 판정이 난다. 다친 운전기사에게 보상해야 하는 문제가 생겼을 것이다.

그래도 보험금이 나오고 행정 처분이 내려지면 모든 게 지나간 일이 된다. 인제 와서 들춰내봤자 거기서 얻을 수 있을지 어떨지 모를 이익보다 정신적인 부담이 더 크다. 고토라는 남자의 거부 반응에는 그런 배경이 있으리라.

또 거기에는 호프자동차가 만든 트럭에 결함이 있을 리 없다는 움직이기 힘든 선입견도 있을 것이다. 아니, 그건 세상 사람들의 상식이라고 해도 좋을지 모른다. 아카마쓰는 그 의심할 수 없는 성역으로 쳐들어가려는 것이나 마찬가지다.

아카마쓰는 목록 제일 위에 적혀 있던 가가미하라수송이란 이름을 빨간 색연필로 지웠다.

목록에 적힌 사고는 전국에 흩어져 있었다.

두 번째는 대형 트럭 앞바퀴가 빠진 사고라고 구체적인 메모가 달려 있었다. 사고현장은 오카야마현의 일반도로인데, 트럭 소유주는 후쿠오카 시내에 있는 운송회사였다. 시마모토운송이라는 회사 이름과 담당자 이름 칸에서 시마모토라는 성을 확인한 아카마쓰는 방금 내려놓았던 수화기를 다시 집어 들었다.

전화를 받은 사람은 남자 사무원인 듯했다. 자기 이름을 밝힌 아카마쓰는 용건을 설명했다.

"아아, 그 사고 말씀이군요."

사무원이 잊고 있었던 듯한 반응을 보였다.

"지금 사장님이 외출 중이니 들어오시면 전화를 드리라고 하겠습니다. 그래도 괜찮겠습니까?"

잘 부탁합니다, 하며 고개를 숙였다.

가령 면담에 응하더라도 아카마쓰의 이야기에 부정적인 반응을 보일 상대도 적지 않으리라. 조사 결과를 낙관할 수 있는 상황은 아니다. 이런 상황 속에서 어떻게 하면 전국에 흩어진 곳들을 효율적으로 돌아다닐 수 있을지 고민하기 시작한 아카마쓰에게 시마모토운송에서 전화가 걸려온 때는 한 시간쯤 지났을 때였다.

"아카마쓰운송이라면 얼마 전에 요코하마에서 사상 사고를 낸 그 아카마쓰운송입니까?"

걸걸하고 쉰 목소리로 시마모토가 거침없이 물었다.

"예, 맞습니다. 지금 사고 원인을 두고 호프자동차와 다투고 있어서요."

"정비 불량이라고 했죠? 신문에 그렇게 나왔었죠."

"저는 아니라고 생각합니다. 그래서 같은 종류의 사고를 나름대로 조사해보려고 합니다. 이야기를 좀 해주실 수 있나요?"

"이야기라……. 뭐 이야기 정도라면 괜찮겠지만, 도쿄에서 후쿠오카까지 오실 건가요?"

"찾아뵙겠습니다. 편하신 날짜와 시간을 말씀해주시겠습니까?"

"연말까지는 바쁘고요."

시마모토는 그러면서 수첩 같은 것을 뒤지는지 종이 넘기는 소리가 났다.

"내일 오전 중에는 어떻습니까?"

"내일이요?"

"내일 시간이 안 되시면 내년으로 넘어가야겠군요."

"알겠습니다. 내일 찾아뵙겠습니다."

아카마쓰가 말했다.

갑자기 잡힌 약속이건 뭐건, 아카마쓰에게는 시간이 없었다. 규슈에는 후쿠오카 말고 구마모토에도 사고를 낸 회사가 있었다. 그 회사에 연락해 다행히 내일 오후로 약속을 잡을 수 있었다.

지금 아카마쓰가 해야 할 일은 이 조사 이외에 없다.

그렇게 마음을 굳힌 아카마쓰는 이튿날 오전 7시 25분에 출발하는 ANA 항공편을 타고 후쿠오카로 향했다.

3

"그럼 사와다 과장님부터 한마디 하시죠."

송별회는 후배인 기타무라가 진행을 맡았다.

오테마치에 있는 이자카야였다. 세로로 길게 뻗은 탁자 양쪽에 자리 잡은 것은 고객전략과에 소속된 사와다의 후배들을 비롯해 판매부에서 참석 가능했던 부원들 약 30명이었다.

오후 8시에 부장대리인 노사카가 건배를 선창하며 시작된 송별회는 예정되었던 떠들썩한 두 시간이 거의 끝나가고 있었다.

부하 직원이나 친구들에게 술을 따르며 그간 잘 대해줘서 고맙다는 인사를 하느라 잘 마시지도 못하는 술을 마신 탓에 사와다는 조금 취한 상태로 참석자 전원의 눈길을 받으며 자리에서 일어났다.

"고객전략과를 맡고 긴 것 같으면서도 짧은 1년이란 시간이 흘렀습니다."

말은 이렇게 하면서도 사와다는 지금 자기 가슴에 감흥이 그야말로 전혀 없다는 사실을 깨달았다.

조금 전까지 상품개발부로 이동하게 된 걸 부러워하는 동료들의 응원을 받았다. 그리고 지금, 자기를 바라보는 시선을 받으며 어중간한 기분이 드는 자신을 속일 수는 없었다.

"마무리하지 못한 일은 많을 테지만 그건 후임인 나가오카 과장님에게 맡기기로 하고……."

가운데 자리에 앉아 술잔을 한 손에 들고 사와다의 인사말을 듣던 나가오카는 그 순간 이상한 웃음을 지으며 잔을 불쑥 들어 보였다. 나가오카 쪽에서는 보이지 않았을 테지만, 그 순간 송별회 진행을 맡아 뒤에 서 있던 기타무라가 미간을 찌푸렸다.

기분 나쁜 녀석이다.

인사부가 사와다 대신 보낸 인물은 그때까지 계속 총무 분야에서 일해온 나가오카 도시노리였다.

그 인사 발령 소식을 듣기 전까지 사와다는 나가오카라는 이름을 들어본 적이 없었다. 회사 안에서 비교적 두드러지지 않는 총무 부서에서 일을 해왔기 때문이기도 하다. 수수하고 점잖은 남자겠지. 사와다는 만나기 전까지 이렇게 상상했다.

하지만 실제로 나가오카를 만나 일주일쯤 업무 인수인계를 해온 지금은 예상이 완전히 빗나갔다고 확신한다.

낡은 표현이지만 한마디로 이야기하면 뱀 같은 남자였다.

성격은 음침하고 끈적끈적했다. 사와다와 인수인계를 하는 동안에도 사소한 일에 얽매여 끈덕지게 질문을 했다. 부하 직원에 대한 평가를 설명할 때도 심술궂은 계모 같은 소리를 했다.

"사와다 과장님은 느슨하군요. 이런 건 총무부에서는 통하지 않습니다."

최근 일주일 동안 이런 말을 몇 번이나 들었던가? 그때마다 이 나가오카라는 사람에 대한 혐오감이 밀려들었지만 그걸 입 밖에 낼 만큼 어리석지는 않았다.

"이런 하찮은 회사에 이렇게까지 할 필요가 없지 않나요?"

나가오카가 이렇게 내뱉은 것은 아카마쓰운송 문제를 설명할 때였다. 그는 '저 녀석 멍청이 아닌가?' 하는 눈으로 사와다를 바라보았지만, 사와다는 그냥 "뒷일을 잘 부탁합니다"라고 말하고 넘어갔다.

고객을 고객으로 여기지 않는, 이른바 내무 관료 같은 녀석이 아카마쓰 사장을 만났을 때 이야기가 어떻게 굴러갈지 구경하고 싶기도 했지만 그건 틈이 날 때 기타무라 같은 후배에게 물어보면 그만이다.

고마키에게 이 후임자에 관해 이야기했을 때, 인사이동이 있을 거라고 알려준 뒤로 서먹해진 친구는 쌀쌀하게 "그래도 회사가 너보다는 낫다고 생각했을 테지" 하며 얄미운 소리를 했다.

"미안해."

이렇게 말한 사와다에게 고마키는 이런 말을 덧붙였다.

"총무부 총무 그룹은 회사의 지저분한 일들을 처리하니까."

회사의 지저분한 일이란 일반적으로 총회꾼이나 조직폭력단 대책에 그치지 않는다. 예를 들면 밤거리에서 임원이 무슨 문제를 일으켰을 때 가장 먼저 달려와 해결하는 것도 총무부가 하는 일이다.

"임원의 스캔들은 총무 쪽에서 무마해. 자기 뒷시중을 들어주는 녀석들을 섭섭하게 대하면 어떻게 되는지 너도 잘 알 텐데."

고마키는 그렇게 말하며 조금 전의 기타무라처럼 잔뜩 미간을 찌푸렸다.

"상품개발부에서는 판매부에서 쌓은 경험을 바탕으로 더욱……."

인사말이 거의 마무리에 이르렀을 때 사와다의 안주머니에서 휴대전화가 진동했다. 태연한 얼굴로 인사를 끝까지 마친 사와다는 박수에 고개를 숙여 인사하고 기타무라가 해산을 선언하기까지 기다렸다가 휴대전화를 보았다.

최근 수신 전화 목록에 고마키의 이름이 있었다.

"그래, 송별회는 끝났어?"

사와다가 전화를 걸자 어디서 한잔하고 있는지 뒤에서 시끌시끌한 소리가 났다.

"아, 방금 끝났어. 뭐야, 너도 마시고 있었어?"

"지금부터 마실 거야. 안내를 기다리는 중이지."

그러더니 고마키는 이렇게 덧붙였다.

"거기 끝났으면 이쪽으로 오지. 송별회 겸 송년회야. 어차피 거기서는 실컷 마시지도 못했을 테니까."

"어디서 마시는데?"

고마키가 가르쳐준 곳은 마루노우치 근처 빌딩 지하에 있는 작은 음식점이었다. 사와다가 있는 가게에서 10분도 걸리지 않았다.

"아, 수고했어. 우선 한잔 마셔."

안내받은 방에는 품질보증부의 스기모토도 함께 있었다.

사와다의 술잔이 오기를 기다렸다가 고마키가 말했다.

"네 영전과 스기모토의 좀 아쉬운 인사이동을 위해 건배."

잔을 부딪치는 소리가 났다. 그 소리가 공허하게 들렸다.

전에는 독설을 늘어놓던 스기모토가 마치 다른 사람처럼 말수가 없이 침울해 보였다.

"그렇게 침울해하지 마. 하긴 어쩔 수 없으려나?"

그런 스기모토의 모습을 보며 고마키가 말했다.

"미안해요. 고마키 과장님. 신경 쓰이게 해서."

어려 보이는 얼굴에 체념 비슷한 웃음을 지은 스기모토는 "그렇지만 너무하네요" 하며 투덜거렸다.

"이렇다 할 증거도 없이 오사카로 가라고 하다니."

"정말로 가는 거야?"

고마키가 묻자 스기모토는 작은 눈을 더 작게 뜨고 김이 오르기 시작한 냄비 가장자리를 빤히 바라보며 대답했다.

"모르겠어요. 다만 지금 손을 대고 있는 업무 때문에 실제로 이동하는 건 1월 말에나 가능하니까 생각할 여유는 좀 있죠."

그 여유는 새로운 직장을 찾을 시간 여유를 말하는 거로 사와다는 받아들였다.

"몇 살이지?"

"서른여섯이요."

고마키는 "서른여섯이라고?" 하고 중얼거린 뒤 혼잣말처럼 이렇게 덧붙였다.

"우리 회사에 계속 남아 있는 게 나으려나, 회사를 옮기는 게 나으려나?"

어려운 선택이다. 이른바 대기업에는 스기모토뿐만 아니라 회사에 불만을 품은 사람이 아주 많다. 그 가운데 대부분이 이직을 단념하는 까닭은 옮긴 직장에서 지금 받는 급여 수준을 보장받지 못한다는 현실이 있기 때문이다.

대부분의 경우 오히려 낮아진다.

사와다는 직장인인 이상 급여가 낮아지는 이직은 결코 성공이라고 할 수 없다고 생각한다.

"기술직이라고 해도 요즘은 빡빡하니까요."

스기모토는 이미 몇몇 회사와 이직 가능성을 타진해보았다고 했다.

"호프자동차 기술직이라는 간판이 먹히는 회사는 정말 몇 되지 않습니다."

"이미지가 나빠서겠지."

3년 전에 들통난 리콜 은폐는 호프자동차의 평판을 땅에 떨어뜨렸을 뿐만 아니라 품질관리가 형편없다는 사실을 온 세상에 두루 알렸다. 스기모토가 근무하는 품질보증부는 그야말로 그 핵심 부서다. 굳이 그런 부서에 있는 인력을 채용하려는 기업이 얼마나 될지 의문이다.

"아무래도 오사카에서 판매 업무를 할 순 없겠지."

예, 하며 스기모토는 어깨를 축 늘어뜨렸다.

"그렇지만 잠시 오사카에서 느긋하게 지내다 보면 공장 같은 데로 갈 수 있을지도 모르지. 그러는 편이 무리해서 옮길 직장을 찾는 것보다 손쉬울지도 모르잖아?"

"그때 우리 회사가 남아 있다면 말이죠."

궁지에 몰려서도 스기모토는 호프자동차의 본질을 제대로 꿰뚫는 소리를 한다.

"그런가? 회사가 남아 있다면, 그렇지. 맞는 말이야. 사와다, 너 들었어?"

"그건 너도 마찬가지야, 고마키."

사와다는 이렇게 대꾸하고 스기모토에게 물었다.

"품증부 내부고발자 찾기는 어떻게 됐나?"

"지독합니다. 컴퓨터를 비롯해 개인 물건인 수첩까지 다 보여달라고 하니까요. 프라이버시고 뭐고 없어요. 생각하는 게 완전히 거꾸로예요."

스기모토는 낙담하고 있으면서도 이때만은 날카로운 말투로 말했다.

"사실무근이라면 몰라도 엄연한 사실인 걸 고발했는데 고쳐야겠다는 의식이 전혀 없다니까요."

"너야? 〈주간 조류〉에 고발한 게?"

사와다가 물었다. 스기모토는 물끄러미 사와다를 바라보다가 "그런 건 알아서 뭐 하시려고요?" 하더니 시선을 피했다.

"만약 너라면 잘했다는 말을 해주고 싶었을 뿐이야."

고마키의 시선을 얼굴에 느끼면서 사와다가 말했다.

"사와다 선배도 고발하지 않았나요?"

스기모토는 자기가 고발했다는 사실을 암암리에 인정했다.

"그것도 훌륭한 행동 아닌가요?"

사와다는 조용히 고개를 저었다.

"아니야. 난 글렀어. 난 어디선가 잘못됐어."

"잘못돼요? 그게 무슨 말이죠?"

스기모토가 멍한 표정으로 물었다.

"그냥 말 그대로야."

"이 녀석은 악마에게 영혼을 팔았어."

고마키가 심술궂게 말했다.

상품개발부로 옮기게 될 거라고 한 사와다와의 관계를 고마키가 딱 끊어도 이상할 게 없었다. 그래도 이런 자리에 불러주었다. 사와다는 말은 하지 않았지만 그런 고마키가 고마웠다.

사와다의 꿈.

그 꿈을 향한 마음을 고마키도 한편에서는 이해해주었기 때문이 아닐까 생각한다.

"그런데 그 〈주간 조류〉는 이해가 되지 않네. 대체 언제쯤이나 우리 특종기사가 나오는 거지?"

"이제 나오지 않을 거예요."

고마키가 의문스럽다는 듯이 말하자 스기모토가 결정적인 답변을 던졌다.

"그게 무슨 소리야?"

저도 들은 이야기지만요, 하면서 스기모토가 말을 이었다.

"호프자동차와 도쿄호프은행, 그리고 호프중공업이 압력을 넣은 모양이에요."

"그러면 견뎌낼 수가 없겠지. 그랬다고 기사가 뭉개지면 고발한 보람이 없겠네."

사와다가 스기모토를 보며 말했다.

"오해하실지도 몰라 미리 말해두겠는데요, 전 호프자동차가 좋아서 이 회사에 들어온 겁니다."

스기모토가 말을 이었다.

"이 회사 전체가 나쁜 건 아니에요. 나쁜 건 그야말로 일부분이죠. 그것만 바로잡으면 우리 회사는 틀림없이 좋아질 거라고 믿어요. 그러기 위해서 할 수 있는 일이라면 뭐든 할 작정입니다."

결의에 찬 스기모토의 눈을 보았을 때 사와다는 비로소 느꼈다.

이 친구는 아직 죽지 않았다.

아직 뭔가 저지를 일이 남아 있는 게 아닐까? 그런 예감이 들었다. 하던 일을 빼앗기고 자리에서 밀려나게 된 지금, 스기모토가 과연 무엇을 할 수 있을까? 사와다는 짐작이 가지 않았다. 하지만 이런 상황에서도 스기모토는 호프자동차를 포기하지 않았다.

문득 이상한 느낌이 들었다. 고마키가 말없이 맥주를 마시며 이글이글 타오르는 눈빛으로 사와다를 바라보고 있었다.

어쩌면 스기모토의 저런 모습을 사와다에게 보여주고 싶었던 건지도 모른다. 문득 그런 생각이 든 사와다는 그리 세지도 않은 술에 맞서려는 듯이 맥주를 목으로 넘겼다.

4

2년 전 4월 20일, 오후 8시쯤 산요자동차도로 오카야마 입체교차로에서 53번 국도를 달리던, 전자부품을 가득 실은 시마모토운송 소속 대형 트럭의 앞바퀴가 빠졌다. 트럭은 옆으로 구르며 미끄러져 도로 가까이에 있던 창고 벽에 거세게 부딪힌 뒤 멈췄다.

다행히 운전기사는 가벼운 상처만 입었다. 그렇지만 자칫하면 사상자가 나왔을지도 모를 중대한 사고라서 경찰은 그 원인을 조사했다. 그리고 결국 시마모토운송의 정비 불량이라는 결론을 내렸다.

그날 후쿠오카공항에 도착한 아카마쓰가 후쿠오카시 교외에 있는 시마모토운송을 방문한 때는 오전 10시 조금 전이었다.

그리고 지금 작은 사무실 구석 쪽에 있는 응접세트에 마주 앉은 시마모토는 내키지 않는 표정으로 아카마쓰의 질문에 대답하고 있었다.

"실제 정비 상황은 어땠나요? 사고가 날 만큼 부실했었습니까?"

시마모토는 짧아진 담배를 손가락에 끼운 채 얼굴을 찌푸렸다.

"뭐 그리 좋은 상태는 아니었죠. 이렇게 코딱지만 한 회사라서요. 구석구석 제대로 점검하기는 그리 쉽지 않죠. 그건 아카마쓰 사장님도 이해하실 테지만요."

아뇨, 우리는 확실하게 하고 있습니다, 라고 해봐야 아무 소용이 없다. 아카마쓰는 두루뭉술하게 대꾸하고 넘어갔다.

"그 사고 원인을 듣고 이상하다는 생각은 하지 않았습니까?"

"뭐, 특별히 그런 생각은 들지 않았죠. 다만 좀 미묘하기는 했습니다."

시마모토는 자신 없다는 표정으로 말을 이었다.

"설사 이상하다는 생각이 들어도 우리는 증명할 방법이 없어요. 아카마쓰 사장님도 마찬가지일 겁니다."

시마모토는 예순 살이 조금 넘은 자그마한 남자였다. 경쟁이 심한 운송업에 오래 몸담은 사람 특유의 엄격함이 뼛속까지 스며든 듯한 아담한 남자였다. 주차장과 인접한 사무실 터에 들어서며 보아하니 회사 규모가 그리 크지는 않다. 아카마쓰운송과 비교하면 절반쯤 될까?

"호프자동차의 조사 보고서는 보셨나요?"

"보지 못했죠."

시마모토가 말했다.

"경찰에 있을 거예요, 그건. 보여주지 않았고, 보고 싶다는 생각도 하지 않아서."

"그러면 반론은 하지 않았나요?"

시마모토는 눈이 휘둥그레져서 물었다.

"물론이죠. 나 같은 사람이 아무리 말해봐야 경찰이 믿어주겠어요? 행정 처분도 타격이 있었지만 곤란했던 점은 화물 보증 쪽이죠. 뭐, 최종적으로 그쪽은 보험으로 간신히 무마해서 다행이었지만."

"사실은 같은 사고가 전국적으로 일어나고 있습니다. 그런 이야기는 들으셨나요?"

"몰라요. 관심도 없고, 인제 와서 뭐."

무뚝뚝하다기보다 살짝 짜증이 난 듯 시마모토가 대꾸했다.

사무실에는 시마모토 말고도 배송담당자로 보이는 남자 직원과 쉰 살이 조금 지난, 파트타임 직원으로 보이는 여성이 한 명 있을 뿐이었다. 사무실 한쪽에서 덜컥거리는 팬히터 소리가 아까부터 자꾸 귀에 거슬렸다.

"그 사고 차량 말입니다, 어떻게 하셨습니까? 혹시 남아 있다면 보여주실 수 있겠습니까?"

아카마쓰는 중요한 질문을 던졌다. 그렇지만 시마모토는 기대에 어긋난 답변을 내놓았다.

"없어요, 이젠. 사고 났을 때 폐차했죠. 망가진 트럭을 놔둘 공간도 없고, 보관할 이유도 없고 해서."

시마모토는 이 사고로 신용을 잃어 매출이 줄어들다가 최근에야 겨우 회복되었다고 한다.

"정말이지 그 사고 때문에 진짜 호되게 당했죠. 그렇지만 이젠 지나간 일이에요. 아카마쓰 사장님, 사고에 얽매이는 거야 자기 마음이지만 그래봤자 좋은 일 없지 않겠어요?"

"지금 저는 이 길밖에 살아남을 방법이 없어서 그럽니다."

아카마쓰가 이렇게 말하자 시마모토는 비로소 딱하다는 표정을 지었다.

"그래요? 뭐 일단 내가 할 수 있는 이야기는 이런 정도예요. 애써 도쿄에서 찾아오셨는데 미안하지만."

아카마쓰는 인사를 하고 식은 차를 단숨에 들이켰다.

"인제 가시려고? 좀 이르지만 함께 점심 식사라도 어때요."

거칠고 이악스러운 인상이지만 마음씨가 나쁘지는 않다.

"아뇨, 이제 구마모토로 가야 해서요. 그만 실례하겠습니다. 열차 시간도 있어서."

"구마모토? 또 사고조사인가? 어떤 운송회사에 가려고요?"

"구마하치흥운이란 회사입니다. 구마모토 시내에 있는 회사 같던데."

"아, 거기라면 나도 알죠. 꽤 큰 회사예요."

에노모토가 작성한 목록에는 회사 규모가 적혀 있지 않았다. 분명히 구마하치흥운은 전화를 걸었을 때 왠지 큰 회사 같다는 느낌을 받았던 기억이 난다.

"구마모토 시내에서는 1·2위를 다투는 회사일 거요. 그러고 보니 구마하치흥운도 사고가 난 적이 있는데. 혹시 그건가?"

"작년에 났다던데요."

목록을 보며 아카마쓰가 말하자 시마모토는 의외의 말을 했다.

"그렇지만 거기 사고는 좀 다를 텐데."

"다르다니, 무슨 말씀이죠?"

"타이어가 빠진 사고가 아닐 거요."

"타이어가 빠진 사고가 아니라고요?"

아카마쓰는 무심코 되물었다. 그러고는 시마모토의 얼굴을 빤히 바라보았다.

"기억이 어렴풋해서 확실하지는 않아도 거기는 우리와 달리 회사가 튼튼하니까 제대로 이야기를 들을 수 있을 거예요. 식사할 시간이 안 된다면 역까지 바래다드릴게요. 타세요."

그러면서 시마모토는 주머니에서 찰랑찰랑 소리를 내며 열쇠고리를 꺼내더니 영차, 하고 몸을 일으켰다.

아카마쓰가 탄 구마모토에서 하네다공항으로 가는 ANA기가 출발한 시각은 오후 7시 반이 지난 때였다. 7시 출발 예정이었던 항공편은 하네다에서 출발한 비행기가 늦게 도착하는 바람에 출발이 30분 연기되었다.

비행기가 이륙한 뒤, 아카마쓰는 음료 서비스로 나온 커피를 마시면서 복잡한 심경으로 생각에 잠겨 있었다.

구마하치흥운에서는 시마모토가 말한 대로 사실관계를 제대로 물을 수 있었다.

타이어 이탈이 아니라 주행 중인 대형 트레일러에서 프로펠러 샤프트가 갑자기 빠진 사고였다고 한다. 작년 10월, 고속도로에서 일어난 사고였다.

이때 길이 1미터쯤 되는 부품이 반대 차선으로 날아가 주행 중이던 승용차와 화물트럭에 부딪혔는데 사상자는 나오지 않았다.

구마하치흥운에서 아카마쓰를 상대한 총무부장 오카지마라는 남자는 "어휴, 깜짝 놀랐었죠"라고 말하며 과장된 몸짓으로 그때의 기억을 되살렸다.

"어쨌든 그런 부품이 떨어질 줄은 몰랐는데 처음 연락을 받았을 때는 무슨 일이 일어났는지 알지 못했습니다."

"정비 불량이라는 판단에 반론을 제기하지는 않으셨나요?"

오카지마는 팔짱을 끼며 난처한 표정을 지었다.

"반론을 제기하고 싶은 마음은 굴뚝같았어도 원인이 무엇인지 알 수 없어서요. 아카마쓰 사장님은 어떻게 생각하십니까?"

"저는 호프자동차의 구조적인 결함이 아닌가 생각합니다."

오카지마에게는 상당히 엉뚱한 대답이었는지도 모른다. "그렇다면 큰일이군요"라며 반신반의하는 듯한 대꾸를 한 것은 엄청나게 길게 느껴지는 침묵이 흐른 뒤였다.

이 사고는 다른 의미에서 아카마쓰의 자신감을 흔들었다.

아카마쓰는 지금까지 호프에서 제작한 차량의 결함이 허브에 있는 게 아닌가 하는 생각을 해왔다. 하지만 프로펠러 샤프트는 전혀 다른 부품이다. 거기에도 결함이 있다면 호프자동차가 만든 트럭은 결함투성이처럼 보인다.

아무리 그래도 그럴 리가 있을까?

기내 방송이 나오면서 안전벨트 표시등이 깜빡거렸다. 흔들리기 시작한 좌석에 앉아 눈을 꾹 감고 아카마쓰는 결론이 나지 않는 고민을 계속했다.

아무리 좋게 이야기하더라도 진전이 있다고 하기는 어려운 하루였다.

오히려 쓸데없이 혼란스러워졌다고도 할 수 있다.

그런데도 하루라는 귀중한 시간이 흘러갔다.

과연 이 조사에 시간을 얼마나 들여야 이해할 수 있는 성과를 얻을 수 있을까?

"그때까지 우리 회사가 버틸 수 있을까?"

그게 가장 큰 문제였다.

5

"사장님, 결국 이런 게 왔군요."

침울한 표정을 지은 미야시로 전무가 도쿄호프은행에서 보낸 우편물을 들고 온 것은 그 이튿날이었다.

내용증명 우편이었다. 며칠 전 도쿄호프은행 담당자가 찾아와서 말한 청구서라는 사실은 얼핏 봐도 바로 알 수 있었다.

내용증명 등기우편이라는 무서운 형태로 보내진 그것은 현재 도쿄호프은행이 아카마쓰운송에 빌려준 1억 엔에 가까운 금액을 갚으라는 내용이었다. 아카마쓰운송 창업 이후 50년 역사에서 가장 큰 금액의 청구서다. 물론 청구서를 받았다고 해도 갚을 수 없는 액수였다.

"정말 염치도 없이 이런 것을."

미야시로는 화가 머리끝까지 나서 표정이 붉으락푸르락했다.

"죽은 사람에게 채찍질하려는 짓이죠. 이게 큰 은행이 할 짓인가요?"

미야시로는 화를 내며 이렇게 말을 이었다.

"이 건에 관한 교섭은 제게 맡겨주시겠습니까? 원래 은행을 오가는 일은 제 업무이기도 하니 어떻게든 시간을 벌어보겠습니다. 사장님은 목록에 있는 회사를 조사하세요."

"그렇게 해주실래요, 전무님?"

자신을 북돋아주던 실이 끊어질 것 같다는 느낌을 받으며 아카마쓰가 말했다.

누마즈시 교외에 있는 운송회사 구로다급송을 방문한 때는 전국에 크리스마스 캐럴이 울려 퍼지는 12월 24일 오후 7시였다.

바쁘게 돌아가는 연말연시에 사고조사를 하려는데 협조해달라고 해봐야 선뜻 응해주는 상대는 거의 없었다. 계속 전화를 걸어 부탁하느라 아카마쓰는 비참하다거나 현실이 얼마나 엄혹한지 느낄 여유조차 없었다.

"이렇게 정신없이 바쁜 시기에 옛날 사건 이야기를 듣고 싶다니, 당신 제정신이요?"

처음에 전화로 이야기한 구로다급송 사장은 쌀쌀맞게 나왔다.

"그건 알지만 어떻게 부탁 좀 드릴 수 없을까요?"

매달리는 아카마쓰에게 시간을 지정해준 것은 상대방이었다.

"그 시간이라면 틈이 날지도 모르겠군요. 들르고 싶다면 그러세요. 하지만 우리 이야기를 들어봤자 의미가 없지 않은가?"

부정적이라기보다 바보 취급을 하는 듯한 구로다의 대응에 아카마쓰는 "그렇지 않습니다. 꼭 말씀을 들려주십시오" 하고 정중하게 말한 다음 수화기를 내려놓았다.

에노모토의 목록에 따르면 구로다급송은 2년 전에 시즈오카현의 일반도로에서 인신사고를 냈다.

하지만 약속한 시각에 맞춰 구로다급송 사무실을 방문한 아카마쓰가 사고 이야기를 자세하게 들을 수 있느냐고 묻자 구로다의 태도가 돌변했다.

"통화한 뒤 이리저리 생각해보았는데, 왜 내가 당신에게 그런 이야기를 해줘야 하는 거지?"

바쁘기 때문인지 아니면 그새 짜증 나는 일이라도 있었는지, 구로다는 퉁명스럽게 내뱉었다.

이야기하겠다고 해서 찾아왔는데 너무 심한 태도였다.

하지만 애써 찾아와서 말다툼이나 벌일 수도 없어, 아카마쓰는 자기가 떠안고 있는 문제를 대략 이야기하며 이해를 구했다.

그렇지만 그 이야기를 듣고도 구로다는 태도를 바꾸지 않았다.

"아, 이제야 생각났네. 애랑 어머니가 말려든 사고를 일으킨 그 운송회사로군?"

남들 들으라는 듯한 큰 목소리에 야근 중이던 직원들이 일제히 아카마쓰를 바라보았다. 다 합쳐 열 명쯤 될까?

"그렇습니다. 우리 회사가 사고를 냈습니다. 그렇지만 사고 원인은 우리 쪽에 있지 않다고 생각합니다."

"말은 잘하네!"

구로다는 등받이가 높은 가죽 의자에 몸을 깊숙이 묻은 채 흐릿한 눈으로 아카마쓰를 바라보았다. 나이는 아카마쓰보다 꽤 많아 보인다. 띠동갑쯤 될까? 족제비처럼 작고 야윈 얼굴에 입을 벌리면 담뱃진 때문에 누렇게 된 이가 드러났다.

"아무리 그래도 그건 좀 심하지 않나?"

"심하다뇨, 무슨 말씀이신지요?"

아카마쓰는 속으로 화를 억누르며 물었다.

"아니. 그렇지 않은가? 사람을 죽이고 자동차회사 탓을 하다니, 상식에 어긋나도 유분수지. 그러니까 그쪽에서 우리 회사에 온 까닭은 그런 조작에 협조해달라는 거잖소?"

"아닙니다. 조작을 하려는 게 아니라 진실을 알고 싶은 거죠."

구로다의 책상 앞에 놓인 둥근 의자에 걸터앉은 아카마쓰가 말했다.

"이봐요, 아카마쓰 사장."

구로다는 둥근 올리브 같은 눈을 반짝이며 말을 이었다.

"당신 제정신으로 그런 소리를 하는 건가?"

"농담으로 도쿄에서 이야기를 듣겠다고 찾아올 리 없지 않습니까."

"그러고 보니 똑같은 이야기를 지난번에는 주간지 기자가 물어보겠다고 왔는데."

그러면서 구로다가 말을 이었다.

"그 기자에게도 이야기했는데, 우리 사고는 정비 불량 때문이 아니야. 뒤에서 들이받았기 때문이지. 그 충격으로 뒷바퀴가 튕겨 나갔어. 우리는 내내 호프자동차와 거래를 하고 있고 우리 회사에 있는 트럭은 모두 거기서 만든 거지. 그렇지만 타이어가 빠진 일은 한 번도 없어. 그럴 리가 있나. 호프자동차야, 그 차를 만든 회사는."

"그렇지만 저는 제 생각이 옳다고 생각합니다."

구로다는 대꾸하지 않고 그저 어깨만 으쓱해 보일 뿐이었다.

"자, 자, 이제 당신 농담을 들어줄 시간은 없어. 이만 돌아가주지 않겠나?"

"구로다 사장님, 혹시 그때 사고가 난 차량을 보여주실 수 없겠습니까?"

속이 부글부글 끓었지만 아카마쓰는 꾹 참고 고개를 숙였다. 하지만 돌아온 것은 구로다의 호통이었다.

"작작 좀 해! 당신도 프로라면 자기 잘못을 인정할 줄 알아야지. 한심하긴! 얼른 꺼져!"

구로다급송 사무실에서 나오니 캄캄한 하늘에서 가랑눈이 내리고 있었다.

살갗을 에는 듯한 바람이 불어왔다. 운송회사 부지 안에 딱 하나 서 있는 방범등 불빛은 아카마쓰의 마음속까지 쓸쓸하게 비추었다. 아카마쓰를 지탱하던 팽팽했던 실이 끊어지려 하고 있었다.

후쿠오카의 시마모토운송을 비롯해 구로다급송까지, 방문한 회사는 모두 일곱 군데째였다. 시간과 노력은 들었지만 얻은 것은 기껏해야 타이어 이탈 말고도 클러치 관련 사고가 섞여 있다는 사실뿐. 그건 사태를 더 복잡하게 만들 뿐이었다.

무겁게 내려앉은 어두운 밤하늘이 아카마쓰의 마음속도 뒤덮기 시작했다. 모노톤. 소리가 없는 세계. 돌아오는 길에 도메이고속도로*를 동쪽으로 줄곧 달리다 보니 차츰 현실감이 사라지고 다른 차원을 향해 돌진하는 듯한 착각에 사로잡혔다.

내가 대체 뭘 하는 건가?

내 앞길에는 정말 밝은 내일이 기다리고 있을까?

이대로 사고 책임을 떠안고 세상의 먼지처럼 사라질 운명이 아

---

* 東名高速道. 도쿄 세타가야구 도쿄 나들목에서 나고야시 옆에 있는 아이치현 고마키시의 고마키 나들목 사이를 잇는 고속도로.

닐까?

그때 가족과 직원, 그리고 나는 어떻게 되는 걸까……?

지금은 나를 믿을 수밖에 없다고 스스로 타일러보았다.

그렇지만 근거도 없이 무언가를 믿기는 너무도 어려운 일이다. 그 어려움은 믿으려는 사람이 아니면 이해하지 못한다.

맞서 싸운다고 하면 듣기에는 좋지만 지금 아카마쓰의 정신 상태는 그야말로 밑바닥이었다. 만신창이가 되면서도 오로지 있는지 없는지도 모를 출구를 찾아 헤매고 있는 동굴탐험가나 마찬가지다.

누마즈 나들목에서 도쿄로 가는 고속도로는 차츰 고도가 높아지다가 고텐바를 지나면서 내려가기 시작한다. 낮이라면 오른쪽 멀리 아시가라 산이 보이는 부근은 바람이 차 옆구리를 때리는 고지대다. 앞 유리창 너머 저 멀리 인가로 보이는 불빛이 깜빡이는 걸 보면서 지금 핸들을 확 꺾으면 죽을 테지, 하고 생각했다.

가드레일 너머는 몇십 미터나 되는 낭떠러지라서 그리 떨어지면 살아남을 수 없으리라.

그런 생각에 사로잡힌 순간, 핸들을 잡은 손에 땀이 솟았다. 가슴이 마구 뛰고 시야가 미묘하게 일그러졌다.

하려면 지금이다.

아카마쓰는 가속페달을 밟았다. 시속 120킬로미터에서 140, 160까지 속도가 올라가자 양옆으로 보이던 불빛은 늘어진 엿처럼 휘고 조각이 나서 바람에 날리듯 뒤로 사라졌다. 캄캄한 터널 속을 달리는 느낌이었다.

그 몇 초 동안 아카마쓰의 머릿속에서 온갖 생각이 날아올라 모두 사라지고 백지가 되었다. 지금까지 살아온 인생이 모조리 초기화되는 버튼이 눌리기를 그저 기다리는 듯한 침묵이다.

핸들을 꺾어!

아카마쓰는 눈을 부릅떴다.

조각난 기억밖에 남지 않았다.

아카마쓰는 지금 집 주차장에 차를 대고, 엔진을 끈 뒤 후우, 하고 숨을 내쉬며 등받이에 깊숙이 기댔다.

얼마나 그러고 있었을까.

무겁게 가라앉은 기분을 겨우 추스르고 차고에서 나와 현관으로 갔다.

누마즈에서 출발한 시각이 오후 8시 반.

손목시계 바늘은 이제 10시를 가리키고 있다. 그 두 시간 사이에 나는 틀림없이 한 번은 죽었다고 생각했다.

시즈오카에 내리던 가랑눈은 이제 본격적인 눈으로 바뀌었다.

인터폰을 누르자 발소리가 들렸다. 아이들이 아직 깨어 있는 듯했다. 오늘은 24일, 토요일. 자야 할 시간인데 내일은 일요일이라 후미에가 봐준 건지도 모른다.

"아빠!"

문이 열리고 둘째 아들인 데쓰로가 추운데도 맨발에 샌들만 신고 뛰어나왔다.

"다녀오셨어요?"

데쓰로 뒤에 다쿠로와 딸 모에, 그리고 후미에가 웃는 얼굴로 아카마쓰를 맞이했다.

"다녀왔어."

"가방 내가 받아줄게, 아빠."

"아, 고마워. 서비스가 아주 좋네."

모에가 아카마쓰의 가방을 무거운 듯 두 팔로 안고 거실로 달려갔다.

"아빠 오기를 기다렸어."

다쿠로가 말했다.

"어서 와."

후미에는 왠지 마음이 놓인다는 표정을 짓고 있었다. 타고난 육감으로 뭔가를 느낀 건지, "다행이네, 무사히 돌아와서"라고 했다.

아카마쓰는 넥타이를 풀면서 거실로 들어갔다. 그 순간 앗, 소리를 지를 뻔했다.

폭죽이 평, 평, 평 요란하게 세 번 터졌다.

"메리 크리스마스!"

아이들이 입을 모아 외치며 테이블 한가운데 놓인 케이크를 둘러쌌다.

"아, 그런가?"

아카마쓰는 자기도 모르게 중얼거렸다. 크리스마스 파티를 할 거라는 이야기를 들었는데 그만 까먹었다.

"아이들이 케이크도 먹지 않고 내내 기다렸어."

후미에가 말했다.

"맞아. 우리 모두 아빠가 돌아오기를 기다렸어."

데쓰로가 말했다.

"그래? 그랬어……?"

이렇게 말했을 때는 눈물이 쏟아질 것만 같았다.

기다려주었나, 나를?

다행이야, 죽지 않아서.

만약 그때 아카마쓰가 죽었다면 다쿠로나 데쓰로, 모에는 물론 후미에도 계속 기다리게 되었으리라, 영원히.

"고마워. 늦어서 미안해."

속에서 뜨거운 것이 올라와 목소리가 제대로 나지 않았다. 손 씻고 올게, 하며 세면대로 간 아카마쓰는 수건으로 얼굴을 쓱쓱 문질렀다.

6

테이블 가운데 놓인 초에 성냥을 켜 불을 붙이자 부드러운 적갈색 불빛이 테이블 위에 있는 음식에 영혼을 불어넣었다. 녹색 테이블보, 퇴근길에 사 온 치킨 데리야키. 사실은 칠면조를 사고 싶었지만 이미 다 팔려 없었다.

접시에 수북하게 담은 샐러드는 유기가 손수 준비했다. 그리고 딸기를 얹은 크리스마스 케이크.

"예쁘네."

다카시는 빨려 들기라도 하는 듯 촛불을 뚫어지게 보고 있었다.

"그래, 예쁘구나."

유기는 그렇게 말하며 작은 컵에 오렌지주스를 따라 다카시 앞에 놓았다. 그리고 두 개 나란히 놓인 잔에 레드와인을 반쯤 따라 하나를 비어 있는 자리에 살며시 놓았다. 4인용 테이블 가운데 주방과 가장 가까운 자리. 다에코가 늘 앉던 자리. 지금 그 자리에는 액자에 담긴 다에코가 미소 짓고 있다.

"엄마도 보고 있을까?"

다카시가 쳐다봐서 유기는 애써 웃어 보였다. 불쑥 밀려오는 슬픔의 깊이를 느끼면서.

"보고 있을 거야, 틀림없이. 천국에서 보고 있을 거야."

"엄마."

다카시가 불쑥 촛불 위를 보며 말했다.

"예쁘지, 엄마!"

대답은 없다.

그래, 다카시. 정말 예쁘구나!

눈을 감자 다에코의 밝은 목소리가 당장이라도 들릴 것만 같은 기분이었다.

그렇지만 아무리 기다려도, 아무리 속으로 빌어도 다에코의 목소리는 이제 다시 들을 수 없다.

난 그래도 괜찮다. 나는 적어도 다에코를 만나 8년 동안 많은 기억을 가슴에 새기고, 잊을 수 없는 추억을 만들었으니까. 그렇지만 다카시는 다르다. 아직 초등학교에 올라가기 전인 어린아이에게 다에코와 산 시간은 너무 짧다. 그 무엇과도 바꿀 수 없는 기억이 앞으로 얼마나 오래 다카시의 마음속에 남아 있어주려나.

"엄마가 꼭 우릴 보며 웃고 있을 거야, 아빠."

"그래, 틀림없이 그럴 거야. 엄마인걸. 다카시 엄마니까. 엄마와 너, 그리고 아빠는 내내 함께할 거야. 앞으로도…….

그렇지, 다에코? 그렇지……?

유기는 속으로 말했다.

다카시, 그렇게 엄마를 계속 기억하는 거야. 엄마를 잊지 말아 줘. 엄마가 널 어떻게 불렀는지. 어떤 책을 읽어주었는지. 어떻게 웃었고, 어떤 냄새가 났는지. 얼마나 마음씨 고왔는지.

잊지 말아다오…….

"크리스마스 노래 부르자."

다카시가 불쑥 말했다.

"크리스마스 노래?"

"응. 엄마가 불러주었던 노래. 엄마가 준 오르골에서 나오는 노래!"

다카시는 의자에서 내려와 방을 뛰쳐나갔다. 그리고 자기 방에서 오르골을 가지고 왔다.

유기는 할 말을 잃었다. 작년 크리스마스에 다에코가 다카시에게 준 선물이다. 다카시가 크게 기뻐한 선물은 비디오게임이었다. 이 작은 상자는 얼핏 보았을 뿐 거의 관심을 보이지 않았는데.

그래도 다카시는 기억하고 있었다.

숲속 나무꾼 인형이 장식된 오르골. 다카시는 조금 빡빡한 태엽을 애써 감더니 그걸 테이블 위에 올려놓았다.

맑은 소리가 조용히 방 안에 울려 퍼지기 시작했다.

소나무야, 소나무야 언제나 푸른 네 빛
쓸쓸한 가을날이나 눈보라 치는 날에도
소나무야, 소나무야 언제나 푸른 네 빛

소나무야, 소나무야 변함이 없는 네 빛

무더운 여름철이나 눈보라 치는 날에도

소나무야, 소나무야 변함이 없는 네 빛

오르골 소리에 맞추어 다카시가 노래하기 시작했다. 유기도 따라 부르려고 했는데 목소리가 나오지 않았다. 그칠 줄 모르고 흘러나오는 눈물을 어찌할 수가 없었다.

문득 다카시가 노래를 그쳤다. 당황한 눈빛으로 유기를 쳐다보았다.

"아빠, 울지 마."

"그래. 이제…… 이제 울지 않을게. 괜찮아."

유기가 말했다.

"엄마하고 약속했거든."

다카시의 뺨이 씰룩이는가 싶더니 눈물이 주르륵 뺨을 타고 흘러내렸다.

"이리 오렴."

유기가 두 팔을 벌리자 다카시는 의자에서 내려와 품 안으로 뛰어들었다. 그 가냘픈 몸을 힘껏 끌어안자 그때까지 꾹 참던 것이 단숨에 무너졌는지 다카시는 마구 울기 시작했다.

"다카시, 다카시……. 엄마는 앞으로도 널 지켜볼 거야. 앞으로도 계속."

유기가 흐느끼면서 말하고 다카시를 껴안은 팔에 힘을 꼭 주었다. 다카시와 유기의 뺨에는 뜨거운 눈물이 그칠 줄 모르고 흘러내렸다.

이런 크리스마스를 맞이하게 될 줄이야, 이런 크리스마스를…….

다카시를 재운 뒤, 유기는 침실로 가서 침대 아래 숨겨둔 선물 상자를 살며시 꺼냈다.

먼저 꺼낸 빨간 포장지에 녹색 리본을 감은 상자는 유기가 산 선물. 내용물은 다카시가 좋아하는 게임 소프트웨어다. 다음 상자는 유기의 부모님이 보낸 선물이었다. 여기에는 야구 글러브가 들었을 것이다. 그것도 다카시가 갖고 싶어 했다. 유기는 그 두 개를 발 옆에 늘어놓고 세 번째 상자를 꺼냈다.

커다랗고 두꺼운 종이 상자에 은빛 리본을 두른 그것은 장모님이 어제 전철을 갈아타며 찾아와 다카시 몰래 주고 간 선물이었다.

내용물은 스웨터. 그냥 스웨터가 아니다. 다에코가 다카시를 위해 짜던 걸 장모님이 완성한, 손으로 뜬 스웨터다. 그러니 이 선물의 절반은 하늘나라로 간 다에코가 보낸 셈이다.

"엄마가 마지막으로 보내는 선물이야, 다카시."

이렇게 중얼거리고 입술을 꾹 깨문 유기는 스웨터 상자를 먼저 꺼낸 두 개와 나란히 놓았다. 그리고 조금 망설이다가 하나 더 남은 선물 상자를 꺼냈다.

그건 이날 밤, 유기가 퇴근하기를 기다렸다는 듯이 도착한 것이었다. 마침 다카시는 목욕하고 있어 다행이었다.

선물을 보낸 사람은 아카마쓰 도쿠로였다.

은빛 포장지에 빨간 리본을 두른 작은 상자는 아카마쓰가 다카시에게 보낸 크리스마스 선물이었다.

"사람 놀리는군."

유기는 이렇게 중얼거렸다.

"다에코를 죽이고 자기 책임은 인정하지 않으면서 이런 걸 보내다니. 대체 무슨 생각을 하는 거야."

아무도 없는 침실에서 유기는 이렇게 내뱉었다.

사십구재 때 사죄하겠다며 찾아왔던 아카마쓰를 떠올리기만 해도 마음이 흐트러졌다. 분명히 사고일지도 모른다. 아카마쓰운송이 나쁜 마음을 먹고 그런 사고를 내지는 않았으리라. 하지만 정비 불량을 인정하지 않는 태도는 참을 수 없었다. 용서할 수 없다는 생각이 들었다.

"반성은 말뿐이야. 미안하다는 생각은 눈곱만큼도 하지 않아. 그러면서 이런 거로 얼버무릴 작정일 테지. 내가 넘어갈 줄 아나?"

유기는 아카마쓰가 보내온 상자를 바닥에 내동댕이치고 슬리퍼를 신은 발로 두 번, 세 번 세게 짓밟았다.

밟을 때마다 발아래서 뿌직, 하고 플라스틱이 꺾이는 듯한 소리가 났다.

"대체 뭐야! 날 어떻게 보고 이따위 물건을!"

포장지가 찢어지고 안에 있던 게임기와 소프트웨어가 드러났다. 그래도 유기는 멈추지 않았다. 이윽고 그게 무참하게 잔해만 남을 때까지 평소와 다른 사람이 된 것처럼 발로 계속 짓밟았다.

이윽고 방 안에 정적이 찾아왔다.

지금 유기는 어깨를 들썩이며 거친 숨을 토하고 있다. 늘 점잖고 온후한 성격이라는 말을 들으며 살아왔는데. 그런데 그 사고 뒤로 그런 유기의 감정을 둘러쌌던 포장지가 찢어졌다. 아카마쓰운송 소속 트레일러에 짓밟혀 소리를 내며 망가진 것이다.

용서할 수 없어. 도저히…….

마지막으로 방바닥에 흩어진 비싸 보이는 선물의 잔해를 힘껏 걷어차자 그것은 사방팔방으로 어지럽게 흩어졌다. 속 시원했다. 꼴좋다. 유기는 먼저 꺼냈던 선물 세 개만 품에 안고 거실로 가서 작은 크리스마스트리 아래 내려놓았다. 트리는 유기가 꺼내와 다카시와 단둘이 장식했다. 작년에 다에코가 했던 것처럼 똑같이.

잘했지, 다에코? 나도 하면 할 수 있다니까.

"그런데……."

반짝거리는 장식을 끄고 멍하니 바닥에 주저앉았다.

"그런데 당신은 이제 없네……. 다에코, 당신에게 보여주고 싶었어. 이 트리를 보여주고 싶었는데……."

그러더니 유기는 남 신경 쓰지 않고 울음을 터뜨렸다.

7

오테마치에 있는 도쿄호프은행 영업본부. 이자키가 앉은 책상에서는 가랑눈이 날리는 도쿄역이 보였다. 눈은 어두운 겨울 하늘에서 나선 모양으로 춤추며 내리는가 싶더니 바람에 실려 휘날렸다.

소리도 없이 창을 때리는 어지러운 눈발을 멍하니 바라보며 이자키는 조금 전까지 임원실에서 벌어졌던 격렬한 논쟁을 떠올렸다.

호프자동차 지원에 신중한 하마나카 부장을 포함한 의견 교환 회의였다. 호프자동차가 제출한 사업계획서의 실현 가능성을 둘러싸고 격렬하게 논쟁했지만 결국 합의를 보지 못한 채 평행선만 그렸다.

마키타 전무는 지원하는 방향으로 정리하라고 압박했는데, 그 근거는 희박했다.

"정치적으로 마무리 지어서 좋아질 일 하나 없어."

검토 회의를 마친 뒤, 회의실 밖으로 나온 하마나카가 싸늘하게 말했다.

마키타가 호프자동차 편에 서는 이유는 뻔했다. 국내 여신 담당인 마키타는 지난번에 은행의 우두머리인 도고 총재의 반대를 무릅쓰고 호프자동차를 지원하자고 우겼다. 인제 와서 호프자동차를 포기한다면 자기 판단을 스스로 부정하는 꼴이 된다. 체면 문제도 있지만, 총재 자리를 호시탐탐 노리는 마키타 전무로서는 물러설 수 없는 상태이기도 했다.

"지금까지는 중공업을 믿고 맡기면 되었지만, 이번엔 그렇게 되지 않겠지."

"어째서요?"

이자키는 깜짝 놀라 하마나카를 바라보았다. 하마나카와 단둘인 엘리베이터 홀 앞에는 푹신한 카펫이 깔려 있어 목소리는 울리지 않고 중후한 정적으로 빨려 들어갔다.

"웨스틴롯지 때문이지."

하마나카는 재작년에 호프중공업이 사들인 미국 원자력발전 기업의 이름을 꺼냈다.

"아직 정확한 이야기는 할 수 없지만, 불안 요인이 있어."

이자키는 숨을 죽였다.

웨스틴롯지를 사들이는 데 들어간 돈은 5천800억 엔. 세계가 깜짝 놀란 대형 기업 매수였다. 원자력발전의 세계 지형을 뒤바꿀 만한 충격을 주고 찬사를 받았다. 이 전략은 기존 노선으로는 사업 확대에 한계를 느낀 호프중공업이 회사의 운명을 걸고 한 선택이었다.

"자산 정밀 심사에서 중대한 결함이 발견된 모양이야. 호프중공업 경영진은 지금 그 문제를 해결하느라 정신이 없지. 호프자동차를 도울 수 있는 상황이 아니야."

"그런 상황을 호프자동차의 가노 상무도 알고 있나요?"

"귀에 들어가지 않았을 리 없어. 그런 상황이다 보니 가노 상무는 은행에 더 매달리는 거겠지."

"저는 어떻게 해야 좋을까요? 지금 상황에서는 소극적인 기안서밖에 쓸 수 없습니다."

이자키가 물었다. 그러자 하마나카는 이렇게 말했다.

"그러면 돼. 자넨 지금까지 해오고 생각한 연장선에서 이 문제를 처리하면 돼. 정치적인 판단은 자네가 할 일이 아니야. 판단을 왜곡하는 건 일개 병사가 할 일이 아니지. 늘 독재자이며 그 규칙을 만든 본인이 해. 우리 은행도 역시 그런 자기모순의 역사에서 벗어나지 못하고 있다는 이야기지."

이 말의 뜻을 곱씹는 이자키를 보며 하마나카가 말을 이었다.

"은행은 규칙이 전부야. 설사 큰 이익을 가져다준다고 해도 그게 부정한 방법으로 얻어지는 거라면 좋은 평가를 받을 수 없지. 큰 손실을 보더라도 그게 올바른 절차에 따라 이루어진 거라면 그어떤 책임도 물을 수 없어. 그게 은행의 논리지. 세상 사람들은 이러쿵저러쿵 흉을 보는 일이 많지만, 은행의 논리에도 정의라는 게 있어. 결과에 좌우되지 않는다는 이점이 있지. 그걸 잊지 말도록 해. 결국 내가 하고 싶은 이야기는 단 하나."

하마나카는 진지한 눈빛으로 이자키를 바라보며 말했다.

"자네가 결과를 두려워할 필요는 없다는 거지. 올바른 방법으로 도출한 판단이라면 이유 없이 굽히지 마."

하마나카는 심각한 말과는 달리 손을 가볍게 슬쩍 들더니 등을 돌렸다. 고개를 숙인 이자키는 온몸에서 아드레날린이 솟아나는 듯한 흥분을 느꼈다.

8

"뭐, 이번 일은 잘 풀렸군요."

도쿄호프은행의 마키타 전무도 초대한 송년회는 예정대로 12월 30일 오후 6시부터 무코지마에 있는 고급 음식점에서 열렸다. 예정보다 10분 일찍 회사 차를 타고 도착해 낯익은 여주인의 안내를 받은 가노는 연말이라 접대가 줄을 이어 지치기는 했지만 더할 나위 없이 쾌활하게 지하에 있는 송년회 자리로 내려갔다.

마키타는 은행원다운 정확성을 발휘해 약속 시간 5분 전에 송년회 자리에 도착했다. "이거 정말, 대단히 감사합니다" 하며 도쿄호프은행의 전무라는 세련된 직함에 비해 무척 세련되지 못한 분위기를 풍기며 들어서더니 큼직한 두꺼비처럼 바닥에 넙죽 엎드려 고개를 깊이 숙였다.

"오늘 이렇게 초대해주셔서……."

"자, 자. 전무님, 이리로."

가노 상무는 마키타의 말을 중간에 끊고 얼굴 가득 웃음을 지으며 테이블 상석에 마키타를 앉혔다. 자기는 맞은편에 앉더니 물수건을 가져온 여주인에게 "이제 시작하죠"라고 했다.

"며칠 전 언론 쪽 문제 처리 때는 정말 신세를 졌습니다. 감사합니다."

"아뇨, 아뇨. 당연히 해야 할 일이죠. 아무리 주간지라고는 해도 그런 근거 없는 내용을 기사로 내다니, 말도 안 되죠."

마키타의 말에 그렇게 말입니다, 하고 고개를 끄덕이더니 가노는 "아, 그래도 덕분에 살았습니다" 하며 기분이 좋아서인지 보기 드물게 속마음을 그대로 드러냈다.

건배하고 미리 주문한 요리가 나오자 한동안 두서없는 이야기를 나누며 술과 음식으로 배를 채웠다. 타고난 장사꾼인 마키타는 이런 자리에서 흥을 돋우는 것이 익숙하다. 은행 전무라는 자리에 모여드는 다양한 정보를 이리저리 짜 맞춰 지루할 틈이 없었다.

"전무님, 부탁드린 융자 지원 건 말입니다. 지금 어떤 상태입니까?"

가노가 이야기를 본론으로 되돌린 것은 요리도 반쯤 나와 어느 정도 배가 부르고 술기운도 제법 돌 무렵이었다.

"어떻게든 성사시키겠습니다."

마키타가 대답했다. 그렇지만 가노는 워낙 경험이 많고 교활한 인물이라 "그렇다면 반대 의견이 있다는 건가요?" 하고 캐물었다.

"뭐, 일부 있죠."

인정한 마키타는 여주인이 술을 따라주려는 것을 마다하고 자신의 잔에 손수 전통주를 따랐다. 그러자 가노가 "자리 좀" 하고 여주인에게 말하자 여주인은 여종업원들과 함께 자리에서 일어나

방을 나갔다.

"설마 영업본부는 아니겠죠? 며칠 전 사업계획서 변경까지 요구할 때는 정말 난감하더군요."

"죄송합니다."

마키타는 짧게 사과하고 "그렇지만 이번 건은 최종적으로 문제가 없을 겁니다"라고 단언했다.

"반대냐 찬성이냐 따지는 건 어디까지나 우리 은행 내부에서 거쳐야 할 절차이니 그런 문제는 알아서 처리하겠습니다."

"국내 여신을 총괄하시는 마키타 전무님이 그렇게 말씀해주시니 마음이 놓입니다."

도쿄호프은행이 호프자동차를 지원하는 문제는 애당초 기안서를 작성하고 말고 할 사안이 아니라는 게 가노의 의견이었다. 그건 호프 그룹의 정책 금융이기 때문이다. 더구나 조사역이니 차장이니 하는 실무자들이 이러쿵저러쿵 말을 하는 건 엉뚱하기 짝이 없는 일이다. 호프자동차라면 그렇게 불손한 태도는 상상할 수도 없는 일이다.

"마키타 전무님도 고생하시는군요. 시킨 대로 사업계획도 수정했고 〈주간 조류〉도 정리했어요. 이제 아무쪼록 좋은 판단 부탁드립니다."

빈정거리는 소리로 들리지 않도록 조심하며 가노가 말했다.

예, 하고 짧게 대답한 마키타였지만 얼굴은 웃음기가 없었다.

"다만 성가신 일도 있어서. 이럴 때 은행 조직이란 번거롭군요. 호프자동차가 부럽습니다."

"아뇨, 아닙니다. 어느 조직에나 상황 파악을 못 하는 직원이 있기 마련이죠. 그건 우리 회사도 예외가 아닙니다."

가노가 이야기하고자 하는 바를 마키타는 순식간에 파악한 게 틀림없다. 움직이던 젓가락을 멈추더니 이렇게 물었다.

"내부고발한 범인은 찾아내셨나요?"

"대략 짐작이 가서 며칠 전 인사이동을 시켰습니다. 조심스럽게 취급해야 해서 본인에게 직접 확인할 수는 없었지만."

"그 사람이 다시 고발하지 않는다는 보장은 있나요?"

"먹이를 던질 작정입니다."

가노가 말을 이었다.

"이동은 시키지만, 얌전히 있으면 앞으로 복귀할 기회는 있다고 생각하게 만드는 거죠. 말하자면 내부고발하는 자는 회사에 불만이 있다기보다 자기 처우에 대한 불만을 품고 있는 셈이죠. 그걸 개선할 수 있다는 생각이 들게끔 하면 얌전해집니다. 당근과 채찍이죠. 아니, 이 경우에는 채찍이 먼저고 당근은 그다음이지만요."

그러자 마키타는 감탄한 듯 말했다.

"호오, 은행과 아주 다르군요, 그건. 은행 같으면 다시는 복귀할 수 없습니다."

"그건 우리도 마찬가지예요. '기회가 있다고 생각하게 만든다'라고 말씀드렸지 기회가 있다고는 하지 않았습니다. 세상이 그리 만만하지 않죠."

가노는 그렇게 말하며 낮은 소리로 웃었다.

"과연. 역시 가노 상무님이십니다."

말없이 술잔을 입으로 가져가는 가노를 보며 마키타는 "그렇지만" 하고 신중한 표정을 지었다.

"그렇게 잘 처리하신 건 정말 다행이지만 문제가 꼭 잘 풀리지만은 않죠. 잘 처리하셨어도 빈틈이 있을 수 있어요. 어디서 어떻게 터무니없는 이야기가 새어 나갈지도 모르는 일이고. 요코하마 사고에 관해서는 실제로 경찰이 움직이고 있잖아요. 경찰도 바보는 아니죠. 괜찮겠습니까?"

"지켜보고는 있습니다."

방 안에 둘 이외에 아무도 없다는 걸 알면서도 가노는 목소리를 낮췄다.

"정비 불량이라는 조사 보고를 뒤집을 만한 증거가 나오지 않는 한 걱정할 일 없습니다."

"부품 반환을 요구하는 소송을 걸었다고 하던데요."

"걱정할 일 없습니다, 전무님. 부품 문제는 어떻게든 해결할 수 있어요."

"어떻게든이라고요?"

"실제로 조사하기 위해 그 부품은 잘게 썰었습니다. 그러니까 이제 반환할 부품이 남아 있지 않죠. 재판은 시간 보내기죠."

마키타는 심각한 눈빛으로 가노를 바라보며 말했다.

"뭐, 그런 문제에 대한 대응은 상무님이 워낙 잘하시니까. 다만 아무쪼록 조심하시기 바랍니다. 호프자동차에 두 번 다시 있어서는 안 될 소문이 나게 되면 우리 은행은 아주 힘들어집니다. 호프중공업 미쓰하시 사장도 많이 걱정하시더군요."

미쓰하시라는 이름이 나오자 마치 미세한 전류에 감전되기라도 한 것처럼 가노의 표정이 굳어지는 듯했다. 하지만 그것도 아주 잠깐이었다.

"말씀드린 대로 이미 손은 써두었습니다. 만에 하나 수사 당국의 조사를 받게 되더라도 우리 회사가 불리해질 만한 증거는 전혀 나오지 않을 겁니다."

마키타는 말없이 가노의 다음 말을 기다렸다.

"T회의에 관한 자료는 모두 폐기했습니다. 남은 건 정비 불량을 원인이라고 공개한 조사 결과 자료뿐이죠. 회의에 관여하던 직원 모두에게 컴퓨터 안에 있는 지시 사항을 비롯해 모든 자료를 폐기하도록 철저하게 지시했죠. 깨끗합니다. 우리 회사는 청렴결백해요. 남은 문제는 우리 회사에 생트집을 잡는 귀찮은 파리를 물리치는 것입니다."

가노는 그 '귀찮은 파리'가 제기한 소송이 세상의 주목을 받는 게 아닐까 걱정했지만 여론의 반응은 의외로 둔했다.

인신사고를 내고 원인을 자동차회사에 떠넘기려는 운송회사. 일개 중소기업과 대 호프자동차. 세상은 둘 중 어느 쪽을 더 신뢰하는지 증명된 것 같았다.

재판이 시작되면 호프자동차를 대리하는 변호사는 온갖 근거를 제기하며 재판 장기화를 노린다는 작전이다. 안 그래도 궁지에 몰린 아카마쓰운송에 이 재판을 계속 끌고 나갈 자금력은 없을 것이다.

"며칠 전 저도 조사해보았습니다. 분명히 아카마쓰운송이란 회사는 지유가오카 지점의 거래처더군요. 하지만 이미 채권 회수에 들어갔습니다."

기쁜 소식에 가노는 표정이 풀어졌다.

"감사합니다."

"지유가오카 지점장은 컴플라이언스를 까다롭게 따지니까요."

가노의 얼굴에 살짝 웃음이 떠올랐다.

"역시 도쿄호프은행입니다. 엄격한 여신관리 덕분에 후련한 기분으로 새해를 맞이할 수 있게 되었네요. 다시 건배 한번 하실까요?"

손뼉을 쳐 여주인을 부른 가노가 새 술과 잔을 가지고 오라고 해 자리는 다시 화기애애한 분위기가 되었다.

"내년에도 잘 부탁드립니다, 마키타 전무님. 내년이 우리에게 멋진 도약을 하는 한 해가 되기를. 도쿄호프은행과 우리 호프자동차의 번영을 기원하며, 건배!"

가노는 기분 좋게 술잔을 들이켰다. 웃음이 저절로 흘러나왔다. 마키타도 다 잘 풀렸다는 듯 웃는 표정이었다.

호프에 없으면 남에게도 없다.

압도적인 대자본과 사회적 영향력을 과시하는 호프자동차와 작은 운송회사. 승자와 패자. 그 구도는 점점 선명해지는 듯했다.

연말연시라 경제가 잠시 멈춘 사이, 이 승패의 구도는 돌에 새긴 듯이 굳어져 꿈쩍도 하지 않았다.

9

새해가 밝았다는 느낌도 없다.

지난해 말, 아카마쓰는 결국 연하장을 한 장도 쓰지 못했다. 덕분에 설날부터 지인들에게 보내는 연하장을 쓰며 시간을 보내게 되었다. 아카마쓰는 어처구니없는 설날 텔레비전 프로그램 따위는 통 보고 싶은 마음이 들지 않아서 그저 빨리 세상이 정상으로 돌아오기를 기다리며 시간을 보내고 있었다.

세상이 설날 기분에 들뜰수록 아카마쓰는 화가 났다. 내 정신이 놓인 상황이 얼마나 어둡고 희망이 없는지 뼈저리게 느꼈다. 그야말로 지옥 같은 사흘 설 연휴였다.

물론 이런 상황에 맞서기 위해 목록에 있는 몇몇 회사에 전화를 걸기도 했다. 하지만 전화가 연결된 회사는 두 곳뿐이었다. 그 두 곳도 담당자가 설 연휴로 쉬는 중이라 방문은 뒤로 미루었다.

장점도 있었다.

쉬지 않고 일해온 몸을 쉬게 해줄 수 있었다는 점이다. 컴퓨터로 보자면 강제 종료에 가까운 형태의 휴식이었다. 그래도 휴식은 휴식이었다. 사람에게도 가끔 '재시동'이 필요하다. 트럭과 마찬가지로 사람의 몸도 움직이는 데 한계가 있다.

사고 이후 아카마쓰는 몸을 혹사해, 자기 몸에 '정비 불량' 낙인이 찍히기 직전까지 마모된 상태였다.

학창 시절 유도부에서 단련한 몸이라 자신은 있다. 하지만 그 자신감이 어느새 자신감 과잉으로 바뀌고 있다는 사실을 어리석게도 깨닫지 못했다. 쉬어보고서야 비로소 아카마쓰는 자신의 피로를 인식할 수 있었다. 몸에 숨어들었던 금속피로는 어느새 아카마쓰의 몸에 눈에 보이지 않는 무수한 균열을 만들어냈던 모양이다.

그걸 깨달은 아카마쓰가 취한 행동은 몸이 쉴 수 있도록 무조건 자는 것이었다.

오로지 먹고 잠만 잤다.

그리고 드디어 맞이한 1월 4일. 여느 해와 마찬가지로 직원 모두를 모아 새해 인사를 한 아카마쓰는 다시 목록에 있는 회사를 방문하기 위한 조사 활동을 재개했다.

바빴던 연말에 비해 해가 바뀌고부터는 목록에 있는 회사 방문이 비교적 순조롭게 진행되었다. 하루에 두 군데, 많으면 세 군데까지 방문했다.

실마리가 될 만한 것은 없었지만 설 연휴에 충전한 체력 덕분에 아카마쓰는 전국을 돌아다녔다.

아이치현 지타시에 있는 다카모리운송이라는 회사를 방문한 때는 1월 12일 오후였다.

작은 운송회사였다.

회사 부지 안의 주차장 규모로 미루어 보면 트럭 수는 열 대쯤될까? 일이 없는지 아카마쓰가 도착했을 때는 겨울 햇살을 받아호프자동차의 엠블럼이 빛나는 트럭 세 대가 주차되어 있었다.

사무실 안에는 남자 한 명이 있었다. 30대 후반으로 보이는 마른 남자였다. 왠지 어두운 분위기를 풍기는 남자는 수화기를 들고지시를 하면서 눈으로는 사무실에 들어선 아카마쓰를 바라보았다. 지시 내용은 배차 문제였다. 아카마쓰는 남자의 전화가 끝나기를 기다려 말했다.

"실례합니다. 전화드렸던 아카마쓰라고 합니다. 사장님 계십니까?"

"아, 예."

남자가 카랑카랑한 목소리로 말하며 일어섰다.

"기다리고 있었습니다. 제가 사장인 다카모리입니다."

제10장

날아라!
아카마쓰 프로펠러 비행기

1

"유감스럽게도 아카마쓰 사장님이 기대하는 이야기는 아닐 것 같습니다."

지금까지의 경위를 설명한 아카마쓰에게 다카모리는 조금 미안하다는 듯이 이렇게 말하더니 테이블에 놓인 차를 마셨다.

간단한 자기소개를 하면서 다카모리도 아카마쓰와 마찬가지로 2대째 경영자라는 사실을 알게 되었다. 아버지로부터 물려받은 작은 운송회사를 어떻게든 꾸리고 있는 사정도 마찬가지고, 빠듯한 형편도 같았다. 이야기를 나누는 가운데 서로 비슷한 처지라는 점을 아카마쓰가 경영자로서 공감하기 시작했을 때 다카모리가 한 말이었다. 어떻게든 호프자동차의 리콜 은폐를 증명하고 싶다는 아카마쓰에게 다카모리는 냉정하게 거리감이 느껴지는 태도를 보였다.

장거리 수송 중이던 다카모리운송의 대형 트럭이 센다이시 교외의 국도에서 사고를 낸 때는 재작년 9월. 변속장치 파손 때문에 일어난 충돌사고로 트럭이 옆으로 쓰러졌다. 사고현장이 요란해서 신문에 실렸는데 운전기사는 경상을 입는 정도로 그쳤다. 일을 마치고 돌아오던 길이라 짐이 없어 화물 보상 등의 문제는 피했다고 한다.

"원인은 변속장치 내부 볼트가 느슨해졌기 때문이었죠. 아카마쓰운송의 사고와는 근본적으로 성질이 다른 것 같아서요."

그게 아카마쓰가 기대한 이야기가 아닐 거라고 한 이유라고 다카모리가 말했다.

"변속장치라고요?"

혼란과 낙담이 뒤섞이기 시작한 심정을 겨우 추스르고 아카마쓰는 생각에 잠겼다. 에노모토가 만든 목록은 단순히 취재처를 정리한 것에 지나지 않고, 다양한 사고가 뒤섞여 있다는 사실은 알고 있었다. 예를 들어 구마모토에서 이야기를 들은 구마하치흥운의 사고는 프로펠러 샤프트가 빠진 사고였다.

"트럭도 물건이니 상식적으로 생각해도 절대 망가지지 않는다고 할 수는 없겠죠."

다카모리가 말했다. 그건 아카마쓰도 이해한다.

"결국은 상식적으로 생각해 망가진 걸 이해할 수 있는 상황이냐 아니냐가 문제라고 생각합니다. 우리 회사도 사고는 사고이기 때문에 호프자동차에 조사를 의뢰했었죠. 원인은 관련 부분의 볼트가 느슨했기 때문이라고 하더군요. 정비 불량이라는 거죠."

"재조사는?"

다카모리는 당혹스러워하는 눈으로 아카마쓰를 보았다. 호프자동차의 조사 결과를 의심하지 않고 그냥 받아들였다는 걸 알려주는 표정이었다.

"하지 않았는데요."

석연치 않은 표정으로 다카모리는 대답했다.

"해야 했을지도 모르지만 그다지 중대한 사고는 아니라고 생각했었죠. 아카마쓰 사장님 회사에서도 마찬가지일 테지만 운송업에는 사고가 따라다니기 마련이니까요."

"그렇죠."

아카마쓰는 무겁게 고개를 끄덕였다. 분명히 맞는 말이었다.

적어도 이 목록에 적힌 회사의 중요도쯤은 미리 에노모토에게 확인했어야 했다. 모든 회사에서 유익한 정보를 얻을 수는 없다. '여긴 가봐야 헛수고'라는 한마디만 들었다면 지금까지 방문한 몇몇 회사는 생략할 수 있었다.

게다가 다카모리의 이야기를 통해 이 목록에 적힌 회사들의 사고는 세 종류가 섞여 있다는 사실이 밝혀졌다.

우선 아카마쓰운송과 같은 타이어 이탈사고. 앞뒤 어느 쪽이건 타이어가 빠지는 사고로 연결되는 경우. 이 경우 대부분은 중대한 사고로 이어진다. 두 번째는 프로펠러 샤프트가 빠진 사고. 그리고 세 번째가 다카모리운송처럼 변속장치가 파손된 사고다.

이런 단편적인 사실을 가지고 어떻게 진실에 다가가야 할지 상상도 가지 않았다. 에노모토는 그 진실에 이르렀다는 걸까?

"다카모리 사장님, 〈주간 조류〉 기자가 찾아왔을 텐데, 어떤 걸

묻던가요?"

지푸라기라도 잡는 심정으로 아카마쓰가 물었다. 그러자 다카모리는 이렇게 대답했다.

"아카마쓰 사장님과 같은 내용이에요. 다만 그 기자는 진짜 변속장치가 느슨해진 거냐고 끈덕지게 물었죠."

어떻게 된 걸까? 아카마쓰는 알 수 없었다. 하지만 에노모토에게는 가설이 있었을 것이다. 다카모리운송의 사고는 역시 그 가설에 바탕을 둔 취재의 연장선에서 벗어났다는 걸까? 다카모리의 이야기를 듣고 단순한 정비 불량일 뿐이라고 결론을 내린 걸까?

"그 기자가 무슨 말을 하고 싶어 하던가요?"

"그겁니다."

다카모리는 잠시 생각한 뒤 입을 열었다.

"저도 그때는 몰랐죠. 대체 우리 사고에서 무슨 이야기를 들으려고 한 건지 짐작이 가지 않았어요. 그런데 그 뒤 시간이 좀 지나고 나서 이시카와현에 있는 한 운송회사에서 전화가 걸려왔죠."

아카마쓰는 얼굴을 들고 말없이 다음 이야기를 재촉했다.

"듣기로 그 회사도 호프자동차가 만든 대형 트럭을 사용하는데, 작년 7월에 사고가 났답니다. 그러니까 아카마쓰 사장님의 사고가 일어나기 전이죠."

"어떤 사고였죠?"

아카마쓰는 몸을 앞으로 디밀며 물었다.

"프로펠러 샤프트가 빠진 사고였습니다."

그건 구마모토에서 들은 사고와 같았다.

"아카마쓰 사장님은 타이어 이탈사고만 신경 쓰시는데, 그것만 문제인 것이 아니지 않을까요?"

다카모리는 그렇게 지적하더니 말을 이었다.

"호프자동차가 만든 트럭이나 트레일러에 결함이 있다면 프로
펠러 샤프트에도 뭔가 문제가 있을지 모릅니다. 그 회사 총무 담당
자였나? 우리에게 연락해서 묻더군요. 클러치 하우징은 괜찮았냐
고."

"클러치 하우징?"

클러치 하우징은 클러치를 둘러싼 금속 덮개를 말한다.

"왜 클러치 하우징에 관해 물었을까요, 그 회사는?"

"프로펠러 샤프트가 왜 빠졌는지 독자적으로 조사했다고 합니
다. 그랬더니 클러치 부품이 파손된 상태였다더군요. 프로펠러 샤
프트가 빠진 원인은 클러치 하우징 때문이 아닐까 하는 이야기였
죠. 클러치 하우징이 망가지면 변속장치에도 손상을 줄 수 있으니
우리에게 물어본 모양이에요."

"그래서 어떻게 되었나요? 확인하신 거죠?"

다카모리는 천천히 고개를 저었다.

"아뇨. 그때는 이미 모두 수리가 끝난 뒤였어요. 클러치 하우징
은 분명히 교체했는데, 호프자동차판매 담당자 말에 따르면 변속
장치 손상 때 빠진 부품 때문에 클러치 하우징이 파손되어서 교체
했다고 했습니다."

"클러치 하우징이 먼저 망가졌느냐, 변속장치가 먼저냐 하는 문
제인가요?"

"예. 그렇지만 인제 와서 그걸 확인할 방법은 없습니다. 만약 그
회사 주장이 맞다면 호프자동차가 만든 트럭은 결함투성이라는

이야기가 되지만요."

그 말에는 과연 그럴 수 있겠느냐, 하는 상식적인 의문이 섞여 있었다.

"어떤 회사인지 이름을 알려주실 수 있나요?"

아카마쓰는 가방에서 목록을 꺼내며 물었다.

"호쿠리쿠로지스틱스라는 회사예요."

다카모리는 아카마쓰가 목록을 찾는 모습을 가만히 바라보다가 "이렇게 많이 찾아다니신 겁니까?" 하며 눈이 휘둥그레졌다.

"예. 모두 31개 회사가 적혀 있죠. 실제로 이야기를 나눈 곳은 아직 20군데쯤이지만요."

그런데 이때 아카마쓰는 의아한 표정을 지었다. 테이블에 내려 놓았던 목록을 집어 들고 다시 자세히 훑어보았다.

"왜 그러세요?"

"아뇨, 호쿠리쿠로지스틱스란 회사가 목록에 없어서요."

"이 목록에 있는 회사는 어떻게 조사한 겁니까?"

다카모리가 물었다. 아카마쓰는 대답할 말이 궁했다. 에노모토 에게 얻었다고 할 수는 없었다.

"제가 직접 조사한 건 아니지만 아마 신문 기사 데이터베이스 같은 걸 보고 만들었을 겁니다."

"그렇군요."

다카모리는 잠깐 생각한 뒤 말을 이었다.

"만약 신문에 실리지 않은 사고라면 어떻게 되나요?"

"아마 목록에서 빠졌겠죠."

아카마쓰는 의심스러운 눈빛을 보내는 다카모리의 눈을 바라보며 말했다.

"그 회사 연락처를 알려주시겠습니까? 꼭 방문하고 싶군요."

"미안합니다. 전화로 이야기했을 뿐이라 메모는 버렸어요. 하지만 호쿠리쿠로지스틱스라는 회사 이름은 틀림없으니 인터넷에서 검색해보면 알아낼 수 있겠죠. 가나자와 시내에 본사가 있는 회사라고 했습니다."

지타에서 돌아온 아카마쓰는 먼저 회사 컴퓨터 앞에 앉았다. 검색 엔진에 호쿠리쿠로지스틱스라고 입력해보았다.

홈페이지는 바로 찾았다. 트럭이 쭉 늘어선 사진이 있는 홈페이지였다. 가나자와 시내에 있는 나름 유명한 운송회사. 그게 호쿠리쿠로지스틱스라는 회사였다.

2

화장실에서 자기 자리로 돌아오니 미결재 서류함에 앙케트용지가 수북하게 쌓여 있었다.

'내일 관련 부서 회의 전까지 분석할 것'이라는 부장대리의 손글씨 메모가 붙어 있었다. 몇백 명분은 되지 않을까.

상품개발부로 이동하게 된 사와다에게 주어진 새 업무는 시장개발3과의 과장이었다. 소속 과원이 없는 과장직이다. 그런 의미에서는 지난번 부서보다 사와다의 지위는 낮아진 셈이다.

직위는 불만스러웠지만 "자넨 이 부서 경력이 없어. 즉시 전력으로 움직일 수는 없으니 한동안 거기서 업무를 익히고 있어"라는 말을 들었다. 그 말에 따를 수밖에 없다. 게다가 무얼 하더라도 감시자 역할을 하는 부장대리에게 지시를 받으라고 했다.

컴퓨터에 있는 스케줄 소프트웨어로 부서 내부 회의가 내일 오전 10시부터 잡혀 있다는 걸 확인한 사와다는 바로 앙케트용지를 보고 아연실색했다. 거기에 적힌 날짜는 한 달 전 것이었다.

한 달 동안 내던져두었다가 회의 전날 사와다에게 뒤치다꺼리를 하라는 이야기다.

게다가 앙케트 집계 분석 작업 따위는 과장이 할 일이라고 생각할 수 없었다. 사와다는 책상을 떠나 메모를 남긴 마나베 고타의 자리로 가서 항의했다.

"마나베 부장대리님, 이건 좀 아니지 않습니까? 한 달 전 앙케트인데 그게 왜 이제야 나오는 거죠?"

마나베는 귀찮다는 듯이 흘끔 사와다를 보고 그냥 자기 할 일만 계속했다.

"몰라, 그런 건. 현장에서 늦게 올렸겠지."

마치 남의 일 같은 말투였다.

"그래도 내일까지 하라니, 이게 뭡니까?"

"그게 뭐?"

마나베는 손길을 멈추더니 사와다를 바라보며 말했다.

"지금 자네에게 시킬 일이 그것밖에 없어서 부탁한 거야. 그럼 자넨 달리 뭘 할 수 있다는 건가?"

사와다는 반박할 수 없었다. 거봐, 라는 마나베의 싸늘한 눈이 사와다를 바라보았다. 그리고 그는 다시 손을 움직이기 시작했다.

주어진 일은 그럭저럭 해낼 자신이 있었다. 하지만 실적도 없이 '할 수 있다'라고 해봐야 현실감이 없다.

어쩔 수 없다. 앙케트용지를 안고 자기 자리로 돌아온 사와다는 책상 위 컴퓨터를 켜고 스프레드시트 소프트웨어를 실행했다.

앙케트는 호프자동차가 새로 발매한 소형차 전시회에서 상품권을 미끼로 방문객에게 작성하도록 한 것이다. 질문은 모두 30항목 가까이 되어 만만찮은 분량이었다. 분석도 그리 간단한 작업이 아니다.

'자넨 마케팅이 특기라면서?'

집중하려는 사와다의 머리에 마나베가 한 말이 자꾸 떠올랐다 사라졌다.

설마 마나베도 '마케팅'을 단순한 '시장조사'라고 잘못 알고 있을 리는 없다.

"날 우습게 보지 마."

사와다는 치밀어 오르는 화를 꾹 참았다. 모처럼 상품개발부로 옮겼는데 여기서 발끈해봤자 좋을 게 없지. 그동안 키워온 균형 감각을 살려 자신을 타일렀다.

여기에는 내 꿈이 있어. 이런 앙케트 분석 정도로 우는소리를 낼 수야 없지, 하며 기운을 냈다.

"호오, 다 됐어?"

이튿날 아침, 사와다가 분석 결과를 보고하자 마나베는 깜짝 놀란 말투로 물었다. 회의 시작 전까지 끝내라고 해놓고 무슨 소리냐는 생각이 들었지만, 사와다는 새벽 3시에야 겨우 마무리한 보고서를 "부탁드립니다" 하며 미결재 서류함에 넣고 말없이 물러났다.

이 상품개발부에서 성공하기 위해서는 터무니없는 일에 반발하기보다 그걸 받아들여 노력하는 모습으로 인정받는 게 가장 나은 방법일 것이다.

회의 참석자는 모두 26명이었다.

참석자는 상품개발부뿐만 아니라 디자인실, 판매부, 차량제조부 같은 관련 분야의 계장, 과장 이상이다. 정식 참석 멤버는 아니어도 앙케트 결과에 관한 질문이 나올 수도 있다고 생각해 사와다도 자진해서 회의실에 들어가 벽 쪽에 자리를 잡았다.

어떻게 되건 상관없는 일일 테지만, 이런 회의 때 답변이나 발상 하나로 사람에 대한 평가가 바뀌는 일은 흔하다. 그런 점에서 평가가 정해져 있던 판매부와는 사정이 달랐다. 지금 사와다는 어떻게든 마나베 부장대리는 물론 부장, 상품개발부 부원들에게 인정받아야 했다. 그러기 위해서는 무슨 짓이라도 할 작정이었다. 그러나……

"뭐야, 자네도 왔나?"

회의가 시작되기 1분 전에 나타난 마나베는 사와다를 보더니 내키지 않는 표정을 지었다. 회의실은 계속 들어오는 사람들과 회의 자료를 배부하는 부원들로 혼잡했다.

"일단 앙케트를 분석한 책임이 있어서요."

"아, 그 건은 됐으니 회의에 들어올 필요는 없어. 자리로 돌아가, 사와다 과장."

"괜찮겠습니까? 그 앙케트 건으로 혹시 질문이 나오기라도 하면……."

"됐으니까 자리로 돌아가라고."

마나베가 재촉하는 바람에 자리에서 일어난 사와다에게도 담당자가 자료를 나누어주었다. 그걸 받아 들고 회의실에서 나온 사와다는 어쩔 수 없이 상품개발부에 있는 자기 자리로 돌아갈 수밖에 없었다.

자기 노력이 제대로 인정받지 못하는 현재 상황에 한숨을 내쉬며 자료를 책상에 내던졌다. 그때 서류 가운데 하나에 눈길이 머물러 "엇?" 하고 살짝 소리를 질렀다.

두툼한 자료 안에서 얼굴을 내민 것은 문제의 앙케트 분석 결과였다.

사와다가 정리한 것이 아니었다.

내용을 확인한 사와다는 어처구니가 없어 고개를 들었다.

자료 오른쪽 위에 있는 '시장개발1과'라는 이름을 확인한 사와다는 거기 있던 과원을 잡고 물었다.

"이 앙케트 분석 누가 했지?"

사와다의 험악한 분위기에 눈이 휘둥그레진 시장개발1과 과원이 서류를 보고 말했다.

"아, 이건 오카다가 한 겁니다. 어이, 오카다."

책상 건너편에서 안경을 쓴 마른 남자 직원이 얼굴을 들었다.

말없이 서류를 확인한 오카다는 "지요다서베이에 의뢰한 거로군요"라고 했다.

"지요다서베이에 의뢰했다고?"

사와다는 믿을 수 없어 되물었다.

지요다서베이는 민간조사기관이다. 시장조사를 의뢰받아 앙케트 작성과 현장 조사, 그리고 분석까지 한다.

"언제?"

"이 이벤트를 했을 때죠."

"마나베 부장대리는 모르던데."

"그럴 리 없습니다."

오카다가 웃으며 말을 이었다.

"시장조사를 외주로 빼는 건에 관해서는 결재를 받아야 하니까요. 원래 저는 도쓰데이터를 이용하고 싶다고 신청했는데 가격이 싸니까 지요다서베이로 하라고 지시한 사람이 마나베 부장대리입니다."

"이 조사 결과는 언제 받았지?"

"3일 전쯤이던가? 그것도 부장대리에게 분명히 보고했습니다."

오카다는 그게 무슨 문제라도 있느냐는 듯 불만스러운 표정을 지었다.

사와다는 깜짝 놀라 할 말을 잃었다. 그 수십 페이지나 되는 분석 결과를 손으로 말아 쥐면서 자기를 이해시킬 수 있는 말을 찾았지만 잘 떠오르지 않았다.

비참하게도 이 분석 결과 쪽이 사와다가 한 분석보다 훨씬 뛰어났다. 시간과 노력을 들이는 방법이 다르니 당연한 노릇이지만 사와다가 한 작업은 그야말로 존재 의의조차 없었던 셈이다.

마나베에게 사와다가 한 앙케트 분석은 애당초 필요 없었다. 그렇다면 왜 굳이 그런 일을 시킬 필요가 있었을까?

"부장대리님, 잠깐 시간 좀 내주시죠."

점심때가 지나, 사와다는 회의를 마친 마나베가 돌아오기를 기다렸다가 다가갔다. 목소리에 화가 묻어나지 않게 하려고 애를 썼다.

사와다는 지요다서베이가 정리한 자료를 부장대리의 책상에 내려놓았다. 마나베는 그걸 흘끔 보았지만 아무 일도 아니라는 듯이 다른 서류를 뒤적였다.

"조사 분석을 외주로 내보냈는데 제게 같은 일을 시킨 겁니까?"

"아아, 이거?"

마나베는 어떻든 상관없다는 듯이 말했다.

"내용이 좀 어떤가 싶어서 말이야. 자네에게 같은 일을 시켜서 확인하고 싶었지. 고생했어."

"잠깐만요. 확인할 거라면 지요다서베이가 작성한 조사 분석 결과를 주셨어도 괜찮았을 거로 생각하는데요."

"어떻게 확인하건 내 맘이지."

발끈한 표정으로 마나베가 말했다.

"선입견 없이 같은 분석을 비교해보고 싶었을 뿐이야. 그게 뭐가 이상한가?"

마나베는 기분이 언짢은 표정으로 말하더니 바쁘니까 꺼지라는 듯이 사와다를 무시하려고 했다.

"그래요? 그건 뭐, 실례했습니다."

사와다는 마나베를 노려보며 말했다.

"그럼 이제 제가 작성한 보고서는 필요 없다는 거로군요."

사와다는 마나베 부장대리의 미결재 서류함에서 한 통의 서류를 집어 들었다.

마나베의 눈에서 색이 사라졌다.

그건 아침에 사와다가 제출했던 상태 그대로, 펼쳐본 흔적도 없이 남아 있던 보고서였다.

여기에 내 꿈이 있을 터다.

그렇게 믿고 있었던, 어쩌면 그렇게 믿으려고 하던 사와다의 가슴에 차츰 의문이 스며들기 시작했다.

정말 꿈이란 게 있나?

이런 생각이 씻어도 씻어도 지워지지 않는 때처럼, 사와다의 뇌리에 달라붙어 떠나지 않았다.

3

"임시총회?"

구라타 교장은 풀이 죽은 얼굴을 찌푸리며 면목이 없다는 표정을 지었다. 앞에 놓인 봉투에서 나온 것은 탄원서였다.

"120분이 서명하셨습니다. 쉽게 무시할 수 없는 숫자라서……. 어떻게 할까요?"

"어떻게 하다니요?"

아카마쓰는 이어서 "언제인데요?" 하고 물었다.

"가타야마 씨 말씀으로는 될 수 있으면 빨리하자고 합니다."

가타야마를 비롯한 학부모들이 졸업식에 형사 사건의 피의자에게 인사말을 하게 할 것이냐면서 학부모에게 총회 개최 서명을 요구했다는 이야기는 이미 후미에에게 들었다. 그게 현실이 되어 눈앞에 나타난 셈이다. 이 서명을 모은 가타야마를 비롯한 일부 학부모들은 물론이고 전혀 의연한 태도를 보여주지 못한 구라타 교장에 대해서도 마찬가지로 화가 났다.

"총회를 열자면 열겠습니다."

아카마쓰는 이렇게 말하며 구라타가 꼽은 몇 개의 날짜 가운데 자기 일정을 고려해 총회 개최일을 골랐다.

"그날 일정으로 서기를 맡을 분 쪽에서 안내장을 만들어달라고 부탁하겠습니다만, 새 회장 후보는 누구입니까?"

아카마쓰가 묻자 구라타 교장은 심하게 허둥댔다.

"저를 경질하려면 누군가 대신할 분을 회장으로 추천할 생각일 거 아닙니까?"

"예."

모호하게 대답한 구라타는 어깨를 웅크리며 시선을 떨구었다.

"가타야마 씨가 자진해서 입후보하시는 모양입니다."

그럴 줄 알았다. 임시총회를 요구하는 서명을 모은 수만큼 '가타야마 회장'의 찬성표가 될 것이다. 그건 당연히 아카마쓰에 대한 반대표이기도 하다.

"모처럼 회장직을 맡아주셨는데 정말 면목이 없게 되어 마음이 아픕니다."

구라타는 이미 아카마쓰가 당연히 경질될 거로 생각하는 듯한 말투였다.

"될 수 있으면 기분 좋게, 임기 마지막까지 해주셨으면 좋겠다고 생각했는데."

"여러모로 폐를 끼쳤습니다."

왠지 벌써 사임 인사를 하는 분위기에서 교장실을 나온 아카마쓰는 손목시계로 시간을 확인하고 오야마니시초등학교를 뒤로했다. 아직 수업 시작 전이라 등교하는 어린이들을 스쳐 지나면서 교문을 나온 아카마쓰는 오야마다이역에서 도큐선을 타고 바로 하네다로 향했다.

리무진 버스를 타고 점심시간 조금 전에 가나자와 시내에 들어선 아카마쓰는 역 앞에 있는 레스토랑에서 가볍게 식사를 마쳤다.

택시를 잡아타고 방문한 호쿠리쿠로지스틱스는 인터넷 홈페이지에서 본 그대로 상당히 큰 운송회사였다. 지방이라고는 해도 드넓은 부지와 그 땅에 들어선 배송 센터, 본사 빌딩과 부지런히 움직이는 직원의 수를 보면 매출이 분명 아카마쓰운송의 몇십 배는 될 것이다.

회사도 철저하게 능률적으로 움직이는 듯했다. 심플하게 꾸민 안내실에는 사람이 없었다. 전화가 한 대 있고, 사내 내선번호표가 놓여 있을 뿐이었다. 약속한 상대의 번호로 전화를 걸고 잠시 기다리니 제복을 입은 여성 직원이 나와 아카마쓰를 방문객 접견실로 안내했다.

접견실은 2층인데 호텔 로비처럼 팔걸이의자와 테이블이 배치된 쾌적한 공간이었다. 벽면 유리 너머로 배송 센터에 출입하는 트럭이 보였다. 우리 회사가 이만한 규모로 성장하면 좋겠다는 생각이 들어, 아카마쓰는 부러운 마음으로 그 광경을 바라보았다. 아마이 회사에는 아카마쓰가 지금 직면하고 있는 자금 조달이나 경영 문제 같은 것은 없으리라. 상장은 하지 않은 모양인데, 그래도 이 지역 은행들은 다들 돈을 빌려주겠다고 매달릴 것이다.

5분쯤 기다렸을까?

"오래 기다리셨습니다. 아카마쓰 씨?"

밖을 바라보던 아카마쓰가 시선을 돌리자 거기에는 사무용 겉옷을 걸친 또래로 보이는 남자가 서 있었다.

"바쁘실 텐데 죄송합니다."

일어서서 깊숙이 고개를 숙인 아카마쓰에게 "아닙니다. 자, 앉으시죠" 하며 총무과장 아이자와 히로히사는 바로 의자를 권했다.

"전화로도 말씀드렸습니다만, 지타에 있는 다카모리운송을 방문했을 때 귀사에 관한 이야기가 나왔습니다. 조금 더 자세한 말씀을 듣고 싶어서요."

방문 목적은 미리 전화로 간단하게 이야기해두었다. 아카마쓰가 무얼 하려는지 아이자와가 대략 알고 있다는 것은 "고생이 많군요"라는 말로도 어느 정도 상상할 수 있었다.

"다카모리운송에 문의했던 사람은 바로 접니다. 다카모리 사장님이 잘 가르쳐주셨네요. 제가 전화했을 때는 거의 상대해주지 않았거든요. 전화로 묻는 것과 직접 찾아뵙는 건 아무래도 성의에서 차이가 느껴질 테니 당연한 건가?"

"다카모리운송의 트럭은 변속장치 파손이라고 하더군요. 원인은 정비 불량입니다. 하지만 재조사는 하지 않았고요. 한편 귀사는 프로펠러 샤프트가 빠진 사고라고 들었습니다. 원인은 뭐였나요?"

"정비 불량이라고 되어 있죠."

아이자와는 의미심장한 말투로 대답했다.

"실제로는 어떻게 생각하셨습니까? 솔직한 의견을 들려주십시오."

아이자와는 자기가 호쿠리쿠로지스틱스에 입사하기 전에 도쿄의 대형 운송회사에서 정비 일을 했었다고 했다.

"그 경험으로 미루어 보면 그런 결론이 나올 수 없죠. 아니, 그 전에 정비 불량이니 뭐니 하는 결론은 따질 가치도 없어요."

이렇게 단언한 아이자와는 그 근거가 될 이유를 하나 꼽았다. 아카마쓰는 상상도 못 한 사실이었다.

"그렇다면 반론할 수 있지 않습니까? 왜 그러지 않았나요?"

이렇게 묻자 아이자와의 표정이 흐려졌다.

"반박하고 싶은 마음은 굴뚝같았는데……. 사장님이 그만하라고 해서서."

"도대체 왜요?"

무심코 캐묻자 아이자와는 아카마쓰의 뒤편을 살폈다. 그 모습으로 미루어 아이자와가 회사 내부의 대응에 불만을 품고 있다는 사실을 눈치챌 수 있었다. 조직의 일원이기 때문에 아이자와 개인의 의견보다 회사의 방침이 우선한다. 그건 크고 작고를 가리지 않고 어느 기업이나 마찬가지다.

"사장님은 호프자동차 출신이라서요. 2대째이긴 하지만 젊은 시절 그 회사에서 배우셨습니다. 자기를 키워준 곳이라고 생각했을 테죠. 큰 사고는 아니니 내버려 두라고 했습니다."

사고라고는 해도 사람이 죽거나 다친 것은 아니었다. 도로 옆 전신주를 들이받은 정도였다고 한다. 화물 파손 손해는 가벼웠고 다른 영향은 짐이 늦게 도착한 정도. 신문에 기사도 실리지 않았다. 에노모토가 만든 목록에서 호쿠리쿠로지스틱스가 빠진 것도 아마 그 때문이리라.

"솔직히 분했죠. 작은 사고라고 해서 그래도 된다고는 생각하지 않습니다. 사고 원인이 정비 불량이라면 그건 제 책임이라는 이야기니까요. 아무리 그래도 그건 아니죠. 그래서 여러모로 알아보고 있었는데 사장님이 더는 사고 관련 문제를 키우지 말라고 해서 게임 끝이었죠. 그런 일에 시간을 허비하느니 더 긍정적인 일을 하라고 하시더라고요. 그렇지만 원인이 분명하게 밝혀지지 않은 상태에서 다음 일을 하라고 해도 저로서는 불가능했죠."

아이자와는 장인 기질을 드러냈다.

"우선 이해하고 뭐고 우리 트럭은 모두 호프자동차에서 만든 겁니다. 자기와 관계있는 회사라고 해서 어영부영 넘어가는 건 임시방편일 뿐이잖아요. 또 같은 사고가 일어나면 어떡합니까? 다음엔 큰 사고일지도 모르죠. 아카마쓰운송이 아니더라도 사람이 죽을지 몰라요. 그런 사고가 일어난 뒤에는 이미 늦죠. 결함이 있는 트럭은 달리는 흉기일 뿐이라고 생각합니다. 그걸 내버려 두는 건 범죄에 가담하는 짓이나 마찬가지입니다."

진지한 아이자와에게선 뜨겁게 끓어오르는 것이 느껴졌다.

"작년 사고는 우리로서는 이미 결말이 났습니다. 인제 와서 들추면 사장님에게 크게 혼나겠죠. 사실 오늘 아카마쓰운송과 사고건으로 만난다는 이야기는 누구에게도 보고하지 않았습니다. 제독단이니 꼭 비밀을 지켜주십시오."

"그런 줄도 모르고 시간을 내달라고 부탁드렸네요."

아카마쓰가 사과하자 "괜찮습니다" 하며 모종의 결의를 숨기고 아이자와가 말했다.

"아카마쓰 사장님께서 진상을 밝혀주신다면 그보다 더 기쁜 일은 없을 테니까요."

"진상이라고요?"

아이자와는 얼른 입을 다물더니 진지한 표정으로 아카마쓰를 바라보았다.

"이 사고는 구조적인 결함 때문에 일어났다고 생각합니다. 다만 아카마쓰 사장님의 문제를 해결하는 데 도움이 될지는 모르겠습니다. 아카마쓰운송의 사고는 틀림없이 허브가 문제였죠?"

아카마쓰가 알아본 바에 따르면 호프자동차가 만든 차량이 일으킨 사고의 원인은 여러 가지다. 허브, 프로펠러 샤프트, 변속장치.

"사고를 일으키는 호프자동차 차량의 결함에는 두 가지가 있다고 생각합니다. 제가 조사한 바로는 프로펠러 샤프트가 빠지는 사고와 다카모리운송에서 일어난 변속장치 파손은 사실 같은 요인 때문에 일어난 게 아닌가 생각하죠."

"클러치 하우징?"

"맞아요. 클러치 하우징이 파손되면서 다른 사고가 일어나는 게 아닐까 생각합니다. 우리 사고가 바로 그랬으니까요. 그리고 또 한 가지는 아카마쓰운송 사고에서도 문제가 된 허브입니다. 종류가 다른 사고라서 아카마쓰 사장님에게 직접 도움이 될 정보는 제게 없습니다. 하지만 간접적인 거라면."

"간접적? 어떤 걸 말씀하시나요?"

아이자와는 일단 자리에서 일어나더니 두툼한 자료를 품에 안고 돌아왔다.

"자, 이걸 가져가세요. 사실 제가 제 손으로 호프자동차의 조사 결과를 반박하고 싶지만 지금 처지로는 그러기 어렵죠. 그래서 아카마쓰 사장님에게 그 중요한 역할을 부탁드리고 싶습니다."

"이 서류는……?"

"제가 실시한 사내 조사 결과 보고와 사장님이 호프자동차에서 받은 조사 보고서입니다."

그러더니 아이자와는 불쑥 입을 다물고 쓸쓸한 웃음을 지었다.

"이 사고가 있은 뒤로 회사에서 제 처지가 미묘해졌습니다. 튀는 행동을 했기 때문이라면 그럴지도 모르죠. 그렇지만 저로서는 내버려 둘 수 없었을 뿐이에요. 회사 안에서는 아무도 알아주지 않지만, 아카마쓰 사장님이라면 이해해주시겠죠. 한심한 상황입니다."

아이자와는 눈썹으로 팔자를 그리며 애써 웃어 보였다.

"아카마쓰 사장님께 불평을 늘어놔봤자 아무 소용없지만, 최근 반년 동안은 바늘방석이네요. 제 명함을 보시고 이상하다는 생각이 드시지는 않았나요?"

그제야 아카마쓰는 아이자와의 명함을 찬찬히 들여다보았다.

"총무과장으로 되어 있죠? 아닙니다. 그 사고가 일어나기까지 제 직함은 정비과장이었어요. 제가 왜 분하게 여기는지 아시겠어요? 정말 참을 수가 없습니다."

"그러셨군요……."

아카마쓰는 심각한 표정으로 고개를 깊숙이 숙였다.

"감사합니다. 이 서류, 꼼꼼하게 읽어보겠습니다."

그러자 아이자와가 말했다.

"기대합니다. 무슨 일이 있으면 거리낌 없이 연락주세요. 마지막으로 한 말씀 드려도 될까요? 그 서류에는 제 영혼이 담겨 있습니다."

받아 든 서류의 묵직한 무게감이 아카마쓰의 손에 느껴졌다.

4

가나자와에는 세 시간쯤밖에 머물지 않았다. 3시 반에 출발하는 하네다행 비행기를 간신히 탄 아카마쓰가 회사에 돌아온 때는 오후 6시가 지나서였다. 비행기 안에서 아카마쓰는 아이자와의 서류를 정신없이 읽었다.

영혼이 담겨 있다고 했다.

그야말로 아이자와의 말 그대로였다.

그뿐 아니다. 여기에는 아카마쓰가 찾던 모든 게 담겨 있었다. 그걸 깨달은 것은 착륙 준비에 들어가는 비행기에서 안전벨트를 채우라는 표시등이 깜빡거리기 직전이었다.

그 서류에는 주목할 만한 점이 있었다. 결정적이라고도 할 수 있는 사실이었다.

충격을 받아 치밀어 오르는 흥분 때문에 호흡이 흐트러졌다. 승무원이 말을 걸 때까지 서류에서 눈을 뗄 수 없었다.

"어떠셨어요, 사장님?"

아카마쓰를 보자마자 고개를 빼고 기다렸다는 듯이 미야시로 전무가 의자에서 일어나 다가왔다.

아카마쓰가 너무 일찍 돌아와, 야근하던 미야시로는 '헛수고'라는 한마디를 예감하는 표정을 짓고 있었다.

"이게 오늘 수확이에요, 전무님."

아카마쓰는 아이자와가 준 서류를 가방에서 꺼내 미야시로에게 건넸다.

"읽어보세요."

미야시로가 그걸 읽는 동안 사장실에 들어가 지친 몸을 소파에 던졌다.

그 사고가 난 뒤로 꽤 오래 세상을 방황한 기분이 들었다. 눈을 감자 그동안 일어났던 온갖 일들이 머릿속을 스쳐 지나갔다. 눈꺼풀 안쪽에 소용돌이치는 무질서한 혈류의 소용돌이를 느끼며 어딘가 멀리서 울리는 사이렌 같은 귀울림을 들었다. 지금까지 '이제 글렀는지도 몰라' 하는 부정적인 감정과 '아직 어딘가에 돌파구가 있을 것이다' 하는 긍정적인 감정이 뒤섞여, 아카마쓰는 속으로 번민해왔다. 하지만 그런 고민도 이제 끝나간다.

얼마나 그러고 있었을까. 사장실 문을 두드리는 소리가 났다. 정신을 차린 아카마쓰가 대답하자 정비과장인 다니야마, 그리고 가도타가 얼굴을 디밀었다. 미야시로가 부른 모양이었다.

"서류를 이 친구들에게 보여줘도 괜찮습니까?"

"그럼요. 차를 좀 끓일까요?"

제가 하죠, 하며 나선 미야시로를 말리고 아카마쓰는 준비실에서 차를 4인분 끓였다.

정신없이 서류를 읽기 시작한 직원들 앞에 차를 내려놓았다.

호쿠리쿠로지스틱스라는 회사에서 일어난, 분명 아주 작은 화제성도 없는 가벼운 사고에 관한 보고서다. 대수롭지 않은 사고라고 해도 결코 손을 뗄 수 없어 철저하게 원인을 밝히려고 한 아이자와의 장인 기질이 여기 담겨 있었다.

"이겁니까, 사장님이 주목하시는 부분은?"

이윽고 가도타가 입을 열며 서류를 넘기던 손길을 멈췄다.

'국토교통성 귀중'이란 글자가 보였다.

제목은 '사고 원인 조사 보고서'. 호프자동차 사장 명의로 작성된 서류의 내용은 읽지 않아도 이미 아카마쓰의 머릿속에 들어 있었다.

올해 7월 15일, 가나자와 시내에서 일어난, 우리 회사가 제조한 자동차에서 프로펠러 샤프트가 빠진 사고를 꼼꼼하게 조사한 결과 소유자인 호쿠리쿠로지스틱스 주식회사의 '정비 불량'이 원인이라는 결론에 이르렀습니다. 여러 해 사용한 차체에서 프로펠러 샤프트가 빠지는 일은 매우 드문 파손이며 자주 일어나지 않는 점으로 미루어 우리 회사가 제조한 자동차를 개선해야 할 필요성은 없다고 사료됩니다.

"이 보고서는 흔히 일어나는 일이 아니라고 잘라 말하지만, 프로펠러 샤프트가 빠지는 사고는 종종 일어나고 있어. 호프자동차가 모를 리 없지."

"그걸 숨기고 있다는 건가? 너무하네."

가도타가 화난 표정을 지으며 말했다.

"그런데 호프자동차는 왜 호쿠리쿠로지스틱스의 사고에 관해서 국토교통성에 이런 보고서를 보낸 거죠?"

"보고하라는 요구를 받았대."

"보고하라는 요구를 받아요? 국토교통성이 이런 작은 사고까지 파악하나요?"

깜짝 놀란 가도타를 보며 아카마쓰는 고개를 저었다.

"담당자가 차량 결함에 의한 사고가 아니냐고 국토교통성에 연락했대."

아카마쓰는 하네다공항에 내리자마자 제일 먼저 아이자와에게 전화를 걸었다. 그리고 물었다. 어떻게 호프자동차가 국토교통성에 보낸 보고서가 존재하느냐고.

"묻지 마세요, 아카마쓰 사장님."

아이자와의 대답은 모호했어도 그걸로 충분했다. 이 보고서는 말하자면 아이자와의 반골 정신이 만들어낸 것이다. 온 힘을 다해 파고들고 끝까지 저항한 증거가 이 서류인 셈이다.

"이것저것 모두 다 사용자 책임이라는 겁니까?"

가도타가 툭 내뱉었다. 네 사람은 각자 머리를 굴리며 복잡한 미로 속에서 방향감각을 잃은 듯이 난감한 표정을 지은 채 말이 없었다. 조각조각 흩어진 생각이 이윽고 하나로 묶였을 때 미야시로가 입을 열었다.

"활로가 열렸네요, 사장님."

호프자동차의 사고조사 결과의 신빙성에 의문이 제기되면 아카마쓰운송 사고조사도 신뢰가 떨어진다고 증명할 수 있을지 모른다. 아이자와가 말한 '간접적'이지만 아카마쓰의 조사를 뒷받침해줄 수 있을 거라는 말의 의미는 바로 거기에 있었다.

"경찰에 신고하죠, 사장님."

다니야마가 몸을 들이밀며 말했다.

"물론, 경찰에는 신고해야죠. 하지만 호프자동차에 한 번 더 다녀올게요. 내 손으로 놈들에게 들이밀고 싶어요, 이걸."

"사장님, 그쪽에서 상대해줄까요? 소송 중인데."

미야시로의 지적은 당연했다.

"그동안 호프자동차는 날 심하게 업신여겼어요. 나뿐만이 아니죠. 우리 직원들은 물론 가족도, 피해자 유기 씨도 업신여겼죠. 호프자동차 때문에 인생이 어긋나 고통을 받았죠. 그런데 저놈들을 보세요. 뻔뻔하게 자기들 잘못을 인정하지 않잖아요. 결함이 있는 자동차를 만들어내면서 사고가 일어나면 모두 정비 불량 탓이라며 모르는 척하고 있죠."

억울하다는 생각이 치밀어 올랐다.

"경찰은 경찰 방식대로 하면 그만이죠. 하지만 우리에겐 우리 방식이 있어요. 이건 호프자동차와 우리의 싸움이에요."

"사장님답군요."

미야시로가 말했다.

"약삭빠르게 굴지 못하는 성격을 타고났으니까. 난 끝까지 우직하게 밀어붙일 거야."

"사장님 때문에 우리 직원들은 모두 그런 녀석들뿐이라니까요."

미야시로가 웃으며 말하자 가도타가 씩 웃으며 오른손 엄지손가락을 세웠다. 녀석, 무게 잡기는. 그렇게 생각하면서도 아카마쓰는 자기도 엄지손가락을 세워 보여주었다.

"고생하셨습니다."

아카마쓰는 미야시로의 위로를 웃으며 받아들였다.

"지금 회사 안에 있는 사람들 불러와, 가도타. 가끔은 다 함께 식사하러 가자고."

"역시 사장님이셔."

가도타가 장단을 맞추며 활짝 웃었다. 다니야마도 그런 모습을 보고 싱글벙글했다. 갑자기 눈물이 고인 미야시로는 뺨에 힘을 잔뜩 주며 몇 번이고 고개를 끄덕였다.

"언제까지나 당하고 있을 수만은 없지."

퇴근 준비를 위해 직원들이 나간 사장실에서 아카마쓰는 혼자 중얼거렸다.

"우리도 오기가 있지. 작은 운송업체를 얕보지 말라고."

5

"과장님, 아카마쓰운송에서 면담 요청이 들어왔는데, 어떻게 할 까요?"

고개를 들자 부하 직원인 기타무라가 당황한 표정으로 나가오카를 바라보고 있었다.

"면담? 뭔 소리야, 그게?"

나가오카가 말했다.

"과장님과 면담하고 싶다는데요."

"거절해!"

나가오카가 대뜸 내뱉었다. 짜증의 절반은 요령 없는 저 부하 직원을 향한 것이다. 일일이 자기 허락을 받을 일도 아닌데 계속 묻는다. 이게 다 전임자인 사와다가 어설펐기 때문이라는 생각이 들었다. 이 고객전략과 자체가 썩었다.

내가 바로잡아주마.

그런 생각도 들어 나가오카는 "대체 생각이 있는 거야?" 하고 내뱉었다.

"아카마쓰운송과는 지금 소송을 벌이고 있잖아. 그런 회사 사장과 직접 만날 일이 있겠어? 그런 건 상식 아니야?"

"예, 죄송합니다."

"우린 말이야, 그런 하찮은 회사를 상대할 만큼 한가롭지 않아."

언성을 더 높인 나가오카는 책상에 있던 자로 책상 위를 신경질적으로 두드렸다.

"만나려면 변호사 통해서 법정에서 만나자고 전해!"

"변호사도 함께 올 거랍니다."

"뭐라고?"

나가오카는 오동통한 기타무라의 얼굴을 잠시 바라보았다.

"화해를 신청할 생각이 아닐까요?"

화해라고?

그 말을 들은 순간 나가오카의 사고 회로에 변화가 일어났다.

사와다가 막아내지 못한 아카마쓰운송의 반항. 보상금까지 준비했는데도 회유하지 못했던 상대를 새로 부임하자마자 잘 처리한다면 평가가 올라갈 것이다. 이렇게 생각했다.

이건 기회다.

"화해라, 인제 와서 뻔뻔하게. 기타무라! 그래서, 언제 온대?"

나가오카는 무심코 히죽 웃을 뻔한 걸 참고 귀찮다는 듯이 내뱉었다.

기타무라는 멍한 표정을 지었다.

"그래서 언제 오느냐고 묻잖아!"

"아, 예."

기타무라는 다시 허둥지둥 메모를 들여다보았다.

"될 수 있으면 빨리 시간을 잡아달라고. 내일이나 모레, 일정이 없는 시간을 알려줄 수 없겠냐고 했습니다."

"알았어. 우리 변호사에게 연락해서 약속 잡아."

"알았습니다."

잔뜩 긴장한 표정으로 기타무라는 자기 자리로 달려갔다. 고문 변호사 사무실의 담당 변호사 일정을 묻고 이튿날 오후 3시로 약속을 잡기까지 시간은 그리 많이 걸리지 않았다.

"좋아, 알았어. 자네도 참석해."

깐깐한 표정을 지은 나가오카가 말했다.

부하 직원 앞에서 공로를 세우는 모습을 보일 좋은 기회다. 사와다와 어떻게 다른지 보여주마.

고개를 숙이고 돌아가는 기타무라의 뒷모습을 보면서 나가오카는 몰래 싱글거렸다. 동네 운송업체쯤이야 간단하게 해치워주지.

6

"다카 선배님, 아카마쓰라는 분이 찾아왔는데요."

형사부 사무실 책상에서 캔커피를 마시며 담배를 피우던 고호쿠경찰서의 다카하타는 1층 안내 담당자가 건 뜻밖의 전화에 눈이 휘둥그레졌다.

아카마쓰? 설마, 그 아카마쓰가?

아침 7시 반이 지난 시각이었다.

"이리 올려 보내줘."

다카하타는 그렇게 말하고 아직 출근하지 않은 파트너의 책상을 흘끔 보더니 담배를 비벼 껐다. 의자에서 일어나려다 지병인 요통 때문에 얼굴을 찌푸렸다. 나이를 먹을수록 더 심해져 요즘은 외부에 나가 돌아다니며 수사를 하기도 힘들어졌다.

사무실을 나와 엘리베이터 앞에서 기다렸다.

그런데 대체 무슨 일일까?

다카하타는 특유의 무뚝뚝한 얼굴로 오래 신어 닳은 구두코와 엘리베이터 층 표시를 번갈아 바라보며 생각에 잠겼다. 그러나 구체적인 생각이 떠오르기도 전에 문이 열리며 다부진 체구의 아카마쓰가 나타났다.

"아침 일찍 미안합니다."

다카하타를 보더니 아카마쓰는 그렇게 말하며 살짝 고개를 숙였다.

"차를 몰고 왔나요?"

아침이라 머리가 돌지 않기 때문인지 그런 별 상관없는 일을 물으며 다카하타는 아카마쓰를 데리고 형사부 사무실로 돌아갔다. 응접실을 사용할 만한 상대는 아니라 사람이 없는 이 시간이라면 차라리 사무실이 나을 거로 생각했다.

다카하타는 자기 자리에 앉아 비어 있는 의자를 당겨 아카마쓰에게 권했다.

"차라도 내올까요?"

스스로 생각하기에도 무뚝뚝한 목소리로 슬쩍 물었더니 아카마쓰도 그에 못지않게 퉁명스러운 말투로 "됐습니다"라고 했다.

무얼 하러 왔지, 이 녀석?

그런 생각이 든 다카하타의 머릿속에 최근 두 달가량 완전히 가라앉아 있던 사실의 단편과 감정의 조각들이 다시 떠올랐다. 다카하타는 험상궂은 눈빛으로 아카마쓰를 노려보며 말없이 새 담배를 꺼내 불을 붙였다. 재떨이를 아카마쓰 쪽으로 밀었지만, 그는 고개를 저었다. 사고가 난 뒤 조사할 때도 아카마쓰는 담배를 피우지 않았던 기억이 났다.

"아, 그랬었지."

다카하타는 재떨이를 도로 끌어당겼다. 그리고 뿜어낸 연기 너머로 용의자를 바라보았다.

"이 시간이라면 아마 자리에 계실 거라고 들어서."

아카마쓰가 말했다.

"뭐, 나는 일찍 출근하는 편이라."

아카마쓰는 대답 대신 다카하타의 얼굴을 물끄러미 바라보았다. 마음 깊이 결의를 숨긴 눈빛이었다. 형사로 일하다 보면 가끔 이런 눈빛을 만날 때가 있다.

그리고 그런 때는 대부분 무슨 일이 일어났다. 자백이라거나 저항, 아니면 침묵. 이런 눈빛을 보여주는 놈은 뭔가 저지른다. 오랜 경험에 따르면 그런 상대는 대개 고집이 세고, 한번 결정하면 꿈쩍도 하지 않는 녀석들이 대부분이다. 그리고 아카마쓰도 틀림없이 그런 놈들 가운데 하나였다. 아카마쓰운송은 경영이 무척 힘들다는 이야기를 들었다. 그리고 소송까지 떠안았다. 무슨 심경 변화가 있어서 찾아온 걸까?

다카하타도 그 사고 이후 몇 차례 피해자의 집을 찾아가 영정 앞에서 합장하고 왔다.

그때마다 마음속으로 다짐한 것은 '억울하겠지. 내가 반드시 그

한을 풀어주겠다'라는 맹세였다. 유기로부터 아카마쓰운송을 상대로 소송을 걸었다는 이야기를 들은 것은 12월에 들렀을 때다. 그건 사고 이튿날 신문에도 실렸기 때문에 인상은 강렬했다.

형사들이 변변찮아서…….

다카하타는 이런 말을 들은 것만 같았다. 그래서 아카마쓰를 고소했다는 이야기를 들었을 때 다카하타는 "죄송합니다"라고 했다. 그 말을 하고 나서 생각해보니 이상했지만 어쩐 일인지 그런 말이 저절로 나왔었다.

처음에는 아카마쓰 체포는 시간문제로 보였다.

그렇지만 경찰이 수색할 때 입수한 증거품이 증명한 것은 아카마쓰운송의 정비 불량이 아니라 오히려 정비 상태가 양호하다는 사실이었다.

심정적으로는 아카마쓰를 체포하고 싶다. 하지만 중요한 증거가 갖추어지지 않은 채 수사본부는 이러지도 저러지도 못하는 상태에 빠져 있었다.

그리고 또 한 가지, 마음에 걸리는 일이 있었다.

아카마쓰가 지적한 고다마통운의 사고. 그 조서를 전달받은 다카하타가 마침 고호쿠경찰서에 들렀던 과학수사연구소의 연구원에게 그걸 보여주었을 때였다.

"부품이 이만큼 마모된 트럭은 사실 많이 운행되고 있는데요."

그 한마디는 지금도 다카하타의 귓가에 남아 있다. 찜찜한 느낌과 함께.

다카하타는 마음속으로 대비하면서 상대가 어떻게 나올지 눈치를 보았다.

"그 사고 수사는 아직 계속하고 계십니까?"

질문은 단도직입을 넘어 싸움이라도 거는 것처럼 들렸다. 아니, 실제로 싸움을 거는 건지도 모른다.

아직 계속하고 있느냐니. 당연히 수사는 계속하고 있지. 그런 반론을 하려다 그만둔 다카하타는 "무슨 일 있나요?"라고 물었다.

"그 사고 이후 우리 회사는 고전하고 있습니다. 중요한 거래처가 떠나갔고 은행에서는 융자를 빼겠다고 합니다. 퇴직자도 나왔고요. 가족도 주위로부터 여러 가지 비난을 견뎌야만 했죠. 그게 어떤 상황인지 다카하타 씨는 이해가 되나 싶어서."

이 자식이. 다카하타는 점점 분노가 치밀어 오르는 걸 느꼈다.

"뭐 그만큼 큰 사고였으니까."

화가 났다. 아침 일찍 찾아와서 속 뒤집는 소리를 해댄다. 피의자 주제에 경찰서에 쳐들어오다니 배짱 한번 두둑하다.

다카하타는 천천히 담배를 피우면서 아카마쓰의 표정을 관찰하고 이어서 할 말을 찾았다. 하지만 너무 화가 나 뭐라고 해야 할지 제대로 정리되지 않았다.

"제가 전화로 알려드린 사실은 조사하셨나요? 다카사키에 있는 운송회사 건 말입니다."

"조사했죠. 그게 왜?"

그 한마디가 꾹 참고 있던 아카마쓰의 분노를 부채질한 것은 틀림없었다.

"우리 정비 불량이 원인이라고 아직도 생각하는 거요?"

갑자기 아카마쓰의 말투가 바뀌었다.

다카하타는 말이 없었다. 잠시 생각한 뒤에 "그건 이야기할 수 없어서"라고 대꾸했다.

"일하지 않아서 이야기할 내용이 없는 거겠지."

아카마쓰가 도전적으로 말했다.

"그러면 어때?"

다카하타도 더는 참지 못하고 맞받아쳤다.

"형사니 뭐니 대단한 척해도 낮잠을 자건 뭘 하건 월급을 받을 수 있고 연금까지 받는 공무원 아닌가?"

"너, 그만 나가. 어서."

폭발할 것 같은 다카하타가 큰소리로 말을 막았다.

팔을 손으로 잡았는데 아카마쓰는 꿈쩍도 하지 않았다. 대신 허리가 욱신 쑤셔 '윽' 하고 얼굴을 찌푸렸다. 체면이 말이 아니군. 이런 생각을 했을 때 다카하타 못지않게 큰 목소리로 아카마쓰가 대꾸했다.

"안 그래도 당장 갈 테니까 떠들지 마!"

눈을 부라린 다카하타도 아카마쓰의 기세에 눌려 그만 입을 다물었다.

"당신들이 어설프게 수사해서 우리는 너무 큰 피해를 보았어! 지금까지 우리가 입은 피해를 경찰이 보상해줄 건가?"

"도둑놈이 큰소리치는 꼴이구나, 아카마쓰!"

그 순간 눈앞이 새하얘졌다.

뭔가가 다카하타의 얼굴에 부딪혀 요란한 소리를 내며 바닥에 흩어졌다는 걸 깨달은 건 그다음 순간이었다. 눈에서 불꽃이 튀었다.

"이 자식!"

통증을 무시하고 일어선 다카하타에게 아카마쓰가 말했다.

"호프자동차의 결함은 허브만이 아니야. 프로펠러 샤프트, 그리고 클러치 하우징 결함 때문에 생기는 문제도 있어. 최근 두 달 동안 우리는 호프자동차에 사고 차량의 부품을 돌려달라고 했지만, 호프자동차는 응하지 않았지. 그건 부품 반환 소송 관련 서류야."

 "내가 소송에 대해 모른다고 생각하는 건가!"

 다카하타가 겨우 반박하자 "그럼 이건 알고 있나?" 하며 서류 한 통을 책상에 내동댕이쳤다.

 호프자동차가 국토교통성에 제출한 사고조사 보고서였다.

 "이게 무엇인지 그 텅텅 빈 머리로 잘 생각해봐! 너희 경찰은 늘 그렇잖아? 길에서 잡는 건 늘 스쿠터뿐이고 조폭이 개조한 승용차를 세우는 꼴은 본 적이 없어. 약한 상대에겐 세게 나가면서 상대가 좀 크면 겁을 먹잖아. 우리 같은 조그만 동네 운송업자나 괴롭히지 말고 가끔은 덩치 큰 녀석을 상대해보란 말이야."

 "이 자식이……."

 빠득빠득 이를 가는 다카하타 주위에 시끄러운 소리를 듣고 무슨 일인가 싶어 동료 형사들이 몰려들었다.

 하지만 그때 화가 나 아무 생각도 할 수 없던 머리를 아카마쓰가 던진 말이 호되게 때렸다.

 "이 보고서에는 호프자동차의 은폐 공작이 숨겨져 있어."

 다카하타는 무심코 "엥?" 하는 소리를 냈다.

 "살면서 가끔은 세상에 도움이 되는 일도 해보란 말이야. 내가 하고 싶은 말은 그것뿐이야."

 다카하타는 자신의 오른손에 들린 그 서류를 내려다보았다. 설마……. 집어 들고 읽기 시작했다. 그리고 다시 아카마쓰를 돌아보왔다. 그는 이미 형사부 사무실 출입구로 사라져 보이지 않았다.

7

약속보다 5분 일찍 호프자동차 본사 앞에서 고모로 변호사와 만났다. 안내 창구에서 방문 용건을 말하자 지난번에 이용했던 응접실을 안내해주었다.

"변호사님, 바쁘실 텐데 미안합니다."

기다리는 동안에 아카마쓰가 말하자 고모로는 괜찮다며 가볍게 대꾸했다.

"제가 빠지면 저쪽도 만나지 않을 테고, 저쪽도 변호사가 나올 테니까 오히려 좋지 않습니까? 이야기도 빨리 정리할 수 있을 테고. 뭐, 어떤 결과가 나올지는 알 수 없지만요."

몇 분 기다리자 노크 소리와 함께 남자 세 명이 들어왔다.

오동통한 남자는 기타무라라는 녀석이다. 뒤따라 들어온 두 명 가운데 마흔 살쯤으로 보이는 남자가 아카마쓰를 바라보며 말했다.

"이쪽은 우리 회사 대리인인 도미타 변호사입니다. 저는 사와다의 후임인 나가오카라고 합니다."

도미타는 살짝 고개를 숙이고 아카마쓰를 빤히 바라보았다. 얼핏 보기에도 이른바 '부르변', 부르주아 변호사다. 고급 양복에 맞춤 셔츠. 소맷부리에 자기 이름 머리글자를 파란 자수로 새겼다. 금빛 고급 시계는 변호사라기보다 악착스럽게 장사해 돈을 번 부동산회사 사장처럼 품격이 없었다.

"사와다 씨는 어디로 옮겼습니까?"

자리에 앉은 나가오카에게 아카마쓰가 물었다. 별생각 없이 던진 질문이었는데 나가오카는 "그건 우리 회사 내부 일이라서"라고만 했다. 그리고 퉁명스럽게 말했다.

"오늘은 무슨 용건입니까?"

"우리 용건은 전과 같습니다. 호프자동차의 사과와 부품 반환, 그리고 손해배상입니다."

아카마쓰운송이 호프자동차를 상대로 제기한 소송은 호프자동차가 점유한 아카마쓰운송의 부품 반환 소송에 손해배상 청구까지 포함되어 있다.

"그건 법정에서 가리죠. 나가야 할 때 제대로 나갈 테니까."

나가오카는 거리낌 없이 말했다.

"그리고 미리 말씀드립니다만 사와다 과장이 전에 제안했던 내용에 관해서는 인제 와서 응하겠다고 하시면 곤란합니다. 이미 끝난 이야기니까요."

"물론 그런 이야기를 하러 온 건 아니니 마음 놓으시죠."

아카마쓰는 이렇게 대꾸하고 본론으로 들어갔다.

"오늘 이렇게 찾아온 까닭은 재판 같은 시간과 수고를 들이는 방법이 아니라 더 빠르게 해결할 방법이 없을까, 그걸 모색하기 위해서요. 다만 착각해선 곤란한데, 화해하자거나 하는 게 아니니 그건 미리 거절하겠소."

"의미를 잘 모르겠군요. 조금 더 정리해서 이야기해주시죠."

나가오카는 바보 취급하듯 대꾸하며 빈정거리듯 웃었다. 어중간하게 일그러진 입술과는 달리 적개심을 드러낸 눈으로 아카마쓰를 바라보았다.

그걸 무시한 아카마쓰는 가방에서 서류를 한 통 꺼냈다.

"이게 뭔지 아시나?"

호프자동차 측 세 사람이 아카마쓰를 보았는데 대답은 없었다.

세 사람의 얼굴을 차례로 바라본 아카마쓰는 "사고 목록이지"라고 했다. 기타무라가 눈을 가늘게 뜨고, 나가오카는 팔짱을 낀 채 음험한 표정을 지었다. 변호사는 마치 아무 말도 듣지 못한 척하며 어떤 반응도 보이지 않았다.

"여기 있는 사고는 모두 호프자동차가 만든 트럭과 트레일러가 낸 거죠."

"잠깐만."

도미타가 삐딱한 말투로 끼어들었다.

"호프자동차가 만든 트럭과 트레일러가 일으켰다니, 무슨 말씀이 그렇습니까? 원인은 다른 데 있을 텐데요. 표현을 조심해서 하시죠."

"물론 표현은 조심하고 있으니 걱정하지 마시죠. 그리고 여기는 대기업 편을 드는 재판관이 있는 법정이 아닌데."

"이런 무례한!"

도미타가 성난 표정을 지었지만 바로 입을 다물었다.

"나는 여기 적힌 회사 가운데 상당수를 방문해 과연 사고 원인이 어디에 있었는지, 그걸 조사하고 다녔어요. 말 그대로 신발창이 닳도록."

그러더니 아카마쓰는 이렇게 말을 이었다.

"그리고 호프자동차가 만든 차량의 사고 원인에는 허브, 그리고 클러치 하우징, 두 종류가 있다는 걸 알게 되었죠. 허브 때문에 일어난 사고는 우리와 마찬가지인 타이어 이탈, 또 클러치 하우징이 원인인 것으로는 주로 프로펠러 샤프트가 빠지거나 변속장치 파손 같은 사고가 있죠. 한편 일어난 사고의 심각도는 가지각색이에요. 차량만 파손된 것도 있고 우리처럼 심각한 사고로 이어진 것도 있죠. 그런데 그런 사고에 대한 호프자동차의 조사 결과는 모조리 정비 불량이더군요."

마치 뱀이 공격할 타이밍을 가만히 노리고 있는 듯한 눈으로 나가오카가 아카마쓰를 보고 있었다.

"하고 싶은 말이 뭡니까?"

"정비 불량이 아니라는 소리죠."

"어처구니없군."

나가오카가 내뱉었다.

"아카마쓰 씨, 당신 심정은 이해해요. 회사는 기울어져 당장이라도 도산할 지경에 내몰렸죠. 힘들죠? 딱하게도. 하지만 말이에요, 그렇다고 해서 우리에게 그런 소리를 하는 건 잘못 짚은 거 아니에요? 때에 따라 이번 재판에 명예훼손까지 추가돼도 상관없는 거죠?"

"재미있네요. 그쪽 금빛 번쩍거리는 변호사 선생에게 부탁해 추가하면 되겠네. 하지만 그렇게 하면 곤란한 건 그쪽일 텐데."

도미타가 눈을 부라렸지만, 이번에는 하고 싶은 말을 겨우 참은 듯했다.

"그게 무슨 뜻인가요?"

나가오카가 내뱉자 아카마쓰는 그 앞에 국토교통성에 제출된 사고조사 보고서를 들이밀었다.

"작년 7월에 가나자와 시내에 본사가 있는 호쿠리쿠로지스틱스라는 회사 소속 트럭이 프로펠러 샤프트가 빠지는 사고를 일으켰죠. 이건 그 사고를 바탕으로 당신들이 감독관청인 국토교통성에 제출한 조사 보고서요. 여기서 호프자동차는 프로펠러 샤프트가 빠진 사고는 '매우 드문 파손'이며 '자주 일어나는 일이 아니다', 그러니 '개선 조치 필요성은 없다'라고 잘라 말하고 있죠."

"그게 어쨌다는 겁니까?"

나가오카는 허세를 부렸다. 아카마쓰는 처음에 꺼낸 사고 목록을 볼펜으로 톡톡 두드렸다. 그러자 나가오카는 긴장한 눈빛으로 그 목록을 보았다.

"나가오카 씨, 다른 사고에서도 프로펠러 샤프트가 빠진 일이 있어요. 절대로 드문 사고가 아니에요. 같은 종류의 사고를 숨긴 이 보고서는 허위 문서죠."

"농담하지 말아요."

나가오카는 침을 튀기며 반박했다.

"한두 건 같은 사고가 있다고 해도 그걸 드문 사고라고 표현하는 데 별 지장은 없을 텐데요. 호프자동차가 만든 트럭이 대체 몇십 만대나 운행되고 있다고 생각합니까? 게다가 문제가 되는 건 사고 자체가 아니라 원인 쪽이잖아요? 아무리 훌륭한 차량이라도 사용하기에 따라 망가질 수 있죠."

"그게 올바른 조사에 기초한 결론이라고 자신 있게 이야기할 수 있겠소, 당신은?"

"당연하지 않습니까? 우리 회사 연구자가 제대로 처리하는데. 조사는 완벽하죠."

나가오카는 가슴을 쭉 폈다.

"그 결과 정비 불량이 원인이라고 특정되었으니 그건 어쩔 수 없지 않은가요? 늘 같은 결론이 나오니 가끔은 다른 이유를 만들라고 해도 그런 서비스는 하지 않습니다."

야유하듯 내뱉은 나가오카는 속이 후련하다는 표정이었다.

"호오. 그런데 이 보고서에 있는 호쿠리쿠로지스틱스의 사고 원인을 정비 불량이라고 판단하신 건 도무지 이해가 되지 않네."

"당신이 이해하건 말건 그런 건 상관없어요."

나가오카는 고압적으로 일축했다.

"정비 불량은 사실이죠. 그야 사고를 일으킨 회사는 정비를 제대로 하고 있다고 하겠죠. 하지만 아카마쓰 씨, 아무리 정비한다고 해도 3년, 5년 지나다 보면 차량은 노후화됩니다. 정비라는 게 매일 똑같이 하면 되는 게 아니에요. 부품을 바꿀 시기를 잘 파악해 새 차까지는 아니어도 새 차에 가까운 상태를 유지할 필요가 있습니다. 이 호쿠리쿠로지스틱스란 회사가 그 정도로 확실하게 정비를 했는지, 실제로 조사했나요? 조사하지 않았죠? 그런데 무슨 어설픈 소리를 하는 겁니까? 이게 생트집이 아니고 뭡니까?"

아카마쓰는 고객전략과 과장이라는 나가오카의 명함을 찬찬히 들여다보았다. 전임자인 사와다도 착각이 심한 사람이었는데, 나가오카와 비교하면 그나마 낫다는 생각이 들었다.

"분명히 조사하지 않았죠. 이 회사의 경우에는 그럴 필요가 없어서."

아카마쓰가 대꾸했다.

나가오카가 과장해서 어처구니없다는 몸짓을 하더니 의기양양한 표정으로 아카마쓰를 바라보았다. 그 시선을 똑바로 마주 본 아카마쓰는 그때 아이자와가 털어놓은 사실을 비로소 입에 올렸다.

"새 차였어요, 나가오카 과장님."

"예?"

잔뜩 으스대던 나가오카가 아카마쓰를 바라보았다. 그 얼어붙은 듯한 눈동자를 보며 아카마쓰가 말했다.

"사고를 일으킨 호쿠리쿠로지스틱스의 트럭은 산 지 한 달 된, 주행 거리도 겨우 320킬로미터인 새 차였죠."

"서, 설마……."

나가오카의 얼굴에서 핏기가 사라졌다.

"그래도 정비 불량이 원인이라고 우길 거요?"

8

"이 가나자와 시내에서 일어난 사고 원인에 관한 보고서는 완전히 허위 보고다. 마치 오래 사용한 차량처럼 썼지만 사실 트럭은 새 차였다. 제대로 조사도 하지 않고 정비 불량이라는 결론을 낸 게 틀림없다. 게다가 이 밖에도 유사한 사고가 일어나는데도 프로펠러 샤프트가 빠지는 사고는 드물고 자주 일어날 가능성이 없다고 결론을 내리는 것은 결함을 은폐하기 위해서일 것이다. 이렇게 생각하는데, 어떠신가?"

"그, 그건 사실관계를 조사해보지 않고는……."

의기양양하던 태도를 바로 뒤집었다. 예상 밖의 사실을 들이대자 나가오카는 뒤로 물러났다.

"공무원 같은 소리 하면 안 되지."

아카마쓰는 잔뜩 빈정거리며 이렇게 덧붙였다.

"당신네 트럭은 연습 운전도 끝나기 전에 정비 불량이 되나?"

"그건 어떻게 사용하느냐에 따라 달라지지 않겠습니까?"

옆에서 끼어든 사람은 도미타였다.

"당신도 그 호쿠리쿠로지스틱스가 트럭을 어떻게 사용했는지 확인하신 건 아닐 테죠? 그런데 어떻게 산 지 얼마 되지 않았으니 정비 불량이어서는 안 된다고 할 수 있는 거죠? 일방적으로 호프자동차 탓을 하시는데, 사용자 측에도 책임이 있다고 의심해봐야 하지 않겠습니까?"

"그 말을 모든 호프자동차 사용자 앞에서 할 수 있겠소, 당신?"

아카마쓰는 도미타를 똑바로 바라보며 말했다.

"호쿠리쿠로지스틱스는 큰 운송회사라서 제대로 관리, 운영되는 회사요. 그런 건 회사를 직접 방문해보면 알 수 있지. 이런 사실을 알게 되면 사용자 대부분은 호프자동차를 떠나게 될 거요."

"그렇지 않죠. 우린 호프 그룹 자동차회사예요. 수많은 단골, 그리고 뿌리 깊은 팬이 있죠. 그럴 리 없습니다."

나가오카가 내뱉었다.

"호프 그룹과 거래하는 기업과도 좋은 관계를 맺고 있어서 그런 정도로 고객을 잃을 만큼 영업 기반이 허술하지 않아요."

"리콜 은폐는 4년 전이었나? 영업 실적이 급락하지 않았어요? 그래놓고 그런 소리를 할 수 있나? 설마 고객전략과 과장의 인식 수준이 이 정도라니! 사용자를 얕보면 안 되지."

나가오카는 화가 나 낯빛이 창백해졌다.

"리콜 은폐는 이미 끝난 이야기 아닙니까? 인제 와서 그런 소리에 얽매이는 건 당신뿐이에요."

"사용자는 바보가 아니에요. 분명히 4년이란 세월이 흘러 호프 자동차의 부정행위에 대한 기억은 흐려졌을지도 모르죠. 하지만 적어도 잊지는 않았을 거요. 호프가 교활한 짓을 저질러온 회사라는 걸 다들 알고 있어요. 누구나 그런 체질이 정말로 개선되었을까 하는 의심을 마음 한구석에 품고 있는 거죠. 그런 와중에 이 사실이 세상에 알려지면 소비자가 보일 반발은 4년 전과 비교도 할 수 없겠죠. 그런데도 사용자의 신뢰를 받고 있다고 생각한다면 당신은 아주 어수룩한 사람이지."

"누가 어수룩한지, 그건 사실을 바탕으로 증명해야 하지 않을까요?"

나가오카는 애써 자존심을 내세웠다.

"그게 빠르게 해결하는 방법이라는 겁니까? 당신은 이런 이야기를 하러 방문한 겁니까?"

"앞으로 어떻게 할 것인지는 내가 이야기하죠."

이때까지 가만히 지켜보고 있던 고모로 변호사가 입을 열었다.

"지금 아카마쓰 사장님이 말씀하신 내용과 이 서류들은 조건에 따라 재판에 증거로 제출할 생각입니다. 정확하게 말씀드리면 귀사의 사고 원인 조사가 엉터리라는 점은 논할 필요도 없습니다. 쟁점이 되는 부품 반환에 대해서도 결함 은폐 공작을 위해서라고 생각하기에 충분한 내용이라고 생각합니다."

"그건 글쎄요. 재판에서 확인해야 할 일이라고 생각합니다만."

도미타 변호사는 여전히 여유를 부렸다. 그게 대충 얼버무리려

626

는 것인지 어떤지 아카마쓰는 알 수 없었다. 하지만 고모로도 도미타 못지않게 태연한 표정으로 말을 이었다.

"만약 호프자동차가 재판에서 다투면서 결과적으로 은폐 공작이나 리콜 은폐가 밝혀졌을 때, 그런 기업 태도는 사회 윤리에 비추어 절대 용인될 수 없을 겁니다. 이런 사실이 공개될 시 귀사의 사업 실적에 미칠 타격도 상당할 거로 생각합니다. 오히려 지금 결함을 솔직하게 인정하고 지금까지 해온 은폐 공작, 리콜 은폐를 자세히 밝혀 세상에 사죄하고 동시에 아카마쓰운송에 보상하는 것이 가장 나은 선택이 아닐까요? 만약 그럴 생각이 있다면 받아들일 준비는 되어 있다는 겁니다."

고모로가 말을 끝내지도 않았는데 도미타는 헛웃음을 숨기지 않았다.

"모처럼 제안해주셨는데 검토할 만한 내용이 아니군요, 고모로 씨. 도대체 이 서류도 결함 은폐니 뭐니 하며 부풀려 이야기하시는데, 혹시 사실과 다른 부분이 있다면 '착오' 정도겠죠. 정말로 이런 가벼운 사고 때문에 허위 보고를 할 거로 생각합니까? 더 심각한 사고라면 또 이해가 되죠. 하지만 기껏해야 차량이 쓰러진 사고 아닌가요? 죽거나 다친 사람도 없고, 이렇다 할 손실도 없죠. 그 회사가 국토교통성에 호소했다는데, 그건 제가 보기에 과잉 반응일 뿐입니다. 히스테리를 일으킨 어떤 직원이 소란을 부린 것이 아닐까요? 아니면 호프자동차가 제대로 조사하지 않고 들여야 할 수고를 줄였다고 하고 싶은 겁니까?"

"만약 진짜 그렇게 생각한다면 당신의 말은 호프자동차를 이용해 일하는 모든 사람, 모든 회사에 대한 최고의 모욕이군."

입을 다물고 있으려 했지만, 도저히 참을 수 없어 아카마쓰가 내뱉었다.

"이 허위 보고의 목적은 단 하나. 정비 불량이란 결론을 내려 국토교통성으로부터 리콜 은폐를 지적받지 않기 위해서죠. 리콜하게 되면 엄청난 비용이 드니까. 즉, 호프자동차는 이 보고서로 몇십억, 혹은 몇백억이나 되는 비용을 줄인 거죠! 사람 목숨까지 희생시켜서!"

도미타는 저도 모르게 몸을 뒤로 물렸다. 대꾸할 말을 잃은 듯했다.

9

"국토교통성 앞으로 보낸 내부 문서가 흘러 나갔다고?"

그 소식을 전한 것은 품질보증부의 이치노세 부장대리였다. 고객전략과 나가오카 과장이 그 뒤를 따랐다. 자그마한 체구의 이치노세는 겨울인데도 이마에 굵은 땀방울이 맺혔고 어깨를 들썩이며 숨을 몰아쉬었다. 아카마쓰운송을 만난 나가오카로부터 보고를 받고 당황해 가노 상무의 집무실까지 달려온 모양이었다. 허둥대는 나가오카를 싸늘한 눈빛으로 슬쩍 본 가노는 이치노세가 내민 서류를 받아 들었다.

"이게 그겁니다."

아카마쓰운송이 제시한 사고조사 보고서 복사본이었다. 나가오카의 면담 개요를 들은 가노의 마음속에서는 전에 없이 위기감이 높아졌다.

"영세 운송업자 한 명 회유하지 못하나? 멍청하긴."

가노가 내뱉었다. 나가오카는 바람 빠진 풍선처럼 움츠러들었다. 그 모습을 보니 점점 더 부아가 치밀었다.

"뭐 하는 거야!"

속에서 치미는 화를 억누르지 못하고 꾸짖었다. 죄송합니다, 하고 고개를 숙인 이치노세의 입에서 변명이 흘러나왔다.

"사실은 호쿠리쿠로지스틱스 사장이 우리 회사에 근무한 적이 있는데, 그쪽에서 보고서를 대충 꾸며줘도 상관없다고 이야기해서 그만 가볍게 생각한 것 같습니다. 설마 그 서류가 외부, 그것도 아카마쓰운송 쪽으로 흘러 나갈 줄은 상상도 못 했습니다."

"이런 게 법정에 나오면 큰일인데. 회수할 수 없겠나?"

"아카마쓰운송의 주장을 받아들이자는 말씀인가요?"

나가오카가 물었다.

"어리석긴!"

가노가 버럭 꾸짖었다.

"그런 뜻이 아니야! 그렇게 일방적으로 밀리면 어떻게 하겠다는 거냐는 말이지. 이게 공개되면 골치 아프게 될 거라는 정도는 그 자리에서 파악이 안 되나, 자넨? 왜 상대로부터 양보를 끌어내지 못했지?"

"죄송합니다."

"죄송하다고 해서 끝날 문제야?"

버럭 소리를 지른 가노의 가슴에 불안이라는 물방울이 떨어졌다. 그리고 그 파문이 조용히 퍼져가는 게 느껴졌다.

법정에 증거로 제출되면 어떻게 하나?

언론은 벌 떼처럼 달려들겠지? 과연 그 기사를 다시 막아낼 수 있을까? 아니, 재판이 진행되면 근거 없는 날조 기사라고 단정할 수는 없으리라.

언론이 떠들면 국토교통성의 귀에도 들어간다.

그렇게 되었을때 잔꾀를 부려 빠져나갈 수 있을까?

그때 이치노세가 말했다.

"보고서를 수정해서 다시 제출하면 어떨까요? 일이 드러나기 전에 사내 조사에서 착오가 발견되어 재조사했다는 형태로 하면 문제가 그리 커지지 않을 겁니다. 애당초 사소한 사고였고요. 정비 불량 말고 다른 이유를 대는 건 가능하다고 생각합니다. S3나 S2 정도의 과실을 인정하면 리콜은 피할 수 있겠죠."

가노는 이치노세의 얼굴을 뚫어지게 바라보며 생각했다.

어쩔 수 없나?

"바로 착수해. 그리고…… 아카마쓰운송의 매출 실적은 어때? 자금 조달 문제가 있다고 하지 않았나? 재판을 견뎌낼 수 있다고 생각해?"

"모르겠습니다. 그런 이야기는 하지 않아서, 물어보려고 했지만 그게……."

"이제 됐어."

나가오카가 변명을 늘어놓으려고 하자 가노는 언짢은 표정을 지으며 잘라냈다. 도쿄호프은행이 융자금 회수에 나선 이상 아카마쓰운송은 그리 오래 버티지 못하리라. 도산 위기에 처한 회사가 늘어놓는 허튼소리에 휘둘린다는 생각만 해도 불쾌했다.

"아카마쓰운송인지 뭔지 하는 회사는 앞으로 무시해. 우리 회사는 국토교통성에만 대응하면 문제없을 거야."

두 사람은 짧은 대답과 함께 깊숙이 머리를 숙인 뒤 어서 이 자리를 벗어나고 싶다는 듯이 후다닥 방을 나갔다.

"미리 생각한 대로 밀어붙이고 오긴 했는데, 효과가 있을까요?"

호프자동차 본사 빌딩을 나온 고모로는 승부는 이제부터라고 말하고 싶은 표정으로 아카마쓰를 보았다.

그건 나가오카라는 과장의 태도만 봐도 알 수 있다. 당황해서 어찌할 바를 모르면서도 그걸 숨기고 허세를 부리느라 기를 썼다. 상당한 임팩트가 있었다는 이야기다.

하지만 그것만으로는 이겼다고 할 수 없다.

"사장님, 한 가지 말씀드릴 게 있는데요."

고모로는 심각한 표정으로 아카마쓰를 바라보았다.

"만약 재판에 이기더라도 아카마쓰운송이 힘들어져 직원들이 길거리를 헤매게 되면 싸운 의미가 없습니다. 저는 재판에 이기려고 온 힘을 기울이겠지만 사장님은 어떻게든 회사 경영을 궤도에 올려주세요."

"알고 있습니다."

호프자동차는 돈 때문에 하는 재판이지만 아카마쓰에게는 살기 위한 재판이다. 재판하기 위해 사는 게 아니다.

마음을 다지며 눈을 부릅뜬 아카마쓰는 고모로에게 깊숙이 고개를 숙였다.

"선생님, 부디 잘 부탁드리겠습니다."

"어쨌든 온 힘을 다합시다. 이제 회사로 돌아가실 건가요?"

"아뇨, 조류샤에 들르려고 합니다."

"조류샤? 아, 그 기사를 보류한 출판사요?"

"예. 중간보고를 하기로 해서요. 어제 전화했더니 담당 기자도 알고 싶어 해서."

에노모토는 일단 손을 뗀 사건이다. 하지만 "꼭 말씀을 듣고 싶습니다"라는 에노모토의 말투에서는 사라지지 않은 열정의 잔해가 느껴졌다.

"일단 기사 게재를 보류한 출판사이니 크게 기대할 수 없을지도 모르겠군요."

고모로의 말에 아카마쓰가 대답했다.

"예, 압니다. 다만 제가 조사한 사실을 한 명이라도 많은 사람에게 알리고 싶은 마음뿐입니다."

그러자 고모로는 오른손을 슬쩍 들어 인사하고 지하철 출입구 쪽으로 걸어갔다.

에노모토와 약속한 시각은 오후 5시. 고모로 변호사와 헤어진 아카마쓰는 간다까지 걸어가 거기서 시간을 보내다가 약속에 늦지 않게 조류샤로 에노모토를 찾아갔다.

아카마쓰는 목록에 적힌 회사 대부분에 면담을 신청해 전국을 돌아다녔다는 이야기를 했다.

호쿠리쿠로지스틱스를 방문한 일. 아이자와라는 사람을 만나 프로펠러 샤프트가 빠진 사고 개요를 들은 일. 그리고 그 아이자와로부터 호프자동차가 국토교통성에 제출한 보고서 사본을 얻은 일을 이야기하고 테이블 위에 그 서류를 꺼내 놓았다.

그걸 집어 들고 훑어본 에노모토에게 "호쿠리쿠로지스틱스의

632

트럭은 산 지 한 달 된 새 차였어요"라고 하자 경악하는 표정을 지었다. 흥분해서 서류를 든 손가락을 떨기 시작했다.

"그랬었나……."

에노모토는 중얼거리더니 초점이 맞지 않는 눈으로 아카마쓰의 비스듬히 위쪽 허공을 바라보았다.

"제가 조사한 건 결국 정황 증거였을 뿐이군요. 아무리 허브 사고가 연달아 일어난다고 해도, 또 프로펠러 샤프트 사고가 잦다고 해도, 제 조사에는 정비 불량이라는 호프자동차의 결론이 거짓이라는 증거가 어디에도 없네요. 만약 이 보고서가 있었다면 기사를 게재해야 한다고 밀어붙일 수 있었을지도 모르겠군요."

"아직도 늦지는 않았겠죠."

아카마쓰가 이렇게 말해보았지만 에노모토는 아무런 대꾸도 하지 않았다.

잡지 세계는 알지 못한다. 하지만 이때 에노모토가 보여준 눈빛에는 보류된 기사는 영원히 실리지 않을 거라는 메시지가 담겨 있는 기분이 들었다. 아니나 다를까, 에노모토의 다음 말이 모든 것을 이야기하고 있었다.

"주간지는 늘 새로운 걸 뒤쫓기 때문에."

"지금도 호프자동차는 옳지 않은 짓을 저지르고 있습니다, 에노모토 씨."

아카마쓰의 반론에 에노모토는 심각한 표정을 지었다.

"그 건은 양해해주십시오."

후우, 하고 숨을 크게 들이쉰 아카마쓰는 "그래요……?" 하고 할 말을 삼켰다.

"어떻게 하실 겁니까, 이제부터?"

이야기를 마무리하려는 아카마쓰에게 에노모토가 물었다. 조류 샤 근처에 있는, 지난번에 만났던 그 카페였다. 아카마쓰는 잠시 에노모토를 바라보았다. 그리고 또렷한 말투로 선언했다.

"싸울 겁니다, 물론. 빤하지 않습니까?"

카페에서 나오니 해가 이미 완전히 저물었다. 낮에 날씨가 맑았기 때문인지 한층 차가워진 바깥 공기가 몸과 마음에 스며들었다.

"건투를 빕니다."

에노모토가 내민 손을 잡은 아카마쓰는 "만약 마음이 바뀌면 기사를 써주세요" 하고 웃는 얼굴로 말하고 오른손을 슬쩍 들었다.

옅은 스모그 장막 너머로 일등성이 겨우 보이는 저녁 하늘. 뒤돌아보았을 때는 이미 에노모토의 모습은 보이지 않았다. 코트 앞섶을 꼭 여미고 아카마쓰는 힘찬 걸음으로 지하철 계단을 내려가기 시작했다.

10

아카마쓰가 에노모토를 만나고 있던 바로 그때, 고호쿠경찰서 회의실에서는 수사 회의가 열리고 있었다.

정기적으로 열리는 회의는 아니다. 다카하타가 제안해 열린 회의에 수사본부 형사 여덟 명과 과장이 모여 있었다. 사고 발생 당시 20명이 넘었던 수사본부는 그 뒤 지지부진할 뿐 아니라 다른 사건에 인력을 빼앗겨 수사관이 점점 줄어들었다. 사고가 일어난 지 3개월이 된 지금은 이런 규모가 되었다.

"실은 오늘 아침에 아카마쓰 사장이 지금 나누어드린 서류를 들고 저를 찾아왔습니다."

이렇게 입을 연 다카하타는 아카마쓰가 가지고 온 목록의 의미, 나아가 국토교통성에 제출한 보고서 입수 경위 등을 자세하게 이야기했다.

중간에 질문은 없었다. 너무도 뜻밖의 내용이라 질문을 하라고 해도 할 수 없는 듯했다. 함께 움직이는 파트너인 요시다마저 얌전한 얼굴로 입을 다물고 있다. 요시다가 그런 모습인 까닭은 그 무엇보다 지금까지 믿어온 수사 방향이 완전히 뒤집힌 쇼크 때문이기도 했다.

"우리는 아카마쓰운송의 업무상 과실치사상 사건으로 보고 수사해왔습니다. 하지만 가택수색까지 했는데도 결정적인 증거는 나오지 않았죠. 솔직히 그 시점에 뭔가 '감'을 잡았어야 했던 건지도 모릅니다. 만약 그렇다면 수사 대상은 완전히 다른 곳이 되지 않겠습니까?"

"이런 보고서 사본을 믿는 거예요, 다카하타 선배? 그것도 피의자가 제공한 자료잖아요?"

입을 연 형사는 다가 미치오였다. 올해 마흔 살이 되는 다가는 다카하타보다 열 살 가까이 젊은 이론가 스타일이다. 외모는 번듯하고 명문대학 출신이라는 커리어도 다른 형사와는 한 차원 다르다. 하지만 말주변이 좋아 종종 따지고 드는 성격이라 다카하타는 무척 불쾌하게 여겼다.

그런 다가는 계속 아카마쓰를 체포해야 한다는 태도를 유지했다. 그게 실현되지 않는 까닭은 오직 하나, 증거가 갖추어지지 않았기 때문이다. 증거가 갖추어지지 않은 까닭은 전적으로 아카마쓰의 주변을 조사하는 다카하타와 요시다의 수사 방식에 문제가 있기 때문이라고 주장해 회의 때 자주 부딪혔다.

"국토교통성에 확인했어. 이건 진짜고, 이 보고서에 적힌 차량번호로 소유자를 확인했는데 틀림없었어. 호쿠리쿠로지스틱스는 사고가 나기 겨우 한 달 전에 이 트럭의 차량 등록을 마쳤지. 다른 건 몰라도 이 사고에서 호프자동차가 허위 보고서를 제출했다는 사실은 틀림없어."

"정비 불량인가?"

거기 기록된 내용을 불쑥 읽은 사람은 과장인 나이토 데쓰하루였다. 참석자들은 모두 팔짱을 끼고 잠시 생각에 잠긴 나이토를 바라보았다. 하지만 신중한 나이토는 바로 의견을 이야기하지 않고 다카하타에게 이야기를 계속하라고 재촉했다. 다카하타가 말을 이었다.

"네 가지 의문이 있습니다. 하나는 이 보고서를 썼을 때 호프자동차가 해당 사고조사에 어떤 대응을 했느냐 하는 점. 상식적인 대응을 했다면 이런 초보적인 실수는 저지르지 않았을 겁니다. 두 번째는 이 보고서에서 자주 일어나는 문제가 아니라고 지적한 프로펠러 샤프트가 빠지는 사고인데, 같은 사고가 일어났죠. 비슷해 보이는 사고가 일어나는데 자주 일어나지 않는다고 단언한 근거는 무엇인가? 세 번째 의문은 종합적인 문제인데, 이게 과연 호프자동차가 의도한 것인가, 아니면 착오인가 하는 점입니다."

"의도적이라면 그 이유는?"

다가가 물었다.

"그야 결함 은폐겠지. 4년 전에 리콜 은폐로 비난을 받은 회사잖아, 호프자동차는."

"그 반대 아닙니까?"

다가가 반박했다.

"아무리 그래도 호프자동차는 증권시장 1부에 상장한 대기업이에요. 4년 전에 그런 큰 불상사를 일으켰는데도 다시 같은 짓을 할 리는 없다고 생각합니다."

"나도 그렇게 생각해."

다카하타는 퉁명스럽게 말했다.

"그런데 그게 바로 네가 늘 지적하는 선입관이란 거 아닌가?"

다가가 입을 다무는 걸 지켜보고 다카하타는 말을 이었다.

"네 번째 의문은 이미 뭔지 알 거로 생각합니다. 이 보고서 말고 다른 잘못된 보고서는 없는가, 하는 점이죠. 그건 결국 우리 사건을 어떻게 볼 것인가 하는 문제가 되죠."

요코하마에서 일어난 모자 사상 사고. 다카하타는 정비 불량으로 단정한 호프자동차의 조사 결과를 지적했다.

"이만한 사고가 났는데 여태 다른 수사 당국도 호프자동차에 결함이 있을 거라는 의문은 품지 않았죠. 그게 답이 아닐까요? 즉, 이상은 없었다는 이야기죠."

미리 짐작한 바였지만 다가는 다카하타의 의견에 부정적이었다.

"호프자동차의 조사 결과를 믿은 건 우리도 마찬가지잖아."

이렇게 대구한 다카하타에게 "잠깐만요" 하며 다가는 계속 물고 늘어졌다.

"호프자동차의 결함을 증명한다는 건 결국 호프자동차를 용의자로 본다는 이야기네요. 그렇게 큰 기업을 겨우 이런 몇 명 되지 않는 수사팀으로 어떻게 감당하죠? 혐의를 입증하기 너무 어렵지 않을까요? 게다가 가택수색까지 한 아카마쓰운송을 수사에서 제외한다는 건가요? 애당초 가택수색을 신청한 건 다카하타 선배인데. 자존심이라는 게 있지 않습니까?"

다가의 발언은 한마디 한마디가 다카하타의 심장을 찌르는 듯했다. 여느 때의 다카하타라면 여기서 주먹다짐 직전까지 말다툼을 벌였으리라. 옆에 앉은 요시다는 잔뜩 긴장한 모습이었다. 다카하타의 질끈 깨문 입술이 절로 파르르 떨리는 게 느껴졌다.

하지만 그건 분노 때문에 떠는 게 아니었다.

창피함 때문에 떨었다.

"자존심은 버렸어."

이렇게 말했을 때 수사관 모두가 이유도 없이 굳은 표정으로 다카하타를 바라보았다. 경악, 낭패, 놀람. 다양한 표정이 다카하타의 얼굴을 보고 있었다.

"내 자존심 같은 건 어떻게 되건 상관없어. 잊어서는 안 될 점은 피해자의 억울함일 거야."

어린 아들이 자라난 모습을 보지도 못하고 세상을 떠난 어머니의 원통함과 남겨진 가족의 슬픔과 분노.

생명의 존귀함 앞에 자존심이고 나발이고 무슨 소용이란 말인가.

그런 생각을 하고 다가를 노려보며 다카하타는 이렇게 말을 이었다.

"이 목록에 있는 회사를 다시 한 차례 조사할 수 있도록 해주시겠습니까, 과장님?"

팔짱을 끼고 눈을 감은 채 대화를 듣고 있던 나이토 과장에게 간청했다.

"인제 와서 수사 방침을 바꾸면 웃음거리가 될 겁니다. 정비 불량으로 아카마쓰운송을 끌고 오죠. 호프자동차의 조사 보고서는 다들 보증서나 마찬가지로 여기니 그걸 근거로 삼으면 나중에 문제가 될 일은 없을 겁니다."

"야, 다가!"

다카하타는 자기도 모르게 버럭 소리를 질렀다.

"너 진짜 그런 소리가 나와?"

다가는 마치 계급이 높은 경찰 관료도 울고 갈 만큼 싸늘한 시선으로 다카하타를 바라보았다.

"경찰이란 그런 게 아니죠, 다카하타 선배. 지금까지 두 달이나 아카마쓰 주변을 수사하고서 이건 아니죠."

"수사한 결과야."

"아카마쓰는 호프자동차를 고소했어요. 그 아카마쓰가 제공한 정보에 따라 움직였다가 만약 아무것도 나오지 않으면 우리 경찰서 체면은 엉망이 될 거예요."

"넌 무슨 생각으로 형사를 하는 거야! 출세가 목적이라면 현장에서 떠나 경찰본부든 어디로든 꺼져버려!"

다카하타가 호통을 치고 "과장님!" 하며 회의실 싸구려 테이블을 주먹으로 쾅 두드렸다.

"소리 지르지 마, 다카하타. 아직 보청기 낄 나이 아니야."

나이토 과장이 겨우 입을 여나 싶었는데 맥 빠지는 첫마디였다. 과장은 바로 말을 이었다.

"야, 다가! 너 이 목록에 실린 사건들에 대해 호프자동차가 국토교통성에 어떤 사고조사 보고서를 올렸는지, 혹은 올리지 않았는지 알아 와."

"과장님! 이렇게 해도 되는 겁니까?"

다가는 받아들이기 힘들다는 듯이 대들었다. 그 얼굴을 보며 나이토는 느긋하게 말했다.

"어째서 그래? 나도 체면 같은 건 버릴 거야. 그러니 자네들도 버려. 버릴 수 없는 녀석은 지금 신청해. 이 사건에서 손을 떼게 해 줄 테니까. 손을 뗀다고 해서 나중에 이러니저러니 하지는 않을 거야."

나이토 과장이 이렇게 말하자 여덟 명의 수사관은 모두 입을 다물었다. 잔뜩 굳은 표정을 지은 다가는 당장이라도 신청할 것 같았지만 아무래도 단념한 듯했다.

"다가 팀을 제외한 여섯 명은 이 목록에 있는 사고조사 결과를 각 현 경찰본부에 문의해. 만약 파손 부품 실물이 남아 있으면 그걸 확보해."

"호프자동차에 다녀오겠습니다. 아카마쓰운송의 허브가 아직 그 회사에 있어요. 그걸 확보하고 싶습니다."

다카하타가 말했지만, 나이토 과장은 잠시 생각한 뒤에 이렇게 말했다.

"안 돼."

"왜죠?"

"호프자동차를 물고 늘어질 작정이라면 상대가 경계하게 만드는 건 좋지 않아. 방심하도록 놔둬."

나이토의 진심이 수사관 모두에게 느껴진 순간이었다. 멈췄던 엔진에 연료가 흘러 들어가 다시 힘차게 움직이는 듯한 느낌이 수사본부에 되살아났다. 나이토가 "해산"이라고 하자 수사관들은 우르르 자리에서 일어났다. 부루퉁한 표정을 한 다가도 말없이 회의실을 나갔다.

"이제 '타이어 이탈'은 없어야 해."

다카하타는 회의실을 나오며 이렇게 혼잣말을 했다. 긴장해서 몸이 푸르르 떨릴 듯했다. 무슨 일이 있어도 늘 목표로 삼아야 할 것은 본질이다. 형식이나 선입관에 사로잡히면 그 본질을 놓치게 되어, 편안하기는 하지만 그릇된 결론만 눈앞에 어른거린다.

나는 멍청이였다. 이제야 그걸 깨달았다. 깨닫게 해준 사람은 바로 아카마쓰다. 그런 의미에서는 아내를 잃은 유기뿐 아니라 아카마쓰 또한 이 사건의 피해자다.

기다리세요. 곧 억울함을 풀어드릴 테니.

유기 다에코의 모습을 찾으려는 듯 다카하타는 살풍경한 경찰서 안을 둘러보았다. 경찰서 풍경에 오늘 아침 불쑥 찾아온 아카마쓰의 얼굴이 겹쳐졌다. 그때 아카마쓰에게 하지 못했던 말을 다카하타는 이제야 작은 목소리로 말할 수 있었다.

"제길, 분하지만 이건 당신 덕분이야."

11

사와다는 꿈을 꾸었다.

한 건의 기획서를 통해 꾸었던 꿈이다.

"역경은 누구에게나 찾아와. 언제라도, 어떤 회사에 있더라도. 그리고 자기는 너무 순조롭게 여기까지 왔어."

마나베의 처사에 충격을 받고 분노한 날 밤, 에리코가 말했다.

"순조롭게 온 게 아니야."

에리코는 뭔가 말을 하려다가 결국 반박해봤자 소용없다고 생각했는지 "그럴지도 모르지"라고만 대꾸했다.

사와다도 나름대로 어려움은 있었고, 쓴맛을 본 적도 한두 번이 아니다. 고난에 찬 길이라고 하기는 어렵지만 적어도 우여곡절 끝에 제조 부문, 그것도 상품개발부 과장이라는 자리를 얻었다, 라고 말하고 싶었다.

"직장인은 주관과 객관의 균형을 이루어야만 성립하는 비즈니스야."

사와다가 말했다. 에리코는 또 뭔가 물어보려는 눈빛으로 바라보았다. 그렇지만 이번에도 아무 말 없었다. 사와다의 마음이 살짝 흔들렸다. 말로는 표현할 수 없는 초조함이 마음 밑바닥에서 소용돌이치는 걸 느꼈다.

주관과 객관. 이 두 가지가 반드시 일치하는 것은 아니다. 지금 사와다가 그러하듯이. 상품개발부로 발령받았다는 객관적인 성공 뒤에는 원하는 업무를 할 수 없다는 주관적인 불만이 있다. 객관적으로는 만족할 수 있어도 주관적으로는 아쉽다. 꿈은 주관과 객관이 양립했을 때 이루어진다. 혹은 꿈이 실현되어야 주관과 객관이 양립할 수 있다. 그렇지 않은가?

"자기가 인정받기 위해서는 뭔가 계기가 필요한 거야."

"그런 게 어디 있나?"

"없으면 만들어야지."

그건 분명히 맞는 말이다.

하지만 그럴 필요는 없었다. 이튿날, 오래된 이메일을 정리하던 사와다의 눈에 상품개발부장 명의로 보낸 '신형 차량 기획 모집'이라는 부서 내부 공지가 들어왔기 때문이다.

작년 연말에 온 이메일이었다. 사와다가 상품개발부로 발령이 나기 전이었다. 총무 담당자가 머리를 써서 사와다의 업무와 관계가 있을 만한 내부 공지를 오래된 것부터 모두 이메일로 보내주었다. 그 가운데 섞여 있던 한 통이었다. 지금까지 발견하지 못했던 자신에게 화가 났다.

마감은 다음 주 금요일. 아직 열흘 남았다. 제로부터 생각한다면 시간이 없어도 사와다에게는 이미 생각해둔 아이디어가 있었다. 그걸 기획이라는 현실 테두리에 집어넣는다면 빠듯하지만 마감은 지킬 수 있을 듯했다.

상품개발부 안에서 열린 이 기획 경진 대회에서 사와다가 만든 기획이 인정받으면 신형 차량 개발팀을 맡겨줄지도 모른다.

기회는 여러 번 찾아온다는 말은 거짓이다. 그때 잡지 않으면 영원히 다시 오지 않을 기회도 있다. 이번이 바로 그런 기회다, 라고 사와다는 생각했다.

새로운 기획에 착수한 사와다는 바로 그 작업에 몰두했다. 콘셉트를 정리하고 개발을 위해 필요한 비용과 시간, 인원을 계산했다.

상품개발부에서 인정받기 위해 시작한 기획이었지만 다듬어갈수록 사와다의 가슴속에서 치밀어 오르는 것은 꿈에 대한 뜨거운 열정이었다.

자동차를 만들고 싶다.

사와다의 꿈은 아주 단순하고 순수했다. 그 이상도 이하도 아니다. 자동차회사에 다니면서 이런 당연한 일을 '꿈'이라고 하는 자신이 우스웠다. 하지만 차를 만들고 싶은 마음은 도저히 어쩔 수 없는 진짜였다.

이 기획에서 사와다는 콤팩트하고 스포티한 원 박스 카를 개발하자고 제안할 작정이었다. 작은 차체에 고성능 엔진을 탑재한 사륜구동 바로크를 만들며 길러온 견고함을 함께 지닌 패밀리 카. 타깃은 연간 수입이 600만 엔쯤 되는 직장인 세대. 30대 중반에 자녀는 둘. 교외에서 융자받아 산 단독주택에 산다. 주중에는 쇼핑과 자녀들 등하교, 휴일에는 가족이 함께 나가 즐기는 레저에 전방위적으로 사용할 수 있는 즐거운 자동차다. 안전하고 쾌적하며 견고한 만듦새. 그러면서도 고속도로에서 가속페달을 밟으면 스포츠카 못지않게 속도를 올릴 수 있는 성능도 갖추고 있다.

어렸을 때 사와다가 동경한 차는 스포츠카였다. 하지만 30대 후반으로 접어든 지금, 사와다의 가슴속에 있는 것은 일상 풍경에 어울리는 차였다. 가족에게 사랑받는 자동차.

사와다가 만든 기획서는 리포트용지 30매. 사와다는 그 30매 안에 차에 대한 애정과 소망을 쏟아부었다. 이거야말로 사와다의 모든 것이라고 할 수 있을 만큼.

기획서의 마지막 페이지를 훑어본 사와다는 그걸 한 부 프린트해서 다시 읽어본 다음 상품개발과 담당자 앞으로 이메일을 보내고 모든 작업을 끝냈다.

희미한 흥분이 느껴졌다. 그게 아직 꺼지지 않은 숯불처럼 사와다의 가슴속에서 계속 불타고 있었다.

오후 8시가 조금 지난 사무실에는 하루의 피로가 바닥에 깔려 나른한 분위기가 떠돌고 있었다.

스기모토가 전화한 것은 바로 그때였다.

"사와다 선배님, 지금 송별회가 끝났는데요. 시간이 나지 않을 테고 바쁘실 거라는 걸 잘 알고는 있지만."

떠들썩한 술집 소음이 전화에서 들려왔다.

"괜찮아. 지금 어디 있어?"

스기모토는 간다에 있는 꼬치구이집 이름을 댔다.

"고마키 과장과 기타무라도 같이 나갈까?"

"아뇨. 될 수 있으면 과장님과 단둘이 이야기하고 싶습니다."

스기모토는 지금 술집을 나와 택시를 타고 신바시 쪽으로 가겠다고 했다.

"택시 타고 회사 앞에 들러 함께 움직일까요?"

부탁해, 라고 한 사와다는 책상을 정리하고 코트를 걸친 뒤 1월의 차가운 바람이 부는 오테마치 빌딩가로 나갔다.

"내일 오사카로 갑니다. 그 전에 인사를 드리고 싶어서요."

"인사?"

스기모토는 멋쩍은 표정으로 고개를 숙였다.

"내 편이 되어주어 고마워요."

"편……."

신뢰받는다는 사실이 이토록 괴로움을 안겨준 적은 일찍이 없었다.

"사와다 선배 덕분에 큰 용기를 냈었죠. 정말 고마웠어요. 감사합니다."

"집어치워. 감사는 무슨. 난 결국 아무것도 하지 못했으니까."

사와다는 속이 탔다.

"아뇨. 저하고 같은 생각을 하고 행동해준 사람이 있다는 생각만으로도 좋은걸요. 나 혼자서 바둥거린 게 아니다. 이런 생각만 해도 기뻤어요."

사와다는 마실 줄도 모르는 맥주를 말없이 마셨다.

"난 글렀어."

중얼거린 말은 사와다의 가슴 깊은 곳에서 뿜어져 나오는 독가스 같았다. 조금 전까지 푹 빠져 있던 기획서의 여운과 흥분도 사라지고 가슴속에는 죄책감이 자리 잡았다.

"바뀌지 않으면 의미가 없잖아? 그렇게 생각하지 않아? 너나 나나 역시 패배한 거야."

스기모토는 입술을 삐죽 내밀고 말했다.

"아직 졌다고 생각하지 않아요."

"그래?"

사와다가 멍하니 대답했다.

사와다는 상품개발부 과장직이라는 미끼를 물어, 이제는 꼼짝 못 하고 잡힌 상태. 한편 스기모토는 오사카 지사로 전근. 결국 '레지스탕스 운동'은 뿌리 뽑히고 말았다.

그러자 스기모토가 말했다.

"사와다 과장님, 아카마쓰운송 이야기 들었습니까?"

"아카마쓰? 아카마쓰가 왜?"

스기모토는 변호사를 데리고 회사로 찾아온 아카마쓰가 제시했다는 보고서에 관해 이야기했다.

"보고서? 그런 게 있었나……? 누가 작성한 서류지?"

"무로이 과장이에요. 저도 지적받기 전까지 몰랐어요. 사고 차량을 소유한 회사가 우리하고 가까운 상대이기 때문에 무슨 내용을 쓰더라도 문제가 되지 않을 거로 생각했을 거예요. 하지만 허위는 허위죠. 지적당하면 인정할 수밖에 없어요. 공개되면 호프자동차 조사 보고서의 신뢰성은 근본부터 뒤집힐 겁니다. 〈주간 조류〉가 아니더라도 덤벼드는 언론사가 있을 거예요. 대응을 잘못하면 우리 회사의 사회적 신용 자체가 흔들리게 될 겁니다."

"아카마쓰는 그런 정보를 어떻게 얻은 거지? 설마 네가……?"

스기모토는 손을 내저으며 부정했다.

"내가 아니에요. 아카마쓰운송이 독자적인 조사를 해서 찾아낸 모양이에요."

마음이 어수선했다. 그리고 아카마쓰와 직접 교섭할 때 느꼈던, 말로 표현할 수 없는 그의 박력이 떠올랐다.

'별 볼 일 없는 동네 운송회사 주제에……'

그건 전에 아카마쓰운송이 클레임을 걸었을 때 사와다가 느꼈던 생각이다.

훅 불면 날아갈 듯 영세한 중소기업이 매출액 2조 엔을 자랑하는 호프자동차에 창을 들이대다니. 건방지고, 아니꼽고, 주제넘은……. 이런 표현이 머릿속에 떠올랐다가 사라졌다.

하지만 이제 그런 표현 중 어느 것도 아카마쓰에게 어울리지 않는 것 같았다. 아카마쓰를 칭찬하는 건 아니다. 하지만 위협이 느껴졌다. 1억 엔이나 되는 보상금조차 걷어차는 아카마쓰에게는 '완고'라는 표현이 어울릴지도 모른다. 그 완고함 때문에 두려운 것이다.

"아카마쓰는 그렇게 만만한 상대가 아니야."

그 상대를 나가오카는 얕잡아 보았다. 사와다는 스기모토에게 물었다.

"품질보증부 반응은 어때?"

"가시와바라 부장이 재조사를 지시한 모양입니다. 아마 가노 상무가 이야기했겠지만."

"재조사? 어쩔 작정이지?"

"어느 정도 과실을 인정하겠다는 생각인 모양이에요. 그리고 어떻게든 리콜은 피하려고 하겠죠."

가노답게 비용을 먼저 생각하는 발상이다.

"그게 지금 취할 수 있는 최선책이라면 답답하군. 어차피 국토교통성에 허위 보고한 사실은 남아. 아카마쓰운송이 재판에서 증거로 내세우면 판결이 어떻게 나올지 모르겠네."

심각한 눈빛으로 이자카야 탁자를 보며 잠시 생각에 잠겼던 사와다는 이윽고 짧은 한숨을 내쉬었다.

"상황이 더 꼬이기 전에 아카마쓰운송의 정비 불량이라는 결론을 철회하는 편이 나을지도 모르겠네. 어떻게든 아카마쓰와 화해하는 길을 찾는 거지. 그 수밖에 없어. 아니, 이미 늦었으려나?"

마지막은 거의 자신에게 묻는 투였다.

"가노 상무는 아카마쓰와 화해할 생각이 없어요. 오히려 아카마쓰운송을 망하게 할 작정이죠."

생각지도 못한 스기모토의 말에 사와다는 고개를 번쩍 들었다.

"시간을 끌어 군량미가 떨어지기를 기다리기라도 할 속셈인가?"

아카마쓰운송의 자금 조달은 절대 만만하지 않으리라. 그런 의미에서 아카마쓰도 아직은 초조할 것이다. 도산해버리면 재판이 문제가 아니다. 죽은 사람은 말이 없다.

"마음에 들지 않는 놈은 철저하게 까부순다. 그 사람에게 예외는 없죠."

그 말은 사와다의 가슴을 깊고 잔혹하게 파고들었다.

예외는 없다.

그건 사와다도 마찬가지 아닐까?

상품개발부로 이동하면서 영원히 무너지고 말 운명에 빠져버린 게 아닐까? 사와다가 미간에 깊은 주름을 만들었을 때 스기모토는 발아래 두었던 백을 집어 들었다. 그리고 노트북을 꺼냈다.

"이걸 맡아주시겠어요, 사와다 선배?"

"이게 뭐지?"

"T회의를 비롯한 지금까지의 기록이 담겨 있어요. 구체적인 은폐 데이터도 가능한 한 수집했습니다."

사와다는 깜짝 놀랐다.

"품질보증부에 있는 컴퓨터는 모두 검사받지 않았나?"

"사실 이 컴퓨터는 3개월쯤 전에 고장이 나서 폐기 처분한 거로 되어 있어요. 정말로 작동하지 않아서 새 컴퓨터를 들였는데, 그 뒤에 소프트웨어 문제 때문이라는 걸 알고 내가 복구했죠."

"그러니까 존재하지 않는 컴퓨터라는 건가?"

그렇군. 그렇다면 품질보증부 내부의 은폐 공작 그물망에 걸리지 않은 것도 이해된다.

"우연히 그렇게 된 거지만요."

스기모토는 씩 웃었다. 진짜 우연인지는 의심스럽다. 기록을 남기려고 일부러 그렇게 만든 게 아닐까 하는 생각이 들었지만 그건 묻지 않았다.

"이게 언제 어떻게 도움이 될지는 모르겠어요. 어쩌면 아무런 도움도 되지 않을지 모르죠. 처음에는 오사카로 가지고 갈까 했는데 그쪽에서는 이걸 활용할 일이 없겠더라고요."

"그래서 내게?"

"선배밖에 생각나는 사람이 없었어요."

스기모토는 소년처럼 순진한 표정을 지었다.

"내가 맡아봐야 네 기대에 답할 수 있을 거라는 보장은 없어. 그래도 괜찮겠어? 난 네 생각보다 계산적인 인간이야."

"그런가요?"

스기모토는 의문을 드러냈다.

"선배는 스스로 생각하는 것만큼 계산적인 사람이 아니라고 생각해요."

"그건 과대평가로군."

"아뇨. 그렇지 않아요. 선배는 내가 생각했던 그대로예요."

스기모토는 진지한 눈빛으로 똑바로 사와다를 바라보았다.

"만약에 내 예상이 어긋난다면 포기해야죠. 내가 사람 보는 눈이 없었다 치고요. 어쨌든 맡아주세요."

"뭐 그렇게까지 이야기한다면."

사와다는 그렇게 말하더니 스기모토로부터 받은 노트북을 자기 가방에 넣었다.

12

도쿄에는 오후부터 본격적으로 눈이 내렸다. 도심 상공에 떠오른 거대한 고래의 배 같은 눈구름에서 메마른 풍경에 눈송이가 춤을 추며 내려왔다. 우산을 쓰고 같은 오테마치에 있는 거래처로 가던 이자키는 세 시간쯤 상담을 하고 나왔을 때 회색에서 온통 흰색으로 옷을 갈아입은 빌딩가의 풍경에 살짝 놀랐다.

발을 디딜 때마다 발자국을 남기며 흩날리는 셔벗 같은 눈. 그 눈 속을 걷기 시작한 이자키는 20미터쯤 앞에 있던 계단을 내려가 지하도를 지나 도쿄호프은행 본점에 있는 지상 출입구로 올라왔다.

젖은 바지 자락을 손수건으로 닦고 바로 영업본부에 있는 자기 자리로 돌아왔다. 노트북으로 융자관리 시스템에 접속해 호프자동차 최신 기안 파일을 열었다.

화면에 나타난 것은 요 며칠 잠도 제대로 못 자고, 쉬지도 못하며 작성한 기안서였다.

이자키가 내린 결론은 '융자 보류'였다.

융자를 하지 않기 위해 굳이 정식 기안서를 쓰기는 은행원이 된 이래 처음이었다. 아마 도쿄호프은행에서도 전에 없던 일이리라.

이제 됐어. 이렇게 속으로 중얼거린 이자키의 손가락이 '발신' 버튼을 눌렀다. 화면에 뜬 모래시계 아이콘이 바로 사라지고 파일은 이자키의 손을 떠났다.

발신한 기안서는 은행 내부 결재 시스템에 등록되어 일반 안건처럼 기모토 차장, 하마나카 부장의 결재를 받은 다음 임원 회의에 올리게 된다.

임원 회의에서 검은 것을 흰 것으로 만들려면 그렇게 하면 그만이겠지. 융자를 보류해야 한다는 기안을 뒤집을 작정이라면 멋대로 해라. 이자키는 속으로 빈정거렸다. 정치적으로 처리할 작정이라면 심사 라인으로서의 본점 영업부는 존재 의미가 없다.

남은 일은 은행원으로서의 식견과 판단을 보여주느냐 마느냐 하는 영역이다.

마키타의 번질거리는 얼굴이 떠올랐지만 애써 지웠다. 이제 진짜 가치를 보여줘야 할 곳은 호프자동차가 아니라 바로 도쿄호프은행이다.

경찰 차량 앞 유리창에 눈이 달라붙었다. 습기가 많은지 와이퍼에 엉겨 붙어 영하인 바깥 기온에 얼어버려 잘 밀리지 않았다. 헤드라이트에 주오자동차도로의 도로표지판이 떠올랐다.

"주차 구역입니다. 차를 대겠습니다, 선배."

핸들을 쥔 요시다가 입을 열었다.

그래, 하고 다카하타가 대꾸했다.

요시다는 경찰용 소형 트럭을 몰아 왼쪽 깜빡이를 켜고 천천히 주차 구역으로 진입해 차를 세운 다음 문을 열었다.

이게 몇 번째일까. 다카하타도 화가 나서 얼음 덩어리를 와이퍼에서 뜯어내는 작업을 도우며 초조한 마음에 한숨을 내쉬었다.

"정말 심하게 오네요. 도쿄에도 눈이 쌓였대요."

마찬가지로 차에서 내려 운전석 쪽 와이퍼에서 얼음 덩어리를 뜯어내면서 요시다가 얼굴을 찌푸렸다. 그리고 소형 트럭의 트렁크 쪽으로 돌아가 짐 상태를 확인하고 돌아왔다.

"이상 무."

다시 차에 탔다. 요시다가 시동을 걸고 제한속도 시속 50킬로미터인 주오자동차도로로 다시 트럭을 몰고 들어갔다. 그러자 바로 눈이 시야를 가려 회색와 백색 얼룩이 뒤섞인 세계가 펼쳐졌다.

다카하타의 머릿속에 오늘 아침에 나눈 대화가 되살아났다.

"최근 1년 사이에 호프자동차에서 국토교통성에 올린 보고서는 모두 12건입니다. 호쿠리쿠로지스틱스 관련 건도 그 가운데 하나죠. 그중 사고 원인을 정비 불량으로 지적한 것이 10건입니다. 차량에 문제가 있었다고 적은 것이 2건인데 모두 사소한 문제여서 리콜에 이르지는 않았죠. 한편 아카마쓰운송의 사고는 정비 불량으로 되어 있는 10건 가운데 포함되어 있습니다."

이른 아침에 열린 회의였다. 어제 하루 동안 조사한 성과를 보고한 다가에게 다카하타는 "문제는 그 사고 원인이 진짜 정비 불량이냐 아니냐지"라고 했다.

나이토 과장은 말없이 보고를 듣더니 "어떻게 생각하나?" 하고 다가에게 물었다.

"뭐라고 판단을 내릴 수 없네요."

다가는 여전히 냉정했다.

"사고 차량을 과학경찰연구소에서 검증하면 이 보고서가 제대로 된 것인지 물어볼 수 있을 텐데, 가장 중요한 증거물이 없습니다. 정황 증거뿐이라 혐의가 있다고 단정할 수 없습니다."

다카하타는 여전히 부정적인 다가와 서로 노려보았다.

"하지만 다른 회사에 비해 호프자동차의 사고는 너무 자주 일어나지 않나? 그건 어떻게 설명하지? 호프자동차 사용자만 정비를 게을리하기라도 한다는 거야?"

회의라고는 해도 형사부 안에서 자기 자리에 앉아 간단하게 의견을 나누는 시간이었다. 공식적이고 뭐고도 따질 필요 없이 수사 방향은 이렇게 탁 터놓고 이야기하는 가운데 결정될 때도 많다.

다가가 말했다.

"상대는 호프자동차예요. 직감만으로 손을 댈 수 있는 상대가 아니죠. 근거 없이 움직였다가 아무것도 나오지 않으면 웃음거리가 될 겁니다."

"뭐 어때. 웃음거리가 되건 뭐가 되건. 호프자동차가 만든 차량에서 무슨 일이 일어나고 있다는 건 틀림없어. 그건 너도 인정하지?"

다카하타가 대꾸했다.

"사고 원인에 대해 무슨 말을 해도 성급한 판단일 뿐이에요. 지금 필요한 건 물증이라고요."

다가는 도전적인 눈빛으로 다카하타를 노려보았다.

그런 대화가 오간 뒤, 다카하타가 요시다와 함께 찾아간 곳은 고후시에 본사를 둔 효도운송이라는 회사였다.

이 회사는 지금으로부터 반년쯤 전인 6월에 주오자동차도로에서 차량 두 대가 휘말린 사고를 일으켰다. 추월 차선을 달리던 이 회사의 대형 트레일러가 옆으로 넘어져 일반 차선을 달리던 차와 부딪혀 중경상 두 명이 나온 중대 사고였다.

사전에 협조 요청을 하고 얻은 야마나시현 경찰본부의 조서에 따르면 사고 원인은 호프자동차를 사용하는 효도운송의 속도위반에 정비 불량까지 겹쳤으며, 이를 뒷받침하듯 현경에 제출된 호프자동차의 사고조사 보고서가 첨부되었다. 현장은 주오자동차도로에 흔한 완만한 커브였다. 이 회사 대형 트럭은 그곳을 시속 150킬로미터 가까운 속도로 달리고 있었다고 한다.

다카하타는 아카마쓰가 이 효도운송에 대해서는 조사하지 못했다는 것도 이미 알고 있다. 효도운송 사장이 아무에게나 사고 이야기를 해줄 수 없다고 거절했기 때문이다. 어제 이 회사에 문의 전화를 걸었을 때 확인한 사실이다.

다카하타가 이 사고에 주목한 이유는 조서에 있는 운전기사의 증언 때문이었다. 조서에는 이렇게 적혀 있었다. '주행 중에 갑자기 핸들이 말을 듣지 않아 눈 깜짝할 사이에 옆으로 쓰러졌어요. 커브 길이었는데 특별한 문제는 없을 만큼 완만한 커브라고 생각합니다.'

이상하다고 생각했다.

운전기사는 운전 경력이 30년인 숙련자. 운송업의 운전기사 중에는 전국을 떠도는 사람이 적지 않은데 이 운전기사는 이력저럭 20년 가까이 효도운송에 근무했고, 회사 근처 집에서 가족과 함께 살았다. 주행 중에 큰 사고를 내기는 처음이라고 했다.

분명히 법정속도를 초과하기는 했으리라.

하지만 이 운전기사는 주오자동차도로를 수없이 오간 베테랑이다. 그런 운전기사가 뻔히 커브 길이라는 걸 아는 지점에서 트럭이 옆으로 쓰러졌다. 사고는 6월 중순에 났는데, 그날은 맑은 날씨였다. 트럭이 옆으로 쓰러질 만큼 거센 횡풍, 즉 측면에서 불어오는 바람도 없었다.

"정말 속도가 원인일까?"

그게 다카하타가 품은 가장 큰 의문이었다. 그런 다카하타에게 한 가지 행운이 굴러들어 왔다. 어제 전화로 효도운송에 문의했더니 그때 사고를 낸 차량이 아직 회사에 남아 있다는 사실을 알게 된 것이다.

오늘 효도운송을 방문한 다카하타가 차량을 남겨둔 이유를 묻자 효도 사장은 이렇게 말하며 웃었다.

"그게 말입니다, 경찰도 다른 운전자에게 경고할 겸 사고 차량을 도로에 한동안 놓아둘 때가 있잖아요? 그것과 같은 거예요."

마음에 들지 않는 경영자였지만 덕분에 물건은 확보했다.

이 사고에 대해서도 호프자동차는 국토교통성에 사고조사 보고서를 보냈다. 하지만 속도위반이 주요 원인이라는 경찰 검증 결과도 나온 상태기도 해서 그 보고서의 결론은 '정비 불량'이었다. 이때 호프자동차는 검사를 위해 맡긴 차량과 파손 부품을 그대로 효도운송에 반납했다. 다카하타는 만약 효도운송이 아카마쓰처럼 조사 결과에 의문을 품는 움직임을 보였다면 호프자동차의 대응이 달라졌을지도 모른다고 생각했다. 이 사고만은 호프자동차가 엉성하게 대응했고, 현경의 판단도 호프자동차를 방심하게 만들지 않았을까?

어쨌든 여기에 호프자동차가 만든 차량이 일으킨 사고의 진짜 이유를 알아낼 수 있는 중대한 실마리가 남아 있다.

다카하타는 손목시계의 바늘을 보고 오후 6시 20분을 확인했다.

이 트럭의 목적지는 과학경찰연구소가 있는 지바다. 도착을 기다리는 담당관들에게는 미리 도착이 늦어질 것이라고 알렸다.

이 검사 결과에 따라 이번 사태의 탈출구가 열릴지도 모른다.

그런 기대를 짊어지고 트럭은 속도 제한이 해제될 가능성이 없는 자동차도로를 계속 동쪽으로 달리고 있었다.

13

"마키타 전무님이라 말씀드립니다만, 좀 문제가 생길지도 모르겠습니다."

가노가 급히 만나고 싶다는 뜻을 전해온 것은 마키타가 일주일에 걸친 국내 거점 시찰을 마치고 도쿄에 돌아온 어제였다.

맨 처음 떠오른 생각은 호프자동차가 신청한 지원 건이었다. 그 문제는 해결되기까지 다소 시간이 필요한데, 갑자기 자금 조달에 문제가 생기기라도 한 걸까, 하고 어렴풋하게 추측했다.

그러나 가노가 꺼낸 말은 그야말로 상상 밖의 실수였다. 이야기를 듣는 동안 점점 표정이 흐려진 마키타는 가노가 말을 마친 뒤에도 한동안 입을 꾹 다물고 있었다.

국토교통성에 보고서를 다시 제출한다는 생각은 가능한 범위 안에서는 최선책일 테지만, 상황에 따라 호프자동차 사내 시스템에 의문이 제기되는 계기가 될 것이다. 특히 아카마쓰운송이 어떻게 나오느냐에 따라 그 가능성은 더 커질 테니 손을 쓸 수 없는 들불로 번지기 전에 불을 꺼야만 한다.

"사소한 문제라고 단언할 수 없는 부분도 있어서 마키타 전무님께 의논드리는 겁니다."

가노는 이렇게 말하고 입을 다물었다. 반 넘게 줄어든 마키타의 잔에 맥주를 따르고 자기 잔도 채워 단숨에 들이켰다.

단골 요릿집 별실에 중독이라도 될 것만 같은 무거운 공기가 흘렀다.

"인제 와서 제가 할 말은 아니지만, 일반 소비자를 상대하는 사업은 어렵죠. 한번 흠집이 난 신용을 되찾으려면 시간이 걸려요."

마키타가 중얼거리듯 말했다.

"착오입니다."

하지만 가노의 말은 마키타의 마음을 움직인 것 같지 않았다.

"그럴지도 모르죠. 하지만 가노 상무, 착오냐 아니냐는 문제가 아니에요. 세상 사람들이 어떻게 생각하느냐가 중요하지."

마키타 전무가 전에 없이 엄격한 의견을 내놓자 가노는 창끝을 4년 전 리콜 은폐 때문에 들끓었던 여론과 언론으로 돌렸다.

"정말이지, 언론은 아는 척하며 평론가처럼 떠들어댔죠. 소비자 편을 드는 척하는 얼치기 평론가도 골치고요. 특히 인터넷에서 익명 뒤에 숨어 험담을 늘어놓는 비열한 놈들은 끊이지 않아요. 이건 도쿄호프은행도 골치를 썩일 테지만요."

"그런 놈들은 내버려 둬요."

마키타는 바로 말을 끊으며 이렇게 말했다.

"문제는 수사 당국이 뭔가 눈치채고 움직이는 게 아니냐 하는 점이죠."

가노는 멋쩍은 웃음을 지었다.

"이번 일은 어디까지나 실수입니다. 지금까지 국토교통성 담당자와는 여러 차례 의논하기도 했고, 그쪽에서도 이해할 수 있는 이야기입니다. 자질구레한 내용은 몰라도 전체적인 문제에서 수사당국에 이러쿵저러쿵 소리를 들을 일은 없을 겁니다. 수사하러 와도 단호한 태도로 임할 작정입니다."

"그렇게 해주셔야지, 안 그러면 나도 곤란해집니다. 영업부장 시절에 호프자동차에 신세를 진 게 한두 번이 아닙니다. 은행원이 융자를 추진할 때는 목숨을 걸 각오로 하지만, 하찮은 문제 때문에 발목이 잡히면 당해낼 수가 없어요."

마키타의 말에서는 위기감이 느껴졌다.

가노는 국토교통성에 제출한 '자동차 사고 보고서'를 바탕으로 자동차교통국 담당자와 가진 회의를 통해 지금까지 여러 차례 리콜을 피할 수 있었다. 하지만 그 보고서에 사용한 데이터가 다 진짜는 아니라는 사실도 가노에게 들어 알고 있다. 요코하마에서 일어난 사고 때도 정비 불량 때문인지 아닌지를 가장 먼저 신경 썼던 것도 그 때문이었다. 그걸 묵인함으로써 마키타 또한 호프자동차의 은폐 작업을 뒤늦게 받아들인 셈이나 마찬가지였다.

마키타의 머릿속에는 '과연 이래도 괜찮은 걸까?' 하는 의문이 끼어들 회로는 없었다. 이른바 단카이 세대*인 마키타 역시 또래와 마찬가지로 학생운동에서 '좌절'한 과거를 짊어진 채 체제에 편입되었지만, 체제에 익숙해져 이빨이 빠지고 주는 먹이를 받아먹기

* 일본 패전 후 제1차 베이비붐(1947년-1949년)에 태어난 세대를 가리킨다. 이 3년간 약 806만 명이 태어났다.

에 익숙해진 기업 전사다.

"호프자동차가 국토교통성에 제출한 수치의 원본 데이터는 괜찮은가요?"

문득 걱정되는지 마키타가 물었다.

"걱정하실 일 없습니다."

가노는 여유를 보이며 말을 이었다.

"조사에서 샘플링한 가공 전 데이터는 품질보증부와 연구소가 철저하게 관리하고 있습니다. 물 한 방울 샐 염려도 없습니다."

마키타는 비로소 마음이 놓인다는 표정을 지었다.

"다행이군요. 그런데 이번에 진행되는 지원 건 말입니다, 역시 담당자 선에서 부정적인 의견을 올렸더군요. 하지만 임원 회의에서는 그런 의견은 무시하고 승인이 나도록 손을 쓰고 있어요. 확실하게 처리할 작정이지만, 아무쪼록 방심하지 말기를 바랍니다."

"잘 알고 있습니다. 걱정이 많은 걸 보니 전무님도 역시 은행원이십니다."

가노는 웃으며 마키타의 잔에 맥주를 따랐다.

14

가노와 마키타가 요릿집에서 만나고 있던 그 무렵, 요코하마시 고호쿠구에 있는 고호쿠경찰서에 설치된 수사본부에서는 긴급 소집된 회의가 열렸다.

수사관 전원과 고호쿠경찰서, 가나가와 현경 담당 간부가 모인 회의는 여느 때의 수사 회의와 모양새가 달랐다. 원래 중앙 정면에 자리 잡는 간부들 자리가 옆으로 빠지고 대신 슬라이드용 프로젝터와 창고에서 꺼내온 듯한 연단이 놓여 있었다.

거기서 펜 모양 포인터를 한 손에 들고 컴퓨터 화면을 비춘 스크린 옆에 서 있는 사람은 과학경찰연구소에서 파견된 아키야마 히데키라는, 아직 서른 조금 넘은 듯한 나이로 보이는 학자 스타일의 남자였다.

아키야마는 오후 7시에 시작된 회의 첫머리에 감정 결과를 보고하고, 지금 스크린에 나오는 대형 트럭의 부품 단면도를 포인터로 가리키며 핵심이라고 할 수 있는 부분을 설명하는 중이었다.

"이 효도운송의 트럭 부품에 대해 과학경찰연구소가 감정할 시, 중요 포인트로 삼은 부분은 사고 차량의 허브 마모량이었습니다."

확대된 허브는 챙이 좁은 모자 모양이었다. 그게 뭔지 설명을 듣지 않으면 자동차 부품이라는 걸 알아차리기 힘든 모양새였다. 다카하타도 타이어와 타이어 휠을 연결하는 부품인 이 허브를 이번 사고를 통해 처음 보았다.

아키야마는 수사본부의 긴장감은 아랑곳하지 않고 태연한 말투로 마이크를 한쪽 손에 들고 이야기를 이어갔다.

"마모량이 적은데 허브가 파손되었다면 그건 구조적인 결함 때문이라는 결론이 나옵니다. 거꾸로 많이 마모된 상태라면 정비 불량이라 사용자 책임이 되겠죠. 다만 허브라는 부품 자체가 일반적으로 소모품으로 여기지 않는 특수 부품이라는 점을 생각할 필요가 있습니다. 수만 점이 되는 차량의 부품 가운데 허브는 교환을 전제로 한 소모품이 아닙니다. 일반적인 인식으로는 영구 사용 부품이죠. 그러니 애당초 허브에 대해서는 정비 불량이라는 말이 성립하기 어렵다는 점도 자세한 설명 전에 미리 말씀드리겠습니다. 이번에 의뢰받은 감정에 관련된 사고는 바로 이런 점이 최대 쟁점이 될 거로 보입니다. 애초에 마모된 타이어를 계속 썼다거나, 브레이크 패드가 마모된 상태인데 내버려 두거나 하는, 그런 경우와 결코 동급으로 취급할 수 없는 문제죠."

수사관 중 한 명이 손을 들었다. 미나미다라는 고참 형사였다.

"호프자동차는 고후에서 일어난 사고나 요코하마에서 일어난 사고나 허브 파손은 정비 불량 때문이라고 주장합니다. 허브가 교환을 전제로 한 부품이 아니라는 걸 호프자동차도 잘 알고 있겠죠. 그런데도 정비 불량이라고 주장하는 건 대체 차량을 어떻게 사용했기 때문이라는 건지 모르겠군요."

"과적재나 과주행이죠. 정해진 것보다 더 무거운 짐을 싣고 달린 경우, 또는 몇십만 킬로미터나 달린 낡은 차체일 경우에는 당연히 허브의 마모가 진행될 테니까 그때 파손이 일어나는 것은 당연하다고 생각할 수 있습니다. 형태가 있는 모든 것은 망가지게 되어 있으니까요."

"고후에 있는 효도운송 트럭에 그런 흔적이 있었나요?"

간부 가운데 한 명이 묻자 아키야마 대신 다카하타가 일어섰다.

"과적재, 과주행 사실은 없습니다. 해당 차량은 현내 중거리 운송 루트를 담당하며 트럭 주행 거리는 5만 7천 킬로미터였습니다. 한편 아카마쓰운송의 트레일러는 주행 거리가 약 8만 킬로미터였습니다."

다카하타의 보고를 들은 간부는 아키야마에게 의견을 묻는 듯한 눈짓을 보냈다.

"그만한 주행 거리에 허브가 파손될 리는 없습니다. 뭐랄까, 그 정도로 파손되어서는 안 될 부품입니다. 어디까지나 일반론이지만요."

수사본부의 공기가 술렁거렸다. 일반론은 어디까지나 일반론일 뿐이다. 경찰이 수사를 더 진행하려면 그 정도로는 약하다. 그렇지만 다카하타는 호프자동차가 막다른 골목에 몰렸다는 느낌을 받았다. 지금 호프자동차라는 거대한 차체는 타이어가 빠지기 직전까지 몰린 상태다.

"여러분, 여기를 주목하십시오."

아키야마가 가리킨 곳은 허브의 단면이었다.

"이번에 과학경찰연구소에서 감정한 결과 이 차량의 허브 마모도는 0.43밀리미터였습니다."

아키야마는 슬라이드를 바라보는 40명 남짓한 경찰관들 쪽으로 돌아섰다.

"일반적으로 이 정도 마모되었을 때 허브를 교체할 필요는 없습니다."

"잠깐만."

손을 든 사람이 있었다. 다가였다.

"그건 좀 이상하지 않습니까? 이 사고에 관해 호프자동차가 국토교통성에 제출한 보고서에 따르면 마모량이 0.95밀리미터로 되어 있어요. 0.5밀리미터 넘게 차이가 날 수는 없을 텐데요."

"그렇습니다. 착오냐 의도적이냐는 따로 생각하기로 하고, 호프자동차가 보고서에서 제시한 숫자는 사실과는 다릅니다."

아키야마는 말을 이었다.

"지적하신 대로 그 보고서의 논리에 따르면 과속 이외에 0.95밀리미터나 마모되었는데 교체하지 않고 그냥 사용했기 때문에 허브가 파손되었다고 합니다. 하지만 실제로 허브의 마모량이 이번에 저희가 감정한 결과와 같은 수치라면 정비 불량이라는 결론 자체가 성립되지 않죠."

"과학경찰연구소의 조사 결과가 잘못되었을 가능성은 없나요?"

다가의 질문은 듣는 사람에 따라 화를 내도 이상할 게 없는 내용이었다. 하지만 아키야마는 침착했다.

"그럴 가능성은 없습니다. 적어도 일반적인 기법으로 감정하고 있다는 말씀은 드리겠습니다. 그 기법은 의문을 제기할 여지가 없습니다. 다만……."

수사관들의 시선을 모은 아키야마는 잠깐 뜸을 들였다.

"호프자동차의 조사 결과에 사용된 숫자 가운데 사실과 다르다고 여겨지는 점은 이 허브 마모량 차이뿐만이 아닙니다."

숨을 죽인 수사 회의 참석자들 앞에서 슬라이드 화면이 바뀌고 표 하나가 나타났다.

"이것은 작년 10월, 고호쿠경찰서 담당 구역에서 아카마쓰운송이 사고를 냈을 때 국토교통성이 호프자동차에 요구한 자료에 첨부되었던 허브 강도를 비교한 표입니다. 비교 대상은 호프자동차와 라이벌 메이커인 니치난자동차, 도쿄디젤, 산니치자동차공업, 이렇게 세 회사죠. 각 회사의 허브를 대상으로 크기, 재질, 강도를 비교해본 자료입니다. 이 표에 따르면 호프에서 만든 허브의 강도는 네 회사 가운데 두 번째로 강하고, 1위는 니치난자동차입니다. 니치난의 허브는 호프자동차보다 26퍼센트 더 단단합니다. 한편 도쿄디젤과 산니치자동차공업의 허브 강도는 전자가 2퍼센트, 후자가 7퍼센트 떨어진다. 그런 내용으로 보고되어 있는데, 이쪽을 봐주십시오."

슬라이드가 바뀌어 새 표가 나타났다.

"이 표는 과학경찰연구소에서 각 회사의 허브를 구해 강도를 조사한 결과입니다. 호프자동차의 보고서와는 크게 다릅니다. 우리 연구소에서 감정한바, 호프자동차가 자기 회사 제품보다 약하다고 한 산니치자동차공업의 허브는 이미 제조되지 않는 구형이며, 현행 모델 허브와 비교하면 이 회사가 만든 허브는 호프자동차의 허브보다 강도가 27퍼센트 뛰어납니다. 마찬가지로 도쿄디젤에서 만든 허브는 21퍼센트, 그리고 니치난에서 만든 허브는 호프자동차보다 78퍼센트나 강도가 우수하다는 결과가 나왔습니다. 호프자동차가 국토교통성에 보고한 내용과 아주 큰 차이를 보입니다. 한편 호프자동차는 1990년부터 작년 사이 A형에서부터 F형까지, 모두 6종의 허브를 개발했는데, 이 조사 결과는 사고가 자주 일어나는 D형 허브로 조사한 것입니다."

수사관들은 아키야마가 보여주는 새 표를 뚫어져라 보았다. 다카하타가 보충했다.

"참고로 아카마쓰운송과 효도운송이 사용하던 트럭은 D형 허브를 탑재한 차량이었죠. 조사해보니 허브 파손 사고는 F형을 제외한 모든 차량에서 일어나고 있습니다. 다만 A형과 B형 허브를 탑재한 차량은 대부분 이미 폐차된 상태라 조사는 거의 불가능했습니다."

"저어, 질문해도 괜찮습니까?"

파트너인 요시다가 손을 들고 아키야마에게 질문했다.

"강도 조사에서 나올 수 있는 오차는 어느 정도입니까? 호프자동차의 조사 결과 착오가 그 범위 안에 있는 건 아닐까요?"

"호프자동차의 조사 방법을 모르기 때문에 단언할 수는 없지만, 적어도 일반적인 강도 실험 내용을 기준으로 생각하면 오차가 이렇게 크지는 않을 겁니다."

팽팽한 분위기 속에서 다들 입을 다물었다. 사회 진행을 맡은 나이토 과장이 다카하타를 부른 것은 바로 그때였다.

"자네 의견은?"

다카하타는 자리에서 일어나 대답했다.

"착오가 아니라 조작입니다. 호쿠리쿠로지스틱스, 효도운송, 그리고 아카마쓰운송과 관련된 보고서에서 저지른 허위 보고는 입건 가능하다고 생각합니다. 호프자동차를 수사하게 해주십시오."

"도로운송차량법 위반을 입건하기 위해서 그렇게 거창한 수사를 하겠다는 건가?"

반론 비슷한 의견을 낸 사람은 형사부장인 나가세 슌사쿠였다. 이런 현장 회의에 얼굴을 내미는 일이 거의 없는 높은 양반인데 오늘은 참석했다. 그것만으로도 오늘 회의가 얼마나 중요하게 여겨지는지 알 수 있었다.

국토교통성에 허위 보고를 한 행위에 대한 벌칙은 형법이 아니라 도로운송차량법이라는 법률로 정해져 있다. 판결은 간이 재판소에서 내린다. 지난번 리콜 은폐 때 호프자동차의 당시 사장을 비롯한 관계자들이 지급 명령을 받은 벌금은 20만 엔이었다. 단돈 20만 엔. 벌금보다 사회적 제재가 훨씬 컸던 것이 틀림없다.

"가볍다고 못 본 척합니까?"

다카하타가 덤비듯 말했지만 나가세의 대꾸에 그건 착각이라는 사실을 깨달았다.

"업무상 과실치사상 아닌가, 자네?"

나가세가 이렇게 물었던 것이다.

엉덩이를 걷어차인 기분이었다. 얼어붙은 듯했던 수사관들의 표정에 활기가 넘쳤다. 회의실에 모인 수사관 전원을 하나로 묶어 흩어지지 않게 만드는 무언가가 느껴진 순간이었다.

"동기는?"

이때 또 신중한 태도를 보이는 다가가 말했다.

"호프자동차는 4년 전에도 같은 죄로 여론의 단죄를 받았습니다. 그런데도 다시 같은 짓을 저지른 이유가 이해되지 않습니다."

"이유는 리콜 비용일 거야."

다카하타가 말했다.

"이 허브를 썼기 때문에 리콜 대상이 될 대형 차량은 모두 11만 2천 대가 넘어. 한 대당 수리 비용을 6만 엔이라고 쳐도 약 67억 엔이지. 게다가 호쿠리쿠로지스틱스 경우에서 보듯이 클러치 하우징 파손 사고까지 포함한다면 대상 차량은 더 늘어서, 가령 승용차까지 포함된다고 하면 100억 엔이 넘을 가능성이 있지."

10억이니 100억이니 하는 금액의 크기는 말을 하는 다카하타도 도무지 실감이 나지 않았다. 아주 큰 시뮬레이션 게임에서 돈을 이리저리 움직이듯이 현실감이 없었다. 하지만 그 금액은 틀림없이 호프자동차가 실제로 부담해야만 할 비용이었다.

"그 정도 금액은 상장기업이라면 대수롭지 않은 돈 아닌가요?

그보다 리콜을 은폐했다는 스캔들이 터지는 게 훨씬 큰 위험 요소가 될 겁니다. 그래도 한다는 겁니까?"

다른 의견을 낸 사람은 다가였다.

"할 거야. 이렇게 보고서를 조작해 제출한 기업은 할 거라고 생각해. 한번 들인 습관은 쉽게 고쳐지지 않아. 그건 개인이건 법인이건 마찬가지라고 생각해. 게다가……."

다카하타가 형사부장을 똑바로 바라보며 말을 이었다.

"사고가 일어날 줄 알면서도 결함을 내버려 뒀고, 실제로 많은 사상자를 낸 이상 업무상 과실치사상 혐의를 묻지 않을 수 없습니다. 혐의는 허위 보고건 뭐건 상관없습니다. 하지만 수사의 주목적은 어디까지나 모자 사상 사고의 진범 체포입니다."

실내가 쥐 죽은 듯 조용해졌다. 간부를 중심으로 결정을 망설이는 듯한 분위기가 감돌았다. 그걸 깨뜨린 사람은 나가세 형사부장이었다.

"호프자동차 가택수색영장 청구해."

기다리던 지시가 나가세의 입에서 떨어졌다. 나이토 형사과장이 네, 하고 바로 대답했다.

회의실 안에 활기가 가득 찼다. 전투 준비에 들어간 전함을 타고 있는 듯, 수사관 모두가 흥분한 모습으로 술렁거렸다.

유기 씨, 조금만 더 기다려줘. 아카마쓰, 기다리라고. 다카하타는 생각했다.

진실은 둘씩이나 존재하지 않는다.

나는 그 단 하나뿐인 진실을 이제부터 증명해 보이겠다.

15

오전 8시.

오테마치에 있는 호프자동차 본사 건물 앞에 가나가와 현경의 순찰차가 선도하는 흰색 밴 30대가 들어왔다.

증거 인멸을 막기 위해 호프자동차에 대한 압수수색은 비밀스럽게 준비되었다. 단벌 양복을 꺼내 입고 새하얀 와이셔츠에 넥타이를 맨 다카하타는 선두 차량에 가까운 두 번째 밴의 뒷좌석 문을 열고 제일 먼저 내려섰다. 미리 약속한 대로 선두에 서서 잰걸음으로 정면 현관을 향해 걸어갔다.

각 차량에서 일제히 튀어나온 수사관은 모두 140명이나 되는 많은 인원이었다. 긴장감 때문에 입술을 꾹 다문 형사들은 재빨리 다카하타의 뒤에 따라붙었다.

멋진 로비 자동문 안쪽에 있던 경비원 두 명이 당황해 튀어나왔다. 그 눈앞에 수색영장을 들이민 다카하타는 아무 말도 없이 계속 안쪽으로 돌진했다.

정면 로비와 건물 옆, 안쪽에 있는 출입구. 이 세 곳은 제복 경찰이 지켰다. 건물 도면까지 입수해 미리 꼼꼼하게 조사했다. 수사관들은 한 치의 망설임도 없는 움직임으로 세 방향으로 나뉘어, 각각 맡은 타깃, 품질보증부, 제조부, 그리고 임원실이 있는 층으로 가기 위해 엘리베이터와 계단을 통해 흩어졌다.

다카하타가 맡은 곳은 12층에 있는 임원실이었다. 고급 호텔 못지않은 참나무 문짝이 쭉 늘어선 층을 돌격하듯 나아가 회의실 앞에서 걸음을 멈췄다. 사전 정보에 따르면 호프자동차 임원의 정례 회의가 매주 수요일 아침, 즉 지금 바로 이 회의실에서 열리고 있을 것이다.

다카하타는 바로 뒤를 따라온 요시다와 눈짓을 주고받았다. 고개를 끄덕인 요시다의 뒤에는 20명의 수사관들이 숨을 죽이고 있었다.

문손잡이를 눌러 아래로 내리고 앞으로 당긴 다카하타는 큰 소리로 외쳤다.

"가나가와 현경 고호쿠경찰서에서 나왔습니다!"

순간 그때까지 실내에서 들리던 목소리가 딱 그쳤다. 타원형 회의 탁자를 둘러싸고 있던 사람들이 일제히 문 쪽을 돌아보더니 얼어붙었다.

그 탁자 중앙 의자에 앉은 사람은 사장 오카모토 헤이시로였다. 다카하타는 오카모토를 노려보며 수색영장을 들이밀었다.

"도로운송차량법 위반 혐의로 지금부터 호프자동차 본사와 연구소에 대한 가택수색을 합니다. 모두 여기서 움직이지 마십시오. 수사관이 허가하기 전까지 이 방에서 나가지 않도록 합니다."

"잠깐만 기다려주세요."

그때 탁자 쪽에서 유들유들한 목소리가 들려왔다. 그쪽을 보니 한 임원이 일어서서 번득이는 눈빛으로 다카하타를 비롯해 막 움직이기 시작한 수사관들을 쏘아보고 있었다.

"도로운송차량법 위반이라고 하셨는데, 구체적으로 무슨 혐의인가요?"

"허위 보고입니다."

다카하타가 대답했다.

"그런 사실 없어요."

임원이 대꾸했다.

"반론이 있으면 나중에 하십시오, 가노 씨."

가노의 눈이 가늘어졌다. 자기 이름을 알고 있다는 사실에 얇은 베일 같은 두려움이 얼굴에 드러났다. 다카하타는 당연히 가노의 얼굴과 이름을 알고 있었다. 요 이틀 동안 수사본부의 사전 준비는 치밀하기 짝이 없었다. 가노는 국토교통성과의 교섭 창구를 맡고 있으며, 호프자동차의 품질보증 분야 최고 지위에 있는 중요 인물로, 이날 가택수색의 중요 목표 가운데 한 명이었다. 다카하타는 가노의 경력뿐 아니라 잡지를 스크랩한 자료에 실린 얼굴 사진까지 머릿속에 심어두었다.

"임의로 조사를 요구할 수도 있으니 그렇게 알아두십시오."

"우린 바빠요."

가노는 짜증을 숨기지 않았다.

"집무실로 돌아가도 되죠? 영장을 들고 찾아오는 거야 경찰 마음이지만 그동안 회사 기능을 마비시킬 수는 없죠."

가노가 일어나려고 하자 수사관이 눌러 앉혔다.

"이런 짓을 하고도 아무것도 나오지 않는다면 가나가와 현경은 개망신을 당할 거야, 자네. 그럴 각오는 되어 있겠지?"

그 오만한 낯짝을 향해 다카하타는 '당연하지, 이놈아'라고 해주고 싶었다. 이 수색에 걸린 것은 경찰의 체면 같은 게 아니다. 경찰의 영혼이다. 너희들이 걸고 있는 것은 기껏해야 돈과 출세일 테지만. 그런 것에 질 수 있겠나? 아무것도 나오지 않으면 내가 형사 노릇을 그만두겠다. 이렇게까지 마음먹고 오늘 아침을 맞이했다.

손도끼 같은 눈빛을 번득인 다카하타는 그때 이어폰에 들어온 "다가 팀, 이제부터 품질보증부를 수색합니다"라는 목소리에 낮게 응답하고 돌아섰다. 목적지는 가노의 집무실. 겁먹은 얼굴을 한 비서 앞을 그대로 지나가는 다카하타의 뒤를 요시다가 따랐다.

승부다.

16

도쿄호프은행의 이자키가 소식을 처음 접한 것은 사무실에 있는 정보 단말기를 통해서였다.

가나가와 현경과 고호쿠경찰서, 오늘 오전 호프자동차 가택수색. 도로운송차량법 위반 혐의.

이자키는 바로 움직였다. 기모토 차장에게 보고하고, 호프자동차 재무부의 미우라에게 연락했다.

평소보다 두 배 가까이 신호음이 울린 뒤에야 전화를 받은 재무부원에게 "미우라 계장님 부탁합니다"라고 한 뒤에도 1분 가까이 기다려야 했다.

"기다리게 해서 미안합니다."

전화 너머 목소리는 굳어 있었다.

"지금 뉴스 단말기에 호프자동차 소식이 나와 전화를 드렸습니다. 어떻게 된 거죠?"

"본 그대로입니다."

평소 거드름을 피우던 태도와 달리 미우라의 말투는 모든 걸 포기한 듯했다. 이자키는 도로운송차량법 위반의 구체적인 내용을 물어, 국토교통성에 허위로 보고했다는 사실 등에 대한 정보를 얻고 깜짝 놀라 잠시 할 말을 잃었다.

"왜 그런 짓을 했습니까?"

이자키가 이해되지 않는 점을 물었다. 더할 나위 없이 단순명쾌한 의문이었다.

"왜 허위 보고를 한 거죠? 왜 그래야 했던 겁니까?"

"모르죠, 그건."

재무 담당자의 대답은 마치 남의 일이라는 투였다.

"모른다고 그냥 끝날 일이 아니잖아요."

이자키가 말했다.

"계장님은 알고 계셨나요? 허위로 보고했다는 사실을? 회사 내부에서는 알고 있던 사실입니까?"

"그, 그건 말도 안 되죠."

미우라의 목소리는 떨리고 있었다.

"내가 알 리 없잖아요. 이번 일은 누군지 몰라도 멋대로 한 짓일지도 모르고요. 어쨌든 우리도 깜짝 놀랐으니까요."

미우라는 풀이 죽은 목소리로 힘없이 말을 이었다.

"그, 그보다, 우리 지원 건은 잘 좀 부탁드리겠습니다, 이자키 씨. 이럴 때야말로 그쪽에서 확실하게 도와주지 않으면 곤란합니다."

미우라의 말에 이자키는 한숨을 내쉬었다. 이 자식은 정말 어마어마한 멍청이다.

"지원 이야기를 하기 전에 확실하게 해두어야 할 일이 있잖아요, 미우라 계장님. 대체 무슨 소리를 하는 거예요. 고호쿠경찰서가 가택수색을 하고 있다는 건 요코하마 사건과 관계가 있는 거죠?"

"이자키 씨, 제발 그만 좀 해주시겠어요? 나는 몰라요. 나도 진짜 난처합니다."

미우라는 울먹이며 대답했다.

"그럼 누가 압니까? 가노 상무인가요? 그렇다면 가노 상무에게 확인해주시겠어요?"

이자키가 물었다.

"힘들어요, 그건. 지금 임의로 조사를 받고 있다고 하니까."

"조사?"

"물론 가노 상무님이 그런 일에 흔들릴 분은 아니지만요. 정말 너무 심하게 야단법석을 떠네요. 언론사도 그렇고 이자키 씨도 그렇고."

미우라가 투덜거렸다.

"도로운송차량법 위반이면 기껏해야 벌금 20만 엔이라던가, 그런 하찮은 문제예요. 안 그래도 힘든 상황인데 괴롭히지 말았으면 좋겠어요. 정말."

끓어오르는 분노 때문에 수화기를 쥔 이자키의 손이 부들부들 떨렸다.

"사람이 죽었어요, 미우라 계장님. 그래도 하찮은 문제예요?"

"그야 돌아가신 분에게는 죄송하지만."

"그런 소리를 하는 사람에겐 자동차를 만들어 팔 자격이 없습니다."

이자키는 창백해질 만큼 화가 났다.

"내가 이자키 씨에게 그런 말을 들어야 할 이유가 없을 텐데요."

미우라는 잔뜩 경멸을 담아 대꾸했다.

"은행원은 잠자코 돈이나 꿔주면 되는 거예요. 같은 호프 그룹인데 무슨 일을 그렇게 하는 거예요, 나 참."

전화는 거기서 끊어졌다.

17

아카마쓰에게는 여느 때와 다를 바 없는 주중의 하루가 될 날이었다.

오전 6시 반에 잠에서 깼지만 30분쯤 깜빡깜빡 졸다가 7시에 일어났더니 아내가 아침 식사로 먹을 스크램블드에그를 만들고 있었다. 세 아이는 거실에서 옷을 갈아입는 중이었다.

특별히 큰 사건이 있었던 것도 아닌 평범한 아침, NHK 뉴스는 왠지 늘어지는 느낌이었고 특별히 인상에 남을 만한 것도 없었다. 펼쳐 든 신문은 그리 중요해 보이지 않는 기사들로 메워져 있었다.

예감 같은 것은 전혀 없었다. 징조도 없었고, 어떤 친절한 사람이 연락해준 것도 아니었다. 다만 아카마쓰가 느낀 것은 언제쯤에나 이런 상황을 해결할 수 있을까, 하는 막연한 답답함뿐이었다. 그건 사건 이후 여전히 아카마쓰를 떠나지 않는, 잔뜩 녹이 슨 문 같은 불쾌한 감정이었다.

최근 며칠 동안 움직임이 있었다고 하면 예상대로 도쿄호프은행의 예금과 융자가 상쇄된 정도인데, 인제 와서 그런 것에 흔들릴 아카마쓰가 아니었다.

세상 사람들에게 빚쟁이다, 채권자다 하면 사금융의 살벌한 독촉을 떠올릴 테지만, 은행이 보여주는 채권자로서의 방법은 막상 당해보면 '갚아라' 하는 전화 한 통 걸려오지도 않는다. 그러면서 멋대로 정기예금으로 빚을 상쇄하기도 하고 내용증명이라는 과대 포장 같은 절차로 거드름을 피우며 그런 소식을 통보하기도 한다.

하루나은행으로 지정 계좌를 변경한다는 사전 준비가 주효해 들어오는 매출 금액은 빼앗기지 않고 넘어갈 수 있어서 다행이었다. 만약 그러지 않았다면 이달 말에도 아카마쓰운송은 자금 조달 때문에 어려움에 직면했을 것이다.

호프자동차에서 연락은 없었다. 그래서 무시하는 건지 대응을 검토하는 건지 통 알 수 없다.

마찬가지로 고호쿠경찰서의 수사 동향도 아카마쓰 쪽으로는 흘러나오는 정보가 전혀 없었다. 다카하타가 그 뒤로 무얼 어떻게 하고 있는지, 일부러 무게를 잡는 것은 아닐 테지만 전혀 알려주지 않았다.

"굳이 목록과 허위 보고서까지 가져다줬는데."

무뚝뚝하고 사람을 믿지 않는 다카하타의 얼굴을 떠올린 아카마쓰는 후미에가 끓여준 커피를 마시며 표정을 찌푸렸다. 하지만 가만히 생각해보면 수사 진척 상황을 귀띔해줄 만한 인물도 아니다.

그야말로 기대는 하지만 믿을 수는 없는 것들뿐이다.

오전 8시 반에 집을 나선 아카마쓰가 근처 거래처에 직접 들러 일을 보고 사무실에 도착하니 점심시간 직전이었다.

기다리고 있던 것은 편지 한 통이었다.

보낸 사람은 요코하마지방법원. 뜯어보니 유기가 건 소송에 관한 공판일 안내였다. 소송을 건 유기에게 화가 나지는 않았다. 대신 마음에 바위라도 매단 것처럼 아카마쓰의 기분은 깊은 바닷속으로 가라앉았다.

아무리 성의를 보여도 고집스러운 유기에게 그건 진흙으로 만든 물건처럼 흐물흐물 찌그러져 모양새를 갖추지 못한다.

대체 어쩌면 좋을까, 나는.

이렇게 한참 고민했지만 늘 그랬듯 결론은 나지 않는다. 주먹으로 이마를 꾹 누르며 깊은 골짜기 아래서 올라오는 듯한 한숨을 쉬고 있는데 누가 사장실 문을 두드렸다.

미야시로 전무가 얼굴을 내밀며 사장님, 하고 불렀다.

"왜 그러세요?"

그 표정이 묘하게 일그러지는 것을 보며 아카마쓰가 물었다. 나이 든 전무는 입을 실룩거리기만 할 뿐 말을 제대로 하지 못했다. 그러더니 아카마쓰가 무슨 생각을 할 틈도 없이 후다닥 사장실로 들어와 텔레비전을 켰다.

NHK 정오 뉴스였다.

구형 텔레비전의 브라운관에 화면이 뜨기 시작했다.

"이, 이거…… 보세요, 사장님."

도시락을 먹던 중이었는지 미야시로의 입에서 밥풀이 몇 알 튀어나왔다. 순간 아나운서가 한 '호프자동차'라는 말에 아카마쓰는 뺨을 얻어맞은 듯 시선을 브라운관으로 돌렸다.

거기에 아카마쓰도 낯익은 건물이 보였다. 호프자동차 본사 건물이었다. 거기서 골판지 상자를 안고 나오는 수사관들의 모습이 크게 비쳤다.

"오늘 오전 가나가와 현경과 고호쿠경찰서는 도로운송차량법 위반 혐의로 호프자동차에 대한 가택수색을 실시했습니다. 지금도 수색이 계속되고 있는 듯합니다."

아카마쓰는 자기 몸 안에서 뭔가가 튀어 오르는 걸 느꼈다. 눈 앞이 새하얗게 물들고, 아무 소리도 들리지 않았다. 수많은 미립자가 엄청난 속도로 어지럽게 날았다. 그리고 그게 지나가면 다시 텔레비전 화면이 보이고 아나운서 목소리가 들렸다.

"호프자동차는 이 회사가 만든 차량이 일으킨 사고조사 데이터를 날조해 국토교통성에 보고한 허위 보고 혐의를 받고 있습니다. 작년 10월, 요코하마 노상에서 일어난 호프자동차 제조 대형 트레일러의 타이어 이탈사고의 원인에 대해서도 허브 구조상의 결함을 은폐하고 사고 원인을 거짓으로 보고한 혐의를 받고 있으며, 수사본부는 업무상 과실치사상일 가능성도 염두에 두고 수사하고 있습니다."

사장님, 사장님…….

아카마쓰를 부르는 소리가 점점 커지며 현실로 다시 불러냈다. 빨개진 눈으로 소리가 난 쪽을 바라보았다. 무얼 어떻게 생각하고 반응해야 할지 모르는 상태인 아카마쓰는 그저 멍하니 미야시로의 주름진 얼굴을 바라볼 수밖에 없었다.

미야시로가 눈물을 흘리며 뭐라고 말했다. 목메어 제대로 나오지도 않는 울음 때문에 무슨 소리를 하는지 알아들을 수 없었다.

바로 그때 문이 열리고 직원들이 우르르 몰려들었다.

멍하니 아무 생각도 하지 못하는 아카마쓰의 가슴속에서 뜨거운 것이 조금씩 퍼져 나갔다. 도저히 조절할 수 없는 감정의 거친 물결이 마구 치밀어 올라, 아카마쓰는 뺨을 잔뜩 부풀리며 입술을 깨물었다.

눈물로 뿌예지기 시작한 시야에 직원들의 웃는 얼굴이 보였다.

"고마워요, 여러분. 가도타, 너 울보로구나, 인마."

간신히 목소리를 짜냈다.

웃음소리가 났다. 울고 있는 것은 가도타만이 아니었다. 미야시 로도 울고 있었고 정비과장 다니야마는 남의 눈 의식하지 않고 엉 엉 울었다. 마침 점심을 먹으러 돌아온 도리이 부장의 눈도 새빨 갰다.

"사장님!"

체면이고 뭐고 없이 엉엉 우는 가도타가 눈물을 흘리며 대들었다.

"사장님도 울고 있잖아요!"

"시끄러워!"

아카마쓰가 말했다.

"난 우는 게 아니야. 웃고 있는 거라고. 너희들과 함께인 것이 기 뻐서, 그래서……."

'사장님이 좋아서, 다들 이 회사에 남아 있는 거예요.'

언젠가 미야시로가 해주었던 말이 아카마쓰의 가슴을 때려, 더 는 눈물을 참을 수 없었다.

눈물로 앞이 뿌옇게 보이는 시선을 들어 벽에 걸린 사진을 보았 다. 갑자기 세상을 떠난 아버지, 어머니, 두 분이 사이좋게 나란히 찍은 사진이 이쪽을 내려다보고 있었다.

아버지, 어머니. 걱정을 끼쳐 죄송했어요.

아카마쓰는 마음속으로 빌었다. 하지만 이제 괜찮다. 난 이 녀석들과 함께 싸워갈 것이다.

아카마쓰는 직원들에게 말했다.

"난 너희들과 함께 일을 할 수 있어서 정말 자랑스럽다. 고마워!"

제11장
컴플라이언스를
비웃어라!

1

"가택수색 상황은 그 뒤로 어떻습니까?"

니혼바시에 있는 작은 요릿집이었다. 마키타는 회사 차를 타고 도착하자마자 먼저 와서 기다리던 가노와 인사도 하는 둥 마는 둥 물었다. 요리는 아직 기본 안주도 나오지 않은 상태였다. 거래처 간부와 하는 식사라면 대개 화술도 신경 쓰는 마키타지만 역시 지금은 느긋하게 세상 돌아가는 이야기를 늘어놓고 있을 여유는 없었던 모양이다.

예상하고 있었다고는 해도 가택수색의 충격은 적지 않았다. 호프자동차의 주가는 올해 들어 최저가를 갱신했고, 텔레비전 뉴스 프로그램이나 신문에서는 매일 도로운송차량법 위반, 그리고 업무상 과실치사상 혐의로 기소할 만한 증거를 확보하고 있다느니, 아니다, 이미 증거는 확보되었다느니 하는 추측을 내보냈다.

"아무것도 나오지 않을 겁니다."

가노는 걱정을 늘어놓는 도쿄호프은행 마키타 전무에게 대담하게 웃어 보였다.

"가택수색하러 온 형사한테도 그렇게 말했죠. 정말 무례한 짓이다. 허위 보고라니, 터무니없다고 말이죠. 곧 가나가와현 경찰본부가 잘못 알고 수사에 착수한 것으로 막을 내릴 겁니다."

"앞으로 시나리오는 어떻게 되죠?"

마키타가 물었다. 가나가와 현경의 가택수색을 무사히 넘긴다고 해서 호프자동차가 안고 있는 문제가 해결되지는 않는다. 브랜드가 입을 타격, 고객 이탈은 쉽게 해결할 수 없는 현안으로 보였다. 무엇보다 가택수색을 극복하더라도 구조에 문제가 있는 허브를 탑재한 차량은 아직 도로를 달리고 있으며 언제 어디서 같은 문제가 튀어나올지 모른다.

"좀 전문적인 이야기지만 전에 쓰던 A형에서부터 현행 F형까지 존재하는 허브 가운데 강도가 떨어지는 문제가 나타난 것은 D형까지죠. 이미 A형부터 C형을 쓰는 차량은 노후화했고, 등록 대수도 얼마 되지 않습니다. D형도 앞으로 1년에서 몇 년 사이에 대부분 교체되겠죠. 클러치 하우징 문제도 새로 만든 차량은 문제가 보이지 않아요."

"그만큼 기술적으로 좋아졌다는 건가요?"

"그렇죠."

가노가 고개를 끄덕였다.

"현재 직면한 문제를 해결할 최선책은 결국 아무것도 하지 않는 겁니다. 형태가 있는 모든 게 다 사라지기 마련이죠. 트럭도 역시 마찬가지예요. D형 허브를 탑재한 차량이 바로 사라지지는 않는다고 해도 낡으면 구조적 결함이 원인이라고 할 수 없게 되죠. 그 사이에 우리 회사는 시스템을 고칠 테니 모든 건 시간이 해결해줄 겁니다."

"몇 년 걸리겠습니까? 그때까지."

"3년. 3년 지나면 이 문제는 의미가 없어지겠죠. 우리 회사의 장애물은 완전히 사라지고, 눈앞에는 구름 한 점 없는 푸른 하늘이 펼쳐질 겁니다."

"그건 다행이군요. 잘 부탁합니다, 가노 상무. 어쨌든 우리 은행으로서도 호프자동차가 다시 일어서지 않으면 정말 곤란해요. 지금 말씀하신 장래에 대한 밝은 전망은 큰 플러스 요인이 되겠죠. 그 운전자금 건도 있고요."

"실은 그 문제 말씀입니다만."

가노는 몸을 앞으로 내밀더니 단도직입으로 본론을 꺼냈다.

"이번 가택수색 영향이 일시적이기는 합니다만 실적을 짓누르게 될 것 같습니다. 실적 악화가 또 주가 하락 원인이 되기도 할 테고요. 그런 상황이라 재무 측면에 문제가 없다는 점을 시장에 어필할 필요가 있지 않을까 싶어서요. 아예 종합적인 지원을 바랄 수는 없겠습니까? 실은 같은 이야기를 중공업과 상사 쪽에도 제안했습니다."

마키타는 표정이 굳어졌다.

"어느 정도 규모를 생각하십니까?"

"2천억 엔."

마키타는 굳은 표정으로 말없이 가노를 바라보았다. 마키타는 백전노장의 비즈니스인이라 수많은 위기를 헤쳐온 경험과 지혜가 있다. 어지간해서는 놀라지 않는데, 이때만은 할 말을 잃었다.

"놀라셨나요?"

"아니, 그런 건 아니고."

지기 싫어하는 마키타는 부정했다.

"실현 가능성이랄까, 실현되기까지의 프로세스를 머릿속에 그려보았을 뿐입니다. 호프자동차가 그룹 내부 3사에 각각 지원을 요청한 건 괜찮군요. 당연히 호프중공업이 주도하겠군요."

"이건 호프 그룹에 대한 협조 지원 요청이죠. 전에 부탁드린 운전자금처럼 은행에만 부탁하는 게 아닙니다. 그러니 마키타 전무님께서 은행 내부 의견을 조성하기도 수월해지지 않을까 생각합니다만."

"지당하신 말씀."

그러더니 잠시 입을 다물었던 마키타는 "지원 비율은 어떻게 생각하십니까?" 하며 신경 쓰이는 점을 물었다.

2천억 엔은커녕 그 10분의 1을 지원하는 문제로도 어려움을 겪는 도쿄호프은행의 내부 사정을 생각하면 가노가 이야기하는 협조 융자 안건을 올렸을 때 틀림없이 각 회사의 부담 비율이 문제가 되리라.

"그건 의논해서 결정해야 할 문제입니다만, 제 생각을 말씀드리면 중공업이 절반, 나머지 반을 은행과 상사에서 맡아주셨으면 합니다."

500억 엔이다.

마키타는 생각에 잠겼다. 500억 엔. 협조 융자라는 형태라면 그만한 자금을 지원하는 데 은행 내 의견을 모을 수 있을까? 순수한 여신 판단이 아니라 정치적인 판단이라면 가능할 것이다. 하지만 간단한 이야기가 아니다. 가노도 그건 잘 알고 있으리라. 결국 일시적이라고는 하지만 그만큼 현재 실적이 나쁘다는 것이다. 이 사실을 마키타는 바로 눈치챘다.

"판매는 얼마나 떨어질 것 같습니까?"

"전기 대비 30퍼센트 정도가 되지 않을까 생각합니다."

마키타는 깜짝 놀라 숨을 죽였다. 실적을 그렇게 예상하면서…….

마키타는 눈을 부릅뜨고 콧구멍에 힘을 주며 자기를 똑바로 바라보는 가노의 시선을 피해 천장 조명이 반사되는 테이블 위를 바라보았다.

"꼭 그룹 차원의 협조 지원에 찬성해주시기 바랍니다."

"아, 물론이죠."

망하게 내버려 둘 수야 없으니까, 라는 한마디를 마키타는 머릿속에 떠올리며 그렇게 대꾸했다.

4년 전에 있었던 그 불상사 이후, 호프자동차 지원은 마키타가 은행원 생명을 건 여신이었다.

하지만 도고 총재를 비롯한 임원 중에는 호프자동차 재생 계획을 불안하게 느끼는 이들이 적지 않다. 국내 여신 담당 전무라는 직함과 과거의 실적을 배경으로 임원 회의 내 불협화음을 간신히 무마할 수 있었던 것은 오로지 마키타의 솜씨였다.

반면, 만약 호프자동차가 재생 계획을 제대로 실천하지 못해 채권 회수에 지장이 생길 만한 일이 일어나면 호프자동차 지원을 적극적으로 추진해온 마키타의 처지는 위태로워진다.

이미 올라탄 배다. 이제 배를 세울 수는 없다.

"어떤 상황이 펼쳐지건 그룹 기업을 구제해 공존공영을 도모하는 것은 호프 그룹 전체의 뜻이니까요."

마키타는 자기를 타이르듯 말하며, 가노가 고개를 끄덕이는 모습을 만족스러운 표정으로 바라보았다. 하지만 표정과 달리 시선은 굳어 있었다.

2

"3사가 2천억 엔?"

그날 호프자동차의 오카모토 헤이시로 사장이 도고 총재를 방문한 이유를 듣고 이자키는 놀라지 않을 수 없었다.

"가택수색 충격이 그토록 크다는 이야기일 테지. 그래도 2천억 엔이면 다시 일어설 수 있다는 이야기였네."

호프자동차에서는 오카모토 사장과 가노 상무, 그리고 도쿄호프은행은 도고 총재를 비롯해 마키타 전무, 하마나카 부장, 기모토 차장이 참석해 요청 사항의 구체적인 내용에 관해 개략적인 설명을 들었다.

"중공업, 상사와 사장단 회담에서 지원 내용의 큰 틀을 결정할 거야. 그다음에 각각 사무 절차를 서두르자는 거지."

"운전자금 200억 엔을 둘러싸고도 의견 차이가 있는데요."

무심코 불만스럽게 내뱉은 이자키에게 "지금은 비상사태야"라며 기모토가 입을 막았다.

"호프자동차를 망하게 놔둘 수는 없지."

그렇다고 해도 지원해야 할 금액이 이렇게까지 부풀다니. 가택수색 이후의 판매 부진에 관해서는 굳이 언론의 보도를 접할 필요도 없이 호프자동차의 미우라 계장에게 들었다. 판매 실적 허락 폭이 예상보다 훨씬 크다는 사실은 이자키도 이미 알고 있었다. 하지만 새로운 지원 신청에는 이번 기회에 앞으로 몇 년 동안의 자금 조달 걱정을 한꺼번에 해결하자는 속셈이 그대로 드러났다. 과연 이렇게 해도 되는 걸까?

"부탁하네. 그룹 3사의 협조 융자라는 정치적 판단이라 우리가 이견을 좁히고 말고 할 여지도 없어. 이자키, 자네 업무에나 신경 써."

더는 반론하고 싶은 마음도 들지 않아 기모토 앞에서 자기 자리로 돌아온 이자키는 호프자동차의 미우라에게 전화를 걸었다.

"아, 아. 이자키 씨. 어떻습니까? 우리 신청 사항을 긍정적으로 검토해주신다고 합니까?"

도무지 '비상사태'라고는 생각할 수 없는 밝은 목소리로 미우라가 물었다.

"일이 좀 있었습니다. 큰 줄거리가 결정되면 구체적인 내용에 관해서 좁혀주세요."

"아, 그렇죠. 그렇게 나오셔야지. 은행원이란 게 원래 그렇게 일하는 사람이에요. 거래처를 우습게 보면 못쓰죠."

미우라는 지껄이고 싶은 대로 가택수색 이야기를 떠벌리더니 이렇게 내뱉었다.

"이거 뭐 이만저만 민폐가 아닙니다, 정말. 뭐가 나올 게 없잖아요? 우린 완전히 결백하니까요. 가노 상무님도 진짜 이번 사태는 가나가와 현경에 손해배상을 청구하고 싶을 정도라고 하더군요."

어휴, 정말, 하며 미우라는 빈정거리기까지 했다.

"이자키 씨는 우리를 범죄기업처럼 여겼으니 자못 섭섭할 테지만, 이젠 아시겠죠? 이자키 씨가 한 말들은 전혀 근거 없는 누명이었다고요."

정말 이번 사태가 별일 없이 수습될까? 통화를 마친 뒤에도 도무지 믿어지지 않아 이자키는 에노모토에게 전화를 걸었다. 망설여지기는 했지만 물어보지 않고서는 견딜 수 없었다.

"무슨 일이야?"

몇 차례 신호가 가다가 음성사서함으로 넘어가기 직전이었다.

"미안, 바빠?"

이자키가 묻자 에노모토는 "아니, 괜찮아"라고 무뚝뚝하게 대꾸했다.

"별 지장이 없다면 가르쳐주지 않겠나? 호프자동차 사건, 가나가와 현경의 움직임은 어떻게 되어가고 있는 거야?"

대답이 나오기까지 몇 초 걸렸다. 가택수색이 진행된 다음 주, 〈주간 조류〉는 예정되었던 머리기사를 호프자동차 결함 은폐 기사로 교체해 특종을 내보냈다. 그건 아마 에노모토가 취재해온 내용을 정리한 기사가 틀림없을 텐데, 덕분이 이 주간지는 날개 돋친 듯이 팔려나가 이자키가 사러 달려갔을 때는 서점 세 군데를 돌아다녀야 겨우 구할 수 있을 정도였다. 〈주간 조류〉는 이제 호프자동차를 몰아붙이는 선봉장이 되었다.

"솔직하게 이야기하면 어려움을 겪고 있어."

에노모토가 대답했다.

"단서가 나오지 않았다는 건가? 증거물은 압수했을 텐데."

"했어. 엄청난 수의 수사관이 몰려가 컴퓨터에서부터 모든 자료를 가지고 갔어. 그런데도 나오지 않았지."

"어떻게 된 건가?"

"너무 늦게 했던 거지."

에노모토는 목소리를 죽였다.

"호프자동차 내부에서 증거 인멸이 철저하게 이루어졌던 모양이야. 가노 상무 일당이 몰래 손을 쓴 걸까? 대단한 인간이야."

"이대로 단서가 나오지 않은 채 끝날 가능성은?"

"그건 나도 몰라. 다만 가능성은 있겠지, 솔직하게 말하면."

에노모토가 하는 이야기를 들으니 수사는 교착상태에 빠진 모양이다.

"그쪽은 무슨 움직임이 있나? 나한테 묻지만 말고 좀 가르쳐 줘."

거꾸로 에노모토가 물었다. "별거 없어"라며 이자키는 말을 흐렸다.

각자 이해관계가 대립하는 진영에 몸을 두고 있다면 정보는 기브 앤드 테이크라고 하는 걸까?

대답 대신 에노모토가 보내온 침묵. 이자키는 그 반응이 불만스러웠다.

"뭔가 있는 거로군. 이야기해도 될 때가 오면 제일 먼저 내게 알려줘야 해. 약속했다."

그리고 에노모토는 전화를 끊었다.

3

가택수색을 통해 압수한 서류와 컴퓨터가 빼곡하게 쌓여 있어 마치 창고 같은 수사본부 한쪽 구석에서 다카하타는 초조해하고 있었다.

도로운송차량법 위반으로 검찰에 넘기려면 적어도 조직적, 의도적으로 허위 보고를 지시한 증거를 확보해야만 한다. 조직적인 은폐, 중대 사고로 이어진 결함을 내버려 두고, 국토교통성에 허위 보고를 해왔던 경위까지 밝혀내면 피해자 유기 다에코와 아들이 죽거나 다친 사고로 업무상 과실치사상 혐의를 물을 수 있게 될 것이다.

큰 조직이다. 임원, 품질보증부, 연구소, 그리고 제조부까지 가택수색을 하면 증거를 잡기는 쉽다. 그렇게 생각했다. 하지만 지금은 그런 생각이 어설펐다는 사실을 차츰 깨달아가고 있었다.

그리고 가택수색에서 다카하타는 놀라운 사실을 알게 되었다.

수사본부가 가장 중점을 둔 모자 사상 사고의 혐의를 결정적으로 좌우할 증거가 될 거로 보았던 아카마쓰운송의 허브가 이미 폐기되었다는 사실이 밝혀진 것이다.

재판 소동까지 일으킨 부품을 폐기한다는 것은 상식 밖이다. 그야말로 최악의 증거 인멸인데, 예를 들어 아카마쓰가 건 재판에 지더라도 세상의 관심이 높은 모자 사상 사고의 책임이 명확하게 드러나는 것보다 '싸게 먹힌다'라는 판단일까?

허브를 폐기했다는 사실은 몇몇 연구원을 임의로 조사해 확인한 다음에 조금 전 아카마쓰에게도 알려주었다.

아카마쓰가 받은 충격의 정도는 수화기를 통해 생생하게 전달되었다. 다카하타는 뭐라고 해줄 말을 찾을 수 없었다.

호프자동차를 몰아붙일 '뭔가'를 조금이라도 찾아냈다면 아카마쓰를 대하는 태도가 달라졌을지 모른다. 그러나 수사관이 모두 달라붙어 압수품을 조사했지만, 아직 결함 방치는커녕 허위 보고에 관한 어떤 증거도 찾아내지 못했다.

"그럴 리 없다. 어딘가에 있을 거야. 다시 새로운 시각으로 살펴봐."

한 차례 검토를 마치고도 아직 '빈손'인 수사 회의에서 나가세가 이렇게 격려한 것은 오늘 아침이었다. 태엽을 다시 감고, 방법을 바꾸고, 자세도 바꾸어 작업을 재개했는데도 수사본부를 가득 채운 초조감은 감출 길이 없었다.

압수한 컴퓨터의 전원을 켜고 붙어 있던 쪽지에 먼저 점검한 수사관 이름 옆에 자기 이름을 적어 넣고 부팅이 되기를 기다리는 동안, 다카하타는 가노와 나눈 대화를 머릿속에 떠올렸다.

가택수색하러 들어간 직후, 호프자동차 가노 상무의 집무실에서 있었던 일이다. 가노는 허위 보고 혐의를 지적한 다카하타에게 '착오'라면서 경찰이 실수하는 거라고 정면으로 반박했다.

그 오만한 태도, 죄를 인정하지 않는 교활함, 뻔뻔함. 다카하타는 화가 치밀었다. 두고 보자며 몇 번이나 이를 갈았는지 모른다.

"왜 가택수색을 받게 되었는지 압니까, 가노 씨?"

다카하타가 이렇게 묻자, 가노는 "글쎄" 하며 고개를 갸웃거렸다. 가노는 응접실용 팔걸이의자에 깊숙하게 기대어 테이블을 사이에 두고 다카하타, 요시다와 마주 앉아 있었다. 그 테이블 위에 다카하타는 호쿠리쿠로지스틱스의 보고서를 꺼내 놓았다.

가노는 낯빛 하나 바꾸지 않았다.

"호프자동차가 작년 8월 10일 자로 국토교통성에 제출한 보고서죠. 사실을 왜곡했습니다. 조치해야 할 문제가 있는데도 그걸 은폐하려고 거짓으로 꾸며낸 보고죠, 이건."

"말도 안 되는 소리."

가노는 미간을 잔뜩 찌푸리고 노골적으로 혐오감을 드러내며 내뱉었다.

"그 내용에 관해서는 나도 보고를 받았는데 단순한 착오랍디다. 지금 수정 보고서를 작성하는 중이라는데. 그런 사내 동향을 무시하고 이런 식으로 나오면 곤란하죠."

"수정? 착오가 있다는 사실을 언제 알게 되었죠?"

다카하타는 눈을 가늘게 뜨며 말했다.

지난달인가? 담당자가 보고해서."

"담당자가 누군가요?"

"품질보증부 담당이니까 이치노세 부장대리일 텐데. 하나하나 다 기억하지 못해요, 그런 건."

그런 건. 가노는 보고서를 이렇게 표현했다.

"무엇을 어떻게 착각했다는 겁니까? 착각한 이유가 뭐죠?"

"그런 것까지 관여하지 않아요, 나는."

가노가 짜증을 내며 내뱉었다.

"난 바쁜 사람이에요. 그쪽에서는 상상도 할 수 없을 만큼. 어지간한 일은 아래 직원에게 맡길 수밖에 없죠. 조직이란 그런 겁니다. 멋대로 돌아다니는 형사는 이해할 수 없을지 모르겠지만."

"이 보고서의 어디가 거짓인지 압니까?"

가노의 말을 무시하고 다카하타가 물었는데 대답은 없었다.

"낡은 차체가 아닙니다. 이 사고 차량은 거의 새 차였어요, 가노 씨. 아무리 그래도 그런 착오가 있을 수는 없죠. 새 차에서 이런 사고가 일어나면 리콜 대상이 됩니다. 그걸 알면서 이런 허위 보고를 한 거 아닙니까?"

"추측일 뿐이죠, 그건."

호프자동차의 품질보증을 담당하는 총책임자는 정면으로 부정했다.

"인간은 어떤 착오도 할 수 있어요. 아무리 대기업이라고 해도 보고서를 정리하는 건 사람이에요, 형사 양반. 그러니 거기서 어느 정도 착오가 생기는 건 어쩔 수 없는 일이죠."

"착오치고는 너무 부자연스럽군요."

다카하타가 말을 이었다.

"차체뿐만이 아닙니다. 아시겠어요? 프로펠러 샤프트가 빠지는 사고가 아주 드문 파손이라는 주장은 완전 거짓말입니다. 이 회사 차량은 여러 건 같은 사고를 일으키고 있습니다. 그걸 모른다고 하지는 못하겠죠?"

"프로펠러 샤프트가 빠지는 사고 자체는 있었을지도 모르죠. 하지만 문제는 왜 프로펠러 샤프트가 빠졌느냐 하는 점 아닌가요? 그 점에 대해 담당자는 우리 회사가 책임져야 할 프로펠러 샤프트 사고는 없었다고 말하고 있는 겁니다. 그런 의미예요. 이건 이미 국어 능력 문제라고밖에 할 수 없는데, 형사 양반에게 그런 수준까지 요구하는 건 무리일지도 모르겠군요. 나 참, 공권력을 내세워 이렇게까지 하다니, 이보다 더한 민폐가 어디 있나."

어떤 질문에도 가노는 끄떡도 하지 않았다. 오히려 다카하타를 노골적으로 모욕했다. 그건 잊을 수 없는 분노가 되어 지금도 다카하타의 가슴속에서 활활 타오르고 있다.

다카하타는 품질보증부 명단에서 전원을 넣은 컴퓨터의 주인 이름을 확인하고, 혹사당해 아픈 눈으로 문서 파일을 샅샅이 열어보기 시작했다. 컴퓨터 한 대의 파일을 검색하는 데 두세 시간은 눈 깜빡할 사이에 지나갔다. 모든 문서를 훑어본 다음에 '허브', '결함', '국토교통성', '국교성', '보고서', '마모', '사고', '정비 불량' 등 미리 수사 당국에서 정리한 수십 개의 키워드로 검색했다. 요통까지 악화할 것 같았다.

"어때, 다카하타?"

수면 부족 때문에 충혈된 눈을 문지르면서 컴퓨터 화면을 노려보는 다카하타에게 나이토 과장이 말을 건넸다.

대답 대신 말없이 고개를 저었다.

나이토는 옆에 있던 빈 의자에 걸터앉더니 셔츠 안주머니에서 담배를 꺼냈다. 불을 붙이고 재떨이를 끌어당겼다. 코와 입으로 연기를 뿜으며 수사본부의 허공에 초점 없는 시선을 던졌다.

"너무 깨끗하군."

나이토의 말은 지금 상황을 날카롭게 찔렀다.

"가택수색을 예상하고 오래전부터 대책을 강구하고 있던 거야, 이건."

다카하타는 언짢은 표정을 지으며 입을 꾹 다물었다.

"그렇게 무서운 표정 짓지 마."

나이토는 눈초리에 주름을 잡으며 웃었다. 하지만 눈동자에는 웃음기가 없었다. 다카하타를 통해 호프자동차를 뚫어지게 지켜보고 있는 눈빛이었다.

"사람이 하는 일이야. 어딘가에 구멍이 있겠지."

하지만 그날도 수사본부가 크게 흥분할 만한 발견은 없었다. 다음 날도, 그다음 날도.

초조한 마음이 실망으로 바뀌며, 수사관들 표정에서 활력을 앗아갔다. 눈앞에 있는 것은 숨이 막힐 듯한 중노동이고, 지독한 피로였다.

좀 나와라. 무엇이든 좀······.

하지만 그 '무엇'은 압수 자료를 아무리 뒤져도 나오지 않았다.

호프자동차가 가택수색을 각오하고 미리 모든 대책을 마련했을 수도 있다. 야구 시합에 비유하자면 만루 작전에 가깝다. 그렇다면 그 작전은 성공한 꼴이다. 타석에 들어선 수사본부는 지금 볼 카운트 투 스트라이크 노 볼에 몰린 셈이나 마찬가지다. 더는 물러설 수 없다.

4

수화기를 내려놓은 아카마쓰는 어처구니가 없어 사장실 의자에 앉은 채 천장을 쳐다보았다.

"다카하타 형사는 뭐랍니까?"

전화 통화를 듣던 미야시로 전무가 물었다.

"우리 허브가······ 폐기되었다네요."

순간 숨을 죽인 미야시로의 표정에 차츰 분노가 떠올랐다.

"반환을 요구하는 부품을 폐기했다는 건가요, 호프자동차가?"

"증거가 될 테니까. 인멸한 걸 테죠."

혀를 세게 쯧쯧 차면서 미야시로는 화가 머리끝까지 치민 표정으로 얼굴이 굳어졌다. 아카마쓰는 자리에서 일어나 미야시로가 앉아 있는 소파 맞은편 의자에 몸을 던지듯 주저앉았다.

여태까지 쌓아 올린 것이 무너진 듯한 충격을 받았다.

대체 내가 지금까지 해온 것은 무엇이었던가?

거듭된 호프자동차와의 교섭. 무시당하고, 휘둘리고, 업신여김을 당하면서도 끈기 있게 물고 늘어져 직원과 회사, 그리고 가족의 명예를 위해 싸워왔다. 언제 체포될지 모른다는 공포와 거래처의 이탈, 도산 위기. 내 손으로 사고를 한 건씩 꼼꼼하게 체크하고 전국 운송회사를 찾아다닌 나날들…….

그런데 결말이 이게 뭔가.

"호프자동차는 대체 제정신인가? 해도 너무하는군."

미야시로는 화가 치밀어 얼굴이 창백해졌다.

"연구소 연구원에게는 알리지 않았대요. 그래서 일반적인 절차에 따라 폐기했다고 설명하는 모양이에요."

"그걸 믿는 겁니까, 경찰은?"

미야시로가 대들었다.

"믿지 않을 거예요."

아카마쓰는 힘없이 대답했다.

"그렇지만 반박할 만한 증거도 없는 모양입니다."

"이럴 수가."

미야시로는 몸을 웅크리며 두 손으로 머리를 감싸고 꼼짝도 하지 않았다.

"인제 와서 이런 소리 해봐야 소용없지만, 너무 늦었던 거죠……, 가택수색이."

이 이야기는 다카하타에게도 했다.

너무 늦었어요, 다카하타 형사님……. 이렇게 말한 아카마쓰에게 다카하타는 아무런 대꾸도 하지 않았다.

그 침묵이 모든 것을 말해주고 있었다.

"그렇지만 우리 부품은 파기했어도 결함을 은폐한 사실은 수사로 밝힐 수 있지 않을까요? 다카하타 형사로부터 무슨 이야기 없었습니까?"

미야시로는 마치 광명이라도 구하듯 얼굴을 들었다. 아카마쓰는 대답 대신 눈길을 벽에 걸린 달력으로 보내며 지난주의 가택수색 이후 소득 없이 지나간 나날을 확인했다.

"수사 중이라고만 해."

"만약 호프자동차에서 단서 같은 게 나오지 않는다면. 그때는 어떡하죠, 사장님?"

아카마쓰는 고개를 저었다. 모르겠다. 아마 다카하타도 모르지 않을까?

"우리가 뭔가 할 수 있는 일이 없을까요?"

미야시로는 고민했다. 아카마쓰는 자기보다 더 침울해하는 미야시로 전무를 측은하게 바라보며 "이제 아무것도 없다"고 했다.

"할 수 있는 일은 다 했어요, 미야 아저씨."

경찰 수사에 기대를 거는 일만 남았을 뿐이다.

"그런가요……?"

미야시로는 시선을 카펫으로 떨어뜨렸다. 사장실에 무거운 침묵이 깔렸다.

의자 등받이에 몸을 기댄 아카마쓰는 고개를 들어 아버지 사진을 쳐다보았다.

힘을 주세요, 아버지.

아카마쓰는 아버지의 진지한 얼굴을 보며 마음속으로 중얼거리고 눈을 살짝 감고 기도했다.

"어서 와. ……왜 그래?"

후미에는 아카마쓰를 맞이하며 얼굴을 살피더니 바로 표정이 어두워졌다.

"우리 사고, 입증할 수 없을지도 몰라."

"어째서?"

다카하타에게 들은 이야기를 그대로 해주자 후미에는 두 손으로 입을 가리고 눈썹을 팔자로 만들며 비통한 표정을 지었다.

아카마쓰는 주방으로 가 냉장고에서 꺼낸 캔맥주를 땄다. 컵을 쓰지 않고 그냥 입에 대고 마셨다. 맥주라도 마시면 이 괴로움도 조금은 나아질 줄 알았는데 아무 변화도 없었다.

"이럴 때일수록 내일 일을 생각해야 해."

후미에가 말했다. 그래, 하고 아카마쓰는 짧게 대꾸했다. 학부모회 임시총회. 가타야마를 비롯한 일부 학부모들이 제안한 그 회의는 토요일 오전 10시부터 오야마니시초등학교 체육관에서 열리기로 되어 있었다.

경찰이 호프자동차 가택수색에 착수했을 때 기쁨과 함께 아카마쓰의 마음속에 오간 여러 생각 가운데 '이제 임시총회도 넘어설 수 있겠지' 하는 안도감도 섞여 있었다. 그런데…….

"내일 총회에서 여왕벌이 회장에 입후보할 거라던데."

알고 있던 사실이었지만 후미에의 말투는 분하다기보다 허무에 가까웠다. 아카마쓰가 내뱉듯이 대꾸했다.

"그래? 그러니까 내 목을 칠 시나리오가 만들어졌다는 거네."

"어떡할 거야?"

아카마쓰는 늦은 저녁 식사를 하면서 멍한 눈으로 허공을 바라보았다.

"어떡하고 뭐고도 없지. 학부모들은 형사 사건 혐의를 받는 사람이 회장직을 맡는 건 곤란하다고 생각할 테고."

아카마쓰가 하는 말의 뜻을 깨달은 후미에는 슬픈 눈빛을 보냈다.

"그만두지 않으면 좋겠어, 난. 게다가 여왕벌이 회장이 되면 정말 민폐지. 다들 그렇게 생각할 거야."

아카마쓰는 젓가락을 내려놓았다. 식욕이 없었다.

"그게 총회에서 승인이 난다면 어쩔 수 없는 일 아닌가? 실제로 100명이 넘는 학부모가 서명했어. 다수결로 나보다 여왕벌을 선택하겠지. 그럼 된 거지 뭐."

"그게 아니야."

후미에는 뜻밖의 말을 했다.

"사람들이 당신을 몰아내고 여왕벌을 선택하려는 게 아니야. 그냥 진실을 알 수 있는 자리가 필요하다고 생각할 뿐이라니까. 사건이 어떻게 된 건지 앞뒤 사정을 제대로 설명하면 이해할 거라고 말하는 사람도 있었어. 당신에게 불만이 있어서 서명한 게 아니라고. 이걸 당신이 알았으면 좋겠어."

아카마쓰는 술 냄새 나는 한숨을 내쉬었다.

인생이 항해용 지도가 없는 항해라고 한다면 지금은 그야말로 좌초하기 직전이다.

최근 10년 동안 아카마쓰는 사장으로서 죽어라 일만 했다. 아니, 싸워왔다. 대기업에 근무할 때 주위를 둘러쌌던 보이지 않는 방어막이 걷히고, 세상의 거친 파도와 거센 바람을 맞으며 대형 여객선에서 돛단배로 옮겨 탄 모양새였다. 살아간다는 게 이런 거로구나 하는 생각이 들었다. 그 엄혹한 현실을 인식할지언정 한숨 쉴 틈도 원망할 여유도 없이 그저 거친 파도를 헤쳐왔다.

그 결과가 이거다. 인생은 덧없다.

싸늘한 체육관에 난방이 들어왔다. 모이기 시작한 학부모회 임원들과 함께 아카마쓰도 총회 준비를 거들었다.

임시총회 시작 15분쯤 전부터 학부모들이 모여들기 시작했다. 그 수는 예상을 훨씬 웃돌아, 준비한 300석이 금방 가득 찼다. 서둘러 50석쯤 추가했지만 그래도 서 있는 사람이 있을 만큼 어처구니없는 성황을 이루었다.

구라타 교장이 앞쪽 스탠드마이크 앞에 서서 개회를 선언한 것은 오전 10시 5분. 아카마쓰를 회장 자리에 그냥 두느냐 마느냐를 묻는 임시총회는 예정보다 5분 늦게 막이 올랐다.

학부모석 맨 앞줄에 요란한 노란색 정장을 입고 앉았던 가타야마 요시코가, 오늘만 기다렸다는 듯이 제일 먼저 마이크 앞에 섰다.

"가타야마입니다. 먼저 제가 제안한 임시총회 개최안에 많은 분이 찬성해주신 점, 감사드립니다. 지금까지 학부모회 일반 구성원으로서 여러 가지 말씀을 드려왔지만, 마침내 이런 날을 맞이하니, 감격스럽습니다. 또 120분이나 서명을 해주셨다고 해도, 스스로 책임을 인정하고 임시총회 개최에 동의한 아카마쓰 회장에게도 감사를 드려야 할지도 모르겠습니다."

여왕벌은 의기양양한 시선으로 아카마쓰를 바라보았다.

"우리가 이 임시총회를 요구한 목적은 다시 설명할 필요가 없을 만큼 단순명료합니다. 학부모 대표인 학부모회 회장이 형사 사건의 용의자라는 전대미문의 상황이 과연 옳은지 이 자리에서 묻고, 필요하다면 개선하고자 하는, 오직 그 이유뿐입니다. 어떻게 생각하십니까, 여러분?"

자신이 앉아 있던 주변에서 박수 소리가 터져 나오자 가타야마는 만족스러운 미소를 지었다.

"그러면 아카마쓰 씨가 직접 본인 이야기를 하는 것도 문제가 있으니 지금까지의 경과에 관해 마시타 씨가 보고해주시면 좋겠습니다."

조금 긴장한 표정을 한 마시타가 앞으로 나왔다.

가타야마를 대신해 마이크 앞에 선 마시타가 읽은 것은 작년 10월에 일어난 요코하마 모자 사상 사고부터 지금에 이르기까지의 경위였다. 정비 불량이라는 호프자동차의 의견, 가택수색, 피해자가 소송을 제기한 일.

호프자동차에 대한 가택수색은 무시. 자기들에게 유리한 사실만 늘어놓고 불리한 내용은 덮고 지나가자는 작전인 모양이다.

뒤이어 다시 일어선 가타야마는 형사 사건 용의자가 된 학부모회 회장이 어린이들 앞에 어떻게 설 수 있겠느냐, 사회적으로 의문일 수밖에 없다는 취지의 주장을 펼쳤다.

임시총회는 가타야마의 독기가 지배했다. 거의 단독 강연회 같은 모습을 띠기 시작했다. 끼어드는 사람은 아무도 없었다. 일방적으로 아카마쓰를 비판하는 가타야마를 가로막는 사람도 없었다.

가타야마가 연설을 15분쯤 계속했을까? 드디어 여왕벌이 마이크 앞을 떠났을 때 딱하다는 듯이 눈꼬리를 축 늘어뜨린 구라타 교장이 "그럼 아카마쓰 회장님, 부탁드립니다"라고 했다.

어머니들끼리 미간을 찌푸리고 소곤거리는 그룹, 팔짱을 낀 채 심각한 눈빛을 보내는 아버지들. 120명이 서명을 했다니 아카마쓰에 대한 비판도 그만큼 존재할 거라고 이미 알고 있었지만, 그 앞에 나서기는 괴로운 일이었다.

게다가 그 학부모들 맨 뒷줄에 서서 지켜보는 사람들 가운데 후미에를 발견하고 아카마쓰의 표정이 어두워졌다.

오지 말라고 했는데……. 내가 쫓겨나는 꼴을 봐봤자 비참해질 뿐인데…….

후미에는 자기 어깨를 꼭 끌어안고 걱정스러운 얼굴로 아카마쓰를 바라보고 있었다.

아카마쓰는 사고 때의 상황과 그 뒤의 교섭, 그리고 소송을 벌이게 된 경위에 관해 대략적으로 설명했다. 담담하게 20분쯤 이야기했을까?

회장 자리에 미련은 없었지만 '당신들도 역시 나를 범인으로 취급하는 겁니까?' 하고 묻고 싶은 심정이기도 했다.

구라타가 난처한 표정을 짓고 있었다. 가타야마의 발언을 정면으로 반박해주기를 기대했는지도 모른다. 그런 생각을 하지 않은 것은 아니었지만, 지금 이 자리에서 스스로 무죄를 주장해봐야 무슨 의미가 있단 말인가? 그런 이야기를 할 자리라는 생각이 들지 않았다. 여기는 법정이 아니다. 무엇보다 아카마쓰는 이미 그럴 만한 인내력이나 집착도 없어진 상태였다.

구라타 교장이 학부모들을 바라보며 말했다.

"방금 아카마쓰 회장님의 말씀에 대해 무슨 질문이나 의견은 없습니까?"

순간 쥐 죽은 듯 조용해진 장내에서 손을 드는 사람이 있었다.

가타야마였다.

"표결이 아니라 스스로 사임하실 생각은 없습니까?"

옆에 앉은 마시타와 주변의 몇몇 학부모가 고개를 크게 끄덕이는 모습이 보였다.

"스스로 물러나지는 않겠습니다."

아카마쓰는 잠깐 말을 끊었다가 다시 입을 열었다.

"저는 이번 사고 처리를 하면서 회사, 직원들과 그 가족, 그리고 내 가족의 긍지를 위해 싸워왔습니다. 지금도 그렇습니다. 여러분의 표결 결과가 의심스러우니 물러나라고 나온다면 물러나겠습니다. 하지만 스스로 물러나지는 않겠습니다. 저를 지지하고 믿어주는 많은 분의 마음을 생각하면 그만둘 수 없습니다."

표정이 사나워진 가타야마가 말했다.

"이렇게 여러 사람에게 폐를 끼치니 사임하는 게 당연하지 않겠어요?"

중간에 낀 구라타 교장은 당황해서 다시 아카마쓰에게 발언을 청했다. 하지만 아카마쓰는 슬쩍 고개를 저었을 뿐 더는 상대하지 않았다.

"이러니저러니 해도 회장직에 연연하고 있는 거 아닌가요?"

가타야마가 소리쳤다.

"여러분, 어떻게 생각하세요?"

가타야마는 자기 의견에 동의하는 박수를 기대했을지도 모른다. 하지만 반응은 제각각이라 미묘한 공기가 흘렀다. 여기 모인 사람들은 아카마쓰를 부정하려고 온 사람들만이 아니라는 후미에의 말이 문득 머릿속에 떠올랐다. 가타야마는 이 점을 잘못 계산했으리라.

"잠깐 괜찮겠습니까, 교장 선생님?"

손을 든 사람은 아까부터 아카마쓰를 심각한 눈빛으로 바라보던 남자였다.

"6학년 1반 고무라입니다. 저도 이번 임시총회 개최 요청서에 서명했습니다. 그때는 상황을 잘 알지 못해 아카마쓰 씨가 교통사고 책임을 회피하고 있는 줄 알았습니다. 그런데 솔직하게 말씀드리면 오늘 참석해보니 전혀 다른 인상이었습니다. 조금 전 마시타 씨가 상황이 어떻게 흘러왔는지 발표하셨는데, 중요한 점은 호프 자동차가 가택수색을 받은 사실이 빠져 있었다는 것입니다. 아카마쓰 회장도 자기 문제가 아니기 때문에 말씀하시지 않았습니다. 하지만 그러면 여기 모인 여러분이 잘못 판단할 가능성이 있다고 생각하기 때문에 지적해두고 싶습니다."

마시타가 허둥지둥 일어섰지만 입을 열기도 전에 마이크를 빼앗은 사람은 가타야마였다.

"우리는 아카마쓰 씨의 책임에 관해 이야기하고 있는 거예요, 고무라 씨. 호프자동차는 관계없어요. 게다가 호프자동차가 가택수색을 받았다고 해서 그 회사에 책임이 있다는 이야기는 아니잖아요? 아카마쓰 씨가 경영하는 회사도 가택수색을 받았다는 사실을 잊지 말아야죠."

새침한 얼굴로 의기양양하게 말한 여왕벌을 향해 고무라가 다시 손을 들고 대꾸했다.

"그렇다면 아카마쓰 씨도 가택수색을 받았다고 해서 책임이 있다는 건 아닌 게 되지 않아요? 말씀이 앞뒤가 맞지 않잖아요?"

고무라의 지적에 박수 소리가 났다.

모순점을 지적당해 화가 나고 창피한지 얼굴이 새빨개진 가타야마는 당장이라도 히스테리를 일으킬 듯이 과잉 반응을 보였다.

"6학년 학부모시죠? 그럼 고무라 씨는 교통사고로 사람을 죽였을지도 모를 분이 성대한 졸업식 때 아이들 앞에서 인사말을 해도 괜찮다는 겁니까?"

"가타야마 씨 말씀에는 근거가 없다고요. 적어도 현재 시점에서는 사고 원인이 아카마쓰 씨 쪽에 있다고 결론을 내릴 수 없잖아요. 제 의견에 동의하실 분들도 계실 거로 생각합니다만."

고무라가 지긋지긋하다는 듯이 대꾸했다. 가타야마는 집요하게 반박했다.

"형사 사건 용의자가 학부모회 회장을 맡고 있다는 비정상적인 상황을 용인하겠다는 겁니까? 아이들을 생각하셔야죠. 교통사고를 일으켜 우리와 같은 아이어머니의 목숨을 앗아가고도 그걸 인정하지 않고 책임을 회피하는 사람이 학부모회 회장이라니, 적어도 나는 아이에게 설명할 수 없어요. 그건 여러분도 마찬가지라고 생각합니다. 이런 말도 안 되는 이야기는 들어본 적도 없어요."

가타야마가 이렇게 마구 아우성을 치는데 체육관 구석 쪽에서 손을 드는 사람이 보였다. 2학년 부대표를 맡은 간다 교코였다. 가타야마의 딸이 자주 게임을 하러 드나드는 야마모토전기점 계산대에서 파트타임으로 일하던 학부모였다.

"학년 부대표를 맡은 간다라고 합니다. 저는 작년 4월부터 아카마쓰 회장님과 함께 학부모회 활동을 했는데, 정말 신뢰할 수 있는 분이라는 생각으로 지금까지 일해왔습니다. 다른 임원이나 학부모 여러분 가운데도 같은 의견을 가진 분들이 많다고 생각하는데, 어떠신가요?"

박수 소리가 났다. 감사합니다, 여러분. 아카마쓰는 마음속으로 인사했다. 이런 때 동료의 따스한 마음을 느낄 수 있어 기뻤다.

"일부 어머니들은 필요 이상으로 아카마쓰 씨를 나무라는 말을 하지만, 아카마쓰 씨는 그동안 아무리 바빠도 시간을 내서 학부모회 활동을 우선해주셨습니다. 정말 듬직한 분이었어요. 무엇보다 신뢰할 수 있는 분이라고 생각합니다. 불행한 사고가 일어났지만, 그렇다고 아카마쓰 씨 개인에게 뭐라고 하고 싶은 마음은 들지 않습니다. 그 사고의 원인은 정비 불량이 아니라고 아카마쓰 씨는 주장해왔습니다. 단순한 변명일 뿐이라고 하시는 분도 있지만, 호프자동차가 가택수색을 받은 지금도 과연 그렇게 단정할 수 있을까요? 아카마쓰 씨는 근거 없이 책임을 회피할 분이 아니라는 건 우리가 가장 잘 압니다. 미안합니다, 정돈되지 않은 발언이라서요."

"댁이 어떻게 생각하건 문제가 아니죠."

가타야마가 다시 일어서서 마이크를 잡더니 무서운 표정으로 간다를 노려보았다.

"잘 들어요. 아카마쓰 씨는 실제로 피해자로부터 소송이 걸린 상태예요. 만약 간다 씨가 말하듯 믿을 만한, 성의 있는 사람이라면 왜 그런 일이 일어났겠어요? 게다가 보도를 보면 지나친 무성의에 제재를 가하기 위해 위자료를 청구하는 소송이라고 하더군요. 그래도 우리 학부모회 회장으로 적합한 인물이라고 할 수 있겠어요?"

그 뒤로 몇 사람이 질문하거나 의견을 발표했지만, 그때마다 가타야마는 집요하게 반박했다. 여왕벌이라는 별명에 어울리는 활약이었다. 화가 끓어올랐지만, 소송에 대해서는 지금 변명해봤자 의미가 없다. 아카마쓰는 꾹 참았다.

"가타야마 씨……."

구라타 교장이 일어서더니 다시 마이크를 잡으려는 가타야마에게 말을 걸었다.

"이제 가타야마 씨 주장은 잘 알겠습니다. 더는 말씀하실 필요가 없지 않겠습니까?"

그러고 나서 회의장에 모인 학부모를 돌아보았다.

"그럼 표결로 들어가겠습니다. 오늘까지 87명의 위임장을 받았으며, 이분들은 오늘 표결 결과에 따르겠다는 뜻을 밝혔습니다. 표결은 신임 투표입니다. 조금 전 입장하실 때 나누어드린 무기명 투표용지에 아카마쓰 씨가 회장직을 계속 맡는 데 찬성하시는 분은 ○, 그렇지 않은 분은 ×표를 하여 앞에 놓인 상자에 투표해주세요. 투표를 마치면 바로 개표해 발표하겠습니다."

투표가 시작되자 체육관 안이 웅성거리기는 했지만, 분위기는 가라앉기 시작했다. 아카마쓰는 학부모석 옆에 마련된 임원석에서 팔짱을 낀 채 눈을 감았다.

여기서 내려지는 심판이 법적인 것은 아니다. 하지만 어떤 의미에서 여론이기는 하다. 아카마쓰를 어떻게 보는가 하는 리트머스 시험지다.

투표는 15분쯤 걸려 끝났다. 아카마쓰를 제외한 임원이 모두 다섯 개인 투표함을 회수해 개표하기 시작했다.

한 상자에 투표용지가 100장 정도밖에 안 들어 있으니 집계를 마치기까지 10분도 걸리지 않았다. 그런 솜씨는 좋다.

술렁이던 회의장이 조용해졌다.

집계 결과가 구라타 교장에게 전달되었다. 쪽지를 펼친 구라타는 그걸 물끄러미 들여다보았다. 옆얼굴을 보니 좀 긴장한 듯했다.

"방금 투표 결과가 나왔습니다."

물을 끼얹은 듯 조용한 체육관. 구라타 교장은 거기서 말을 끊고 모든 참석자의 눈길이 자기에게 모이는 것을 확인하듯 시선을 들었다. 손에 든 쪽지 내용은 전혀 알 수 없다. 아카마쓰는 다시 눈을 감았다.

"아카마쓰 회장이 회장직을 계속 맡기 바라는 분이 321명, 반대하신 분이 170명. 따라서 아카마쓰 씨가 계속해서 회장직을 맡아주시게 되었습니다. 감사합니다."

박수 소리가 났다.

아카마쓰는 체육관의 살풍경한 천장을 올려다보았다.

미묘하군, 하는 생각이 들었다.

찬성표는 반갑다. 하지만 170명의 반대표를 어떻게 해석해야 좋을지 알 수 없었다.

찬성과 반대가 뒤섞인 결말은 지금 아카마쓰가 놓인 처지를 이야기하는 듯했다.

회의장 맨 앞에 진을 친 가타야마가 언짢기 짝이 없다는 얼굴로 바로 앞 허공을 노려보고 있었다.

"아카마쓰 씨, 회장직을 계속 맡아주실 수 있겠습니까?"

구라타 교장이 아카마쓰에게 물었을 때 "교장 선생님" 하는 목소리가 들려왔다.

마시타였다.

"그건 좀 이상하지 않은가요?"

구라타는 당황한 표정을 지었다.

"글쎄요, 이상하다니. 뭐가요?"

"아니, 그렇지 않아요? 분명히 다수결로 따지면 아카마쓰 씨가 계속 회장직을 맡는 것으로 결론을 내릴 수 있을지 모르지만, 그건 아니죠. 170명이나 되는 분들이 반대표를 던졌다는 사실을 무시하시는 건가요?"

어디선가 박수 소리가 났다. 여러 가지 감정이 뒤섞여 술렁거리는 소리가 들려왔다.

"그럼 어떻게 하자는 겁니까?"

구라타도 곤혹스러운 듯한 목소리로 말했다.

"아카마쓰 회장에 반대하는 분들의 의견을 반영하는 장치를 만들면 어떻겠습니까?"

마시타는 자기 아이디어가 자랑스럽다는 듯한 표정을 지었다. 그 옆에서는 가타야마가 굳은 표정으로 의자에 앉아 있었다.

　　"장치라고요?"

　　"그렇습니다."

　　마시타는 고개를 끄덕이고 말을 이었다.

　　"아카마쓰 씨 본인도 말씀하신 대로, 아직 사건은 해결되지 않았습니다. 만에 하나 아카마쓰 씨가 체포될 가능성도 있지 않겠어요? 그러니 아카마쓰 씨와 수사 동향을 늘 감시하고, 동시에 회장으로서의 직무 수행이 올바르게 이루어지는지 감시할 포스트를 설치하면 어떻겠느냐 하는 거죠."

　　회의장이 술렁거렸다.

　　"실례지만, 마시타 씨."

　　이해할 수 없는 제안에 구라타는 고개를 갸웃거렸다.

　　"감시할 포스트라고 하셨는데, 구체적으로 어떤 걸 생각하시는 겁니까?"

　　마시타가 대답했다.

　　"옴부즈맨입니다. 아카마쓰 회장과 지금의 학부모회 운영 방식에 대해 감시 역할을 하며 문제가 있으면 이러한 임시총회를 제안하는 장치를 만드는 거죠."

　　마시타가 하고자 하는 이야기는 명백했다.

　　가타야마를 그 자리에 앉혀 아카마쓰가 하는 일에 간섭하려는 생각이리라. 아니면 그게 짜증 나 아카마쓰가 스스로 물러나겠다고 하기를 기다릴 작정일까?

　　잠시 생각한 구라타는 "그건 학부모회 조직 관련 문제 아닙니까?"라고 물었다.

"그렇죠. 하지만 비상사태이니 어쩔 수 없지 않습니까? 올 한해만 특별 조치로 설치하면 어떨까요, 여러분?"

여기저기서 드문드문 박수 소리가 났다.

"저는 그 역할에 가타야마 씨가 적임이라고 생각합니다."

아카마쓰는 눈을 뜨고 기쁜 감정을 애써 감추며 태연한 표정을 짓고 있는 가타야마를 보았다. 결국 구라타가 꺾이고 말았다.

"뭐, 그렇다면 여러분 판단을 들어볼까요? 다른 의견이 있는 분 계십니까? 그럼 이 문제에 대해서는 손을 들어 표결하기로 하죠. 옴부즈맨 설치에 찬성하는 분은 손을 들어주십시오."

회의장 공기가 술렁거리는 동안 아카마쓰는 슬리퍼를 신은 자기 발을 바라보고 있었다.

회의장 안은 그야말로 어정쩡한 분위기로 가득했다.

고개를 드니 가타야마의 요란한 정장에 저절로 눈길이 갔다. 찬성에 손을 들고 있는 여왕벌의 모습이 눈에 들어왔다. 마시타는 마치 체조선수처럼 손을 곧게 치켜들고 일어서서 뒤를 보고 있었다.

하나, 둘, 셋……. 구라타가 중얼거리는 소리가 마이크를 통해 회의장 안에 들려왔다. 주위에 있던 학부모회 임원들도 자리에서 일어섰다. 어쩔 수 없다. 회장직을 재신임받은 직후에 현실 도피할 수도 없어 아카마쓰도 학부모석으로 시선을 돌려 찬성표를 확인했다.

숨이 멎는 것 같았다.

손을 든 사람은 20명이나 될까? 아니, 안 된다.

아카마쓰가 보는 앞에서 승리를 확신하고 있었는지 기쁜 빛이 얼굴에 가득했던 마시타의 표정이 그대로 얼어붙었다. 잘 익은 과일이 순식간에 쪼그라드는 듯했다.

"16분이군요."

구라타가 메마른 목소리로 말했다.

"어떻게 된 거예요, 여러분!"

마시타는 어쩔 줄 몰라 하면서 옆에 있는 가타야마의 눈치를 살폈다.

"조금 전에 반대하신 분이 170명이나 되었는데. 포기하지 말고 싸우자고요!"

반응은…… 없다.

썰렁한 공기가 흘렀다. 아카마쓰가 있는 곳까지 또렷하게 "가타야마 씨는 좀 아니지"라는 목소리가 들려왔을 때. 덜컹하고 의자 소리를 내며 가타야마가 일어났다.

가타야마가 노려본 것은 찬성 거수를 하지 않은 학부모들이 아니라 마시타였다. 마시타가 겁먹은 표정을 지었을 때 구라타가 느릿한 말투로 설명을 덧붙였다.

"이건 제 개인적인 견해입니다만, 조금 전 아카마쓰 씨가 회장직을 계속 맡는 건에 대해 반대표를 던진 분들이 아카마쓰 씨를 부정하시는 건 아니라고 생각합니다. 만약 아카마쓰 씨의 혐의가 풀리면 아무 문제도 없고, 오히려 계속 맡아주기를 바라는 분들이 대부분 아니었을까요? 어쩌면 아카마쓰 씨에게 매우 중요한 이 시기에 학부모회 회장 자리를 떠맡기는 것은 부담이 되어 문제가 있다고 생각하신 분도 계실지 모르지만요. 어떻습니까, 여러분?"

구라타가 발언하자 회의장 안에 큰 박수 소리가 났다. 확실한 긍정이었다.

가타야마의 얼굴이 굴욕으로 일그러졌다.

"자, 마시타 씨."

구라타가 태연한 표정으로 부르자 등대 불빛이 회전하듯 마시타의 시선은 천천히 교장 쪽으로 돌아갔다.

"옴부즈맨 제안은 아쉽지만 부결되었습니다."

가타야마가 자리를 박차고 일어난 것은 바로 그때였다.

회장 취임 연설용으로 차려입은 요란한 정장 자락을 펄럭였다. 짙은 화장이 떨어져 나갈 듯 일그러진 얼굴이었다. 히스테릭한 발소리와 함께 여왕벌이 회의장을 나가자 마시타는 의자에 주저앉았다.

"이만 폐회하겠습니다. 여러분, 수고하셨습니다. 아카마쓰 회장님, 앞으로도 잘 부탁드립니다."

다시 박수 소리가 났다. 아카마쓰는 살짝 고개를 숙이고 자리에 앉았다. 뺨을 잔뜩 부풀렸다가 푸, 하고 숨을 내쉰 순간 온몸에서 힘이 쭉 빠졌다.

5

하루나은행의 융자 담당 신도 과장이 전화한 것은 주초, 조례를 마친 아카마쓰가 업무를 시작하려던 바로 그때였다.

"드릴 말씀이 있습니다만, 전화로 이야기하기는 좀…….."

신도가 말했다.

"가능하면 오늘 중으로 시간을 내주실 수 있을까요?"

약속은 오후 3시. 아카마쓰는 그쪽으로 가겠다고 했지만 신도 쪽에서 사무실로 찾아오겠다고 고집을 부렸다.

"무슨 일인지 모르세요?"

미야시로가 어두운 표정으로 물었다.

"융자 관련인 모양이에요."

미야시로의 눈동자 안에서 불안이 촛불처럼 흔들렸다.

"융자 관련……?"

"솔직히 기대하고 있었을 거로 생각해, 하루나은행은."

아카마쓰가 말했다. 하루나은행도 호프자동차 가택수색을 통해 아카마쓰운송의 혐의가 벗겨지기를 기대한 게 틀림없다. 그렇지만 일이 그리 간단하지 않다는 사실을 깨달았으리라. 그뿐만 아니다. 영업 실적도 고만고만했다.

아카마쓰운송의 영업 실적은 아직도 회복되는 과정에 있다. 사고 전 수준에 이르지 못한다. 사가미머시너리가 빠진 구멍을 완전히 메우려면 고다마통운이 도와준 부분을 보태더라도 많이 모자랐다.

정나미가 떨어진 걸까?

늘 최악의 사태를 생각하는 게 경영자라는 생각은 한다. 10년간의 사장 경력을 통해 아카마쓰가 배운 것 가운데 하나이기도 하다. 그래야만 최악의 상황에 대비할 수 있다. 하지만 하루나은행이라는 구세주에게 버림받는다면 어떻게 살아남을 수 있을까? 아카마쓰는 상상도 가지 않았다.

도쿄호프은행의 회수 공세를 받으면서 새 은행과 거래를 개시하기는 거의 불가능에 가깝다.

신도는 약속 시간에 혼자 나타났다.

손에는 수첩 한 권. 융자 과장은 원래 그런지도 모르지만, 은행원 같지 않은 인상이었다. 결국 이야기만으로 끝내겠다는 것이다.

사장실로 안내하자 신도는 우선 가택수색 이야기를 꺼냈다.

"부품이 폐기된 건 솔직히 저도 충격이었습니다."

신도가 솔직하게 말했다.

"그런데 재판은 어떻게 되는 겁니까?"

"계속 진행할 텐데 목적물이 없어졌으니 손해배상을 요구하는 형태가 되겠죠. 이렇게 될 줄은 몰랐네요."

아카마쓰는 살짝 한숨을 내쉬었다.

"그런가요……. 저희도 그걸 기대했는데, 정말 아쉽군요."

차분하게 말한 신도는 "그런데 사장님, 오늘은 좀 의논드릴 일이 있어 찾아뵈었습니다" 하며 본론을 꺼냈다.

아카마쓰는 불안해 얼굴을 찌푸렸다. 그 표정을 신도가 보기 드문 것이라도 구경하는 얼굴로 바라보았다.

"은행에 계신 분이 새삼 그렇게 말씀하시면 아무래도 불안해져서요."

"지금까지 여러 가지 일을 겪으셨을 테니 그럴지도 모르겠군요. 도쿄호프은행의 움직임은 어떻습니까?"

"전혀 모르겠네요."

아카마쓰의 눈을 들여다보던 신도는 "그들은 그 이상 아무것도 할 수 없을 거로 생각합니다"라고 했다.

"어째서죠? 우리는 이 사옥과 집까지 담보로 잡혀 있는데요. 언제 경매에 넘기더라도 이상할 게 없다고 생각했는데."

"그건 힘들 겁니다. 아카마쓰운송이 이미 막다른 골목에 있다면 모를까, 연체도 없고 정상적으로 운영하는 이상 아무리 담보를 잡았다고 해도 그걸 경매에 부칠 수는 없죠."

"그런가요?"

은행의 생각과 행동을 통 이해할 수가 없다. 뭔가 이상한 나라의 희한한 습관을 배운 듯한 착각을 느끼며 아카마쓰가 대꾸했다.

"도쿄호프은행은 아카마쓰 사장님으로부터 예금과 대출금을 상쇄하는 등 가능한 부분까지 다 하고, 그 뒤에는 변제에 의한 자연 감소를 기다릴 수밖에 없을 거예요. 그래서 오늘 찾아온 건데……."

테이블 맞은편에서 신도는 몸을 앞으로 구부렸다.

"우리 은행도 환경이 꽤 어려워서 고생하고 있습니다. 그건 아카마쓰 사장님도 이해하실 거로 생각합니다."

융자해드린 돈을 갚아달라. 당장이라도 신도 과장 입에서 그런 말이 튀어나오는 게 아닐까 싶어 몸을 움츠렸다.

"이번 아카마쓰 씨에게도 저희 나름대로 지원해드렸는데 금융 사정이라는 게 시시각각 변화하고 있어서……."

"아니, 신도 과장님."

도저히 견디지 못하고 아카마쓰가 입을 열었다.

"확실하게 말씀해주시겠어요? 갚으라는 말씀이신가요?"

예? 하고 되묻듯 신도가 멍한 표정으로 아카마쓰를 바라보았다. 아카마쓰 역시 신도의 얼굴을 뚫어지게 보았다.

"아닙니다, 사장님. 그 반대예요."

"반대?"

이번에는 아카마쓰가 멍한 표정을 지을 차례였다.

신도는 진지한 얼굴로 등을 쭉 폈다.

"아카마쓰 사장님, 지점장과 상의한 결과 오늘은 부탁을 드리러 찾아왔습니다. 도쿄호프은행으로부터 받은 융자금을 전액 우리 은행이 떠맡게 해주실 수 없겠습니까?"

아카마쓰는 눈앞이 새하얘졌다.

아무 말도 못 한 채, 침묵이 얼마나 흘렀을까. 아카마쓰는 간신히 입을 열었다.

"떠, 떠맡다니요, 과장님. 전부 3억 가까이 되는 큰 금액인데요."

"알고 있습니다. 어쨌든 도쿄호프은행에서 새로 융자를 받을 가능성은 없잖아요? 그렇다면 그 융자금을 우리 은행에서 융자받아 갚는 게 어떨까요?"

"그건 물론…… 그럴 수만 있다면야."

목구멍까지 차오른 긴장이 스르륵 녹아내렸다.

"하루나은행만 괜찮으시다면 저희야 고맙죠. 그런데 그렇게 해도 괜찮습니까?"

"조건은 도쿄호프은행의 담보를 풀고 우리가 다시 담보 설정을 하도록 해달라는 겁니다. 금리를 포함해 모두 같은 조건으로 진행하겠습니다."

"감사합니다. 버리는 신이 있다면 도와주는 신도 있다더니."

아카마쓰가 말했다.

"그냥 은행일 뿐입니다. 신이 아니라."

신도는 그렇게 말하며 웃더니 진지한 표정을 지으며 말을 이었다.

"동업자들 사이에 도는 소문을 들었는데, 도쿄호프은행 지유가오카 지점장은 전에 기업 범죄 때문에 혼쭐난 적이 있는 사람이라더군요. 자라 보고 놀란 가슴 솥뚜껑 보고 놀란다고 하죠. 반응이 너무 지나쳐 은행이 지켜야 할 도리를 잃고 마는 모양입니다."

아카마쓰는 다사카 지점장의 과거 이야기를 처음 들었다.

"우리는 아카마쓰운송이 머지않아 이전 매출 수준까지 부활할 거라고 예상합니다. 그다음에는 더 성장하겠죠. 이 자금은 그런 장래에 대한 선행 투자 같은 겁니다. 받아주시겠습니까?"

아카마쓰는 등을 쭉 폈다.

"물론이죠. 잘 부탁드리겠습니다."

신도는 안도의 한숨을 내쉬었다.

"다행이네요. 도쿄호프은행에는 아카마쓰 사장님이 이야기해 주시겠습니까? 자금은 다음 주 이후라면 언제든 준비할 수 있습니다. 그런데……."

신도가 불쑥 목소리를 낮췄다.

"호프자동차 이야기 들으셨나요?"

아뇨, 하며 아카마쓰는 고개를 저었다.

"가택수색 때문에 매출에 상당한 타격을 받은 모양이라는 이야기는 아시죠?"

"예, 그건 알고 있습니다. 텔레비전이나 신문에 나오니까 본 정도긴 하지만요."

"사실은 호프 그룹에서 전면적으로 지원할 거라는 이야기가 있습니다. 몇천억 엔 규모라는 소문입니다."

"몇천억 엔……? 어떻게 그걸?"

"하루나은행도 호프자동차와는 거래가 있어서요. 그냥 시늉만 내는 수준이지만요. 담당자한테서 들은 정보입니다. 현재 도쿄호

720

프은행과 호프중공업, 호프상사가 수면 아래서 조정 작업을 진행하고 있는 모양입니다. 다만, 이 이야기는 듣고 잊어주십시오. 저도 개인적인 통로를 통해 들은 이야기니까요."

아카마쓰는 할 말을 잃었다.

"참 좋겠네요, 대기업은."

머릿속에 떠오른 것은 야유였다.

"망할 것 같으면 도움을 받을 수 있으니. 아주 여유롭군요?"

지금까지 접촉했던 호프 직원들의 얼굴이 떠올랐다. 그런 놈들은 느긋하게 살아갈 수 있는데 나는 이런 현실을 버티느라 죽을 고생이다. 너무 큰 차이를 생각하니 허무했다.

"미안합니다. 괜한 소리를 해서 기분이 상하신 것 같군요."

신도가 면목 없다는 듯한 표정으로 사과했다.

호프 3사, 호프자동차에 2천억 엔 지원 검토!

신도가 전해준 정보를 뒷받침하듯 호프 그룹에 의한 지원 계획이 발표된 것은 그다음 주 월요일이었다. 정식 발표는 아니었다. 〈주간 조류〉의 특종기사 형태였다.

6

"사와다, 이것 좀 봐."

별생각 없이 휴대전화를 만지던 고마키가 내민 것은 뉴스 사이트 화면이었다.

사와다가 느낀 것은 놀라움이나 기쁨 같은 감정이 아니다. 사와다는 안도의 한숨을 내쉬었다.

월요일 아침, 과장단 정례 회의 직전, 여느 때처럼 고마키와 휴게실에서 커피를 뽑을 때였다.

"다행이네……."

무심코 이런 말이 흘러나왔다.

"걱정했는데. 하지만 역시 호프 그룹이야. 소비자는 호프자동차를 버려도 그룹은 버리지 않네. 역시 대단해."

가택수색 이후 호프자동차의 판매 상황은 그야말로 처참했다.

4년 전의 리콜 은폐와 몰래 수리한 일을 떠올린 소비자 반응은 예상을 훨씬 뛰어넘었다. 호프자동차판매의 점포는 어디나 고객의 발길이 끊어졌다. 판매 대수가 전년도에 비해 크게 떨어져, 실적 악화는 불을 보듯 뻔했다. 그런 상황에 2천억 엔을 지원받는다면 배 밑바닥에 뚫린 구멍을 메울 수 있을 것이다.

"그러고 보니 아직 발표는 나지 않았지만 무로이 녀석, 목이 날아갈 거야. 오카자키에 있는 공장 과장직이지. 그 허위…… 아, 아니지, 보고에 '착오'가 있었던 책임을 물을 거라고 해."

"딱한 일이군."

무로이와는 아카마쓰운송 사고 때문에 몇 차례 다투었지만 설마 국토교통성에 제출하는 보고서 때문에 좌천을 당하게 될 줄은 꿈에도 생각하지 못했으리라.

"경찰 수사에 걸리지 않고 넘어갈 수 있을 것 같아?"

가택수색은 임원실과 품질보증부만이 아니라 제조부에까지 들어왔다. 고마키는 얼굴을 잔뜩 찌푸리며 소개를 저었다.

　"현재 움직임은 없어. 그건 그렇고, 컴퓨터에서부터 눈에 보이는 건 모두 압수해서 일하기 힘들어."

　경찰이 가택수색 때 압수한 컴퓨터는 업무를 위해 하드디스크를 복사하는 것까지만 허락되었다. 그 작업에만도 꼬박 하루, 밤새도록 진행되었다. 컴퓨터가 모두 경찰에 압수되었으니 컴퓨터에 의존하는 사무실은 일시 기능이 마비되어 지금도 완전하게는 복구되지 않고 있다.

　"빠져나갈 수 있을 거로 생각해?"

　"글쎄."

　고마키는 고개를 갸웃거렸다.

　"그렇지만 호프자동차는 불사신이겠지. 가택수색을 받건 언론에 얻어맞건, 체포당하는 사람이 나오건, 소비자가 외면하건, 호프그룹의 일원인 이상 이 회사는 안전해. 무슨 짓을 해도 목구멍에 거미줄을 칠 일은 없겠지."

　고마키는 사와다의 등을 툭 쳤다.

　"다행이야. 이제 넌 안심하고 그 기획에 몰두할 수 있는 거지. 그건 틀림없이 먹힐 거야."

　"그렇게 쉽게 될 리는 없겠지."

　말과는 달리 사와다는 자신이 있었다. 지금 사와다는 꿈을 향한 걸음을 한 발 내디딘 느낌이었다. 분명히 회사가 기울어지건, 거액을 지원받게 되건, 그런 건 상관없다. 이 호프자동차라는 조직이 있는 이상, 거기서 스포트라이트를 받을 준비는 항상 되어 있다.

사와다는 자신의 기획이 상품개발부라는 꿈의 무대에서 인정받고 찬사를 들을 게 틀림없다고 생각했다. 익숙한 판매부를 떠나 상품개발부로 옮긴 것은 어떤 의미에서는 도박이었다. 하지만 사와다는 지금 그 도박에 승산이 있다고 판단했다.

"겸손은. 뭐, 어쨌든…… 이번만은 호프라서 정말 다행이야. 호프 그룹 만세야!"

고마키가 가볍게 말했다.

"2천억 엔이 있으면 어디에 쓸 거야?"

7

도쿄호프은행 지유가오카 지점 방문일을 고른 사람은 신도였다.

"길일이라서요."

신도는 이유를 이렇게 설명했다.

도쿄호프은행과 거래를 끊고 하루나은행과 본격적으로 거래하는 그날의 길흉을 따진다. 지금까지는 몰랐던 은행이 지닌 뜻밖의 모습을 발견했다.

오전 9시에 지유가오카역 개찰구 앞에서 신도와 만나 역 앞에 있는 번화한 거리에 간판을 내건 은행으로 갔다.

할 일은 간단하다. 도쿄호프은행에서 받은 융자금을 모두 갚고, 대신 부동산 담보를 풀기 위한 서류와 보증서를 돌려받는 것이다. 변제 자금은 이날 아침에 하루나은행에서 융자를 받아 아카마쓰 운송 계좌에 들어왔다.

"갚아주시겠다니, 감사합니다."

다사카는 응접실에 들어서자마자 시큰둥한 표정으로 아카마쓰를 바라보았다. 일어나 인사하는 신도의 얼굴과 명함을 빤히 들여다보았다.

"설마 했는데 하루나은행이 떠맡는 건가요? 대단하군요."

빈정거리는 말투였지만 신도는 낯빛 하나 변하지 않았다. 되받아치지도 않고 가방에서 수표 한 장을 꺼내 테이블에 내려놓고 다사카 쪽으로 밀었다.

금액은 3억 엔.

"이걸로 변제하고 싶습니다."

고모다가 수표를 받아들고 "처리해도 될까요?" 하고 다사카에게 확인했다.

그 순간, 경험 많고 교활한 지점장의 눈빛이 망설임으로 흔들린 느낌이 들었다. 아카마쓰가 잘못 본 걸까? 신도는 채권을 회수하겠다는 다사카의 행동은 제스처 아니겠느냐고 보았다. 거래처 기업에 컴플라이언스를 엄격하게 적용한다는 인상을 주기 위해, 예전에 자기가 저지른 실패를 덮기 위해서가 아니었겠느냐면서. 채권 회수 과정은 아카마쓰운송의 영업 실적을 제대로 파악한 다음에 진행되었다기보다 은행 본부에 자신을 돋보이게 하기 위한 측면이 강했던 게 아닐까.

아카마쓰는 은행원의 정신 구조를 모른다.

신도가 하는 말이 어느 정도 다사카의 속내를 꿰뚫고 있는지는 모르지만, 다사카가 내비친 순간의 망설임을 보니 대략 신도가 한 추측이 맞는 게 아닐까 하는 느낌이 들었다.

다사카는 아카마쓰운송이 가택수색을 받고, 운행관리자나 정비

관리자, 그리고 사장인 아카마쓰가 곧 체포될 거로 생각했으리라. 컴플라이언스를 이유로 내세운 융자 거절은 앞날을 미리 내다본 결정으로, 지점장의 의연한 여신 태도와 선견지명을 증명하는 재료가 되어줄 것이었다.

하지만 그 예상은 어긋나 선견지명이라고 평가받아야 할 다사카의 채권 회수는 '지나친 짓' 이외에 아무것도 아니게 되었다.

애써 빈정거리면서도 다사카가 망설인 까닭은 자기가 판단을 잘못해 발생한 거래처 이탈에 대한 후회 때문이 아닐까?

다사카가 말없이 고개를 끄덕이는 모습을 확인한 고모다는 클리어파일에 넣은 서류 한 벌을 신도에게 건넸다.

"확인 부탁드립니다."

응접실을 겸한 지점장실에 신도의 손가락이 능숙하게 서류를 넘기는 규칙적인 소리가 울려 퍼졌다. 확인 작업은 몇 분 만에 끝났다. 이윽고 "됐습니다"라는 신도의 한마디가 가만히 눈을 감고 있던 아카마쓰의 귀에 들려왔다.

그 순간 아카마쓰운송을 창업한 아버지 대에서부터 20년에 걸쳐 계속 거래해온 도쿄호프은행과 아카마쓰운송의 관계는 마침표를 찍었다.

눈을 뜨니 아쉬움과 분노가 뒤섞인 표정을 한 다사카가 못마땅한 듯 응접실 허공을 노려보고 있었다.

"뭐, 아카마쓰 사장님도 바라는 바가 아니었을 테지만, 저희도 컴플라이언스 문제가 되면 손을 쓸 방법이 없어서요."

다사카는 아쉽다는 듯이 말했다.

"다사카 지점장님. 뭔가 착각하시는 모양인데, 저는 본의가 아니라는 생각은 들지 않습니다. 저는 도쿄호프은행 같은 데와 거래하는 걸 바라지 않습니다."

"그러세요?"

다사카는 화난 눈으로 바라보았다.

"그렇다면 마침 잘되지 않았습니까? 저희도 이번 같은 사건이 일어나면 도저히 어쩔 도리가 없습니다."

"또 컴플라이언스인가?"

혼잣말하듯 중얼거린 아카마쓰는 헛웃음을 치며 이렇게 말을 이었다.

"어처구니가 없군."

"뭐라고요?"

도저히 못 들은 체할 수 없다고 생각했는지, 다사카가 싸늘한 시선을 보내왔다.

"노파심에서 말씀드립니다만, 세상일을 좀 더 공부하시는 게 낫겠군요, 아카마쓰 씨."

"그럼 제가 묻죠. 호프자동자는 왜 지원합니까?"

다사카는 대답하지 못했다.

"호프자동차도 우리와 마찬가지로 가택수색을 받은 기업 아닌가요? 우리에겐 컴플라이언스를 내세워 거절하면서 호프자동차는 지원을 검토한다니. 이상하지 않습니까?"

"개별 융자 안건에 관해서는 답변하기 어렵습니다."

다사카는 자기모순을 은행 논리로 얼버무리려고 들었다.

"첫째, 호프자동차와 아카마쓰운송은 기업 규모가 다릅니다. 같다고 생각하는 것 자체가 이상하죠."

"계열사에는 컴플라이언스에 문제가 있어도 눈을 감아주는 겁니까, 이 은행은?"

"그런 이야기가 아닙니다. 호프자동차에는 직원이 있어요. 몇만 명이나 되는."

"직원이라면 우리도 있죠, 지점장님. 웃기지 마세요! 이 지점 거래처 가운데 직원이 몇만 명이나 되는 회사가 있어요? 중소기업을 우습게 여기는 거요?"

"인제 와서 사장님에게 그걸 설명해봤자 아무 소용없죠."

다사카의 창끝은 아카마쓰에서 신도로 방향을 바꾸었다.

"그런데 하루나은행은 용케 융자를 해주셨군요. 부럽군요, 타격을 입을 텐데."

"정말 그렇게 생각하는 겁니까, 지점장님?"

신도가 차분한 목소리로 묻자 다사카는 입을 다물었다.

"지점장님이 아카마쓰운송의 융자금을 회수한 건 보신이 목적이죠? 거래처를 무시하고 보신주의로 기울어질 때 은행원의 길은 어긋나기 십상이죠. 이번처럼 말이에요."

"당신이 뭘 안다고?"

다사카가 내뱉었다.

"예. 저는 당신 속마음은 모르죠. 다만 한 가지 아는 것은 당신 같은 은행원이 되어서는 안 되겠다는 겁니다. 당신 같은 사람이 있어서 은행이 오해를 사는 거죠. 그만 갑시다, 아카마쓰 사장님."

신도는 의연하게 내뱉더니 아카마쓰를 돌아보았다.

"이게 무슨 말버릇인가. 기껏해야 과장급이!"

다사카가 이렇게 내뱉었다. 그러자 내내 애써 참던 아카마쓰도 결국 더는 참지 못했다.

"도쿄호프은행 지점장인지 뭔지는 모르겠지만 하는 짓을 보면 과장급에 한참 미치지 못하네?"

다사카의 얼굴에서 표정이 사라졌다. 고모다는 엉거주춤한 상태로 얼어붙었다.

"덕분에 속이 후련해졌습니다, 과장님."

은행 건물에서 나온 아카마쓰가 신도에게 말했다.

"거침없이 퍼붓던데요?"

"과장님도 마찬가지였죠."

아카마쓰는 오른손을 내밀었다.

"앞으로도 잘 부탁드리겠습니다."

그 손을 굳게 잡은 신도가 믿음직해서 아카마쓰는 이날 처음으로 웃었다.

8

이자키가 상사인 기모토와 함께 하마나카에게 불려 간 때는 특종기사가 실린 〈주간 조류〉가 배포된 날 오후였다.

"그 특종기사 때문에 마키타 전무가 엄청나게 화났어."

하마나카가 입을 열자마자 말했다. 내용과는 달리 차분한 말투였다. 이자키나 기모토나 아무런 대꾸도 하지 않았다. 말없이 듣고만 있었다.

물밑에서 진행되어온 그룹 차원의 지원 문제는 아직 정리되지 않았다.

애초에 쉽게 합의에 이를 수 있는 내용도 아니다.

될 수 있으면 정식으로 지원 결정이 나기 전까지는 비밀리에 진행하고 싶은 게 마키타 전무의 속마음이었다. 공연한 파문이 일면 당찮은 의심을 받게 된다. 특종 보도 때문에 3사는 초조해질 수밖에 없다.

"3사가 얽힌 이야기라 관계자도 많습니다. 누가 정보를 흘렸는지 특정하기는 어렵겠죠."

기모토가 말했다.

"그 〈주간 조류〉를 통해 누구한테 정보를 얻었는지 밝힐 수 없겠느냐는 게 전무님 생각이야. 어때, 이자키. 가능하겠나?"

"그건 무리입니다. 그리 간단하게 넘어갈 상대가 아니라서요."

이자키는 바로 대꾸했다.

"그렇겠지."

하마나카가 이렇게 말하며 무릎 위에 얹은 손으로 깍지를 꼈다.

"그런데 그렇게까지 신경을 곤두세울 이유가 뭔가 있는 걸까요?"

이윽고 기모토가 입을 열었다. 수뇌부끼리 의논하는 지원 대책 동향에 관한 정보는 기모토나 이자키 같은 현장 라인까지 전달되지 않았다. 툭하면 자료를 만들어 오라고 하고, 숫자의 근거를 묻기도 했지만, 그것이 수뇌부 회의에서 실제로 어떻게 판단되고 해석되는지는 통 알 수 없었다.

〈주간 조류〉에 실린 특종기사도 그룹 3사가 호프자동차를 지원하는 방향으로 검토 중이라고 대대적으로 보도하면서도 자세한 내용까지는 다루지 못했다.

"호프중공업이 지지부진해."

하마나카의 입에서 천천히 믿을 수 없는 말이 흘러나왔다.

의문이 담긴 눈빛을 한 이자키가 입을 열기도 전에 하마나카가 말을 이었다.

"회사 안에서 반대 의견이 막 튀어나오는 모양이야. 조정 노력은 하고 있는데, 그리 간단하지는 않겠지."

"중공업이 지지부진한 이유는 뭔가요?"

기모토가 물었다. 하마나카는 대답하기 전에 10초 가까이 뜸을 들였다. 호프 그룹 3사가 풀지 못하는 명제의 어려움을 상징하는 듯 무거운 침묵이었다. 이윽고 그의 입에서 흘러나온 말은 지금 호프중공업이 처한 상황을 표현하기에 어울리는 한마디였다.

"웨스틴롯지."

사전 정밀 조사에 실수가 있었다는 이야기는 들었다.

"그 지원 발표 직후에 호프중공업이 납품한 원자력 시설에서 수천억 엔 단위의 보상이 발생했다는 사실이 밝혀졌어. 중공업 처지에서는 웨스틴롯지를 사들인 금액까지 합쳐 1조 엔이나 되는 현금이 빠져나가게 되는 거지. 그런 상황이니 호프자동차의 지원을 기대할 수도 없지."

"중공업은 무슨 생각인가요? 호프자동차 지원을 단념하겠다는 건가요?"

기모토가 물었다.

"아니, 처음에는 중공업이 2천억 엔의 50퍼센트, 즉 1천억 엔의 자금을 부담하는 방향이었는데 그걸 보증으로 전환할 수 없겠느냐는 대체안을 내놓았대."

"보증, 이라고요?"

기모토의 탄식 섞인 반응이 그게 실현 가능성이 얼마나 낮은지 이야기하고 있었다.

"중공업에서는 상사가 500억 엔 출자, 은행이 1천500억 엔의 융자나 사채 인수로 지원. 은행 지원 가운데 1천억 엔에 대해서는 중공업이 보증한다는 거지. 호프자동차 사장은 중공업이 아니라 은행에서 내놓으라고 하는 거야."

"그건 결국 은행이 주도해서 호프자동차를 재건하라는 이야기나 마찬가지네요."

이자키가 말했다.

"받아들이는 겁니까, 그 조건을?"

대답 없는 하마나카의 시선이 이자키의 머리 위로 움직이더니 생각에 잠기듯 힘없이 허공을 미끄러져 내렸다.

지금 호프자동차의 운명은 중공업의 절대적인 보호 아래서 방출되어 같은 그룹 기업들의 다양한 생각에 따라 이리저리 휘둘리게 되었다.

"금융청* 문제도 있으니까요."

기모토가 중얼거렸다. 은행의 본심이다.

예를 들어 거액 지원을 떠맡는다고 해도 금융청이 호프자동차에 대한 융자를 '분류'하라, 즉 불량 채권으로 처리하라고 하면 도쿄호프은행의 실적은 직접적인 타격을 입는다.

불량 채권 문제가 정리되어 바야흐로 긍정적인 경영 전략으로

---

* FSA(Financial Services Agency). 금융 기능의 안정을 확보하고 금융 소비자를 보호하며 원활한 금융을 도모하는 행정기관.

전환하려는 시기에 1천억 엔 단위의 불량 채권 예비군을 떠안는 것은 너무 견디기 힘든 족쇄가 될 수 있다. 믿음직한 호프중공업이 불안을 품은 가운데, 아무리 보증이 붙는다고는 해도 쉽게 추인할 수는 없다.

해결책은 있는 걸까.

이자키는 밀려드는 의문을 담은 눈으로 하마나카를 바라보았다.

그러나 하마나카의 표정에서 고뇌를 보고 만 이자키는 어쩔 수 없이 말을 삼킬 수밖에 없었다.

"경찰 수사도 어떻게 될지 알 수가 없네. 때에 따라서는 이 지원 계획을 근본적으로 다시 생각해야 할 필요가 있을지도 모르겠네."

이자키의 눈이 휘둥그레졌다. 하마나카의 발언은 마키타가 내세우는 견해와 정면으로 충돌하기 때문이다.

호프자동차의 내부 사정을 잘 아는 마키타는 가택수색 뒤에 아무도 체포되지 않았다는 점을 내세웠다. 그걸 뒷받침하듯 현재 호프자동차 안에서 가노가 차지하는 존재감은 여전히 반석처럼 튼튼하다. 금융 지원만 받으면 시간은 걸릴지언정 이번 위기를 넘어설 수 있을 것이다. 이렇게 생각하게 만들려고 기를 썼다.

하마나카는 그런 전제에 의문을 던지고 있다.

하마나카와 마키타. 두 사람의 온도 차이가 느껴졌다.

"만약에 체포당하는 사람이 나오면 협조 지원 자체가 결렬될지도 몰라. 그렇게 되지 않기를 바라기는 하지만."

마키타를 빈정거리는 말이다. 그걸 민감하게 눈치챈 이자키는 불안해졌다.

호프자동차에 대한 지원 검토는 임원들 사이의 권력 균형에 미묘한 균열을 일으키기 시작했다.

원래 호프자동차 지원에 신중하던 도고 총재, 반대로 적극적인 마키타. 마키타가 뒤를 밀어 4년 전의 불상사 이후 도쿄호프은행은 호프자동차에 대한 지원책에 늘 적극적이었다. 하지만 이번에도 그런 태도를 고집할 수 있을까? 만약 그게 불가능할 때는 단순히 호프자동차의 지원책이 암초에 걸리는 것뿐만 아니라 마키타의 책임 문제까지 떠오를 가능성이 있다.

"미리 판단할 수 없는 상황이라는 겁니까?"

이야기가 수상하게 흘러간다는 걸 눈치챈 기모토가 묻자 하마나카는 말없이 동의를 표시했다.

"이건 호프자동차만의 문제가 아니야. 그룹의 기본 이념과도 연결되는 문제지. 구제할 것인가 말 것인가. 만약 후자라면 과연 그룹이 무엇 때문에 존재하느냐는 의문이 떠오르게 되겠군."

"부장님, 한 가지만 가르쳐주십시오. 방금 근본적으로 생각을 바꿀 필요가 있다고 하셨는데, 지원을 보류하는 선택도 가능한 건가요?"

이자키가 물었다.

"그건 불가능해."

이자키는 혼란스러웠다. 지금 이야기되고 있는 지원책 말고 무슨 근본적인 방법이 있다는 건지 상상이 되지 않았기 때문이다. 도대체 그렇다면 뭐냐, 하는 구체적인 내용을 하마나카는 말하지 않았다.

"부장님 말씀은 잘 알겠습니다."

부장실을 나와 같은 생각을 하는 기모토와 함께 무뚝뚝한 표정으로 엘리베이터를 기다렸다.

과연 그런 방법이 있을까? 아무리 생각해도 답은 나오지 않았다. 아니, 애당초 그런 근본적인 대책 같은 것이 있을 리 없다. 부장은 무언가 착각하고 있는 게 틀림없다. 이자키는 이렇게 단정 지었다.

9

안내하는 비서를 따라 방으로 들어온 가노 상무는 여유 만만해 보였다. 혼자 책상 앞에 앉아 생각에 잠겼던 마키타는 갑작스러운 방문에 "앉으시죠" 하며 소파를 권하고 자기도 일어나 맞은편 팔걸이의자에 오동통한 몸을 깊숙이 묻었다.

"중공업 아이디어는 어떻습니까, 전무님?"

가노는 가벼운 말투로 말했다. 바로 조금 전까지 마키타가 고민하던 문제다. 대답이 궁해 마키타는 입을 다물고 있었다.

"중공업 쪽에서 보증을 서는 거로는 부족한가요?"

이때만은 자못 의외라는 듯 가노는 슬쩍 견제구를 던졌다.

"압니다."

더는 이야기가 이어지지 않았다. 은행 내부 여론을 그렇게 쉽게 좌지우지할 수는 없다. 아니, 내부 여론은커녕 임원 회의에서도 지지를 끌어내기 어렵다.

"애당초 예상하던 500억 엔 지원이라면 아직은 가능할지도 모르겠지만."

가노는 약간 언짢은 표정을 하고 담배에 불을 붙인 뒤 마키타의 얼굴을 바라보았다.

"2천억 엔을 나누어 지원하자는 이야기도 상사 쪽에서 나오고 있습니다."

"그렇지만 2천억 엔이라고 발표했습니다. 인제 와서 금액이 줄어든다고 정식 발표라도 나면 세상 사람들이 어떻게 여길지. 좋지 않은 인상을 줄 겁니다."

이번에는 가노도 분명히 언짢은 말투로 대꾸했다.

그래서 그 기사가 뼈아팠다. 화도 난다. 어디서 정보가 흘러 나갔는지 모르지만, 지원 금액과 비율 예측 같은 내용이 먼저 기사에 나와버리자 그게 견고한 틀이 되어 그 안에 갇히고 말았다.

"금액 문제는 차치하고, 호프 그룹이 자동차를 지원한다는 결의 표명은 되었다는 정도로 생각하면 어떻겠습니까, 가노 상무?"

마키타는 자기도 그렇게 생각하지 않을 해석을 입에 올리며 얼버무리고 넘어가려 했다. 도무지 의견이 일치하지 않는 면담이다. 물론 가노가 이해한 것 같지는 않지만 이런 상황에서는 달리 방법도 없다.

"사실은 오늘 국토교통성에서 조사가 들어왔습니다."

마키타의 눈썹이 꿈틀거렸다. 또 문제가 생겼나 하는 불안을 느낀 표정이었다.

"문제가 없는 것으로 하고 돌아가달라고 부탁했습니다만."

불쑥 치밀어 오른 긴장이 풀어지며 한숨이 흘러나왔다.

"아마 내일 신문에도 나올 겁니다. 국토교통성의 검사 결과 호프자동차는 과실이 없다고요. 드디어 가나가와현 경찰본부가 창피를 당할 차례죠. 그렇게 되면 소비자의 의심도 사라지겠죠. 은행

쪽 결론은 언제쯤 나올 것 같습니까?"

마키타의 시선은 무의식적으로 벽에 걸린 달력으로 옮겨 갔다.

"될 수 있으면 요 며칠 안에 방침을 굳힐 생각입니다. 그렇게 할 작정이에요."

가노의 표정이 풀어졌다.

"잘 부탁드리겠습니다, 마키타 전무님. 기대하고 있어요, 차기 총재님."

마키타가 씩 웃을 만한 한마디를 남기고 가노는 서둘러 물러났다.

프린스라고 불릴 만하다. 가노는 평범한 인물이 아니라고 마키타는 생각했다. 경찰이 수사하는데도 끄떡없는 정신력. 아니, 그런 일들을 처리해온 능력도 대단했다.

좋게 말하면 온건파, 나쁘게 말하면 무능한 사장 오카모토를 견뎌내고 드디어 실력 발휘를 한다는 건가?

나도 질 수야 없지.

마음을 추스른 마키타는 설사 상황은 변함이 없지만 착실하게 쌓여가는 플러스 요인도 있다는 사실을 이때 깨달았다.

시간이다.

가택수색 후 시간이 흐를수록 수사본부는 점점 더 힘들어지고, 호프자동차에 대한 의혹은 옅어져갈 것이다. 사람들의 기억 또한 마찬가지다.

혐의를 굳힐 증거가 있다면 벌써 상황이 바뀌었으리라.

하지만 그렇게 되지 않았다.

경찰은 의외로 기대할 만한 조직이 아니라는 생각과 함께 표면적인 낙관론을 내세우던 마키타도 모르는 사이에 마음이 약해진 자신을 발견했다.

호프중공업이 다른 의견이라면 보증이라도 괜찮다. 그게 도저히 안 되겠다면 중공업의 실적이 좋아진 뒤에 부담을 직접 떠맡는 조건도 괜찮지 않을까? 두려워할 필요가 뭐가 있을까?

10

"사와다 과장님."

고개를 들자 도쿠나가 신지가 책상 앞에 서 있었다. 도쿠나가는 상품개발부의 핵심이라고 할 수 있는 기획과 소속 젊은 직원인데, 전에는 판매부에 근무한 적이 있다. 부서 안에 몇 명 되지 않는 안면 있는 사이다.

"이거 말이에요."

그가 내민 것은 사와다가 제출한 기획서였다. 도쿠나가는 곤혹스럽다는 표정을 짓고 있었다.

"돌려드리겠습니다."

"어째서?"

목소리가 갈라졌다.

"방금 1차 심사를 했는데, 아쉽지만 낙선으로 처리되었습니다."

배 속에서 울컥하는 것이 치밀어 올랐다. 탁류처럼 거칠게 흐르기 시작한 의식의 흐름에 휩쓸릴 것 같았다. 떨칠 수 없는 불안과 허탈함이 밀려왔다.

"과장님."

도쿠나가가 사와다를 불렀다. 자기도 모르게 눈을 감고 있던 사와다는 다시 눈을 떴다.

파란색 파티션과 책상으로 칸이 나뉜 사무실. 크림색 벽에 걸린 둥근 벽시계가 오후 2시 40분을 가리키고 있었다. 책상 위에는 노트북 한 대가 놓여 있고, 결재함에는 중요하지도 않은 서류 한 장이 놓여 있을 뿐이다. 결재 서류 상자에 사와다가 만족할 만한 서류는 한 번도 들어오지 않았다. 여기 있는 한 그런 기회는 영원히 오지 않는 게 아닐까 하는 생각마저 들었다.

"그런가, 낙선이야? 아쉽군."

왠지 답답한 심정과는 전혀 다른 말투로 대꾸하며 사와다는 슬쩍 웃음을 지었다.

"괜찮은 기획이라고 생각했는데."

"저도 좋은 기획이라고 생각합니다."

도쿠나가가 아주 진지하게 말했다.

"나중을 위해 가르쳐줄 수 없겠나? 이 기획, 어디가 좋지 않았던 거지? 괜찮다는 평도 조금은 있었겠지?"

도쿠나가는 말하기 곤란하다는 듯이 바로 대답하지 못했.

하지만 사와다는 이때 깨달았다. 도쿠나가는 그 말하기 곤란한 사실을 굳이 이야기하기 위해 사와다를 찾아온 거라고. 원래 반환할 필요가 없는 기획서를 들고서.

"확실하게 말해줘."

사와다는 자기 미소가 일그러지는 걸 느꼈다.

"사실은…… 제일 먼저 탈락했습니다."

투명한 칼날이 사와다의 심장을 파고들었다.

"우리 과장님 판단으로. 바로 이건 안 된다고 하더군요."

"이유는?"

"이유 같은 건 없습니다. 사와다 과장님……."

도쿠나가는 책상에 두 팔을 짚고 진지한 눈빛으로 사와다를 바라보았다.

"제가 이런 말씀 드릴 처지는 아니라고 생각합니다. 그렇지만 과장님이 아무리 훌륭한 기획을 세워봤자 현재 상태에서는 통과하지 않을 거예요. 기획의 내용이 아니라 정치적인 의미 때문에."

사와다는 공허한 시선으로 도쿠나가를 바라보았다.

"그 말은……, 그런 상황이 회복 불가능하다는 이야기인가?"

"모르겠습니다."

기획서를 펼쳐보았다. 빨간 펜으로 큼직하게 ×표가 그어져 있었다. 다음 페이지에도, 그다음 페이지에도.

"알려줘서 고마워."

도쿠나가는 살짝 고개만 끄덕이고 돌아섰다.

머리가 멍했다. 그대로 오후 5시가 되기까지 사와다는 자기 자리에 앉은 채 급하지도 않은 서류를 바라보며 시간을 보냈다.

상품개발부. 사와다는 꿈을 좇아 이곳으로 왔다.

하지만 추구하던 꿈은 여기에 없었다.

있는 것이라고는 그저 기획서 한 건도 정당하게 평가받을 수 없는 부패한 조직뿐이다.

사무실 허공을 떠다니던 사와다의 시선은 이윽고 책상의 책꽂이에 꽂힌 책자 위에 머물렀다.

아카마쓰가 빌려준 추도문집이었다.

제목이 눈에 들어왔다.

'종이비행기'

사와다는 천천히 그 페이지를 넘겼다.

11

한 남자가 고호쿠경찰서의 다카하타를 찾아온 것은 그날 밤이었다.

"호프자동차 직원?"

충혈된 눈을 컴퓨터 화면에서 들고 다카하타는 안내대에서 건 전화를 들고 버럭 소리를 지르며 옆에 있던 요시다에게 눈짓을 보냈다.

"알았어. 4층으로 올려 보내."

이렇게 지시하고 "잠깐 만나고 올게" 하며 자리에서 일어선 다카하타는 엘리베이터 앞으로 갔다. 안내 담당자를 따라 올라온 남자를 수사본부와 같은 층에 있는 응접실로 안내했다. 응접실로 가며 관찰한 남자의 태도는 차분했지만, 큰 병에 걸려 증세가 매우 위중하다는 선고를 받은 사람처럼 비통한 느낌이 들었다.

"상품개발부에 근무하는 사와다라고 합니다."

의자에 앉기 전, 사와다는 호프자동차 명함을 내밀고 정중하게 인사했다. 명함을 가지고 오지 못해 "수사본부의 다카하타입니다"라고 이름만 밝혔다.

"지난번 가택수색에서 뭔가 증거가 될 만한 것이 나왔나요?"

사와다가 물었다.

"그건 지금 수사 중이라서, 그게……."

대답을 꺼리는 다카하타의 말을 사와다가 가로막았다.

"가노 상무가 사내에 은폐 지시를 내렸습니다."

다카하타가 긴장했다. 그 순간 이 남자의 방문 목적을 깨달았기 때문이다. 내부고발이다.

사와다가 말을 이었다.

"저는 직접 관계가 없지만, 철저하게 은폐했다고 들었습니다. 느끼셨을지 모르지만, 미리 경찰 수사가 들어올 걸 예상했던 거죠."

사와다는 들고 온 가방에 들어 있던 것을 꺼내 테이블 위에 놓았다.

"이게 뭐죠?"

"조사해보십시오. 그러면 알게 될 겁니다."

다카하타는 사와다가 내민 노트북을 보았다.

"왜 사와다 씨가 이걸?"

"누가 맡긴 겁니다."

"맡겨요? 누가요?"

사와다는 스기모토라는 남자의 이름을 댔다. 응접실 전화로 요시다에게 연락해 호프자동차 품질보증부에 적을 두었던 인물 명단을 가지고 오라고 했다.

"얼마 전에 다른 곳으로 옮겼군요."

"그 친구가 이걸 제게 맡기고 갔습니다."

그리고 사와다는 그 노트북을 손에 넣은 과정을 이야기했다.

"좀 보여주시죠."

다카하타가 말하자 요시다가 전원 버튼을 눌렀다.

이윽고 화면에 문서가 나타났다. 다카하타는 그 내용을 보고 깜짝 놀라 눈을 깜빡이는 것마저 잊고 말았다.

바로 나이토 과장을 불렀다. 이야기를 듣고 수사관 몇 명이 달려왔다.

엄청난 소동이 일어났다.

죽어가던 수사본부가 되살아났다. 다카하타는 수사본부가 약동하는 느낌, 차게 식어가던 손발에 피가 도는 느낌이 들었다.

늪의 밑바닥을 헤매던 피로감은 이제 전혀 없었다. 상황이 변하면 분위기는 바로 바뀐다.

"체포영장 준비해!"

과장의 목소리가 울려 퍼졌을 때 수사본부의 흥분은 최고조에 달했다.

제12장

긴급 피난 계획

1

전화벨이 울렸을 때 시계를 보았다.

자정 5분 전.

좋지 않은 예감이 들었다.

아카마쓰의 경험상 좋은 일로 깊은 밤이나 이른 아침 전화를 받은 적이 없기 때문이다. 누가 죽었다거나 사고가 났다거나, 그런 일들뿐이었다.

후미에가 먼저 전화를 받았다.

"예, 여보세요."

수화기를 손으로 감싸듯 들고 "신세가 많습니다"라고 해 업무 관련 전화란 걸 알았다.

"고호쿠경찰서의 다카하타라는 분이래."

예상이 빗나갔다.

"밤늦게 미안합니다."

다카하타가 낮은 목소리로 사과부터 했다. 아뇨, 라고 간단하게 대꾸했다. 전화기에서 시끌벅적한 소리가 들려왔다. 아마 수사본부에서 전화를 거는 모양이었다.

"실은 아카마쓰 사장님에게 꼭 알려드리고 싶은 일이 있어서요."

뜸을 들인 다카하타는 살짝 헛기침을 한 뒤 입을 열었다.

"……유기 다에코 씨와 다카시 군의 사상 사고에서 아카마쓰운송의 과실은 없었습니다."

"예?"

아카마쓰는 할 말을 잃었다.

"하지만…… 허브는 폐기되지 않았나요?"

"분명히 허브는 폐기되었습니다. 하지만 조금 전 증거물에서 조작하기 전 상태의 검사 데이터를 발견했습니다. 그 데이터에 따르면 아카마쓰운송 사고 차량의 허브 마모량은 0.2밀리미터. 교체할 필요가 전혀 없는 마모량입니다. 다른 문제도 없었고요."

다카하타는 말을 이었다.

"우리 수사본부는 허브 파손 원인은 정비 불량이 아니라 부품의 구조적 결함에 의한 것이라고 결론을 내렸습니다. 지금까지 무례했던 점, 용서하십시오. 그리고……."

다카하타는 잠깐 멈췄다가 다시 입을 열었다.

"감사합니다, 아카마쓰 사장님."

평온한 바다 위로 불쑥 솟아오르는 듯한 흥분이 아카마쓰를 휘감았다. 그 파도는 현실 세계에서 정신적인 흥분 상태로 한껏 끌어

올렸다가 가라앉혀 아카마쓰를 환희의 밑바닥에 잠기게 했다.

"혐의를 벗은 거야?"

전화를 끊자 후미에가 물었다. 겨우 고개를 끄덕였다.

그럴듯한 말을 한마디도 할 수 없었다.

"잘됐네."

후미에의 눈에 바로 눈물이 고였다가 뺨을 타고 흘러내렸다.

울음을 터뜨린 아내를 품에 안자, 아카마쓰도 밀려오는 눈물을 결국 참을 수 없었다.

"무슨 좋은 일 있어?"

이튿날 아침, 아이들은 바로 알아차렸다. 아내가 이야기하자 잠깐 소동이 일어났다. 마구 기뻐하며 "만세!"라고 외쳤다. 다쿠로나 모에나 데쓰로나 모두 방 안을 펄쩍펄쩍 뛰어다녔다.

"얘들아, 좀 조용히 해."

후미에가 소리쳐 다들 돌아본 그때였다.

가족 모두 동작을 멈추고 텔레비전 뉴스에 주목했다.

"조금 전 가나가와현 경찰본부는 호프자동차 사장 오카모토 헤이시로 용의자, 상무 가노 다케시 용의자, 품질보증부 부장 이치노세 기미야스 용의자, 연구소장 등 모두 일곱 명을 도로운송차량법 위반 및 업무상 과실치사상 혐의로 체포했습니다."

바뀐 화면에 고호쿠경찰서 건물이 나왔다.

아카마쓰는 그 영상을 눈 한 번 깜빡거리지 않고 뚫어져라 바라보았다.

아이들이 기뻐서 소리치는 목소리가 아카마쓰의 귀를 때렸다.

데쓰로가 달려왔다.

비틀거리며 데쓰로를 껴안았다. 후미에가 웃었다. 모에도 왔다. 다쿠로는 조금 늦게 멋쩍은 웃음을 지으며 서 있었다.

"이리 와, 다쿠로."

조금 부끄러워하는 큰아들을 껴안고 후미에의 손을 잡았다. 이게 내가 지켜온 가족이라고 생각했다. 그 무엇과도 바꿀 수 없는 가족이라고. 눈물이 쏟아질 것만 같아 아카마쓰는 천장을 올려다보았다.

영정 앞에 서서 손을 모으니 눈물이 났다.

닦을 수 없었다. 눈물로 젖은 눈을 들어 여전히 미소를 짓고 있는 다에코를 바라보았다.

끝났어, 다에코.

유기가 말했다.

아니, 이제 시작인가?

이렇게 고쳐 말해보았다.

"엄마한테 가르쳐주고 싶어"

옆에서 함께 손을 모으고 있던 다카시가 말했다.

"분명히 들었을 거야."

"그러면 좋겠다."

진지하게 손을 모으고 있는 다카시의 모습이 보이려나?

그렇게 우리를 늘 지켜봐줘.

그래, 우리는…… 우리는 앞으로도 계속 함께할 거야.

2

"피해자는 딱하게 되었다고 생각하지만 체포될 만한 짓을 한 적은 없습니다."

취조실에서 태연하게 이렇게 말씀하시는 가노는 자기가 왜 체포되었는지 이해하지 못하는 모양이었다.

오전 6시. 가노의 집으로 찾아가 체포영장을 들이밀었다. 가노는 체포영장을 읽는 다카하타를 무표정한 얼굴로 바라보았다.

가노가 지휘한 호프자동차의 은폐 공작은 난공불락의 요새였다. 사와다가 찾아와 거기에 바람구멍을 뚫어버리기 전까지는.

"T회의라면서요, 가노 씨?"

가노는 짙은 갈색 눈동자를 움직여 다카하타를 노려보았다.

"기억이 나지 않습니다."

"당신이 주재한 회의인데. 건망증이 그 정도로 심해질 나이는 아닐 텐데요."

가노의 눈에서 표정이 사라졌다. 불안할 것이다. 그 불안은 다카하타에게 보이지 않는 곳에서 천천히 소용돌이쳤다. 거기에는 오카모토를 비롯해 함께 체포된 임원들이 비밀을 지켜낼까 하는 일말의 불안도 포함되어 있을 게 틀림없었다.

"허위 보고도 당신이 지시했겠죠. 당신은 호프자동차 같은 대기업 임원이잖아요. 이제 그런 한심한 거짓말은 안 하는 게 좋지 않겠어요?"

"함부로 거짓말이라는 표현을 쓰지 말았으면 좋겠군요."

가노가 반격했다. 아무래도 자존심이 상한 모양이다.

"당신 회사가 만든 트레일러가 사람을 죽였어요, 가노 씨. 어떻
게 생각해요?"

다카하타가 다시 물었다.

"그 점에 대해서는 딱하다고 생각합니다. 일반론으로. 하지만 우
리 과실은 없어요."

인간이 아니라 로봇 같은 것과 이야기하는 기분이 들었다.

"지금까지 타이어가 빠진 사고가 여러 건 일어났어요. 프로펠러
샤프트가 빠지는 사고도 마찬가지고. 당신은 구조적 결함이 있다
는 사실을 알면서도 그걸 내버려 뒀죠. 그 결과 유기 씨는 세상을
떠났고. 그건 어엿한 범죄예요."

"우리는 다 정해진 대로 해왔어요. 법률에 저촉될 만한 짓은 하
지 않았습니다."

다카하타는 가만히 상대방을 노려보았다. 넥타이를 매지 않은
와이셔츠 차림으로 취조실에 앉아 있는 가노는 유서 깊은 가문 출
신이다. 친척 가운데는 은행 총재를 지낸 이도 있다고 한다. 어려
서부터 뛰어나 멋대로 굴며 자란 남자는 자기를 정당화하는 요령
만 배워 무엇이 중요한지 모르게 된 게 틀림없다.

다카하타는 옆에 있는 요시다에게 눈짓했다.

요시다는 방을 나갔다가 얼마 지나지 않아 한 대의 노트북을 들
고 취조실로 돌아왔다. 스위치를 눌러 컴퓨터를 켜 윈도가 뜰 때까
지 다카하타는 컴퓨터에서 나는 소음을 가만히 듣고 있었다.

가노는 그사이 꼼짝도 하지 않고 사로잡힌 장군처럼 위엄을 지
키려고 했다.

다카하타는 불쑥 자기가 한참 아랫사람처럼 느껴져 불쾌감을

맛보았다. 어차피 나는 서민 출신이다. 이 남자와는 이런 일이 아니면 평생 스쳐 지나갈 일도 없는, 그런 처지라는 비굴한 생각이 들어 얼굴을 찌푸리고 싶었다.

그렇지만 이렇게 마주친 이상, 당신과는 철저하게 맞설 수밖에 없다.

요시다가 컴퓨터의 부팅을 기다렸다가 그 화면을 가노에게 보여주었다.

이메일 프로그램이 실행되어 있었다. 서툰 손놀림으로 마우스를 써서 그 가운데 하나를 열어 소리 내어 읽었다.

"제목 'T회의 개최에 관한 건'. 제목의 건은 아래와 같이 개최한다. 관계자는 출석할 것. 10월 20일. 제4회의실."

가노의 눈이 휘둥그레졌다. 눈도 깜빡거리지 않고 컴퓨터 화면을 뚫어지게 들여다보았다.

다카하타는 마우스를 조작해 힘겹게 다른 파일을 찾아 열었다.

"T회의, 기록, 일시 10월 20일. 허브 파손에 관한 우리 회사의 기본 방침을 확인. 참석자, 가노 상무. 가시와바라 품질보증부 부장, 이치노세 부장대리 외 20명. 지시 사항. 1, 우리 회사의 허브 때문에 일어난 사고 원인에 관해서는 정비 불량으로 처리한다. 2, 우리 회사의 허브 강도 비교 감정 결과 나온 수치를 재조정해 국토교통성 담당자에게 보고한다. 3, 허브에 관한 클레임에 대해서는 그때마다 수리하고 리콜은 엄격하게 피한다. 아직 많아요. 얼마든지 있지."

다카하타가 계속 읽었다.

"제목, 구마모토 건. 구마모토 시내에서 일어난 우리 회사 차 사고에 관한 사고조사 보고에 관하여 클러치 하우징의 결함 문제는 보고하지 않고, 프로펠러 샤프트가 빠진 사실에 관해서만 언급한다. 또한 같은 클러치 하우징을 탑재한 차량에 대해서는 판매회사를 통해 정기 점검 때 수리하도록 품질보증부를 통해 지시할 것. 이건 몰래 수리하는 거 아닌가요? 품질보증부 내부에서 오간 이메일도 있죠. 지난번 보고드린 고다마통운의 타이어 이탈사고에 관해 경찰로부터 사고조사 의뢰가 있어 감정했더니 마모량 0.5밀리미터인데 D형 허브가 파손되었음이 판명. 어떻게 대응해야 할지 묻습니다. 답장도 읽죠. 이 답장은 같은 날에 작성되었고, 보낸 사람은 이치노세 부장대리, 수취인은 스기모토. 해당 사고에 관해서는 며칠 전 T회의에서 논의한 대로 가능한 한 '정비 불량'으로 회답하고, 교환 기준치 0.8밀리미터를 밑도는 마모량을 보이는 차량이 있다면 기준치를 보고서 통지로서 기재할 것."

다카하타가 이메일을 읽고 있는데 달그락거리는 소리가 났다.

가노의 손가락이 취조실 책상 위를 계속 두드리고 있었다. 마치 누가 그를 잡고 흔들기라도 하는 듯 시선까지 떨리고 있었다.

"가노 씨, 어떻게 이런 컴퓨터가 경찰에 있는지 궁금할 테죠? 이런 컴퓨터가 있을 리 없다고. 1월 15일, 극비 통보. 품질보증부 내부와 연구소에 등록된 모든 컴퓨터는 필요한 데이터만 백업을 하고 일단 초기화할 것. 각 섹션의 관리 책임자가 열람한 뒤 필요한 소프트웨어와 데이터를 다시 설치할 것. 또 종이로 된 자료는 모두 폐기할 것. 모든 작업을 20일까지 완료하고, 이치노세 부장대리에게 보고."

다카하타는 비장의 이메일을 열었다. 날짜는 작년 10월. 모자 사상 사고 이튿날 아침, 가노가 보낸 이메일이다.

"어제 요코하마 시내에서 발생한 모자 사상 사고에 관한 상황을 조사해 즉시 보고할 것. 그로부터 열흘 뒤, 당신은 품질보증부 가시와바라 부장에게 보낸 메일에 이렇게 썼습니다. 그 사고에 관한 조사 결과 데이터는 재조정한 다음에 보고서에 첨부할 것."

다카하타는 다른 문서 파일을 열어 아카마쓰운송 차량에 관한 조사 보고서를 화면에 띄웠다. 가노의 표정이 사라졌다. 화면을 뚫어지게 바라보며 꼼짝도 하지 않았다.

"아카마쓰운송의 허브는 아무 이상도 없었죠. 강도 부족이라는 치명적인 결함을 빼면 말이죠. 그리고 이건 2주 전에 보낸 메일입니다. 아카마쓰운송의 허브는 절단해 폐기할 것. 보낸 사람은 당신. 뭐라고 좀 해보시죠, 가노 씨."

"무슨 그런 실례를."

가노가 당황한 목소리로 말했다.

"그건 어떤 컴퓨터죠? 출처도 알 수 없는 컴퓨터에 있는 자료를 가지고 그런 이야기를 해봐야 저는 도무지……."

다카하타는 노트북을 뒤집어 아랫면을 보여주었다. 호프자동차 비품 표시 스티커와 번호가 유성펜 손 글씨로 적혀 있었다.

가노는 심하게 허둥댔다.

"이건 품질보증부 직원이 쓰던 컴퓨터예요, 가노 씨. 당신이 구조적 결함을 인지하고도 은폐를 지시한 증거가 갖춰졌어요. 당신은 꽤 오래전부터 결함을 알고 있으면서도 리콜하지 않고 몰래 수리하도록 지시했죠. 그리고 회사 임원들은 그런 사실을 다들 알고 있었고요. 그건 오카모토 씨가 사장에 취임할 때 물려받은 사항으로 극비리에 처리되어온 것이었습니다. 그런 내용이 모두 여기 적혀 있어요, 가노 씨. 인제 와서 발뺌해봤자 더 비참해질 뿐입니다."

다카하타가 말했다.

"호프자동차는 그야말로 명문 기업 아닌가요? 잘 들으세요. 명문 기업의 이름을 더럽히는 건 리콜이 아니에요. 부정이죠. 그걸 모릅니까?"

가노는 가만히 테이블 위의 한 지점만 바라보며 말이 없었다.

그 얼굴은 피가 통하지 않은 인형 같았다. 덥지도 않은데 끈적한 땀이 이마와 뺨을 적셔, 형광등 불빛을 받아 번들번들 빛났다.

한숨을 푹 내쉰 다카하타는 주머니에서 담배를 한 개비 꺼내 불을 붙였다.

"경찰을 우습게 보지 마셔."

가노의 얼굴에 거미줄 같은 금이 갔다. 그렇게 보였다. 몸을 덜덜 떨기 시작하더니 이윽고 목뼈가 꺾여버린 사람처럼 고개를 푹 숙였다.

엘리트라고 자부하며 호프자동차라는 조직을 멋대로 주무르던 남자가 굴복한 순간이었다.

이제야 무너졌군, 이 사람……

다카하타는 확신하며 가노가 입을 열기까지 천천히 담배 연기를 내뿜으며 기다리기로 했다.

3

"우리 호프는 내부 사정을 고려해, 자동차에 대한 직접적인 금융 지원은 보류하고 싶군요. 은행 쪽 요청도 있어서 재검토해도 결론은 변함이 없었어요. 방금 설명했다시피 임원 회의에서도 우리 대형 매수 안건 때문에 일어난 문제 수습이 가장 우선해야 하는 경영과제라는 데에 의견이 일치했습니다."

호프중공업 사장 미쓰하시 요시야스의 대머리가 회의실 조명을 받아 빛났다. 자그마한 체구. 어디를 보아도 대기업 대표자로는 보이지 않는 풍채지만, 호프 그룹의 중심 기업인 호프중공업을 이끄는 남자다운 위엄은 은행, 상사의 대표자들을 바라보는 단호한 눈빛에 또렷하게 드러났다.

미쓰하시의 발언에 적잖이 기대를 품었던 도쿄호프은행의 도고 나오스케 총재는 팔짱을 끼며 흰머리가 이마로 흘러내린 것도 아랑곳하지 않고 생각에 잠겼다. 그 등 뒤, 벽 쪽 자리에 앉은 마키타 전무는 숨을 죽인 채 지켜보고 있었다. 호프상사 사장인 다니가와 이치로는 세련된 분위기를 풍기며 책상에 얹은 자기 손을 들여다보다가 시선을 들어 뭔가 생각하는 표정을 지었다.

이윽고 회의실은 무거운 침묵에 빠져들었다. 질량이 늘어난 공기에서는 숨이 막힐 만한 중압감이 느껴졌다.

논의는 끝났다.

미쓰하시의 발언은 논의를 마친 다음에 나온 최종 결론이었다.

꼼짝하지 않는 도고 총재 뒤에서 마키타의 시선은 미쓰하시의 맞은편, 비어 있는 자리 쪽을 방황했다.

그 자리에는 어제까지만 해도 참석자 한 명이 앉아 있었다

호프자동차 사장 오카모토 헤이시로의 자리다. 그리고 오카모토 뒤에는 가노가 있었다. 뒤에서 실을 움직여 인형 같은 오카모토

를 조종하고 있었는데…….

이제 그 두 사람은 없다.

호프자동차 쪽 참석자가 없이 열린 지원 관련 회의였다.

호프자동차 경영진 체포. 아침에 집에서 그 소식을 들었을 때 마키타는 고압 전류에 감전된 듯이 그 자리에서 꼼짝도 하지 못했다. 젓가락을 떨어뜨리고 뜨거운 국그릇이 엎어져 그게 바지를 입은 무릎을 적셨는데도 아무런 느낌도 없을 정도로. 그야말로 뒤통수를 세게 얻어맞은 듯한 충격이었다.

그리고 지금, 이 회의에 옵서버로 참석한 마키타가 느끼는 위기감은 보통이 아니었다.

며칠 전까지만 해도 경찰이 허술하다며 비웃던 가노. 그가 이야기하던 부활로 가는 길에서 가능성을 찾아보려 애쓰던 자신. 그런데 이게 뭔가. 지금은 급전직하, 하늘을 향해 천천히 오르던 롤러코스터가 아래로 무섭게 곤두박질치기 시작했다.

답답한 회의실을 둘러본 미쓰하시가 말을 이었다.

"그래서 은행과 상사가 지금까지 우리가 주장하던 간접 지원 방향에서 검토해달라고 부탁하고 싶은 겁니다."

긴장한 마키타 바로 앞에 있는 도고 총재는 침묵으로 대답했다.

"우리는 중공업이 낸 아이디어도 괜찮습니다. 하지만 그 아이디어라면 은행 부담이 너무 무겁지 않을까요?"

그렇게 말한 사람은 상사의 다니가와 사장이었다.

"은행이 중공업에 1천200억 엔을 융자하고, 그걸 중공업이 다시 자동차에 쏟아붓는 방식은 어떻겠습니까?"

"재무적인 관점에서 보면 그런 방식에는 문제가 있어요. 철저하게 간접 지원으로 처리하고 싶습니다."

미쓰하시는 양보할 기미를 보이지 않았다.

마키타가 앉은 자리에서 도고 총재의 옆얼굴이 보였다. 이 순간 아주 명석한 두뇌 안에서 갖가지 생각이 오가고 있을 게 틀림없다. 대부분 마키타도 생각하는 것들이지만 그 결과 나오는 결론은 가끔 달랐다.

설마 인제 와서 거절할 작정은 아닐 테지.

마키타는 속으로 그런 걱정을 하며 총재를 응시했다.

만약 그런 일이 일어나면 호프자동차 지원은 이 자리에서 암초에 부딪힌다.

미쓰하시의 제안, 발언은 사실 마키타가 예상했던 시나리오 그대로나 마찬가지였다.

일단 중공업의 안을 은행이 받아들인다. 마키타가 은밀하게 움직여야 할 지점은 거기부터다. 은행 안에서 이루어지는 검토라면 국내 여신 총책임자인 마키타에게 권한이 어느 정도 있다.

하지만 여기서 도고가 거절해버리면 그 시점에서 회의는 결렬되어 호프자동차 지원책은 허공에 뜨고 만다. 동시에 지금까지 호프자동차 지원을 강력하게 주장해온 마키타의 책임론이 떠오르게 된다.

호프중공업은 지원하지 않겠다고는 하지 않았다. 중공업의 의향은 어디까지나 지원하는 쪽이다. 할 수만 있다면 그 이야기를 도고 총재에게 귀띔하고 싶은 충동이 일었다. 그렇지만 그때 도고가 얼굴을 들더니 입을 열었다.

"만약 우리 은행이 조건을 받아들이지 않는다고 해도 중공업 쪽의 직접 지원은 어렵다고 생각해도 괜찮습니까?"

회의실 안에 미묘한 공기가 흘렀다.

이건 무슨 의도로 던진 질문일까? 마키타는 도고의 속셈을 짐작할 수 없었다.

미쓰하시도 마찬가지인지 의아하다는 눈으로 도고를 바라보았다.

"지원이 가능하다면 하죠. 돈을 내기 아까워서가 아닙니다."

"상사는? 중공업 쪽을 대신할 지원 비율을 부담할 의향은 없습니까?"

다니가와도 역시 눈치를 살피더니 "지원 규모는 400에서 500억 엔 정도까지 생각하고 있습니다"라고 했다.

호프자동차는 원래 호프중공업의 한 부문이었다가 독립했기 때문에, 당연히 중공업이 책임져야 한다는 게 그룹 내 상식이다.

"만약 우리 은행이 상사 수준의 지원을 한다고 해도 경영진이 체포된 현재 상황에서는 부족하다고 인식해도 괜찮겠죠?"

다른 의견은 없다.

도고는 그 반응을 확인한 다음에 이렇게 발언했다.

"호프자동차 지원책에 관해서 우리 은행이 근본적인 대책을 제안하고 싶습니다."

근본적인 대책?

눈이 확 뜨인 마키타 앞에서 도고는 미쓰하시와 다니가와가 승인하기를 기다렸다.

대답이 나오기까지는 제법 시간이 걸렸다.

"그러시죠."

다니가와가 말했다.

"그런 복안이 있나요?"

미쓰하시가 반신반의하며 물었다.

"있습니다."

도고가 또박또박 대답한 순간, 회의실 벽 쪽에 있던 관계자들의 머릿속에서는 온갖 생각이 보이지 않는 별똥별 무리처럼 어지럽게 오가기 시작했다.

그게 대체 뭐지? 난 들어보지 못했는데.

마키타는 동요하며 의아하다는 눈빛을 하고 숨을 죽였다.

아니면, 도고 총재가 즉흥적으로 떠올린 아이디어인가?

그럴지도 모른다.

아니, 틀림없이 그럴 것이다.

"총재님, 총재님."

삼자 회의가 끝난 뒤, 마키타는 잰걸음으로 회의실을 빠져나와 엘리베이터로 향하는 도고를 뒤따랐다.

"근본적인 대책이란 게 뭡니까? 저는 들은 적 없습니다만."

마키타로서는 호프자동차 지원 관련 업무는 자신이 하는 거로 생각했다. 그걸 도고에게 일깨워주려는 속셈도 있었다.

도고는 마키타를 돌아보지도 않았다.

뭔가 이상하다. 그런 생각이 들었을 때였다.

"마키타. 자넨 이제 빠져."

헉. 마키타는 숨이 멎었다.

"지금 무슨 말씀입니까?"

도고가 걸음을 멈추고 비로소 마키타의 얼굴을 똑바로 보았다.

"호프자동차 지원 대책에 대해 자넨 이제 관여하지 않아도 돼."

"어떻게 된 거죠?"

마키타는 당황했다. 아무리 총재라고 해도 국내 여신 책임자인 자신에게 참견하지 말라니.

"호프자동차는 지금까지 제가 지원해온 회사 아닙니까? 그런데 저보고 빠지라는 말씀입니까?"

"그래."

도고는 마키타를 매서운 눈으로 바라보았다.

"바로 은행으로 돌아가서 임원 회의를 열 걸세. 그 자리에서 나는 자네를 국내 여신 담당에서 제외하자고 제안할 작정이야. 자네에게 맡겨두면 상황을 좋지 않게 만들 것 같아서."

총재가 대체 무슨 소리를 하는 건가? 바로 그때였다.

마찬가지로 조금 떨어진 곳에서 이 대화를 보고 있는 시선을 느끼고 마키타는 얼른 뒤를 돌아보았다.

옆구리에 파일을 끼고 태연한 표정으로 걸어가는 인물은 영업본부장 하마나카였다. 저 녀석이 획책한 건가……! 총재의 입에서 근본적인 대책이라는 발언이 나온 배경에는 마키타를 따돌린 채 일어난 사전 공작이 있었던 게 아닐까?

"자네는 중공업에서 이야기하는 내용 그대로 우리 은행이 지원해야 한다고 다른 임원들을 끌어들이는 것 같더군, 마키타 전무."

도고의 목소리에 정신이 번쩍 들었다. 마키타를 보는 은행 최고 경영자의 시선은 얼음처럼 차가웠다.

"미리 말해두지만, 자네와 가노 상무의 개인적인 관계 때문에 우리 은행을 더는 위험하게 만들 생각은 없네. 자네 의견은 들을 가치가 없어."

"총재님……!"

마키타가 뒤를 따라가려고 하자 도고가 손을 들어 제지했다. 그때 마침 엘리베이터가 도착해, 다른 그룹사 사장들과 함께 먼저 엘리베이터에 탄 도고 총재는 표정 없는 얼굴로 마키타를 바라보았다. 마키타가 놀란 표정을 지우지 못하는 사이에 엘리베이터 문이 닫히고 말았다.

4

도쿄호프은행 본점 영업부 회의실에는 긴장감이 넘쳤다. 테이블을 둘러싸고 앉은 사람들의 표정은 다들 심각했다. 이 난국을 어떻게 헤쳐나가야 할지 머리를 싸매고 있는 듯 보였다. 소집 대상은 자동차와 중공업, 상사 같은 호프 그룹 관계 기업 담당 라인의 차장과 조사역들이었다.

체포 소식을 듣고 긴급회의 개최가 결정된 때는 정오였다. 그 뒤 호프자동차 사장 이하 모두가 자백했다는 소식이 전해지자 3사 사장 회담이 예정을 앞당겨 개최되었다. 그 회의 다음에 열린 임원 회의는 길게 이어졌다.

오후 8시 반 이후에 잡혀 있던 회의는 주역이 늦게 도착하는 바람에 30분 가까이 좌초된 배처럼 진행이 원활하지 않았다.

"아직도?"

이자키가 손목시계를 보았을 때 문이 와락 열리더니 하마나카와 기모토가 잰걸음으로 들어왔다.

"우선 결론부터 이야기하지."

하마나카는 품에 안고 들어온 자료를 테이블에 내려놓고, 흰머리가 섞인 머리카락을 길쭉한 손가락으로 매만졌다. 마치 막 격전을 치르고 온 듯한, 팽팽한 긴장이 감돌았다. 참석자들의 시선이 쏟아지는 가운데 하마나카가 꺼낸 첫마디는 뜻밖이었다.

"중공업, 상사, 은행의 협조 지원 방안은…… 보류한다."

회의실이 순식간에 얼어붙었다.

"우리 은행이 주도하는 지원도 검토했지만 현실적이지 않다. 도로운송차량법 위반, 게다가 업무상 과실치사상 혐의까지 걸린 현재 상황에서 호프자동차에 금융 지원을 해봤자 한계가 있다."

회의 참석자들 사이에서는 아무런 말도 나오지 않았다. 설마. 어려움에 부닥친 중공업이 내놓은 지원 방안을 우리 은행도 거부하는 건가?

이제 호프자동차의 운명은 완전히 허공에 떠, 예상할 수 없는 상태에 빠지고 말았다. 이자키는 동료들과 함께 전에 없이 엄격하게 느껴지는 하마나카의 눈을 바라보며 그의 말을 기다렸다.

하마나카의 이야기는 이제부터다. 그 눈동자에 불온한 기운이 넘치는 모습을 본 이자키의 등에서 식은땀이 흘렀다.

이 이상의 뭔가가 있다. 이자키는 자기에게 물었다.

이런 막다른 골목에 몰려 아무 대책도 없는 호프자동차를 구제하기 위해 아직도 빠져나갈 구멍이 있다는 걸까?

"현재 상황을 바탕으로 호프자동차 지원 근본 대책으로 이행한다. 말하자면 긴급 피난 계획이다."

더는 짐작할 수 없어 이자키는 그저 하마나카를 지켜보는 수밖에 없었다. 이자키뿐만 아니라, 그 자리에 모인 모두가 같은 생각으로 대체 무슨 소리인가 하는 눈빛으로 영업본부장을 주목했다.

"호프자동차의 현재 상황과 사회적 반향, 나아가 자동차의 거버넌스를 고려할 때, 호프 그룹의 힘만으로는 재건이 어렵다. 구제자금을 투입하면 재무적으로는 안정될 테지만, 소비자의 신용과는 아무런 관계도 없다. 호프자동차가 사회적으로 바닥에 떨어진 신뢰를 회복하기 위해서는 상당한 시간이 걸릴 것이며, 설사 시간이 흐른다고 해도 회복될 거라는 보장은 없다. 그러면 호프자동차에 대한 여신이 불량 채권이 될 위험이 있어, 안타깝게도 우리 은행은 그걸 허용할 여력이 없다."

회의용 테이블을 둘러싼 참석자들은 마른침을 삼키며 하마나카가 하는 말에 귀를 기울였다.

"호프자동차 구제는 우리 은행의 최대 명제임이 틀림없다. 그렇지만 구제 이유는 호프자동차를 위해서가 아니다. 오로지 우리 자산을 건전하게 지키기 위해서다. 이를 바탕으로 현재 어느 기업에 호프자동차 구제를 타진하고 있다."

회의실이 소리 없이 술렁거렸다.

"아, 부장님. 그건 마키타 전무님도 아십니까?"

확인하는 차원에서 누군가 질문을 던지자 "아니" 하는 짧은 답과 함께 하마나카가 말했다.

"마키타 전무는 이 건에 관여하지 않는다. 도고 총재와 다른 임원들의 합의를 얻었다."

실내 공기가 술렁거렸다. 마키타는 국내 여신에 관해서는 최고다. 그런 마키타가 관여하지 않는다니, 대체 어떻게 된 일인가?

"그래도 괜찮습니까?"

"상관없다. 마키타 전무는 국내 여신 담당 업무에서 제외되었다."

하마나카가 확실하게 말했다.

순간 다들 숨을 죽였다. 호프자동차와 함께 마키타의 운명도 이제 끝났다. 하마나카의 말이 그걸 증명하고 있었다.

하지만 호프자동차를 위해 2천억 엔이나 되는 구제 자금을 내놓을 기업이 과연 있을까? 의문과 경악이 교차하는 가운데 이자키는 견디지 못하고 질문했다.

"구제를 타진하는 기업은 어딘가요?"

하마나카의 무거운 시선이 이자키를 향했다.

"센트레아자동차."

그 순간 회의실에 있는 모든 사람이 완전히 허를 찔렸다. 할 말을 잃었다. 이자키도 깜짝 놀라 숨을 쉬지 못한 채 하마나카의 심각한 표정을 멍하니 바라보기만 했다.

"라이벌 기업인 센트레아자동차에 금융 지원을 요청한다는 겁니까?"

믿을 수 없었다.

"아니."

참석자의 시선을 한곳으로 모은 하마나카의 무거운 한마디가 이어졌다.

"요청하는 건…… 구제 합병이다."

5

호프자동차가 엄청난 지진이라도 난 듯 흔들렸다. 체포 소식은

그야말로 아닌 밤중에 홍두깨라 아침도 먹는 둥 마는 둥 하고 회사
로 달려갔다. 회사는 진원지답게 이미 완전히 충격에 빠져 있었다.
지휘 계통이 붕괴하여, 조직이 제 기능을 하지 못했다. 조바심, 무
력감, 초조. 이런 여러 감정이 뒤섞였다.

4년 전과 똑같구나, 하고 사와다는 생각했다.

4년 전, 호프자동차는 지옥을 맛보았다. 그때와 똑같다.

그런 소동 속에 지금 사와다는 혼자 싸늘한 눈으로 직장 동료들
을 바라보았다.

스기모토가 맡긴 노트북을 제출한 뒤, 사와다는 마치 흐르는 흙
탕물 속을 방황한 듯한 피로감을 느꼈다. 그 사이 사와다의 삶은
완전히 표류하며 거친 바다를 정처 없이 떠다녔다.

사와다는 결국 호프자동차를 파괴했다. 회사에 얹혀산다고 생
각해 회사를 부모처럼 여겼는데 그 신념을 굽혔다. 한 차례 무너뜨
릴 필요가 있었는지도 모른다.

후회는 하지 않는다.

그냥 아주 조금 실망했을 뿐이다.

이 호프자동차라는 조직에. 그리고 거기에 모든 걸 걸었던 자기
인생이라는 것에 대해.

그게 모두 지난 일이 되어, 이제 그 혼돈 속에서 뭔가 미래가 생
겨난다면 좋겠다.

"사장 인사 발령이 뭔가 좀 이상하지 않아?"

상품개발부에 불쑥 나타난 고마키가 사와다를 회사 밖 카페로
불러낸 것은 사장이 체포된 지 며칠 지난 어느 오후였다.

부사장 하시즈메 다이스케가 일단 사장을 대행한다는 인사 발

표가 그 전날 있었다. 하시즈메는 판매 분야 출신이다. 가노에 맞서는 그룹에 속하는 것으로 알려진 인물이 실질적인 최고 결정권자로 취임하면서 품질보증 부문을 아성으로 삼은 오카모토-가노 체제는 흔적도 없이 무너지려 하고 있다. 임원 인사도 함께 발표되었다. 판매부 부장인 하나하타가 판매 부문을 총괄하는 상무이사로 파격 발탁된 점은 놀라웠다. 박쥐라는 야유를 받아온 인물이 자신의 진면목을 여실히 보여주었다고 할 만했다. 앞으로 조직을 재건하면서 하시즈메와 하나하타가 중심이 되어 판매부가 중요한 포지션을 차지하는 게 아닐까 하는 예감이 들었다.

"왜 사장 대행이지? 어째서 사장이 아니야?"

고마키가 의아하다는 듯이 말을 이었다.

"아니, 사장이 아니라도 상관없어. 왜 중공업에서 사장이 오지 않지? 2천억 엔 지원은 어떻게 된 거야? 재무부에 근무하는 미우라 녀석에게 물어봤더니 이대로 가면 몇 개월 뒤에 우리 결제 자금이 바닥날 거라고 하던데."

계속 의문을 던지며 고마키는 홍차에 꿀을 듬뿍 넣고 의아하다는 눈빛으로 고개를 들었다.

분명히 이해되지 않는 일이다. 하지만 걱정해봤자 인제 와서 무엇을 어떻게 하겠나.

"신경 쓰이는 이야기도 들었어. 중공업 내부에서 다른 의견이 나왔다는 소문이야."

"설마."

시선을 휙 들어 올린 사와다를 바라보는 고마키의 눈동자는 불안한 듯 흔들렸다.

"임원 체포가 영향을 끼쳤을지도 몰라."

"그럼 어떻게 되는 거지?"

사와다가 물었다. 거의 자기에게 던진 질문에 가까웠다. 어떻게 되는 걸까. 고마키는 물론 호프자동차에는 그 답을 아는 사람이 아무도 없다.

매출 규모 2조 엔에 이르는 이 상장기업이 그야말로 나아갈 방향을 잃은 순간이다.

"나한테 묻지 마."

고마키는 사와다의 시선을 피하며 "그렇지만 호프인데"라고 자신에게 타이르듯 중얼거렸다.

"호프가 그룹 기업을 버릴 리 없어. 아마 지원 비율 때문에 옥신각신하는 거라고 봐. 호프라는 이름이 붙은 기업이 도산하게 놔둘 리 없지. 맞아, 그럴 텐데."

사와다는 침묵했다.

"너도 이야기 좀 해봐, 사와다."

애원하는 듯한 고마키의 목소리가 사와다의 가슴에 가시처럼 아프게 다가왔다.

"우리 회사는 대체 어떻게 되는 걸까?"

고마키가 신음하듯 중얼거렸다.

"어떻게 되건 그걸 받아들일 수밖에 없겠지. 우린 월급쟁이니까."

"괜찮을 거야, 넌. 여차하면 그만두고 하고 싶은 일을 할 수 있잖아?"

사와다는 직장 동료를 노려보았다.

"아니, 그만두지 않을 거야, 난."

사와다는 이렇게 단언했다.

"난 무슨 일이 있어도 이 조직에 남겠어. 그리고 힘껏 저항하며 살아갈 거야. 정년퇴직할 때까지. 아니면, 그런 일은 일어나지 않을지도 모르지만, 이 조직이 없어질 때까지 말이야. 그런 각오는 되어 있어."

얼굴을 든 고마키는 한동안 말을 잊고 사와다를 물끄러미 바라보았다.

같은 시간, 도쿄호프은행 본점 영업부의 자기 자리에 있던 이자키는 전화 한 통을 기다리고 있었다.

센트레아자동차, 그 주거래 은행인 주쿄다이이치은행 담당자의 전화다.

이날 오후 1시부터 열리는 센트레아자동차의 이사회는 중대한 의결 사항 하나를 다루고 있었다.

4시 20분이 조금 지났다. 벽시계를 쳐다보았다. 밀려드는 긴장감 때문에 속이 탔다. 마음을 가라앉히려고 했는데 도저히 그럴 수 없었다.

전화벨이 울렸다.

얼른 수화기를 들어 귀에 댔지만 들려온 것은 기다리던 상대가 아니라 호프자동차 미우라의 왠지 뻔뻔스러운 목소리였다.

"이자키 씨, 뭘 좀 물어보고 싶은데요. 다른 사람에겐 비밀로 해주세요. 2천억 엔 지원은 어떻게 되고 있습니까? 설마 이자키 씨가 아직도 반대하거나 하는 건 아니겠죠?"

"설마요."

이자키는 부정하며 이렇게 덧붙였다.

"이미 담당자 차원에서 뭐라고 할 수 있는 이야기가 아닌 상태라서요."

"그래도 뭔가 들어오는 정보는 있을 거 아니에요."

미우라는 지원책이 어떻게 되어가고 있는지 알아내려고 기를 썼다. 재무부에 있으면 싫어도 호프자동차가 얼마나 힘든지 빤히 보일 것이다. 하루하루 올라오는 처참한 영업 보고와 계속 지출해야만 하는 고정비. 컴퓨터 처리로 매일 입출금을 확인하면 얼마나 많은 돈이 호프자동차에서 빠져나가는지 일목요연하다. 게다가 체포 이후 폭락한 주가까지 더해, 호프자동차는 이대로 가면 틀림없이 시장에서 퇴출당하리라.

하마나카가 밝힌 합병 문제. 이걸 성공적으로 추진하기 위해 먼저 필요한 것은 철저하게 물샐틈없는 정보관리였다. 관계자에게는 엄중하게 함구령이 내려지고, 모든 작업은 두꺼운 장막으로 가렸다. 정보는 관계자에게만 전달되고 은행 내부에도 전혀 새어나가지 않았다. 설사 호프자동차 직원이라고 해도 마찬가지였다. 2천억 엔 지원 보도를 카무플라주하기 위해 호프자동차 사장 자리를 일단 비워두고 대행을 세우기로 한 모양이었다. 〈주간 조류〉가 보도한 특종을 거꾸로 이용한 하마나카의 전략은 매우 치밀했다.

센트레아자동차와 호프자동차의 합병은 그 뒤로 주거래 은행을 포함한 비밀회의를 거듭하여 조건이 좁혀졌다. 지금 이자키가 기다리는 것은 바로 그 조건을 수락한다는 소식이었다.

"있잖아요, 이자키 씨. 지원책을 빨리 발표하지 않으면 우린 무너집니다."

이자키가 지금 얼마나 초조한지도 모르고 미우라는 전화에 대고 아우성쳤다.

원인을 만든 건 너희들인데 말투가 그게 뭐야, 라고 생각하면서 "좀 더 기다리세요"라고 슬쩍 받아넘겼다.

"조금 더, 조금 더. 아니, 대체 언제까지 기다리라는 거죠? 은행 쪽에서는 우리가 어떻게 되건 상관없다고 생각하는 거 아닙니까?"

그렇다.

이자키는 속으로 그렇게 대꾸했다. 이건 비즈니스다.

호프자동차를 구제할 이유는 단 하나, 도쿄호프은행의 채권 보전을 위해서라고 그때 하마나카가 명쾌하게 결론을 내렸다. 그에 따라 호프 그룹이라는 거대한 바위에 금이 가고 새로운 시대의 관계가 시작되었다.

"게다가 주가도 내려가고 있어서 이대로 가다가는 곤란한 건 은행 쪽 아닌가요?"

"우리 은행은 별로 곤란할 일 없는데요."

이자키가 참지 못하고 내뱉었다.

"그보다 리콜 은폐 규명은 잘 진행되고 있나요?"

사건이 터진 뒤, 변호사를 중심으로 '진상 규명 위원회'가 만들어져 조직적 은폐, 리콜 은폐의 전모를 밝혀내겠다고 발표한 것이 닷새 전이다. 하지만 이 진상 규명 위원회의 변호사가 피고인 가노 상무의 대리인을 겸하고 있다는 문제점이 드러나, 인선을 다시 하게 되었다. 그야말로 밑 빠진 독 같은 호프자동차의 체질을 고스란히 드러냈을 뿐이다.

"이자키 씨가 뭐라고 하지 않아도 은폐에 관해서는 위원회에서 발표가 있을 겁니다."

자존심이 상했는지 미우라의 목소리가 갈라졌다.

"정말 언론에는 화가 나네요. 국토교통성 허위 보고 건은 별일도 아닌데 중대 범죄처럼 보도하잖아요. 그야 업무상 과실치사상에 관해서는 난처한 일이라고 생각해요. 그렇지만 다른 회사에도 비슷한 사고는 나잖아요? 솔직히 왜 우리만 가지고 문제 삼는지 모르겠다는 생각도 듭니다."

이자키는 천장을 보았다. 호프자동차라는 미지근한 물에 잠겨 그릇된 엘리트 의식이 뿌리내린 구제할 길 없는 멍청이에게 뭐라고 설명해야 이해시킬 수 있을지, 그 방법을 모르겠다.

"어지간하면 정신을 좀 차리는 게 어떻겠습니까?"

이자키는 수화기를 내동댕이쳤다. 미우라의 대꾸 따위는 듣고 싶지 않았다. 의미도 없는 말들은 도시에 내려 쌓이는 잠음 속에 녹아버리면 그만이다.

"이자키 조사역."

돌아보니 부하 직원 한 명이 긴장한 표정으로 이쪽을 바라보고 있었다.

"전화입니다. 주쿄다이이치은행에서."

"연결해줘."

이자키는 잠깐 호흡을 멈추고 신경을 날카롭게 가다듬었다.

이자키가 센트레아자동차 임원 회의 결과를 기다리고 있던 무렵, 아카마쓰는 가스미가세키에 있었다. 지하철에서 지상으로 올라와 바로 도쿄지방법원 입구 앞에 도착해 긴장한 표정으로 멈춰서서 자세를 가다듬었다.

그리고 피고인지 원고인지, 아니면 변호인인지 모르지만 틀림없이 마음에 무거운 짐을 떠안은 몇 사람들이 아카마쓰의 옆을 지나 네모난 법원 건물로 들어가는 모습을 지켜보았다. 고모로 변호사는 약속 시간에 정확하게 나타났다. 문 안으로 들어온 그는 입구에 있는 아카마쓰를 발견하고 달려왔다.

"오늘 잘 부탁드립니다."

정중하게 말하며 고개를 숙인 아카마쓰에게 고모로는 반갑게 웃는 얼굴로 "저야말로 잘 부탁드립니다" 하며 대꾸하고 "들어가실까요?" 하고 아카마쓰의 등을 떠밀듯이 유리문 안으로 들어갔다. 몸수색을 마친 아카마쓰는 안쪽 엘리베이터를 타고 12층까지 올라가, 거기 있는 조정실로 들어갔다. 재판관 사무실 옆에 붙은 작은 방이었다.

그 방에는 먼저 도착한 손님이 세 명 있었다. 호프자동차 변호인 도미타와 사와다의 후임인 나가오카. 그리고 처음 보는 또 한 남자는 아카마쓰를 보고 자리에서 일어나 ㄷ자 모양으로 늘어놓은 테이블을 돌아 나왔다.

"호프자동차 상무이사 하나하타라고 합니다. 이번에 정말 큰 폐를 끼쳤습니다."

"아카마쓰입니다"라고 간단하게 대꾸를 마치고 마주 보는 테이블에 고모로와 나란히 앉았다. 그때를 기다렸다는 듯이 한 남자가 새로 들어왔다.

"모이셨습니까?"

양쪽 대리인인 변호사에게 말을 걸며 "이번 건을 담당하는 모토무라입니다"라고 자기를 소개했다.

모토무라는 자기가 도쿄지방법원 판사이며 아카마쓰운송이 호프자동차를 상대로 낸 부품 반환 및 손해배상 청구 사건을 담당하고 있다고 말하고, 화해 교섭 경위를 간단하게 설명했다.

호프자동차가 화해를 신청한 것은 사장을 비롯한 임원이 체포된 직후였다. 세상의 이목을 모으는 가운데 〈주간 조류〉가 아카마쓰운송에 대한 호프자동차의 터무니없는 대응 방식을 비판했다. 이에 호프자동차 측에서 이미지가 더 나빠지는 것을 막기 위해 움직인 것이리라.

화해 신청을 거부하려던 아카마쓰를 고모로 변호사는 "이유야 어떻든 재판이 오래 걸리는 것보다 화해로 해결할 수 있다면 그렇게 하는 편이 현실적인 방법"이라고 설득했다.

그 뒤로 두 차례 대리인 사이에 물밑 교섭이 이루어져 오늘 드디어 아카마쓰를 포함한 최종 교섭에 이른 것이다.

지금까지 진행된 교섭 석상에서 아카마쓰 쪽은 전혀 양보하지 않았다. 그게 아카마쓰가 고모로에게 제시한 조건이었기 때문이다. 원래 이 사건에 의해 아카마쓰운송이 입은 경제적 타격, 호프자동차의 악의를 생각하면 양보할 여지는 전혀 없었다.

"이번에 호프자동차 측에서 제시한 화해 안건에 관해 말씀드립니다. 아카마쓰운송 측도 수락할 만한 내용이라는 생각이 들어서 오늘 양측에게 모이자고 했습니다. 피고 측에서 조건을 제시해주시겠습니까?"

모토무라 판사가 말하자 도미타는 화해안을 발표했다.

"먼저 손해배상 청구액에 대해 회답하겠습니다. 원고는 사고 영향으로 중요한 거래처로부터 거래를 끊겨 많은 매출을 잃은 점, 그 대체 거래처가 아직 불완전하며 사고 영향에서 벗어나지 못해 경영이 압박받고 있는 점 등을 이유로 합계 1억 6천만 엔의 배상 청구를 하셨습니다. 그 건에 대해 호프자동차에서 검토한 결과 이 금액을 전액 지불하기로 정리했습니다. 이 점을 먼저 말씀드립니다."

이해가 되지 않았다.

그토록 아카마쓰를 무시하며 배짱을 부리던 회사가 이렇게 간단하게 화해안을 받아들이다니. 맥이 풀릴 만큼, 선뜻.

도미타는 말을 이었다.

"그런데 부품의 반환 청구 말입니다만, 이 점에 대해서는 이미 들으셨을 테지만 부품을 재단해 폐기했기 때문에 반환할 수 없다는 사실이 밝혀졌습니다. 다만 원고 측의 의도는 재검사를 통한 명예 회복이라고 생각합니다. 해당 사건을 정비 불량이라고 했던 호프자동차 측의 의견을 정정해 구조적인 결함을 인정한다고 발표하고, 폐를 끼친 데 대한 위자료로 80만 엔을 별도로 지급하면 어떻겠습니까?"

아카마쓰의 얼굴에서 표정이 사라졌다.

80만 엔이라……. 일본 법으로는 지금까지 아카마쓰가 당한 괴로움은 그 정도 가치라고밖엔 평가할 수 없는 걸까?

손해배상 청구 금액은 그대로 지급하겠다고 한 점도, 과실을 인정하겠다는 이야기도 따로 떼놓고 보면 불만은 없다. 하지만 이렇게 간단하게 사실관계를 인정할 거면 지금까지 호프자동차가 주장한 것은 대체 뭐란 말인가 하는 불신감이 들었다.

  "도미타 변호사님, 지금 말씀은 아무래도 최근에 부품이 폐기되었음이 밝혀진 듯한 느낌인데, 그런 사실을 알게 된 것은 구체적으로 언제죠?"

  아카마쓰가 물었다.

  "구체적인 시기에 관해서는 저도 파악하지 못하기 때문에……."

  도미타가 꽁무니를 뺐다.

  "그렇다면 나가오카 과장님은 알고 계셨습니까?"

  아카마쓰는 도미타 옆에 앉은 과장을 노려보았다.

  "저는 교섭 창구이기 때문에, 그게……."

  이놈 저놈 모두 빠져나가기 바쁘다.

  "교섭 창구인데 폐기된 사실도 몰랐습니까? 그게 정말이요, 당신?"

  아카마쓰가 캐물었다. 나가오카는 입술을 깨물며 말이 없었다.

  "언제 폐기되었는지, 그게 누구 지시였는지, 지금 경찰이 조사하고 있어요. 지금 이 자리에서 빠져나가기 위해 거짓말을 해봤자 바로 들통납니다. 확실하게 말하는 게 어떻겠어요?"

  "아카마쓰 씨, 미안합니다."

  도미타가 끼어들었다.

  "그건 화해 조건과는 직접 관계가 없는 문제이니 나중에 조사해서 연락을 드리기로 하면 되지 않을까요?"

"안 돼요."

아카마쓰가 말했다.

"애초에 재판까지 온 것도 고객을 고객으로 여기지 않는 불손한 태도가 원인이에요. 이제 와서 상황을 대충 얼버무리려는 태도를 취한다면 화해안은 받아들이지 못하겠어요. 당신, 알면서 거짓말 하는 거 아니에요?"

나가오카는 당황했다. 시건방지게 엘리트인 척하는 얼굴에는 이제 여유 같은 것은 눈곱만큼도 보이지 않았다. 아카마쓰는 추궁 당하자 기를 쓰고 빠져나갈 핑계만 궁리하는 게 틀림없는 나가오 카의 눈을 응시했다.

"만약 아카마쓰 씨가 말씀하신 것처럼 거짓이 있다면 지금 인정 하는 편이 낫지 않겠어요?"

이렇게 말한 사람은 모토무라 재판관이었다.

고개를 든 나가오카는 표정이 얼어붙었다.

"미안합니다……."

이윽고 나가오카의 입에서 사과하는 말이 나온 것은 어색한 침 묵이 길게 이어진 뒤였다.

"나가오카 씨도 처지 때문에 그런 태도를 보여야만 했던 거로 이해해주실 수 없겠습니까?"

힘없이 고개를 떨군 나가오카 대신 도미타가 거들고 나섰다.

"여전히 거짓말을 하시네. 반성도 없이 화해하자고요? 이거 너 무 자기들 멋대로 말하는군요."

화가 나 목소리가 떨렸다.

"죄송합니다. 저도 사과드릴 테니 받아들여주실 수 없겠습니까?"

아카마쓰를 화나게 하면 화해안 자체가 무산될까 염려한 듯 도미타 변호사는 저자세로 나왔다. 하나하타가 자리에서 일어났다.

"지금까지 아카마쓰 사장님께 저질렀던 일에 관해서는 참으로 죄송하게 생각합니다. 악의가 있었던 점도 사과드립니다. 지금 저희도 하나부터 다시 시작하려고 준비하고 있습니다. 앞으로 이런 일이 없도록 신경 써서 노력하겠으니 부디……."

그는 두 손가락까지 곧게 펴고 허리를 깊숙이 숙였다.

그런 모습을 아카마쓰는 싸늘한 눈으로 바라보았다.

"지금 호프자동차 전시장이 어떻게 되어 있는지 알고 있어요?"

얼굴을 든 하나하타가 질문 의도를 파악하지 못해 아카마쓰를 바라보았다.

"설사 내가 거짓말을 용서한다고 해도 세상은 용서하지 않아요. 당신들은 세상 사람들에게 돌이킬 수 없는 거짓말을 한 거요. 나가오카 씨, 당신은 우습게 여기고 있겠지. 우리는 호프자동차니까 어떻게든 될 거라고. 엘리트라고 건방을 떨면서 말이지. 하지만 확실하게 이야기해두는데, 세상 사람들은 호프건 뭐건 상관없어. 여럿 가운데 하나인 자동차회사일 뿐이지. 호프라서 용서하자고 생각하는 소비자는 거의 없어요. 용서받을 수 있다고 생각하는 건 당신들 뿐이라고."

하나하타는 눈을 깜빡거리지도 못했다. 도미타는 입술을 깨물었다. 나가오카는 깜짝 놀라 고개를 든 채 넋을 놓아, 그 뒤로는 침묵만 남았다.

"지당하신 말씀입니다."

이윽고 도미타가 입을 열었다.

"결함 은폐는 아시다시피 경찰이 수사하고 있습니다. 수사에 협력하고 있고 이번 아카마쓰운송에 대해 행한 대응의 세부까지 밝힐 작정입니다. 진심으로 사과드립니다. 부족한 점이 있겠지만 아무쪼록 납득해주실 수 없을까요?"

이 자식은 말을 너무 쉽게 하는군.

아카마쓰는 천장을 바라보았다.

작년 11월 사고 이후, 아카마쓰 주변에서 일어난 갖가지 일들이 빠르게 되살아나 쓸개즙이 치밀어 오르듯 쓴맛이 느껴졌다.

이 괴로움을 아는가?

이 슬픔을 아는가?

어린 아들을 두고 세상을 떠난 어머니의 억울함과 슬픔을 당신들이 아는가? 어머니를 빼앗기고도 씩씩하게 살아가는 소년의 심정을 아는가? 그 추도문집을 읽고 눈물 흘리는 심정을 아는가?

"납득할 수 있을 리 없지."

아카마쓰가 작은 목소리로 중얼거렸다. 설득할 말을 찾는 도미타 옆에서 하나하타와 나가오카 두 사람은 감정을 드러내지 않고 침묵했다.

침묵을 깬 사람은 모토무라였다.

"아카마쓰 씨, 심정은 이해가 갑니다. 하지만 지금 화해하지 않겠다고 하면 재판이 진행되고, 그 결과 지금 말씀하신 것 같은 보상액을 받을 수 있을지 어떨지 모릅니다. 그런 점도 대리인과 잘 검토하시면 어떨까요? 제가 이런 일을 오래 해왔는데, 피고가 내놓은 화해안은 본건 내용에서 보면 상당히 충실한 것 같다는 생각이 듭니다."

"돈 문제가 아닙니다."

아카마쓰의 말에 마주 앉은 세 사람이 바짝 긴장했다.

"뭐, 어쨌든……."

바로 결렬될 것 같은 분위기라 고모로가 도움의 손길을 뻗었다.

"그쪽 화해안의 내용은 잘 알겠습니다. 받아들일지 어떨지는 검토한 뒤, 나중에 알려드리겠습니다."

대화는 그걸로 끝났다.

"받아들이는 편이 낫다고 생각하세요, 선생님?"

법원 옆에 있는 변호사회관 카페로 들어갔다.

"글쎄요……. 억지로 그럴 필요는 없겠지만 저쪽 화해안을 받아들이는 편이 나을 것 같은 생각은 듭니다."

"선생님은 솔직한 분이시군요."

아카마쓰가 말했다.

"사장님은 어떻게 생각하세요?"

"모르겠어요. 하지만 너무 화가 났어요. 허무하기도 하고."

고모로는 뜨거운 커피를 입으로 가져가면서 시선은 아카마쓰 쪽을 바라보았다.

"말하자면 놈들이 생각하는 건 자기들 회사 이익뿐이잖아요. 돈으로 입을 다물게 할 수 있겠다고 짐작한 거죠."

"그렇지만 이런 생각일지도 모릅니다."

고모로는 세속적인 느낌을 말했다.

"이게 소설이라면 보상금을 내팽개쳐도 법정에서 승리를 쟁취한다는 줄거리가 될지도 모르죠. 하지만 현실은 그렇지 못합니다. 호프자동차 같은 상대와 재판을 해서 시간을 허비하느니 보상금을 받고 털어버리는 게 낫다고 생각합니다."

아카마쓰는 말없이 커피 잔에 넣은 티스푼을 저으며 우유를 따랐다. 그게 소용돌이치는 모습이 마치 자기 심정 같았다. 이 현실이 내 마음에 녹아들기를 기다렸지만 그건 무리인 듯했다.

"저는 이해할 수 없어요. 명쾌하지 못하네요."

아카마쓰는 목소리를 쥐어짰다.

그런 아카마쓰에게 심경의 변화를 일으키는 일이 그날 저녁에 일어났다.

"사장님, 손님이 오셨는데요."

사무실에서 정비 관리표를 살피던 아카마쓰는 사무직원 오타아키에 씨의 목소리에 고개를 들었다가 "앗" 하고 소리를 질렀다.

입구에 호리호리한 남자가 서 있었다. 유기 마사후미였다. 자기 눈을 의심한다는 표현은 이런 때 쓰는 말이었다.

"유기 씨……!"

아카마쓰가 의자에서 덜컥 소리가 날 정도로 벌떡 일어났다. 유기의 손을 잡은 사내아이도 보였다.

사무실 입구로 얼른 달려가 말했다.

"다카시도 왔구나. 안녕? 유기 씨, 잘 오셨습니다."

"불쑥 찾아뵈어 미안합니다."

유기는 굳은 표정으로 서 있었다.

"아뇨, 아니에요. 자, 들어오시죠."

응접실로 안내하자 밖에 있던 미야시로 전무도 알아차리고 달려왔다. 아키에 씨가 차와 오렌지주스를 내왔다.

"폐를 끼쳐드려 미안합니다."

유기가 조용히 말하고 두 손을 무릎 위에 얹더니 아카마쓰를 바라보았다.

"사과드리러 왔습니다."

아카마쓰는 그저 멍하니 유기를 바라보았다.

"지금까지 성의를 보여주셨는데 그런 심한 말을 해서 정말 면목이 없습니다. 용서해주십시오."

유기는 그렇게 말하며 고개를 숙이고 사과했다.

"조금 전 변호사에게 들러 소송을 취하하도록 부탁드리고 왔습니다."

아카마쓰는 고개를 들어 미야시로를 보았다.

"그러셨나요……? 감사합니다."

"부끄럽기 짝이 없습니다."

유기가 말했다.

"사장님은 처음부터 정비 불량이 아니라고 주장하셨죠. 저는 그 말씀에 전혀 귀를 기울이지 않았습니다. 맹목적으로 호프자동차가 옳다고 단정 지었죠. 하지만 얼마 전에 호프자동차 사장과 임원이 체포된 뒤, 그것이 제 오해였다는 걸 깨달았습니다. 사장님도 피해자셨어요. 그런데도 저는 정말 얼토당토않은 짓을 저질렀습니다."

유기는 사고 이후 경찰 대응이나 생활 등에 관해 더듬더듬 이야기했다. 지금까지의 접촉으로 심지가 굳은 남자라고 생각했는데, 지금 앞에 있는 유기는 어디서나 볼 수 있는 30대 직장인이자 한 아이의 아버지였다. 너무도 평범한 모습에 아카마쓰는 가슴이 아팠다. 호프자동차는 아무 죄도 없는 가정에서 소중한 사람을, 무엇보다 귀한 목숨을 앗아갔다는 사실이 새삼 가슴에 사무쳤다.

"이제 어떻게 하실 건가요? 호프자동차를 상대로 소송을 거시겠죠?"

아카마쓰가 물었다.

"아뇨, 소송은 하지 않겠습니다."

유기의 반응이 뜻밖이었다.

"어째서요?"

"더는 오래 끌고 싶지 않아서요."

호프자동차가 사고 원인에 대해 사죄하고, 보상과 위자료 등을 제시했다고 유기는 말했다.

"제게 제시한 위자료는 500만 엔입니다."

아카마쓰는 깜짝 놀라고 말았다.

겨우……?

사람 목숨이 그렇게 싸다는 건가?

"압니다. 싸다고 생각하시겠죠. 하지만 지금까지 사고 판례로 보면 그 정도라고 해서……. 저는 그걸 받을 생각입니다."

아카마쓰는 할 말을 잃고 유기를 바라보았다.

"싸우지 않을 건가요, 그 회사하고?"

"절대로 용서가 안 됩니다. 용서할 일도 없겠죠."

유기는 언젠가처럼 고집스러운 표정을 지었다.

"하지만 우리에게 제일 중요한 게 무엇인지 고민했습니다. 과거는 바뀌지 않죠. 그렇다면 미래를 바꿀 수밖에 없어요. 전 더는 그 호프자동차라는 회사에 삶을 휘둘리고 싶지 않아요. 계속 싸우면 다에코가 남긴 즐거운 추억까지 일그러지고 말 것 같은 느낌이 드네요. 제겐 다른 할 일이 있다고 생각합니다. 이 애를 위해, 아내도 틀림없이 그렇게 해주기를 바랄 거예요."

운명은 왜 이리 잔혹한 걸까.

왜 이리 슬픈 걸까.

그렇지만 남겨진 사람은 다들 살아가야만 한다. 이런 슬픔을 넘어서서.

유기의 말은 아카마쓰가 매달리던 집착 같은 것을 떨쳐냈다. 그 슬픔 너머에서 어렴풋한 빛이 보였다고 생각한 것도 바로 그때였다.

"사실은 호프자동차에서 화해를 제안받고 받아들여야 할지 망설이고 있습니다."

아카마쓰는 자기 생각을 털어놓았다.

"저는 이런 경우는 판례로 확실하게 남아야 한다고 믿고, 지금까지 있었던 일들을 떠올리면 타협해서는 안 된다고 생각합니다."

"화해에 응할지 말지는 사장님의 판단에 따르면 되겠지만, 혹시 저희 일을 신경 쓰시는 거라면 그러실 필요는 없습니다."

유기가 또박또박 말했다.

"호프자동차와 싸워봤자 아무것도 남을 게 없어요. 그보다는 사건이 잊히지 않도록 하는 게 더 중요하다고 생각합니다. 그건 법률이니 돈이니 하는 것과는 관계없죠."

굳은 의지가 담긴 유기의 표정을 아카마쓰는 가만히 바라보며 감사 인사를 건넸다.

"감사합니다. 유기 씨 덕분에 제 마음이 정리되었습니다."

"한 가지 부탁이 있는데요."

유기는 옆에 있는 다카시를 품에 안으며 말했다.

"사장님이 조사한 내용을 제게도 이야기해주시지 않겠습니까? 듣고 싶군요. 과연 호프자동차가 무슨 짓을 해왔는지. 왜 아내가 죽어야만 했는지. 알고 싶어요."

"긴 이야기가 될 겁니다."

아카마쓰는 이렇게 한마디 단서를 달고, 지금까지 있었던 일들을 이야기하기 시작했다.

에필로그 자칫하면 잊기 쉬운 우리 행복론

"센트레아자동차 소속이 되면 월급이 오를까?"

신바시에 있는 꼬치구이집에서 고마키는 자포자기한 투로 말했다.

"오르면 좋을 텐데."

사와다가 대꾸했다.

"오를 리 없지."

"그럼 물어보질 마."

술이 센 고마키도 취한 상태였다. 한편 술에 약한 사와다는 오히려 취하지 않았다.

"우리도 이제 날이 밝으면 일본 최고의 자동차업체가 되겠군. 정말 기뻐, 난. 눈물이 날 지경이야."

고마키가 다시 모든 걸 포기한 투로 말했다.

울고 싶으면 울어.

나는 계속 앞을 향해 나아갈 거다. 힘든 상황이라고 고개 숙이고 걸으면 뭐가 되겠나. 고개를 들고 걸어라.

합병 발표와 함께 두 회사는 합병 위원회라는 조직을 만들었다. 어찌 된 이유인지 사와다와 고마키도 선발되어 그 조직에 투입되었다.

스기모토도 오사카 본사에서 위원으로 선발되었다. 호프자동차에 위기의식을 갖고 행동한 점이 평가된 걸까? 확실한 것은 모르지만, 사와다는 이 인사 발령은 하나하타 상무의 뜻이 아닐까 하는 생각을 하고 있었다.

상대는 센트레아자동차. 구제 합병이니 처지가 약자인 셈이다. 그런 불리함을 아는 상태에서 앞으로 어떤 조직을 만들어갈 건지 그림을 그리는 일이다. 장래를 떠올리며 그리는 일은 그게 무엇이건, 또 어떤 때이건 멋진 일이다.

재미있는 업무일 것 같지 않아?

에리코가 이렇게 말했다.

고마워. 자기는 언제나 내 태양이야.

"인생이란 온갖 일들이 다 일어나지. 즐겨야 해"라고도 했다.

맞는 말이다.

이 위원회 설치를 마지막으로 한동안 인사이동은 동결되었다. 새 회사 발족과 동시에 호프자동차는 중공업에서 분리 독립한 이래 겨우 30년이라는 짧은 역사를 마감한다. 그건 동시에 호프 그룹에서 독립하는 것을 뜻했다.

그 새로운 회사는 사와다에게 과연 어떤 업무를 기대하고 있을까? 지금은 상상도 할 수 없다.

구조조정 대상이 될지도 모른다.

어쩌면 진짜 상품개발 업무를 하게 될지도 모른다.

어쨌든…….

나를 잡아먹기야 하겠나. 속 편하게 삽시다. 직장인 여러분! 이런 심정이다.

"좋겠다, 넌. 마음 편해서."

고마키가 또 중얼거렸다.

"직장인의 특권이지. 마음 편한 게 뭐가 나빠?"

사와다는 세 개의 타원형으로 된 회사 배지를 떼서 그걸 주머니에 집어넣었다.

오전 11시부터 시작된 영업본부 내부 협의가 예정대로 한 시간쯤 걸려 끝나자, 이자키는 은행 본부 빌딩을 빠져나왔다.

3월의 따스한 햇볕은 상쾌하고 눈부시다. 차가운 공기에도 봄이 왔음을 느끼게 하는, 말로 표현하기 힘든 부드러움이 있다.

은행이라는 조직에 있다 보면 계절이 바뀌는 걸 느끼지 못한 채 세월이 그냥 흘러간다. 살벌한 생활 속에서 가끔 우연히 마주치는 계절감 넘치는 순간. 이자키는 그게 기뻤다.

호프자동차와 센트레아자동차의 합병이 발표된 지 보름이 지났다. 이자키는 요새 합병에 따른 여러 사무 때문에 분주해 심야 택시로 귀가하는 나날을 보냈다.

요즘 많은 변화가 있었다.

우선 국내 여신 담당 업무를 손에서 놓게 된 마키타 전무는 파견 근무가 결정되었다. 계열사인 신용카드회사 사장으로 전출되었다. 한편 은행 내부에서 절찬을 받는 것은 센트레아자동차와의 구제 합병이라는 초고난도 근본 대책 기획을 입안해 실행까지 처리한 하마나카였다. 하마나카는 이제 총재의 두터운 신뢰를 바탕으로 다음 임원 인사 때 상무급으로 승진할 거로 여겨진다.

이번 사건은 은행 내부에서도 다양한 시각에서 재평가가 이루어졌다. 지유가오카 지점장 다사카에게는 인사부장이 경고장을 보냈으며 이미 경질하기로 되어 있다. 옮길 곳은 전화 상담 센터 부장직인데, 누가 보더라도 빤히 아는 한직이다. 앞날을 기대할 수 없는 파견 대기용 자리다. 이건 아카마쓰운송에 대한 도를 넘은 채권 회수 행위를 심각하게 본 조치였다. 피해자인 아카마쓰운송에게는 너무 늦은 느낌은 들지만 새 지점장이 찾아가 사죄했다고 한다.

웬일로 호프자동차의 미우라가 자금 조달을 위해 방문한 것은 어제였다.

"제가 언제까지 담당하게 될지 모르겠네요."

힘없이 말한 미우라에게서는 여느 때의 대단한 위세는 없었고, 풍채가 별로인 중년 직장인의 비애가 느껴졌다. 내년 4월이면 센트레아자동차와 합병이 이루어진다. 그때까지는 준비기간인데, 이때 제일 먼저 검토하는 것은 사업 효율화를 위한 중복 업무 정리다. 미우라가 소속된 재무부는 그야말로 구조조정에 딱 어울리는 대상이다.

자존심 센 직원일수록 합병 때문에 충격이 크다는 이야기를 반복하는 미우라는 현재 명예퇴직을 신청할까 고민 중이라고 털어놓았다.

신청하지 않는 게 낫죠, 하고 이자키는 조언했다.

미우라 같은 직원을 써줄 회사가 있다고 해도 급여는 반토막이 날 것이다. 그래도 자존심을 앞세우겠다면 그런 곳으로 옮기면 된다. 그럴 만한 배짱이 있다면.

호프자동차에서는 드디어 사장 대행을 맡았던 하시즈메를 마지막 사장으로 승진시키고, 합병 위원장을 겸하는 형태로 시스템을 굳혔다.

하시즈메는 사내 혼란을 수습하는 한편 호프자동차가 설치한 진상 규명 위원회가 올린 보고를 받아 전 사장 오카모토와 상무 가노 등을 파면하고 손해배상 청구 소송을 걸 방침이라고 한다. 가노를 비롯한 관련자는 도로운송차량법 관련 허위 보고와 업무상 과실치사상 혐의로 기소되어 법정으로 투쟁의 장을 옮기려 하고 있다. 그 경과는 신문 사회면에 계속 보도되었다. 처음에는 인정했던 혐의를 나중에 부인하기도 하고, 자기만 빠져나가려고 발버둥을 쳐 사람들의 빈축을 사는 중이다. 어쨌든 이 패거리들에게 미래는 없다.

예약한 사람 이름을 대자 2층 별실로 안내되었다. 에노모토는 이미 그 방에서 이자키를 기다리고 있었다.

에노모토는 차를 내온 점원에게 코스 런치 2인분을 주문하더니 정색을 하고 "이번에 여러모로 신세를 졌어"라고 하면서 〈주간 조류〉를 세 부 꺼냈다.

그 가운데 한 권의 표지에서 '특종'이란 글자가 튀어나왔다.

"네 덕분에 좋은 기사를 썼어."

에노모토가 말했다.

"당연하지. 특종이니까. 그렇지만 정말 잘 썼어. 내가 기대했던 만큼."

"편집장이 덤벼들었지. 어쨌든 호프자동차 여신 담당자 정보니까. 이만큼 신뢰할 수 있는 정보는 그리 흔하지 않아."

에노모토는 그렇게 말하고 흥미진진한 눈빛으로 이자키를 바라보았다.

"한 가지 가르쳐주지 않겠어? 너 왜 이런 엄청난 정보를 내게 준 거지?"

"네가 정보를 달라고 하지 않았나?"

이자키가 얼버무렸다.

"했지. 분명히 그랬어. 하지만 괜찮은 거야? 이런 정보를 누설하고도. 너 의심받았을 텐데."

"별로. 이 건에 관여한 사람이 워낙 많아서. 개중에는 그걸 탐탁지 않게 여기는 사람도 있었을 거야."

"그게 목적인가? 호프자동차에 대한 협조 지원을 무산시키는 일?"

에노모토가 물었다.

"상상에 맡기지. 그렇지만 실제로는 호프중공업의 미쓰하시 사장도 호프자동차 지원에는 적극적이지 않았어."

"그게 무슨 소리야?"

에노모토가 고개를 번쩍 들고 물었다.

그건 며칠 전 이자키가 우연히 알게 된 사실이었다. 발단은 호프중공업 담당자가 보여준 실적 예상이었다.

거기에는 전해 들은 이야기만큼 특별 손실이 반영되어 있지 않았다. 이자키는 그 사실을 깨닫고 그제야 진상을 알아차렸다.

웨스틴롯지는 단순히 호프자동차 지원을 거절하기 위한 구실이었다는 사실을. 호프 그룹의 결속을 해치지 않고 거절하기 위해서는 이유가 필요하다. 중공업의 속마음은 불상사를 거듭 일으키는 호프자동차에 대한 지원을 거절하는 것이었고, 웨스틴롯지는 그렇게 하기 위한 방편에 지나지 않았다.

"설마……."

역시 에노모토는 깜짝 놀란 표정을 지었다.

"그거 재미있는 이야기네. 기사로 써도 괜찮을까?"

"얼마든지. 특별히 폭로라고 할 만한 내용도 아니니까. 그냥 해석의 문제에 지나지 않아. 속사정을 너무 파고들어 본질에서 멀어질지도 모르지만 말이야. 다만 중공업 결산 예상이 발표된 뒤에 해줘. 그렇지 않으면 은행 내부가 의심받을 거야. 사전에 결산 예상을 알 수 있는 인원은 한정되어 있거든."

"알아. 이 신세는 언젠가 꼭 갚을게."

이자키는 마파두부를 한 입 먹었다. 매콤한 산초 향이 입안에 퍼지며 뇌를 자극했다. 그 맛은 이자키의 심정과 기가 막히게 어울려, 저도 모르게 웃음이 날 지경이었다. 에노모토가 그런 모습을 가만히 관찰하고 있었다.

"아, 이자키. 이 건으로 국내 여신 책임자였던 마키타 전무가 파견 발령이 났다고 하던데. 혹시 네가 진짜로 노린 건 호프자동차 지원을 지나치게 주장하는 마키타를 쫓아내는 거 아니었나?"

이자키는 눈을 크게 떴다.

"그거 재미있는 이야기네."

"급소를 찔린 모양이지?"

이자키는 그저 고개만 갸웃거렸다.

그런 데까지 기웃거리지 마.

에노모토에게 이렇게 말해주고 싶었다. 은행원에게 인사는 가장 큰 관심사이며, 이 살벌한 조직에서 하나뿐이지만 가장 큰 오락이라고.

그걸 즐긴 게 무슨 잘못이냐?

사가미머시너리 배송과의 히라모토가 "이야기 좀 하자"며 연락한 때는 3월 중순이었다.

"설마, 아직 무슨 보상을 하라는 건 아니겠죠?"

내일 오라는데요, 라고 했을 때 미야시로 전무는 의아한 표정을 지으며 말했다.

"가실 건가요, 사장님? 불쑥 거래를 끊더니 할 말이 있다며 오라는 건 도리가 아니다 싶은데요."

듣고 보니 미야시로 전무의 말이 맞다. 그렇다고 '오라'라고 할 수도 없다.

이튿날, 약속대로 사가미머시너리 본사로 찾아간 아카마쓰는 대기실에서 5분쯤 기다린 뒤에야 "이런, 이거 바쁘실 텐데 불쑥 와달라고 해서 죄송합니다, 사장님" 하며 가벼운 말투로 인사하는 히라모토를 따라 응접 부스로 장소를 옮겼다.

"그래, 그 뒤로 어떠신지?"

거의 4개월 만에 본 히라모토는 켕기는 구석이 있는지 아카마쓰와 눈도 제대로 마주치려고 들지 않았다.

"예, 뭐. 덕분에 그럭저럭 지냅니다."

사가미머시너리 때문에 생긴 구멍은 아직 제대로 메우지 못한 상태다. 하지만 고다마통운이 넘겨준 일이 점점 많아지고, 하루나 은행의 지원 덕분에 되살아나는 분위기를 유지하는 정도다. 재무적으로는 화해에 따른 보상금이 들어온 덕분에 당장 자금 조달은 불안하지 않다. 아카마쓰는 그게 무엇보다 마음 든든했다.

　"아, 그런가? 그거 다행이군. 사실 말이야, 말을 꺼내기 참 힘든 이야기인데, 지난번 사고 이후 거래처에서 클레임이 끊이지 않아 곤란하네."

　아카마쓰는 표정이 흐려졌다. 아무래도 미야시로 전무의 짐작이 맞은 듯했다.

　또 보상금을 내놓으라는 소리인가?

　기분이 언짢아진 아카마쓰가 말했다.

　"과장님, 사고가 난 지 5개월 가까이 지났습니다. 인제 와서 추가로 보상하라고 하시면 곤란합니다."

　"아, 아."

　아무래도 중간관리직이라는 느낌이 드는 히라모토가 아카마쓰를 달랬다.

　"아니, 클레임은 그런 내용이 아니에요."

　"그럼 무슨 클레임이란 말입니까?"

　아카마쓰가 묻자 히라모토는 난처하기 짝이 없다는 표정을 지었다.

　"아카마쓰운송 대신 다른 회사를 투입했는데, 그 회사는 일 처리가 서툴러서. 무거운 기계를 운반하는 것까지는 하는데 설치가 영. 그런 일에는 노하우가 필요하지. 부끄러운 이야기지만 이번 건을 통해 비로소 그런 사실을 깨달았네."

이야기를 듣다 보니 아카마쓰는 화가 누그러져, 배송담당 과장의 번들번들한 얼굴을 바라보았다.

"그래서, 뭐가 어떻다는 겁니까?"

히라모토는 얼굴을 찌푸리며 불쑥 오른손으로 자기 뺨을 찰싹 때렸다.

"미안하네."

살짝 고개를 숙이더니, 그 상태에서 눈동자만 치켜들고 아카마쓰를 보았다.

"노는 차 없나?"

뭐? 아카마쓰는 말문이 막혔다.

"아니, 아카마쓰 사장. 내가 시시콜콜 다 이야기해야 하나?"

아카마쓰는 말없이 팔짱을 끼고 상대방을 노려보았다.

너 때문에 우리가 얼마나 고생했는지 알긴 하냐고, 그렇게 말하고 싶었다. 멋대로 거래를 끊더니, 상황이 나빠지자 손바닥 뒤집듯 부탁을 해오다니.

"아, 그렇게 무서운 표정 짓지 말고. 가능하면 전처럼 차량을 우리 쪽에 배차해줄 수 없겠어? 전에 하던 그대로."

"그건 불가능하죠."

히라모토가 깜짝 놀라며 눈이 휘둥그레졌다. 설마 거절당하리라고는 생각하지 않았던 모양이다.

"그렇게 간단한 문제가 아니에요."

아카마쓰가 말을 이었다.

"전에 사가미머시너리에 배차했던 차량도 지금은 다른 일에 배

796

차해서."

"어떻게 좀 안 될까. 노는 차가 조금은 있을 거 아닌가?"

"그것도 곧 다른 일로 배차할 예정이 잡혀 있어서."

비벼볼 여지도 없는 아카마쓰의 대답에 히라모토는 얼굴이 일그러졌다.

"그럼 우리 쪽에 배차해줄 차량은 없다는 이야긴가?"

"없습니다. 언제 잘릴지 모르는 일은 받을 수 없죠."

"그럼 내가 곤란해."

화가 났다.

"무슨 말씀을 그렇게 하시나? 사가미머시너리가 갑자기 거래를 끊어서 우린 망할 뻔했습니다. 그런데 히라모토 씨는 자기가 곤란하다는 이야기를 너무 쉽게 하네요."

"미안해. 그건 오해였어."

히라모토는 이마가 테이블에 닿을 만큼 고개를 숙였다.

숱이 적어진 앞머리를 내려다본 아카마쓰의 가슴에 떠오른 것은 이 남자도 또한 월급쟁이로구나 하는 생각이었다.

회사의 상황과 개인의 형편을 구분해 요령 있게, 탈 없이 정년까지 버텨내려고 하는 월급쟁이다.

"정말 미안해. 이렇게 부탁할게."

기를 쓰고 사과하는 히라모토를 바라보다 보니 고집을 부리는 것도 어리석은 짓 같아졌다.

"알겠습니다, 과장님."

히라모토가 고개를 들었다.

"맡아주는 건가?"

"검토는 해보죠."

"믿고 기다릴게."

비위를 맞추는 히라모토의 배웅을 받으며 사가미머시너리를 나온 아카마쓰는 그사이 휴대전화에 일곱 통의 부재중 전화가 들어온 것을 보고 미간을 찌푸렸다. 회사 전화가 두 통, 미야시로 전무에게서 온 것이 두 통, 그리고 가도타에게서 온 것이 세 통.

뭔가 일이 터졌군.

그건 직감으로 알 수 있었다.

그때와 마찬가지였다. 그 사고가 일어났던 날과.

심장이 마구 뛰기 시작했다. 떨리는 손가락으로 미야시로 전무에게 전화를 걸었다.

"전무님, 무슨 일 있어요?"

불길한 기시감에 아카마쓰의 목소리가 상기되었다. 사고인가? 제발, 그렇지 않다고 대답해줘요. 하지만……

"큰일 났어요, 사장님."

미야시로가 다급한 목소리로 마구 떠들어댔다.

"가도타가, 가도타가 그……"

"가도타가 어쨌다고요?"

아카마쓰는 휴대전화에 대고 소리쳤다. 미야시로가 한 말은 처음에는 도무지 의미 파악이 되지 않았다.

"아버지가 되었어요."

"뭐라고요?"

그렇게만 대꾸하고, 아카마쓰는 멍하니 있었다.

"태어났다니까요, 아기가."

미야시로가 이렇게 말했을 때, 아카마쓰는 그제야 상황이 바로 이해되었다.

"그래요? 아빠가 되었어요? 그거 잘되었네요! 아들입니까, 딸입니까?"

"딸이랍니다. 방금 가도타 녀석이 뛰쳐나갔어요."

미야시로 전무는 오타구에 있는 산부인과 이름을 불러주었다.

"전무님, 나 지금 거기 들렀다 퇴근할게요."

"예, 들러주세요, 사장님."

차에 탄 아카마쓰는 사이드브레이크를 풀고 천천히 주차장을 빠져나와 국도 앞쪽으로 갔다. 밀린 도로를 빠져나와 15번 국도로 접어드니 상쾌한 초봄 하늘이 앞유리창 너머로 따스한 햇볕을 쏟아냈다. 가속페달을 밟아 속도를 올렸다.

거치대에 얹어둔 휴대전화가 울렸다.

"아, 사장님. 아까 전화했는데요. 제가…….."

스피커에서 흥분한 가도타의 목소리가 흘러나왔다. 이 녀석 허둥대긴. 무심코 웃음이 난 아카마쓰가 "침착해, 가도타"라고 했다.

"나도 지금 그리 가니까 기다려. 산모, 지짱은 건강한가?"

"산모와 아기 모두 건강합니다!"

길이 시원스럽게 뚫렸다. 핸들을 쥔 손가락에 힘이 들어갔다. 기다려.

아버지라.

문득 유리창 너머로 펼쳐진 하늘에서 아버지 도시로의 얼굴을 찾았다.

아버지가 하던 사장 일, 물려받기를 잘했네요.

힘들지만, 일이 마음먹은 대로 잘 풀리지는 않지만, 그럭저럭 해내고 있어요, 아버지, 어머니. 어떻든 이렇게 살고 있어요.

아카마쓰는 가슴속에서 울컥 올라오는 것을 참으며 똑바로 앞을 보았다.

고마워요, 직원 여러분.

고마워, 여보. 그리고 아이들도.

모두 다 내 소중한 보물이야.

옮긴이의 말

    위키피디아식으로 정의하면《하늘을 나는 타이어》는 '사회파 소설'입니다. 2006년에 처음으로 단행본이 나온 뒤, 2008년, 2009년, 2016년, 2018년에 각각 문고본과 단행본으로 여러 차례 새 판본이 출간되었습니다. 우리말판도 2010년 9월 1일에 처음 소개되었습니다.

    여러 독자가 2010년 이후 우리말판으로 이 작품을 접했지만, 드라마나 영화를 통해 먼저 만나고 소설을 읽은 분들이 더 많았던 것 같습니다. 모두 5편으로 이루어진 TV드라마가 2009년에 방영되었고, 이 드라마는 수많은 상을 받았습니다. 2018년에는 영화로 만들어졌고, 이때 새로운 판본의 단행본이 나왔으며 만화화되기도 했습니다. 2018년에 새 판본이 출간된 까닭은 영화화를 계기로 새로운 모습으로 소개하기 위해서였을 것입니다.

    《하늘을 나는 타이어》는 우리나라에서도 워낙 유명한 작품이고 미디어믹스를 통해 다양하게 소개되었지만, 우리말판 소설이 절판되어 애타게 찾는 독자들이 많다고 들었습니다. 그러던 차에 소미미디어가 새로 우리말판을 내기로 결정했습니다. 우리말판을 새롭게 준비하면서 소미미디어는 2016년 발행 문고본을 기본으로 삼았습니다. 옮기는 일을 맡은 저는 이 문고본과 함께 최근 판인 2018년 4월 발행 단행본을 함께 참고하며 번역했습니다.

많은 분이 알고 계시듯 이 소설의 바탕은 2000년에 발생한 '미쓰비시자동차공업 승용차 리콜 은폐 사건'입니다. 미쓰비시는 이 사건이 터진 지 얼마 지나지 않은 2004년에 다시 트럭, 버스 부문에서 리콜 은폐가 드러나면서 큰 사회 문제로 떠올랐습니다. 결국 당시 최대 주주였던 다임러크라이슬러는 자본 제휴를 끊었고, 소비자의 신뢰를 잃으며 생산량이 줄어 미쓰비시자동차공업의 많은 종업원이 직장을 떠나야 했습니다. 이런 심각한 경영난에 빠지자 미쓰비시 그룹 전체가 다양한 방법으로 구제 대책을 마련해 간신히 도산 위기를 면한 사건입니다.

이 작품은 두 번째 리콜 은폐 시점을 '현재'로 그리며 실패에서 얻은 교훈을 살리지 못하는 조직과 개인이 얼마나 큰 문제를 일으키는지 여러 각도에서 생생하게 그립니다. 물론 이 작품이 주는 현실감은 작가 자신이 1988년에 미쓰비시은행에 입사해 1995년에 그만두기까지 회사라는 조직에서 생활하며, 특히 미쓰비시 그룹을 전체적으로 파악하는 시야가 있었기 때문일 것입니다.

이런 장점이 좋은 평가를 이끌어 《하늘을 나는 타이어》는 2006년에 제28회 요시카와 에이지 문학신인상, 제136회 나오키상 같은 중요한 문학상의 최종 후보작에 올랐습니다. 이때는 아쉽게 상을 놓쳤지만 강한 인상을 남긴 이케이도 준은 그 뒤 다른 작품들로 나오키상, 요시카와 에이지 문학신인상을 차례차례 차지합니다.

이케이도 준의 소설은 소미미디어가 2021년에 내놓은 《민왕》을 비롯해 여러 작품이 우리나라에 소개되었습니다. 모두 일본 사회의 문제를 드러내는 작품들입니다. 사회 문제를 그린 소설에서 가장 먼저 요구되는 요소는 '현실감'일 것입니다. 현실감을 불어넣는 데 누구보다 뛰어난 이케이도 준은 '사회파 소설'에서 가장 강력한 작가일 수밖에 없습니다.

이케이도 준의 다른 작품들과 함께 이번에 새로 내는 《하늘을 나는 타이어》 우리말판으로 더 많은 독자가 이 작가의 작품 세계를 즐기는 데 보탬이 된다면 기쁘겠습니다. 끝으로 누구에게나 부담되는 작업인 '새 번역'의 원고를 꼼꼼하게 점검하고 바로잡아 마무리해준 편집부에 깊은 감사를 드립니다.

권일영

하늘을 나는 타이어

1판 1쇄 발행 2022년 5월 26일
1판 2쇄 발행 2022년 7월 7일

저　　　자 이케이도 준
옮 긴 이 권일영
발 행 인 유재옥

본 부 장 조병권
담 당 편 집 김혜연
편 집 1 팀 김준균 김혜연 박소연
편 집 2 팀 정영길 조찬희 박치우 정지원
편 집 3 팀 오준영 곽혜민 이해빈
디 자 인 김보라 박민솔
표지디자인 곰곰사무소
라 이 츠 한주원 이승희
디 지 털 박상섭 최서윤 김지연
발 행 처 (주)소미미디어
발 행 등 록 제2015-000008호
주　　　소 서울시 마포구 토정로 222, 403호(신수동, 한국출판콘텐츠센터)
판　　　매 (주)소미미디어
제 작 처 코리아피앤피
영　　　업 박종욱
마 케 팅 한민지 최원석 최정연 한소리
물　　　류 허석용 백철기
전　　　화 편집부 (070)4260-1393, (070)4405-6528 기획실 (02)567-3388
　　　　　판매 및 마케팅 (070)4165-6888, Fax (02)322-7665

ISBN 979-11-384-1043-4 (03830)